Tibor Déry
Ein feiner alter Herr

Erzählungen

Aus dem Ungarischen
von Hans Skirecki

VERLAG
VOLK UND WELT
BERLIN

ISBN 3-353-00325-8

1. Auflage

L. N. 302, 410/38/88
Die Erzählungen wurden folgenden Ausgaben entnommen:
Theokritosz Újpesten, erschienen bei Szépirodalmi Könyvkiadó, Budapest 1967;
© Tibor Déry 1967. *A félfülű*, erschienen bei Szépirodalmi Könyvkiadó,
Budapest 1975; © Tibor Déry 1975
Printed in the German Democratic Republic

Einbandentwurf: Gabriele Bleifuß
Satz, Druck und Einband: Karl-Marx-Werk Pößneck V 15/30
LSV 7261
Bestell-Nr. 648 891 0

01080

AUTOBIOGRAPHISCHES

Im Jahre 1894 wurde ich in Budapest geboren, in einer bürgerlichen Familie. Meine Kindheit verging wie im Glashaus, nahezu ohne Verbindung zur Außenwelt, was in erster Linie an meiner Krankheit und der damit verbundenen übertriebenen mütterlichen Fürsorge lag. Ich hatte Knochentuberkulose, war vom vierten bis zum achten, neunten Lebensjahr bettlägerig und wurde während dieser Zeit viermal am linken Knöchelbein operiert. Meine Einsamkeit wurde dadurch gesteigert, daß ich einen großen Teil dieser Jahre im Ausland verbrachte, in verschiedenen Kurorten, von einem in den anderen überwechselnd, in fremdsprachiger Umgebung, meistens aber unter der luftdichten Obhut der Familie; beispielsweise fast anderthalb Jahre auf Norderney, einer deutschen Insel in der Nordsee, im Spital, dort allerdings mir selbst überlassen, ohne mütterlichen Schutz. Von meiner Verzogenheit und Weltfremdheit zeugt, daß ich erst im Alter von zehn Jahren lügen lernte. Ich glaubte blind, was von draußen zu mir gelangte.

Meine Unwissenheit – wir können es auch Unschuld nennen – wurde bis zu meinem zehnten, zwölften Lebensjahr nur wenig verdorben; während dieser Zeit absolvierte ich daheim, als Privatschüler, zwei Gymnasialklassen. Von meiner Krankheit war ich zwar völlig genesen, aber meine Mutter wollte mich ungern aus ihrer Hege und Pflege entlassen, obgleich sie 1904, als ich also zehn Jahre alt war, ein weiteres Kind geboren hatte. Nun mußte ihre Sorge und Fürsorge zweien gelten, zwei Jungen, und es mag sein, daß ich zu dieser Zeit doch mehr Freiheit erlangte.

Mein Vater, zwanzig Jahre älter als meine Mutter, war nicht nur seines Mannseins, sondern auch des großen Altersunterschiedes wegen aus der engen Gefühlswelt, in der ich mit meiner Mutter lebte, ausgeschlossen, aber wie sich später herausstellte, bin ich auch durch meinen Geschmack und meine Neigungen eher ihr verwandt. Bezeichnend hierfür scheint mir, daß ich als ersten von beiden meinen Vater bestahl; ich war zehn oder zwölf, als ich einmal und danach noch mehrere Male jeweils eine Krone aus seinem Geldbeutel stibitzte, den er im Schubfach seines Nachttisches verwahrte.

Auf diese Weise, mit kleinen Lügen und Diebereien, begann allmählich meine Weltfremdheit zu schwinden. Diese Entwicklung wurde zweifellos beschleunigt, als meine Eltern mich nach den beiden zu Hause absolvierten Klassen aufs Gymnasium in der Markógasse und zwei Jahre später auf meinen eigenen Wunsch zur Handelsakademie schickten, ein Beruf also, den ich in meinem späteren Leben teils auf Grund eigener schlechter Erfahrungen, aber auch aus gesellschaftsmoralischen Überlegungen heraus unter allen Beschäftigungen als die für den Menschen ungesündeste bezeichnen mußte. Der einzige Grund für meinen Entschluß war, daß ich nicht lernen mochte, besser gesagt, daß die zwangsmäßig damit verbundene Disziplin nicht meinem Geschmack entsprach; um die Reifeprüfung zu erlangen, mußte ich die Handelsakademie nur drei und nicht vier Jahre lang besuchen wie das Gymnasium.

Meine oberflächliche Bekanntschaft mit der Welt begann in der Schule: eine absolut gutgläubige, unwissende Seele stieß hier mit der Wirklichkeit zusammen. Meine Augen sprühten Feuer. Feindseligen oder auch nur boshaften Emotionen war ich bislang noch kaum begegnet, und wenn – selten genug – doch, hatte ich meistens umgehend Vergeltung üben können. Was ich als offenkundige Ungerechtigkeit empfand, rückten meine Eltern mit sofortigem Urteilsspruch zurecht, aber mit meiner bisherigen Umgebung hatte ich ohnedies wenig Hader gehabt. Ich war ein sanftes, gutmütiges, menschenfreundliches, ja wohlerzogenes Kind, nur eines brachte mich in Rage, selbst bei meinen Eltern, ja sogar bei meiner Mutter: wenn sie meiner Meinung nach ungerecht zu mir oder zu anderen waren. So kam ich in die Schule, arglos und völlig ohne Schutz gegenüber allen Ränken der Schulgesellschaft.

In meiner vollkommenen Unschuld verstand ich mich nicht auf Humor und noch weniger auf Spott. Die Hänseleien meiner Mitschüler, des einen oder anderen Lehrers wirkten auf mich, als würde man mich mit Gewalt entblößen. Ich zog aus ihrem Verhalten die irrige Schlußfolgerung, alle verachteten und verabscheuten mich. Mein nüchterner Verstand — der jedoch so wenig nüchtern war, wie mein Gerechtigkeitssinn gesund — geriet in der Praxis des Schullebens unablässig ins Stolpern. Ich empörte mich darüber, daß die Kinder die Lehrer und daß die Lehrer die Kinder belogen, indem sie ihnen einen Unterrichtsstoff aufnötigten, an den sie teilweise selbst nicht glaubten. Ich erzürnte mich über die Regeln der unverstandenen Disziplin, weil ich sie ernst nahm und ihnen nicht zu entrinnen versuchte. Ich bestand nur noch aus Wunden und Kränkungen. Ich begriff nicht, warum ich Dinge lernen und tun sollte, die mich nicht interessierten, die mir also nicht nützlich sein konnten. Ich wurde zur leibhaftigen Rebellion.

So begann sich meine seelische Grundhaltung zur Gesellschaft herauszuformen. Überempfindlichkeit. Mangelndes Selbstvertrauen und Kleinmütigkeit, da ich in der Minderheit war. Wütender Haß auf jede Ungerechtigkeit, waren zu mir doch alle ungerecht. Widerspruch gegen jegliches Wissen, nach dem nicht meine eigene Neugier suchte. Und da ich bemerkte, daß es vor allem der Zwang — dessen gesellschaftliche Ursprünge ich noch nicht verstand — ist, der die Menschen verkrüppelt und sie zu Lüge, Betrug, Heuchelei, Feigheit und Unredlichkeit nötigt, da ich bemerkte, daß der Zwang das Hauptübel ist — denn das materielle Elend kannte ich noch nicht —, bemächtigte sich meiner ein unauslöschbares, bis heute nicht versiegendes Dürsten nach der Freiheit, nach allen Formen der Freiheit.

Zugleich, um mich irgendwie auf den Beinen zu halten, versuchte ich mich äußerlich meiner Umgebung anzupassen, also, mit meiner Moral gemessen, mich zu erniedrigen. Das gelang mir in den späteren Jahren mitunter allzugut. Aber von da an weisen die inneren und äußeren Ereignisse meines Lebens einen unterschiedlichen Befund auf: ein kontinuierliches Streben nach persönlicher und gesellschaftlicher Ehrbarkeit und zuweilen, allerdings selten, zwischenzeitlich und nur für kurze Dauer, ein Erlahmen und mitunter sogar ein anfallartiges, krampfiges Absterben dieses Bemühens. Den Sieg und die Kontinuierlichkeit der Ehrbarkeit gewährleistete mir stets die leidenschaftliche Liebe zur Literatur, zu meinem Handwerk. Aber es war der Kampf der beiden Gegensätze, der mich zum Revolutionär machte.

Nach der Reifeprüfung schickten mich meine Eltern für ein Jahr nach St. Gallen, in ein Internat, um fremde Sprachen zu lernen. Die Einrichtung hatte mehrere hundert Insassen, die in acht Altersgruppen aufgeteilt waren. Eine sinnvolle, nicht übermäßig strenge Disziplin hielt die Kinder zusammen, Sechs- bis Achtundzwanzigjährige, aber mir war selbst dieses weiche Halfter zuviel. Mal rebellierte ich gegen die eine, mal gegen die andere Vorschrift, ich war bockig und ungefügig und schreckte vor keinerlei Strafe zurück; meine Klassenkameraden infizierend, stiftete ich so viel Unfrieden, daß es dem Direktor des Internats angebracht schien, sich mit mir zu vertragen. Für einige mit mir gleichaltrige Jungen richtete er eine besondere Gruppe ein. Wir durften einmal in der Woche ohne Lehreraufsicht in die Stadt und spazierengehen, und mir erlaubte er, meine Schularbeiten in meinem Zimmer zu machen, nicht im Klassenraum, er schuf mir sogar ein eigenes Amt; ich wurde der »Briefträger« des Internats, der hin und wieder mit einem dringenderen Brief allein in die Stadt geschickt wurde. Unnötig, zu sagen, daß ich die solchermaßen erlangten Zugeständnisse nicht mißbrauchte, ich hielt die für mich maßgeschneiderten neuen Regeln ein, begnügte mich also letztlich mit der Möglichkeit der Freiheit, nutzte sie aber ausschließlich in der vom Internat vorbestimmten Richtung.

Ihrem Wesen nach war die Naivität meiner Kindheit noch so gut wie unberührt, und sie blieb es noch über Jahrzehnte, ich könnte sagen, bis ins reife Mannesalter. Damals aber gewahrte ich, theoretisch zumindest, genauer, damals sah ich zum erstenmal mit eigenen Augen in der Praxis eine psychische und eine körperliche Abirrung, den Antisemitismus und die Homosexualität. Bis zu meinem achtzehnten Lebensjahr war mir in Budapest und im Ausland beides nur dem Namen nach bekannt gewesen. In St. Gallen glaubte ich zum erstenmal, daß sie auch ausgeübt werden. Zielscheibe des Antisemitismus, wenn auch in sehr maßvoller Form, war ein äußerst häßlicher ungarischer Judenjunge namens Goldberger. Die Homosexualität hatte einen ziemlichen Skandal zur Folge, als eine ältere Jungengruppe entdeckt wurde, die in einem abgesonderten Gebäude des Internats wohnte. Die erste Erscheinung löste bei mir helle Empörung und Abscheu aus, obgleich ich Goldberger selbst nicht ausstehen konnte, letztere einen mit stiller Neugier vermischten Widerwillen. Ich erwähne noch, daß ich dort zum erstenmal einer Entführung begegnete, wie ich von ihr bisher nur in Romanen oder Zeitungen gelesen hatte. Ein Junge aus Uruguay entführte eine der beiden Töchter unseres französischen Direktors Gaille, der Vater holte die beiden in einer italienischen Kleinstadt ein, aber erst nachts, im Hotel. Ich selbst kannte die körperliche Liebe noch nicht (obzwar ich vom zehnten Lebensjahr an mehrmals unsterblich verliebt war), und die Nachrichten, die aus dem um mich herum strudelnden Sexualleben herauswirbelten, wühlten meine Neugier stark auf. Aber meine Empfindlichkeit, meine Kleingläubigkeit, meine Eitelkeit, die Furcht vor einer Niederlage, mit einem Wort, meine Lebensfremdheit hielt mich noch lange von der Praxis der Liebe ab.

Hier lernte ich am eigenen Körper, vielleicht zum erstenmal in meinem Leben, auch die Gewalt kennen. Ein etwa vierundzwanzigjähriger bullenstarker Brasilianer namens Gomez, dem die Funktion eines Aufsehers übertragen war, schloß mich auf Anweisung des Direktors zur Strafe in ein leeres Klassenzimmer ein. Dieser Augenblick der körperlichen Unterwerfung ließ Erinnerungen für ein Leben lang in meiner Seele zurück. Vorher hatte zu Hause auch mein Vater nur ein einziges Mal die Hand gegen mich erhoben.

Nach einem Jahr aus St. Gallen heimgekehrt, trat ich in die

Neuschloß-Našicer Tanninfabrik und Dampfsägewerk A.G. ein, Europas vielleicht größtes Holzgewinnungsunternehmen, dessen Generaldirektor mein Onkel war. Noch immer ahnte ich nicht, daß ich Schriftsteller werden würde, obwohl Literatur und bildende Kunst stärker als jede andere menschliche Schöpfung meine Neugier und meine vorerst noch arbeitslose Phantasie erregten. Ein gewisser Andor Grosz, Klassenkamerad auf der Handelsakademie, war auf diesem Gebiet mein Reiseführer; ein Jahr älter als ich, befreundete ich mich — auf Leben und Tod, wie ich damals glaubte — hauptsächlich deshalb mit ihm, weil er bei einer Jahresabschlußprüfung durchgefallen war und die Klasse wiederholen mußte; daß er sitzengeblieben war, imponierte meinem musterhaften und korrekten Seelchen, ich gewahrte den brenzligen, herben, fremden Geruch der Sünde an seiner satanischen Gestalt. Unsere Freundschaft währte lange, wenn sie auch später immer lockerer wurde; ein Ende bereitete ihr sein Selbstmord, den er aus unbekannten Gründen beging.

Während der sechs Jahre bei der Našicer A.G. erwachte mein politisches Bewußtsein; da ich einen langsam reifenden und langsam arbeitenden Geist habe, vollzog sich dies recht gemächlich. Geweckt wurde dieses Bewußtsein durch mehrere Motive gleichzeitig. Mein Onkel war der Generaldirektor des Unternehmens, also mein natürlicher Feind. Er war steinreich, und das machte mich mißtrauisch gegenüber den anderen Reichen. Ich sollte sein Nachfolger auf dem Stuhl des Generaldirektors werden, aber ich liebäugelte bereits mit einem anderen, mir vorläufig noch unbekannten Beruf. Seine Tochter, bis zum heutigen Tag meine beste Freundin, begehrte mehr oder weniger offen gegen ihn auf, so gewann der Generationsgegensatz allmählich, zunächst kaum merklich, einen politischen Inhalt. Die Gesellschaft — reiche Bürger zumeist —, in der unsere Familie verkehrte, mochte ich nicht, mit der Zeit verabscheute ich sie sogar offen, ihre einzig auf Vermögenserwerb gerichtete Arbeit verachtete ich, ihre Bildung schien mir hohl, ihr geistiges Interesse Heuchelei, ihre Kleidungs- und Umgangsmoden, zu denen man auch mich verpflichten wollte, empfand ich als Last. Ich hatte nicht vergessen, daß ich die einzige Ohrfeige meines Lebens von meinem Vater deshalb erhalten hatte, weil ich, als wir zu Besuch gingen, keine Manschetten anlegen wollte. Und schließlich begann ich, vorerst noch ohne fremde Hilfe, darüber nachzudenken, warum mein Onkel soviel mehr Einkommen und Vermögen hatte als mein sehr gescheiter und redlicher Parkettvorarbeiter Bartl.

Ein weiterer Beweggrund: Zu jener Zeit schrieb ich bereits Gedichte, und mit übersensiblem Ohr vermeinte ich zu konstatieren, daß das Bürgertum — andere Klassen kannte ich nicht — mit herablassendem Schulterklopfen oder nachsichtigem Lächeln seine Verachtung für diese wenig einträglichen Werke des menschlichen Herzens und Geistes ausdrückte. Auch persönlich kannte ich schon Künstler, Lajos Tihanyi, den taubstummen Maler, und Józsi Jenő Tersánszky, und deren Privatleben sagte mir ebenfalls mehr zu als das aller bisherigen Bekannten; wie ungebunden sie sich bewegten, schien mir exemplarisch für die Freiheit des Geistes. Die Beamtendisziplin war mir lästig, sie kam mir wie ein Gefängnis vor, wenn ich aus ihr auf die viel breiter schwingenden Kreise meiner Künstlerfreunde aus dem Kaffeehaus Balaton hinausblickte. 1917 erschien in *Nyugat* mein erstes gedrucktes Werk, der Kurzroman *Lia*, in zwei Fortsetzungen; kurze Zeit später erhob die Staatsanwaltschaft Anklage gegen mich, und das Gericht verurteilte mich wegen des »Pressedeliktes der Sittlichkeitsverletzung«. Dieser Empfang, der meiner ersten Arbeit zuteil wurde, konfrontierte mich wiederum mit dem durch den Staatsanwalt vertretenen Bürgertum beziehungsweise mit der bürgerlichen Gesellschaft.

Als letztes Hauptmotiv erwähne ich noch den Krieg. 1914, als er ausbrach, begrüßte ich ihn mit einem bis heute unverständlichen Enthusiasmus, wie im Rausch meldete ich mich freiwillig zum Militär; wegen meiner rechten Schulter, die als Folge meiner Kindheitserkrankung von Muskelschwund befallen und deshalb ein wenig steif in den Bewegungen war, nahm man mich glücklicherweise nicht. Doch die Zeit verging, und ich betrachtete die Berichte Hőfers und schließlich den ganzen Krieg immer reservierter. Damals wohl kamen mir Krapotkins Memoiren in die

Finger, irgendein Band von Marx und Tschernyschewskis Aufsatz über Dostojewski: danach stürzte ich mich kopfüber in die russische Literatur. Schon haßte ich den Krieg, schon begann ich seinen Klassencharakter zu durchschauen, geleitet vorerst nur von den unübersehbaren Tatsachen: Ein beträchtlicher Teil des wohlhabenden Bürgertums konnte sich ins Hinterland absetzen. Als bei einer neuerlichen Musterung 1916 oder 17 letzten Endes auch ich für »tauglich« befunden wurde, nahm ich die vom Unternehmen erwirkte Freistellung bereits mit der Erleichterung eines überzeugten Pazifisten auf, und ich setzte mich, wenn auch mit gelinden Gewissensbissen, nun selbst ins Hinterland ab. Die ausbrechende russische Revolution verstand ich noch nicht, nur in ihren allgemeinen Umrissen, als mir aber ein des Deutschen mächtiger russischer Kriegsgefangener den Unterschied zwischen Menschewiken und Bolschewiken erklärte, beehrte ich, ohne zu zaudern, die letzteren mit meinem Wohlwollen. Ich fing an, Soziologie zu lesen. 1918 organisierte ich unter den Našicer Beamten einen Lohnstreik, als dessen Ergebnis wir alle uns in die sozialdemokratische Gewerkschaft einschrieben und in den Streik traten; nach dem erfolgreichen Abschluß des Streiks veranlaßte mein Onkel auf der Stelle meine Einberufung zum Militär. Bis zum Ausbruch der Oktoberrevolution entging ich mit Müh und Not den Wolfesbissen des Krieges, indem ich den überwiegenden Teil der Zeit im Militärarrest verbrachte, weil ich immer wieder desertierte.

1912 war ich mit 60 Kronen Anfangsgehalt in das Unternehmen als sogenannter Praktikant eingetreten, sieben Jahre später, im letzten Jahr, da ich de facto als Leiter der Parkettabteilung entlassen wurde, betrug mein Gehalt nicht mehr als 170 Kronen, zuzüglich, wenn ich mich recht erinnere, eines Monatsgehaltes als Jahresremuneration. Ich brach auf einen Schlag mit den festen Einkünften, Attila Józsefs dereinstigem Wunschtraum, und der bürgerlichen Gesellschaft.

Als ich Ende 1918 oder Anfang 1919 der Kommunistischen Partei Ungarns beitrat, war ich bereits ständiger Mitarbeiter des *Nyugat* und als sogenanntes »junges Talent« anerkannt. Dies blieb ich dann mit den dazugehörenden Entbehrungen fast dreißig Jahre. Vielleicht nicht ganz unverdient. Im ersten Abschnitt meiner Laufbahn, bis zu den beginnenden dreißiger Jahren, verfaßte ich mit ergreifendem schriftstellerischem Kraftaufwand und mit wenig Nachsichtigkeit mir selbst gegenüber unerträglich schlechte Werke. Ich reifte langsam, im Denken, im Stil und im Wissen gleichermaßen.

Zu jener Zeit kannte ich schon viele Schriftsteller und Maler, darunter auch Árpád Tóth, wir beide akzeptierten uns gegenseitig als »besten Freund« und blieben das auch für die wenigen kurzen Jahre, die bis zu meiner 1920 beginnenden siebenjährigen Emigration vergingen.

In der Commune wurde ich zum Mitglied des Schriftstellerdirektoriums ernannt, mehr Funktionen hatte ich nicht. Es verlangte mich auch nicht nach anderer Arbeit als nach der des Schreibens, am allerwenigsten nach einer Rolle als Politiker. Meine von der Revolution geweckte Freude und Begeisterung wurden allerdings vom Selbstmord meines Vaters getrübt; er war sechsundsiebzig, ein Jahr vorher hatte er sich das Bein gebrochen, und weil die Commune sein Vermögen verstaatlichte, ein Mietshaus in der Wesselényistraße, aus dessen Einnahmen er die Familie unterhielt, und er mit einem anderen Broterwerb auf seine alten Tage nicht mehr rechnen konnte, sprang er eines Morgens aus einem Fenster unserer im fünften Stock gelegenen Wohnung. Mit dem gebrochenen Bein kletterte er auf einen Schemel und schob sich dann über das Fenstergesims, seine Krücke lag neben dem Schemel auf dem Boden.

Sein Selbstmord traf meine Mutter ganz unerwartet, mich ebenso. Das Entsetzen und die ihm stehenden Fußes folgenden jugendlichen Gewissensbisse sind bis zum heutigen Tag nicht gewichen, seither vermag ich, vor allem aus hochgelegenen Geschossen, nicht in die Tiefe zu schauen.

In diese Zeit fällt auch, beginnend mit dem Herbst des vorangegangenen Jahres, meine Liebe zu meiner dereinstigen ersten Frau. Offiziell war sie noch Mädchen und nur eine Bekannte »aus unseren Kreisen«, aber immerhin begleitete sie uns, meine

Mutter, meinen Bruder und mich, nach Savanyúkút, wohin wir vor den unerträglichen Erinnerungen der Wohnung in der Wesselényistraße flohen. In Savanyúkút überraschte uns der Sturz der Commune. Tibor Szamuely wurde, auf der Flucht zur österreichischen Grenze, dort erschlagen; er habe sich »das Leben genommen«, hieß es, beerdigt wurde er außerhalb der Mauern des kleinen Friedhofs von Savanyúkút. Als wir nach Budapest zurückkehrten, stand die Hauptstadt bereits unter rumänischer Besetzung.

Die erste große Krise meines Lebens suchte mich heim. Der Sturz der proletarischen Diktatur ließ mich verzweifeln, die Konterrevolution haßte ich, als hätte sie mir ins Genick geschlagen, das triumphierende, in seine Privilegien zurückkehrende Bürgertum verachtete ich, insbesondere seine oberen jüdischen Schichten, die sich sofort dem Würgegriff des landesweit aufwuchernden Antisemitismus zu entziehen verstanden und diesem ihre ärmeren Glaubensgenossen als Beute überließen. Hand in Hand umtanzten die christlichen und jüdischen Besitzer des Kapitals den ohnmächtigen Leichnam des Arbeiters. Die neueste Herrenmode, den Mantel nach dem Winde zu drehen, verursachte mir Brechreiz; es war meine erste Erfahrung dieser Art, der mehrere ähnliche folgen sollten. Vor allem aber richteten sich meine Emotionen gegen die verräterischen Schreibkundigen, und als ich im *Nyugat* Mihály Babits' berüchtigte »Bekehrung« las, gelangte ich in meiner jugendlichen Unerfahrenheit und Übertreibung zu der Feststellung, die Menschheit sei nicht erlösbar.

Da ich in dieser Wegelosigkeit nichts mit mir anzufangen wußte und nicht arbeiten konnte, aber auch nicht wollte, begann ich, um Nerven und Zeit abzutöten, Karten zu spielen. Einen Hang zum Glücksspiel hatte ich schon in der Schule bei mir entdeckt; unter der Bank und nach dem Unterricht auf dem Parlamentsplatz spielten wir so manches Mal zu dritt oder viert Siebzehn und vier. Da die Literatur noch aufregender ist als das Spiel, hatte ich die Spielkarten nach dem ersten Gedicht vergessen. Jetzt schloß ich mich mit leerer Seele der Bakkaratrunde im *Otthon*-Klub an, dort verbrachte ich jeden Nachmittag, jede

Nacht bis in den Morgen hinein. Zuweilen begegnete ich am Spieltisch Karinthy, Kosztolányi, auch Osvát. Meine Mutter hatte inzwischen das Haus in der Wesselényistraße verkauft; mein Erbteil, von dem ich etliche Jahre hätte leben können, verspielte ich binnen drei Monaten, den Verlust noch mit Schulden krönend. Gleichzeitig mit dem Scheitern all meiner menschlichen und schriftstellerischen Pläne psychisch unfähig zu jeglicher Arbeit, war ich nun endgültig brotlos, wollte ich nicht das bescheidene Witwenvermögen meiner Mutter plündern.

Im Verlauf meines Lebens geriet ich noch zweimal in eine ähnlich schwere Krise, und jede hätte meinen endgültigen Untergang bedeuten können. Beide wurden davon ausgelöst, daß ich meinem Handwerk und meiner Aufgabe, dem Schreiben, nicht gerecht werden konnte, beider Verzweiflung ertränkte ich nach langem und hoffnungslosem seelischem Ringen schließlich im Kartenspiel, und aus beiden halfen mir Frauen heraus.

Das Mädchen, mit dem ich 1919 verlobt war, hielt auch in meiner aussichtslosen Lage zu mir. Die politische Atmosphäre war für mich endgültig unerträglich geworden, und es war nicht daran zu denken, daß ich, mit wie strenger Selbstdisziplin auch immer, gesunden Gemütes im Lande bleiben und arbeiten könnte; deshalb beschlossen wir zu emigrieren. Nur am Rande erwähne ich hier, daß mich einmal, kurz nach der Heimkehr aus Savanyúkút, ein Kommando weißer Terroristen aus meiner Wohnung abgeholt und drei Tage lang festgehalten hatte, auch das trug wohl zu meinem Entschluß bei. Ein Journalist, mit dem ich bekannt war, der alte Noldi Kovács, Polizeireporter bei *Az Újság*, besorgte unterderhand die Pässe, ich kratzte einiges Geld für die Reise zusammen, wir heirateten und reisten ab, meine Mutter in der Obhut meines sechzehnjährigen Bruders zurücklassend, der das Gymnasium besuchte.

Zuerst versuchte ich es in der Tschechoslowakei. In Rimavska-Sobota wohnte eine Kindheitsfreundin meiner Frau, aber Arbeit konnte sie mir nicht besorgen. Wir reisten nach Prag weiter, wo uns auch nichts weiter als Müßiggang erwartete. Also fuhren wir von Prag nach Wien, hier ließen wir uns nieder. Geld hatte ich nur noch für einige Tage Unterkunft und Brot, um so mehr Zusagen aber für Arbeit und Verdienst. In Wien blieben wir zwei Jahre, den Lebensunterhalt mit vielerlei und wechselvollen Arbeiten sichernd: ich ging als Handelsagent für ungarischen Paprika (und konnte keine Messerspitze voll verkaufen), ich versuchte eine Handwerksgenossenschaft zur Verarbeitung australischer Schildpatts auf die Beine zu stellen, schließlich überwand ich mich und stieg in den Journalismus ein. Einige Monate in der Redaktion der *Wiener Ungarischen Zeitung* bewiesen mir meine absolute Untauglichkeit für die journalistische Laufbahn. Aber ich schrieb außerdem Novellen, Artikel für ungarische Zeitungen in der Slowakei, einen unvorstellbar schlechten phantastischen Roman in Fortsetzungen für die Wiener Emigrantenzeitschrift *Panorama*, ich übersetzte aus fremden Sprachen, ich gab mit Subskription einen Gedicht- und einen Prosaband heraus, ein Verlag kaufte mir eine Dreißig-Seiten-Novelle ab – das erste Verlagsbuch meiner schriftstellerischen Laufbahn –, sogar in Italien verlegte man einen Kurzroman von mir, aber wie wir letztlich zu zweit von diesen kümmerlichen Einkünften lebten, das vermag ich nicht zu sagen. Unser Magen knurrte, wir gingen zu Fuß, wir rauften uns die Haare, aber einmal langte es immerhin sogar für die Sommerfrische im Salzkammergut.

In dieser Zeit schloß ich zwei Freundschaften fürs Leben: mit Andor Németh und mit Aurél Bernáth.

Am Ende des zweiten Jahres verkaufte der Besitzer das kleine Döblinger Haus, in dem wir eine möblierte Einzimmerwohnung gemietet hatten. Im Sinne der Wohnungsgesetze hatte uns der neue Eigentümer eine Entschädigung zu zahlen. Gewitzt geworden durch die österreichische Inflation, verlangte ich die Auszahlung der mir zustehenden Summe in wertbeständiger ausländischer Währung, in tschechischen Kronen.

Wir zogen nach Bayern, an den Starnberger See, in das kleine Dorf Feldafing, wo mein ältester Freund, der Philosoph Vilmos Szilasi, mit seiner Frau, meiner schon erwähnten Cousine, lebte. Bei sorgfältiger Einteilung des Geldes, so meinten wir, würden wir dort womöglich ein halbes Jahr lang auskommen, und ich würde endlich ohne den Druck des zwangsmäßigen und ungeliebten Broterwerbs nach meinem eigenen Geschmack arbeiten können. Dank der bald einsetzenden deutschen Inflation verdoppelten die tschechischen Kronen die Dauer meines dortigen Aufenthalts. Ich schrieb einen Roman, den *Nyugat* in Fortsetzungen veröffentlichte, sowie Gedichte für die von Kassák herausgegebene Wiener Zeitschrift *Ma* und für den expressionistischen *Sturm* in Berlin. Schriftstellerisch irrte ich in eine Sackgasse ab, aber da ich das nicht erkannte, war ich vollkommen glücklich. Ein Jahr später, als das Geld aufgebraucht war, reisten wir nach Paris.

Die dort verbrachten drei Jahre trieben mich allmählich einer neuen Krise entgegen. Ihre Ursprünge waren die gleichen wie die der ersten. Ich konnte einfach nicht schreiben, weil all meine Kraft und Zeit durch den öden Broterwerb gebunden war. Ich war Tagelöhner, Lagerist, Sprachlehrer für Deutsch, schließlich Briefmarkenhändler. Der leichtere Verdienst, der sich im Handel anbot, trieb mich in eine Falle, ich begann mit auf hohe Zinsen geliehenem fremdem Kapital zu arbeiten, und da ich noch nicht genügend vom Fach verstand, dessen komplizierte Kunstgriffe lange Lehrjahre erfordern, trafen mich in Bälde folgenschwere Verluste. Im Sommer meines dritten Pariser Jahres verschlug es mich nach Nizza, von wo es für die zwiefach abgefederte Verzweiflung nur noch ein Sprung bis zur Spielhölle von Monte Carlo und eine Woche später bis zum völligen finanziellen Ruin war. Mein Onkel löste mich aus, zu seiner Ehre sei gesagt: ohne verwandtschaftliche Vorwürfe, und meine Freunde, die Szilasis, ermöglichten es mir, nach Italien zu fahren, mich dort in einer billigen Kleinstadt niederzulassen und ein Jahr lang für mich zu arbeiten. Das geschenkte Jahr verbrachten wir in Perugia, einem Städtchen in Umbrien, in völliger Abgeschiedenheit, 1926 dann reisten wir nach Budapest zurück.

Schon an der Grenze schlug mir der bekannte und verhaßte Geruch der ungarischen Konterrevolution entgegen. Ich fühlte mich auch zu Hause fremd und am heimischsten noch in der Gesellschaft meiner gleichfalls aus der Emigration heimgekehrten

Freunde. Mit Gyula Illyés, den ich bereits in Paris kennengelernt hatte, schloß ich innige Freundschaft, und im Vorgefühl einer späteren Freundschaft machte ich die Bekanntschaft des wesentlich jüngeren Attila József. Beide fanden sich in ihrem Handwerk schneller wieder zurecht als ich mit meiner gemach um sich tastenden Selbsterkenntnis. Gemeinsam mit Kassák, Andor Németh, Illyés und József Nádor gab ich eine Zeitlang die aktivistische Zeitschrift *Dokumentum* heraus; nach der Einstellung ihres Erscheinens war ich, da *Nyugat* — und mit Recht! — meine surrealistischen Experimente nur unwillig entgegennahm, wieder ohne Sprachrohr und Publikum.

Die Heimkehr war mißlungen. Ich fand nicht zurück zur Wirklichkeit daheim, auch in der Literatur nicht, und politisch wählte ich statt des realen Kampfes die starre und fruchtlose absolute Negierung. Auch im Privatleben strandete ich; ich ließ mich von meiner Frau scheiden. Meine Mutter hatte durch die Inflation verloren, was von ihrem Vermögen noch geblieben war, und verdiente sich ihr karges Brot mit Zimmervermietung. Mein knappes Auskommen war allerdings gesichert, meine Freunde, die Szilasis, unterstützten weiter meine nicht enden wollenden Irrfahrten. Blind und taub für meine eigenen Fehler — und vielleicht war das mein Glück! —, nur von der fixen Idee des Schreibens getrieben, mit dem mißverstandenen, aber um so unauslöschlicheren Sehnen nach Freiheit in den Nerven zog ich nach einigen Jahren Daheimsein wieder in die Welt hinaus. Anfangs versuchte ich, nur für kürzere Zeit, für einige Monate zu flüchten; meine Liebe zu einer verheirateten Frau zog mich immer wieder nach Budapest zurück. Einmal floh ich vor meinen Aufgaben nach Süditalien, ein andermal nach Skandinavien, dann wieder nach Siebenbürgen, die freundschaftliche Subvention wurde vorwiegend von den Reisekosten verschlungen, in Italien lebte ich von Brot und Orangen, in Norwegen von Brot und Hering, monatelang trug ich meinen Rucksack über die Landstraßen, aus voller Lunge die Luft der Freiheit atmend. Das Ende der erwähnten Liebe verhalf mir 1931 schließlich nach Berlin, damals meinte ich: zu stetiger Arbeit. Ich hatte endgültig konstatiert, daß ich zu Hause nicht arbeiten konnte; ich war politisch zu starr, zu keinerlei Kompromiß bereit, und von den Ausweichgleisen der Literatur, von der flexiblen, mittelbaren Wiedergabe der Aussage verstand ich noch nichts. Ich könnte es auch so ausdrücken, daß ich noch nicht schreiben konnte.

In Berlin jedoch war es mir wiederum nicht möglich, nach meinen Wünschen zu arbeiten, die freundschaftliche Unterstützung reichte auch für ein kärgliches Auskommen nicht, und ich verzettelte meine Zeit damit, mein tägliches Brot zu verdienen. Ich fotografierte für deutsche Zeitungen, ich schrieb deutsche Artikel, ich übersetzte manche meiner Novellen ins Deutsche. Leichteren Einkünften aber, zum Beispiel den bei den Berliner Ungarn beliebten Arbeiten im Filmgewerbe, widerstand ich; weder die Leute noch die Arbeit noch die in ihr ausgedrückte Moral zogen mich an. So blieben die zwei dort verbrachten Jahre dem Anschein nach neuerdings unfruchtbar. Doch das zu dieser Zeit in Deutschland immer hitziger werdende politische Leben, das, auf die Straßen übergreifend, zunehmend auch den Alltag der Menschen ausfüllte, bestach mit seinen vielfältigen Formen meine schriftstellerische Phantasie und verklammerte mich durch die Tageskämpfe eng mit der Wirklichkeit. Die Partei, nach der sowjetischen zu jener Zeit die zweitstärkste kommunistische Partei Europas, führte damals einen hoffnungslosen, aber zähen Kampf gegen den sich rasch entwickelnden Nazismus. Als im Herbst 1932 Hitlers Leute auf den Schultern mehrerer Millionen Wähler in den Reichstag und damit in die Weltgeschichte einzogen, wußte ich bereits, was ich zu tun hatte. Fast vierzigjährig, nach fünfzehn Jahre währendem Bemühen zur Wirklichkeit zurückfindend, wurde ich endlich zum Schriftsteller, wurde aus dem Rebellen ein Revolutionär.

Ich besuchte meine Mutter in der Heimat und reiste nach kurzem Aufenthalt in Budapest nach Jugoslawien weiter, in das an der Küste gelegene Dubrovnik. Bevor ich den geplanten mehrbändigen Roman zu ungarischer Thematik anfangen würde, so hatte ich mir vorgenommen, wollte ich ein Jahr für Fingerübungen verwenden, für die Gestaltung meiner Erinnerungen aus

Deutschland. So entstanden drei zusammenhängende Kurzromane über den Kampf der Berliner Kommunisten, die nach der Befreiung unter dem Titel *Auge in Auge* erschienen. Ich fuhr wieder nach Hause, meine Mutter besuchen, und dann weiter nach Wien, wo ich am Weihnachtsabend 1933 im Café de France, Wiens einzigem geöffnetem Kaffeehaus, den *Unvollendeten Satz* begann. Ich wußte, daß ich eine Arbeit in Angriff nahm, deren Drucklegung ich ebensowenig erleben würde wie die von *Auge in Auge*, ich schloß mit meinem bisherigen Leben ab und hörte für das öffentliche Bewußtsein auf, ein Schriftsteller zu sein.

Der Wiener Arbeiteraufstand vom Februar 1934 unterbrach zwar die Kontiunierlichkeit meiner Arbeit, da die österreichische Kommunistische Partei mich mit verschiedenen Aufgaben betraute, die ich begeistert und hoffnungsvoll ausführte, doch schrieb ich weiter Tag für Tag an meinem Roman. Nach der Niederschlagung des Aufstands war ich noch eine Zeitlang in der Roten Hilfe tätig, ich versteckte Menschen in meiner Wohnung und half ihnen bei der Flucht in die Tschechoslowakei, bis die Polizei auf mich aufmerksam wurde. Ich mußte Wien verlassen, ich reiste nach Hause und kurze Zeit später nach Spanien weiter, damals das billigste Land Europas. Ein Jahr lang lebte ich in Palma de Mallorca, mit einer durch Käse, Brot und Orangen erworbenen Magensenkung, aber glücklich, und als ich mit dem zweiten Band fertig war, hatte ich mir eine solch zuverlässige schriftstellerische Disziplin angeeignet, daß ich ruhig nach Budapest zu meiner siebzigjährigen Mutter zurückkehren konnte, die in ihrem Alter nicht mehr länger allein bleiben wollte. Ich benötigte noch ungefähr ein Jahr, um den Roman zu Ende zu bringen und ihn endlich in meinem Schreibtischfach einschließen zu können.

In diese Zeit fällt meine Freundschaft mit Attila József, mit dem mich im wesentlichen der gleiche Geschmack in Politik und Literatur verband. Über seinen Selbstmord kam ich schwer hinweg.

In der Zeit zwischen der Beendigung meines Romans und der Befreiung 1945, also in den nachfolgenden sieben Jahren, konnte ich kaum schriftstellerisch arbeiten, ich schrieb Novellen und Gedichte für die wenigen Zeitschriften und Zeitungen, die mir noch ihre Seiten öffneten. Auch sie verschlossen sich vor mir, als mich 1938 ein Gericht wegen der Übersetzung eines Reisebuches über die Sowjetunion zu zwei Monaten Zuchthaus verurteilte. Ab Januar 1939, als ich nach Verbüßung meiner Strafe das Sammelgefängnis verließ, durfte ich meine Feder nur noch für Übersetzungen benutzen. In sechs Jahren übersetzte ich an die vierzig Bände aus dem Französischen, dem Englischen, dem Italienischen und dem Deutschen, meistens unter einem Pseudonym oder dem Namen von Freunden; überwiegend waren es miserable Bücher, die mir die damalige Verlagskonjunktur zuwies. Ich gab es endgültig auf, jemals noch Schriftsteller werden zu können.

1942 drängte mich die völlige Hoffnungslosigkeit in eine neue psychische Krise, aus der mir die Liebe meiner zweiten Frau heraus- und in eine resignierende, aber Versöhnung mit mir selbst bringende Ruhe hinüberhalf. Am zweiten Weltkrieg nahm ich meines Alters wegen nicht teil. Unter der deutschen Besatzung leistete ich hauptsächlich illegale Arbeit karitativer Art in Budapest, in dieser Zeit wurde mein Bruder von den Deutschen verschleppt und umgebracht. Der Terror der Pfeilkreuzler verschonte auch mich nicht, aber er vermochte mir weder seelisch noch körperlich etwas anzuhaben.

Nach der Befreiung, die mir meinen Glauben an die Freiheit zurückgab, begann ich wieder zu schreiben. Noch 1945 erschien *Auge in Auge*, anderthalb Jahre später dann der *Unvollendete Satz*. Seither arbeite ich mehr oder weniger kontinuierlich.

Juni 1955

Fünfzehn Jahre sind seit der Niederschrift dieses Fragments vergangen. Auch sie nicht ereignislos, aber ihre Geschichte wartet noch der Niederschrift. Was den Leser vermutlich am meisten interessiert: Zwei Romane sind in dieser Zeit erschienen, *Herr G.*

in X. und *Die Geschichte vom Leben und Sterben des heiligen Ambrosius* sowie ein Novellenband mit dem Titel *Liebe,* man hat einige Stücke von mir gespielt, ich habe Aufsätze und Artikel geschrieben und einen ganzen Band Erzählungen, die in diesem Buch zu finden sind.

Budapest, Dezember 1966

Das Mädchen in Prag

Man kann nicht fliehen! Er fährt im Zug, auf einer knarrigen Holzbank sitzend, Heuschober huschen draußen vorbei, die Strahlenbündel fremder Bahnhöfe schrecken ihn aus dem Schlaf, jemand schreitet die Waggons ab, Türenschlagen, das ist Erynnes mit einem Hammer in der Hand, die Lokomotive tutet und hastet weiter, draußen regnet es, gegen Morgen beugt sich der sanfte Kopf einer Kuh durch das Fenster herein, auf offener Strecke ruckt der Zug plötzlich und hält an: Vor der Lokomotive steht mit erhobenen Händen die Erinnerung, ein nackter Körper, die Schultern ein wenig hochgezogen, wie gerade erst fröstelnd aus dem Bett gehüpft, und schaut, den hübschen Mädchenkopf zur Seite geneigt, forschend um sich.

Der Morgen graut, die Lokomotive pfeift und bremst, eine Bahnstation ist erreicht, draußen regnet es. Der Lehrer blickt nicht hinaus. Das Fenster ist beschlagen, mit dem Zeigefinger kann man verschiedene Anfangsbuchstaben hineinmalen; der bescheiden gekleidete Mann, der ihm gegenübersitzt, nutzt die Gelegenheit. Haßerfüllt betrachtet ihn der Lehrer. *»Non serviam«*, murmelt er und holt tief Luft. »Gespenster bedienen wir nicht!« Der junge Mann gegenüber blickt verträumt vor sich hin. Schluß mit der frommen Ergebenheit, denkt der Lehrer, wir treiben die historischen Reliquien mit dem Besen aus und schreiben neue Anfangsbuchstaben an die Tafel. Soll ich vom eigenen Blut leben, von der Erinnerung, vom Nichts? ... B.A., ich wische dich aus! Er spürt, wie ihm Tränen in die Augen steigen, die letzten Tränen, die er um sie weint. Er schneuzt sich, streicht sich das Haar aus der Stirn. »Bettler!« sagt er laut zu dem fremden jungen Mann hin. »Wie bitte ... sagten Sie?« fragt der überrascht. »Nichts«, brummt der Lehrer, »warm ist es!« Er steht auf, zieht an dem Lederriemen und versenkt das Fenster, die historische Erinnerung, langsam in den schmalen Spalt, in dessen Dunkel kein Auge je geschaut hat. *Requiescat in pace!*

Der Dampf wird aus den Heizungsrohren abgelassen, zischend schlägt er zwischen den Rädern hervor. Kalte Morgenluft strömt in das überheizte Abteil und bewegt den am Haken hängenden Regenmantel, raschelnd gleitet ein Stück Papier vom Sitz. Auf dem Nachbargleis zischt eine Lokomotive. Nebelumhüllte Gestalten laufen an den Schienen entlang, jemand schaukelt eine rot blutende Lampe, von fern sind Rufe zu hören, und als der Zug langsam anfährt, beugt sich aus dem dunklen Zug auf dem Nachbargleis unerwartet ein kalkweißes Gesicht und streckt dem Lehrer im Licht der Bogenlampe seine lange gelbe Zunge heraus. Die Fahrt wird schneller, die Räder rattern, die Station verschwindet im Nebel. Über den Feldern schweben Krähen.

Eine halbe Stunde später ist Prag erreicht. Der Lehrer steigt aus, höflich verabschiedet er sich von dem fremden jungen Mann, der nach Pardubitz weiterreist. Mit seinem Handgepäck steigt er in ein Taxi. »Hotel Adria.« Den Namen des Hotels hat er unterwegs erfahren und – daß es wärmstens zu empfehlen sei, denn es liege im Zentrum der Stadt, am Václavské náměstí, sei aber trotzdem billig und sauber, alle Handelsreisenden stiegen dort ab, hatte der Handelsreisende gesagt, der es ihm empfahl, und aufmunternd den Fragenden angesehen, in dem er einen Handelsreisenden vermutete. Als solcher, aus dem Drogistenfach, hatte der Lehrer sich ihm dann auch vorgestellt. Und als er jetzt, im Taxi sitzend, zurückdachte an den schmächtigen Burschen mit dem blonden Schnurrbart, wie er sich unter der Gaslampe des Abteils vor dem Aussteigen auf irgendeiner Provinzstation, über den Sitz gebeugt, mit einem Reiseschuhlappen, zu dem ein eigenes graues Leinwandfutteral gehörte, sorgsam die Schuhe gesäubert hatte, mit seiner Reisekleiderbürste den Anzug und mit einer Schnurrbartbürste den Schnurrbart, um sich dann mit selbstzufriedenem Lächeln in einem kleinen Handspiegel zu betrachten — als ihm der penetrante Uringeruch der Provinzstation einfiel, der ihm durch das Fenster entgegengeschlagen war und in dem das Bürschlein verschwand wie ein Taucher im Meer, aus dem es keinen Aufstieg mehr gibt, da schüttelte er sich und spuckte auf die Straße hinaus. Die Straße war aus Asphalt und glänzte im Regen, wie auch die Budapester Straßen im Regen glänzen, die Häuser beiderseits ähnelten manchmal den Budapester Häusern und unterschieden sich dann gänzlich vom vertrauten Straßenbild; aber der Lehrer schloß lieber die Augen, als daß er die Außenwelt wahrnahm, die ihn von nun an, wenigstens für eine Weile, nichts mehr angehen würde ... er sah lieber auf die Uhr des Taxis, auf deren Zifferblatt unbekannte Zahlen erschienen. »Fliehen!« sagte er laut.

Das Auto hielt, jemand nahm ihm die Tasche aus der Hand, er trat in ein kleines Vestibül, ein bärtiges Portiergesicht starrte in das seine, er füllte den Meldezettel aus, einen Augenblick lang überlegend, ob er sich nicht unter falschem Namen eintragen sollte, dann fuhr er mit dem Lift zum Zimmer hinauf, das noch nicht saubergemacht war, auf der Gepäckablage glänzte lackschwarz ein Hutkarton, da ein flüchtig zusammengelegtes kariertes Plaid, das Bett war ungemacht, am Haken hing ein Frauenmantel, und Seifengeruch zog durch das Zimmer, ein nasses Handtuch lag auf dem Fußboden — er musterte den Raum flüchtig, dann schlug er verärgert die Tür zu. »In einer halben Stunde komme ich zurück«, sagte er auf deutsch, »machen Sie inzwischen sauber!«

Mittlerweile schien die Sonne. Frierend — in der Nacht hatte er ja kaum geschlafen — strich er an den Schaufenstern entlang, dann trat er in ein Durchgangshaus, Václavské Passage, und frühstückte in einer Art riesiger Milchhalle, wo er an der Kasse vorher einen Zahlzettel lösen mußte; für einen Augenblick blieb er vor einem Kino stehen, dessen unverständliche Reklamebilder von einem ebenso unverständlichen Text erklärt wurden, dann gelangte er wieder auf die Straße, von neuem auf den großen Platz, und er beschloß, ihn einmal rundum abzuschreiten, dann erst ins Hotel zurückzukehren und sich für zwei Stunden aufs Ohr zu legen. Er umrundete den Platz. Dabei zählte er acht Kinos, von denen sechs in Kellerräume eingebaut waren, und an die zehn Kaffeehäuser, diese aber allesamt im Obergeschoß. »Kafana«, las er laut die tschechische Aufschrift und starrte vor sich hin. Die halbe Stunde war noch immer nicht vorüber.

Sollte er sich die Frauen ansehen? Er zuckte mit den Schultern. *»Ut aliquid fiat«*, murmelte er, den Mund verziehend, dann lehnte er den Rücken bengelhaft an eine Plakatsäule, zündete sich eine Zigarette an und musterte die Frauen. Flüchtig dachte er daran, wie unordentlich, ungewaschen, zerknittert er nach der nächtlichen Reise wirken mochte, er war im Wintermantel, hier trug man bereits den Übergangsmantel, seit drei Wochen hatte er sich – einer Wette wegen – nicht mehr rasiert ... Ulysses war auch unrasiert, als ihn das Meer ausspie, dachte er und lachte ... »Guten Morgen, schöne Nausikaa!« sagte er laut und zog tief den Hut vor einem dicken Weibsbild, das in der Tür eines Herrenbekleidungsgeschäftes stand, einen klassischen Mantel in den Händen, und den Gruß mit einem überraschten Blick beantwortete. Er lachte wieder auf, sah vor sich hin, spazierte dann langsam bis zur nächsten Ecke. Dort blieb er stehen und betrachtete die Frauen.

Zuerst eine kleine, schwarzhaarige, die an der Hausmauer auf dem Pflaster hockte, auf einer Art Matte, sie streckte die Hände vor und wandte das blinde Gesicht, in dem die Nase fehlte und wie zwei rote Wunden nur die dunklen Löcher in der Mitte auszumachen waren, der Sonne zu. Auf dem Gesicht des Scheusals spannte sich milchweiße Haut mit flaumigen, rosigen Wölkchen auf den Wangen, und zwischen den trockenen Lippen strahlten grellweiße Zähne im Sonnenlicht. Aus dem Mund war mit kurzen, wiederkehrenden Pausen ein hohes, gedehntes Fiepen zu vernehmen.

Er steckte die Hände in die Taschen und betrachtete die Frau eingehend. So eine müßte ich zur Frau haben, dachte er bei sich, die man ausnutzen könnte, die mir für jeden Atemzug zahlen würde, die von vornherein so gedemütigt ist, daß sie für ein Streicheln auch das noch hingäbe, was von ihrer Nase geblieben ist! Er lächelte gequält, warf den Kopf auf und sah sich weiter die Frauen an. Drei kamen ihm eben entgegen, Arm in Arm, und es war, als leerte sich um sie herum plötzlich die Straße, sie waren allein auf dem Gehweg, hinter ihnen spielte der Widerschein der Schaufenster, deren Licht mit faltenlosem Schleier den Asphalt bedeckte. Sie mochten noch zwanzig Schritt entfernt sein, als er sie erblickte. Das ineinanderfließende Hupen der Autos, das Läuten der Straßenbahnen verstummte seltsamerweise auf einmal, und in der vollkommenen Stille hörte man nur das Gehen der drei, wie sie, auf ihren hohen Hacken im gleichen Takt ausschreitend, auf ihn zukamen. Außen die beiden waren blond, die in der Mitte schwarz, die aufeinandergepreßten Lippen aller drei karminrot geschminkt, und während sie sich näherten wie im Lichtspieltheater ein auf die Zuschauer zurasender Zug, wuchsen sie plötzlich, sich rasch vom grauen Hintergrund der Straße abhebend. Sie werden mich umrennen! dachte der Lehrer und zwinkerte nervös mit dem rechten Auge, mit dem er schlechter sah. Nun nahmen die drei riesenhaften, schlanken Gestalten schon den ganzen Gehweg ein, aber durch ihre transparenten Körper sah man noch wie durch Milchglas in verschwommenen Konturen das Wogen der Straße, die viel kleineren, schwarzen menschlichen Gestalten, die, ihnen kaum bis zum Knie reichend, langsam hinter ihnen einhertrippelten. Was ist das? dachte der Lehrer bestürzt. Was wollen sie von mir? Warum kommen sie auf mich zu? Was bedeuten sie? Er trat zurück. Ihr rennt mich um! hätte er fast laut gerufen, und er erbleichte vor Angst. Die Morgensonne schien in die drei hohen Gesichter. Trotz ihrer übermenschlichen Dimensionen nahten sie leichtfüßig, mit spielerischer Grazie und dennoch in unheimlich anmutendem Tempo, das alle lebenden und toten Hindernisse vor ihnen auf dem Gehweg hinwegfegte; in seiner Bedrängnis sprang ein mausgroßer Foxterrier vor ihren Beinen in die Höhe und hetzte im nächsten Augenblick mit flachen Ohren und eingezogenem Schwanz davon. An der Ecke angelangt, blieben sie kurz stehen; durch die Körpermitte der linken zeigte sich vage der Kopf der hinter ihr hockenden Bettlerin, er konnte genau das weißhäutige, verstümmelte Gesicht mit der fehlenden Nase und der an ihrer Stelle klaffenden dreieckigen dunklen Öffnung ausmachen; mit schiefem Lächeln blickte sie auf ihn aus dem sie dunkel umgebenden großen Körper, und ihm war, als streckte sie ihm für einen Augenblick die Zunge heraus ...

Er wandte sich ab. Ein bebrillter alter Herr stand neben ihm und murmelte mit fragender Miene etwas auf tschechisch. *»Je ne vous comprends pas«*, antwortete der Lehrer, lüpfte den Hut und ging weiter. Fliehen, dachte er bei sich, sonst rennen sie mich um! Er sprang in die schmale Tür einer Fleischerei und kaufte Schinken. Prager Schinken in Prag – bekam man hier wohl auch ungarischen? Als er den Laden verließ, fiel ihm das Päckchen aus der Hand. Er bemerkte es nicht, aber jemand lief ihm nach und machte ihn darauf aufmerksam. Er bedankte sich nicht.

Er lungerte noch eine geraume Zeit lang auf der Straße herum. In einem Durchgangshaus, vor dem Schaufenster einer Blumenhandlung, sprach er ein Straßenmädchen an; sie hatte, anders als B.A., goldblondes Haar und hellblaue Augen, nicht schwarze, trug aber ein ebensolches sandfarbenes Kostüm am mageren Körper und ebensolche gelblichen Wildlederhandschuhe ... Sie verstand weder Deutsch noch Französisch, lächelnd und schweigend sah sie ihm ins Gesicht. »Antworte schon«, sagte er ungeduldig, »wie heißt du, sag schon was ...« Das Mädchen begann zu sprechen, weich und mit fremdartiger Melodie; ihre junge Gesichtshaut war weiß, als würde sie mit Milch genährt werden, die Augen blau, der Hut auf dem dichten Haar über ihnen rostfarben; beim Sprechen lachte sie, scheinbar unbegründet, mehrmals leise auf ...

Der Lehrer starrte ihr eine Weile ins Gesicht, dann senkte er die Augen und blickte zu Boden. Er spürte, daß er errötete. Er wandte sich ab und zog sich im Spiegel des Schaufensterglases mit sorgfältigen, pedantischen Bewegungen die Krawatte zurecht. Kakteen standen im Schaufenster. Die eine hatte einen weißen Bart. Der Lehrer lächelte. Einen Augenblick lang blieb er noch stehen, dann schritt er unvermittelt weiter, auf einen Barbierladen zu.

Aber er hatte kaum zwei Schritte zurückgelegt, da fühlte er, wie ihn hinten jemand am Mantel zupfte. Rasch wandte er sich um und starrte mit errötendem Gesicht in das verwunderte weiße Antlitz des Mädchens. »Was willst du?«

Passanten drehten sich um.

»Proč odcházíš?« fragte das Mädchen leise.

Er zuckte mit den Schultern. »Ich kenne Sie nicht«, entgegnete er ebenso leise, »wie heißen Sie?« Seine Lippen bebten vor Zorn und Scham. Aber noch bevor er es hätte verhindern können, legte ihm das Mädchen plötzlich die bloße warme Hand auf den Mund. »Pst, pst«, wisperte sie und zeigte mit der anderen Hand zur gegenüberliegenden Seite der Straße. »Adria ... Adria ...«, wiederholte sie mehrmals. Lächelnd, mit fragender Miene blickte sie ihn an. »Fünfzig Kronen ... fünfzig ...«, setzte sie stockend hinzu, neigte den Kopf ein wenig zur Seite und lächelte wieder.

Er hob die Hand und versetzte dem Mädchen mit ein wenig verzerrtem Gesicht einen Nasenstüber, dann machte er kehrt und verließ gemächlich die Passage. Er hörte, wie es in seinem Rükken zu einem Wortwechsel kam, jemand lachte, er hörte eilige Schritte hinter sich, aber anscheinend galten sie nicht ihm, denn sie hielten inne, bevor sie ihn einholten, auch der Lärm hinter ihm verstummte, noch bevor er die Straße erreichte.

Er blickte auf seine Uhr. »Die halbe Stunde ist um«, sagte er zu sich selbst und ging eilig in Richtung des Hotels. Als er an die Ecke gelangte, wo die verunstaltete Bettlerin saß, verlangsamte er die Schritte und nickte ihr mit freundlichem Gesicht zu. »Wie geht's, schöne Frau?« fragte er laut.

Doch sie verstand Ungarisch. »Gott wird Sie strafen«, erwiderte sie.

Er suchte vier, fünf Tage, bis er in der Vodickova ulice, in einem alten Viertel der Innenstadt, ein Zimmer mietete. Es hatte zwei Fenster, jedes blickte aus der Höhe von drei Stockwerken auf eine handbreite Gasse hinab, wo keine Autos fuhren, sich nur winzige Fußgänger und Radfahrer bewegten, unter dem einen Fenster saß ein Würstchenverkäufer an seinem Herd und sang. Im Zimmer gab es ein eisernes Bett, einen Tisch, ein Waschbekken und zwei Stühle, über deren Lehnen je ein gelbes Spitzendeckchen hing. Die Tür führte auf einen breiten Flur mit steinernem Fußboden, dort befand sich auch die Wasserleitung, unter ihr standen Tag und Nacht zwei Eimer, immer, wenn er Wasser holte, stieß er sich die Beine an ihnen. Im Nachbarzimmer sang ohne Unterlaß von sechs Uhr morgens, da stand sie auf, bis sieben Uhr morgens, da ging sie ins Büro, die Tochter der Zimmerwirtin.

Alle zwei oder drei Tage hing der Flur voller gewaschener Wäsche, die an einer von Tür zu Tür gespannten Leine getrocknet wurde. Fröhlich jagten sich Kinder zwischen den bis zum Boden reichenden Laken. Im übernächsten Zimmer spielte eine schwerhörige Frau an jedem Nachmittag Klavier.

Aber der Lehrer vernahm von alledem keinen Laut. Blind und taub saß er in seinem Zimmer und arbeitete, und wenn er zuweilen die Arbeit für eine halbe oder ganze Stunde unterbrach, lief er auf die Straße hinab und ging in das Kaffeehaus an der Ecke, wo im Vorraum ein Spielautomat stand, an dessen Glücksrad man sich mit Fünfzig-Heller-Münzen versuchen konnte: Er spielte eine halbe Stunde oder eine ganze, bis er sein tägliches Taschengeld von drei, vier Kronen verloren hatte, dann ging er langsam in sein Zimmer zurück und arbeitete weiter. Spazierengehen, an der Moldau entlangbummeln konnte er vorläufig nicht — später, wenn er wieder ruhiger wäre und die Kraft haben würde, seinen Erinnerungen ins Auge zu schauen... Er war schon zwei Wochen hier und hatte noch nicht das Rathaus mit der musizierenden Uhr gesehen.

An den Vormittagen mußte er das Haus verlassen, damit sein Zimmer aufgeräumt werden konnte. Er frühstückte im Café Edison, erledigte seine Post, arbeitete bis elf oder zwölf in einer Ecke, in die er sich zurückzog wie die Schlange in ihr Nest, um niemanden zu sehen und von niemandem gesehen zu werden.

Doch mit der Ankunft jedes neuen Gastes schreckte er aus seinen Manuskripten hoch, und nach einer Woche kannte er bereits das gesamte Vormittagspublikum, jeden einzelnen.

Auch das großgewachsene, blonde Mädchen; sie kam täglich gegen neun Uhr und saß bis elf am Tisch dem seinen gegenüber, las Zeitung, schrieb Briefe und blickte oft zu ihm herüber. Sie war nicht nach seinem Geschmack; gegen die unwillkürliche Strenge ihres hohen, fleischigen, großen und allzu klar ausgeformten Gesichtes kam das sanfte Licht ihrer Augen nicht an. Ihr Gang war wogend und schwer, ihre Formen, die den Körper in ruhige, große Proportionen aufteilten, waren breit. Auch ihre Hände waren groß und regelmäßig. Dieser Körper kennt keinen Humor, dachte der Lehrer insgeheim, er ist so eindeutig wie die germanischen Göttinnen. Eine anachronistische Erscheinung: Nimm Streitaxt und Schild in die Hand und begib dich nach Walhalla! Aber das Mädchen las die Annoncen in der *Bohemia* und aß, gemächlich mit ihren großen weißen Zähnen kauend, Butterbrote.

Was guckst du mich an! dachte er gereizt. Meinst du, ich brauche Ermutigung? Wo soll ich mich verstecken, in welchem Winkel der Welt, um Ruhe zu haben?

Die Sonne schien durch das Spiegelglas und blinkte auf an dem straffen blonden Dutt des Mädchens, über dem leicht wie Flaum die ungebändigten Härchen wogten, ähnlich einer feinen Goldwolke. Sie saß mit gesenktem Kopf, in der Neigung des kräftigen jungen Halses Würde und selbstbewußte Ergebenheit. Sie hat winzige Ohren! dachte der Lehrer. Gereizt schlug er auf den Tisch, wandte sich dem Fenster zu und blickte auf die Straßenkreuzung hinab. »*Příkop*, das heißt Graben«, murmelte er. »Schau nicht her, sonst kann ich nicht arbeiten . . .! Du bist so blond, als hießest du Else. Such dir ein anderes Kaffeehaus!«

Doch das tat das Mädchen nicht. Auch er tat es nicht, denn sobald er den Fuß auf die Straße setzte, vergaß er das Walhalla, und er schreckte erst wieder hoch, wenn um neun Uhr waffenklirrend die ungeharnischte Göttin ins Edison Einzug hielt. Sollte er mit zwei Handwörterbüchern unterm Arm das Kaffeehaus wechseln? Morgen! dachte er. Morgen frühstücken wir woanders!

Wie das Bleistück, das, wenn es aus der Höhe in den Sand geworfen wird, augenblicklich darin verschwindet, so daß sich der Sand darüber schließt, stürzte er sich in seine Studien, und hin und wieder nur tauchte er für einen Atemzug mit zerstreutem und gemartertem Gesicht an die Oberfläche empor: um beim Fleischer, am Schenktisch stehend, zu Mittag Schinken zu essen mit Gurke und einem Glas Bier oder nach Mitternacht im benachbarten Café einen Kaffee zu trinken ... Zuweilen, wenn er tagsüber sehr erschöpft war, trat er auf den Flur hinaus und spielte zwischen den Laken Versteck mit den tschechischen Kindern, mit denen er nicht sprechen konnte. Aber sie nahmen ihn nicht ernst.

Am fünften oder sechsten Tag regnete es schon in aller Frühe, es war kalt, und die Fenster des Kaffeehauses waren so beschlagen, daß man nicht zur Straße hinausschauen konnte. Er fühlte sich wie in einem Gefängnis. Als sich um neun Uhr das große blonde Mädchen an den Tisch gegenüber setzte, stand er auf und ging schnellen Schrittes auf sie zu. Antispasmodikum, dachte er, eine rasche Liebe löst vielleicht den Krampf der alten! Er blieb vor dem Mädchen stehen und stellte sich vor, hastig, mit leicht gereizter Stimme.

»Setzen Sie sich«, sagte das Mädchen auf deutsch und lächelte ihn, den Kopf aufwerfend, an. »Ich heiße Else.«

Er setzte sich und starrte ihr ins Gesicht. Sie gefällt mir nicht, dachte er und zupfte an seiner Krawatte. Sie ist schön, und trotzdem gefällt sie mir nicht! »Mir war, als hätten Sie mir zugeblinzelt«, sagte er nachlässig, »deshalb bin ich herübergekommen.«

Sie sah ihn verwundert an, für einen Augenblick schien sie verlegen. »Sie haben recht«, sagte sie dann ruhig. »Ich habe Sie angesehen, weil Sie mir gefielen. Sind Sie mir böse?« Ihr Gesicht war ernst geblieben, sie lächelte nicht.

»Aber ich habe Sie doch auch angesehen«, murmelte er. »Und sicherlich habe ich sogar zuerst ...«

Beide verstummten sie. Kräftiger Kaffeeduft erfüllte den

Raum, aus dem rückwärtigen Teil war ein Klirren zu hören, als wäre ein Glas auf einem Tablett umgefallen. Am Nachbartisch saß eine betagte Dame mit einer Brille und mit einem kräftigen schwarzen Schnurrbärtchen unter der Nase, mit tiefer Stimme stritt sie sich mit dem Kellner. Das Mädchen lachte leise auf. »Die Dame sagt«, übersetzte sie ihm leise, »wenn das Kaffeehaus nicht auf die *Vogue* abonniert, wird sie nicht mehr herkommen. Wozu braucht die noch die *Vogue*?«

Sie wurde wieder ernst. Mit langsamen Bewegungen, als wollte sie sich von ihrer eigenen Jugendlichkeit überzeugen, streckte sie ihren großen, elastischen Körper. Ihr Gesicht wurde rosig vor Zufriedenheit. »Ich sehe, ich gefalle Ihnen nicht«, sagte sie dann langsam und mit ernster Miene. »Ich bin zu groß, nicht wahr?«

»Schon möglich«, sagte er schroff. »Kein Mann verzeiht es einer Frau, wenn sie größer ist als er. Wenn Sie erlauben, gehe ich an meinen Tisch zurück.«

Aber das Mädchen beugte sich vor. »Warten Sie«, sagte sie. »Glauben Sie wirklich, daß ich ... Gefalle ich Ihnen tatsächlich nicht?«

Plötzlich schien die Sonne zwischen den Wolken hervor und warf ein breites Strahlenbündel auf das junge Gesicht des Mädchens, die den Lehrer mit gerunzelter Stirn und neugierig ansah. Wie jung sie ist! dachte der auf einmal gerührt. Und ganz ohne Koketterie. »Nicht doch«, sagte er laut, »vielleicht gefallen Sie mir sehr, vielleicht ist mir sogar ein wenig bange vor Ihnen, und deshalb die Schroffheit!«

Er verstummte, sein Gesicht verdüsterte sich unvermittelt, er starrte vor sich hin. Aber sie bemerkte das nicht. Ein zufriedenes, glückliches kleines Lächeln schwebte um ihren Mund; sie hob beide Hände, spannte sie in schlankem Bogen rückwärts und stützte mit ihnen — wie mit den Henkeln eines alten Kruges — ihren schweren Haarknoten ab. »Ich heiße Else«, sagte sie, »gefällt Ihnen mein Name?«

»Ja«, antwortete er zerstreut. »Wie alt sind Sie?«

»Neunzehn.«

»Sind Sie Deutsche?«

»Ja, aus Karlsbad. Ich suche eine Stellung, deshalb bin ich jetzt in Prag.«

Sie erwiderte jemandes Gruß, der, als der Lehrer aufblickte, schon vorbeigegangen war, so daß er nur noch den Rücken sah.

»Der ist Ungar ... Sie auch?« fragte das Mädchen. »Sind die Ungarn ... alle so schwarz? Ein Verwandter von mir lebt in Budapest ...«

»Was für eine Stellung suchen Sie? Ja, als Maschinenschreiberin ... das habe ich mir gedacht. Schlagen Sie es sich nur aus dem Kopf, nach Budapest zu kommen ...«

»Warum?« fragte das Mädchen verwundert. »Man sagt ...«

»Das ist kein Ort für Sie«, antwortete er gereizt. »Die Frauen dort sind von anderem Schlag ... Sie würden dort kaputtgehen, Fräulein! Dafür sind Sie zu einfach ...«

»Ich hatte aber schon einen Geliebten«, meinte sie und blickte ihm blinzelnd ins Gesicht. »Ich bin doch schon über neunzehn! Glauben Sie mir nicht? ... Sehen Sie sich meine Geburtsurkunde an!«

Die aber fiel ihr aus der Hand und schwebte auf den Boden. Er bückte sich und strich dem Mädchen unter dem Tisch mit der Handfläche über das Bein.

»Was ist?« sagte sie und errötete. »Warum lachen Sie? Etwa, weil ich keine Seidenstrümpfe anhabe?«

»So kann man nicht nach Budapest kommen, meine Gute«, sagte er, die Arme zum Himmel streckend. »Da mögen Sie noch so schöne Beine haben, in solchen Strümpfen läßt die Polizei Sie nicht in die Innenstadt, Fräulein. Da haben Sie noch Glück, wenn Sie in den Außenbezirken geduldet werden!«

Ihre Hände wirkten ein wenig ungepflegt, wie vom Wind ausgetrocknet und aufgerauht. »Dann kann ich nicht nach Budapest«, sagte sie nachdenklich, »Seidenstrümpfe hab ich nur zwei Paar!«

Er blätterte in ihren Papieren. »Malecek heißen Sie?« fragte er. »Wie spricht man das aus? ... Tatsächlich, neunzehn Jahre! Was ist Ihr Vater? ... Lehrer! Ein Kollege also. Kommen Sie, wir gehen!«

Auf der Straße wehte ein starker Frühlingswind, er führte kräftigen Erd- und Wassergeruch von den Hügeln jenseits der Moldau heran. Der Lehrer bemühte sich nicht um einen aufrechten Gang, das Mädchen sollte nicht glauben, er recke sich ihretwegen. »Begleiten Sie mich zum Hauptpostamt?« fragte er. »Dorthin lasse ich die Briefe an mich adressieren. Danach gehen wir Mittag essen!« – »Ich muß auch noch zum Büro des *Prager Tageblattes«*, sagte das Mädchen, »ob jemand auf meine Annonce geantwortet hat!« – »Sind Sie gut im Maschineschreiben?« – »Ja«, sagte sie, »vergangenes Jahr habe ich im Prager Wettbewerb den ersten Preis gewonnen. Wie schön das Wetter ist!«

Das Wetter ist schön, sie begleiten einander zum Hauptpostamt und zur Zeitung, sie gehen ins Restaurant. Das Mädchen will nichts essen, sie pflegt mittags nichts zu essen, sie hat um diese Zeit keinen Hunger. Von der Nachspeise läßt sie sich ein wenig geben, sie trinkt ein Glas Wein, aber den bezahlt sie selbst. Sie gehen auf der alten Brücke über die Moldau und hinauf in die Berge, spazieren zwischen Villen einher. Hier zwischen dem windgezausten Laub wirkt der große, klare Körper des Mädchens leichter, sie hält ihren Hut in der Hand, geht mit langen Schritten durch den Sonnenschein und erzählt ihr Leben. Der Lehrer schweigt, später nimmt auch er seinen Hut ab. In einem Gartenlokal hoch über dem Fluß trinken sie Kaffee. Sie sind allein, er küßt das Mädchen. Warum blickt sie mich so fragend an, denkt er, als ob sie nicht glaube, daß ich es ernst meine! Es ist still, aus der Ferne hören sie ab und an Kindergeschrei, die ersten Frühjahrsschmetterlinge flattern in die Sonne hinan, eine Eidechse kommt auf die niedrige Mauer geflitzt und blickt mit starrem Kopf auf die Stadt hinunter. Das Mädchen fügt sich ernsthaft den Küssen, sie wehrt sich nicht, später kommen Gäste und lassen sich an den Nachbartischen nieder, nun könnten sie sich nur noch unterhalten, er nimmt sich seine Manuskripte vor. Das Mädchen strickt. »Was stricken Sie?« fragt er. »Eine Krawatte!« – »Für wen?« – »Für dich.« – »Ich mag gestrickte Krawatten nicht.« – »Dann bekommt sie mein Vater.«

Als es kühl wird, gehen sie. Er bezahlt den Kaffee, das Mädchen protestiert nicht. Arm in Arm spazieren sie den Berg hinab, sie sprechen kaum ein Wort, wer weiß, woran sie denken. »Am Abend gehen wir ins Kino«, sagt er. »Ja«, sagt sie. »Und vorher zu mir, Abendbrot essen?« fragt er und bemüht sich nun doch geradezugehen. Das Mädchen schweigt. »Wozu?« meint sie ernst. »Ich glaube nicht, daß ich Ihnen gefalle!« Sie fühlt, ein Arm umklammert hart ihre Hüfte. »Doch, sagen Sie?« wiederholt sie fragend und nachdenklich. »Sind Sie sich sicher?« Ihr Gesicht ist ernst, sie setzt sich den Hut auf, schon haben sie die Stadt erreicht, es ist kalt. »Ich gefalle Ihnen?« wiederholt sie und lächelt weich. »Ich bin müde, nehmen wir die Straßenbahn!«

Auf dem Václavske náměstí steigen sie aus. »Dort wohne ich«, sagt er und deutet auf eine Nebenstraße. Das Mädchen nickt. »Ich geh nach Hause und ziehe mich um«, sagt sie, »um sieben Uhr komme ich.«

Er steht am Fenster, die Stirn an die Scheibe gepreßt, und betrachtet die Gasse mit den kleinen Lichtern, die der Abendhimmel von oben her mit einem rot wogenden Vorhang abschließt. Er hat einheizen lassen, denn die Frühlingsabende sind kühl, der Kachelofen hinter ihm läßt ein tiefes Summen vernehmen, aus seinem Türchen fällt rotes Licht auf den Fußboden. Aus dem Nachbarzimmer hört er den silbrigen Singsang der heimgekehrten Wirtinnentochter.

»Gleich sieben Uhr«, sagt er. »Else wird pünktlich sein.«

Er wendet sich vom Fenster ab, für einige Augenblicke möchte er noch allein sein. Das Zimmer liegt im Zwielicht, undeutlich sind auf dem Tisch Päckchen zu erkennen. Er bückt sich und hebt die Kinokarten auf, die ihm aus der Tasche gefallen sind; er hat sie schon vorher gekauft und weiß selbst nicht, warum. Dann geht er auf und ab im Zimmer, spricht laut. »Nach Platon«, sagt er, »ist die Wahrheitssuche das einzige würdige Ziel unserer Handlungen. Gegen unsere Leiden zu kämpfen und sie zu beseitigen ist ein Ideal, welches nur durch Selbstvernichtung zu realisieren ist. Also?«

Er bleibt mitten im Zimmer stehen und reckt wie ein Rhetor die Arme.

»Also?«

Sieben Uhr und eine Minute. »Jetzt tritt sie ins Haus!« Er blickt aus dem Fenster, gerade verschwindet das Mädchen in der Haustür. Ich gehe ihr entgegen, denkt er und setzt sich auf den Stuhl.

»Warum sind Sie so pünktlich?« sagt er ärgerlich, als das Mädchen eintritt. »Warum lassen Sie mich nicht warten? Wenn ich eine halbe Stunde am Fenster gestanden hätte deinetwegen, hätte ich mich in dich verliebt!«

Sie senkt den Kopf, schweigt.

»Ich hätte mich in dich verliebt«, fährt er rührselig fort, »wenn ich nicht sowieso schon in dich verliebt wäre, du Gute!« Er umarmt das Mädchen, küßt sie, zieht sie auf seinen Schoß. »Kümmre dich nicht darum, was ich rede«, sagt er, »ich hab eine scharfe Zunge, bei uns daheim ißt man viel Paprika. Du hast dich geschminkt?« Er zieht ihren Kopf herab, starrt ihr ins Gesicht. »Wie konntest du das tun«, sagt er entsetzt, »Göttinnen schminken sich nicht. Du bist die Göttin der Fruchtbarkeit, nicht für Liebe, nicht für Verführung geschaffen! Mater dolorosa, wieviel Kilo wiegst du?«

Das Mädchen nimmt sein Gesicht zwischen ihre großen Hände und blickt ihn lange an. »Spotte nicht«, sagt sie, »das macht mich traurig.« Sie beugt sich herab und küßt ihn gierig auf den Mund. Von der Straße unten hören sie den Gesang des Würstchenverkäufers, im gegenüberliegenden Haus geht eine Lampe an und wirft über die Straße hinweg einen blassen Lichtstreif in das Zimmer. Der Lehrer küßt mit geöffneten Augen. Durch den Rock spürt er den heißen Körper, die Brüste drücken sich hart gegen seine Brust. Dieser Sturm, denkt er, wird mich hinwegreißen!

»Nein ... nimm die Hand weg«, flüstert das Mädchen, »erst wollen wir essen ... Ich habe Hunger«, setzt sie keuchend hinzu und springt auf. »Hast du Abendbrot mitgebracht?« Sie geht zum Spiegel, richtet ihr Haar. Die Erregung läßt kleine rote Flecke auf ihrer weichen Haut erglühen. Sie glättet ihren zerknitterten Rock. »Erst wollen wir essen, ja?« fragt sie flüsternd und streicht ihm zärtlich über das Haar. »Wo ist der Lichtschalter? Hast du keine Tischdecke? Du ißt aus dem Papier? Macht nichts! Ist auch Bier da?«

»Tritt mir nicht auf die Füße«, sagt er. »Wieviel Kilo wiegst du?«

Das Mädchen lacht laut.

»Nackt zweiundsiebzig«, sagt sie. »Ist das viel?«

Er antwortet nicht, sieht düster vor sich hin, spielt mit seiner Uhrkette. »Liebst du mich?« fragt er laut. Das Mädchen wendet sich überrascht um und wirft ihm einen dankbaren Blick zu. »Wenn du mich liebst«, fährt er fort, »dann verzichte auf das Abendbrot. Ich will dich nicht essen sehen ... aus dem Papier ... mit den Fingern ... mit diesem unbändigen Lebenswillen ...«

Er sieht, daß ihn das Mädchen verständnislos anblickt und nicht einmal lächelt.

Es ist still, aus dem Nachbarzimmer ist das Ticken der Weckuhr zu hören. Ihm fällt ein, daß das Mädchen nicht zu Mittag gegessen hat. »Wir gehen später was essen«, sagt er laut, »später, nach der Vorstellung ... Setz dich jetzt zu mir auf das Sofa!« Er schaltet die Lampe aus, das blasse Licht, das aus den gegenüberliegenden Fenstern über die blaue Gasse hereinfällt, genügt. Schweigend liegen sie nebeneinander auf dem Sofa, die Wände leuchten weiß, auf dem Flur schlagen ab und zu Türen, jemand geht zur Wasserleitung, plätschernd fließt das Wasser in die Kanne, von der Gasse dringt grelles Fahrradgeklingel herauf. Er will vergessen. »Zieh dich aus!« sagt er geistesabwesend. Begierig glänzen die Perlmuttknöpfe der Bluse im Dunkeln. »Hörst du das Hundegebell?« sagt er. »Voriges Jahr hatte ich auch einen Hund, wenn ich wegging, legte er sich vor die Tür und jaulte und jammerte, bis ich nach Hause kam. Er war unausstehlich, weißt du, unerträglich. Sind wir beide auch solche Hunde? Nein, das ist kein Symbol, Else, ich will niemanden über irgend etwas belehren. *De strigis quae non sunt, nulla questio fiat* . . . das hat ein König bei uns gesagt. Würdest du vor der Tür jammern?«

Er verstummt. Kommen wir zur Sache! denkt er. Mißmutig knipst er die Strumpfbänder auf und streift die Strümpfe von den weißen Mädchenbeinen. »Warum sprichst du kein Wort?« fragt er heiser. »Du hast eine weiche Haut . . . Warst du je am Meer? Hast du je einen Sturm gesehen, wie er sich daraufstürzt und, die riesigen Hände und Beine niederdrückend, pfeifend hineindringt? Der salzige Geruch das ruhelosen Meeres . . .«

Er blickt in ihr Gesicht, das, zur Seite gewendet, mit geschlossenen Augen auf dem Kissen ruht. Ihr langes Haar ist offen und hängt von der Armlehne des Sofas zum Boden. Auf dem Fußboden leuchtet weiß ein Stück Papier im Mondschein, eine Fliege kriecht darüber. »Ich bin ein schwaches Stürmchen heute abend!« sagt er laut. Für einen Augenblick erbleicht er, er wendet sich ab, ihm scheint es, als hätte er eine vertraute Stimme hinter der Tür gehört, eine tiefe Frauenstimme. Er verscheucht die Fliege vom Papier, brummend fliegt sie zur Decke empor. »Rede schon«, sagt er, »laß mich deine Stimme hören. Hast du eine tiefe Stimme?« Doch das Mädchen schweigt. Lautlos wartet der hingebungsvolle, große Körper im Dunkeln.

»Im vorigen Jahr war ich zu dieser Zeit in Italien«, sagt er und legt die Hand auf ihre Brust. Aber er spricht nicht weiter, er hat vergessen, was er sagen wollte. Die warme Haut unter seiner Hand glüht, dennoch empfindet er Enttäuschung, so etwa, wie ein treppab steigender Körper, der unvermutet auf ebenen Boden tritt, wo er eine weitere Stufe erwartete und benommen aus dem Gleichgewicht gerät . . . Er ist an eine andere Haut, eine andere Glut, eine andere Gestalt gewöhnt, und als hätte er im Unterbewußtsein einen Schlag versetzt bekommen, erschlafft er am ganzen Körper und sieht abwesend vor sich hin. »Wie spät ist es?« fragt er. »Gleich neun! In ein paar Minuten beginnt die Vorstellung! Komm, zieh dich an, beeile dich! Du willst nicht mitkommen . . . doch, doch, komm nur! Nach der Vorstellung gehen wir wieder hierher . . . ganz bestimmt, wir werden die ganze Nacht zusammensein, nicht wahr . . . wir legen uns ins Bett . . .« Er streicht ihr über das Haar, springt auf, macht Licht, zieht sich vor dem Spiegel die verrutschte Krawatte zurecht. Dann geht er auf und ab, den Blick auf den Boden gerichtet, bleibt hin und wieder am Fenster stehen, schaut auf die Gasse hinaus, trommelt mit den Fingern an die Scheibe. Der Magen knurrt ihm, er ist hungrig, er wendet sich um.

»Was hast du?«

Das Mädchen liegt noch auf dem Sofa. Mit geschlossenen Augen und abgewandtem Gesicht, so, wie er sie verlassen hat, das glänzende Haar hängt über die Lehne zum Boden herab. Er runzelt die Stirn. »Was ist«, fragt er ungeduldig, »gehen wir nicht?« — »Doch!« antwortet das Mädchen und setzt sich bebend auf. »Ich zieh mich schon an, mein Herz!« sagt sie heiter und beginnt grundlos zu lachen.

Bevor sie gehen, essen sie rasch eine Kleinigkeit, mit fettigen Fingern. »Bist du hungrig, Lieber?« fragt das Mädchen und streicht ihm sanft über das Gesicht. In der Tür dreht sie sich noch einmal um und betrachtet das Zimmer. »Kommen wir zurück?« fragt sie, Gleichgültigkeit vortäuschend, aber ihre Augen sind demütig, und über ihnen brennt wie eine goldene Fackel mit wildem Licht der blonde Haarknoten. »Natürlich«, sagt der Lehrer. Er bedauert schon, daß sie weggehen. Jetzt, da sie sich angezogen hat, vermeint er plötzlich, sie sei für ihn unerreichbar geworden, und er mustert sie so habgierig wie ein Geizhals den rollenden Taler. Sie ist weg, denkt er bei sich; er weiß nicht, was er damit meint, aber er spürt es genau. Auf der Straße weht ein kühler Wind, eilige Gestalten huschen unter den Bogenlampen dahin, die Kinoportale gleichen großen roten Schlünden, die die wie Flocken durchs Dunkel treibenden Verliebten aufsaugen. Er hat sich bei dem Mädchen eingehängt. Einmal dreht er sich um.

Im Dunkeln dann preßt er den namenlosen Körper an sich, der sich mit allen Gliedern gehorsam seiner Hand fügt. Um elf ist die nach Fichten duftende Vorstellung zu Ende, sie schlagen die Richtung ein, wo der Lehrer sein Zimmer hat. Als sie um die Ecke biegen, bleibt das Mädchen für einen Augenblick stehen, sieht grübelnd vor sich hin, schabt mit der Schuhspitze über das

Pflaster. »Was ist«, fragt er ungeduldig, »warum bleibst du stehen?« Else bedenkt ihn mit einem langen, forschenden Blick, ihre Augen leuchten grün in der Dunkelheit. Dann senkt sie den Kopf und läuft weiter neben ihm her. »Liebst du mich?« fragt sie so leise, daß er es kaum hört. Statt einer Antwort drückt er sie an sich.

Die Klingel schlägt an, sie müssen lange auf den Hausmeister warten. Dann hören sie ihn vom anderen Ende des steinernen Flures in seinen Pantoffeln herbeischlurfen, die Schritte kommen näher, die Haustür öffnet sich, und die Taschenlampe des Hausmeisters leuchtet ihnen in die Augen. »Entschuldigen Sie«, sagt er zögernd auf deutsch zu dem Lehrer, »die Dame darf ich nicht einlassen.« – »Wie das?« fragt der Lehrer aufgebracht und sieht Else an. Der Hausmeister legt, um Verständnis heischend, die Hand aufs Herz. »Nach zehn Uhr darf ich keine Damen ins Haus lassen«, sagt er und richtet seine Taschenlampe nochmals auf das Gesicht des Mädchens. »Kommen Sie allein herein?« fragt er. »Nein?« Die Haustür schließt sich, der Schlüssel wird im Schloß gedreht. Starr blickt der Lehrer einen Augenblick lang mit gerötetem Gesicht auf die Tür.

»Ich gehe mit zu dir«, sagt er zu dem Mädchen, und die Beschämung treibt ihm den Schweiß auf die Stirn. »Wo wohnst du?«

»Im Hotel de Paris.«

»Wo ist das?«

»Sehr weit weg ...«

»Wo?«

»Am Straßburger Bahnhof. Ich möchte nicht, daß du dorthin mitkommst«, sagt sie langsam und senkt den Kopf. »Man kennt mich dort, in mein Zimmer darfst du nicht.«

»Ich nehme mir ein anderes. Wir werden getrennt ins Hotel gehen ...«

Das Mädchen scheint wieder aufzuleben, ihre Stimme klingt heller. »Ja«, sagt sie, »das Hotel ist billig, man bekommt schon für sechzehn Kronen ein Zimmer. Du mußt ein Einbettzimmer verlangen. Sechzehn Kronen«, wiederholt sie nachdenklich.

Sie gehen zur Haltestelle der Straßenbahn. Unterwegs setzt Regen ein, sie gehen schneller, damit der Strohhut des Mädchens nicht aufweicht, wenige Leute sind auf der engen Gasse unterwegs, aus dem offenen Maul einer Kneipe tönt betrunkenes Geschrei, an der Ecke streiten sich ein Mann und eine Frau lauthals. Als das Mädchen in die Straßenbahn steigt, bemerkt der Lehrer hinter ihr, daß ihr Rücken gekrümmt ist – plötzlich so krumm, als trüge sie eine schwere Last. Der Wagen ist fast leer; sie setzen sich nebeneinander und sehen aus dem Fenster, an dem langsam die gelb glitzernden Regentropfen herabrinnen. Die Fahrt dauert lange, sie sind mehr als drei Viertelstunden unterwegs, die Bahn rattert durch spärlich beleuchtete Vorortstraßen, menschenleer im strömenden Regen; wenn an einer Haltestelle jemand zusteigt, füllt sich der Wagen mit dem sauren Dampf nasser Kleider, faltig glänzen Pfützen auf dem Fußboden. »Bist du müde?« fragt der Lehrer. »Nein«, sagt das Mädchen. Hupend fährt ein Auto an ihnen vorüber, läßt sie hinter sich. Im Wagen ist es still, niemand spricht. Auch sie beide schweigen. Seit der Hausmeister sie von der Haustür vertrieben hat, hat er dem Mädchen noch nicht ins Gesicht zu blicken gewagt. Jetzt will er den Kopf heben, aber gerade steht das Mädchen auf und geht zur Klingel. Sie steigen aus. Der Regen rauscht hernieder in der kühlen Nacht, rechts und links liegen unbebaute Grundstücke, von fern hört man das Pfeifen eines Zuges. Gegenüber der Haltestelle ein dreigeschossiges Haus, das ist das Hotel, über dem Eingang schemenhaft ein Schild.

Sie schauen sich ins Gesicht. Das Mädchen ergreift seine Hand. »Liebst du mich?« fragt sie leise. »Ja«, sagt er gierig und langt nach ihren Hüften, gehorsam schmiegt sich der große Körper an seine Brust. »Warte, bis mich der Portier eingelassen hat«, flüstert sie, »ich habe Zimmer siebenunddreißig.«

Er wartet, geht dann zur Tür und klingelt, der Portier öffnet, er fragt nach einem Zimmer, sie gehen zur Portierloge, gerade da verschwinden in der letzten Biegung der nach oben führenden Wendeltreppe zwei nasse Beine in Seidenstrümpfen, Elses Beine. »Ein Einbettzimmer ist nicht frei, nur eins mit zwei Betten!« –

»Was kostet es?« – »Vierunddreißig Kronen.« Er sieht in seiner Geldtasche nach, es reicht gerade, er zahlt im voraus und füllt den Meldezettel aus, dabei sieht er am Schlüsselbrett nach, ob der Schlüssel unter der Siebenunddreißig schon fehlt – ja, er ist weg, dann folgt er dem Portier, der ihm, Brot kauend, den Weg zeigt. Unterwegs sucht er mit dem Blick das Zimmer Nummer siebenunddreißig; seine Tür liegt mit zwei anderen in einer Nische des Ganges, drei Schritte weiter schließt der Portier, mit seinen Schlüsseln rasselnd, schon sein Zimmer auf. »Danke.« Er zieht sich den durchnäßten Mantel aus, das Zimmer riecht nach Terpentin, vor dem Spiegel richtet er seine Krawatte, auf Zehenspitzen stiehlt er sich hinaus, die Siebenunddreißig hat eine Glastür, er klopft leise, warum ist es dunkel dort drinnen, er klopft nochmals, warum antwortet sie nicht? Er wartet, klopft wieder, überlegt, geht in sein Zimmer zurück. Vielleicht macht sich Else für die Nacht zurecht, vielleicht will sie fünf Minuten allein sein; er wartet fünf Minuten, kehrt wieder zurück, betrachtet verwundert die Tür, an die er vergeblich klopft, vergeblich schlägt mit den Fäusten, immer lauter, niemand antwortet, das Licht geht nicht an, vergebens lauscht er, das Ohr an die Scheibe gedrückt, nichts ist zu hören als unten das Herumtappen des Portiers, der das Poltern vielleicht gehört hat und nun unruhig horcht. Auf Zehenspitzen läuft er in sein Zimmer zurück. Er tritt vor den Spiegel, denkt nach, zupft an der Krawatte. »Wo bin ich?« fragt er laut. Auf dem Gang brennt nur eine einzige blasse Glühbirne, die Wände sind schmutzig, breite Löcher in dem roten Läufer, hinter der dunklen Glastür antwortet niemand, vergebens pocht er mit den Fäusten, nur im Nachbarzimmer wachen Leute auf, Gemurmel rechts und links hinter den Wänden, dann grelles Läuten, sie läuten nach dem Portier, damit er für Ruhe sorgt – er hastet in sein Zimmer, schließt sich ein, setzt sich auf das Bett, starrt vor sich hin. »Warum?« fragt er laut. Der Portier kommt herauf, schlurft den Gang entlang, geht wieder. Auf der Straße wie Salvenfeuer das Klingeln einer Straßenbahn. Er zieht einen Stuhl vor die Siebenunddreißig, Mitternacht ist längst vorbei, er setzt sich auf den Stuhl und betrachtet seine Schuhspitzen, aus einem anderen Zimmer ist Wasserplätschern zu hören und das eintönige Murmeln einer tiefen Männerstimme, so, als bete sie. Hin und wieder schlägt er mit der Faust an die Tür, die Scheibe klirrt. Der matt beleuchtete Gang hat einen eigenartigen Geruch, einen aufdringlichen Geruch nach schmutziger Wäsche. Er sitzt regungslos und starrt die Tür an. Wie halten ihre Nerven den Lärm aus und das Wissen, daß ich vor ihrer Tür lauere wie ein Raubtier? denkt er und pocht mit der Faust an die Scheibe. Er weiß mit Sicherheit, daß sie in diesem Zimmer ist, denn er ist beim Portier gewesen und hat ihn unter dem Vorwand, ein Bier zu trinken, nach Fräulein Malecek ausgefragt, ob sie tatsächlich in der Siebenunddreißig wohne, ob sie allein hinaufgegangen sei, ob sie nicht erwartet worden sei, ob sie nächtliche Gäste mitzubringen pflege ... nein, nicht doch, nein! – und ob er, der Portier, ihr persönlich den Schlüssel ausgehändigt habe, dann könne doch jetzt niemand sonst in ihrem Zimmer sein, nicht wahr? Das alles weiß er, und er sitzt regungslos vor der Tür, und manchmal schlägt er mit der Faust an die Scheibe. Warum? Um sie aufmerksam zu machen! Worauf? Daß sie seine Gefangene ist! Gegen Morgen zündet er – in einem letzten Auflodern seiner Wut – ein Blatt Papier an und schiebt es unter der Tür hindurch in das Zimmer, drinnen geht für einen Augenblick schwaches Licht an und dann wieder aus. Er betrachtet die schmutzigen Schuhe. »Warum?« fragt er laut. »Hat sie mich bestraft? Weil ich nicht fliehen konnte? Woher wußte sie es? Warum muß ich hier vor einer fremden Tür sitzen, in einem fremden Hotel, und mit Drachenflügeln schlagen, als bewachte ich das goldene Vlies von Kolchis? Vor wessen Tür sitze ich hier? Ich bin zu einer mythologischen Figur geworden: Mit dicken steinernen Gliedern sitze ich vor der Liebespforte, die sich mir erst öffnen wird, wenn ich das erlösende Zauberwort weiß. B. A., in deinem Namen erbitte ich Einlaß! Sie öffnet sich nicht. Warum nicht? Hat meine Liebe hier nichts getaugt und dort nichts? Habe ich nicht den Preis für die Ware entrichtet? Errötete ich, als ich hätte hassen müssen – oder wagte ich nicht zu töten? Alles nur halb: mit halbem Herzen, hinter vorsichtigem Rüstzeug, immer nur auf einem Bein hüpfend vor einer Tür, und wenn sie sich öffnet, ist es gut, und wenn sie sich nicht öffnet, dann auch ... Ach, es wird schon hell, und Poseidons Rosse galoppieren wiehernd über dem Dach der Absteige. Da sitze ich nun mit Ringen um die Augen vor der Tür eines Mädchens. *On ni soit qui mal y pense* – rein bin ich gekommen, und rein gehe ich. Wieviel soll ich dem Erzengel Gabriel für meine weiße Nacht berechnen? Weinen, das kann ich.

1931

Kaluska

Der Hahn krähte schon zum siebten Mal. »Nu . . . nu!« sagte Tante Gyöngy schlaftrunken, rieb sich die Nase, trat ans Fenster und öffnete es. Natürlich wurde es bereits hell, die Landstraße unten im Tal staubte weiß, und vor dem Fenster, auf einem Ast des Nußbaums, schaukelte sich eine große Amsel und lugte vorwurfsvoll in die Stube. Tante Gyöngys Haus war das letzte am steilen Berghang, bei den Nachbarn im Haus darunter qualmte schon fröhlich der Schornstein. Sie hob die Nase und schnupperte. »Ei, ei«, sagte sie und nieste, »die backen Krapfen in aller Frühe!« Der qualmende Schornstein war ihr zum Greifen nahe; hätte sie nicht so kurze Arme, sie könnte ihn heranziehen und hineingucken. Aber in den Hof hat sie Einblick: Gerade hat der Hahn den Kopf gehoben, um zum achten Mal zu krähen, da läutete die Kirchenglocke, und aus dem übernächsten Haus trat hemdsärmelig der Bäckermeister und verpaßte vor der Tür seinem Sohn zwei kräftige Ohrfeigen. »Krapfen . . . früh am Morgen!« brummelte Tante Gyöngy unzufrieden und lief barfüßig zum Zaun des kleinen Gartens hinab, von wo aus sie den Nachbarn in die Küche blicken konnte. »Gütiger Himmel!« sagte sie. Wären es nur Krapfen gewesen, aber Krisztina buk Palatschinken in aller Frühe, sie hielt die Pfanne über das lodernde Feuer, schwenkte sie und warf die Palatschinke so hoch, so hoch . . . Tante Gyöngy hätte sich fast bekreuzigt. Sie verlor die Palatschinke aus den Augen und mußte bis elf zählen, bis sie, schwupp, in die Pfanne zurückfiel. Sie lief in die Stube hinauf. Als sie wieder am Fenster stand, flog gerade eine weitere Palatschinke aus dem Schornstein, drehte sich in der Luft schimmernd auf die Fettseite wie eine Katze auf die Beine und fiel zurück. Der Hahn krähte zum neunten Mal.

Derweilen hatte sich die Sonne ganz über den Hügel erhoben und ließ ihr weißes Licht auch über die unterste Häuserzeile des Dorfes fluten, so daß die Dächer wie mit einem großen Topf Milch bespritzt aussahen. Alle Schornsteine begannen zu rauchen, funkelnd öffneten sich die Fenster und sandten helle Botschaften kreuz und quer durch das Dorf. Der Herr Lehrer trat in sein Gärtchen und klopfte mit dem Rohrstock seinen schwarzen Sonntagsanzug aus.

In der Nacht hatte es geregnet, das Dorf glänzte gebadet und reingewaschen, als wollte es zur Hochzeit gehen, im Sonnenlicht. »Gehst du zur Hochzeit?« fragte die Lehrersfrau, aus dem Fenster gelehnt, ihren Mann, aber sie wartete die Antwort nicht ab, sondern lief zum Schuppen und ließ ihre drei Hühner heraus. Die Tierchen waren so mager und ausgetrocknet wie Bretter, aber immerhin ließ das eine oder andere in seinem Übermut hin und wieder noch ein Ei fallen, so wie eine alte Jungfer ein seltenes Lächeln. »Gehst du?« fragte die Frau. »Natürlich gehst du«, brabbelte sie. »Es gibt keinen Nichtsnutz im Dorf, zu dem du nicht gehen würdest. Dabei nehmen diese Bobáks nicht mal den Hut ab ...«

Doch der Lehrer klopfte wortlos weiter seinen Sonntagsrock aus. Der Schweinehirt kam am Haus vorbei und blies so kräftig in sein Horn, daß ein großer Floh vor Schreck vom Rockkragen ins Gras plumpste. Der Lehrer gab ihm mit dem Stöckchen eins über die Nase und stieß einen langen Pfiff aus. »Der dritte!« sagte er. »Wenn meine Hühner so fett wären wie meine Flöhe, würde ich meine Frau lieber haben.«

Vom Berghang wanderten die Gänse in langen Reihen zur Landstraße hinüber, an deren Rand sich das Regenwasser gesammelt hatte. Pfützen blinkten überall in der Sonne, an den Gräsern funkelten Tautropfen, und wenn der Morgenwind über sie hinstrich, fielen sie ab wie tanzenden Königen die Krone. Im herrschaftlichen Obstgarten, den eine niedrige Steinmauer vom Dorf trennte, blühten bereits die Apfelbäume, in zartem Rosa steckten sie die Köpfe zusammen, beugten sich über die Mauer und schauten in den Bach hinab.

»Péter!« rief schrill Mária Kalács, die Schustersfrau, und lehnte sich weit aus dem letzten Fenster der unteren Häuserzeile, hinter der gleich die herrschaftliche Steinmauer begann. »Péter, wo bist du?« Eine Biene brummte vor ihrer Nase, und sie wich erschrocken zurück. »Péter, zeig dich schon!«

Péter lag bäuchlings am Ufer des Baches und baute aus glänzenden Kieseln ein Haus im Wasser. Im Zimmer darin saßen sich zwei schlanke grüne Frösche auf einem großen roten Thron gegenüber und unterhielten sich. »Schönes Wetter heute«, sagte der Ehemann. »Wie schön zu leben!« meinte die Ehefrau und streckte kokett ihr hellgrünes Bein vor. »Was haben wir für einen geschickten Bauherrn!« bemerkte der Ehemann laut, damit Péter es hörte. »Ich werde ihn beauftragen, uns einen Stall für die Fliegen zu bauen.« — »Ich bin hungrig«, sagte das Frauchen sehr laut. »Ich auch!« rief Péter. »Ich bin auch hungrig. Aber erst werdet ihr tanzen.« Er hob seine Flöte an den Mund. Die Frösche spitzten die Ohren, dann nahmen sie sich sittsam bei der Hand und begannen zu tanzen. Je lauter die Flöte spielte, um so stärker begann der Bach zu flimmern, und dann verströmte er ein so kräftiges und geheimnisvolles Licht, daß Péter aufhören mußte zu musizieren.

Abends, überm stillen Tale
sitzt du unter hohen Föhren.
Wenn der Wind im Mondlicht schweiget,
kannst mein Herz du schlagen hören.

»Péter!« war erneut von dem rosafarbenen, niedrigen Haus her zu hören. »Wenn du nicht kommst, brat ich dir eine über, daß . . .«

In der Ferne pfiff ein Zug. »Hast du Hunger, mein Sohn?« fragte Frau Kalács und sah den Jungen mit Rührung an. »Möchtest du Mittag essen?« Péter nickte, ja, das möchte er. »Wir haben kein Geld, Péter!« fuhr die Frau fort. »Lauf zu den Kaluskas und bitte um ein bißchen Mehl, Zucker, Eier, Salz ...« Das übrige war nicht mehr zu hören, denn drohend nahte eine Biene, und Tante Kalács schlug rasch das Fenster zu. Péter ging. In seinem Rücken wurde das Fenster wieder geöffnet. »Schau auch bei den Hochzeitern vorbei!« rief ihm die Mutter nach. »Sag dem Mihály, daß ...«

Die Kaluskas wohnten am anderen Ende des Dorfes, am Schwarzen Ende, wo die herrschaftliche Schnapsbrennerei, die Zuckerfabrik und die Dampfmühle standen. Péter mußte die ganze lange Steinmauer umrunden, die den Obstgarten, den großen Park und das Schloß umgab, und dann in eine kleine, steinige Schlucht hinabsteigen, durch deren Tiefe ein dünnes Bächlein rann. Von hier führte durch einen Kiefernwald ein schmaler Pfad den Hang hinauf, wo sich das gespaltene Dorf fortsetzte. Am Schwarzen Ende wohnten größtenteils die Arbeiter, die in die herrschaftlichen Fabriken arbeiten gingen. Péter kam nur hierher, wenn er die Kaluskas »besuchte«.

Woher haben sie soviel Mehl, Zucker, Eier und Salz, dachte er und blies ein großes, fröhliches Fragezeichen mit seiner Flöte in die Luft. Wer aus dem Dorf auch vorspricht, allen gibt Frau Kaluska etwas. Man sagt, daß sie es vom Gut stehlen, nachts, wenn der Mond scheint. Aber wo verwahren sie all die vielen Dinge, daß sie immer geben können, wie viele auch bitten kommen! Nachdenklich blieb er stehen und ließ einen herabfallenden Sonnenstrahl durch seine Hand fließen, als wäre es ein dünnes Rinnsal gelben Honigs. Ihr Haus ist so klein, daß ich nächstes Jahr, wenn ich größer bin, nicht mehr hineinpassen werde, und ihr Garten so winzig, daß ein Frosch darüber hinwegspringen kann. Immerzu haben sie den Gendarmeriemeister auf dem Hals, er hat sie schon den Garten umgraben lassen und nichts gefunden als einen rostigen Topf mit Goldgeld darin. Der alte Kaluska hat sich hinterher fast totgelacht!

Ein guter, duftender Wind strich durch die blühenden Apfelbäume und streute eine Handvoll rosigen Schnee auf den Weg. »Hoppla!« rief Péter und schwenkte den Hut. Wenn es regnet, klettern sie auf den Regenbogen und verstecken das Mehl und die Eier hinter den Wolken. Ich werde sie bitten, daß sie mich einmal mitnehmen.

Er sprang auf die Steinmauer, schlug die Beine übereinander und schaute in den schattigen Park hinab, in dem hinten, wundersam strahlend, in einem großen, runden Sonnenfleck das weiße Schloß stand. Von hier aus wirkte es klein wie eine Hütte, und die Equipage, die gerade einbog und vorfuhr, glich einer Schachtel, die von zwei Ameisen gezogen wird. Vor der Freitreppe leuchteten lange, viereckige Blumenbeete. Die roten, blauen und gelben Blumen paßten so gut zueinander wie die friedlichen Gedanken im Herzen.

Die haben alles, dachte Péter, und auf einmal war er mißgelaunt. Schnell stieg er von der Mauer, steckte die Flöte in die Tasche und begann zu rennen. Er verlangsamte den Schritt erst, als er die Mauer hinter sich hatte und die Schlucht erreichte. Auf der anderen Seite, zwischen den spärlichen Kiefern, zeigten sich schon die Häuser des Schwarzen Endes.

Unten am Bächlein saß hinter einem Busch ein Herr in weißer Hose und angelte. »He, Junge, komm her!« rief er. Péter blieb stehen. »Lauf ins Schloß«, sagte der Herr, »und sag Bescheid, daß man mir eine Jacke bringen soll.« Péter sah ihn schweigend an. »Hörst du denn nicht?« Péter rührte sich nicht. »Bist du taub?« fragte der Herr und deutete auf seine Ohren. Péter schüttelte verneinend den Kopf, dann hatte er mit einem Sprung das Bächlein überquert und rannte in das Kiefernwäldchen. Er sah gar nicht erst zurück.

Er wurde immer trauriger. Über ihm strahlte die Sonne, und die harzigen Bäume dufteten so gut und kräftig, daß er am liebsten hineingebissen und ein Stück Rinde gelutscht hätte wie ein Bonbon. Keckernd kam ein Eichhörnchen auf den Weg geflitzt, hob den Schwanz, schlug Kobolz und verschwand im Gebüsch. Péter aber wurde um so mißvergnügter, je näher der Waldrand kam. Und als er auf die Landstraße trat und die Häuser erblickte, kamen ihm plötzlich die Tränen, und er setzte sich an den Straßenrand.

Aber kaum hatte er ein bißchen geseufzt, da stieg in der Straßenbiegung eine Staubwolke auf, und eilig nahte ein Fuhrwerk. Der Kutscher war Péter fremd, doch auch in dem, der neben ihm saß, erkannte er kaum Mihály Bobák, so dicht war der Staub, der wie ein glitzernder Vorhang das Fuhrwerk umgab. »Mihály«, rief er erschrocken, »du verpaßt deine Hochzeit!« Der Wagen rollte vorbei, und Péter sah, daß Mihálys Hand eingewickelt war, und durch den Verband drangen dunkle Flecke. Er begann zu schreien, und er lief dem Fuhrwerk hinterher.

Als er an dem Haus ankam, war der Hof schon voller Leute.

»Was ist mit Mihály?« fragte Péter erschrocken.

»Die Kreissäge hat ihm ein paar Finger weggeschnitten«, sagte jemand.

»Wie viele?« fragte Péter.

»Drei oder vier«, antwortete eine dicke Frau.

»Dann ist heut nicht Hochzeit?« fragte Péter neugierig. Aber er bekam keine Antwort.

Er tauchte hinunter und schlängelte sich zwischen den vielen Beinen hindurch ins Haus. Auch dort waren viele Leute, die meisten in Feiertagskleidung. Frau Bobák stand am Fenster und hielt einen großen Hochzeitskuchen in den Armen, in ein Tuch gewikkelt wie ein Windelkind. Auf dem Tisch standen Krüge mit Wein und eine runde weiße Schale mit goldgelbem und rosafarbigem Gebäck. Mihály saß am Tisch. Seine verbundene Hand lag zwischen den Weinkrügen. Péter stellte sich neben ihn und sah sich aufmerksam den Verband an. Dann hob er den Kopf. Er sah, daß Mihály schwitzte und daß ihm sein schwarzes Haar in die Stirn hing, gar nicht so, wie es sich für eine Hochzeit gehört. Péter hob die Hand und strich sich über das Haar.

»Ist heut nicht Hochzeit?« fragte er laut.

Mihály schüttelte den Kopf, als wäre ihm eine Fliege auf die Nase geflogen. »Hochzeit?« wiederholte er. Dann fegte er mit seinem kranken Arm nach rechts und links die großen Weinkrüge vom Tisch. Alle begannen zu schreien, die Krüge polterten über den Fußboden, die Frauen kreischten, Péters Füße und sogar sein rechtes Hosenbein wurden ganz naß von dem Wein. Aber er rührte sich nicht von der Stelle. »Was wird also, Mihály?« fragte er unbeirrt, aber die Antwort, die er bekam, erschreckte ihn doch, und er lief aus dem Zimmer. Von der Schwelle blickte er noch mal zurück, ob Frau Bobák nicht etwa den Kuchen hatte fallen lassen.

Die Kirchenuhr hatte inzwischen neun geschlagen. Er mußte sich beeilen, wenn er wollte, daß bis Mittag ein wenig Essen fertig wurde. Kaluska saß vor dem Haus, als warte er schon auf Péter. Er hatte das gleiche unscheinbare Bauerngesicht wie die anderen im Dorf, nur seine Augen leuchteten stärker. »He, Landsmann!« rief er schon von weitem, als er Péter erblickte. »Komm nicht her!«

»Warum nicht?« fragte Péter, lachte und ging weiter auf das Haus zu.

Kaluska sah ihn mit seinen stechenden Augen starr an. »Mach kehrt und scher dich heim!« sagte er. »Ich hab kein Mehl, keinen Zucker, keine Eier, kein Salz . . .«

Eine goldene Eidechse flitzte glitzernd am Haus hinauf, drehte den Kopf zurück und sah Péter schadenfroh an. Der Maulbeerbaum vor dem Haus verbeugte sich im Wind und schwenkte wie einen löchrigen Kittel seinen großen Schatten hin und her über das Gras. Kaluska sprang auf und begann mit schreckenerregender Stimme zu schreien. »Scher dich heim!« brüllte er. »Kannst du nicht hören, Halunke? Frrr . . . Frrr . . .«, schnaubte er. »Immer betteln. Warum helft ihr euch nicht selbst?«

»Wie sollen wir uns helfen?« fragte Péter. »Wenn es doch keine Arbeit gibt.«

Das Fenster ging auf, und Frau Kaluskas silberhaariger Kopf beugte sich heraus und strahlte wie eine Laterne, die man vor das Haus hängt. »Was schreist du so?« sagte sie. »Nimm ihn am Schlafittchen und verwalke ihn, wenn er nicht verschwinden will.«

Péter zog den Kopf ein. »Mich kann man nicht verwalken, weil ich zurückschlage«, sagte er drohend. »Tante Anna«, rief er unvermittelt, »die Milch brennt an!«

Als die beiden Alten erschrocken kehrtmachten, huschte er flink durch die Tür, setzte sich auf die Küchenbank und lachte leise. »Meine Mutter läßt ausrichten«, sagte er, »Sie möchten uns bitte ...«

»Wir haben nichts, wir haben nichts«, antwortete Frau Kaluska und wiegte sanft den Kopf. Jetzt erst erschrak Péter wirklich.

»Wir haben nichts«, wiederholte Kaluska bärbeißig. »Wir haben nichts, Landsmann! Warum helft ihr euch nicht selbst, hä? Das ganze Dorf lebt von mir, was?«

»Wissen Sie, was Mihály gesagt hat?« fragte Péter plötzlich bedrückt. »Vorhin ist er aus dem Krankenhaus zurückgekommen, die Kreissäge hat ihm gestern abend drei Finger abgeschnitten. Es gibt keine Hochzeit. Er hat gesagt, er wird sich in den Graben an der Landstraße legen, mit einem Gewehr, und wenn heut abend das Auto zur Bahnstation fährt, schießt er die Herrschaft tot.«

»So, so!« sagte Kaluska.

Péter sah ihm nachdenklich ins Gesicht, weil es ihm so vorkam, als billigte Kaluska Mihálys Absicht. Er überlegte. Plötzlich wurde es dunkel in der Küche, draußen bezog sich der Himmel, und mauzend kam die Katze durchs Fenster gesprungen. »Viele sind böse auf die Herrschaft«, sagte er grübelnd. »Das halbe Dorf hungert! Ich hab seit gestern mittag auch nichts gegessen. Bei Mihály habe ich einen großen Hochzeitskuchen gesehen, was wird jetzt aus dem?«

»Ich habe nichts, Landsmann«, sagte Kaluska. »Helft euch selbst!«

Seine Frau trat zum Fenster und beugte sich hinaus. »Es wird regnen«, sagte sie. »Und wenn wir uns was holen?«

»Ich gehe mit«, rief Péter. »Bitte, lassen Sie mich mitgehen! Ich helfe tragen.«

Wenig später machten sich alle drei auf den Weg. Péter hatte so hartnäckig gebettelt, daß die Kaluskas ihn mitnahmen. Jeder hatte sich einen leeren Sack über die Schulter geworfen. Inzwischen hatte es zu regnen begonnen, aber weiter weg schien noch die Sonne, und über dem Berg spannte sich der Regenbogen. Péter war blaß vor Aufregung.

Über einen schmalen Pfad, der durch dichtes Gebüsch führte,

stiegen sie auf den Berg. In der Höhe herrschte solche Stille, wie Péter sie noch nie gehört hatte. Das Laub war grün und doch von anderer Farbe als gewohnt, und auch die Landschaft unten, die er so gut kannte, schien verändert; sie strahlte in einem fremden, eigenartigen Licht wie ein Gesicht, das man zum erstenmal lächeln sieht. Sicherlich ist das wegen der Kaluskas so, dachte Péter. Er war der letzte in der Reihe, vor ihm ging Frau Kaluska, ganz vorn Kaluska. Als sie den Regenbogen erreichten, stieg Kaluska ächzend hinauf und drehte sich um, um seiner Frau behilflich zu sein. Péter kletterte auf allen vieren hinauf und begann sogleich zu jammern, weil er sich die Hände und die nackten Sohlen verbrannt hatte. Kaluska lachte. »Geh auf dem blauen Bogen«, sagte er. Der aber war kalt wie Eis, und Péter hüpfte tänzelnd und stöhnend von einem Bein auf das andere, bis er schließlich in der Mitte einen eigelben lauen Pfad entdeckte, auf dem es sich unbehelligt laufen ließ. »Heut ist der Regenbogen sehr steil«, sagte Frau Kaluska keuchend. »Paß auf, mein Junge, daß du nicht runterfällst, du würdest dir den Hals brechen.«

Schon befanden sie sich hoch über der Erde, zur Rechten schien die Sonne, zur Linken der Mond, wie eine große Silberkugel flitzte er über die Berge. In der Tiefe war jedes Haus des Dorfes zu erkennen, nur am oberen Ende, über dem der Schatten einer großen Wolke lag, wirkte alles ein wenig unscharf. Durch die Schornsteine konnte man auf die Herdplatten sehen und ausmachen, wer was kochte; überall dampften dünne Nudelsuppen. »Bei den Kovácsens werden Palatschinken gebacken!« rief Péter erschrocken und blieb stehen. Kaluska drehte sich um und schaute hinab, dann schüttelte er mißbilligend den Kopf. Eine Palatschinke kam gerade aus dem Schornstein geflogen, so hoch, daß Péter sie hätte schnappen können, wenn er rechtzeitig die Hand ausgestreckt hätte. Der Mond glänzte gespenstisch. Aus Mihály Bobáks Schornstein stieg kein Rauch herauf, eine Menge Menschen stand um das Haus herum, zuweilen hob sich drohend eine Faust, dann liefen die Leute plötzlich auseinander, und Mihály ging vom Hof ins Haus. Was er dort machte, war nicht zu sehen. Am Schloß spazierten Herren und Damen durch den Park, in einer Laube küßten sich eine junge Dame und ein Herr in weißer Hose.

»Komm, Landsmann!« rief Kaluska. »Wir haben noch einen langen Weg vor uns!«

»Wie kommen Sie hier herauf, wenn kein Regenbogen ist?« fragte Péter.

»Gar nicht«, antwortete Kaluska. »Freilich, sehr bequem ist es nicht! Man muß sich nach Regen, Sonne und Helligkeit richten. Eine Eisenbahn läßt sich hier nicht bauen, auch keine Straßenbahn, auch keine Chaussee, Landsmann!«

»Mit dem Flugzeug kann man auch nicht kommen?« fragte Péter. Aber Kaluska schüttelte nur gereizt den Kopf, dann bückte er sich flink und warf ihm eine Handvoll blaues Licht wie einen Schneeball so ins Gesicht, daß Péter fast zu flennen begonnen hätte.

Inzwischen war es mit einemmal dunkel geworden, die Sonne tauchte hinter den Rand des Regenbogens, die Sterne lehnten sich heraus und fegten mit ihren roten und blauen Strahlenbündeln über den Himmel hinweg. Wenn sich Frau Kaluska zuweilen umdrehte, war ihr Gesicht so bunt wie eine liebe Erinnerung. Nachtvögel flatterten mit trägen Schwingen über ihnen, krächzten und ächzten, und manchmal machten sie mit den Flügeln solche Geräusche, als ob es donnerte. Ein goldfarbiger kleiner Vogel ließ sich auf Frau Kaluskas Schulter nieder, pickte sie ins Ohr und begann so süß zu singen, daß Péters Herz zu pochen begann. Wenig später wurde es wieder heller, dröhnend rollte die Sonne zum Horizont herauf.

Sie gelangten an eine kleine Tür; Péter bemerkte sie erst, als Kaluska stehenblieb und sie mit einem knarrenden Eisenschlüssel öffnete. Ungläubig beäugte Péter die Tür, denn er wußte genau, daß sie einen Augenblick vorher noch nicht dagewesen war; da hatte eine kleine graue Wolke an ihrer Stelle geschwebt. Aber dann gab er sich damit zufrieden. Sie traten in eine geräumige, ein wenig dämmerige Kammer, deren Fußboden mehlbestäubt war wie in einer Mühle; aus einem fernen Fenster fiel bleiches

Licht herein. Die Decke war niedrig und verräuchert, nach hinten, zum Fenster hin, schien sie anzusteigen und so blau zu werden wie der Himmel. Dort, auch unter dem Fenster, lag ein riesiger runder Spiegel auf der Erde, so groß, daß sich sein anderes Ende im Zwielicht verlor. Kräftiger Petroleumgeruch erfüllte die Luft, von der Decke hingen Fliegenfänger.

Aha, dachte Péter, das ist Kaluskas Vorratskammer!

An die Wand gelehnt, standen in langen Reihen Mehlsäcke, darüber in den Regalen Honiggläser, Zuckergläser und in vielfarbigen kleinen Säcken Salz, Paprika, Pfeffer, Ingwer, Puderzucker und Rosinen. Ein Stückchen weiter standen hundert Fäßchen mit reinem weißem Schmalz, zwei, drei Bierfässer, ein Karton Würfelzucker, zehn große Körbe Eier und ein offenes Faß, das voller schwarzer Hosenknöpfe war. »Wofür sind die?« fragte Péter und zupfte Frau Kaluska am Rock. Aber sie antwortete ihm nicht. Sie beugte sich über die Geranientöpfe, die in endlos langer Reihe auf einem niedrigen Regal standen, und schalt leise mit der einen Blume, der die Blätter vertrocknet waren. »Du Nichtsnutz«, sagte sie, »kränkelst du wieder? Zwickt dich das Fieber, neckt dich der Erdfloh, beißen dich Läuse, oder bläst du Trübsal? Was welkst du denn, als wärst du nicht bei Troste, du Nichtsnutz? Warte, wenn du nicht zur Vernunft kommst, verbrenn ich dich!« Die Geranie begann vor Schreck zu zittern, schlug die trocknen Blätter vors Gesicht und wandte Frau Kaluska beschämt die Rückseite zu. Die drohte ihr noch mit dem Finger und ging dann an der Reihe entlang weiter. Die schönen roten Blüten hoben prahlerisch die Köpfe, ganz wie gute Schulmädchen, die ihre Lektion gelernt haben.

Inzwischen war Kaluska zum Fenster gegangen, und Péter lief ihm hinterher. An einer angelehnten Tür blieben sie stehen und lugten dahinter: dort lagen unzählige Schweine in einem Stall, ganz vorn ein schöner schwarzer Eber, den Péter sofort erkannte, er stammte aus der Herde des Gutes, aus der er kürzlich, einige Wochen vorher, verschwunden war. Hinter einer anderen Tür hörte man Ziegen meckern. Kaluska stieß Péter an, zog eine Augenbraue hoch und schnitt eine teuflische Grimasse. Als Péter aber zurücklachen wollte, senkte Kaluska die Augenbraue und blickte ihn mit solcher Strenge an, daß ihm das Blut in den Adern erstarrte und das Haar zu Berge stand. Im selben Augenblick wurde das ferne kleine Fenster auf einmal so leuchtend hell, als befände sich ein glühender Stern dahinter, und in diesem Licht erkannte Péter, daß das, was er für einen Spiegel auf dem Fußboden gehalten hatte, ein stiller, bewegungsloser Teich war, von dessen Oberfläche kühler Blumenduft aufstieg. Fliederbüsche standen rechts und links, und wenn der Wind durch sie fuhr, neigten sie sich rasch vor und betrachteten sich im Wasser des Teiches. Das Fenster wurde wieder dunkel.

»Was für ein Teich ist das?« fragte Péter.

»Wein«, antwortete Kaluska. »Tokajer.«

Péter bückte sich und kostete. Aber es stimmte nicht, das war kein Wein, es war gewöhnliches Wasser wie zu Hause das aus dem Brunnen, nur noch ein bißchen bitterer. Kaluska stand hinter dem Gebüsch und lachte.

Der Wind stieß eine weitere Tür auf. Hinter ihr zeigte sich ein kahler weißer Saal, in dem hier und da auf niedrigen Stühlen Menschen saßen und sich mit eigenartigen, leuchtenden Gesichtern unterhielten. Vor einem hohen Fenster saß ein blasses junges Mädchen auf einem Schemel und betrachtete sich in einem kleinen Handspiegel. Dann lehnte es sich mit einer jähen Bewegung aus dem Fenster, langte hinab in den herrschaftlichen Obstgarten, riß einen rosig blühenden Apfelbaum heraus und puderte sich damit, wie mit einem kleinen Pinsel, das Gesicht. Péter stieß einen entzückten Schrei aus.

»Komm schon, Landsmann, an die Arbeit!« sagte Kaluska. »Wir müssen die Säcke füllen und heimtragen.«

Bis zum späten Nachmittag hatten sie schwer zu arbeiten. Als die drei leeren Säcke endlich voll waren und obendrein ein kleiner Flechtkorb mit Eiern gefüllt war, stellte Kaluska die Säcke, die straff gestopft waren wie Würste, nebeneinander, dann ergriff er mit der einen Hand Péter und mit der anderen seine Frau, und Hand in Hand tanzten sie um die Säcke, erst langsam, dann immer schneller. Und je schneller sie tanzten, um so fester drückte

Kaluska Péters Hand, und der mochte noch so laut jammern, die eiserne Umklammerung wurde immer unerträglicher. »Lassen Sie mich bitte los«, wimmerte Péter. Blut rann ihm unter den Nägeln hervor, spritzte auf den Boden und beschrieb einen roten Kreis um die Säcke. Als der Kreis sich schloß, blieb Kaluska stehen und ließ seine Hand los. »Damit du den Ausflug nicht vergißt, Landsmann«, sagte er. »Zeig's auch deiner Mutter!«

Während er sich die blutenden Finger abwischte, dachte Péter, daß er das sowieso nicht vergessen hätte. Aber er sprach es nicht laut aus. Kaluska öffnete die Tür, kalter Wind strömte herein, grell strahlte das Licht des Regenbogens in die Kammer.

Bevor sie jedoch losgingen, rannte Péter zu dem kleinen Fenster zurück, stieg die Leiter hinauf und schaute hinaus.

Felder und Wiesen breiteten sich vor ihm aus, so weit sein Blick reichte. Das Gras war von einem kräftigen Smaragdgrün wie in Landstrichen, wo es viel regnet. Péter atmete tief. Der schwere Duft des ruhig daliegenden schwarzen Ackerbodens stieg zu ihm herauf und erfüllte sein Herz mit Zuversicht. In der Ferne, zum Horizont hin, bauten im Licht der untergehenden Sonne einige Bauern eine Windmühle. Bei der Mühle grasten vereinzelt, wie Blumen, mehrere Kühe, zuweilen hoben sie die Köpfe und muhten. Ein wenig abseits davon ragte der sanfte Turm einer Kirche zum Himmel, lieblich tönte die Glocke, und darunter spazierte eine alte Frau mit schwarzem Kopftuch zwischen dem stillen Kirchhofsgebüsch einher; der Wind trug ihre leisen Worte wie Bienengebrumm über die Landschaft. Péter war die Gegend vertraut, und dennoch betrachtete er sie lange mit beklommenem Herzen und voller Rührung. Auch das Gesicht der alten Frau war ihm vertraut und dennoch fremd, und der ferne, leise Gesang, der von der Mühle her erklang, rührte sein Herz an wie eine liebe Erinnerung, die längst im Herzen eingeschlafen ist und auf einmal unter Tränen und funkelnd wieder aufersteht.

Er kletterte die Leiter hinunter.

»Das war das interessanteste!« sagte er laut und überzeugt.

Sie traten den Heimweg an. Die Säcke brauchten sie nicht auf der Schulter zu tragen, der Regenbogen war so glatt, daß sie wie auf Eis von allein rutschten, man mußte sie nur mit dem kleinen Finger anstoßen. Jeder setzte sich auf seinen Sack, Kaluska zuvorderst, und sie glitten auf den Berg hinunter. Auf der Erde war es inzwischen kalt geworden, es dunkelte.

»Onkel Kaluska«, sagte ein Mann, dem sie im Wald begegneten, »vor einer Stunde haben sie den alten Schloßherrn auf der Landstraße erschossen.«

»Wer war es?« fragte Péter aufgeregt.

Aber der Mann zuckte nur mit den Schultern. »Sie haben ihn aus dem Auto rausgeschossen«, sagte er, »als er zur Bahnstation fuhr. Die Kugel hat ihn ins Herz getroffen, er war sofort tot.«

Péter umklammerte Kaluskas Hand.. »Mihály?« fragte er flüsternd. »Hat er sich also Rat gewußt?«

Aber er bekam keine Antwort. Er ging nach Hause und legte sich hungrig und durstig zu Bett. Die ganze Nacht hindurch wälzte er sich schlaflos hin und her, im Morgengrauen stand er auf und lief ans Schwarze Ende hinüber. Auf der Landstraße, an der Biegung, wo er am Vortag dem Fuhrwerk mit Mihály begegnet war, flog erschrocken kreischend eine Amsel auf, und vom Dorf her kommend, erschienen in der Kurve vier Gendarmen, zwischen ihnen, in Handschellen, Kaluska und seine Frau. Péter drehte sich um und gaffte ihnen verblüfft hinterher. Einige Schritte danach kam der Lehrer mit Tante Gyöngy. Péter lief zu ihnen. »Warum denn?« fragte er flüsternd und deutete auf die Gendarmen und die beiden Abgeführten.

»Kaluska hat den Gutsherrn erschossen«, sagte der Lehrer leise. »Gewiß!« fuhr er fort. »Was zitterst du so, mein Junge? Du sagst, es sei nicht wahr? Aber er hat sich selbst gemeldet beim Notar, noch gestern abend. Na, lauf nach Hause, wenn du krank bist, und sag deinem Vater, er soll einmal vorbeikommen, meine Frau braucht neue Sohlen an den Schuhen.«

Einen Monat später wurden die Kaluskas in der Kreisstadt gehenkt. Doch als der Henker sie am Galgen hochzog, wurden sie auf einmal leicht wie mit Luft gefüllte Schweinsblasen und baumelten am Seil fröhlich hin und her. Im Jahr darauf begegnete ihnen Péter im Nachbardorf, wohin er ging, um seine Großmutter zu besuchen. Kaluska zog eine Augenbraue hoch und zwinkerte ihm zu, und Frau Kaluska drohte ihm mit dem Finger. Aber inzwischen hießen sie anders.

1933

Die Fabrik am Meer

1

Zur Zeit der großen Sommerstreiks im Jahr 1936 arbeitete meine Schwester in Saint-Mars-le-Vieux, in einer Sacknäherei.

Der Betrieb lag am Meer, eine Viertelstunde von dem kleinen Hafen entfernt. Nur die eine Seite der sonnigen, sandigen Straße war bebaut, auf der anderen, zum Meer hin, reichte der feinkörnige Dünensand bis zum Pflaster. Auf dem mit einem Bretterzaun eingefaßten Gelände waren sechs männliche Arbeiter beschäftigt, achtzig bis neunzig Frauen und Mädchen nähten die Säcke in Heimarbeit. Da einer der sechs Männer Pole war und zwei der Freien Gewerkschaft angehörten und sie die Arbeit auch in der dritten Streikwoche nicht niederlegten, besetzten die Frauen eines Junimorgens die Fabrik.

Sie rückten vom Meer her an, sich still unterhaltend, mit sonnenverbrannten, faltigen Gesichtern. Manche trugen einen durchbrochenen weißen Spitzenkopfschmuck, weich wie frischer Meeresschaum kräuselte er sich im dunklen Haar, vergessene jugendliche und bebende Erinnerung an ein morgendliches Bad. Die meisten gingen in Holzpantoffeln, deren hartes Klappern die Stille der sonnenbeschienenen kleinen Straße durchbrach, der kräftige Südwind blies ihnen die Röcke zwischen die Schenkel. Auf dem Fabrikgelände angelangt, verriegelten sie das Tor hinter sich, zehn oder fünfzehn liefen zum Lager, die übrigen blockierten den einzigen Ausgang der Werkstatt. Einige Minuten später entwischten der Lagerverwalter und der eine Vorarbeiter über den hinteren Zaun, wenig später verdrückte sich der Pole. Drei der sechs Männer blieben auf dem Gelände, zwei von ihnen freiwillig.

Während der Lagerverwalter auf Zehenspitzen zum Bretterzaun huschte, der das Gelände von der benachbarten Großtischlerei abtrennte, tauchte auf dem Wasser ein dreimastiges Fischerboot auf und schwamm langsam unter voller Takelage an der Fabrik vorbei, zweihundert Meter vom Ufer entfernt. Die Frauen, fast alle mit Fischern verheiratet oder deren Töchter, blieben einen Augenblick stehen und wandten sich um. Indessen kletterte der Lagerverwalter über den Zaun. Als eine verspätete kleine Verfolgergruppe am Zaun ankam, erwischten die Mädchen nur noch den zweiten Vorarbeiter, Richard Longevin, einen vierzigjährigen, untersetzten Elsässer, der noch an der ihnen zugewandten Seite des mannshohen Zaunes hing. Longevin setzte sich jedoch gleich so verzweifelt zur Wehr, indem er mit seinen dicken, kurzen Beinen wie verrückt nach den Mädchen trat, daß diese ihm nur die Hose vom Leib zogen und ihn dann lachend laufenließen.

Es war gegen acht Uhr morgens. Die Sonne am ungetrübten Himmel strahlte noch mild und war so makellos wie die Gesichtshaut eines lächelnden Backfisches. Auch der zuweilen heftiger wehende Südwind war weich und anschmiegsam, und vom Meer her trieb er gelbliche Schaumfetzen auf die Straße; erbebend blieben sie in kleinen Sträußen am Pflaster haften wie eine rasch wuchernde neue Meerespflanze, die urplötzlich auf das Festland übergreift. Die zitternden, weichen Schaumkugeln waren von einer gelblichen Grundfarbe (nicht so wie die weißen Fliederblüten mit einer Blautönung), und über die Straße schwebend, verfingen sie sich immer wieder in den Pflasterritzen, blieben zwischen den Zaunlatten oder an einer Hauswand hängen, wo sie immer dunkler wurden und schließlich vergingen; eine hervorspringende Ecke des Fabrikzauns allerdings bedeckten sie so dicht und in solch gewaltigem, frischem Schauder, daß die trockenen Bretter einem plötzlich erblühten Apfelbaum zu ähneln begannen. Diese frauliche Vegetation, die für eine halbe Stunde die gesamte Stadt bedeckte, verwelkte in dem Augenblick, da jemand an ihr vorüberging. Das aus der Sacknäherei vernehmliche ungewohnte Rumoren lockte viele Menschen auf die Straße, auch um ihre Beine rankte sich der überall durch die Luft wirbelnde feine Schaum; die im Wind über dem dunkelblauen Meer balancierenden, blendendweißen Möwen wirkten gleichfalls, als hätte die Brise sie aus der Gischt der Wellen herausgerissen. Diese seltsamen wandernden Gebilde schmückten die weiche Morgenstunde wie manchen Herbstabend ein nach Süden ziehender Schwalbenschwarm, der sich zu kurzer Ruhepause niederläßt und auf einen Schlag das Antlitz eines ganzen Städtchens verändert, bis er einige Stunden später spurlos wieder verschwindet, die liebliche Erinnerung der Leichtigkeit und Schnelle zurücklassend.

Stärker als sonst salzte der Südwind die Luft. In den Höfen der zumeist ebenerdigen Häuser flatterte laut die aufgehängte Wäsche, manche Laken leuchteten so blendend im Sonnenlicht, als ob sie aus einem Spiegel gefallen wären. Die Straße war ausgefüllt von der weichen Brandung und den Stimmen der Frauen; nur eine Männerstimme war hörbar, die Longevins, der noch hinter dem Zaun stand und fluchend seine Hose von der Vorsehung zurückverlangte. Innerhalb des Zauns, auf dem Fabrikgelände, hatten sich die Frauen und Mädchen derweil heimisch eingerichtet; manche hatten ihre Flickwäsche mitgebracht, und sie ließen sich nun im Schatten eines Kastanienbaumes auf dem geräumigen Hof nieder, die Mädchen spazierten Hand in Hand am Zaun hin und her, andere beugten sich über den Zaun und riefen lachend auf die Straße hinaus, mehrere Frauen hatten sich hinter dem Lager in den Sand gelegt. Marie, ein rothaariges, korpulentes, vierschrötiges Mädchen, setzte sich in das winzige Büro der Werkstatt und rief Herrn Laurent, den Besitzer der Fabrik, in seiner Wohnung an. Da sie ihn dort nicht erreichte, beauftragte sie seine Frau, ihm mitzuteilen, der Betrieb stehe still und die Arbeiterinnen hätten die Fabrik besetzt. Frau Laurent begann zu kreischen, Marie legte wortlos auf.

Neugierig hatten sich acht oder zehn Mädchen und Frauen aus der Werkstatt in das Büro gedrängt und während Maries Telefongespräch schweigend und mit gerunzelter Stirn den riesigen Panzerschrank gemustert. Sie paßten kaum alle in den engen, verglasten Käfig, aber weil sie dicht beieinander standen, darauf achtend, daß ihre Kleider den Panzerschrank nicht berührten, flößte ihnen nach einigen Minuten die gegenseitige körperliche Berührung Mut ein, sie tauten auf, und statt weiterhin wortlos Umschau zu halten, begannen sie bald, ähnlich wie erwachende Vögel, immer heftiger und ungezwungener zu zwitschern. Zwei junge Mädchen hockten sich vor den Telefonklappenschrank und untersuchten ihn neugierig. Durch das Fenster konnte man auf den Hof sehen, auf dessen kärglichem Rasen in großem Haufen die Hemden, Unterröcke und Strümpfe, die gestopft werden sollten, lagen, drum herum saßen im Schatten des Kastanienbaumes still die Frauen. Erst jetzt sah Marie, daß Frau Marius ihren Säugling mitgebracht hatte. Im Büro war es auf einmal sehr warm geworden, ein Mädchen öffnete das Fenster, ein anderes setzte sich auf den Stuhl am Schreibtisch. »Wenn das Herr Laurent sähe!« sagte eine ältere Frau; in ihrer Stimme klang Scheu und unterdrückte Freude. Für eine Minute wurde es still. »Na und!« sagte Anne, ein stämmiges, lebhaftes Mädchen, und setzte sich mit einem Ruck auf den Schreibtisch. »Die Augen würden ihm übergehen!« Gelächter kam auf. »Wo sitzt du denn?« fragte jemand. »Genau auf der richtigen Stelle«, antwortete Anne. »Wo er sonst seine Hände hat.« Kichernd setzten sich zwei Mädchen neben sie, die eine schürzte vorher sorgfältig ihren Rock.

»Kommt herunter da!« sagte Marie leise. In ihrer volltönenden, reinen Stimme klang noch ein anderer, tieferer und fraulicherer Ton mit, der den Rhythmus ihrer Worte unsichtbar spannte. Sie hatte hellrote Augenbrauen, veilchenblaue Augen und ein volles weißes Gesicht, aus dem eine solche Ruhe strömte, daß es auch beim Sprechen völlig reglos wirkte. »Nun!« sagte sie leise. Die drei Mädchen sprangen vom Schreibtisch, als letzte, mit kaum merklichem Zaudern, die stämmige kleine Anne. Von der Straße drangen Männerstimmen, Männergelächter ins Büro. »Was ist das für ein Lärm?« fragte Marie. »Sieh nach, Anne!« Einige Augenblicke später kam das breitgesichtige Mädchen zurück, mit einem fröhlichen Leuchten in den Augen und mit hundert Lachfältchen im sonnengegerbten braunen Gesicht. »Ich glaube, die ganze Stadt steht vor dem Zaun«, berichtete sie, die Augenbrauen in die Höhe schiebend, das Gesicht zu einer Grimasse verzogen und beide Fäuste in die Hüften gestemmt. »Die Straße ist voller Männer, und alle schreien, daß sie herein wollen!«

»Daß sie herein wollen?« wiederholte Marie, und ihre Stirn rötete sich. Die schwüle Hitze im Büro wurde auch durch das offene Fenster nicht gemildert, die aneinandergedrängten Körper dampften bereits in der zunehmenden Wärme des Vormittags. Der kleine, aus Holz und Glas gebaute Käfig hallte vom Gelächter der Frauen. »In der Möbelfabrik streiken sie schon den zehnten Tag«, sagte ein sommersprossiges Mädchen mit sanfter Stimme, »und die Direktion will nicht mal verhandeln.«

»Herr Laurent wird toben«, meinte jemand.

»Lassen wir ihn ein, wenn er hereinkommen will?«

»Warum sollte er das wollen?« fragte eine ältere Frau mit zerfurchtem Gesicht; ihr Mann war vor einem Jahr im Meer ertrunken, und seither brach sie drei- oder viermal am Tag in Tränen aus, in der Regel aus Anlässen, die dem Anschein nach nichts mit dem Tode ihres Mannes zu tun hatten. Der Schmerz schlängelte sich wie ein unterirdischer Bach in vielen Schleifen durch ihren Körper, und wenn er des Dunkels überdrüssig war, quoll er ihr unvermutet mit nicht aufzuhaltender Kraft aus den Augen. Die Frauen meinten, sie sei nicht mehr ganz bei Verstand.

»Aber wie sollte er nicht in seine eigene Fabrik kommen wollen, Frau Lefebre«, sagte ein Mädchen.

»Seine eigene Fabrik?« wiederholte die andere gedehnt. »Wieso seine eigene Fabrik?«

Anne lachte.

»Er traut sich nicht unter so viele Frauen«, sagte die Sommersprossige.

»Der?«

Anne zuckte die Schultern. »Wir sollten auf der Hut sein«, meinte sie lachend, »der springt grob mit den Frauen um. Ich würde ihn nicht einlassen!«

Frau Lefebre begann laut zu weinen. Marie wandte ihren großen, rot leuchtenden Kopf ab. »Ich glaube nicht, daß er herkommt«, sagte sie, »aber wenn er kommt, dann lassen wir ihn herein, und wenn er sich nicht anständig benimmt . . .«

Anne schlug auf den Tisch. »Unsere Männer werden uns beschützen!« Sie blickte auf den kleinen, kahlköpfigen Martin, der in der Ecke stand, und lachte hell. Auch die anderen sahen in die Ecke und lachten; manche bemerkten erst jetzt, daß Martin im Büro war. Marie errötete; ihr fiel ein, daß sich vorhin eine Frau — genau vor dem Fenster — ungeniert niedergehockt hatte, als gäbe es gar keine Männer in der Fabrik. Merkwürdigerweise hatten alle die Anwesenheit Martins vergessen, nur die streitsüchtige, hitzige Anne hatte schließlich seine Witterung aufgenommen, obgleich die Luft dicht und unwiderstehlich wie vom süßen Duft aufkochender Milch vom Geruch der Frauen erfüllt war.

Frau Lefebre weinte laut und schniefend. »Herr Martin, was ist Ihre Meinung?« fragte Marie. »Dreißig Prozent Erhöhung!« rief der kleine glatzköpfige Mann so laut, daß manche zusammenzuckten und ihm wieder staunend den Kopf zuwandten. Aber sie hatten keine Zeit, ihm weiter zuzuhören, vom Hof rief eine Frau herein, Laurent stehe vor dem Tor und verlange Einlaß. Sie drängten aus dem Büro, Martin blieb allein.

Doch bis sie zum Tor gelangten, war Laurent schon außer sich mit rotgedunsenem Gesicht davongelaufen; die spöttischen Rufe der am Zaun lehnenden Mädchen züngelten ihm hinterher wie bei Flut die anrollenden, spitzen kleinen Wellen des Meeres. Der Südwind hatte sich gelegt, die Sonne brannte senkrecht auf die Straße herab, die allmählich wieder ihr gewohntes Bild annahm; vom Hafen her kommend, zog mit melodiösen Rufen ein Austernverkäufer mit seinem Maultiergespann vorüber, Kinder balgten sich im Sand, die Gaffer kehrten in die Häuser zurück, um sich eine Minute später — aus den Fenstern gelehnt — erneut zu zeigen, und als um zwölf Uhr der Postdampfer aus Bordeaux mit dem schwarzen Schornstein sein Signalhorn ertönen ließ, stoben die Möwen mit raschem Flügelschlag zum Hafen hin davon.

Es gab in der Straße noch drei Fabriken; unmittelbar neben

der Laurentschen Sacknäherei stellte ein Betrieb Sandalen und Mützen her, der nächste produzierte Trauerkränze, der dritte verarbeitete Ölsardinen, und ganz am Ende der Straße, schon in den Dünen, lag die Blaufärberei, deren Schwefelgestank jedoch zum Glück nur der seltene Westwind in die Stadt trieb. In allen wurde gestreikt; die Arbeiterschaft der Blaufärberei, die schon seit drei Wochen im Betrieb kampierte, schickte eine dreiköpfige Begrüßungskommission zu den Sacknäherinnen und lud sie für den Abend zu einem freundschaftlichen Gedankenaustausch ein. »Oder sollen wir herkommen?« fragte der junge, schwarzhaarige Arbeiter, der die Abordnung leitete.

Marie schüttelte verneinend den Kopf. »Danke, wir wollen unter uns bleiben.«

»Gibt es keine Männer bei euch?« fragte der junge Arbeiter und lächelte eitel. Zehn zumeist junge Frauen drängten sich um ihn im Büro. »Nein«, sagte Marie. Wenig später fiel ihr Blick auf Martin, der noch immer hinten in der Ecke stand. »Doch«, berichtigte sie sich und runzelte gereizt die Stirn. »Herr Martin, dort in der Ecke ... und der alte Froeber steht auch zu uns!«

Die beiden Männer drückten sich die Hand.

»Soll ich auch Herrn Froeber rufen?« fragte ein Mädchen.

Marie machte eine ablehnende Handbewegung. »Nicht nötig«, sagte sie. Der junge Arbeiter lächelte erneut. »Er schläft sowieso«, bemerkte das sommersprossige Mädchen mit der sanften Stimme. »Wozu den Alten wecken!«

Marie wandte ihr das breite Gesicht zu. »Rufe ihn nur her«, sagte sie, und ihre Stimme tönte ein wenig tiefer als gewöhnlich. »Am hellichten Tage schläft man nicht!« Die Sommersprossige ging hinaus, kehrte aber einige Minuten später unverrichteterdinge zurück. Inzwischen hatten die drei Blaufärber einen Rundgang durch das Fabrikgelände angetreten. Im Werkstatthof, unter der Kastanie, saßen mit gespreizten, nackten Beinen die Frauen zwischen den gewaltigen Hügeln ihrer Flickwäsche und rötlich leuchtenden Lappen, die Hügel schienen von Minute zu Minute noch zu wachsen und zu schwellen. In der Ecke des Hofes knieten drei, vier Frauen um den Brunnen und bearbeiteten Hemden mit dem Waschbleuel; die Geräusche des Wassers, das Patschen und Bürsten, wirkten erfrischend in dem prallen Sonnenschein und inmitten der knisternden, trockenen Hitze; jeder Laut vom Brunnen her traf die Nerven der Frauen wie ein immer wieder aufsprudelnder, materieloser und eiskalter Wasserstrahl. Kleine Wirbelwinde spielten mit dem Sand des Hofes, bohrten winzige Trichter, bliesen den Sand dann wie einen Schleier auf und warfen ihn gegen die weißglühenden Mauern. Unmittelbar hinter den Wäscherinnen saßen auf einer Bank drei Frauen, die in einem großen Zuber ein gemeinsames Fußbad nahmen, die Röcke hatten sie bis zum Knie hochgeschlagen, die buttergelben Beine mit den blauen Krampfadern standen wie sechs rissige griechische Marmorsäulen im Wasser. Die Blaufärber blickten höflich zur Seite. Der Hof glich einem riesigen Frauenschlafsaal; auf der anderen Seite saßen nebeneinander an der Wand auf niedrigen Schemeln Mädchen und kämmten sich gemächlich mit vorgeneigtem Kopf das bis zwischen die Knie reichende lange Haar, ein Stückchen weiter saß eine junge Frau auf der Erde, den Rock bis zu den Hüften aufgerollt, und schnitt sich die Zehennägel. Als sie die vorübergehenden Männer erblickte, wandte sie die Augen ab und lachte leise auf, strich sich aber nicht den Rock herunter. »Wozu bringt man Männer hierher?« ließ sich hinter den Blaufärbern lamentierend eine ältliche Stimme vernehmen. Es war still in dem weitläufigen Hof, nur das leise Plätschern des Brunnenwassers war zu vernehmen. »Möglichst viele sollte man herholen!« erwiderte eine andere, jüngere Stimme, und ihr perlendes, liebliches Lachen lief über den Hof. Das Lachen breitete sich rasch aus und wurde immer allgemeiner, aber zugleich gewahrten die Blaufärber, daß sie zwischen den lachenden Gesichtern düster geschlossene Münder und abweisende, fast schon haßerfüllte Blicke auf sich zogen. »Schaut euch unsere Küche an!« sagte Anne, die die Abordnung führte. Der schwarzhaarige junge Arbeiter antwortete nicht gleich. »Ich glaube, wir haben keine Zeit«, meinte er nach einer Weile zögernd. »Nein, wir haben tatsächlich keine Zeit mehr!« bekräftigte der eine seiner Gefährten, ein Mann mit krebsrotem, ausgemergeltem Gesicht. Anne lachte. Aus dem hinteren Fenster der Werkstatt wallte dichter Dampf, in einem riesigen Kupferkessel kochte Rübensuppe, unter dem Fenster schuppten zwei Frauen Fische.

»Das dort ist die Küche«, sagte Anne mit ausgestrecktem Arm. »Wollt ihr nicht mit uns essen?« Mit ungeschickter Galanterie verbeugte sich der junge Arbeiter. »Wir danken«, sagte er, »aber ich glaube, wir gehen besser nach Hause. Haltet durch, Genossinnen!« setzte er ein wenig steif und ohne Überzeugung hinzu. Obwohl über den Streik selbst während des ganzen Besuches kaum ein Wort gefallen war, hatte er entschieden den Eindruck, daß er diese Frauen nicht aufzumuntern, zu beraten und zu ermutigen brauchte, er hatte das Gefühl, jedes Wort müßte hohl klingen in dieser Atmosphäre, die so überaus nüchtern und dennoch so frauenhaft fruchtbar war, daß seine ganze Männlichkeit dagegen protestierte; er verstand das nicht, obzwar er andererseits nicht wußte, was daran nicht zu verstehen war. Um sich Erleichterung zu verschaffen, klopfte er Anne zum Abschied, für sich selbst überraschend, kräftig auf den Rücken. Anne lachte, ihre Stimme klang ein wenig heiser.

Vor dem Tor standen inzwischen zwei Polizisten. Marie sah sie sich an, sie kannte alle beide. Dann machte sie kehrt und ging auf den Hof zurück, wo sie hinter dem Lagergebäude Froeber bald entdeckte. Der Alte lag bäuchlings im Sand und schnarchte laut. Marie blieb vor ihm stehen. »Wachen Sie auf!« sagte sie still.

Der Mann wurde sofort wach. Blinzelnd sah er um sich, dann rieb er sein Gesicht und setzte sich auf. »Was ist«, fragte er, »stimmt was nicht?«

Marie gab keine Antwort. Sie wartete, bis der Alte auf die Beine kam, dann ging sie mit kraftvollen, langen Schritten, sich in den Hüften wiegend, zum Lagergebäude davon. Sie zog einen Schlüssel aus der Tasche und öffnete die zwiefach abgeschlossene Tür.

Der Raum wurde durch einige winzige, mit Drahtgeflecht überzogene Fenster nur spärlich beleuchtet. Zur Linken waren Sackbündel bis zur Decke hoch gestapelt, rechts verlief eine breite, leere Gasse, an deren Ende eine riesige Waage stand. Neben der Waage lag auf einigen Säcken ein Mann, Hände und Füße gefesselt, das Gesicht nach unten.

Marie setzte sich auf die Waage und richtete ihre veilchenblauen, sanften Augen auf den daliegenden Mann. Keiner von beiden sprach ein Wort. Die auf das Teerdach prallende Sonne hatte die Luft trocken aufgeheizt, darin schwamm der unverkennbare Staubgeruch von Textilabfällen. Es war still im Raum, manchmal nur hörte man es leise rascheln oder irgendwo etwas davonhuschen. Durch das eine Fenster fiel ein golden schimmerndes, dickes Strahlenbündel der Sonne herein, das aus der gekalkten Wand gegenüber einen glitzernden viereckigen Edelstein herausmeißelte. Unvermittelt setzte der Mann sich auf und starrte Marie wortlos an.

»Nun, Meister Fabre, was wird?« fragte sie und lächelte.

»Laß mich raus hier!« brüllte er außer sich. »Ich komme um in dieser Hitze!«

Marie nickte. »Schau an!« sagte sie.

»Laßt mich raus, ihr verdammten Flittchen!« schrie er. Im Zwielicht sah man, wie sich sein schönes, regelmäßiges Gesicht vor Wut verdüsterte. »Du willst, daß mich die Ratten lebendig auffressen!«

»Ja!« sagte Marie und lachte leise auf.

»Du Aas!«

Stille trat ein. Anne saß breitbeinig und behäbig auf der niedrigen Waage, den Oberkörper vorgeneigt, die Ellbogen auf die Knie gestützt, und betrachtete wortlos den Aufseher. Der hielt ihren Blicken nicht lange stand, er wandte den Kopf ab und begann laut zu fluchen. Sein Gesicht war ebenmäßig, seine Nase gerade und hart, sein Mund schmallippig, die Ohren waren anliegend, das Kinn energisch; dennoch wirkte er insgesamt nicht männlich, weil seine zu kleinen grauen Augen immerzu abirrten und wie zwei erschrockene Mäuse auseinanderliefen, wenn ihm jemand ins Gesicht sah; man hatte den Eindruck, sein Blick biege sich wie eine zerbrechliche Klinge zur Seite und gleite vor dem Strahl fremder Augen weg, um nicht schartig zu werden oder zu zerbrechen unter deren aufrichtigerem und härterem Schlag. Solange nur sein Profil sichtbar war, wirkte es mannhaft und kühn, sobald aber ein Gegenüberstehender seinen Blick auffing, hatte er seltsamerweise das Gefühl, dieses Gesicht werde weibisch, es runde sich, die Züge fielen auseinander, als zeichne sich schon im voraus die Gewißheit eines späteren unmännlichen Alters ab. »Laß mich raus«, brüllte er unvermittelt, »sonst erwürge ich dich, du Kuh!«

Marie musterte den Tobenden schweigend.

»Ich werde euch alle einsperren lassen«, keuchte Fabre erschöpft, während sein Blick ruhelos über die Wand glitt. »Das wird nicht gut enden«, setzte er drohend hinzu, »die Fische werden dir die Augen ausnagen! Heut nacht stoß ich dich ins Meer!«

»Wann?« fragte Marie.

»Du kommst mir noch unter die Finger!« knurrte Fabre.

»Wann?« wiederholte Marie.

Vor der Tür waren Schritte zu hören, aber sie entfernten sich gleich wieder. Fabre sperrte den Mund auf, als wollte er um Hilfe rufen, doch er überlegte es sich anders und blieb still.

»Wann komme ich dir unter die Finger?« wiederholte Marie und lächelte, ihre weißen Zähne leuchteten im Dunkeln. »Ich fürchte, dann wird es zu spät sein!«

Er begriff nicht sofort. Sekunden später aber wurde sein Gesicht kreidebleich, und mit einer raschen Geste zog er sich ein Bündel Säcke auf den Schoß, als wollte er sich schon jetzt gegen die nur halb verstandene Drohung wehren.

»Wie meinst du das, Hexe?« fragte er mit dünner Stimme. Marie antwortete nicht, und er stieß ein paar unflätige Flüche aus. »Wagt nicht, mich anzurühren«, schrie er, »wagt es nicht ...« Seine Gesichtszüge fielen zusammen, sein gekünstelt kühnes Gesicht wurde rund und dick, als zetere eine fette, aufgedunsene Frau dahinter.

Das Mädchen wartete, bis er des Brüllens müde war. »Du wirst in Saint-Mars-le-Vieux keine Mädchen mehr schänden!« sagte sie ruhig, aber ihre Stimme klang so entschlossen und hart, daß dem Mann, der sie offenen Mundes von unten her beobachtete, am ganzen Leib der Schweiß ausbrach. »Nein«, setzte sie hinzu, »du wirst auch anderswo nicht . . .«, und sie sprach das Wort aus.

»Was habt ihr vor mit mir?« schrie Fabre.

»Wie war das also?« fragte Marie leise. »Arbeit bekommt man nur, nicht wahr, wenn man nachts mit dir ans Finistère geht?«

»Was redest du?« fauchte der Mann.

»Und wenn eine Frau nicht nach deinem Geschmack war, dann hast du gefragt, ob sie nicht eine Tochter hat?«

»Lüge!«

»Und wenn keine Tochter, dann vielleicht eine jüngere Schwester?«

»Die können mir gestohlen bleiben!« schrie Fabre mit hervorquellenden Augen. »Ihr könnt mir alle gestohlen bleiben!«

»Es heißt, du bist ein reinlicher Mensch«, fuhr Marie fort. »Wie ich höre, habt ihr nachts vorher immer am Finistère gebadet?«

In ohnmächtiger Wut trat Fabre nach dem Mädchen. »Warum seid ihr mitgekommen?« rief er. »Nicht der dreckigen Arbeit wegen! Weil ihr verknallt seid in mich, ihr hungrigen Hündinnen, und noch die ältesten Vetteln waren beleidigt, wenn ich sie nicht einlud . . .«

»Künftig werden sie nicht mehr beleidigt sein«, meinte das Mädchen und lächelte erneut. Nach einer Weile stand sie auf, streckte sich ausgiebig und setzte sich dann zu dem Gefesselten auf die Säcke. Der rückte sogleich von ihr ab. »Deckst du dich zu, weil du frierst?« fragte Marie mit einem leisen Lachen und ließ erneut ihre weißen Zähne aufblitzen. »Wie wird denn das sein, wenn ich dir unter die Finger komme?«

»Geh weg hier!« stöhnte Fabre.

Plötzlich begann das kräftige Mädchen am ganzen Körper zu zittern. Die Zähne klapperten ihr, sie preßte die Hand auf ihr Herz, in ihrem milchweißen Gesicht breiteten sich große hektische Flecke aus. »Ich fürchte«, sagte sie, »wenn es soweit ist, wirst du nichts mehr mit mir anfangen können!«

Wieder waren vor dem Haus Schritte zu hören, jemand machte sich an der Klinke zu schaffen. Marie blieb sitzen. »Wer ist da?« rief sie. In der offenen Tür erschien Anne. »Bist du es, Marie?« fragte sie. »Ich habe dich schon überall gesucht!« Sie stockte. »Was denn, ihr liegt nebeneinander?« Sie beugte sich vor in der Dunkelheit und sah Marie lachend aus weit geöffneten Augen an. »Was machst du mit ihm?« fragte sie.

Marie antwortete nicht. »Was willst du?«

»Man hat von der Präfektur angerufen«, sagte Anne, »wir sollen sagen, was wir verlangen. Der Präfekt wird vermitteln.«

»Mach die Tür zu«, sagte Marie. »Sie sollen in einer halben Stunde wieder anrufen!«

Hinter dem verschwindenden Lichtstreif wurde es noch dunkler im Lager. Das Mädchen stand auf, die Knie zitterten ihr. »Du dreckiger Halunke«, sagte sie leise und trat aus voller Kraft nach ihm, so daß Fabre röchelnd zur Seite fiel. Das erleichterte sie ein wenig. Die Hand aufs Herz gepreßt, ging sie zwischen den riesigen Sackstapeln umher, bei jedem ihrer Schritte stieg dichter Staub auf. Nach einigen Minuten blieb sie vor dem leise stöhnenden Fabre stehen und beugte sich über ihn. »Du wirst keine Mädchen mehr schänden«, wiederholte sie leidenschaftlich, und ihr fester, harter Körper streckte sich vor Entrüstung und Haß, nahm den Schwung einer hingerissenen gotischen Statue an. »Du wirst keine jungen Mädchen mehr ans Meer locken. Du wirst dich nicht mehr ins Bett der arbeitenden Ehemänner legen, du wirst den Mädchen nicht vor dem Bräutigam die Unschuld nehmen ...«

»Was wollt ihr mit mir machen?« ächzte Fabre; die Stimme versagte ihm, er war den Tränen nahe. Seine Hände waren so fest gebunden, daß er sie nicht befreien konnte, wie wild er auch zerrte. Marie betrachtete ihn nachdenklich, mit gerunzelter Stirn, dann beugte sie sich über sein Gesicht und spie ihn an.

Draußen pfiff der Wind, man hörte, wie er den Sand aufwühlte und mit leisem Prasseln gegen die Fensterscheibe warf. Für einen Augenblick wurde der strahlende viereckige Edelstein an der Wand stumpf.

»Marie«, brüllte Fabre unerwartet laut, »wenn du mich laufenläßt, heirate ich dich!«

»Wirklich?« fragte Marie still.

Fabre setzte sich auf und starrte ihr gespannt und neugierig ins Gesicht. »Ich schwör's«, brüllte er, »ich schwöre dir bei der Jungfrau von Lourdes, daß ich dich heiraten werde.«

Marie nickte wortlos. Fabre sah, daß sie lächelte, daß die Anspannung in ihrem Gesicht sich löste; sogleich rückte er näher und legte seine gefesselten Hände auf ihre Unterschenkel. Es wurde still, wieder hörten sie den Sand gegen die Fensterscheibe prasseln. »Du wirst die Frau des schönen Fabre«, sagte er mit einschmeichelnder, öliger Stimme, »bei der Jungfrau von Lourdes, ich werde dich nicht betrügen. Oder nur selten!« setzte er hinzu und lachte frech auf. Marie drehte sich wortlos um und ging auf den Ausgang zu. »Hintergeh mich nicht, du Hure«, rief er ihr hinterher, als sie schon an der Tür war, »nur wenn du mich unverletzt rausläßt, unverletzt, hörst du ...«

Draußen war es drückend heiß, jedes Sandkorn für sich sengte wie eine winzige Sonne. Marie schüttelte sich und ging mit schnellen, langen Schritten, denen keine Müdigkeit anzumerken war, auf das Büro zu. Als sie vor der Werkstatt anlangte, läutete gerade das Telefon; durch das Bürofenster sah sie, wie Martin zum Schreibtisch trat und den Hörer abnahm. Mit langem Rükken beugte sie sich in das Fenster und nahm ihm ohne ein Wort den Hörer aus der Hand. Das Gespräch war kurz; sie legte auf und spazierte in den Hof. Die Frauen hatten alle bereits zu Mittag gegessen; manche hatten sich in der brütenden Hitze auf den Rücken gelegt und schnarchten laut, andere wuschen am Brunnen die Eßnäpfe aus, ihr murmelndes Geplapper wirkte von fern wie das Brummen eines Bienenkorbes im August, wieder andere, Mädchen zumeist, standen am Zaun und schauten auf das Meer hinaus, gerade verließ der Postdampfer aus Bordeaux den Hafen, einen eiligen, möwenfarbenen Pfad durch die weich strudelnden Schaumkronen pflügend.

Marie trat in den als Küche eingerichteten Raum und hockte sich mit einem Teller Suppe im Schoß auf die Stufe. Während sie langsam aß, fiel ab und zu ein Schweißtropfen von ihrer Stirn in das Essen. Gegen fünf Uhr nachmittags pochten zwei fremde Arbeiterinnen laut ans Tor; sie überbrachten die Nachricht, die Sacknäherinnen der Textilfabrik Pietri würden, obgleich ihre Lohnforderungen vor einer Woche erfüllt worden seien, am nächsten Tag in einen Solidaritätsstreik treten. In dem Städtchen breitete sich die Bewegung stürmisch aus. Im Verlauf des Vormittags hatten die Bäcker sowie alle Beschäftigten der Glandozschen Garage, Kraftfahrer, Ladearbeiter und Monteure, die Arbeit niedergelegt, und das Gerücht ging um, das Personal des großen Kaufhauses *Aux demoiselles de France* werde sich dem Ausstand anschließen.

Die eine der beiden fremden Arbeiterinnen war schwanger; spitz ragte ihr achtmonatiger Bauch über den Schenkeln hervor, das Gesicht war welk, die Haut aschfarben und fleckig. Die andere, von schmächtiger Gestalt und mit kleinem, blutleerem Gesicht, in dem große graue Augen funkelten, schien unverheiratet; ihre Aussprache klang fremdartig, sie kam aus Paris. Die Arbeiterinnen der Laurentschen Fabrik drängten sich um die beiden; doch die Erregung der ersten Minuten legte sich bald, mehrere Frauen setzten sich wieder auf den Boden, in die Täler des ausdauernd weiter anschwellenden Wäschegebirges, andere gingen in die Küche, auch manche Mädchen schlenderten davon und setzten Arm in Arm ihren nicht enden wollenden Gang am Zaun entlang fort.

»Was denn, langweilt ihr euch?« fragte mit dünner Stimme Violette, das Mädchen aus Paris. Verblüfft betrachtete sie die stopfenden Frauen, ihre bläulichen Nasenflügel bebten vor Verachtung.

»Wir und uns langweilen!« entgegnete Frau Duhamel, eine große, korpulente Frau. »Sie sehen doch, Kleine, wieviel es zu tun gibt!«

»Das sehe ich!«

Die anderen verstummten unwillkürlich. In diesem Augenblick schluchzte die Lefebre, der infolge irgendeiner tiefen Gedankenassoziation wieder der Tod ihres Mannes eingefallen war, laut auf; erneut schickte sie ihre unversieglich hervordrängenden salzigen Tränen in den Kampf gegen die Erinnerung des unversieglichen salzigen Meeres – eine Erinnerung, die alle vier Stunden Ebbe und Flut in ihr erlebte.

»Mein Gott, heulen Sie doch nicht, Tantchen!« sagte gereizt Frau Marius, die neben ihr saß und gerade ihr Kind säugte; das Kind erschrak über die ungewohnten Laute, ließ die Brust los und begann zu weinen.

Frau Duhamel hob eine löcherige Hose in die Höhe. »Wachsen dort in Paris die Löcher von alleine zu?« fragte sie.

Anne lachte laut.

»Man ist froh«, fuhr Frau Duhamel fort, »wenn man ein bißchen Zeit findet für solche Arbeiten.«

»Ja, freilich«, sagte Violette spöttisch. »Statt sich zu freuen, daß Sie sich einmal im Leben faul hinlegen können.«

Die Schwangere, die neben ihr stand, zog die schmächtige Violette sanft an sich. »Halt den Schnabel, Kleine«, sagte sie und legte ihr die Hand auf den Mund. »Diese Damen kennen dich noch nicht, wozu sie wild machen!«

Violette schob unwillig die große, sanfte Hand weg. »Wie stehen wir mit der Gewerkschaft, Genossinnen«, sagte sie, »wer ist noch nicht eingetreten?«

»Alle sind schon eingetreten«, antwortete Anne. »Mittags war jemand von der Gewerkschaft hier.«

»Haben Sie ihn zu einem Vortrag eingeladen?« fragte die kleine Pariserin. »Natürlich nicht!« fuhr sie ungeduldig fort. »Ein Leben lang Strümpfe stopfen, das ist leichter, als sich eine Stunde hinzusetzen und nachzudenken! Lieber über durchlöcherten Unterhosen den Verstand verlieren als einmal die Augen aufmachen ...« Violettes überhitzter Körper, in dem die Seele fast schon unter der Haut ihre Blitze versprühte, bebte vor Entrüstung. »Zum Satan mit diesen Unterhosen!« schrie sie verzweifelt. »Seht ihr nicht, daß euch das das Leben kaputtmacht?«

»Das?« wiederholte Frau Duhamel und starrte das Mädchen offenen Mundes an. Einige Frauen hörten zu nähen auf und sahen sich bestürzt und mit fragenden Blicken an. »Was macht mein Leben kaputt«, fragte die Duhamel, »die durchlöcherten Unterhosen meines Mannes?«

Violette trat vor die auf der Erde sitzende beleibte Frau und riß ihr die Hose aus den Händen. »Stellen Sie sich nicht blöde«, sagte sie, am ganzen Körper zitternd, und warf das zusammengedrückte Kleidungsstück weit von sich. »Kaputt macht Sie, daß Sie fünfmal mehr Arbeit übernehmen, als Sie schaffen können. Daß Sie dreimal mehr arbeiten als Ihr Mann, der seinerseits doppelt soviel rackert, als es in einer normalen Gesellschaft notwendig wäre. Kaputt macht Sie, daß Sie sich mit Arbeit besoffen machen und keinen nüchternen Augenblick haben, bis Sie vor die Hunde gehen!«

»Nun reicht es aber, meine Kleine«, sagte die Schwangere, die bisher mit stillem Lächeln zugehört hatte. »Komm, nach Hause, um sechs müssen wir in der Gewerkschaft sein!«

Violette machte wortlos kehrt und marschierte davon. Aber nach wenigen Schritten blieb sie stehen, hob die weggeworfene Hose auf und brachte sie der Duhamel zurück. »Denken Sie nicht, Sie wären mich los«, sagte sie mit wütend funkelnden Augen, »heut abend komme ich wieder!« Einen Augenblick später verschwand ihre zerbrechliche Gestalt hinter dem Werkstattgebäude, und gleich darauf sprang der Motor eines Lastwagens an. »Was ist das für ein Auto?« fragte eine Frau.

»Unseres«, antwortete die Schwangere. »Die Kleine hat es in der Fabrik requiriert.« Sie lächelte und betrachtete, die Hände vor dem spitzen Bauch gefaltet, die Frauen. »Der darf man nichts übelnehmen«, sagte sie, »die gäbe ihr letztes Hemd her, wenn jemand sie drum bäte. Der habt ihr es zu danken, daß wir jetzt streiken.« Von der anderen Seite des Hofes näherte sich Marie. »Wieso der?« fragte Frau Marius. Marie trat zu der Schwangeren und sagte schroff: »Ich glaube nicht, daß uns euer Streik nützen wird.«

Vor dem Tor wurde ungeduldig gehupt.

»Warum nicht?« fragte die Sommersprossige.

Maries gesenkter Blick war ausdauernd auf den gewölbten Bauch neben ihr gerichtet. Ihre Stirn hatte sich gerötet. »Laurent hätte sich schneller mit uns geeinigt«, sagte sie ein wenig heiser, »wenn die Konkurrenzfabrik arbeiten würde.«

»Wie das?«

»Wenn andere auch nicht liefern, hat er Zeit.«

»Es gibt noch mehr Sacknähereien auf der Welt«, meinte die Schwangere nachdenklich. »Die Mühlen werden in Nogent sur Mer einkaufen.«

»Und wenn sie überhaupt nicht einkaufen?« fragte Anne.

»Warum sollten sie nicht einkaufen?«

»Wenn die Hafenarbeiter auch in den Streik treten, können die Mühlen nicht mehr liefern, und dann werden keine Säcke mehr benötigt.«

»Die sollen nicht in den Streik treten!« rief eine Stimme. »Die sollen warten, bis wir es hinter uns haben!«

Marie lachte kurz auf. »Seht dahin!« sagte sie und deutete auf das Meer hinaus. Über die niedrigen Dächer hinweg konnten sie bis zum Hafen sehen, an dessen Westseite ein zweigeschossiges Haus aufragte, das Seemannsheim. An der Fahnenstange des Hauses flatterte eine rote Flagge im Wind. »Die haben sie vor einer halben Stunde gehißt«, sagte Marie. »Schon das Schiff aus Bordeaux haben sie nicht mehr entladen.«

»Woher weißt du das?« fragte eine Stimme.

»Ich glaube nicht, daß uns euer Streik nützen wird«, fuhr Marie fort und senkte den Blick erneut auf den prall hervorstehenden Bauch. »Aus Toulon hat man vierzigtausend Säcke bei uns bestellt!«

Die Frauen stießen Rufe der Verwunderung aus. »Aber freilich«, rief Anne und schlug entsetzt die Hände zusammen, »wenn Herr Laurent befürchten müßte, daß unseres Streiks wegen ihr den Auftrag bekommt, würde er sich Hals über Kopf mit uns einigen.«

»Wann haben wir den Auftrag erhalten?« fragte die Sommersprossige.

»Gestern«, antwortete Marie und strich sich mit den Händen die Schürze glatt. »Deshalb sind wir heute in den Ausstand getreten.« Sie machte kehrt und ging mit ihren langen Schritten auf das Büro zu. Auf halbem Weg, in dem grasbewachsenen, schattigen Durchgang zwischen Werkstattgebäude und Lager, kam ihr Violette entgegen, die ihre säumige Gefährtin holen wollte. Die leichte kleine Gestalt der Pariserin wurde von dem Luftsog, der Maries gewaltigen Körper umgab, wie ein Blatt an die Mauer geworfen, wo sie sich einmal um sich selbst drehte; mit weit geöffneten Augen sah sie die Vorbeigehende an, die Violette nur mit dem Blick streifte und, ohne anzuhalten, gleichmäßigen Schrittes ihren Weg fortsetzte. Ihr Schatten verdeckte Violette für einen Augenblick gänzlich. Die Pariserin biß sich auf die Lippen und blieb stehen.

Seltsamerweise drehte sich im nächsten Moment auch Marie um, als ob die leidenschaftliche Überraschung, die aus den Augen der anderen strahlte, sie, einem körperlosen Hammer gleich, im Genick getroffen hätte. Wortlos sahen sie sich an, dann senkten beide den Blick und gingen weiter.

Es war ein schwüler Sommerabend, im Norden, über Marcouville, ballten sich Gewitterwolken. Violette kam an diesem Tag nicht mehr wieder, aber als tags darauf am späten Nachmittag Marie und Frau Marius von dem Schlichtungsgespräch auf der Präfektur zurückkehrten, saß die Pariserin neben dem Tor auf einem Sandhaufen und spielte selbstvergessen mit vier nackt ausgezogenen Kindern. Sie trug einen Badeanzug und auf dem Kopf einen aus Zeitungspapier gefalteten Hut. Marie schritt wortlos vorüber. »Pierre«, rief Frau Marius verwundert dem einen Kind zu, »wie kommst du denn hierher?«

Die Pariserin lachte. »Ich hab ihn mit dem Auto mitgebracht«, sagte sie. »Sie waren zu acht, aber die Hälfte haben wir inzwischen wieder nach Hause gefahren.«

Auf dem weitläufigen Hof vor der Werkstatt empfing die Ankommenden ein ungewöhnliches Bild. An den Ästen der riesigen Kastanie baumelten bunte Lampions im Wind, der Schreibtisch aus dem Büro stand neben dem Brunnen, darauf ein Grammophon, einige Mädchen kehrten den Hof sauber, zwei rollten ein Faß zum Brunnen, andere stellten Gläser auf den Schreibtisch und trugen Stühle aus Werkstatt und Büro herbei. Vorm Werkstattgebäude knatterte an einem Besenstiel als Fahnenstange eine rote Fahne im Wind.

»Wer hat die denn hergebracht?« fragte Marie.

»Die Kleine aus Paris«, sagte Frau Duhamel und lachte. »Ihr wart mittags kaum weg, da rollte sie mit ihrem Auto an und stellte das ganze Fabrikgelände auf den Kopf.«

Mit düsterer Miene sah Marie den Mädchen zu, die das Faß herbeirollten. »Den Wein hat sie auch mitgebracht?«

»Nein, dafür haben wir zusammengelegt. Aber sie hat die Lampions mitgebracht, und davon bekamen hier alle gleich so gute Laune, daß die Mädchen kaum zu bremsen waren.«

Ein schwarzhaariges Mädchen mit verschwitztem Gesicht trat zu ihnen. »Marie, heut abend wollen wir die Blaufärber einladen«, sagte sie lachend.

»Männer lasse ich nicht in die Fabrik«, sagte Marie ruhig. Die Schwarzhaarige lächelte schüchtern. »Warum nicht?« fragte sie und nahm vor Verlegenheit ihr Schürzenband in den Mund. »Dabei würden ein paar Männer nicht schaden«, meinte neben ihr die stämmige Anne und lachte auf. »Unsere taugen nicht viel, Marie!«

»Wir brauchen keine Männer«, meinte diese. Im selben Augenblick ertönte hinter ihr Violettes dünne Stimme. »Was haben Sie auf der Präfektur ausgerichtet, Genossin?«

Marie drehte sich um. Zehn, zwölf Frauen umgaben die kleine Pariserin, die über dem reinen, nervösen Gesicht mit den großen Augen die dreieckige Papiermütze trug; vier nackte Kinder klammerten sich an ihre Arme. Noch immer trug sie den Badeanzug, ihr Vogelkörper wirkte so leicht und unansehnlich, daß Marie verächtlich ausspuckte. »Was suchen Sie hier?« fragte sie schroff.

»Laß sie in Ruhe, Marie!« sagte die Duhamel sofort. »Weißt du nicht, daß sie dort auch streiken?«

»Wir haben sie auch für heut abend eingeladen«, erklärte eine andere Frau. »Sie wird dann die Blaufärber zurückfahren.«

Marie warf den Kopf zurück. »Das wird sie nicht tun«, sagte sie eine Spur zu hart. Violette lachte gutgelaunt auf, und die an ihren Armen hängenden Kinder lachten mit. »Was hast du auf der Präfektur ausgerichtet, Marie?« fragte sie, die andere duzend.

Marie antwortete nicht gleich. »Er verhandelt erst mit uns«, sagte sie später, der Duhamel zugewandt, »wenn wir den Betrieb geräumt haben.«

Bis in die späte Nacht tanzten sie auf dem Hof. Sie hatten fünf Grammophonplatten, jede legten sie vierzig-, fünfzigmal auf. Minutenlang hing wie ein gelber Lampion der Vollmond zwischen den Ästen der Kastanie, dann sprang er geschwind aus dem Laub hervor und flog mit erstaunlicher Geschwindigkeit über die Dächer; unterdessen wurde seine brennend gelbe Farbe linder, verblaßte silbern, und er begann mit dickbäuchiger Leidenschaft märchenhaft zu glitzern. Unten lag dunkel und mit aufgerollten Rändern der riesige Spiegel des Meeres, dem an der Oberfläche schwimmenden Mondbild folgten viele hundert kleine Fische, so silbrig glänzend, als hätte der helle Himmelskörper sie unterwegs verloren. Anfangs standen viele Neugierige hinter dem Zaun und mischten sich mit dreisten Rufen in das laute Frauenfest ein, aber gegen neun Uhr wurde es ihnen — da man niemanden einließ — allmählich langweilig, und sie trotteten nach Hause. Im roten Licht der Lampions tanzten die Frauen, einander bei den Hüften fassend, ohne Unterlaß. Zuweilen lüftete der Wind ihre gestärkten Röcke, ab und zu blieben sie stehen und schüttelten den Sand aus ihren Holzpantoffeln, manche stellten die Pantoffeln beiseite und tanzten barfüßig weiter. Bald reihten sich an der Mauer zwanzig, fünfundzwanzig Holzpantoffelpaare und gähnten gereizt im Mondlicht. Der alte Froeber mit seinem grauen Schnauzbart saß neben dem Faß auf der Erde und schenkte den Wein aus. Aber gegen zehn Uhr war er es überdrüssig, sich den Sand aus den Augen und dem Schnurrbart zu wischen, den die Tanzenden aufwirbelten, auch die zwischen den stampfenden Beinen hervorströmende Luft wurde ihm zu stickig, er stand brummend auf und verschwand im Dunkel. Eine dicke Blondine nahm seinen Platz ein, sie zog jedem Bein, das zu nahe an ihr vorüberwirbelte, kräftig eins über. Die Mädchen kreischten. Es gab Paare, die sich in großen Bögen hinterlistig am Faß vorbeimogelten, sie wurden von den anderen Tänzerinnen von allen Seiten so lange angestoßen, bis sie sich wieder einordneten. Es ging derb und laut her. Ein Mädchen mit zartem Busen und schwarzen Haarschnecken — sie mochte kaum sechzehn oder siebzehn Jahre alt sein — saß neben der Werkstattür, den Rücken an die Mauer gelehnt, und weinte liebreizend wie eine tiefbeleidigte Nixe, der man einen Nasenstüber versetzt hat, mitunter schnaubte sie sich mit zwei Fingern die Nase und ächzte melodisch dazu. Zwei ebenfalls junge Mädchen, die eine mit weißem Kopfschmuck und in gestärktem Rock, die andere mit städtisch wirkendem Rock und Bluse, tanzten in einer entlegenen Ecke des Hofes; offenkundig kümmerten sie sich um niemanden sonst, die Gesichter selbstvergessen aneinandergedrückt, drehten sie sich so resolut und dennoch vergeistigt und hinfällig, als würden sie nur noch durch die einander berührenden Brustspitzen beieinander gehalten; beide tanzten sie lautlos, in Strümpfen, und hin und wieder neigten sie sich zueinander und küßten sich hauchleicht auf den Mund.

Es war eine schwüle Nacht; wenn, selten genug, vom Meer her ein schwacher Wind kam, roch er so stark nach Zwiebeln, daß er die Tänzerinnen nicht erfrischte. Der Schweiß rann den Mädchen über die Gesichter. Ab und zu hielten sie im Tanzen inne, knöpften, da sie ja unter sich waren, ihre Blusen oder Mieder auf und fuhren sich mit der Hand über die verschwitzten Gesichter. Sie tanzten wilder und unbeirrter als auf anderen Bällen, wo in Gegenwart von Männern das Schamgefühl ihre Leidenschaften zügelte; je weiter die Zeit voranschritt und je stärker die Müdigkeit ihre Muskeln durchknetete, um so ungehemmter bewegten sie sich, fast schon körperlos jener idealen, schnörkeligen, sich um sich selbst drehenden Linie folgend, mit der der Tanz diese Julinacht vollzeichnete. Von den Verheirateten waren nur noch die jüngsten dabei, die älteren hatten sich für eine Weile um das Weinfaß versammelt und dann zu ihren nächtlichen Ruhestätten zurückgezogen; in der Stille zwischen zwei Grammophonplatten hörte man aus dem Werkstattfenster zuweilen ihr kräftiges, frisches Schnarchen.

Der Mond stand schon hoch, als Martin hinter dem Lagergebäude hervorkam und zwischen den Tänzerinnen auftauchte. Schon von weitem sah er, daß das eine oder andere Mädchen mit entblößtem Busen tanzte, und da er nicht als heimlicher Beobachter erscheinen wollte, näherte er sich den Tanzenden mit kräftigen Schritten und lautem Räuspern. Hinter dem Faß hielt er an, in das rote Licht eines Lampions gehüllt; seine Brille glitzerte beunruhigend, während er stumm den Kopf nach rechts und links drehte. Er sah, daß ihm Jeanne Babin und die langnasige Marcelle zwar ins Gesicht blickten, als sie am Faß vorbeitanzten, aber ihre Blusen nicht zuknöpften und nicht einmal lächelten; sie sahen so selbstverständlich durch ihn hindurch, als wäre sein kleiner, kahl werdender Kopf aus Luft. Die dicke Blondine, die neben dem Faß saß, warf einen Blick hinter sich, aber sie sprach ihn nicht an. Martin sah sich um, weder auf der Bank noch auf den Stufen zur Werkstatt saß auch nur eine, die er hätte auffordern können.

Gegen Mitternacht fingen die Mädchen an, sich nach Fabre zu erkundigen. Während der vergangenen zwei Tage hatte ihn keine von ihnen erwähnt, aber jetzt, als dem einen Mädchen sein Name zufällig entschlüpft war, begannen auch die Paare, die entfernt voneinander tanzten, gleichzeitig von ihm zu sprechen. »Er ist im Lager eingeschlossen?« fragte die Sommersprossige ihre Tänzerin, eine stämmige, breitschultrige Arbeiterin, deren rundes, gutmütiges Gesicht vom ununterbrochenen Tanzen schon glutrot war, pflaumenfarben ihr Mund und die Augen gerundet wie zwei kleine graue Seen in einer vulkanreichen Gegend. »Hat er zu essen bekommen?«

»Ich weiß es nicht.«

»Soll er krepieren!« sagte die Sommersprossige keuchend.

Von der anderen Seite des Hofes ertönte ein greller Schrei. »Fabre soll her!«

Anne und einige andere Mädchen gingen zu Marie, die, einen Krug Wein neben sich, mit dem Rücken an den Stamm der Kastanie gelehnt, auf dem Boden saß.

»Gib den Lagerschlüssel her!« sagte das eine Mädchen.

»Wir wollen Fabre rausholen!«

»Wenn er noch nicht krepiert ist!«

Marie betrachtete die atemlosen Mädchen eine Weile. »Steck dir das Haar hoch, Jeanne«, sagte sie dann. Sie wartete, bis auch Anne sich die Bluse zugeknöpft hatte, dann langte sie in die Rocktasche und nahm den Schlüssel heraus. »Nehmt ihm nicht den Strick ab!«

»Wir werden ihn auf unseren Armen hertragen«, sagte Anne lachend und wiegte ihre kräftigen, unschuldigen Hüften, als hielte sie ein Wickelkind in den Armen.

Sie setzten den laut fluchenden, an Händen und Beinen gefesselten Fabre auf die Werkstattreppe. Kaum saß er dort, ging Marie zu Martin, der neben dem Faß stand, und forderte ihn mit einem Kopfnicken zum Tanz auf. Ein Weilchen starrte der kleine Mann ihr wortlos ins Gesicht. Der Zorn trieb ihm das Blut in den Kopf, als ihm aber das Mädchen zum zweitenmal zulächelte, trat er vor und umfaßte mit seinen kurzen Armen ihre Hüften.

Der Mädchen hatte sich bei dem schon mehrere Stunden währenden Tanz eine so selbstvergessene, alles andere verdrängende Erregung bemächtigt, daß sie sich im ersten Augenblick kaum der überraschenden Tatsache bewußt wurden, daß man auch mit einem Wesen anderen Geschlechts tanzen könnte, und das schallende Gelächter, das alsbald ausbrach, galt nicht dem äußerlichen Mißverhältnis zwischen den beiden neuen Tanzpartnern, sondern der neuartigen und noch nicht ganz überzeugenden Erfahrung, daß in Saint-Mars-le-Vieux auch Männer lebten. Zu einem solchen wurde Martin in den Augen der Mädchen — deren Gesichter vom verschwitzten Dünkel der Selbstzufriedenheit gezeichnet waren — von dem Augenblick an, als ihn Marie zum Tanz holte. Nach der ersten freudeerfüllten Überraschung hörten sie zu tanzen auf, um sich der Vernünftigkeit ihrer Entdeckung zu vergewissern und ihren frischen Wissensdurst zu stillen, und umringten unter neugierigem Kichern das eben hinzugekommene Paar; wie Kinder, die nach einem neuen, ihnen unbekannten Gegenstand haschen, streckten manche schüchtern die Hand aus und berührten Nase oder Ohr des an ihnen vorüberwirbelnden

Martin. Ihr Gelächter wurde immer mutiger und kräftiger. Ihre Augen glänzten so trunken, daß der vor der Werkstatt sitzende Fabre, der bisher ununterbrochen vor sich hin geflucht hatte, plötzlich die gebundenen Hände vor den Mund hob und verstummte.

Schon zu Beginn hatte Martin seine Brille verloren. Er tanzte mit zurückgeworfenem Kopf, um mit dem Gesicht nicht den Busen Maries zu berühren, die ihn mit gewaltigen Sprüngen unter dem Kastanienbaum im Kreise drehte. Das Grammophon verstummte, aber es wurde keine neue Platte aufgelegt, so daß es in der plötzlich eingetretenen Stille schien, als tanzte das vierschrötige Mädchen zur ungewissen, durchscheinenden Musik des über dem Hof stehenden Vollmondes. Ihre Schuhe knirschten im Sand. Sie tanzte fünf oder sechs Umdrehungen, dann hielt sie plötzlich inne und ließ Martin stehen. Sie ging zum Tor hin davon, machte an der Ecke halt, richtete sich mit erhobenen Armen ihren Haarknoten und verschwand dann im Dunkeln. Laut fluchend befreite sich Martin im nächsten Augenblick mit blutrotem Gesicht aus den Händen der Mädchen und flüchtete in das Büro, dessen Tür er sogleich hinter sich verschloß.

»Wohin läuft der?« rief eine Stimme.

»Hat er den Durchmarsch?«

»Fangen wir ihn!« kreischte die Sommersprossige, vor Erregung zitternd.

Aber Anne vertrat ihr den Weg. »Laß ihn«, sagte sie mit verzerrtem Gesicht, »wir brauchen ihn nicht!« Sie legte ihre Arme um die Hüften der Sommersprossigen und begann mit ihr zu tanzen.

Wenigstens zwei oder drei Paare wirbelten unter der Kastanie den Staub auf. Die langnasige Marcelle, Anne, die Sommersprossige und die beiden Mädchen in der entlegenen Ecke des Hofes schienen die Ausdauerndsten zu sein. Ergab es sich zufällig, daß zwei Paare gleichzeitig ausschieden und der Tanzplatz sich bedenklich leerte, erhoben sich stets einige der Mädchen, die an der Mauer im Kreis saßen, und sprangen, einander mit forschen Rufen ermunternd, in die Mitte. Die dicke blonde Frau, die am

Grammophon saß, legte gleichmütig lächelnd eine Platte nach der anderen auf. Erst gegen Morgen, als niemand mehr den Platz des als letztes abgetretenen Paares einnahm, verstummte das Grammophon endgültig, und fast in derselben Minute warfen sich die Mädchen rücklings in den Sand und schliefen ein. Da erschien Marie wieder im Hof. Sie stieg über die kreuz und quer daliegenden Körper, auf deren bebende Brüste die noch brennenden Lampions hier und da dunkelrote Flecke warfen, und suchte, mit dem Fuß ab und zu ein klingendes, dickbauchiges Glas umstoßend und zuweilen sich niederbückend, nach Anne. Diese lag laut schnaufend unter dem Fenster des Werkstattgebäudes. Marie rüttelte sie an der Schulter. »Wo ist Fabre?« fragte sie, über sie gebeugt.

Annes Gesicht war schiefergrau. »Ich versteh nicht«, sagte sie heiser und mit halb geschlossenen Augen.

»Hauche mich an!«

Anne öffnete die Augen. »Was willst du?« fragte sie ein wenig wacher.

Ihr Atem roch nur schwach nach Wein, aber ihre muskulösen, dicken Backen waren geschwollen und von einem häßlichen Grau, wie zwei abgenutzte Tennisbälle. Marie hockte sich zu ihr. »Was habt ihr mit Fabre gemacht?« wiederholte sie laut und überdeutlich, dicht über das Gesicht der anderen gebeugt.

»Wir haben ihn ins Lager zurückgebracht.«

»Gib mir den Schlüssel!«

»Was für einen Schlüssel?«

Marie stieß sie an. »Schlafe nicht!« sagte sie. »Den Lagerschlüssel!« Aber das Mädchen hatte schon wieder die Augen geschlossen. Marie umfaßte ihre Taille und setzte sie auf. »Gib mir den Schlüssel!« wiederholte sie.

»Den Schlüssel?« fragte Anne. Sie schüttelte sich unvermittelt und schlug die Augen auf. »Was für einen Schlüssel?« fragte sie scheinbar nüchtern. »Zum Teufel doch, laß mich schlafen!«

»Gib mir den Lagerschlüssel!« sagte Marie.

Anne starrte vor sich hin. »Den Lagerschlüssel?« wiederholte sie, langte in die Tasche ihres Rockes und kramte darin. Nach einer Weile fiel ihr Kopf wieder nach vorn. »Was für einen Lagerschlüssel?« murmelte sie erstaunt.

Ruhig, ohne jede Erregung ohrfeigte Marie sie.

»Ach, ich verstehe«, sagte Anne und tat, als ob sie munter wäre. »Ich verstehe, sag ich, was drangsalierst du mich? Ich habe ihn nicht.«

»Wer hat ihn?« fragte Marie.

Anne umschlang schmeichelnd ihren Hals. »Geh zum Teufel!« bat sie mit geschlossenen Augen.

»Wer hat ihn?« wiederholte Marie.

»Ich weiß es nicht«, sagte Anne flehentlich. Dem Anschein nach war sie tatsächlich aufgewacht, sie kratzte sich am Kopf. »Wir haben ihn zu viert ins Lager gebracht. Dabei hat er sich an einem Stein den Kopf eingeschlagen und den ganzen Weg über fürchterlich geflucht.«

»Wer hat den Schlüssel?« fragte Marie. Aber diesmal bekam sie keine Antwort. Sie legte das Mädchen wieder auf die Erde und dachte nach, wer wohl beim Wegtragen Fabres hätte behilflich sein können. Anne schnarchte mit zurückgestrecktem Kopf. Über dem Meer, kaum merklich, dämmerte es bereits; zwei schmale, hellere Streifen zeigten sich, als hätte eine Möwe mit ihren beiden Flügeln den Himmel geritzt. Marie sah sich um, dann hockte sie sich bei der Sommersprossigen hin, die unmittelbar neben Anne lag.

Sie rüttelte sie an der Schulter. »Hast du den Lagerschlüssel?« fragte sie, die Worte langsam artikulierend, als das Mädchen die Augen aufschlug. Einige Augenblicke lang sahen sie sich schweigend an. Dann schloß die Sommersprossige die Augen wieder und drehte sich auf die andere Seite.

Marie rüttelte sie nochmals.

»Was für einen Schlüssel?« fragte die Sommersprossige. Unvermittelt lachte sie laut auf, dann legte sie sich kichernd erneut auf die Seite und begann sofort zu schnarchen. Marie zog sie wieder in die Höhe und lehnte ihre Knie gegen den Bauch der anderen. »Hast du den Lagerschlüssel?« fragte sie ein wenig lauter.

»Wer bist du?« fragte die Sommersprossige verwundert. »Wie spät ist es?«

»Hast du den Lagerschlüssel?« fragte Marie.

»Den was?« murmelte das Mädchen und unternahm mit ihrem dünnen Körper vergebliche Versuche, wieder in die Horizontale zu gelangen, dann gab sie auf, lehnte den Kopf an Maries Busen und schlief im Sitzen ein. Mit der freien Hand schüttelte Marie den Kopf an ihrer Brust. Davon schien das Mädchen allmählich zur Besinnung zu kommen. Eine Weile rüttelte Marie sie noch, dann sah sie dem Mädchen in die weit geöffneten grauen Augen, in deren Tiefe wie ein Goldfisch ihr eigenes hochgestecktes rotes Haar schwamm. »Hast du Fabre in das Lager gebracht?« fragte sie.

Das Mädchen begann erneut zu kichern. »Fabre ist ein schöner, großer Mann«, sagte sie. »Er hat schöne, große Hände und große Füße!« setzte sie träumerisch hinzu. »Wir wollen zu ihm gehen!«

»Hast du den Lagerschlüssel?« fragte Marie.

»Was für einen Lagerschlüssel?«

»Wo Fabre eingeschlossen ist«, sagte Marie still. »Den Schlüssel zum Lager!«

»Den Schlüssel zu Fabre!« wiederholte die Sommersprossige staunend. »Den Schlüssel zu Fabre!« Plötzlich lachte sie mit dünner Stimme auf, aber im nächsten Augenblick glitt sie auf den Boden und schlummerte gleichmäßig und ruhig atmend ein.

Marie weckte sie nochmals. Jäh, mit den Bewegungen einer Katze, biß die Sommersprossige sie in den Finger. »Was willst du, rothaarige Hexe?« fragte sie zischelnd und begann sich das Haar zu raufen. Marie durchforschte ihre Taschen, dann stand sie auf und hockte sich einige Schritte weiter neben Jeanne Babin. Die schlief mit offenem Mund, die Hände im Nacken gefaltet, so daß ihre zwei kleinen weißen Brüste, deren Warzen jeder Atemzug rot und hart erbeben ließ, aus der aufgeknöpften Bluse quollen. Als Marie sie berührte, breitete sie sogleich die Arme aus und spitzte den Mund zum Kuß. Marie drückte mit der Hand ihren Mund zu und fragte: »Wo ist der Lagerschlüssel?« Jeannes

Gesicht lag im Schatten, man sah nicht genau, ob ihre Augen offen waren. Wieder spitzte sie den Mund. Marie legte erneut die Hand auf die Lippen des Mädchens, aber kaum hatte sie sie von da weggezogen, kräuselte sich der Mund von neuem und wurde spitz wie der Spund eines Fasses. »Hast du den Lagerschlüssel?« wiederholte Marie.

Jeanne warf den Kopf zurück und keuchte laut. »Ja«, sagte sie.

»Gib her!«

»Ja«, sagte das Mädchen. Wieder spitzte sie den Mund zum Kuß, auf ihrer Stirn perlte dick der Schweiß. »Ja«, wiederholte sie hörbar keuchend, »ja!«

Marie holte tief Luft, ihre Stirn rötete sich. »Komm zur Besinnung, Jeanne!« sagte sie leise. »Warst du dabei, als Fabre ins Lager eingeschlossen wurde?«

»Ja«, sagte die andere mit geschlossenen Augen.

»Hast du den Schlüssel?«

»Ja.«

»Gib her!« wiederholte Marie etwas lauter.

Jeanne begann neuerlich zu keuchen, und bevor Marie es verhindern konnte, spitzte sie den Mund zum Kuß. Marie preßte ihren Handrücken darauf. »Wo ist er?« fragte sie ruhig. »In deiner Tasche?«

Jeanne machte eine ungeduldige Bewegung mit dem Kopf. Ihre Augen waren geschlossen, ihr Mund bebte. »Ja«, wisperte sie kaum hörbar.

»Hör zu, Jeanne!« sagte Marie. »Der Schlüssel ist nicht in deiner Tasche. Wo hast du ihn hingetan?«

Noch einmal tastete sie den Körper des Mädchens und den Sand rundum ab, dann erhob sie sich und ging weiter. Sie schritt den ganzen Hof ab, machte Licht in der Werkstatt, beugte sich über die Gesichter der schlafenden Frauen und durchsuchte dann das Gelände hinter dem Lager. Als sie sich endgültig überzeugt hatte, daß sich Violette nicht mehr in der Fabrik aufhielt, kehrte sie zur Kastanie zurück. Neben Jeanne Babin lag Adele Blanqui, ein mageres Mädchen mit frühreifem Gesicht und unentwickeltem Körper, sie hielt die Beine gespreizt. Kaum daß Marie sie berührte, erwachte sie und begann zu weinen. Sie verbarg den Kopf in den Armen, das Schluchzen schüttelte ihren ganzen Körper, mit der Rechten riß sie sich den Spitzenkopfschmuck herunter und warf ihn von sich. Marie wartete, daß sie sich beruhigte. Die beiden grauen Streifen über dem Meer waren merklich breiter geworden. »Wo ist der Lagerschlüssel?« fragte sie, als das Mädchen zu weinen aufgehört hatte. Aber sie erhielt keine Antwort, Adele war unmerklich eingeschlafen. Marie mußte sie wachrütteln. Sie erwachte sofort, aber kaum hatte sie die Augen geöffnet, brach sie wieder in lautes Schluchzen aus, verdeckte das Gesicht mit den Armen und schleuderte wieder den Spitzenkopfschmuck beiseite. Marie hielt ihr beide Arme fest, und tief Atem holend, fragte sie: »Wo ist der Schlüssel zum Lager?«

Sie bekam keine Antwort.

»Wo ist Fabre?« Um den weinerlich verzogenen Mund zuckte es. »Wo ist Fabre?« wiederholte Marie überdeutlich. »Wach auf, mein Kleines«, setzte sie weich hinzu, »wach auf, mein Herzchen, du weißt bestimmt, wo Fabre ist?« Aber das Mädchen schlief schon wieder, und als Marie sie ein drittes Mal weckte, weinte sie so wild und bitterlich, daß die neben ihr liegende Jeanne Babin unruhig wurde und ihr den Kopf zuwandte. »Ja«, sagte Jeanne laut und mit glückstrahlendem Gesicht.

Auch im Westen dämmerte es bereits, und der vormorgendliche Wind, der sommers genau zwei Stunden vor Sonnenaufgang vom Meer her eintrifft, raschelte schon leise in den Ästen der Kastanie, als Marie mit allen siebzehn Mädchen, die im Hof schliefen, fertig war. Von der Straße sickerte das Geräusch leiser Gespräche herein; in langem Zug kehrten die Austernfischer, von den schwarzen Felsen von Finistère kommend, in die Stadt zurück. In einer Ecke der Werkstatt fand Marie eine Brechstange, mit dieser ging sie erneut zum Lager. Die Tür war aus dickem Eichenholz. Sie arbeitete beinahe eine Stunde lang unter Anspannung aller Kräfte, laut keuchend, aber die Tür gab nicht nach, nur einige Splitter brachen in der Nähe des Schlosses heraus, und von der Mauer fiel nach einem besonders kräftigen Schlag an mehreren Stellen handbreit der Putz herab. Nach einer Stunde zerbrach die Brechstange. Marie ließ sie fallen und ging in den Hof zurück. Offensichtlich hatte sie es eilig, denn sie steckte sich nicht das Haar zusammen, das sich beim Arbeiten gelöst hatte und sie wie eine leuchtende bronzerote Welle umspülte. Neben Anne blieb sie stehen. »Wo ist der Lagerschlüssel?« fragte sie, über sie gebeugt.

Sie wartete die Antwort Annes nicht ab, faßte sie unter den Schultern, riß sie hoch und stellte sie auf die Beine. »Wo ist Violette?« schrie sie. Ihr milchweißes Gesicht war gerötet von unzähligen winzigen Flecken, ihre Augen waren schmal, an den Mundwinkeln bildeten sich zwei bittere Falten. Das junge Mädchen mit dem pausbäckigen Gesicht starrte sie verblüfft an. »Wo ist Violette?« wiederholte Marie langsam.

»Ich weiß es nicht«, sagte Anne.

»Hat Violette den Schlüssel mitgenommen?«

Es wurde still, Anne senkte den Kopf. »Was für einen Schlüssel?« fragte sie nach einer Weile mit verzweifeltem Gesicht.

Marie schloß die Augen. Unter ihrer Hand gab Annes Körper sofort dem Druck nach und stürzte weich zu Boden. Sie wagte nicht zu stöhnen, und sie betastete ihre blutende Nase erst, als sie hörte, wie sich Marie mit knirschenden Schritten von ihr entfernte. Sie setzte sich auf und sah ihr hinterher.

Marie war derweil zur offenen Tür der Werkstatt gelangt. Auf ihren lauten Schrei hin erschienen sogleich einige der dort schlafenden Frauen und schoben ihre zottigen Köpfe und zerknitterten Gesichter in das Morgenlicht hinaus. »Wenn ihr mir den Schlüssel nicht gebt«, schrie Marie, die Hand auf das Herz gepreßt, »dann zünde ich das Lager an!«

Die Frauen sahen sich an. »Was für einen Schlüssel?« fragte Frau Marius.

2

Ein trüber Tag hob an. Da der Wind von Marcouville her wehte, würde es wohl noch am Vormittag zu regnen beginnen, und der Regen konnte in dieser Jahreszeit zwei oder drei Tage dauern. In diesem Fall würden sich die vierzig Arbeiterinnen in der verhältnismäßig engen Werkstatt drängen müssen, wo sie schneller die Lust und Geduld verlieren würden, sie würden mehr Selbstdisziplin benötigen und mehr Nervenkraft für das lange Warten, als wenn sie die Zeit im Freien mit Herumliegen, Spazierengehen und Tanzen verbringen könnten. In der Werkstatt hocken und nicht arbeiten, das würde für die Nerven eine zermürbende Aufgabe bedeuten.

Sie kehrten die Abfälle des nächtlichen Tanzvergnügens zusammen und säuberten die Werkstatt, als gegen acht Uhr morgens unerwartet im Büro das Telefon läutete; der Präfekt bat erneut die Vertrauensleute des Betriebes zu sich.

Die Frauen und Mädchen nahmen die Nachricht mit Gleichmut auf, obwohl dies der erste handgreifliche Erfolg ihres Streiks war; nach seinem starrsinnigen Verhalten am Vortag hatte der Fabrikbesitzer seinen Standpunkt offenbar geändert. »Er läßt sich doch auf ein Gespräch mit uns ein«, meinte Frau Marius und musterte grämlich die Wolken, die sich über ihr zusammenzogen.

»Das machen die vierzigtausend Säcke«, brummelte eine andere Frau.

»Er käme vor Wut um den Verstand, wenn die ihm ein anderer wegschnappen würde.«

Sie waren gereizt. Die Werkstatt richteten sie binnen einer halben Stunde so sauber her, wie sie noch nie gewesen war, sie kehrten den Sand vom Hofpflaster und räumten sogar den herabgefallenen Putz und die Holzsplitter von der Lagertür weg. Eine Stunde nachdem Marie und Frau Marius zur Präfektur gegangen waren, fand sich auch der Schlüssel; ein Mädchen entdeckte ihn auf dem Schreibtisch im Büro. Der Schreibtisch hatte die ganze Nacht über auf dem Hof gestanden, am Morgen hatten sie ihn zu viert ins Büro zurückgetragen, es war klar, daß den Schlüssel im nachhinein jemand heimlich dorthin gelegt hatte; aber darüber redeten sie nicht. »Sie war betrunken!« sagte Jeanne Babin lachend. »Er lag vor ihrer Nase, und sie hat ihn nicht gesehen!« Die anderen lachten mit ihr, aber sie gingen der Sache nicht auf den Grund.

»Wer war betrunken?« fragte Violette, die das Lachen gehört hatte und zu den Mädchen trat.

»Marie«, sagte Jeanne. Die anderen lachten weiter, Violette lächelte kaum merklich. »Das glaube ich nicht«, meinte sie nur.

Die kleine Babin blieb bei ihrer Meinung. »Ich war bei ihr, als sie aufwachte«, beharrte sie. »Sie war nicht wiederzuerkennen, so sehr hatte sich ihr Gesicht verändert.«

Das eine oder andere Mädchen lachte noch, aber keine antwortete. Die langnasige Marcelle faßte Violette um die Schulter. »Du warst nicht beschwipst, Kleine, stimmt's?«

»Sie hat gar nicht getrunken«, sagte ein Mädchen.

»Mehr als ein Fingerhut voll würde sowieso nicht in sie hineinpassen«, meinte eine andere und legte ihre breite braune Hand auf Violettes Bauch.

Jeanne lachte. »Werden in Paris die Mädchen alle nicht größer?«

»Du Vögelchen!« sagte Marcelle und zog Violette von neuem an sich.

»Paß auf, daß du ihr nicht alle Knochen zerbrichst!« seufzte ein Mädchen.

Violette schüttelte den Kopf. Das kurze schwarze Haar fiel ihr in die Stirn. »Um meine Knochen mach dir keine Sorgen!« sagte sie. »Ich bin schon ganz anders umarmt worden!«

Marcelle lachte leise auf.

Die Sommersprossige, die Fabre das Frühstück ins Lagergebäude gebracht und dort gewartet hatte, während er aß, trat mit laut klirrendem Geschirr hinter Violette. »Dein Glück, daß du heut morgen nicht hier warst«, sagte sie mißlaunig. »Die Knochen hätte dir Marie zerbrochen.«

Violette lächelte.

»Es war ganz anders!« protestierte Adele Blanqui.

»Warum hätte sie ihr die Knochen zerbrochen?« fragte Jeanne.

»Warum?« Die Sommersprossige sah sich im Kreise um. »Weil sie den Schlüssel ...«

»Dumme Kuh!« rief eine Stimme.

»Wovon redet die denn?«

Die Sommersprossige begriff nicht.

»Aber der Schlüssel lag doch auf dem Schreibtisch«, erklärte ihr Jeanne Babin. Wieder lachten die anderen. Violette machte kehrt und lief in mädchenhaften Sprüngen auf die Werkstatt zu. »Wie ein Vogel!« meinte die langnasige Marcelle. »Man möchte sie am liebsten in einen Käfig sperren, damit sie nicht wegfliegt.«

Die verheirateten Frauen hockten größtenteils in der Werkstatt. Sie wußten nicht, daß sie schlechtgelaunt waren und deshalb lebhafter als sonst sprachen, weil sich die schlechte Laune noch zu tief in ihnen versteckt hielt, um an die Oberfläche zu dringen und sich dort zu erkennen zu geben; sie glaubten, mit dem nach allen Himmelsrichtungen verzweigten und immer hurtigeren Reden schlügen sie einfach nur die Zeit tot. Wäsche, die ausgebessert werden müßte, war nicht mehr da, und so unruhig sie auch Umschau hielten, es fand sich keinerlei Arbeit, die ihnen Beschäftigung geboten und das Kribbeln in ihren in so ungewöhnliche Verhältnisse geratenen und jetzt heimtückisch aufbegehrenden Nerven gedämpft hätte. Zwei Frauen gingen im Laufe des Vormittags wieder nach Hause, um ihre Männer zu versorgen, die in Fabriken im Ort arbeiteten; am Nachmittag, so sagten sie, würden sie zurückkommen.

Obendrein begann es nun leicht zu regnen. In einer Stunde würde es gießen, sie würden für wenigstens zwei, drei Tage in die enge Werkstatt eingesperrt sein, in der alle zugleich unmöglich Platz finden würden. »Schlafen kann man auch im Lager«, sagte die eine Verheiratete.

»Marie läßt uns nicht hinein!«

»Das alles hat sie heut früh sehr empört!« sagte eine Jüngere.

Zwei waren unter ihnen, die von den übrigen unverkennbar beneidet wurden: diese jüngere Frau, die Strümpfe strickte und mindestens für zwei Tage mit Arbeit versorgt war, und eine gewisse Frau Bost, der Frau Marius ihren Säugling anvertraut hatte, während sie auf der Präfektur verhandelte. Wegen des Regens, der in der Luft lag, war auch kein einziges Kind zu seiner Mutter in die Fabrik gekommen, was wegen des Platzmangels zwar günstig war, aber doch auch ärgerlich, weil niemand zum Ausschimpfen, Verprügeln und Schmusen da war, so daß sich noch mehr überschüssige Zeit in den Körpern der Frauen ansammelte.

»Wie lange dauert so ein Streik?« fragte Frau Lefebre.

»In der Blaufärberei sitzen sie schon seit zwei Wochen herum.«

»Seit zwei Wochen?« Die alte Frau ließ den Blick suchend und zögernd im Kreis wandern. »Wir werden zwei Wochen lang nicht nach Hause gehen?«

»Laß nur«, sagte die dicke Blondine, die in der Nacht am Grammophon gesessen hatte, »Marie wird das schon machen!«

Frau Lefebre nickte, als wäre sie schon wieder beruhigt. »Gewiß«, sagte sie, »Marie wird schon dafür sorgen, daß es nicht zwei Wochen dauert!«

Für eine Weile wurde es still. Aus dem Büro waren einige Stimmen zu vernehmen, die dünn einsetzten und sich dann zu einer vielstimmigen Diskussion verstrickten; in dem engen Raum drängten sich ungefähr zehn Frauen und debattierten hitzig. Ein Weilchen lauschten die in der Werkstatt Sitzenden. »Was war heut früh los mit Marie?« fragte wiederum die jüngere Frau, die Strümpfe strickte. »Sie war ja ganz aufgebracht!«

»Ich fürchte«, meinte eine Frau, »sie ist zu streng zu Fabre.«

Frau Bost neigte sich zum Ohr der Frau, die neben ihr saß, und flüsterte ihr etwas zu.

»Was sagst du?« fragte die Strümpfestrickerin neugierig, aber Frau Bost antwortete nicht.

Die neben ihr Sitzende schlug die Hände zusammen. »Aber was denkst du, das ist ganz ausgeschlossen!«

»Was ist ausgeschlossen?«

Die Frau blickte ungläubig ringsum. »Meine Schwägerin

meint«, sagte sie mit gedämpfter Stimme, »Marie hat heut nacht Fabre umbringen wollen.«

»Ja freilich!« sagte eine Frau.

»Warum auch nicht!« brummte eine andere. »Mag er doch abkratzen!«

»Saukerl!«

Die jüngere Frau ließ ihr Strickzeug in den Schoß sinken. »Deshalb also . . .«

Frau Bost zuckte die Schultern. »Vor Gericht wäre gar nichts zu erreichen«, erklärte sie ihrer Schwägerin, »denn beweisen kann man es nicht, daß man nur Arbeit bekommt, wenn man mit ihm schläft. Und wenn man es beweisen könnte, würde man damit trotzdem nichts erreichen. Welche Frau wagt ihrem Mann oder welches Mädchen dem Vater schon zu gestehen, daß . . .«

Mit verwundertem Gesicht sah sich Frau Lefebre um. »Jetzt verstehe ich. Also deshalb streiken wir?«

»Ich habe nicht mit ihm schlafen müssen«, rief unvermittelt die Strümpfestrickerin und errötete heftig.

Die dicke Blondine musterte sie lachend. »Du gefällst ihm nicht«, sagte sie sachlich.

»Warum gefalle ich ihm nicht?« fragte die junge Frau naiv und wurde noch röter.

Frau Bost tröstete sie: »Keine Sorge, du wärst auch noch an die Reihe gekommen!«

»Marie hat also heut nacht . . .«

Eine Frau stand auf. »Wozu darüber reden«, sagte sie schroff, wandte der Gruppe den Rücken zu und trat ans Fenster.

»Stimmt es, daß er Marie geschwängert hat?« fragte Rose.

»Wer sagt das?«

»Niemand sagt es«, antwortete Frau Bost. »Jeder weiß es.«

»Ich weiß es nicht«, stellte die beleibte Blondine gelassen fest. »Frau Lefebre weiß es auch nicht. Anne und Frau Marius wissen es auch nicht, und es gibt noch etliche, die davon keine Ahnung haben.«

»Aber du kannst es mir glauben«, sagte Frau Bost. »Sonst würde sie nicht so gewaltig in Rage kommen.«

Rose, ihre Schwägerin, beugte sich vor und unterbrach sie: »Warum sonst hätte gerade sie und ...«

»Wozu darüber reden!« wiederholte die Frau am Fenster.

»Worüber?« fragte Violette. Lächelnd stand sie in der Tür, ein wenig außer Atem vom Laufen, das Haar fiel ihr in die Stirn. »Reden muß man über alles!« rief sie fröhlich. »Worüber will irgendwer nicht reden?«

Es wurde still. »Darüber«, sagte Frau Bost schließlich, die Hände über dem Bauch faltend, »daß Fabre Marie geschwängert hat.«

Violette erbleichte. »Das ist nicht wahr!«

»Kommt das in Paris nicht vor?«

»Laß sie in Frieden«, brummte die dicke Blondine. »Sie weiß, wie man es in Paris macht, und wir wissen, wie man es hier macht ... Natürlich ist es nicht wahr«, fuhr sie fort, Violette zugewandt. »Frau Bost meint das nur, weil ...«

»Wozu darüber reden!« schrie die Frau am Fenster, nun schon zornig.

Violette trat vor Frau Bost und blickte ihr ins Gesicht. »Habt ihr keine anderen Sorgen«, sagte sie scharf, »als in anderer Leute Privatleben herumzuwühlen?« Ihre Stimme klang so kalt und kränkend, daß die Frauen verlegen verstummten. Wie in einer gut vorbereiteten Bühnensituation schluchzte Frau Lefebre in der plötzlich eingetretenen Stille laut auf. »Zwei Wochen lang werden wir hier eingepfercht sein?« sagte sie schniefend und breitete die Arme aus.

Wie ein Hahn fuhr die kleine Pariserin herum. »Das ist Ihnen zuviel?« fragte sie erbost. »Sie können's kaum erwarten, sich wieder abzuschinden? Warum heulen Sie denn eigentlich so hysterisch?«

»Laß sie!« flüsterte Anne, die hinter Violette eingetreten war. »Sie ist krank.«

»Wenn sie krank ist, soll sie heimgehen«, sagte die andere laut. »Alte Weiber, die herumjammern und mir die Lust am Leben nehmen, werden hier nicht gebraucht.« Anne stieß sie an. Die meisten hier befanden sich in Frau Lefebres Alter, alle waren wenigstens doppelt so alt wie die kleine Pariserin. Diese erbleichte, ihre schmalen, leichten Nasenflügel bebten vor Zorn. »Ihr seid keine alten Weiber, sondern Lohnarbeiterinnen«, rief sie aufbrausend, den anderen zugewandt, »und Herr Laurent pfeift darauf, ob ihr alt oder jung seid, wenn ihr nur eure Arbeit macht. Und wenn ihr«, setzte sie, am ganzen Leibe zitternd, hinzu, »zwanzig oder dreißig Jahre ohne ein Wort wie das Vieh schuften könnt, dann bringt es bitte fertig, jetzt ohne ein Klagewort zwei Wochen lang zu faulenzen.«

»Was für ein Großmaul!« sagte still eine der Frauen.

Violette traten sogleich Tränen in die Augen. »Was sagen Sie?« fragte sie klagend. »Es stimmt nicht, daß ich ein Großmaul bin!« Sie verstummte und wischte sich mit der Faust die Tränen aus den Augen. »Mit euch Alten muß man eben schreien, damit ihr einen versteht...«

Frau Bost lächelte. »Dabei sind wir gar nicht taub!«

»Doch seid ihr taub«, schrie Violette, und die Tränen stürzten ihr aus den Augen, »taub und närrisch! Drei Tage seid ihr hier, und schon sterbt ihr vor Langerweile. Geht an die Luft, wenn euch heiß im Schädel wird.«

»Aber es regnet doch.«

»Wo regnet es?« rief Violette triumphierend unter Tränen.

Sie sahen aus dem Fenster, es regnete tatsächlich nicht. Es schien unglaublich, aber es sah so aus, als würden die Regenwolken trotz des Windes aus Südwest abziehen. Die Sonne enthüllte sich zwar noch nicht, aber schon ahnte man, daß sie sprungbereit wartete und bei der ersten Ermunterung von irgendwoher – und wenn diese nur im Licht einer roten Rose bestände, die sich öffnet – hervorbrechen würde aus dem Himmel, dem Sand, den Häusern und jedem einzelnen Wassertropfen des Meeres wie eine zurückgehaltene und plötzlich frei werdende Befriedigung. Aus den Blättern der Kastanie im Hof quoll hier und da schon ein Vorzeichen des Lichtes, ein kaum erkennbares Glitzern; manche Blätter wandten sich von der einen Seite langsam zur anderen, schoben den winzigen Schatten von ihrer Haut, den sie sich mit dem Nahen des Regens wie eine Decke übergezogen hatten.

Wenn jemand am Fenster vorüberging, knirschte der graugelbe Sand schon etwas lauter.

»Tatsächlich, es hat aufgehört«, murmelten die Frauen.

Violette lächelte unter Tränen. »Nicht wahr?« sagte sie. »Nicht wahr? Ihr seid alle taub und närrisch!« rief sie, unerwartet wieder von Groll gepackt, und schlug sich mit den kleinen Fäusten wild auf die Schenkel. »Setzt euch in die Sonne, lest etwas und fangt nicht Läuse auf anderen Köpfen. Ihr kommt mir vor in diesem Durcheinander wie ein Pferch voll wartender alter Schafe!«

Manche Frauen begannen laut zu lachen. »An die Sonne sollen wir gehen?« fragte Frau Bost. »Wo ist hier Sonne?«

Aber sie hatte noch nicht zu Ende gesprochen, da glitt plötzlich der erste Sonnenstrahl zwischen den Wolken hindurch und warf einen tanzenden goldenen Fleck an die Werkstattmauer. Es wurde merklich heller. Die Frauen lachten noch herzlicher. Man konnte diesem dünnknochigen, Grimassen schneidenden Mädchen ihre Dummheiten nicht übelnehmen, die, so grob sie klingen mochten, leicht wie Flaumfedern waren. Sie redete Unsinn, und deshalb konnte man nur lachen, wenn sich nachträglich herausstellte, daß sie doch recht hatte. »Was sollen wir lesen, Kleine?« fragte die beleibte Blondine, die Tränen gelacht hatte, als sie daran dachte, wie sich fünfzig Frauen am hellichten Tage während der Arbeitszeit in den Sand hocken und Zeitung lesen wie feine Herren im Klub. »Was sollen wir lesen?« fragte auch eine andere spöttische Stimme. »Die Bibel haben wir nicht mitgebracht!«

»Ich schon«, brummte Violette und begann selbst zu lachen. Sie zog Flugblätter aus der Tasche und ging unverzüglich daran, sie an die Frauen zu verteilen. »Das ist bestimmt so unterhaltsam wie die Bibel«, sagte sie mit Nachdruck und unwillkürlich nicht ohne Schärfe. »Die sind von der Partei, in die ihr gestern eingetreten seid, und sie handeln von den Streikenden. Heut mittag kommt ein Genosse aus L. und wird einen Vortrag halten.«

Frau Lefebre hielt das Flugblatt verkehrt herum in den Händen. Leise fluchend trat Violette zu ihr, nahm es ihr aus der Hand, drehte es um und reichte es ihr erneut. Inzwischen war die langnasige Marcelle in die Werkstatt gekommen. Sie ergriff Violette an der Hand und zog sie beiseite.

»Das ist nicht wahr!« sagte die kleine Pariserin nach einer Weile mit scharfer Stimme.

»Aber Anne hat es mit eigenen Augen gesehen«, beteuerte Marcelle. »Als am ersten Tag gegen Mittag der Anruf von der Präfektur kam, war sie nirgends zu finden. Anne hat sie schließlich im Lager entdeckt, hinter verschlossener Tür, es war völlig dunkel, und sie lagen nebeneinander auf dem Boden.«

»Ich glaub es nicht«, sagte Violette aufgebracht. »Und überhaupt, das geht dich nichts an, kümmre dich um deine eigenen Angelegenheiten!«

Marcelle errötete bis zur Spitze ihrer langen Nase. »Das ist unser aller Angelegenheit«, erwiderte sie erregt, »eins kann man nicht vom andern trennen. Meinetwegen soll sie sich Drillinge machen lassen, aber erst, wenn der Streik beendet ist. Habe ich nicht recht?«

»Nein«, sagte Violette wütend.

»Auch du hast gesagt, wir sollten sie nicht allein in das Lager lassen! Warum?«

»Schweig!«

»Warum hast du den Schlüssel vor ihr versteckt?« fuhr die andere selbstzufrieden fort. »Nur aus Sorge, sie könnte ihn erstechen?«

Inzwischen schien die Sonne, und die Luft, die durch das offene Fenster hereinströmte, hatte einen unverkennbar anderen, einen trockeneren und salzigeren Geruch. Bei ihrer Rückkehr von der Präfektur trafen Marie und Frau Marius die anderen bereits auf dem Hof an; manche buchstabierten durch ihre großen Brillen das Flugblatt, andere kümmerten sich um das Mittagessen oder nahmen mit versöhnter, stiller Miene ein Fußbad, die Mädchen schleppten erneut den Schreibtisch unter den Kastanienbaum und machten Platz für den Vortrag. Marie erkannte daran, daß sich Violette wieder in der Fabrik aufhielt. In einer Ecke des Hofes bemerkte sie eine größere Gruppe, in der gescherzt und gekichert wurde, offenbar umringte sie die kleine Pariserin. Sie blieb nicht stehen, sondern ging geradenwegs in das Büro.

Wenige Augenblicke später folgte ihr Violette mit den hinter ihr einhertrottenden Mädchen und Frauen. »Was habt ihr erreicht, Marie?« fragte sie mit ihrer kindlichen Stimme. Wer im Büro keinen Platz mehr fand, eilte vor das Fenster, auch die Frauen, die das Essen zubereiteten, verließen den Kessel und drängten sich mit schwitzigen Gesichtern davor.

»Er bietet fünf Prozent«, antwortete Marie mit kraftvoller Stimme, damit alle sie hörten.

»Lächerlich!« rief Violette sofort. »Wir lehnen ab!«

Für einige Augenblicke trat Stille ein.

»Wieviel?« fragte eine Stimme.

»Wir lehnen ab!« riefen mehrere.

Die langnasige Marcelle beugte sich ins Fenster. »Der alte Froeber ist ausgerissen«, berichtete sie. »Ich habe eben gesehen, wie er über den Zaun zur Tischlerei geklettert ist.«

Wieder wurde es still. »Mag er nur!« sagte Marie nach einer Weile gelassen. »Der Präfekt hat uns aus der Zeitung die Rede des Innenministers vorgelesen. Der Innenminister hat bekanntgegeben, daß er Fabrikbesetzungen künftig nicht mehr dulden wird.«

»Der Innenminister kann mich mal!« rief Violette.

»Der Herr Präfekt hat gesagt«, fuhr Frau Marius fort, »daß wir uns mit Laurent einigen sollen, sonst wird er gezwungen sein, die Fabrik durch die Gendarmerie räumen zu lassen.«

»Der Präfekt kann mich mal!« kreischte Jeanne Babin.

»Mich läßt er nicht räumen«, sagte Anne mit puterrotem Gesicht.

»Er will die Gendarmerie herholen?« fragte jemand.

»Er will auf uns schießen lassen?«

»Was hast du gesagt, Marie?« fragte Frau Duhamel, die hinten stand, an der Tür, und sich unter Tränen jetzt einen Weg zur Mitte bahnte. Ihr Gesicht war zorngerötet. »Sie wollen die Gendarmerie herschicken?«

Violette war inzwischen auf einen Stuhl gestiegen. »Seid doch mal still, Genossinnen«, sagte sie und legte den Zeigefinger auf die Lippen. »Herr Barthelemy, der Präfekt, ist ein Gauner. Warum ist er ein Gauner? Weil er es mißbraucht, daß er es mit Frauen zu tun hat. Seine Pflicht wäre es, die Gewerkschaft in die Verhandlungen einzubeziehen, und statt dessen verhandelt er jetzt schon zum zweitenmal mit Marie, die noch keinerlei Streikerfahrung hat. Marie kann man leicht einflüstern, daß der Innenminister den Streik verbietet, sie kann nicht kontrollieren, ob es stimmt. Ich wüßte es auch nicht, Frau Marius ebenfalls nicht. Aber wenn Marie jemanden von der Gewerkschaft bei sich hätte, würde der diesem klerikalen Hund einfach ins Gesicht lachen, wenn er lügt.«

»Richtig!« rief eine Stimme.

Die Frauen sahen Marie an; sie stand mit gesenktem Kopf wortlos am Fenster, ihr großer roter Haarknoten leuchtete im Sonnenschein, auf der weißen Haut unter ihren Augen lagen tiefe dunkelblaue Furchen.

»Was meinst du dazu, Marie?« fragte Adele Blanqui.

Das Mädchen hob den Kopf und richtete ihren schweren veilchenblauen Blick auf die Fragerin, aber sie antwortete nicht.

»Gendarmen wollen sie herschicken?« fragte erneut Frau Duhamel, von deren blutrotem Gesicht der Schweiß rann. »Wenn hier ein einziger Gendarm über die Schwelle tritt«, schrie sie und schüttelte die Faust, »zerreiße ich ihn in der Luft.«

»Den Gendarmen reißen wir die Haare aus!« rief hinten jemand.

»Der Präfekt gehört an den Galgen!« gellte mit vor Wut überschnappender Stimme die Sommersprossige.

Frau Duhamel wischte sich mit der Schürze den Schweiß von der Stirn. »Hör zu, Marie«, sagte sie ein wenig ruhiger mit tiefer, volltönender Stimme. »Sag dem Präfekten, daß ich zweiundvierzig Jahre alt bin, seit dem fünfzehnten Lebensjahr arbeite und drei Kinder habe. Sag ihm, daß ich immer meine Steuer zahle, bis auf den letzten Sou, und daß wir uns noch nie gegen die Behörden vergangen haben, ich nicht, mein Mann nicht und mein Vater nicht, uns kann man keine Übertretung vorwerfen, aber wenn man mir jetzt die Gendarmerie auf den Hals hetzt ...« Sie verstummte und wischte sich keuchend mit dem Handrücken das Gesicht ab. »Sag ihm, daß ich mich vor das Tor stellen werde, und wenn mich auch nur ein Gendarm anzurühren wagt, erwürge ich ihn mit meinen beiden Händen, und wenn man mich dabei totschlägt!«

»Sag ihm, daß wir die Fabrik anzünden, wenn er die Gendarmerie schickt«, rief die neben dem Fenster stehende Jeanne Babin.

Unvermittelt gerieten sie in solche Erregung, daß sie alle gleichzeitig losschrien. Adele Blanqui drückte mit dem Ellbogen die Fensterscheibe ein, klirrend fiel das Glas auf den Boden.

»Wir zünden die Fabrik an!« riefen mehrere.

Frau Marius hob ihren Säugling in die Höhe. »Ich werf ihn mit den eigenen Händen ins Feuer«, brüllte sie wie von Sinnen.

»Im Lager steht ein Faß Benzin«, rief Frau Bost.

»Ja, das Lager anzünden!« sagte auch Marie.

Am selben Tag traten in Saint-Mars-le-Vieux auch die Schlachthofarbeiter und die Friseurgehilfen in den Ausstand. Die Fleischereien schlossen. Die streikenden Barbiere streiften mit kleinen Ledertaschen in der Hand, in der sich ihr Rasierzeug befand, durch die Stadt und rasierten auf den Terrassen der Cafés und Bistros unentgeltlich die Gäste. Im Kaffeeausschank gegenüber der Sacknäherei malträtierte ein ziegenbärtiger italienischer Barbier bis zum späten Abend umsonst jeden Bewerber, bis man ihn schließlich, stockbetrunken von den unzähligen Gläschen Anisette, die man ihm angeboten hatte, auf eine Bank legen mußte. Allmählich kam die Lebensmittelversorgung der Stadt ins Stokken, und da die Hafenarbeiter bereits seit zwei Tagen kein Schiff entladen hatten und das Personal des größten Fuhrbetriebes, der Glandozschen Garagen, gleichfalls seit drei Tagen streikte, kam Nachschub für die Bevölkerung weder vom Meer noch von der Bahnstation her.

Tagsüber zog hin und wieder singend und mit roter Fahne ein Trupp durch die Straßen und ließ zwischen den höflich schweigenden, sauberen Häusern den erregenden, nach Tabak und Feuer riechenden Niederschlag seiner Emotionen zurück. Die halbnackten Kinder, die auf den Türschwellen und vor den Läden spielten, sangen aus voller Kehle das *Ça ira.* Bürgerwehr und Polizei wurden von der Straße abgezogen. Gegen Abend setzte eine regelrechte Völkerwanderung zum oberen Ende der Rue de la Teinturerie ein, wo der eine Hauptkanal der Stadt ins Meer mündete; seit in der Blaufärberei die Arbeit ruhte und ihre schwefelsauren Abfälle nicht mehr das Wasser des Kanals vergifteten, vermehrten sich die Fische geradezu tagtäglich in der Bucht, und die Leute fischten mit Netz und Angelrute zwischen den schwarzen Felsen zentnerweise Kabeljau heraus, dessen Preis jetzt, da es kein Fleisch mehr gab, auf dem Markt immer höher stieg. Durch das tanggrüne Meerwasser zog der Kanal eine pfeilgerade karminrote Linie, deren Ränder sich über eine beträchtliche Strecke scharf wie ein Pinselstrich von der Umgebung abhoben. Erst dreißig oder vierzig Meter vom Ufer entfernt begann das Zusammenspiel mit dem Meerwasser, allmählich vermischten sich in Eintracht Farbe und Konsistenz beider Flüssigkeiten. Auf dem kurzen roten Abschnitt zogen wie auf einer belebten Landstraße in breiten Reihen offenen Maules die Fische dahin, mit flinken Bewegungen, als eilten sie zum Jahrmarkt. Über dem Wasser wogten als dichter, immer wieder aufbrechender Schleier Schwärme kleiner Fliegen und Mücken, deren Anwesenheit sich übrigens auch darin verriet, daß die Angler sich aufgeregt kratzten.

Als der Mond aufging und die Menge, die gaffend am Strand promenierte, in sein melancholisches Licht tauchte, begab sich Marie auf den Heimweg. Sie hatte den ganzen Nachmittag hier verbracht, auf einem wie ein Lehnstuhl geformten schwarzen Felsgrat, der mitten in der Bucht, etwa fünfzig Schritte vom Ufer entfernt, aus dem Wasser ragte. Auf diesem Felsen hatte sie gesessen, dem Ufer den Rücken gewandt, und da sie sich stundenlang kaum bewegte, hätte man sie für versteinerte, menschähnliche Gischt halten können, hätte nicht ihr dicker Haarknoten unter dem erregenden, zärtlichen Ansporn der Sonne und dann des

Mondes sein stoffloses rotes Feuer versprüht. Am frühen Nachmittag hatte sie selbst noch geangelt, es dann aber wieder aufgegeben; sie hatte drei Kabeljaue gefangen, mehrere Kilo schwer, und sie, damit sie nicht zurück ins Wasser sprangen, mit den Köpfen gegen den Fels geschlagen. Dann war sie plötzlich erstarrt; vorgebeugt und die Ellbogen auf die breiten Knie der gespreizten Beine gestützt, hatte sie über Stunden bewegungslos auf das strudelnde Wasser geblickt, bis der Mond mit metallischem Klang seinen Schleier über ihren Kopf und Busen fallen ließ.

Den Rock raffend, eilte sie mit langen Schritten, zuweilen von Felsen zu Felsen hüpfend, ans Ufer. Hier zog sie sich die Schuhe an und ging in die Fabrik zurück. Im Büro traf sie Frau Marius, die dabei war, auf dem Schreibtisch ihr Kind trockenzulegen, die feuchte Windel warf sie durch das Fenster auf den Hof. Das Kind hielt einen großen, klobigen Schlüssel umklammert.

Marie nahm dem Kind den Schlüssel aus der Hand, machte kehrt und ging wortlos zur Tür. Aber Frau Marius hielt sie zurück. »Wohin gehst du?« fragte sie.

Marie drehte sich um. »Warum willst du das wissen?«

»Bleib nur hier!« sagte Frau Marius, während sie die Beine des auf dem Rücken liegenden Säuglings ergriff, sie über dessen Bauch hob und die Innenseiten des so entstandenen regelmäßigen Rhomboids mit Reispuder bestäubte. »Wenn du jetzt Fabre umbringst, verdirbst du uns den ganzen Streik!«

Das Mädchen antwortete nicht.

»Dann ist es nicht zu verhindern, daß man uns die Gendarmerie herschickt«, fuhr Frau Marius fort. »Du machst die ganze Streikbewegung kaputt.«

Marie trat langsam zum Schreibtisch. »Hat dir das Violette beigebracht?« fragte sie.

Die Frau, statt zu antworten, puderte weiter die Schenkel des Säuglings ein. Das Kind lallte glücklich.

»Wozu ihn töten!« fuhr Frau Marius nach einer Weile fort. »Wir machen zu einer Bedingung des Streiks, daß Laurent ihn entlassen muß. Dann kann er keiner Fliege mehr etwas zuleide tun!«

»Hat dir das auch Violette beigebracht?« fragte Marie stokkend und preßte die Hand aufs Herz.

»Schweig!« sagte die andere. »So etwas muß man sich nicht beibringen lassen, das weiß man von allein. Der kleine Floh hat übrigens einen helleren Verstand als irgendwer sonst. Warum hast du etwas gegen sie?«

Über den mondbeschienenen Hof kam eine gedrungene, dunkle Gestalt auf das Fenster zu. »Geh weg, Anne!« sagte Marie leise, als die Gestalt am Fenster stehenblieb. Das Mädchen stützte die Ellbogen auf das Fensterbrett. »Ich möchte nur sagen . . .«, begann sie. »Geh weg!« wiederholte Marie.

Da die Gestalt noch immer am Fenster verharrte, nahm Marie einen der schweren, blutverschmierten Fische vom Tisch und warf ihn mit einer wilden Gebärde Anne an den Kopf. Anne flüchtete mit entsetztem Geschrei.

»Warum bist du so wild?« sagte Frau Marius und hob mit ihren muskulösen Armen den nackten Säugling hoch über den Kopf, so daß er glückselig zu krähen und zu jauchzen begann. Sein kleiner Körper sprühte blonde Funken im Licht des Mondes, während die Sohlen seiner Füßchen den silbrigen Widerschein der beiden riesigen Fische auf dem Tisch auffingen. »Warum ihn töten?« fuhr Frau Marius fort. »Bekommst du ein Kind von ihm?«

Marie stand starr vor dem Tisch. »Nein«, sagte sie und schüttelte den Kopf.

»Bist du nicht schwanger?« fragte Frau Marius überrascht und legte ihren Säugling wieder auf den Tisch.

Das Mädchen schüttelte erneut den Kopf. »Nein«, sagte sie unerwartet sanft und lächelte. »Ihr denkt natürlich alle, daß er mein Liebhaber ist . . .«

Frau Marius blickte ihr ins Gesicht.

»Aber das ist er nicht!« sagte Marie und lächelte wieder. Ihr von Schlaflosigkeit zerquältes Gesicht schien im hilfreichen Licht des Mondes glatt und ungebrochen. Sie schüttelte den Kopf. »Nein«, wiederholte sie und lächelte neuerlich.

»Er war es auch nicht?«

»Nie«, sagte das Mädchen still. Sie lehnte sich an den Tisch und neigte leicht den Kopf. Frau Marius sah ihr aufmerksam ins Gesicht. Als sie einige Sekunden später den Blick von der errötenden Stirn wandte, gewahrte sie, daß die linke Hand des Mädchens den mondbeschienenen, blutigen Kopf des einen Fisches umklammerte, ihre Hand war schon ganz blutig.

»Du besudelst dir die Hand«, sagte sie ruhig. »Ich weiß, du lügst nicht!« Sie knöpfte ihr Kleid auf und hob das Kind an die volle Brust. Sogleich begann es schmatzend zu saugen. »Aber wenn du nichts mit ihm hast«, fuhr sie bedächtig fort und wischte dem Kind mit dem Zeigefinger die herabrinnende Milch vom Kinn, »was willst du dann von ihm?«

Dem Säugling glitt die Brustwarze aus dem Mund, und er stimmte ein verzweifeltes, wildes Gurgeln an. Frau Marius lächelte; eine Weile betrachtete sie gedankenverloren das verzerrte, faltige kleine Gesicht und die unbeholfen zuckenden Fäuste, die in einem winzigen hilflosen Zorn einer unerreichbaren und boshaften Vorsehung zu drohen schienen. »Du häßliches Wurm«, sagte sie lachend und schob die Brustwarze wieder in den Mund des Kindes. »Was willst du von ihm?« fragte sie. »Wenn Herrn Fabre ein Leid geschieht bei uns, machst du damit den Streik kaputt, das weißt du doch wohl?«

»Ja«, sagte das Mädchen heiser.

»Wir haben heut nachmittag verabredet«, fuhr Frau Marius fort, »daß niemand die Arbeit wiederaufnimmt, solange der Fabrikant sich nicht verpflichtet, ihn nicht zu entlassen. Das ist wohl genug.«

»Genug?« schrie Marie und begann mit tiefer Stimme zu lachen. »Genug für diese Hölle?«

Sie machte kehrt und trat hinaus. Auf dem Hof begegnete sie Violette und Martin, die plaudernd unterwegs zur Werkstatt waren. Marie ergriff die Pariserin an der Schulter. »Du ... du ...«, sagte sie mit unterdrücktem Zorn und stockendem Atem. Mit der Hand schüttelte sie den schmächtigen kleinen Körper, dann ließ sie ihn plötzlich los und ging weiter. Einige Minuten später tauchte sie im Schatten des Werkstattgebäudes unter.

Violette schrie vor Schmerz auf. »Was wollte sie von mir?« fragte sie erschrocken und schob den Kopf mit einer flinken, um Trost bittenden Bewegung an Martins Brust. »Was hat sie gewollt...«, wiederholte sie und krallte die Finger unglücklich und wütend in Martins runden, kurzen Arm. Gerührt blickte Martin auf den schwarzen Mädchenkopf hinab, dann hob er behutsam die Hand und streichelte ihn. »Die ist der Teufel in Person«, brummte er, »aber keine Bange, Genossin...« Plötzlich sprühten im Mondlicht Funken um seinen kahl werdenden Schädel, und mit einer gönnerhaften Geste, die keinen Widerspruch duldete, zog er den leichten kleinen Kopf, der sich inzwischen schon zurückgezogen hatte, wieder an seine Brust. »So, ihr braucht also keine Männer?« setzte er scheinbar grundlos hinzu, ein wenig zu laut, so daß sich zwei vorüberspazierende Mädchen, an Männerstimmen gar nicht mehr gewöhnt, überrascht umdrehten und zu kichern begannen. Martin zeigte ihnen die Faust, und solange der Streik noch dauerte, die nächsten drei Tage wich er Violette nicht mehr von der Seite. Mit ruhiger, abgeklärter Miene und unwillkürlich herausgedrückter Brust, als wüchse sein Selbstvertrauen proportional zur Größe der übernommenen Aufgabe, folgte er strengen und frohen Blickes der kleinen Pariserin als Leibwächter auf Schritt und Tritt, und obgleich Marie während dieser drei Tage kein einziges Mal in die Fabrik zurückkehrte, hatte er in seinem redlichen, reinen Herzen, das von Selbstironie noch nicht infiziert war, das Gefühl, er rette Violette unablässig das Leben. In diesen Tagen herrschte eine ungewöhnliche Hitze, eine Folge offenbar des ausgebliebenen Regens; die Luft war so unerträglich heiß und drückend, daß sich die Näherinnen auf Violettes Rat und Zureden entschlossen, ab und zu im Meer zu baden; in der Mittagszeit, wenn sich die Bewohner der umliegenden Häuser hinter ihre geschlossenen Jalousien zurückzogen und die kleine Straße leer dalag im Sonnenschein, spazierten sie zum nahe gelegenen Strand, warfen ihre Kleider ab und wateten in kniekurzen Hemden ins Wasser. Die meisten hockten sich schon nach wenigen Schritten in den Sand, und nur die Jüngeren wagten sich bis zu den Hüften ins Wasser; wenn die riesige, blau strahlende Wasserfläche gelegentlich eine leichtfertige weiße Spitzenkrause um ihre Taillen wand, streiften sich sich diese unter lautem Kreischen ab wie ein bizarres und ihrer unbedeutenden Person nicht zustehendes Geschmeide, das ihnen die künstlerische Launè einer unbekannten Kraft um den Leib gelegt hatte. Hinter sich wußten sie, vertraut und abblätternd, den gelben Zaun des Fabrikgeländes im Sonnenlicht, zur Linken konnten sie durch das dem Meer zugewandte Fenster des Kaffeeausschanks in die kleine, dunkle Küche blicken, die hin und wieder wie mit Sonnenlicht tapeziert schien, daß all die Pfannen und Gläser auffunkelten. Doch sobald sie in die Fabrik zurückkehrten, trat ihnen der Schweiß aus allen Poren, so daß sie sich bald wieder im Hof mit gespreizten Beinen halbnackt in den Sand legten, den Kopf auf die Arme betteten und einschliefen. Eine solche Hitze hatte es seit Menschengedenken nicht gegeben. Im Hafen, wo seit dem Ausstand der Schauerleute nur noch der Personenverkehr abgewickelt wurde, geriet ein wartender Waggon Grubenholz in Flammen, binnen einer Stunde verbrannte alles wie Papier, der dicke schwarze Rauch jedoch hing bis zum Abend reglos über dem Hafen. Am Kai floß der Teer zwischen den Pflastersteinen hinweg, und auf den Stufen zum Wasser, von denen sich das Meer zurückgezogen hatte, trocknete der pfefferminzgrüne Tang aus und begann zu qualmen; abends tauchte die untergehende Sonne, die aus einer höher gelegenen, tobenden Welt herabzustürzen schien, mit einem Zischen ins Wasser. Auch die Nacht brauchte kaum Abkühlung.

Am dritten Tag nach Maries Verschwinden faßten die Sacknäherinnen auf Wunsch der Gewerkschaftsvertreterin den Beschluß, Fabre freizulassen. Seit dem Morgen wurde in der benachbarten Tischlerei und der Blaufärberei wieder gearbeitet; in beiden Betrieben hatten die Arbeiter eine fünfzehnprozentige Lohnerhöhung und die Anerkennung ihrer Rechte auf freien Zusammenschluß erwirkt, und zwar im Rahmen eines Kollektivvertrags, der die Mindestlöhne festlegte. In Anwesenheit von Abgesandten des Arbeitsministeriums begannen in den meisten Betrieben Schlichtungsverhandlungen. Am Nachmittag riefen die

Redner der verschiedenen Arbeiterparteien zu einer Versammlung auf der Place du Vieux-Pont hinter dem Hafen zusammen; trotz der lähmenden Hitze nahmen fast zweitausend Menschen an ihr teil. Auch die Sacknäherinnen kamen, die Mädchen, angeführt von Violette, nahezu vollzählig, von den Verheirateten Frau Marius, Frau Bost und ihre Schwägerin Rose, Frau Duhamel und die alte Lefebre, die im Laufe der Zeit immer lebhafter und kämpferischer geworden war und während der Reden mehrmals kühn etwas dazwischenrief. In den letzten Tagen war es kaum noch vorgekommen, daß sie grundlos zu flennen oder zu schluchzen begann; die fleißigen Tage mit ihren Ereignissen hatten wohl die komplizierten, verdeckten Kanäle ihrer Seele verstopft, durch die die Erinnerung an ihren Mann — wie ein aufdringlicher, hartnäckiger Leichnam — immer wieder an die sonnen- oder mondbeschienene Oberfläche geworfen worden war.

Kaum waren die Sacknäherinnen nach der Versammlung in die Fabrik zurückgekehrt — zu der seit Maries Verschwinden die in der Stadt arbeitenden Ehemänner und mehrere Bräutigame freien Zutritt hatten —, da wurden sie von der Gewerkschaft telefonisch aufgefordert, Fabre noch am selben Tag freizulassen. Der aus Frau Marius, Frau Duhamel und der langnasigen Marcelle bestehende Streikausschuß, den man auf Anraten Violettes gewählt hatte, beschloß, den Gefangenen nach zehn Uhr abends zu entlassen, wenn die Straßen leer sein würden und die skandalöse Szene kaum fremde Zeugen fände. Als Fabre gewahrte, daß statt der gewohnten einsamen Schritte der Essenträgerin eine ganze Anzahl schlurfender Pantoffeln auf die Tür des Lagergebäudes zukamen, begann er sogleich zu brüllen; zusammengekauert und mit hervorquellenden Augen starrte er auf die Frauen in der Tür, die gefesselten Hände schützend vor sich haltend. Im Mondlicht, das durch das Fenster fiel, war zu sehen, wie dicke Schweißperlen an seiner Schläfe zitterten. »Was heulst du!« sagte Frau Marius, die als erste eintrat, und hielt sich die Ohren zu. Der sanftmütigste Mensch hätte sich beim Hören des törichten und rein prophylaktischen Gebrülls zu verwerflichen, mörderischen Gedanken verstiegen. In Fabres mondbeschienenem weißem Gesicht erinnerte der aufgerissene schwarze Mund an eine Kanalöffnung, die man schon aus Anstand zu verschließen hat. »Daß mich niemand anfaßt, ihr dreckigen ...«, brüllte er, den peinlich berührten, angewiderten Frauen, von denen die meisten seit Streikbeginn nicht mehr im Lager gewesen waren, eine Flut schmutziger Flüche entgegenschleudernd. »Wo ist die rothaarige Hexe? ... Niemand rührt mich an, habe ich gesagt, ich bring euch H ...gesindel unter die Guillotine! Hilfe!« schrie er aus vollem Hals, als sich die Frauen schweigend näherten. »Ist die rote Hexe nicht hier?« Sein Gesicht verzerrte sich zu einer flehenden Grimasse, aber seine Stimme — als setzte sie selbständig ihren eingeschlagenen Weg fort — folgte seltsamerweise nicht dem Gemütsausdruck des Gesichtes; sie bewahrte die Tönungen des Fluchens und Drohens, und infolge des eigentümlichen Gegensatzes zwischen Wesen und Form sah es aus, als wollte Fabre sich selbst verspotten. »Tut mir nichts, meine süßen kleinen Herzchen«, brüllte er. »Rühr mich nicht an, meine kleine Taube ... erbarm dich meiner, in Gottes Namen!« Dicke Tränen liefen ihm über die Wangen. »Ich heirate dich, wenn du mir nichts antust«, kreischte er, »wenn du mich unverletzt rausläßt ...« Frau Marius schlug ihn auf den Mund, das war einfach nicht auszuhalten. Ursprünglich hatten sie beabsichtigt, ihm die Fesseln sofort abzunehmen, damit er das Lager auf eigenen Beinen verließe, aber der Abscheu machte sie wild, sie meinten, sie könnten auch dann nicht zu ihm sprechen, wenn es um ihr Leben ginge. Schweigend sahen sie sich einige Augenblicke lang an, dann beugten sie sich über den um sich tretenden und spuckenden Mann und hoben ihn hoch; Frau Marius hielt ihn am Kopf, Anne und die Sommersprossige an den Beinen. Stumm verließ die Gruppe das Lagergebäude und zog geradenwegs auf den Zaun zu. »Es lohnt nicht, ihn durch das Tor zu schleppen«, brummte Frau Marius. Mehr sprach keine von ihnen, aber alle meinten in diesem Augenblick, sie müßten Anne Abbitte leisten. Da Fabre jetzt, ins Freie gelangt, quietschte wie ein Neujahrsferkel und zu befürchten war, daß er die ganze Straße wecken würde, trugen sie ihn zu der den Dünen zugewandten Seite und ließen ihn dort über den Zaun fallen. Anne beugte sich ihm nach und bespie ihn. Alle waren sie bleich vor unterdrückter Wut. Als sie sich, in den Hof zurückgekehrt, schweigend unter den Kastanienbaum setzten, verstummte das heisere Gebrüll von den Dünen her plötzlich. Frau Marius lauschte eine Weile. »Was ist passiert?« fragte sie.

»Mag er doch abkratzen!« sagte Anne.

»Sieh nach!«

Anne erhob sich zögernd und mit lustlosem Gesicht. »Marie steht neben ihm«, sagte sie offensichtlich zufrieden, als sie einige Minuten später zurückkam.

»Wie kommt die dorthin?« fragte eine verwunderte Stimme.

»Sie hat das Gebrüll gehört.«

»Kein Wunder!«

»Natürlich ist es kein Wunder, sie streicht seit drei Tagen ständig um die Fabrik.«

»Hier droht Unheil«, sagte die Sommersprossige.

Niemand antwortete ihr.

»Jemand sollte hingehen!«

Aber niemand rührte sich. Frau Marius zuckte die Schultern. »Wir haben ihn freigelassen«, brummte sie lustlos. »Was ihm auf der Straße passiert, damit hat die streikende Arbeiterschaft nichts zu tun.«

Still saßen sie im Mondlicht. Eine kaum spürbare Seebrise kam auf und bewegte langsam die Zweige des Kastanienbaums; manche Blätter drehten sich und schütteten das Mondlicht auf einen weißen Hals oder in eine Ohrmuschel hinab. Nach einer Weile sprach wieder das sommersprossige Mädchen: »Aber ihm sind die Hände gefesselt, und er kann sich nicht wehren.«

»Gehn wir schlafen!« brummte Frau Marius, stand schwerfällig auf und trottete in die Werkstatt. Von Zeit zu Zeit war wieder Fabres Stimme zu hören; aber wenn die Mädchen auf Zehenspitzen zum Zaun liefen und darüberspähten, bot sich ihnen unverändert stets derselbe Anblick: Fabre lag im grasigen Sand der Dünen, und Marie, den Kopf gesenkt, ging mit langen Schritten neben ihm auf und ab. Die ganze Nacht über veränderte sich die Situation nicht. Gegen Mitternacht legten sich die meisten auf ihre aus Säcken zusammengetragene Liegestatt und schliefen ein; bald kringelten sich sorglose, gesunde Schnarchgeräusche zum Sternenhimmel hinauf. Während die Nacht verrann und in der Seele einiger wach gebliebener Mädchen, deren Nerven weniger stark waren, die Erregung sich langsam verdichtete, begannen sie eine seltsame, gerührte Zärtlichkeit für Marie zu empfinden, etwas wie eine liebevolle, innige Solidarität, wie man sie zuweilen dem eigenen Körper entgegenbringt, wenn er mit Erfolg eine Aufgabe bewältigt hat, die sein Leistungsvermögen übersteigt. Sie hatten das Gefühl, als hätten sie alle, ohne es zu wissen, Marie einen Auftrag erteilt, über dessen Art sie selbst sich zwar nicht im klaren wären, den aber das im Mondlicht langsam auf und ab gehende, nachsinnende Mädchen an ihrer Stelle genau ausdrücken würde. Dank empfanden sie nicht für sie, daß sie ihnen diese Aufgabe abnahm, aber eine ungewöhnliche, rein egoistische und beglückende Zufriedenheit, in deren sanften Kreisen sie sich fast schon mit ihrer Beauftragten identifizieren konnten. Das Glück aber war ermüdend, und da die Nacht nur langsam verstrich, schieden immer mehr aus, betteten den Kopf auf die Arme und nickten ein. Als es zu grauen begann, standen nur noch Anne und Adele Blanqui wachend am Zaun und lauschten mit geröteten Augen und schwerem Atem den knirschenden Schritten des hin und her gehenden Mädchens. Marie wartete den Morgen ab, und sie tötete Fabre — mit sechs Revolverschüssen — erst, als auf ihrem Weg durch die Dünen zur Blaufärberei Bruyn die ersten Arbeiter in der Nähe waren. Als sie den letzten Schuß abgegeben hatte, drehte sie sich um, eilte, den Revolver in der Hand, mit den üblichen langen Schritten auf die Straße, blieb hier einen Augenblick stehen, steckte den Revolver unter ihre Schürze, richtete sich den Haarknoten und ging dann zur Stadt hin davon. Die Arbeiter, die ihr nachstürzten, holten sie genau vor dem Fabriktor ein.

Der Streik der Sacknäherinnen zog sich noch zwei Tage hin, am dritten Tag unterschrieb Laurent den Kollektivvertrag, der den Frauen um zwölf Prozent höhere Löhne sicherte. Im Laurentschen Betrieb und in der Textilfabrik Pietri wurde die Arbeit gleichzeitig wiederaufgenommen. Allmählich verschwanden die roten Fahnen von den Fabrikgebäuden der Stadt. Am längsten dauerte der Ausstand der Hafenarbeiter; kaum hatten sie sich mit den Transportunternehmen geeinigt, erhoben sich neue Meinungsverschiedenheiten über die Auslegung des Vertrags, so daß sie zwei Tage später gezwungen waren, die Arbeit wiederum niederzulegen. Im Hafen verdarben mehrere Schiffsladungen Sardinen. Meine Schwester reiste zehn Tage nach Beendigung des Streiks in der Sacknäherei nach Paris; sie folgte ihrem Gatten, der in die zentralen Werkstätten der dortigen Geschäftsleitung versetzt worden war.

1937

Ein feiner alter Herr

Durch das vergitterte Küchenfenster, dessen untere, mit Spinnfäden vollgesponnene Hälfte unter den Boden versenkt war, fiel die korallenrote Farbe der Abenddämmerung. Der Rasen reichte bis ans Gitter heran; wenn man aus dem Fenster blickte, sah man die dienernden Grashalme und die feingearbeiteten Kelche der Margeriten und der Wolfsmilch von unten. Die Küche war ein enger, weißgekalkter Raum, zu dieser Zeit aber, gegen Abend, erstrahlte sie im grünen und roten Licht des Rasens und des Sonnenuntergangs wie ein Schmuckkästchen.

Im Innern des Schmuckkästchens hockte ein kleines Bauernmädchen mit einem roten Schultertuch vor dem Herd und pustete mit vollen Backen in das Feuer. Es war still, nur die trockenen Zweige knisterten, von fern hörte man ab und an die Elektrische an der Zugligeter Endstation klingeln.

»Mein Mann ist ein herzensguter Mensch«, sagte Tante Anna, die in der Ecke saß und das Feuer beobachtete. »Allein, mein Kind, daß seit drei Jahren Kaffee und Brot sein Abendessen ist, Tag für Tag. Alte Leute sollten Kaffee trinken zum Abend, hab ich ihm vor drei Jahren gesagt, im Frühling, als er sich wieder den Magen verdorben hatte. Seither ...«

Im munteren Licht des flackernden Feuers leuchteten die Augen des kleinen Bauernmädchens auf, vom Rauch trat ihr ein schimmernder Tränentropfen auf die Wimpern. Die Flammen warfen verzauberte gelbe Wellen an die getünchte Wand, die die Küche geradezu anzuheben schienen.

Tante Anna selbst trug den Kaffee in das Gärtnerhaus, in die kleine, muffige, nach Erde riechende Stube, die sie seit Anfang Mai mit ihrem Mann bewohnte. Nach dem Abendessen stand Vater Mikó auf und unternahm einen kleinen Verdauungsspaziergang. Der Abendwind, der vorhin die Margeriten vor dem spinnfädenüberzogenen Küchenfenster gewiegt und Mariska den Rauch in die strahlenden schwarzen Augen getrieben hatte, klammerte sich jetzt an Vater Mikós Jackettschöße und schob den kleinwüchsigen, feinen alten Herrn unter heftigem Flattern voran. Nach zehnminütigem Flug kehrte Vater Mikó im Wirtshaus »Zum grünen Jäger« ein.

»Wie immer?« fragte der Kellner und wischte den Tisch ab, auf den der große Kastanienbaum hin und wieder noch ein moderiges Herbstblatt fallen ließ.

»Ja, mein Sohn«, sagte Vater Mikó sanft lächelnd, zog das Taschentuch aus der hinteren Hosentasche und putzte sorgfältig seine Brille. Auf einer Zinnplatte brachte der Kellner einen Zwiebelrostbraten, den der grauhaarige alte Herr voller Behagen einen Augenblick lang betrachtete und dann binnen zweier Minuten — vermutlich, damit er nicht abkühlte — mit unglaublicher Geschwindigkeit verzehrte. Er hatte einen zarten kleinen Mund und winzige blinkende Mäusezähnchen; in seinem grauen Spitzbart blieb kein Krümel hängen. Er war beim zweiten Glas Bier und beim Käse angelangt, als still seine Tochter Márta an den Tisch trat.

In ihrem verblüfften, vor Überraschung starren Gesicht deutete sich unter der Haut, an den leuchtend weißen Zähnen und den winzigen Fältchen um den Mund schon, bereit aufzuzucken, ein kleines Lächeln an, das aber in dieser ersten Minute noch nicht die dicken Schleier der Verwunderung und des Erschrekkens zu durchbrechen vermochte.

Der alte Herr erhob sich und küßte seiner Tochter würdevoll die Hand. Die junge Frau rang immer noch nach Atem, als der Kellner schon ein Weinglas vor sie stellte; mit der einen Hand schenkte der alte Herr ein, mit der anderen legte er ihr die Speisekarte vor. Aufmerksam, mit einem zärtlichen Ausdruck im faltigen Gesicht, beugte er sich zu ihr. »Du bist mein Gast, meine

Tochter!« sagte er mit einer vornehmen, kavaliermäßigen Gebärde. »Hat dich ein Zufall hierher verschlagen, oder hast du mich über den Zaun gesehen?«

Eine Stunde später schlenderten Vater und Tochter singend Hand in Hand die mondbeschienene Straße entlang, an deren Ende die Villa P. Sz.s stand, des Schwiegersohnes des alten Herrn. Als sie aus dem Wirtshaus traten, hatte der Zigeuner zu ihren Ehren einen Tusch gegeigt. »Bist du nicht müde, meine Tochter?« fragte Vater Mikó. »Soll ich nicht ein Taxi kommen lassen? Heut abend bist du so märchenhaft schön, daß ich die ganze Nacht vor deinem Fenster wandeln werde!«

»Mein Mann wird dich verhauen!« sagte Márta laut lachend. »Geh nach Hause, Vater, sonst bekommt Mama vor Kummer wieder ihre Migräne. Und ich muß jetzt ins Haus, ich wollte nur für eine halbe Stunde zu euch kommen.«

Vater Mikó küßte seiner Tochter die Hand, dann spazierte er eine Viertelstunde lang in der laubigen Allee vor ihrem Fenster auf und ab. Seine zerbrechliche kleine Gestalt mit den flatternden Jackettschößen warf vogelartige, graziöse Schatten im Mondlicht; wenn er zuweilen, um die Brille zu putzen, das Taschentuch zückte und auch dieses im Wind zu flattern begann, wurde die ganze Erscheinung so leicht und flatterig, als wollte sie unvermittelt auf ein Dach hinauffliegen. Eine Akazie hüllte Vater Mikó in eine süße nächtliche Duftwolke; er schwankte schon langsam vor Glück, und verstohlen, daß niemand es sähe, wischte er sich mit dem Finger eine Träne aus dem Augenwinkel. Das Leben ist schön! dachte er und zerrieb ein Nußbaumblatt zwischen den Fingern, mit dem er sich dann auch über den Bart strich, damit dieser ebenfalls frühlingshaft und vornehm duftete. Eine Grille geigte neben ihm, besser als der Zigeuner.

Das letzte Mal hatte Vater Mikó ein halbes Jahr vorher, in der heiligen Weihnachtswoche, einen kleineren Betrag bei der Kőbányaer Baumwollspinnerei A. G. unterschlagen, und obwohl seine Schwiegersöhne den Schaden beglichen, mußte er die Firma natürlich verlassen. In den zurückliegenden zehn Jahren — seit er sein Vermögen verlor und einer Arbeit nachgehen mußte — hatten bereits mehrere Ordnungswidrigkeiten solcher oder verwandter Art den höflichen und liebenswürdigen Gang seines Lebens gestört; in jedem Fall retteten die Schwiegersöhne ihren Schwiegervater, und sie empörten sich weniger über die wiederholten Verfehlungen als vielmehr darüber, daß der alte Herr mit weltmännischer Strenge unbeirrt darauf bestand, sein Brot selbst zu verdienen – was ihm aber bei der Arbeit an fremdem Geld unter die Finger kam, unterschlug er mit gleicher Konsequenz. Nach dem Malheur in der Kőbányaer Baumwollspinnerei A. G. verschafften ihm die Schwiegersöhne erst wieder eine neue Stelle, als Vater Mikó mit Selbstmord drohte und zwei Tage lang nicht nach Hause kam, während Tante Anna, seine nierenkranke, leberkranke und gallenkranke Frau, vierundzwanzig Stunden lang ohnmächtig im Bett lag.

Seine nächste Stellung, die eines Buchhalters bei einer Papiergroßhandlung in der Sasstraße, trat Vater Mikó Anfang April an. Sein erstes Monatsgehalt war nach zwei Wochen aufgebraucht, die im Mai fälligen Rostbraten, das Kölnischwasser, mit dem er seinen Bart besprühte, und die eleganten Frühjahrshandschuhe aus Schweinsleder finanzierte er bereits mit dem Geld, das er sich in den ersten Maitagen mit einer segensreichen Handelstransaktion in der Papiergroßhandlung verschafft hatte. Einzelheiten hierüber waren gerade an dem Tag ruchbar geworden, als er abends seine Tochter im »Grünen Jäger« bewirtete.

»Herr Mikó, Sie haben vergessen, die Papierumsatzquittung über achtzig Pengő vorzulegen!« sprach zu Vater Mikó der Direktor, ein kleiner, dicklicher Herr mit so rosigem kahlem Kopf, daß der ganze Mann vor Strahlen nackt erschien. In der Mitte seines Schädels klebte ein rundes schwarzes Seidenpflaster, nicht größer als eine Fliege. Vater Mikó hielt es für eine Fliege und fühlte sich mehrmals versucht, sie vom Kopf des Direktors zu verscheuchen.

»Wie hätte ich die Quittung vorlegen können«, sagte er mit sanftem Lächeln, »wenn ich doch das Geld nicht eingezahlt habe! Wo nicht gezahlt wird, gibt es keine Quittung.«

»Und warum wurde nicht gezahlt?« fragte der Direktor, und

sein rosiger Schädel färbte sich dunkelrot von dem aufsteigenden Blut.

Höflich und mit kaum spürbarer Verachtung zuckte Vater Mikó die Schultern. »Ich habe mir den kleinen Betrag geliehen«, entgegnete er sanft. »Ich hatte gerade kein Kleingeld bei mir.«

Es wurde still, einige Augenblicke lang war nur das Schnaufen des Direktors zu hören. Vater Mikós kurzsichtige Augen waren auf die Fliege gerichtet, die noch immer nicht den Schädel des Direktors verlassen wollte.

»Wie ist dieses Geld in Ihre Hände gekommen?«

»Ganz einfach«, antwortete Vater Mikó. »Hat János es noch nicht erzählt?« Er warf einen blinzelnden, gütigen Blick auf den Bürodiener, der an der anderen Ecke des Schreibtischs stand und verlegen seine Mütze in den Händen drehte, dick perlte ihm der Schweiß von der Stirn. »Nur Mut, János!« sagte Vater Mikó aufmunternd. »Was schämen Sie sich, Sie haben doch keinen Fehler gemacht, nicht wahr?«

János ächzte auf und wischte sich mit dem Handrücken über die Stirn. »Das ist ein sehr vernünftiger und ordentlicher Mensch!« sagte Vater Mikó zum Direktor und schob unwillkürlich die rechte Hand ein Stückchen vor, um endgültig die aufdringliche Fliege vom Kopf des Vorgesetzten zu vertreiben. »Ich hörte, daß János von der Kasse zur Absatzstelle geschickt wurde, und da im selben Haus, Honvédstraße zwölf, mein Schwiegersohn wohnt, der pensionierte Forstrat István Bohunitzky, den ich sowieso besuchen wollte, habe ich zu János gesagt, er solle ruhig Mittag essen gehen, ich würde es abgeben.«

»Verdammter Ochse«, sagte der Direktor zum Bürodiener, »wie können Sie Geld aus der Hand geben, das man Ihnen anvertraut hat?«

Vater Mikós sanftes, kindlich leuchtendes Gesicht verdüsterte sich. Er nahm den Zwicker von der Nase und hob ihn hoch in die Luft. »Ich verbitte mir, daß Sie diesen Mann ein Rindvieh nennen«, rief er gereizt, und sein grauer Bart erbebte.

Den Vormittag des nächsten Tages verbrachte Vater Mikó im Museumsgarten; er hatte es nicht übers Herz gebracht, der kranken Tante Anna über sein neuestes Malheur zu berichten. Auf einer Parkbank erblickte er János, der aufstand, als er ihn nahen sah, die Hacken zusammenschlug und ehrerbietig den Hut abnahm. Vater Mikó bemerkte überrascht, daß der junge Mann einen Hut trug statt der Bürodienermütze.

»Mir hat man auch gekündigt, gnädiger Herr«, sagte er verschämt, als Vater Mikó ihn befragte. »Eine neue Stellung zu finden, das wird schwer sein«, setzte er seufzend hinzu.

»Ihnen hat man gekündigt?« fragte Vater Mikó.

János nickte.

Wortlos saßen sie nebeneinander im Sonnenschein. Ringsum spielten Kinder im Park, ein junges Mädchen in rotem Kleid führte einen alten Herrn am Rasen entlang spazieren, und einmal streichelte sie seine herabhängende, blaugeäderte Hand. Vater Mikó stand auf. »Ich werde die Sache in Ordnung bringen«, sagte er, »warten Sie hier auf mich, mein Junge!«

So entrüstet war er sein Lebtag noch nicht gewesen. Er versetzte dem glatzköpfigen Direktor, der einen Unschuldigen seines Broterwerbs beraubt hatte und ihn um keinen Preis wieder einstellen wollte, mit seiner sanften, alten Hand einen Klaps ins Gesicht und tauchte eine halbe Stunde später mit zerbrochenem Zwicker, ein wenig zerzaustem Bart und flatterndem Jackett wieder im Museumsgarten auf.

»Gehen wir ein Bier trinken, mein Junge«, sagte er zu János.

Sie setzten sich in ein kleines Gartenlokal nahe der Großmarkthalle. Auf dem rotgedeckten Tisch funkelte mit eiskalten Schweißtropfen und schneeigem Schaum das Bier. Die Mittagszeit war längst vorüber, nur ein Fuhrmann saß im Hof, neben dem Eingang. Auch er bettete bald den Kopf auf die Arme und schlief in der dampfenden Hitze ein. An Vater Mikós Bart unter den blutlosen schmalen Lippen sammelte sich zitternder Bierschaum.

»Das Leben ist schwer, mein Junge«, sagte er mit einer vornehmen Gebärde. »Wer rechtschaffen lebt, hat es schwer! Ich könnte einen Fiaker und ein Reitpferd haben, wenn . . .«

»Ja«, sagte János still.

Der Fuhrmann schnarchte.

»Meine Frau, die Ärmste, ist krank«, seufzte Vater Mikó. »Ich weiß nicht, wie ihr Herz es ertragen wird, wenn sie erfährt, daß man Ihnen gekündigt hat!«

János sah düster vor sich hin. »Sagen Sie es ihr nicht!«

Es wurde still. Vater Mikó bestellte nochmals Bier, schweigend tranken sie. Vom Zollamtsboulevard her hörten sie das grelle, laute Geklingel der Straßenbahnen; Vater Mikó, der an Fiaker dachte, wie es sie vor vierzig Jahren gegeben hatte, kam das unzeitgemäß vor. »Ach ja«, sagte er.

»Macht nichts, gnädiger Herr«, tröstete ihn János und schlug auf den Tisch. »Wir sind jung und stark, habe ich nicht recht?«

»Schon, schon«, sagte Vater Mikó, »aber so mit Ihnen umzuspringen, mein Junge!«

Das strahlende Sonnenlicht zog sich allmählich zurück aus dem Hof. »Macht nichts«, sagte nun auch Vater Mikó und schlug mit seiner kleinen weißen Faust ebenfalls auf den Tisch. »Meine Schwiegersöhne verschaffen Ihnen so viel Stellungen, wie Sie wollen, ist doch lächerlich!«

Sie saßen bis zum Abend in dem Lokal, den größten Teil der Zeit über wortlos. Vater Mikó traten hin und wieder Tränen in die Augen, wenn er an die Schlechtigkeit der Welt dachte, aber er meinte, wenn die Schlechtigkeit so himmelschreiend sei, dann gebe es vermutlich rundum auch viele andere Dinge, mit denen man sich trösten könne. János' redliches, krebsrotes Gesicht bekräftigte ihn in dieser Annahme. In Zugliget angekommen, legte er den Weg von der Endstation nach Hause schon wieder leise singend zurück. »Wie spät du heimkommst«, sagte Tante Anna. »Was gibt es Neues im Büro?«

»Nichts!« antwortete Vater Mikó mit strahlendem Gesicht.

1937

Frohsinn und Eifer

Es war eine kalte Winternacht. Der Mond saß auf einem Fabrikschornstein und schleuderte sanfte Lichtfackeln schräg in das Zimmer, dessen einziges Fenster nach dem breiten Schienenfeld der Ferdinandsbrücke ging. In den stillen nächtlichen Gefilden lärmte lediglich eine Rangierlokomotive; sie schnaubte, räusperte sich, hüstelte, dann rumpelte sie aufgebracht pfeifend an dem Haus vorüber. Ihr mondbeschienener Rauch blieb kurze Zeit vor dem Fenster stehen.

Évi zog ihre Hand unter der Decke hervor und tauchte sie in den Silberdunst, der über ihrem Bett schwebte und ihr sogleich einen dünnen schimmernden Silberhandschuh anzog. Vergnügt betrachtete das kleine Mädchen seine Hand: Die fünf Fingernägel leuchteten wie fünf kleine Monde. Sie schob auch ein Bein unter der Decke hervor und streckte es in das Mondlicht; aber inzwischen hatte sich der Rauch vor dem Fenster verzogen, und das kleine Bein sah fleckig aus wie die Landkarte Ungarns. Enttäuscht musterte sie es ein Weilchen, ärgerlich die teilnahmslosen Zehen bewegend, dann lachte sie plötzlich auf und sprang aus dem Bett, fuhr in Strümpfe und Schuhe, schlüpfte in ihren Mantel und bewegte sich auf Zehenspitzen langsam zur Tür.

Sechs andere schliefen noch in dem Zimmer: ein stellungsloser Barbier, ein einäugiger Kutscher mit seiner Frau, ein Student, eine polnische Flüchtlingsfrau und ein Schuhmachermeister mit dem silbernen Verdienstkranz. Évis Schwester schippte Nacht für Nacht Schnee auf dem Großen Ring, sie kehrte erst morgens um sechs nach Hause, mit rubinroten Händen, glitzernden Zähnen, durchgefrorenem Bauch; Körper und Seele zu einem Fragezeichen gekrümmt – auf das ihr niemand Antwort gab –, legte sie sich wortlos zu Bett. Die sechs Mitbewohner schnarchten weiter. Évi wischte mit der Hand die Nässe aus dem Haar der Schwester und brachte mit ihrem Atem das Eis an ihren Augenbrauen zum Tauen. Jeder der sechs Zimmergefährten schnarchte auf seine Weise, einer wie ein Dudelsack.

Jetzt schien noch der Mond. Das Tischbein warf einen so dikken Schatten, daß das Mädchen die Beine darüberheben mußte, weshalb sie unter dem Mantel, den sie sich über den Kopf gezogen hatte, auflachte. Draußen kreischte die Rangierlokomotive, sogleich begann das altersschwache Fenster zu murren und zu klagen.

»Wo willst du denn hin?« brummte hinter ihr der alte Schuhmachermeister just in dem Augenblick, als sie die Hand auf die Klinke legte. Sie drehte sich um und hob den Kopf. Sie reichte dem Alten gerade bis zur Hüfte. Könnte ihn in den Bauch beißen.

»Warum antwortest du nicht?«

Évi schwieg. Sie verzog den Mund, um ein Haar hätte sie mit ihren kleinen Füßen, die in Männerschuhen steckten, aufgestampft. Der blaue Tisch schwieg, das blaue Bett schwieg, auch das silberne Mondlicht schwieg, nur dieser alte Sch . . . ließ seine Stimme vernehmen.

»Wohin gehst du?« brummelte er zum drittenmal.

Évi riß die Augen auf. »Ich? Mal raus.«

»Und da nimmst du deine Puppe mit?«

Sie betrachtete sich: Unter ihrer Schulter lugte der blonde Kopf der Puppe hervor. »Als Talisman«, sagte sie, machte kehrt, ließ den Alten einfach stehen und ging aus dem Zimmer.

Drei Stockwerke mußte sie hinablaufen, um zur Haustür zu gelangen, an der zu dieser Zeit, etwa gegen Mitternacht, die beiden von der Arbeit heimkehrenden Kellner klingelten. Sie hatte Glück, kaum eine Viertelstunde später konnte sie wie eine kleine Eidechse hinter dem Rücken des zuerst Eintretenden auf die Straße schlüpfen. Der Hausmeister sagte nichts.

Sofort biß die Kälte sie in die Ohren. Sie mußte lachen und begann zu laufen, die Puppe fest unter den Arm gedrückt, damit sie nicht fror. Über der Bahnanlage hing eine Bogenlampe, die ziemlich weit auch die Straße erhellte, aber sobald Évi um die Ecke bog, konnte sie die Füße nur noch in Mondlicht eintauchen. Die eine Hälfte der Straße war schwarz, die andere silbrig, aber beide menschenleer; nirgendwo war eine Menschenseele, ein streunender Hund zu sehen. Auf der silbrigen Straßenseite stand ein viergeschossiges Trümmerhaus; vielleicht wohnten Löwen darin, aber jetzt saß kein einziger vor dem halb eingestürzten Hausflur, um sich im Mondlicht die Mähne zu kämmen; sicherlich, weil sie die Kälte nicht mochten. Die ganze Straße entlang war kein Fenster beleuchtet.

Sie hätte ruhig langsamer gehen können, erst um drei Viertel eins sollten sie sich vor der Ankunftsseite des Westbahnhofs treffen. Es war so kalt, daß ihr die Nasenlöcher zufroren, und auch die schneebeladenen Bäume am Gehwegrand knurrten zuweilen unwillig auf. Wie mögen die erst frieren, dachte das Mädchen, sie stehen den ganzen Winter über auf einer Stelle. Vor dem einen stand, eine Zigarette rauchend, ein Mann, der sie anhielt.

»Wohin gehst du?« fragte er.

Das Mädchen trat von einem Fuß auf den anderen und schätzte mit Augen und Ohren das Terrain ab. Da nur sie beide auf der Straße waren und man weder ein Auto noch eine Straßenbahn hörte, lächelte sie höflich und sah dem Mann mit runden, unschuldigen Augen ins Gesicht. Er trug einen guten Wintermantel und einen roten Seidenschal; ein Kind würde der kaum ausziehen.

»Warum antwortest du nicht?« fragte er. »Wohin gehst du um diese Zeit?«

Du kannst mich mal, dachte das Mädchen.

Unter dem Mond lief eine kleine Wolke vorbei und verschmierte die Schatten auf dem weißen Schnee. »Hast du dich verlaufen?« fragte der Mann. »Und findest nicht nach Hause?«

Évi blinzelte ihn an, sagte aber nichts.

»Warum sprichst du nicht endlich?« fragte der Herr und warf die Zigarette weg. »Fehlt dir was?«

Sie lächelte unschuldsvoll weiter und schüttelte stumm den Kopf. Wenn er noch was fragt, spuck ich ihn an, dachte sie. Zu ihrem Glück bogen zwei Leute um die Ecke und kamen mit raschen Schritten auf sie zu. »Sag doch, wohin gehst du?« fragte der Herr. Auf der anderen Straßenseite warf ein beleuchtetes Schaufenster Licht, in diese Richtung nickte Évi. »Dorthin!« sagte sie mit heller Stimme, machte langsam kehrt und schlenderte davon. Mitten auf der Fahrbahn lugte sie schadenfroh zurück: Der Mann folgte ihr nicht.

Dünne, kastanienfarbene Seidenstrümpfe schimmerten im Schaufenster, seitlich davon lagen ein paar hellblaue Hemden mit Spitzeneinsatz auf einem Gestell, im Innern des Ladens packte ein Mann weiße Kartons beiseite. Ist das der Besitzer, fragte sich Évi, oder räumt der auch aus? Sie drückte die Nase an die Scheibe und nahm den mit ruhigen Bewegungen arbeitenden Mann sorgfältig in Augenschein. Er hatte einen kleinen schwarzen Schnurrbart und schöne schwarze Augen, und er blickte kein einziges Mal zum Schaufenster. Évi sah ihm aufmerksam zu; es beruhigte sie, daß er ab und zu einen Karton vom Ladentisch ins Regal zurückstellte. In der hinteren Ecke des Ladens prasselte ein rotglühendes eisernes Öfchen; zu hören war das nicht auf der Straße, nur zu sehen; aber je kälter von der Donau her der Wind heranstrich, desto wahrhaftiger spürte man — als hätten die Gefühle ihre Funktion untereinander vertauscht — das Knistern des Holzes und die bullernd aus dem Ofen schießende Hitze. Das ist ein prima Ofen, dachte Évi, während sie ihren Weg fortsetzte.

Aus vier Bezirken der Haupt- und Residenzstadt Budapest hatte sich das Trüppchen zusammengefunden, dem sich genau um drei Viertel eins vor der Ankunftsseite des Westbahnhofs Évi anschloß. Einer kam aus Angyalföld, einer aus Zugló, einer aus der Franzstadt, einer aus dem Chicagoviertel. Évi, das einzige Mädchen unter ihnen, war jünger als sie. Sie wurde auch gar nicht erst begrüßt.

»Wozu bringst du die Puppe mit?« fragte Lajos Hikker, dem

eine dicke Fettgeschwulst am rechten Ohransatz wuchs. Er war nicht viel größer als Évi, die tat, als hätte sie nichts gehört. »Bist du taub?«

Évi gesellte sich zu Totyó. »Nun?« fragte auch er.

»Als Talisman«, sagte sie.

Auf der anderen Straßenseite stapfte eine gemischte ungarisch-russische Patrouille durch den hohen, noch nicht weggeräumten Schnee, die Schatten reichten bis zur gegenüberliegenden Seite des Platzes. Die fünf Kinder drückten sich an die Mauer. Der Zuglóer Feri Rácz knirschte vor Wut mit den Zähnen, der Franzstädter Feri Rácz senkte den Kopf und schniefte. Totyó pfiff leise.

»Können wir los?« fragte einer der Jungen, als die Patrouille im dichten, staubigen Schatten einer Nebenstraße untergetaucht war. Der mondhelle große Platz vor ihnen war völlig leer, hin und wieder blies der Wind ein Spitzentaschentuch voll Schnee darüber hinweg. Drüben, zum Großen Ring hin, sprühte ein Schweißbrenner winzige blaue Sterne. Die fünf zerlumpten kleinen Gestalten lauschten in die Stille.

»So muß das Meer sein«, sagte der Zuglóer Feri Rácz mit angehaltenem Atem. Der Wind lüpfte seine knielange Soldatenjacke, die von einem dicken Hanfseil um die Hüften gehalten wurde, der Zipfel der tarnfarbigen Kapuze auf seinem Kopf schaukelte hin und her. »So muß ...«

»Klappe!«

Auch Totyó trat ihm auf die Füße.

»Können wir los?« fragte der erste Junge wieder und setzte sich auch schon in Bewegung. »Immer sachte!« brummte Totyó und stieß ihn mit dem Ellbogen zurück. »Keine Aufregung!« Er stellte sich an die Spitze, beide zu Fäusten geballte Hände in die bodenlosen Hosentaschen stemmend und die Ellbogen abspreizend, unter der roten Baskenmütze fiel ihm eine Locke seines Haars in die Stirn. Seine kleine Nase war rosigfrisch wie eine Frühkirsche. Zu seiner Rechten schritt die Dame aus, wenngleich mit einem halben Schritt Abstand, hinter ihm in einer Reihe die übrigen drei Jungen, alle mit in Lumpen gewickelten Füßen.

»Parole: Frohsinn und Eifer!« ließ Totyó die anderen wissen, mit einer Vierteldrehung des Kopfes die drei Schritte Distanz würdigend, die ihn von jenen trennten. »Falls uns jemand anhält, Grabesstille, nur ich rede. Wir kommen aus Komárom und sind unterwegs zu meiner großen Schwester, Aggteleker Straße elf, dort erwartet sie uns mit verweinten Augen.«

»Und wenn dieser Jemand uns trotzdem begleiten will?« fragte hinten Lajos Hikker.

»Ich bin noch nicht fertig«, wies ihn Totyó zurecht. »In höchster Gefahr auf Zeichen davonlaufen, in fünf Richtungen. Eine halbe Stunde später treffen wir uns an gleicher Stelle.«

Seit sie den Ring verlassen hatten, erhellte kaum noch eine Straßenlaterne ihre rotgezwackten Gesichter. In der schmalen Straße schien der Mond nur auf die oberen Etagen der Häuser, unten, wo es dunkel war, schien sich eine öde, leere Schlucht dahinzuziehen, deren Richtung nur der Schnee und hin und wieder eine aufleuchtende Fensterscheibe anzeigten. Hier und da flog eine Krähe aus dem umherliegenden, nach Gekochtem riechenden Unrat auf dem Gehweg auf, ließ sich auf dem weißen Schneefeld eines Fensterbrettes nieder und formte dort das nächtliche Wappen von Pest. Die Straßen stanken vor Mißtrauen.

Nach halbstündigem stummen Marsch hielt Totyó an. »Wir sind da!« sagte er, die Fäuste aus den zugehörigen Taschen schraubend. Er nahm ein schmales Kellerfenster, aus dessen oberem Flügel die Scheibe herausgeschlagen war, in Augenschein. »Der Zuglóer Rácz geht auf die andere Seite und paßt auf.«

»Ich?« fragte der Zuglóer Rácz und verzog weinerlich den Mund.

»Und zwar sofort!«

»Mich schiebt ihr ab?« murrte der Junge, und sein kleines Gesicht, das unter der spitzen Kapuze kaum zu sehen war, verfärbte sich vor Fassungslosigkeit plötzlich, wurde bleich wie Käse.

»Du wartest, bis wir drin sind«, erläuterte Totyó geduldig, »und meldest, ob unter dem Rolladen Licht zu sehen ist.«

Der Zuglóer Rácz räusperte sich. »Vorsicht, mich kann man nicht verschaukeln«, sagte er drohend.

Mit einem Schritt war Totyó bei ihm und schnappte ihn an der Jacke. »Ich mach mir nichts aus häßlichen Worten«, sagte er und ließ wie ein Boxmeister langsam seine schmalen Schultern spielen, »aber ich brat dir eine über, daß du auf deinem eignen Rotz bis nach Hause rutschst.«

Als erste hoben sie Évi, die am kleinsten war, durch den Fensterspalt. Im Nu verschwand ihr kleiner Hintern in der finsteren Nacht der Öffnung, aber bald tauchte ihr gerötetes Himbeergesicht wieder auf. Ihre blauen Augen zuckten erschrocken. »Was ganz Schlimmes!« wisperte sie.

»Nämlich?«

»Ich höre Ratten.«

»Weiter!« bestimmte Totyó. »Hikker!«

»Warte«, rief Évi, »erst meine Puppe!«

Als zweiter wurde der mit der Fettgeschwulst durch das Fenster gestemmt, als dritter der Franzstädter Rácz, als letzten zogen sie den Chef herein. Vom inneren Gesims des Fensters mußten sie sich noch an die zwei Meter bis zum Steinfußboden des Kellers hinablassen. Sie lauschten, ob Ratten zu hören wären, denn dem Geruch nach konnte die Dame recht haben. Es war still. Évi warf sich ohne einen Mucks in die Tiefe wie in ein Teerfaß, Totyó wie in eine Schüssel Schlagsahne, die anderen beiden hätten im Flug beinahe noch zu pfeifen begonnen vor Seligkeit. Aus dem Keller führte eine Wendeltreppe zu der Holztür, die sie aufbrechen mußten.

Oben in der Konditorei schalteten sie das Licht an. Wie geschleuderter Honig überzog das dicke gelbe Licht im Nu den schmalen Laden, auf dessen langem Glastisch unter einem weißen Tüllschleier auf Silberplatten das Gebackene stand, in den Wandregalen, in geraden Reihen neben- und untereinander, mit Süßigkeiten gefüllt die bauchigen Glasgefäße. Sie hörten den Zuglóer Rácz aufgeregt durch den Keller tappen, er folgte ihnen eilig. Totyó scharte alle um sich.

»Herhören, ihr Hosenkacker!« sagte er, beide Fäuste in die Hosentaschen versenkend. »Die Situation ist abgeklärt. Unters Standrecht fallen wir nicht, weil wir alle noch nicht fünfzehn sind.

Wir sind Waisenkinder, kein Vater, keine Mutter, das gilt als mildernder Umstand. Außer Hikker ist noch keiner von uns geschnappt worden, pü, pü, pü«, er spuckte dreimal aus, »also sind wir auch nicht rückfällig. Wenn wir hochgehen, heulen wir los, wir haben Hunger gehabt. Hat man mich verstanden?«

»Ja«, ertönten vier dünne Stimmen.

»Also dann: Frohsinn und Eifer«, murmelte Totyó erbleichend.

Die fünf Gäste nahmen Platz, jeder an einem runden Marmortisch. Aus unerfindlichen Gründen ging das Licht aus, aber Hikker hatte glücklicherweise eine dicke, vergoldete Altarkerze mitgebracht, in deren vom Luftzug schwankendem und Schatten um sich werfendem Licht die Glaskolben an der Wand Funken sprühten, die roten Marmortische in Flammen aufgingen und die Spiegelplatte des langen Ladentisches sich plötzlich — wie das Glück — aus sich selbst herausbeugte und mit all ihrem Glanz den Kindern die Hand reichte.

Neunzehn Torten- und Kuchenstücke, die Kremschnitten eingeschlossen, kamen auf jeden. Auf Totyó zweiundzwanzig. Dem Franzstädter Rácz mußten sie einen Mohrenkopf aus dem Mund nehmen, weil er ihn beim Verteilen ohne besondere Begründung plötzlich hineinstopfte; bei der auf dem Fuße folgenden strengen Backpfeife hätte er mit der dabei aus dem Mund gequollenen Schlagsahne fast noch einen Zahn ausgespuckt. Dank einer umgekippten Flasche Wermut kam auch je ein Glas Frohsinn und Eifer auf jeden Tisch. Totyó füllte gerade das fünfte Glas, als unerwartet die hintere, von einem Vorhang verdeckte Tür geöffnet wurde. Ein baumlanger, magerer Mann in langen weißen Unterhosen und mit einem roten Seidentuch um den Kopf trat herein. Mit schläfrig blinzelnden Augen sah er wortlos Totyó an, leckte sich dann über die Lippen und musterte die plötzlich verstummten Kinder, jedes einzeln.

»Nanu!« sagte er überrascht und hob den rechten Zeigefinger. »Was trinkt ihr denn?«

Er wiegte mißbilligend den Kopf, seine großen, abstehenden

gelben Ohren versteiften sich vor Graus. »Na, was? ... Cinzano!« rief er, die Kinder voll Empörung musternd. »Die einzige Originalflasche ...«

Er verstummte und zog fröstelnd die Jacke um sich.

»Das Licht brennt nicht?« fragte er. »Was ist, wie kommt ihr hierher?«

Évi drückte ihre Puppe an die Brust. Hilf mir, Gott, dachte sie, wenn ich den jetzt so in den Bauch treten könnte, daß er umkippt! Die vier Männer neben ihr sprachen noch immer kein Wort. Gerade musterte der lange Konditor das Mädchen mit seinem fahlen Blick.

»Deine Puppe hast du auch mitgebracht?« fragte er und rieb sich, als traute er seinen Augen nicht, mit dem Handrücken über das Gesicht. »Ich verstehe nicht! Wie kommt ihr hierher?« Mit einemmal rötete sich sein Gesicht vor Zorn. »Könnt ihr nicht reden? Ich habe gefragt, warum ihr kein Licht angemacht habt! Ist es kaputt?«

»Regen Sie sich bitte nicht auf«, antwortete Totyó, »wir haben es nicht kaputtgemacht. Vielleicht ist die Sicherung durchgebrannt.«

»Durchgebrannt ... durchgebrannt!« knurrte der Mann in den Unterhosen. »Darum geht es nicht, aber die Kerze da ist äußerst feuergefährlich. Daran denkt ihr nicht, daß ihr das ganze Geschäft anzünden könnt?«

»Wir haben sehr aufgepaßt«, rief unvermittelt der Zuglóer Rácz, als hätte er plötzlich seine Stimme wiedergefunden, »wir haben sehr aufgepaßt, daß wir es nicht anzünden.«

Jetzt erst schien dem Mann bewußt zu werden, was in seinem Geschäft vor sich ging, mit zwei langen Schritten war er bei den Marmortischen und begann, tief herabgebeugt und mit stockender Stimme, zu zählen.

»Und das wolltet ihr alles aufessen?« rief er verblüfft. Die Flamme der Kerze legte sich waagerecht im Luftzug, der lange Raum wurde dunkel, nur der gewölbte Hintern des Konditors in der weißen Unterhose leuchtete. »Zwei ... vier ... sieben ...«, zählte er, »aber das sind ja zwanzig Stück, mit Verlaub!«

»Nur neunzehn«, meinte Hikker, an dessen Tisch die Kontrolle stattfand.

»Wieso neunzehn?« fragte der Mann verwundert. »Ich habe zwanzig gezählt.«

»Das sind nur neunzehn«, wiederholte Hikker. »Für jeden neunzehn. Zählen Sie bitte noch mal!«

Bei dem langen, mageren Mann brach auf einmal die Wut durch. »Noch mal zählen!« schrie er, und seine Stimme klang plötzlich so dünn wie Zuckerwattefäden. »Ich soll noch mal zählen ... Nein, das geht zu weit!« In seinem raschen Grimm schoß er so in die Höhe, daß er fast mit dem Kopf an die Decke schlug, die fünf Gäste zuckten erschrocken zurück. »Also neunzehn für jeden«, rief er höhnisch, »nicht zwanzig, neunzehn nur. Na los, marsch, wir gehen zur Polizei.«

»Bitte nicht, Onkel!« sagte Totyó.

»Seid ihr durch den Keller gekommen?«

»Ja«, nickte Évi. »Kamel«, flüsterte Hikker ihr zu. Der Konditor lief zur Kellertür. »Tuschelt nicht, verdammt noch mal«, schimpfte er im Laufen, »wie sonst hättet ihr auch hereinkommen können! Na bitte, die Tür aufgebrochen! Ab zur Polizei!«

Die fünf Kinder lächelten sich hinter dem Rücken des Mannes in den Unterhosen zu. Der Franzstädter Rácz stieß Hikker an, der Zuglóer Rácz seufzte erleichtert auf. Alle vier beobachteten gespannt Totyós Gesicht. Totyó schielte zu Évi hinüber.

»Onkel, Sie müssen uns das bitte verzeihen!« sagte das Mädchen sogleich, heftig schniefend, als wäre sie dem Weinen nahe.

»Waaas?« fragte der Konditor verblüfft.

»Verzeihen Sie uns das bitte!« wiederholte Évi. »Wir haben seit drei Tagen nichts gegessen!«

»Gewiß doch!« knurrte der Konditor. »Seit drei Tagen!« Sein Blick blieb an der Puppe haften, die ihm das Mädchen flehend entgegenstreckte. »Machen das Schloß kaputt ... zünden mir das Geschäft an! Wo habt ihr die Kerze geklaut?«

»Die habe ich von jemandem geschenkt bekommen«, antwortete Totyó mit so weinerlicher Stimme, daß um ein Haar auch dem Zuglóer Rácz die Tränen gekommen wären. »Ehrenwort,

Onkel, wir haben drei Tage nichts gegessen, außer gestern ein paar ausgefrorene Kartoffeln, auf die schon die Mäuse geschissen hatten.«

»Ich hab sie ausgekotzt«, sagte Hikker.

»Ich konnte die nicht mal runterschlucken«, sagte der eine Rácz.

»Mir ist davon schlecht geworden«, der andere.

Mit flehender Gebärde schwenkte Évi wieder die Puppe vor des Konditors Nase. »Entschuldigen Sie bitte, Onkel«, barmte sie, und ihre kleine Stupsnase wurde plötzlich grün vor Ärger, »und lassen Sie uns das bißchen Torte aufessen!«

Das Licht ging wieder an, wer weiß, aus welchem Grund, und im selben Augenblick löschte der Windzug die überflüssig gewordene Kerze. Von dem starken Licht wurde es auf einmal kälter im Raum. »Nanu!« sagte der lange Konditor und schickte einen rügenden Blick zum Kronleuchter. »Ab mit euch!« knurrte er sodann und riß gereizt die Kellertür auf. »Glaubt ihr, ich stehle das Geld?«

»Onkel«, rief Totyó jammernd, »erst möchten wir was essen.«

»Das Zeug ist sowieso schon alt«, kreischte der Franzstädter Rácz. »Bis morgen trocknet es aus, Onkel!«

»Gott wird's Ihnen lohnen«, rief Hikker.

»Wir haben drei Tage nichts gegessen«, stöhnte der Zuglóer Rácz und begann mit beiden Händen wild an dem dicken Hanfstrick zu zerren, der um die Taille seiner lumpigen Soldatenjacke gebunden war.

»Bitte, ziehn Sie sich was an«, rief Totyó, »sonst erkälten Sie sich noch!«

»Mein Vater ist auch an Lungenentzündung gestorben«, knurrte Hikker und sprang mit vor Zorn funkelnden Augen dem Konditor vor den eingefallenen Bauch, fast hätte er die Nase hineingebohrt.

Évi schwenkte zum drittenmal die Puppe. »Wir bezahlen, Onkel«, sang sie, und je eine dicke Träne rann ihr aus den Augenwinkeln und an der Nase herab, »bei Gott, morgen bringen wir das Geld.«

»Geben Sie jedem wenigstens zwei, bitte«, rief der Franzstädter.

»Zwei?« echote Hikker verächtlich. »Von dem alten Plunder? ... Fünf!«

Auf der Straße fuhr ein Auto vorbei, vermutlich ein schwerer Lastwagen, denn hinter dem Rolladen begann die Glastür zu klirren. Der Konditor bückte sich, ergriff Hikker an den Schultern und drehte ihn um. »Was hast du da hinterm Ohr?« fragte er neugierig.

»Eine Fettgeschwulst, Onkel«, rief Totyó.

»Was geht Sie das an?« murrte Hikker, mit den Schultern zukkend. Sein Gesicht wurde weiß wie eine Wand. Hinter ihm lachte der eine Rácz vor Wut laut los, auch die anderen lärmten. »Pst!« mahnte Totyó aufgeregt. Évi preßte die Hände wie im Krampf auf den Bauch, als wollte sie sich übergeben. »So etwas habe ich noch nicht gesehen«, sagte der Konditor. »Zeig dein Ohr her! Ich geb dir ein Stück Schokoladentorte dafür.«

»Eins?« fragte Hikker mit wutbebender Stimme. Er griff in die Tasche, zog einen kleinen schwarzen Revolver heraus und drückte ab. Der lange Konditor warf beide Arme in die Luft, knickte in den Knien ein und stürzte mit dem Gesicht voran auf den Boden, neben den vorderen Marmortisch.

Als sie sich eine halbe Stunde später endlich hätten hinsetzen können, jeder an seinen Tisch, rumpelte wieder ein Auto vorüber; diesmal klirrte die Glastür noch lauter. Totyó zuckte zusammen und erblaßte; die Nase in die Luft gehoben, lauschte er auf die Straße hinaus, dann zuckte er die Schultern, spuckte aus und ging mit gesenktem Kopf zu seinem Platz. Vor dem Tisch, auf dem zweiundzwanzig Kuchen- und Tortenstücke warteten – darunter sechs Kremschnitten und drei Mohrenköpfe –, stand Lajos Hikker mit der Fettgeschwulst hinter dem Ohr, die Hände in die Hosentaschen versenkt.

Auf einmal war Stille im Raum. Totyó hob den Kopf, seine Stirn unter der roten Baskenmütze wurde bleich. Lajos Hikker verzog keine Miene. Sie standen so dicht voreinander, daß sich fast ihre Nasen berührten, auf ihren Stirnen stand der Schweiß in dicken Tropfen. Am Tisch neben ihnen schnaufte Évi aufgeregt, sonst war nichts zu hören in der hell erleuchteten Konditorei.

»Na!« knurrte Hikker herausfordernd.

Totyó erwiderte den Blick seines Gegners so angestrengt, daß ihm die Kopfhaut erstarrte und der Bauch zu beben begann. Er hatte braune Augen, Hikker blaue. In dem goldgerahmten Spiegel, der an der Wand hing und dem Hikker den Rücken zuwandte, war deutlich die große Fettgeschwulst hinter dem Ohr zu sehen. Totyó begann zu blinzeln, die blauen Augen waren kühler und härter. Sein Blick senkte sich von den Augen auf die Nase Hikkers.

Plötzlich fiel sein Kopf herab, und er trat nach hinten. »Meinetwegen«, sagte er heiser und spuckte erneut aus. Sein Gesicht war noch weißer als vorhin, da ihm die Leiche des Konditors vor die Füße stürzte.

»Die Mütze gib mir auch!« bestimmte Hikker. Totyó nahm die Mütze ab. »Du kannst verduften«, sagte Hikker, während er sich das Chefkennzeichen auf den Kopf zog, und warf rasch einen verstohlenen Blick in den goldgerahmten Spiegel. Er drückte die Brust heraus, lief in die Ecke und pinkelte, voller Triumph, pfeifend wie eine Frühlingsamsel, in den Spucknapf. »Rácze!«

Die beiden Rácz' sprangen auf.

»Der Zuglóer soll das Licht ausschalten«, verfügte Hikker, »der Franzstädter die Kerze anzünden, denn deren Licht ist gesünder. Und jetzt«, sagte er feierlich, nachdem der Lichtwechsel vollzogen war und das golddurchsprühte Zwielicht den vor der Kellertür liegenden Leichnam verschluckt hatte, »jetzt können wir anfangen. Parole? . . . Aber leise!«

»Frohsinn und Eifer«, flüsterte die Gästeschar.

Évi war beim siebenten Gebäckstück angelangt, als sie bemerkte, daß sie mächtig hinter den anderen zurücklag. Auf dem Tisch des Franzstädter Rácz sah sie nur noch einige traurige rosafarbene und weiße Hügelchen zwischen den leeren Papptellerchen. Sie lachte laut auf. »Morgen wird es einen Durchfall geben!« sagte sie und schob flink einen ganzen Mohrenkopf in den

Mund. Die Schlagsahne rann ihr auf beiden Seiten zum Kinn hinab und zeichnete einen kleinen weißen Schnurrbart unter ihre Nase. Wieder lachte sie, während sie sich mit der rosigen Zunge die Sahne vom Kinn leckte. Hikkers Gesicht war voller gelber Krem, sogar die Stirn hatte davon abbekommen, und die Nase war schwarz von Schokolade. Der Zuglóer Rácz futterte mit geschlossenen Augen, mit dem linken Arm umzäunte er, wie mit einer Hecke schützend, die für den Schluß aufgehobenen zwei Doboschschnitten, drei Kremschnitten und vier Nußscheiben. Von Totyó sah man nur den Rücken.

»Wieso Durchfall!« sagte Hikker. »Ich könnte hundert essen!«

»Denkste!« meinte das Mädchen. »Soviel könnte nicht mal der Löwe fressen.«

»Was für ein Löwe?« fragte ächzend der Franzstädter Rácz und drückte den Rücken an die Stuhllehne, um sich eine Minute auszuruhen. Er hatte nur noch zwei rosafarbene Hügelchen vor sich, das eine war hohl, dem anderen schien die Spitze zu fehlen.

»Der in der Vágstraße wohnt«, antwortete das Mädchen, »in dem großen Trümmerhaus, ich hab's euch doch schon gesagt.«

»Und wenn du's gesagt hast!« brummte der Franzstädter. »Wie sollte ein Löwe nach Pest kommen?«

»Vielleicht ist er aus Siebenbürgen geflüchtet«, vermutete der Zuglóer.

»Und nicht nur einer, sondern drei«, rief Évi. »Bestimmt sind sie aus Siebenbürgen geflüchtet. In der Nacht, wenn keine Leute mehr auf der Straße sind, setzen sie sich vor die Haustür und kämmen ihre Mähnen.«

Auch Hikker hörte auf zu essen, seine Augen funkelten. »Ich werd nachsehen, ob es stimmt«, sagte er, »und wenn sie tatsächlich dort sind, dann töte ich sie.«

»Allein?« fragte Évi mit schüchternem Respekt.

»Wer will, kann mitkommen«, sagte Hikker, »aber niemand muß. Auf Löwen jagen ist sehr gefährlich, habe ich gehört. Das hat mir jemand gesagt, der vorher im Tiergarten gearbeitet und dem ein Löwe den rechten Arm abgebissen hat.«

»Hikker, magst du Kremschnitten gern?« fragte Évi.

Der neue Chef kniff die Augen zusammen und warf dem Mädchen einen forschenden Blick zu. »Eventuell«, sagte er.

»Ich geb dir eine Kremschnitte und ein kleines Rosafarbenes für so etwas mit Schlagsahne«, bot Évi an.

Hikker schüttelte streng den Kopf. »Zu wenig!«

»Dann gebe ich dir zwei Kremschnitten«, versprach Évi und lächelte kokett, den unschuldigen blauen Blick auf das Gesicht des Chefs gerichtet. Aber Hikker schüttelte den Kopf so energisch, als verlangte er im Tausch für ein Schlagsahnestück mindestens fünf andere. Das Mädchen wurde ärgerlich. »Dann eben nicht!« sagte sie kurz, ergriff ihr Glas und ließ sich den restlichen Wermut in den Hals rinnen. Der Franzstädter Rácz war fertig, er stand auf und schlurfte in die Küche; wenige Minuten später kehrte er mit zwei riesigen Papiersäcken unter den Armen zurück. Sogar Hikker stand vor Aufregung auf.

»Davon sind mindestens noch fünf im Schrank«, berichtete der Franzstädter. »Nüsse und Zucker und hundert Eier und schwarze Rosinen. Neben dem Sofa, wo er geschlafen hat, habe ich außerdem zehn Forint und eine silberne Taschenuhr gefunden.«

Da sie auf dem Weg in die Küche an der Leiche vorbei mußten, wurde das blutige Gesicht des Konditors auf Anweisung Hikkers mit Zeitungspapier zugedeckt. Inzwischen war die Kerze heruntergebrannt, sie mußten das Licht wieder einschalten. Wie die weiße Hand eines Arztes riß die Helligkeit sie aus ihrer trunkenen Verzückung; die Luft im Raum war auf einmal angefüllt mit dem scharfen Äthergeruch der Gefahr. Der Zuglóer Rácz stolperte vor Nervosität. »Sollten wir nicht bald gehen?« fragte er mit zitternder Stimme und zog sich den locker gewordenen Hanfstrick über seinem spitz hervorstehenden Bauch straff.

Auch der andere Rácz wurde blaß. »Warum?«

»Ich denke«, sagte Totyó, »daß auf dem Auto vorhin das Raziakommando saß.«

»Na und!« flüsterte der Franzstädter. »Das ist schon eine Stunde her.«

Der Zuglóer Rácz war außerstande, sich vom Fleck zu rühren,

seine Sohlen waren nichts als Mißtrauen, seine Knie pure Angst. »Mit einer Leiche im Zimmer kann man nicht essen«, flüsterte er zurück.

Alle sahen zu Hikker, der mit einer Flasche Rum unterm Arm neben der Leiche stand und sich Rosinen in den Mund stopfte. »Wieso kann man nicht«, sagte er verächtlich. »Ich hab während der Belagerung drei Tage neben so einer Leiche geschlafen.«

»Oh!« rief Évi entzückt.

»Wer war denn die Leiche?« fragte der Franzstädter.

»Mein Vater«, sagte Hikker. »Er konnte nicht beerdigt werden, weil meine Mutter es nicht zuließ.«

»Meiner ist auch während der Belagerung gestorben«, sagte Évi, »aber da war ich nicht zu Hause.«

In der Küche stand in einem Regal ein bauchiger weißer Porzellanmörser. Sie füllten eine halbe Flasche Rum hinein, eine Tüte Staubzucker, Nüsse und Rosinen und mischten auf Anraten des Franzstädter Rácz zwanzig Eigelb darunter. Da es in der Küche keine Stühle gab, stellten sie den Mörser auf den Boden und hockten sich im Schneidersitz um ihn, jeder mit einem Eislöffel in der Hand. »Es geht«, meinte begutachtend Hikker, der als erster den Löffel in den Mörser tunkte. »Ein bißchen Zimt könnte man noch drantun.«

»Und ein bißchen Marmelade«, flüsterte der Zuglóer.

»Laß dich einpökeln!« sagte Évi. »Wozu daran noch Marmelade! Das ist schon dick wie Asphalt.«

Schon nach drei Löffeln wurde ihr die Hand schwer, auch die Augen vermochte sie kaum noch aufzuhalten, so stark war die plötzliche Müdigkeit. Sie rückte näher zu Hikker und lehnte den Kopf an seine Schulter. Die anderen schlürften und schmatzten noch, aber auch auf ihren Gesichtern hatte sich schon der Schatten der Hoffnungslosigkeit ausgebreitet. Eine Spinne lief über die gegenüberliegende Wand. Das Mädchen begann zu weinen.

»Was heulst du denn?« fragte Totyó.

Évi schluchzte weiter.

»Was hast du?« brummte auch Hikker. »Warum quarrst du?«

»Ich weine immer, wenn ich Spinnen sehe«, schluchzte das

Mädchen. Plötzlich schlangen sich ihre dünnen Arme um Hikkers Hals. »Guck sie so an, daß sie von der Wand fällt!« sagte sie flehend. »Und wohin soll ich gehen, wenn wir hier fertig sind?«

»Wohin?« fragte Hikker verwundert. »Wohin? Na, zu deiner Schwester!«

»Tagsüber gehört das Bett ihr«, erklärte Évi, ihre Tränen verschluckend, »ich darf nur so lange neben ihr liegen, wie ich ihr das Eis aus dem Haar hauche. Nimm du mich mit!«

»Ich?« fragte der Chef verblüfft. »Ich hab keine Wohnung.«

Der Franzstädter Rácz lachte hell auf. Er war so betrunken, daß er schielte. »Gehen wir ins Kaffeehaus!« rief er. »In ein schönes, wo Musik ist, wo man schlafen kann. Ich spendiere was.«

Évi sah ihm mit Tränen in den Augen ins Gesicht. »Wovon spendierst du?« fragte Totyó mit klappernden Zähnen. Der Franzstädter zog einen echten grünen Zehn-Forint-Schein aus der Tasche, befeuchtete ihn mit Spucke und klebte ihn sich an die Stirn. »Davon kriegt sogar der Zigeuner noch was ab«, ließ er sich nicht abbringen und stand schwerfällig und ein wenig schwankend vom Boden auf. Der Zuglóer Rácz zog sich, an seine Beine geklammert, gleichfalls in die Höhe, als dritter rappelte sich Totyó auf. Die Dame und der Chef blieben noch eine Weile sitzen.

In den Keller fiel bereits ein wenig morgendliche Helligkeit, sie fanden sich auch ohne Kerze zurecht. Da Totyó der größte war, krochen sie über seine Schultern zum Fenster hinauf und durch dieses auf die verschneite Straße hinaus, aus der die Nacht bereits ihre zweideutigen, dunklen Lichter abgezogen hatte. Évi wusch der Puppe mit ein bißchen Schnee das Gesicht. »Du wirst mal auch nicht waagerecht sterben«, sagte sie zu dem Franzstädter Rácz, als sie wieder vollzählig waren und in dem plötzlich einsetzenden dichten Schneefall auf den Großen Ring zugingen. »Nimm dir das Geld von der Stirn!«

»Wenn es dir nicht gefällt«, entgegnete der Franzstädter, »geh doch zu den Löwen schlafen!«

1946

Die portugiesische Königstochter

Eine Stunde nach dem Abzug der Deutschen wurde in der niederungarischen Großgemeinde B. an einem heißen Sommertag, der die großen Bauernhäuser der stillen Dorfstraße sanft mit mütterlichem Licht überflutete und tränkte, unvermittelt eine der grüngestrichenen Pforten geöffnet, und heraus flog in steilem Bogen ein zehn- bis zwölfjähriger Junge. Er drehte sich zweimal um die eigene Achse und blieb dann mit ausgebreiteten Armen auf der Erde liegen. Mit vergnügtem Knarren schloß sich die grüngestrichene Pforte langsam hinter ihm.

Als sich die Staubwölkchen um den kleinen Körper verzogen hatten und auch die in Bewegung geratene junge Akazie in ihre anmutige Grundhaltung zurückgeschnellt war, kroch ein blondhaariges Mädchen aus dem Straßengraben, trabte zu dem Jungen und hockte sich bei seinem Kopf nieder.

»Sie haben dich rausgeschmissen?« fragte sie.

Der Junge antwortete nicht.

»Sie haben dich also rausgeschmissen?« wiederholte das Mädchen kopfschüttelnd.

Der Junge hob die linke Hand über das Gesicht und nahm im steil herabbrennenden Sonnenlicht der Reihe nach seine kurzen, schmutzigen Finger in Augenschein. »Hast du's gemerkt?« brummte er.

»Du hättest fast den Baum da umgeschubst«, sagte das Mädchen und sah die Akazie an, deren Federschatten noch immer den glänzenden Staubteppich der Straße vibrieren ließen. »Warum haben sie dich rausgeschmissen? Hast du was gemaust?«

»Ruhe!« knurrte der Junge.

Das Mädchen blickte ein Weilchen schweigend vor sich hin, dann schlug sie den Jungen mit ihrer erhobenen Hand flink auf den Mund und sprang — wie ein Frosch hüpfend — von ihm weg. Nach einigen Sprüngen hielt sie an und sah mit schiefem Kopf neugierig zurück. Der Junge bewegte sich nicht. »Schreib's mit auf die Rechnung, du Hasenfuß!« sagte sie. »Und wenn du wieder frech zu mir bist, trample ich dich kaputt wie einen löchrigen Schuh. Du bist eine Niete! Du bringst bei den Bauern nichts zustande, überall fliegst du raus, und obendrein bist du noch ein Großmaul.«

Der Junge setzte sich auf, klopfte sich mit den Händen den Staub aus dem langen schwarzen Haar und begann plötzlich, ohne jeden Übergang, zu weinen. »Du hast so ein häßliches Mundwerk, wie es nicht mal meine Mutter hatte«, schniefte er, sich die Tränen abwischend. »Du kannst einen immer bloß beleidigen, auch wenn man getröstet werden müßte.«

»Halt den Schnabel!« entgegnete das Mädchen.

Der Junge stellte sich auf die Knie und betastete mit beiden Händen Kreuz und Hüfte. »Du fragst nicht mal, ob mir auch nichts passiert ist«, klagte er.

Das Mädchen — sie war so groß wie der Junge — erhob sich aus der Hocke und musterte ihn verächtlich. »Uninteressant«, meinte sie kurz. »Ich bin aus einem Fenster im Obergeschoß gesprungen, und mir ist nichts passiert, höchstens, daß ich danach eine Woche lang gehinkt habe. Warum soviel darüber schwafeln? Solchen Würmern wie uns passiert nichts. Erst wenn wir groß sind!«

Aus dem Graben tauchte noch ein kleiner blonder Kopf auf. »Kann ich kommen?« fragte das dritte Kind.

Es schien ein wenig kleiner zu sein als die beiden anderen, auch ein oder zwei Jahre jünger, aber sein Gesicht war sauber, wie von einer Frauenhand gewaschen.

»Soll ich das Gepäck bringen?« fragte es.

Das Mädchen hatte sich sogleich ihm zugewandt, ihr mageres, sommersprossiges Gesicht, in dem zwei frühreife schwarze

Augen leuchteten, wurde von der aufsteigenden Zärtlichkeit plötzlich weich und rund. Im nächsten Augenblick, wie vom Winde hingeweht, stand sie am Graben. »Hast du Hunger, Janika?« fragte sie.

»Noch nicht sehr«, antwortete der Kleine.

Das Mädchen wischte ihm mit ihrem Röckchen die Nase ab. »Dann laß das Gepäck noch dort, wir gehen noch in ein, zwei Häuser!«

»Soll ich mitkommen?« fragte Janika.

»Das fehlte noch!« sagte das Mädchen. »Dieser Halunke hat heut noch keinen Pfifferling verdient.« Sie beugte sich zu Janikas Ohr. »Ehrenwort, mir macht es nichts aus, wenn sie ihn hopsnehmen«, flüsterte sie mit plötzlich erröteter Stirn, »denn der ist so dumm wie eine Portion Gekröse. Sieh bloß, wie er sich das Haar bürstet.«

Die ungepflasterte, staubige Fahrbahn der breiten Straße verlief zwischen zwei Reihen Kugelakazien, die, sich einander zuneigend wie die beiden Messer einer Schere, leise den strahlenden sommerlichen Horizont zwischen sich klemmten. Kein Mensch auf den Gehwegen, kein Fuhrwerk auf der Straße zu sehen, kein einziges Huhn scharrte vor den Zäunen. Wenn zuweilen ein faules Lüftchen zwischen den Bäumen dahinlief, zog es sich einen solchen Staubmantel an, daß sich noch die nächste Stunde auf seine Schleppe setzen konnte. Die drückende Hitze verschluckte jeden Laut, selbst das Knistern der in der Straßenmitte trocknenden Kuhfladen. Auch an Schatten gab es nicht mehr an der Straße, als unter die Flügel der Spatzen paßt.

»Janika, wir gehen doch weiter«, sagte das Mädchen und sprang mit beiden flinken, nackten Beinen in den Graben. »Diese Straße taugt nichts, keinen Pferdeapfel ist sie wert! Péter«, rief sie dem Jungen mit dem langen schwarzen Haar zu, der, den Rükken an die Akazie gelehnt, mit gerunzelter Stirn düster vor sich hin starrte, »wir gehen weiter, nimm deinen Krimskrams!«

»Ich nicht«, murrte der Junge. »Mir tut die Schulter weh.«

Das Mädchen warf den Kopf auf. »Verdammter Faschist«, sagte sie.

»Sie haben mir die Schulter gebrochen!«

»Den Verstand!« rief das Mädchen mit hell tönender Stimme, die so erquickend über die staubige Junistraße sprühte wie ein Strahl kaltes Wasser. »Wenn du nicht sofort herkommst, zerbreche ich dir beides wie einem Wurm.«

Hintereinander trotteten die drei Kinder die menschenleere Straße entlang. Vorn ging Janika, auf der einen Schulter einen vollgestopften, großen tarnfarbenen Ranzen tragend, der ihm gegen die Knie schlug, während von der anderen an einer Schnur zwei riesige Lederpantoffeln herabhingen; gegen den Staub und die Sonne hatte er sich ein rotes Taschentuch um den blonden Lockenkopf gebunden. Péter hinter ihm schleppte einen geflickten grünen Rucksack auf dem Rücken, um den Hals hatte er sich eine Drahtschlinge geworfen, mit der er abends, nach dem Dunkelwerden, die Hunde und Katzen erdrosselte, die ihm über den Weg liefen; aus seinem zerlumpten Hemd lugten die Ellbogen, aus der Hose die Knie hervor. Hinter den beiden schließlich marschierte das Mädchen, ebenfalls auf dem Rücken einen vollgepfropften Rucksack, aus dem ein langstieliger Holzlöffel ragte; in ihrer Hand wippte eine aus Birkengerten gebundene Rute, in ihrem Mund eine geöffnete Mohnblume. Sie sprachen kein Wort miteinander, nur Janika an der Spitze brummelte vor sich hin, wie alte Frauen und Kinder mit ihrer Einsamkeit rechten, ohne ein Echo zu finden.

An der Ecke zur nächsten Querstraße erhob sich eine reformierte Kirche aus rotem Mauerwerk über die ebenerdigen Häuser, die Straße mündete in einen großen freien Platz.

»Janika, dort entlang!« rief von hinten das Mädchen. Menschenleer war auch diese Straße, lediglich eine herabsinkende Staubwolke zeigte an, daß kurz vorher ein Hund über sie gelaufen sein mochte. Auf dem gelben Rasen vor der Kirche war ein einsamer Essigbaum mit seinem Schatten befaßt. Seitlich, am Rand des Rasens, hockte auf seinen radlosen Achsen ein zertrümmerter Panzer, Janika spuckte ihn im Vorbeigehen an. Péter blieb stehen und betrachtete ihn eingehend, aber es war nichts mehr daran, was man hätte abbauen können.

»Hast du keinen Hunger, Janika?« rief von hinten das Mädchen.

»Warum sollte ich keinen haben?« sagte das Kind.

»Willst du Kirschen?«

Der Kleine runzelte die Stirn. »Wenn sie madig sind«, sagte er bedächtig, »dann gib mir welche!«

Das Mädchen lief vor, nahm eine Handvoll lachsrote Kirschen aus der Tasche ihres Rockes und gab sie dem Kleinen in die Hand.

Janika musterte sie mißtrauisch. »Die nicht«, sagte er, »von denen ist keine einzige madig.«

»Du kannst sie trotzdem essen«, erwiderte das Mädchen.

Janika verzog den Mund. »Nein«, sagte er, »leer mag ich sie nicht. Gib sie Péter!«

Ein Bauer kam ihnen entgegen; er tauchte so unvermittelt vor ihnen auf, als hätte er sich aus dem sonnenbeschienenen Staub erhoben. Er hatte einen kleinen blonden, an beiden Rändern abrasierten Schnurrbart, trug Stiefel, eine Weste und ein blaues Flanellhemd, und in der Hand schwenkte er ein Körbchen, das in ein rotkariertes Tuch gebunden war. Als Péter sich auf seiner Höhe befand, blieb der Mann plötzlich stehen und fluchte leise.

»Lauf, Janika!« schrie das Mädchen im nächsten Augenblick.

Der Kleine sah zurück, machte einen Satz und sauste davon. Für Péter war es zu spät; schon hatte der Bauer seine langen schwarzen Haare in der Hand. Das Mädchen rannte über die Straße, erreichte den anderen Gehweg, machte aber sofort wieder kehrt und lief blitzschnell zurück.

»Lassen Sie das Kind los!« rief sie keuchend. Péter saß auf der Erde, der Bauer hielt sein langes Haar um die Hand gewickelt wie einen Hanfstrick.

»So, dich hab ich, elender Bengel«, schimpfte er, mit der Rechten nach dem Mädchen haschend, die um ihn herumhüpfte wie eine Glucke, die ihre Kücken beschützt. Der Korb mit dem roten Tuch lag einige Schritte entfernt im Staub.

»Lassen Sie das Kind los«, kreischte das Mädchen, »sonst schrei ich die ganze Straße zusammen, Sie roher Fleischer! Loslassen, hören Sie? Oder wollen Sie sich jetzt den verdammten Teller Schrotsuppe bezahlen lassen, den Sie uns gestern abend gegeben haben? Aber Gott wird Sie schon strafen, Sie Schweißfuß, Sie werden nicht waagerecht sterben, verlassen Sie sich drauf...«

Der Bauer zog die Hand aus Péters Rucksack und langte nach dem Mädchen, aber da tanzte sie bereits hinter ihm herum.

»Lassen Sie das Kind los, Sie Hitlerbart!« kreischte sie und zog dem Bauern mit dem Birkenrutenbündel eins über. »Schämen Sie sich nicht, daß Sie sich mit drei Waisenkindern anlegen, die sich selbst ihr Brot verdienen? Sehen Sie bloß, wie dünn wir sind, Sie verdammter Fettwanst! Sie knabbern bestimmt zum Frühstück schon Speck, Sie Wildsau!«

Der Mann konnte ihr nicht hinterherlaufen, denn dann hätte er Péters Haar loslassen müssen, der regungslos und in sich gesunken auf dem Boden kauerte. Wieder langte er hinter sich, aber da schwenkte das Mädchen schon neben ihm den Rock.

»Gib zurück, was ihr mir gestohlen habt!« knurrte der Bauer mit mohnrot geschwollenem Gesicht.

»Verdammter Kapitalist!« rief das Mädchen und sprang zurück.

An beiden Seiten des Schnurrbarts des Mannes glänzten große Schweißperlen. Das kleine Hinterteil herausschiebend, beugte sich das Mädchen spöttisch vor. »Melonenkopf!« rief sie mit kristallklarem, scharfem Stimmchen. »Zuchtbulle! Erdkacker! Alter Ochse!«

Der Bauer blickte auf Péter, der vor ihm auf der Erde saß, und zog ihn dann an den Haaren in die Höhe.

»Lassen Sie den Jungen los!« kreischte das Mädchen sogleich. »Ihre Mama soll kein Wort mehr mit Ihnen reden, wenn Sie ihn nicht loslassen!«

»Was sagst du?« polterte der Mann und fuhr mit der Hand wieder in Péters Rucksack. »Gib zurück, was ihr gestohlen habt!«

In der reformierten Kirche hinter ihnen wurde der Mittag eingeläutet; jeder Glockenschlag wirbelte ein wenig Staub von den

Dächern und mischte ihn unmerklich in das Sonnenlicht, das für einige Augenblicke – wie das erregte Gesicht der Braut unter dem Schleier – Farbe und Glanz verlor. Vom Ende der Straße kam ein Fuhrwerk auf sie zu gerumpelt, in die Deichsel gespannt waren zwei magere Kühe. Das Mädchen warf einen flinken Blick hinter sich, dann versetzte sie dem Bauern mit der Rute einen kräftigen Schlag auf die nach ihr haschende Hand.

»Was soll ich zurückgeben?« rief sie. »Die Dollars? Die haben wir längst zerrissen und weggeworfen. Wenn wir auf der Polizei erzählen, daß wir Dollars in Ihrem Bett gefunden haben, werden Sie eingelocht, bis Sie verschimmeln. Keine Sorge, bei der Polizei tut man Waisenkindern nichts, deren Vater die Faschisten verschleppt haben. Mich hat gestern erst ein Wachtmeister gestreichelt, und eine Zigarette hat er mir auch gegeben.«

Mit einemmal begann der auf der Erde sitzende Junge zu winseln und zu jammern. Davon wurde das Mädchen wie wild, mit gesenktem Kopf sprang sie unvermittelt vor, schnappte die Hand des Mannes und biß aus voller Kraft hinein. Eine Minute später flitzte Péter schon auf der anderen Straßenseite davon, während der Bauer laut fluchend und mit schmerzverzerrtem Gesicht dem Mädchen folgte. Doch trotz des vollgestopften Rucksacks, der auf ihrem Rücken tanzte, sauste sie so wieselflink davon, daß der behäbige und auf einem Bein stark hinkende Mann sie bald aus den Augen verlor.

Während sie rannte, hielt das Mädchen die Augen weit offen. Sie war nicht erschrocken, ihr Herz schlug nur vom Laufen schneller, ihr blondes Haar flatterte fröhlich im Wind. Sie beobachtete beide Seiten der Straße und fand beim Rennen sogar Zeit, aus der Tasche ihres Röckchens eine Kirsche in den ausgetrockneten Mund zu stecken. Wenig später erblickte sie in einer entfernten Einfahrt auch schon Janika mit dem weithin leuchtenden roten Taschentuch auf dem Kopf.

»Hierher, Tutyu!« rief der Kleine, heftig mit beiden Armen winkend.

Das Mädchen drehte sich im Laufen um, aber der Verfolger war im Staub verschwunden.

»Komm in die Einfahrt hier!« rief Janika. »Wo ist Péter geblieben?«

»Ich hab ihn gerettet«, keuchte das Mädchen.

»Wie denn?«

»Ich hab den Bauern gebissen.«

Mit weit geöffneten, glänzenden Augen sah Janika ihr in das sommersprossige Gesichtchen. »Wohin gebissen?« fragte er erschaudernd.

»In die Gurgel«, sagte das Mädchen. »Ich hab ihm die Gurgel durchgebissen.«

»Hat es sehr geblutet?« fragte Janika. »Wieviel Blut ist herausgeflossen? ... Zehn Liter? ... Warum ist dein Mund nicht blutig?«

»Ich hab ihn mir schon abgewischt«, sagte das Mädchen. »Aber innen ist er noch rot, siehst du?«

Sie sperrte den Mund auf, und der Kleine musterte ihn eingehend mit schiefgelegtem Kopf. »Sehr rot ist er nicht«, meinte er nach einer Weile enttäuscht. »Ich habe mal einen Hund wiedergebissen, aber er hat fürchterlich gestunken, und mein Mund war hinterher voller Haare.«

Péter trafen sie eine Stunde später auf dem Marktplatz wieder, wo gerade an diesem Tag Jahrmarkt gehalten wurde.

»Du Abdecker«, sagte das Mädchen zu ihm, »fast hätten sie uns deinetwegen wieder geschnappt!«

»Meinetwegen?«

Das Mädchen nickte wütend. »Hat er nicht dich am Schopf gepackt?«

Péter wurde rot vor Zorn. »Dort werde ich dich gleich pakken!« rief er und stampfte auf. »Deine Hilfe brauche ich nicht, ich komme auch allein zurecht. Schurigle mich nicht!«

Auf dem Trödelmarkt gab es viel Volk und wenig Trödel. In langen Reihen saßen die Bürgersfrauen nebeneinander, vor ihren Füßen die kümmerlichen Überreste ihrer Haushaltungen. Bauersfrauen entdeckte man nur vereinzelt zwischen ihnen, mit wenig und schäbiger Ware – Kirschen, Grünzeug, Käse in den Körben lauthals ausrufend. Edleres Gut, wie Eier, Speck oder Geflügel, verkaufte unter dem Tuch nur, wer vom Erlös einiger Hühnchen seinen Bankkredit zurückzahlen oder fünfundzwanzig Eier in einen Anzug vertauschen wollte. Dem trägen Angebot entsprechend hinkte auch der Umsatz auf einem Bein einher, ein wenig lebhafter wurde es erst am Rande des Platzes, hinter den Marktleuten; hier hatten einige Schausteller ihre Buden und Zelte aufgebaut, wo man sogar noch für Geld eintreten konnte.

Vor dem einen blieben die drei Kinder stehen. Es war ein großes Zelt aus tarnfarbenen Planen mit einem schmalen Brettergerüst und einem ebenfalls aus Brettern gezimmerten winzigen Kassenhäuschen davor. Am Zelteingang las man eine Aufschrift, blutrote Buchstaben auf schwarzem Grund: *Die blutigen Abenteuer der portugiesischen Königstochter.*

»Hier gehen wir rein!« sagte Péter. Janika klammerte sich an die Hand des Mädchens.

Der portugiesische König saß auf dem Gerüst, unter der goldenen Krone fiel ihm langes, grasgrünes Haar auf die Schultern herab. Auch die Augenbrauen in seinem vornehm bleichen Gesicht waren grün, unter seinen Ohren schaukelte an einer Silberkette auf jeder Seite ein blutfarbener, düsterer Korallenschmuck. Seine Nase war ein wenig dick und mit etlichen Warzen verziert.

»Das ist der König«, erläuterte das Mädchen.

»Was hat er für ein Kleid an?« fragte Janika.

Das Mädchen besah sich das Kleid genau. »Ich weiß nicht«, sagte sie. »Ein Königskleid. So eins hat meine Schwester angezogen, wenn nachts Männer zu ihr kamen.«

Andächtig betrachteten die Kinder das Königskleid. Sie standen in der ersten Reihe, hinter ihnen drängten sich viele Leute, neugierig, aber mit hartnäckig geschlossener Hand. Zu hören war kaum etwas als das Tappen der Füße im weichen Staub, unterdrücktes Gemurmel und die mechanische Orgel des Karussells. In den Augen mancher jüngerer Zuschauer jedoch wuchs der portugiesische König zu einem Riesen und strahlte wie ein Diamant.

»Was macht er jetzt hier draußen?« fragte Janika. »Herrscht er?«

Als hätte er die Frage gehört, warf der König einen blitzenden Blick auf den Kleinen, der zusammenfuhr und sich näher an das Mädchen drängte.

»Nein«, sagte das Mädchen, »herrschen kann er nur drin im Zelt. Dort ist er Herr über Leben und Tod, dort kann er sogar jeden köpfen lassen, den er will.«

»Uns auch?«

»Ja«, wisperte das Mädchen, »wenn wir hineingehen, uns auch. Aber hier draußen erlaubt es die Polizei nicht.«

»Wir wollen reingehen!« sagte Janika erbleichend.

»Spendierst du den Eintritt?« fragte Péter das Mädchen.

Auf dem Gerüst, hinter dem portugiesischen König, erschien in diesem Augenblick der Scharfrichter. Er trug eine blutrote Jacke mit schwarzen Knöpfen, die pfeifenrohrdünnen Beine steckten in einer roten Trikothose, und die Spitzen der roten Schuhe wölbten sich wie bei einer venezianischen Gondel in kühnem Bogen nach oben. Er stützte sich mit beiden Händen auf ein blutbeflecktes Schwert mit goldenem Griff; die breite Klinge funkelte in der Sonne, als wollte sie die grausamen und lyrischen Mitteilungen dieses fernen Himmelskörpers für das sterbliche Volk deuten. Überirdisch bleich und böse war auch das Gesicht des Scharfrichters; wie es sein Gewerbe gebot, trug er einen großen schwarzen Vollbart, der allerdings an mehreren Stellen von Motten angefressen war.

»Ist der häßlich!« sagte eine Frauenstimme. Péter gab einen erschrockenen Laut von sich und hielt sich mit beiden Händen am Brettergerüst fest.

Die Leute traten vor Staunen von einem Bein auf das andere, jemand ließ seinen Stock fallen.

»Was hält er in der Hand?« fragte Janika.

»Ein Schwert«, erklärte ihm das Mädchen. »Mit dem Schwert haut er den Menschen die Köpfe ab.«

»Warum läßt er sich vom König nicht lieber eine Maschinenpistole geben?« fragte Péter. »Damit kann man viel schneller arbeiten!«

Das Mädchen zuckte die Schultern. »Zu teuer«, sagte sie. »Bestimmt hat er nicht genug Geld. Aber das hier ist auch viel aufregender.«

»Das stimmt«, meinte Péter nachdenklich. Gleich darauf biß er sich vor Spannung in die Lippen. »Trotzdem, wenn ich einmal Geld habe, kaufe ich mir eine Maschinenpistole. Damit kann man in einer halben Stunde ein ganzes Dorf kaltmachen.«

Der Zelteingang wurde für einen Moment gelüftet, und heraus trat ein hemdsärmeliger Mann mit einem Zylinderhut auf dem Kopf und einer rotbebänderten Trommel vor dem Bauch. Er hatte ungemein lange weiße Finger, die in irrsinnigem Tempo mit den Schlegeln hantierten. Augenblicklich wandte sich die Menge ihm zu, der fröhlich wirbelnde, harte Ton der Trommel ließ die Menschen auch von der anderen, schattigeren Seite des Platzes herbeiströmen. Sogar ein russischer Soldat blieb vor dem Zelt stehen, schob sich die Mütze ins Genick und betrachtete die Schauspieler aufmerksam.

»Nur hereinspaziert!« rief der Trommler, sein geschwindes und scherzhaftes Zwiegespräch mit der Trommel für eine Weile unterbrechend. Er sprach mit fremdem Akzent, wodurch seine Worte ebenso faszinierend und erregend wirkten wie die Kleidung von König und Scharfrichter; vom aus der Ferne kommenden geliehenen Glanz der Worte entflammte auf einmal der Purpurmantel des Herrschers, der bei mißmutiger Betrachtung eher einem Frauenmorgenrock glich.

»Nur hereinspaziert, meine Damen und Herren«, rief der Trommler unter seinem Zylinderhut, »hier sind zu sehen die blutigen Abenteuer der schönen portugiesischen Königstochter, Wort für Wort, wie sie im sechzehnten Jahrhundert geschehen sind, nach historischen Urkunden und in der originalen Rollenverteilung. Und schon beginnt die Vorstellung! Dies ist die einzige Bühne, die wahre Kunst bietet, denn wir spielen das historische Ereignis nach den Originalurkunden, und die Dame, die die portugiesische Königstochter verkörpert, ist noch schöner als das Original, wie ein jeder anhand zeitgenössischer Fotografien feststellen kann. Den König spielt Don Basilio, der berühmteste Schauspieler der Welt, unentgeltlich, aus selbstloser Begeisterung für die Kunst. Wohingegen der Scharfrichter kein Schauspieler ist, werte Damen und Herren, sondern ein echter Henker, den wir nach seiner fünfhundertsten Hinrichtung vom Londoner Königshof unter Vertrag genommen haben. Wie Sie sehen, übertrifft unsere Vorstellung in historischer Treue sogar noch die Wirklichkeit, wodurch wahrhaftige Kunst entsteht. Hereinspaziert, Damen und Herren, ausnahmsweise nehmen wir auch Bargeld, was heutzutage in der Tat eine einzigartige Gelegenheit ist. Statt Bargeld kann der schönen portugiesischen Königstochter auch ein Ei pro Person gespendet werden.«

Der Trommler begann erneut mit teuflischer Gewandtheit zu trommeln, dann wurde nochmals der Vorhang gelüftet, und ein weiterer Mann trat heraus, ebenfalls mit einem Zylinder. Er hob ein riesiges Messinghorn an den Mund und blies so laut darauf, daß von dem Dröhnen und Donnern einer alten Frau die Nase zu bluten anfing und die im Staub badenden Spatzen erschrocken auseinanderstoben. Einige Leute gingen zum Kassenhäuschen.

»Spendierst du den Eintritt?« fragte Péter mit zitternder Stimme und schüttelte sein langes schwarzes Haar.

Janika drückte die Hand des Mädchens kräftig. Sie wurde selbst blaß vor Aufregung. »Wieviel kostet eine Karte?« fragte sie.

»Fünf Millionen«, sagte Péter, der lesen konnte.

Sie verstummten.

»Das ist nicht teuer«, meinte nach einer Weile Janika. »Mach das Geld locker, Tutyu, heut haben wir genug gearbeitet!«

Vor dem Kassenhäuschen drängte sich begeistert die Menge. Ein Bursche, im Gesicht die besorgte Ernsthaftigkeit, mit der Hunde ihre Notdurft verrichten, blätterte einen Geldschein in das Kassenfenster. Hinter ihm standen drei Bauernmädchen in gesteiften Röcken, verschämt lächelnd, die eine hatte die Augen niedergeschlagen. Manche zahlten mit Eiern oder mit ein wenig Tabak, ein altes Muttchen entrichtete den Kunsttribut für sich und ihren Enkel mit einem halben Kilo Weißbrot.

»Wo ist die Königstochter?« rief eine Stimme aus der Reihe. »Warum zeigt man sie nicht?«

Der Trommler deutete mit einem Schlegel nach hinten. »Die Prinzessin zeigt sich nicht umsonst!« rief er mit imponierender Aussprache. Der König auf dem Gerüst lachte schallend. Im Hintergrund, über den wirbelnden Staub hinweg, war auseinanderbröckelnd Zigeunermusik zu hören.

Aneinandergeklammert traten die drei Kinder vor die Kasse.

»Lassen Sie uns bitte umsonst hinein!« sagte das Mädchen.

An der Kasse saß eine gelbhaarige dicke Frau. Sie sagte: »Nein.«

»Lassen Sie uns bitte rein«, wiederholte das Mädchen und setzte in flehendem Tonfall hinzu: »Wir sind Waisenkinder, wir werden überall umsonst hineingelassen.«

»Nein«, sagte die Frau.

Das Mädchen stellte sich auf die Zehenspitzen. »Wenn der König umsonst spielt«, sagte sie, »warum können Sie uns dann nicht umsonst reinlassen!«

»Nein«, sagte die Frau mit dem gefärbten Haar ein drittes Mal.

Hinter den Kindern stand mit schwarzem Kopftuch und rotem Gesicht eine Bauersfrau, in den Armen hielt sie ein Kind mit gewaschenem, sommersprossigem Gesicht. »Lassen Sie wenigstens eins hinein«, schlug sie vor, »und das wird dann den beiden anderen erzählen, was es gesehen hat.«

Die Kassiererin schüttelte stumm den Kopf. Der Trommler setzte erneut das Laufband des Trommelwirbels in Bewegung. Péter umklammerte den Riegel des Kassenfensters und rüttelte aus voller Kraft daran. »Ich will reingehen, Tante«, schrie er unter Tränen, »lassen Sie mich rein!«

Da die hinten Stehenden allmählich ungeduldig wurden, zerrte das Mädchen eine große, abgegriffene Männerbrieftasche aus ihrem Kleid hervor und nahm ein Bündel sorgfältig zusammengefalteter Banknoten heraus, das sie ins Fenster legte. »Wieviel ist das?« fragte sie. »Bestimmt nicht genug, nicht wahr?«

»Was hast du dort in der Hand?« fragte die Kassiererin. »Zeig!«

»Einen Dollarschein«, sagte das Mädchen. »Fünf Dollar.«

Die Dame streckte die Hand aus. »Gib her!«

Das Mädchen überlegte eine Weile, dann gab sie ihr den Schein. »Aber jetzt lassen Sie uns alle drei hinein?« fragte sie.

Drinnen im Zelt war es dunkel, nur zwischen den Planen drangen einige messerscharfe Strahlenbündel herein, hier eine Stuhllehne, dort ein schnurrbärtiges Männergesicht aus dem Zwielicht heraushebend. Langsam schieden sich in dem feierlichen, nach Sägespänen riechenden Halbdunkel widerstrebend die Konturen der Gegenstände voneinander, als wären sie der Ausbeutung durch menschliche Körper überdrüssig und wollten nun für sich bleiben. Auch der Vorhang öffnete sich nur stockend und nach mehrmaligem Anlauf.

Der portugiesische König saß in der linken Ecke der Bühne auf seinem goldenen Thron, die dicken Beine ruhten in Purpurkissen auf einem Schemel. Am anderen Ende der Bühne tauchte, mit seinem Schwert klirrend, ein völlig in Schwarz gekleideter Ritter auf, am Helm trug er einen Federbusch. Hinten war durch die weit geöffnete Tür der Park des Königsschlosses mit einer Palmenallee in der Mitte zu sehen, die pfeilgerade auf das blau strahlende Meer zu verlief. Mindestens einhundert Palmen standen dort in Reih und Glied, immer kleiner werdend, jede, noch die kleinste, in dem wundersamen muschelblauen Licht scharf abgesondert von ihren Nachbarinnen, und die Allee war so endlos lang, daß es selbst zu Pferde wenigstens eine halbe Stunde gedauert hätte, bis man zum Meeresufer gelangte.

»Donnerwetter!« war staunend eine volle Stimme zu vernehmen.

Zwischen den Palmen lustwandelte eine Frauengestalt, die sich langsam dem Schloß näherte. Anfangs war sie nicht größer als ein Daumen, und trotzdem erkannte man deutlich ihr fingernagelgroßes Gesicht mit der kleinen Nase, dem Mund, den Augen und dem schulterlangen braunen Haar. Auf dem Kopf trug sie eine fingerhutgroße grüne Krone. Während sie langsam näher kam, wurde sie immer größer, und schließlich trat sie lächelnd und in Lebensgröße durch die Tür.

»Das ist die Königstochter!« flüsterte das Mädchen.

»Aber sie ist ja gar nicht blutig!« sagte Janika.

Das Mädchen schüttelte den Kopf. »Noch nicht«, flüsterte sie. »Später!«

Das Publikum konnte sich gar nicht satt sehen am Glanz der unbekannten Küstenlandschaft, es war so still, daß man das Wegwischen einer Spinnwebe gehört hätte. Draußen auf dem gekräuselten, funkelnden Meer schaukelten Segelschiffe, die Segel flatterten im Wind wie die Zipfel eines Taschentuches, auf dem winzigen Deck sonnten sich unter den streichholzkurzen Masten mohnkorngroße Matrosen. Die Königstochter stand inzwischen schon am Thron. Sie war so schön, daß dem Mädchen weh ums Herz wurde.

»Was für eine Sprache sprechen sie?« fragte Péter. »Deutsch?«

Das Mädchen zuckte mit den Schultern, sie hatte keine Lust zu antworten. Janika sah mit dem ganzen Körper zu, vornübergebeugt, die Faust an den Mund gepreßt.

»Was für eine Sprache ist das?«

»Schweig!« flüsterte Janika außer sich. »Portugiesisch.«

»Warum sprechen sie nicht ungarisch?«

»Dann wär es nicht so schön«, zischelte das Mädchen.

Im Gespräch zwischen dem König und dem Ritter ging es offenbar um die Königstochter, die in ihrem weizenfarbenen Kleid zitternd neben dem Thron stand. Die beiden Herren schmausten von einer großen goldenen Platte.

»Sieh nur, die essen Wurst!« sagte eine verwunderte Stimme hinter den Kindern. Der König ließ eine lange Dauerwurst zwischen seinen dicken Fingern baumeln. Angesichts des vertrauten Nahrungsmittels atmete auf einmal das ganze Zelt erleichtert auf.

»Das ist nicht wahr«, wisperte Janika, »das ist keine Wurst!«

»Was dann?«

»Das sind Bananen.«

Das Mädchen blickte den Kleinen dankbar an. »So ist es«, bekräftigte sie, »Bananen! Von einer goldenen Platte ißt man immer nur Bananen und Vögel.«

»Was für Vögel?«

»Adler und Greife und so«, sagte das Mädchen.

Der schwarze Ritter hielt um die Hand der Königstochter an, sie aber stampfte mit ihrem goldenen Pantoffel wild auf und wandte sich zürnend ab. Der gute König wies den Brautbewerber also mit Bedauern ab, worauf dieser auf sein Schwert schlug, dem König mit der Faust drohte und sich fluchend entfernte. Die Königstochter schnaubte sich das Näschen in ein resedagrünes Taschentuch, der Vorhang ging zu.

Es war wieder dunkel im Zuschauerraum, die Leute rückten unruhig hin und her auf ihren Plätzen, aber zum Reden hatte niemand Lust. Hier und da tauschte ein jüngeres Paar ein Flüstern, Stiefel knarrten, die älteren Bauernburschen gafften mit ausdruckslosem Gesicht auf den Vorhang. Das Mädchen sah mit gerunzelten Brauen reglos vor sich hin, als beobachtete sie einen jenseits des Raumes seine Umrisse entfaltenden Traum und bezöge ihn in ihr Leben ein; ihre Gesichtsmuskeln waren angespannt, ihre großen, ernsten schwarzen Augen leuchteten hingerissen, ihre Zehen hielt sie nach oben gebogen. Die Schauspieler hatten mit so eindeutigen, anschaulichen Gebärden gespielt, daß die erklärenden Bänder der Sprache gar nicht notwendig waren; alle ihre Gesten hatten auf kürzestem Weg ihr aufgeregt klopfendes Herz erreicht. Sie hatte eine Gänsehaut auf dem Rücken, Schweiß bedeckte ihr Bäuchlein und ihre Schenkel. Der Anwesenheit der beiden Jungen wurde sie sich erst bewußt, als der Vorhang wieder auseinanderging und Janika vor Glückseligkeit laut ächzte.

Bei Beginn des zweiten Aktes schien die Sonne immer noch, der König saß auf seinem Thron und schlief. Er schlief ungarisch, gemeinverständlich ausgedrückt: schnarchend. Die Prinzessin lustwandelte wieder in der Palmenallee.

»Wie gut es riecht«, wisperte Janika, »das ist bestimmt der Geruch der Bäume dort!«

»Ach wo, das ist das Meer!« berichtigte Péter.

»Woher weißt du das?«

»Ich bin schon übers Meer gereist«, erklärte Péter.

Janika stöhnte auf und zog das Mädchen klagend am Rock.

»Er lügt schon wieder«, flüsterte er. »Übers Meer reisen nur die Juden, stimmt's?«

»Sieh doch nur!« sagte das Mädchen aufgeregt.

Hinter der Prinzessin, tief in der Allee, fiel ein kleiner schwarzer Schatten über den Weg, dann trat hinter einer fernen, winzigen Palme auf Zehenspitzen der schwarze Ritter hervor. Es war klar, daß er die Prinzessin rauben wollte, obwohl er wegen der Entfernung zwischen ihnen vorläufig erst ein Viertel so groß war wie die Dame. Sein schwarzer Brustharnisch glitzerte wie die Flügel einer Fliege.

»Paß auf, er kommt!« sagte Janika halblaut. »Wie schnell er kommt!«

Das Mädchen nahm seine Hand. »Sie merkt es nicht!«

Péter sprang auf. »Soll sie auch nicht!«

»Wieso?«

»Weil er sie ruhig rauben soll!« knurrte der Langhaarige wild. »Er soll sie ruhig rauben!«

Das Mädchen preßte vor Aufregung beide Hände gegen den Bauch.

Auch Janika stand auf. »Wenn sie rechtzeitig das Schloß erreicht, wird ihr Papa sie beschützen.«

»Sie erreicht es nicht«, knurrte Péter, »sie erreicht es nicht, sie erreicht es nicht! Er kommt unheimlich schnell!«

»Und sie bemerkt ihn noch immer nicht!« klagte Janika.

Das Mädchen kreischte leise, dann sprang sie, die Hand vor den Mund schlagend, auf.

»Na bitte!« preßte Péter zwischen den Zähnen hervor. »Am Haar ... schnapp sie am Haar! Halt ihr den Mund zu!«

Im Zuschauerraum herrschte Totenstille.

»Herr König, wachen Sie auf!« rief Janika so laut er konnte.

Kreidebleich zog ihn das Mädchen auf den Stuhl zurück und umfaßte kräftig seine Hand. »Man darf nicht schreien!« flüsterte sie ihm ins Ohr. »Du ... du würdest mich beschützen, wenn man mich rauben wollte, nicht wahr?«

Hinten auf dem muschelfarbenen Meer, zwischen den friedlich schaukelnden, kleinen weißen Schiffen, tauchte jetzt ein etwas größeres Schiff mit kupferroten Segeln und funkelnden Messingkanonen auf dem Deck auf. Schnell wie der Wind glitt es auf das Ufer zu, rasch wachsend, und bald verdeckte seine Piratenflagge mit dem Totenkopf den ganzen blauen Himmel. Kaum hatte es das Ufer erreicht, sprang eine ameisengroße Menschengestalt von Bord.

»Wer ist das?« fragte Janika.

Das Mädchen schüttelte den Kopf. Da kaum einmal Piraten in die Tiefebene kommen, wußte sie hierauf vorläufig keine Antwort.

»Vielleicht der Horthy«, meinte Janika zögernd, »der ist auch überall mit dem Schiff herumgereist!«

Der Pirat hatte einen üppigen blonden Schnurrbart und blondes Kopfhaar, das ebensolang war wie das der Königstochter. Er zog sein Schwert mit einer so stolzen Bewegung, daß dem Publikum das Blut in den Adern erstarrte. Das Duell fand unter der ersten Palme statt, unmittelbar vor dem Eingang zum Schloß; der zitternden Prinzessin war der kleine Klatschmohnmund mit einem schwarzen Tuch verbunden, und drin im Thronsaal gab der brave König ahnungslos ein Schnarchkonzert. Die Klingen klirrten wie ein Tisch voll Gläser.

»Gib's ihm, Schwarzer!« schrie Péter.

Mal wich der eine zurück, mal der andere, mit bebenden Nasenflügeln und entfärbten Gesichtern traten die Kinder von einem Fuß auf den anderen.

Jesulein, errette mich! betete das Mädchen bei sich. Wenn der schwarze Ritter siegt, dann ist sie verloren, dachte sie. Jesulein, durchbohr ihm den Bauch, murmelte sie, ihre kleine kalte Hand an den Mund gedrückt.

Zu ihrer Linken schnaufte Janika wie eine Dreschmaschine, zu ihrer Rechten trommelte Péter mit den Fäusten der vor ihm sitzenden dicken Bauersfrau auf den Rücken. »Gib's ihm, Schwarzer, zeig es ihm!« schrie er ohne Unterlaß, Speichel spritzte ihm aus dem Mund.

Das Mädchen brach in Tränen aus. »Was bist du für ein böses Kind!« sagte sie zu ihm und schloß die Augen.

Einige Zeit später mußte sie sie wieder schließen: als der Scharfrichter den in Ketten geschlagenen schwarzen Ritter zum Schafott zerrte und ihm mit seinem breiten Schwert vor aller Augen den Kopf abschlug. Vor der Hinrichtung hob der Ritter den Zeigefinger, rasselte mit den Ketten und lachte teuflisch.

»Hopp«, sagte Janika, »Kopf ab! Wie bei einem Huhn! Warum machst du die Augen zu?«

Das Mädchen blinzelte mit einem Auge zum Schloß. Der brave König beobachtete vom Thron aus die Hinrichtung und trank dazu aus einem edelsteinbesetzten Kelch gespritzten Wein. Die riesige rote Scheibe der untergehenden Sonne schwebte dicht über dem Meeresspiegel und tauchte die schlanke Allee und den gemütlichen Thronsaal in Blutlicht.

»Da, wie der Henker den Kopf schlenkert!« sagte Janika. »Hopp, jetzt hat er ihn in den Korb geworfen.«

»Lebt er nicht mehr?« fragte das Mädchen mit geschlossenen Augen.

»Nein«, sagte Janika. »Er ist hinter den Tisch gefallen. Nur die Beine gucken hervor.«

Das Mädchen seufzte tief und ließ die Armlehne los. Péter saß mit gekrümmtem Rücken neben ihr, die Ellbogen auf die Knie gestützt, und starrte stumpf vor sich hin. Sie musterte Janika, sein blasses Gesicht war gerötet, in seinen Augen schimmerten Tränen, und wo ihm einmal der Schnurrbart wachsen würde, war die Haut ein wenig naß von der starken Gemütsbewegung. Sie wischte es ihm mit ihrem Rock ab und küßte ihn, und Mut hielt Einzug in ihr Herz.

Im Thronsaal oben rollte die letzte große Szene ab. Der brave König verzieh dem Piraten all seine Schandtaten. Er nahm ihn an der Hand, führte ihn zu der Prinzessin und legte beider Hände ineinander. Die Prinzessin lächelte errötend. Die Palmen schwankten sanft im Abendwind und ließen kleine Datteln auf den Kies des Spazierwegs fallen. Der Pirat ...

Das Mädchen stöhnte auf. »Was macht er?« flüsterte sie vor sich hin, die beiden kleinen Fäuste an die Brust pressend. »Was ist los mit ihm?«

Ratlos beobachteten auch die beiden Jungen, was sich ereignete. Der Pirat trat einen Schritt zurück, verneigte sich tief vor der Prinzessin, richtete sich wieder auf und schüttelte energisch den Kopf.

»Warum schüttelt er den Kopf?« fragte Janika.

»Den Zeigefinger schüttelt er auch!«

Péter erstarrte. »Er will das Weib nicht?«

»Ist der krank?« fragte das Mädchen schnaufend.

Alle drei sprangen sie wiederum auf.

»Möglich, daß er krank ist«, meinte Janika, »wenn er sich so auf das Herz drückt.«

»Aber warum zeigt er auf das Meer?« flüsterte das Mädchen.

»Er zeigt auf das Schiff.«

»Stimmt nicht«, sagte Péter, »nicht auf das Schiff, sondern auf das ganze Meer! Sieh doch, wie er die Arme schwenkt!«

»Und jetzt zeigt er auf die Sonne!« rief Janika.

Dem Mädchen wurden die Beine schlapp, und die Knie kribbelten ihr schmerzlich. »Er will die Prinzessin nicht«, stammelte sie mit versagender Stimme. Tränen stiegen ihr in die Augen. »Was will er dann?«

»Das Meer«, sagte Janika. »Er will nicht andauernd daheim in diesem großen Steinschloß herumsitzen!«

»Deshalb schlägt er sich an die Brust?«

»Na«, brummte Péter unzufrieden, »und was macht er jetzt? Er breitet die Arme aus und guckt zum Himmel!«

»Er wird wegfliegen«, rief Janika aufgeregt.

»Wohin?«

»Weit weg . . . zu den Negern!«

Müde setzte sich das Mädchen wieder hin. Sie glaubte nicht daran, daß der blonde Pirat mit dem schönen, welligen Haar sich in die Luft erheben und davonfliegen würde, aber sie ahnte, daß sie jetzt wieder auf den eigenen Beinen würde stehen müssen.

»Na siehst du«, flüsterte Péter schadenfroh und ballte zornig die Fäuste, »was mußten sie auch den schwarzen Ritter hinrichten! Was haben sie davon? . . . Einen Dreck!«

Der Pirat drückte noch einmal die Hand auf sein Herz, sodann schritt er, seinen Hut schwenkend, von dannen, den fernen Horizonten der Freiheit entgegen! Das winzige resedafarbene Taschentuch der Prinzessin wehte ihm hinterher wie ein in Ketten geschlagener Schmetterling. Im nächsten Augenblick verschwand die Gestalt des Piraten im Goldstaub der Sonne. Der Vorhang ging zu.

»Na bitte«, sagte eine satte Stimme, »der hat er's gegeben!«

Langsam schlurften die Leute ins Freie. Sie hatten feuchte Hände, die Beine waren ihnen schwer, in ihren Herzen stäubte die Asche der entflammten Erregung. Durch den offenen Zelteingang drangen kräftiges irdisches Licht und Staub herein. Die Frauen blinzelten, die Männer räusperten sich. Die drei Kinder blieben bis zuletzt unter den aufgeheizten Planen, mit ihren Rucksäcken hantierend, und blickten immer wieder auf den undurchdringlichen grünen Samtvorhang. Als sie aus dem Zelt traten, blieben sie für einen Augenblick stehen; im grellen Sonnenlicht wirkte der staubige Platz unübersichtlich, die Luft war ausgeblichen, die Akazie struppig, der ungarische Wortklang fahl. Schweigend, den Blick gesenkt, trotteten sie nebeneinander her.

»Wohin gehen wir?« fragte Péter.

»Aus der Stadt hinaus«, antwortete das Mädchen.

»Gut so«, meinte Janika. »Kennst du den Weg?«

»Wo der Wind hinweht«, sagte das Mädchen.

Die Straße führte geradenwegs zur Bahnstation, wich dieser an den Lagergebäuden aus und mündete hinter einem beschrankten Bahnübergang in die Landstraße. Diese war betoniert, die gestaute Hitze versengte die Fußsohlen.

»Zieh deine Latschen an!« sagte das Mädchen zu Janika.

»Tutyu, warst du schon mal im Theater?« fragte dieser.

Sie schüttelte den Kopf. »Jetzt zum erstenmal.«

»Ich war schon«, berichtete Péter.

»Wo?«

»In Budapest. Dort war ich jeden Tag im Theater.«

Janika blickte das Mädchen an und erwiderte ihr Zwinkern. Sie verstanden sich. Dem Langhaarigen gaben sie keine Antwort: Sein Schicksal war besiegelt.

»Der Ritter ist nicht gestorben«, sagte Péter. »Als der blonde Matrose mit der Königstochter sprach, hat er zweimal die Füße bewegt.«

Ein staubiger kleiner Wirbelwind sprang vor ihnen auf und jagte, wie ein Hund seinen Schwanz, sich selbst. Unter der steil herabbrennenden Sonne lagen die schwarzen Schatten der Pappeln wie Pfützen um deren Stamm; immer wieder tauchte das Mädchen die Beine hinein.

»Glaubst du's nicht?« fragte Péter.

»Nein«, antwortete Janika resolut.

Péter lachte häßlich. »Mensch«, sagte er, »wenn er gestorben wär, wer würde dann bei der nächsten Vorstellung spielen? Habe ich nicht recht, Tutyu?«

Nach einer halben Stunde gabelte sich die Straße an einem schief umgebogenen Kruzifix, hinter dem ein rostender deutscher Panzer stand. Vor dem Panzer blieb das Mädchen stehen.

»Sprecht ihr nicht mehr mit mir?« fragte Péter.

»Nein«, sagte das Mädchen.

»Warum nicht?« fragte der Langhaarige.

Die Augen des Mädchens wurden eng, ihre Stirn alt. »Hier trennen wir uns«, sagte sie kurz.

»Wer?«

»Wir . . . von dir!«

»Wieso denn?«

»Wir brauchen dich nicht«, sagte das Mädchen.

Der Junge sah starr vor sich hin, sein langes schwarzes Haar verdeckte ihm das eine Auge. »Du brauchst mich nicht?« wiederholte er ungläubig. »Warum brauchst du mich nicht?«

Das Mädchen wippte mit der Rute. »Du bist genauso böse wie der Ritter«, sagte sie mit tonloser Stimme. »Du hast schon drei Hunde aufgehängt, seit wir zusammen sind. Ich kann so einen Menschen nicht brauchen.«

Péter erbleichte vor Wut. »Und das fällt dir gerade heut ein«, krächzte er, »an diesem heiligen Tag! Wieso gerade heute?«

»Ich weiß es nicht«, sagte das Mädchen. »Ich habe es vorhin beschlossen.«

Schweigend starrten sie sich an. Die Unterlippe des Jungen senkte sich, er verfärbte sich vor Wut, die Drahtschlinge um seinen Hals klirrte.

»Unser Geld haben wir heut nachmittag vertan«, sagte das Mädchen still, »sonst haben wir nichts zu teilen, stimmt's? Du kannst gehen, Hasenfuß!«

»Hör mir doch auf!« Péter verzog das Gesicht. »Das ist nicht dein Ernst, nicht wahr?«

»Doch«, sagte das Mädchen.

Péter begann zu fluchen. Er fluchte so fürchterlich, daß Janika vor Scham errötete. Das Mädchen hörte wortlos zu.

»Ich schlag dich nicht«, sagte sie, als dem Jungen der Atem ausging, »denn du gehörst nicht mehr zu uns. Aber jetzt geh schon!«

Sie wartete mit Janika vor dem abgeschossenen Panzer, bis Péters rasch kleiner werdende Gestalt mit dem wie ein Buckel gerundeten Rucksack im Staub verschwunden war. Janika kaute gleichmütig ein Stück trockenes Brot, das Mädchen holte Kamm und Bürste aus dem Ranzen heraus und kämmte ihn. Dann nahmen sie sich bei der Hand und gingen weiter.

»War die Prinzessin schöner als ich?« fragte das Mädchen.

»Viel schöner«, sagte Janika entschieden.

Das Mädchen sann nach.

»Sie hatte schöne große Brüste«, erklärte Janika, »und du hast gar nichts. Der Diamant in ihrem Ohr war groß wie ein Hühnerei, auf der Nase hatte sie keine einzige Sommersprosse, und ihr Kleid war ganz aus Samt und Seide.«

»Dann ist's gut!« sagte das Mädchen erleichtert. »Dann war ich es doch nicht!«

Janika lachte laut und von Herzen. »Du warst es bestimmt nicht! Deine Beine sind schmutzig, ihre waren weiß wie Watte.«

»Hast du die kleinen Matrosen auf dem Schiff gesehen?« fragte das Mädchen. »Die wären alle ihre Diener gewesen.«

»Chinesen waren darunter und Russen und Franzosen«, zählte Janika auf. »Und Neger! Und eine Fußballmannschaft hatten sie auch!«

»Auf dem Schiff?«

»Ja«, sagte Janika. »Zwischen den Masten hatten sie ein kleines Fußballfeld, dort spielten sie mit einem kleinen goldenen Ball.«

Das Mädchen ließ den Blick über die gelbgesengten Felder wandern, auf denen meilenweit kein Mensch zu sehen war. Eine Weile kramte sie zerstreut in der Tasche ihres Rockes, dann nahm sie eine Zigarette und ein Messingfeuerzeug aus einer Blechschachtel und begann zu rauchen. »Auf dem einen Mast saß oben ein goldener Vogel und sang«, sagte sie und ließ ein langes Rauchband aus der Stupsnase aufsteigen.

Janika nickte. »Ich hab's gehört«, sagte er. »Und der Mittelstürmer war ein Ungar.«

Gemächlich trotteten sie dahin, der Wind wirbelte kleine Staubwolken vor ihnen auf.

»Um das Schiff herum schwamm ein großer roter Fisch mit einer langen Rückenflosse«, erzählte Janika, »und wenn der Ball ins Wasser fiel, dann warf er ihn zurück.«

»Das war ein persischer Tschintschinfisch«, sagte das Mädchen und nahm einen langen Zug aus der Zigarette.

Ihr längliches, sommersprossiges Gesichtchen war ernst und voller Leidenschaft wie bei Kindern, die Nahrung zu sich nehmen. Der Rucksack drückte sie ein wenig auf den Schultern, doch darüber hinaus spürte sie ihren Körper nicht; sie wußte selbst nicht, daß sie mit der Neuordnung der Welt beschäftigt war. Zwischen den raschelnden Pappeln auf beiden Seiten führte die Landstraße pfeilgerade auf eine Schäfchenwolke zu.

»Wo schlafen wir heut nacht?« fragte Janika.

»Auf dem Schiff«, sagte das Mädchen.

»Gut!« murmelte der Kleine. »Wir werden Matrosen. Gib mir ein Stück Brot!«

1947

Das lachende Krankenzimmer

Im Krankenzimmer Nummer 217 lagen sieben weibliche Patienten mit Gelenkleiden.

Eine war unter ihnen, die gehen konnte; sie stieg acht- oder zehnmal am Tag aus dem Bett und hinkte, auf ihren Stock gestützt, im Zimmer umher oder humpelte auf den Gang hinaus, um eine Zigarette zu rauchen. In diesem Zimmer war sie seit einer Woche. Die Ärzte nannten sie Aliz, ihren Familiennamen kannten die Zimmergefährtinnen nicht. Sie mochte an die fünfzig Jahre alt sein, war in die Breite gegangen und trug ihr flachsblond gefärbtes Haar über dem blassen Gesicht in Locken gelegt.

»Wie haben Sie gleich gesagt, Tante, was Sie früher waren?« hatte am ersten Abend die kleine dicke Sári gefragt, die vierzehnjährige Tochter eines Újpester Schuhfabrikarbeiters, die mit verkrümmtem Rückgrat schon den dritten Monat regungslos im Gipsbett lag.

Aliz hatte das Kind mit dem vollentwickelten, fraulichen Körper starr angeblickt. Im Zimmer wurde es still, alle Betten warteten.

»Was Ihr Beruf war, Tante«, wiederholte das Mädchen nach einer Weile.

Aliz antwortete noch immer nicht. Aus einem Bett hinten im Zimmer war ein dünner, kurzer Kehllaut zu vernehmen, der erste Viertelton eines unterdrückten Lachens. Aliz tat, als hätte sie es nicht gehört.

»Diseuse«, antwortete sie kurz angebunden. »Künstlerin. Ihr seid ja schwer von Begriff!«

»Diseuse?!« wiederholte Sári. »Künstlerin!« Diesmal brachte sie es fertig, nicht zu lachen. Zwar hätte sie sich gern noch einmal Aliz' Foto angesehen, das sie den sechs Betten gleich bei ihrem Einzug am Morgen gezeigt hatte, aber sie beherrschte sich und schwieg. Das Foto zeigte die Dame in knielangem Kleid und mit kurzgeschorenem Haar, wie sie sich an ein Klavier lehnte und den Mund so weit aufriß, als wollte sie ein Entenei verschlucken. Es war eine üppige Fotografie, eine Augenweide, dennoch nahm das Mädchen sich zusammen.

»Was nennen Sie mich Tante!« sagte Aliz und sah das Kind mit ihren runden, ein wenig vorstehenden Augen starr an. »Mit so einem Busen! Schämen Sie sich, pfui!«

Seither war eine Woche vergangen. In dieser Zeit hatte sich die Belegschaft des Zimmers nicht verändert. Aliz fand sich offensichtlich nicht zurecht. Zweimal am Tag wechselte sie den Pyjama, und nach dem Mittagessen, zur Chefvisite, zog sie ein Seidennachthemd mit lila Spitzen an. Wenn sich der Sommernachmittag sehr in die Länge zog, klingelte sie nach der Schwester und erbat sich einen Einlauf. Sie schwärmte für saubere Luft; bei regnerischem, windigem Wetter öffnete sie eigenhändig das Fenster, dann hinkte sie eilig auf den Gang und ließ die Tür offen; einmal blies ihr der Zugwind die Decke der an der Tür liegenden Frau Galambos hinterher. Da keine der übrigen Kranken aufzustehen vermochte, warteten sie geduldig im Durchzug, bis dieser schließlich die Tür zuwarf und die flatternden Decken sich wieder auf die Beine der Kranken senkten. Frau Galambos' Decke wurde von einer gehfähigen Patientin aus dem Nachbarzimmer zurückgebracht, die sich gerade auf dem Gang aufhielt. »Haben Sie sich nicht erkältet?« fragte sie.

Die betagte Näherin aus Pesterzsébet, die mit keilförmig versteiften, in Gips gelegten Beinen schon ein halbes Jahr im Bett lag, lächelte still und mit schläfrigem Gesicht. »Ach wo, meine Liebe«, antwortete sie, die Decke betastend. Sie strich sie mit den Händen glatt, so weit ihre Arme reichten, schloß die Augen und schlief auf der Stelle ein. Die anderen kicherten noch eine Zeitlang weiter.

»Die hat Humor«, sagte die dicke Sári. »Fast wären wir ihretwegen aus dem Fenster geflattert. Wenn ich das Mutter erzähle, jagt sie sie aus dem Krankenhaus.«

Alle sechs Betten lachten.

In der Ecke zum Fenster hin richtete sich ein kleines Dienstmädchen namens Teri, der unlängst ein Klumpfuß operiert worden war, vor lauter angespanntem Lachen zum Sitzen auf. »Huch«, ächzte sie, und nochmals: »huch! ... Habt ihr das gesehen? Auf einmal fingen alle Laken zu flattern an, und die Decke stieg von Frau Galambos' Bett hoch wie eine Wolke und flog aus dem Zimmer.«

Eine Wolke! Darüber lachten wiederum alle.

»Wie ein großer Vogel«, sagte ihre Nachbarin, »so ist sie aus dem Zimmer geflogen, mit ausgebreiteten Flügeln. Wie ein großer Gänserich, wenn er losflattert.«

»Und geschnattert hat sie auch, meine Gute«, sagte im mittleren Bett eine alte Bäuerin.

»Geschnattert ...? Die Bettdecke?«

»Ja«, sagte, ohne eine Miene zu verziehen, die alte Bäuerin, die aus unerfindlichem Grund von allen nur Tante Gazsi genannt wurde, obwohl sie den Namen Magda Kovács, Witwe des Pál Kovács, geborene Nagy, trug. Soweit sie wußten, war sie die Vorsitzende irgendeiner Produktionsgenossenschaft im Komitat Borsod.

»Das ist nicht wahr ... Geschnattert hat sie nicht!« rief die kleine dicke Sári laut prustend.

Die alte Bäuerin sah streng vor sich hin. »Das hat sie nicht!« sagte sie unerwartet, ebenfalls ohne eine Miene zu verziehen.

»Sondern?«

»Geschnattert hat sie nicht.«

»Warum nicht?«

»Es war doch eine Decke.«

»Sie ist aus der Tür gesaust wie ein Flugzeug«, sagte das kleine Dienstmädchen Teri. »Sie hat sogar einen Schatten auf den Fußboden geworfen wie ein Flugzeug.«

»Und laut gebrummt hat sie«, sagte Tante Gazsi und verzog wieder keine Miene.

»Gebrummt?«

»Ach, das ist nicht wahr«, kreischte die kleine dicke Sári, und fast wäre sie vor Lachen aus dem Gipsbett gekippt.

»Wieso denn nicht wahr«, widersprach Tante Gazsi. »Sie ist hier an mir vorbeigebrummt, so laut, meine Gute, daß ich fast taub geworden wäre. Frau Galambos hat noch mit beiden Händen hinterhergefaßt, aber umsonst, da konnte sie sich nur verwundert ihre beiden gespreizten Gipsbeine ansehen. War es nicht so, Ilus?«

Die Angesprochene, die sich bisher nicht an dem Gespräch beteiligt hatte, lag mit dem Kopf nahezu einen Meter höher als die anderen, von denen deshalb nur diejenigen ab und an ihr Gesicht sehen konnten, die in der Lage waren, sich im Bett aufzusetzen. Frau Galambos und die kleine Sári beispielsweise kannten das Mädchen nur von ihrer Stimme. Die hinteren Beine von Ilus' Bett standen auf je einem hohen Schemel, und sie selbst war, damit sie auf ihrer abschüssigen Liegestatt nicht herunterrutschte, am Kinn mit einem breiten Lederriemen am hinteren Bettgitter festgebunden. Ilus war ein hübsches Mädchen mit pechschwarzen Augen und Haaren und einem ebenmäßigen Körper, nur daß ihr ein armdicker, wurstförmiger Buckel aus dem Rücken herausstand. Sie wartete, mit dem Kinn am Bett hängend, schon seit einem Monat darauf, in den Operationssaal gebracht zu werden.

»Sie ist so schnell aus der Tür geflogen«, sagte Ilus, »daß ich ihr kaum mit den Augen folgen konnte, und sie war so straff und glatt, daß man ruhig hätte draufsteigen können. Siebenundvierzig habe ich bei den Englischen Fräulein, wo ich saubermachte, im Refektorium ein schönes Bild gesehen, wie die Heilige Jungfrau — auf einer Wolke stehend — über einer Stadt schwebt. Sie braucht keinen Finger zu rühren, sie schwebt einfach.«

Für einige Augenblicke wurde es still.

»Warst du da noch nicht bucklig?« fragte Sári.

»Ich war schon immer bucklig«, antwortete Ilus aus der Höhe, und ihr war anzuhören, daß sie lächelte. »Aber damals konnte ich noch arbeiten. Wenn ich jetzt operiert werde, suche ich mir Arbeit in einer Gärtnerei.«

»Sie ist aus der Tür geflogen«, sagte Teri, das kleine Dienstmädchen, »als müßte sie nie wieder ins Krankenhaus zurückkehren.«

Frau Galambos öffnete die Augen und fragte: »Ist dieses rapplige Luder noch nicht zurückgekommen?«

Das ganze Zimmer bog sich vor Lachen. Frau Galambos schlief oder döste den ganzen Tag lang, und nur gegen Abend kam Leben in sie; dann verschaffte sie sich Eintritt in die allgemeine Stimmung. Tagsüber ließ sie kaum einmal einen Satz fallen, aber sobald das Licht angeschaltet wurde, hob sie ihren langen Pferdekopf, stopfte sich das Kissen in den Nacken und begann mit eifrig klappernden Augenlidern zu reden. Manchmal war ihr leises Gewisper auf 217 bis Mitternacht zu hören.

»Ist dieses rapplige Luder noch nicht zurückgekommen?« fragte sie.

Die kleine Sári schrie vor Lachen. »Nein, noch nicht.«

Frau Galambos schloß die Augen wieder und schlief weiter. Vom Gang hörten sie das nahende Pochen eines Stockes, und die Tür ging auf. Aliz blieb auf der Schwelle stehen, sah sich mit hervorquellenden Augen und witternder Nase im Zimmer um, als wollte sie den Geruch der Betten nach Jodoform, Alkohol, Schweiß und Blut registrieren, und hinkte dann, auf ihren Stock gestützt, mit flinken, kurzen Schritten zu dem Bett neben dem Fenster. Das Gewitter war abgezogen, knisternd warf die Julisonne ihr Licht durch die schmutzige Fensterscheibe. Die Zeit der Chefvisite nahte. Aliz setzte sich auf den Bettrand und zog ihren Koffer unter dem Bett hervor. Die anderen sechs Betten sahen zu.

»Was fehlt Ihnen eigentlich, Kollegin?« fragte ihre Nachbarin, eine junge, zum Skelett abgemagerte Frau mit spärlichem Haar, die mit ihren Hüftgelenkbeschwerden schon seit etlichen Jahren bettlägerig war.

Aliz zog die Augenbrauen hoch.

»Warum sagst du Kollegin zu ihr?« brummte Tante Gazsi und wandte ihr Gesicht mit der lustigen Kartoffelnase und den spöttisch leuchtenden Augen der jungen Frau zu. »Du bist hier nicht im Rathaus, mein Schatz!«

Die junge Frau blickte fragend zurück.

»Siehst du nicht, daß du mit einer feinen, vornehmen Dame redest?« sagte Tante Gazsi mit reglosem, ernstem Gesicht.

In der gegenüberliegenden Ecke wurde gelacht. Aliz tat, als hörte sie es nicht. Sie sah die alte Bäuerin an, dann ließ sie die Augenbrauen wieder herab. »Lokalisierter Knochenabbau. Lo-ka-li-sier-ter Kno-chen-ab-bau«, wiederholte sie das Wort silbenweise. »Ihr wißt natürlich nicht, was das ist. Woher solltet ihr auch!«

Tante Gazsi kratzte sich an der Nase. »Wir wissen's wirklich nicht, bittschön.«

»Doch, ich weiß es!« rief Teri. »Kalkmangel.«

»Kalkmangel?«

»Dann essen Sie doch Kalk!« schrie die dicke kleine Sári. »Essen Sie Kalk, gnädige Frau!«

»Was diese Kinder für ein Mundwerk haben!« meinte Tante Gazsi kopfschüttelnd. »Wie lange bleiben Sie bei uns?«

»Ich hoffe, nicht lange«, sagte Aliz.

Die sechs Betten besahen sich den geöffneten Koffer. Seit einer Woche konnten sie sich drei-, viermal täglich an ihm ergötzen, dennoch gab es immer wieder etwas Neues zu sehen. Aliz setzte sich zwar in der Regel schräg vor den aufgeklappten Koffer, um seinen Inhalt vor den aufmerksamen Augen zu verbergen, aber da sie das Gesuchte niemals fand, flog unter ihren aufgeregt kramenden Fingern die Hälfte der eingepackten Sachen heraus und ins Blickfeld der Öffentlichkeit. Parfümflaschen, Puder, ein Karton voll Apfelkuchen, Kleiderbürste, Schwamm, Schmutzwäsche, ein Paket Speckgrieben, eine rote Gummiwärmflasche, noch mal Schmutzwäsche, eine halbe Salami, eine Tüte Würfelzucker, Nagellack, Unmengen Schachteln und Fläschchen, das alles wild durcheinandergestopft und zuoberst mit einem flauschigen ockergelben Handtuch abgedeckt. In der einen Ecke des Koffers befand sich ein großes, rechteckiges, glänzendes Metallkästchen, das sie bisher noch nicht geöffnet hatte.

Eine Schwester erschien in der geräuschlos geöffneten Tür. Sie blieb auf der Schwelle stehen, ließ den Blick über die Betten schweifen und zog die Tür wieder hinter sich zu. Die Stunde der Chefvisite war nahe. Aliz breitete ihr seidenes Nachthemd mit den lila Spitzen auf dem Bett aus, und das Krankenzimmer hielt den Atem an.

»Jetzt gehen Sie aufs Klo?« fragte plötzlich Tante Gazsi in die tiefe Stille hinein, hinter der sechs gespannte Augenpaare lauerten.

Aliz, den Koffer in der einen und den Stock in der anderen Hand, drehte sich in der Tür um. »Ich verstehe nicht«, sagte sie überrascht. »Wie kommen Sie denn darauf?«

»Ich weiß es«, sagte Tante Gazsi. »Und Ihren Koffer können Sie ruhig hierlassen. Ganz beruhigt!«

Aliz errötete. »Warum soll ich ihn hierlassen?«

»Weil wir, was wir brauchen, sowieso nur nachts herausklauen«, sagte Tante Gazsi. »Während Sie schlafen, Gnädigste, wissen Sie! Ich meine ja nur, es lohnt nicht, daß Sie ihn immer dorthin mitnehmen, wohin Sie jetzt gehen.«

Aliz machte wortlos kehrt und knallte die Tür hinter sich zu. Aber so schnell sie sich auch davonmachte, das Gelächter der Frauen folgte ihr durch die geschlossene Tür. »Die hat ein Tempo drauf«, sagte drinnen Tante Gazsi und schielte über ihrer stumpfen, dicken Nase mit einem Auge schelmisch zu der laut wiehernden Sári hinüber. Als die Künstlerin aber nach einer Viertelstunde zurückkam, erwarteten sie nur die nichtssagenden, alltäglichen Geräusche der Gleichgültigkeit; als wäre nichts geschehen, machten sich die Frauen für die Chefvisite zurecht. Teri, das kleine Dienstmädchen, kämmte sich leise summend das Haar, und die kleine dicke Sári schminkte sich heimlich — die Hände vor den Mund haltend, damit niemand es sähe — die fraulichen vollen Lippen.

Der Professor und sein Gefolge, drei weißbekittelte Ärzte, hielten sich diesmal nur kurz in der 217 auf. Doch in dem Augenblick, als er die Tür öffnete, war es im Zimmer auf einmal vorbei mit der angespannten, vibrierenden Stille, und die vor Aufregung schwitzenden Gesichter lächelten glücklich. Frau Galambos erwachte und glättete mit zitternden Händen ihre Decke. Die kranken Körper vertrauten der Hand des Professors so sehr, daß in seiner Anwesenheit selbst die frisch operierten Wunden für einige Zeit zu bluten aufhörten. In den sieben Betten beobachteten sieben gläubige, sieben verliebte Bräute glänzenden Auges jede Bewegung des alten Arztes. Keine war unter ihnen, die sich nicht auf ein bloßes Zucken seiner Augenbrauen hin unter sein Messer gelegt hätte.

Zuletzt blieben die Herren vor Ilus' Bett stehen. Während er sich mit der Hand über das graue Bürstenhaar strich, betrachtete der Professor einige Augenblicke lang prüfend und wortlos das in dem Lederriemen hängende, bleiche Gesicht des Mädchens, das sich mit dem seinen fast auf einer Höhe befand. »Und was sollen wir mit Ihnen machen, mein Kind?« fragte er nach einer Weile.

Das Mädchen lächelte stumm. Rundum im Zimmer wurde es so still, daß vom Gang noch durch die geschlossene Tür das gleichmäßige Klopfen einer nahenden Krücke zu hören war.

»Sollen wir Sie operieren?« fragte der Professor.

Ja, bedeutete ihm Ilus mit den Augenwimpern. Der Professor sah sie unverwandt an, er schwieg. Die Spannung im Zimmer erreichte ihren Höhepunkt. Tante Gazsi setzte sich auf und legte von hinten eine Hand auf die Schulter des Professors. »Operieren Sie sie, mein Guter«, sagte sie still. »Sie wissen doch, daß sie das möchte.«

Unter der unerwarteten Berührung der Hand zuckte der Professor nervös zusammen. »Was ist los?«

Mehr habe sie nicht zu sagen, gab ihm Tante Gazsi zu verstehen.

»Sie habe ich nicht gefragt«, entgegnete unwillig der Professor. »Was reden Sie hier herum!«

»Ich kann auch reden, wenn Sie mich nicht gefragt haben«, erwiderte die alte Frau ruhig. »Und beim Arbeiten darf man nicht nervös sein, mein Guter, denn ausbaden muß das dann der Kranke.«

Der Professor wurde plötzlich ernst. Mit seinen vor Müdigkeit eingefallenen Schläfen sah er aus, als hätte er quälende Kopfschmerzen. »Sie haben recht«, sagte er still und mit einer Spur Selbstironie in der Stimme. »Und was meinen Sie, wann sollen wir das Mädchen operieren?«

»Das müssen Sie wissen, wann es geht«, antwortete Tante Gazsi. »Entschuldigen Sie, daß ich mich eingemischt habe.«

Der Professor wechselte halblaut ein paar Worte mit einem der weißbekittelten Ärzte, dann trat er näher an Ilus' Bett heran und nickte ihr freundlich zu. Das Mädchen lächelte noch immer. »Morgen, mein Kind«, sagte der Professor. »Und bis dahin nehmen wir Ihnen den Kopf aus der Schlinge.«

Ilus antwortete wiederum nur mit einem Zucken der Lider.

»Wenn Sie wollen, können Sie auch aufstehen«, sagte der Professor. »Bewegen Sie sich, bis Sie müde werden. Und morgen kommen Sie auf den Operationstisch, einverstanden?«

Die Ärzte verließen das Zimmer, und kaum hatte die Schwester Ilus aus der Schlinge befreit, stieg das hübsche Mädchen aus dem Bett und begann ein wenig aufzuräumen. Im Bewußtsein der bevorstehenden Operation, also der sicheren Genesung, rötete sich ihr Gesicht, und ihre großen schwarzen Augen begannen verliebt zu glänzen. Sie arbeitete mit schnellen, emsigen Bewegungen; sie richtete ihr Bett her, wusch für das ganze Zimmer das schmutzige Besteck und die Gläser ab und machte Ordnung auf Aliz' Nachttisch, auf dem in einer dicken Schicht verstreuten Puders einwöchige Essenreste um die mit einem Handtuch abgedeckte Bettschüssel kümmerten. Mit kunstverständigen Augen beobachtete die Diseuse die geräuschlosen, grazilen Bewegungen von Ilus. »Wenn Ihnen diese Wurst vom Rücken operiert ist«, sagte sie, »könnten Sie als Mädchen für alles bei mir anfangen.«

Ilus lächelte heiter, sie antwortete nicht.

»Da wäre sie ja verrückt«, rief eine Stimme vom anderen Ende des Zimmers, und sogleich setzte, wie auf ein Kommando, überall Gelächter ein; sogar Frau Galambos erwachte und drängelte sich mit einem dünnen kleinen Lachen in die allgemeine Fröhlichkeit. Die kurze Anwesenheit des Professors hatte die Krankheit zurückgedrängt und die Hoffnung verzehnfacht; die sieben kranken

Frauen waren vor Freude wie aus dem Häuschen. Ilus' bevorstehende Operation war ein Geschenk für das ganze Zimmer; sie waren so froh darüber, als lägen sie schon selbst auf dem Operationstisch. Aufgeteilt auf die sieben Betten, nahm die fremde Operation jedem ein Siebentel von seiner eigenen Krankheit. Die kleine Sári winkte Ilus zu sich, schlang ihre dicken Arme um deren Nacken, zog Ilus' Kopf zu ihrem Mund herab und küßte sie. »Ich bin so glücklich«, flüsterte sie.

»Sie müßte ja verrückt sein, als Dienstmädchen zu gehen«, sagte Tante Gazsi in der anderen Bettreihe.

Das Krankenzimmer lachte. Aliz stand auf und umklammerte ihren Stock. »Warum müßte sie da verrückt sein?«

»Haben Sie nicht gehört, Gnädigste, daß sie Gärtnerin lernen will?«

Aliz ging auf die Tür zu. »Ist das besser? Warum wird sie nicht gleich Universitätsprofessor?« fragte sie verächtlich.

»Das könnte sie auch«, rief das kleine Dienstmädchen Teri fröhlich in der Ecke. »Unterrichtet mein großer Bruder etwa nicht an der Universität in Miskolc, jetzt schon das zweite Jahr!«

Die Tür knallte zu.

»Was ist mit der eigentlich los?« fragte ihre Nachbarin, die magere junge Frau mit dem schütteren Haar.

»Sie ist plemplem!« rief Sári.

Tante Gazsi wiegte den Kopf. »Verrückt ist sie nicht«, sagte sie. »Die Ärmste hat nur Angst vor dem Alter.«

»Ilus sagt«, schrie die kleine dicke Sári, vor Lachen fast erstikkend, »daß wir morgen Knochenbrühe aus ihrem Schienbein kochen können.«

»Jawohl!« sagte das hübsche Mädchen und lächelte still. »Das ist ein selten guter Knochen, daraus läßt sich eine gute Knochenbrühe kochen.«

»Aber warum aus dem Schienbein?« kreischte Sári. »Du wirst doch nicht am Bein operiert.«

»Auch am Bein«, sagte Ilus. »Der Professor schneidet einen Span aus dem Schienbein heraus, wahrscheinlich aus dem linken, und stützt damit das Rückgrat ab. Mein Rückgrat ist nämlich überlastet und drückt die Rippe heraus, verstehst du? Und bei so einer Operation bleibt immer was für eine gute Knochenbrühe übrig.«

»Spielen wir Köchin!« sagte Sári.

Es ging auf den Abend zu, Frau Galambos war nun endgültig aufgewacht. »Heut spielen wir nicht mehr«, erklärte sie energisch. »Keine Zeit. Heut abend gehen wir ins Theater.«

»In welches?«

»Ins Madách«, sagte Frau Galambos.

»Was wird dort gespielt?«

»Romeo und Julia.«

»Das ist schön«, sagte die klumpfüßige kleine Teri in der Ecke. »Das ist das Stück, das von der Liebe bis in den Tod handelt, nicht wahr, Frau Galambos?«

»Das ist gut«, stimmte auch die dicke Sári zu. »Dort waren wir erst vier- oder fünfmal.«

»Fünfmal?«

»Wollen wir nicht lieber ins Operettentheater gehen?«

»In die *Tschardaschfürstin*?«

»Ins Freilichttheater auf der Margareteninsel?«

»Oder zu *Held János*?«

»Ruhe jetzt«, sagte Frau Galambos. »Das wird heut nirgends gespielt. Wir gehen in *Romeo und Julia.*«

Das Krankenzimmer 217 ging unter der Leitung von Frau Galambos allabendlich, nach dem Lichtauslöschen, ins Theater. Sie warteten, bis die Nachtschwester sich verabschiedet hatte, dann setzte oder zog sich im Bett auf, wer konnte – die anderen blieben liegen –, und sie sahen sich die von Frau Galambos ausgewählte fiktive Aufführung an. Da sie währenddessen nicht von ihrer Krankheit sprachen, bemerkte natürlich weder die gedachte Kartenabreißerin, die sie ins Nationaltheater, ins Madách oder ins Hauptstädtische Operettentheater führte, noch das ringsum sitzende gedachte Publikum, daß ein Trüppchen klumpfüßiger, buckliger, hinkender und lahmer Frauen mit Polyarthritis, Hüftverrenkung und schiefem Rücken ins Theater Einzug hielt; sie konnten auch den Lichtkasten nicht sehen, den Ilus manchmal auf dem Rücken mitbrachte.

Gelenkt wurden die Vorstellungen von Frau Galambos, die als gesundes junges Mädchen viel ins Theater gegangen war; eine Tante von ihr, ehemals Garderobiere bei Gizi Bajor, hatte ihr jahrelang für beinahe jeden Abend eine Karte in irgendein Theater besorgt. Obwohl durch Heirat und spätere Krankheit bereits gut fünfzehn Jahre von dieser Passion abgeschnitten, errötete die betagte Näherin aus Pesterzsébet noch immer in mädchenhafter Erregung, wenn sie vom Theater sprechen hörte, und wenn sie – selten genug – eine Zeitung oder Illustrierte in die Finger bekam, hielt sie sie, da sie sich nicht aufsetzen konnte, waagerecht über ihren langen Pferdekopf und pickte sich unter eifrigem Plinkern bis zum letzten Buchstaben die Nachrichten heraus, die mit dem Theater zu tun hatten. Sie war in den leichten und den klassischen Freuden der Vergangenheit gleichermaßen kundig. Aus ihren Lieblingsstücken, dem *Stummen Levantiner* etwa, *Oberleutnant Maria, Soldaten des Herrn* und selbst *Romeo und Julia,* bewahrte ihr Gedächtnis nahezu wortwörtlich ganze Szenen, und immer wieder kam es vor, daß mitten in der Nacht, im Dämmerlicht der blauen Nachtleuchte, die die urinfarbenen Schmutzflekken von den Wänden saugte und die weißen Stahlrohrbetten blau lackierte, in der mitternächtlichen Stille des Krankenhauses unvermittelt mit der ein wenig brüchigen Stimme der alten Näherin die Arie der Sybill ertönte:

Daß ich Sie ohne Abschied ließ allein,
mein lieber Petrov, müssen Sie verzeihn

– und auf einmal füllte sich Zimmer 217 mit schweren Seufzern und unterdrücktem Schluchzen.

Vilia, o Vilia,
du Waldmägdelein,
faß mich und laß mich
dein Trautliebster sein!

erklang es zwischen den melodiösen, tränennassen Kissen.

»Woraus ist das?« fragte die kleine dicke Sári.

»Aus der *Lustigen Witwe.«*

Aliz machte selten mit, sie verachtete diese kindliche Vergnügung. Aber *Romeo und Julia* weckte aus irgendeinem Grund ihr Interesse. »Wer spielt die Julia?« fragte sie.

»Klári Tolnay«, sagte Frau Galambos.

Aliz verzog das Gesicht.

»Im Theater wirft man keine Watte auf die Erde, Gnädigste«, sagte Tante Gazsi in unerwartet offen feindseligem Ton und deutete mit ausgestrecktem Zeigefinger auf einen fettig glänzenden gelben Wattebausch, den Aliz in diesem Augenblick unter das Bett ihrer Nachbarin geworfen hatte. »Warum verderben Sie den anderen den Spaß!«

Aliz blickte sie aus ihren vorstehenden Augen an. »Heben Sie sie auf, wenn es Ihnen nicht paßt«, sagte sie.

Wortlos erwiderte Tante Gazsi ihren Blick.

Es wurde still im Zimmer, keine Decke bewegte sich auf den Betten. Doch aus dem halbgeöffneten Mund der alten Bäuerin mit den wenigen gelblichen Zähnen darin kam nicht ein Wort, ihre spaßige Kartoffelnase verzog sich nicht, sie sah nur still und mit leicht zusammengekniffenen Augen die Künstlerin an, und die anderen wußten genau, was sie dachte; sie begannen, fast gleichzeitig, zu lachen. Aliz glaubte, diesmal freuten sie sich auf Tante Gazsis Kosten mit ihr, und sie lächelte zufrieden.

Glanzpunkt der Theatervorstellung war wie gewöhnlich die große Balkonszene, in der sich Romeo und Julia nach ihrer ersten Liebesnacht voneinander verabschieden, Romeo über die Balkonbrüstung springt, mit einer Strickleiter zur Straße hinabsteigt und im Morgengrauen verschwindet. Gespannt lauschte das Zimmer. Abweichend von anderen Theateraufführungen hatte diese den großen Vorteil, daß man sie jederzeit mit einer Frage, einer kritischen Anmerkung oder einem frohen, entzückten Lachen unterbrechen konnte; das gedachte Publikum, in dem die kranken Frauen saßen, ließ sich davon keineswegs stören. Frau Galambos, das Kissen hoch unter den Kopf gestopft, um die Zimmergefährtinnen im Blick zu haben, berichtete fließend und ein wenig hastig, was sich auf der Bühne ereignete; wenn sie zu diesem oder jenem herzergreifenden Detail gelangte, schloß sie vor Aufregung die Augen. Manchmal fing sie angesichts der Erschütterung im Publikum selbst zu weinen an, ihre Nase rötete sich, dicke Tränen tropften ihr aus den Augen. Dann zitierte sie die Dialoge der Tragödie wörtlich.

Willst du schon gehn? Der Tag ist ja noch fern.
Es war die Nachtigall und nicht die Lerche,
Sie singt des Nachts auf dem Granatbaum dort;
Glaub, Lieber, mir: es war die Nachtigall.

»Ist es jetzt dunkel auf der Bühne?« fragte die kleine dicke Sári.

»Es dämmert schon«, sagte Frau Galambos. »Jetzt sind sie aus Julias Schlafzimmer auf den Balkon getreten. Unter ihnen liegt ein großer Obstgarten, und weit hinten sehen sie im Dämmerlicht die steilen Dächer von Verona. Granatapfelbäume wachsen in dem Obstgarten, Orangenbäume, Zitronenbäume, Bananen. Über die Balkonbrüstung ist eine Strickleiter geworfen, über die wird er in die Tiefe hinabsteigen.«

»Über die ist er auch heraufgekommen«, sagte Sári.

»Ist der Balkon sehr hoch?« fragte die klumpfüßige Teri.

»So hoch«, antwortete Ilus, »daß er sich alle Knochen bricht, wenn er hinunterspringt.«

Von der Margaretenbrücke her hörten sie das Klingeln einer fernen Straßenbahn.

»Ich könnte da nicht hinunterklettern«, ließ sich eine leise Stimme vernehmen.

»Aber das ist gar nicht die größte Gefahr«, fuhr Frau Galambos fort und legte ihren länglichen, unförmigen Kopf auf die andere Seite. »Wenn er nicht rechtzeitig, vor dem Hellwerden, am Stadttor ist, schnappt ihn die Wache, und der Graf läßt ihn hinrichten. Er spielt mit seinem Leben. Jede Minute Verspätung bedeutet den Tod. Schon dämmert es. Gleich stellt sich die Wache am Tor auf. Wenn er nicht zur rechten Zeit nach Mantova gelangen kann, zahlt er mit seinem Kopf. Und Julia läßt ihn nicht weg!!!«

»Warum nicht?« fragte Sári.

»Schafskopf«, sagte Tante Gazsi. »Welches Mädchen läßt ihren Geliebten weg? Dabei würde er jetzt wirklich schon gerne gehen ...«

»Warum?« fragte Sári.

Die ausgedörrte Frau mit dem spärlichen Haar lachte herzlich auf. Sári wurde rot, sie sah erst die klumpfüßige Teri und dann Ilus an, aber beide lachten nicht; sie sahen ein wenig betreten und mit unwissenden Mienen vor sich hin.

»Julia läßt ihn nicht weg!« rief Frau Galambos.

Das Licht ist nicht des Tages Licht,
Drum bleibe noch: zu gehn ist noch nicht Not.

Nachdem sie das zitiert hatte, übernahm sie mit ein wenig veränderter, tieferer Stimme, die Augen schließend, Romeos Rolle:

Ich bleibe gern, zum Gehn bin ich verdrossen –
Willkommen, Tod, hat Julia dich beschlossen.

Teri setzte sich auf. »Sie läßt ihn nicht weg?« rief sie aufgeregt.

»Die schamlose Person«, brummte Tante Gazsi.

»Sie verdient ihn gar nicht. So einen schönen jungen Mann!« war aus der Ecke zu hören.

Die bucklige Ilus wurde weiß im Gesicht. »Ich würde ihn nicht weglassen.«

»Die Zeit vergeht«, sagte Frau Galambos, »und es wird immer heller. Wenn er noch eine Minute zögert, marschieren die Soldaten am Tor auf und versperren ihm den Weg. Aber jetzt kommt Julia zur Vernunft! Jetzt blickt sie zum Himmel und sieht, daß es dämmert. Jetzt verdeckt sie erschrocken mit beiden Händen ihre Augen, als ob sie die Helle am Himmel nicht wahrhaben wollte. Jetzt nimmt sie die Hände vom Gesicht, tiefe Ringe um die

Augen, bleich vor Furcht. Sie schickt Romeo weg. Der läuft zur Brüstung, schwingt sich darüber.«

Teri drückte sich aufgeregt gegen das Bettende. »Ist der Balkon sehr hoch?« fragte sie schon zum zweitenmal.

»Aber er steigt doch über die Leiter runter«, sagte Tante Gazsi.

»Eine Strickleiter ist keine richtige Leiter.«

»So hoch ist es vielleicht nicht!« sagte Teri heftig atmend. »Früher hat man nicht so hoch gebaut. Mein Gott, wenn er bloß nicht abstürzt, wenn er sich bloß nicht die schönen, schlanken, kräftigen Beine bricht. Hast du gesehen, wie geschickt er über die Brüstung gesprungen ist?«

»Und wenn dieser Balkon nur eine Etage hoch ist«, sagte Ilus mit einem schmerzlichen Lächeln in dem hübschen Gesicht, »das kann schon ausreichen, daß er sich das Rückgrat bricht, wenn er auf den Rücken fällt. Und zu jener Zeit gab's auch noch keine Ärzte, die was von einer Rückgratoperation verstanden.«

»Sieh nur, wie flink er klettert«, rief die kleine dicke Sári. »Sieh nur, wie er Fuß vor Fuß setzt, wie schnell er hinabsteigt, wie die Strickleiter mit ihm über der ungeheuren Tiefe schaukelt.«

»Und er sieht kein einziges Mal hinab!«

»Deshalb nicht, weil er hinaufsieht, in Julchens Gesicht«, rief Teri, »sie beugt sich oben über die Brüstung und guckt hinunter.«

»Er sollte lieber gucken, wo er hintritt, damit er sich nicht den Hals bricht«, brummte Tante Gazsi.

»Jetzt ist er endlich unten«, fuhr Frau Galambos fort. »Was machst du nun, du Unglücklicher? . . . Er bleibt stehen und fängt das Abschiednehmen von vorne an. Du spielst mit deinem Leben, du Unglücklicher.«

»Wenn mich einer so lieben würde!« seufzte Ilus.

Da dieser Ausruf die geheimsten Gedanken des gesamten weiblichen Publikums in Worte faßte, wurde die Vorstellung für kurze Zeit unterbrochen, und im Zimmer trat andächtige Stille ein. In den Gesichtern der Frauen spielte ein verlorenes, glückliches Lächeln, die Augen glänzten tränenfeucht. Ab und zu schwebte mit sanft raschelnden Seidenflügeln ein leichter Seufzer durch die Stille. Die Tragödie erreichte ihren glücklichen Höhepunkt. Frau Galambos schloß erneut die Augen. »Sie verabschieden sich«, sagte sie mit geröteter Nase und tränenheiserer Stimme.

O denkst du, daß wir uns je wiedersehn?
– –
Ich zweifle nicht, und all dies Leiden dient
In Zukunft uns zu süßerem Geschwätz.

»Das ist es!« rief Teri. »Das habe ich auch sagen wollen.«

»Wenn man mich morgen operiert«, erklärte Ilus mit glanzvoll kräftiger Stimme, »werde ich auch heiraten.«

Alle sahen sie an. Aus dem Wasserhahn fiel ein Tropfen in das Waschbecken, obgleich er sonst nicht zu tropfen pflegte.

»Wer spielt die Julia?« fragte Aliz vom Fenster her.

»Klári Tolnay, das haben wir doch schon gesagt«, rief die klumpfüßige Teri gereizt.

Aliz wischte sich mit dem Taschentuchzipfel die Oberlippe ab. »Schlecht«, sagte sie mit dünner Stimme. »Das ist keine Rolle für sie. Zu alt.«

»Wieso zu alt!« protestierte die kleine Sári aufgebracht. »Sie ist doch so süß, daß es einen verrückt macht.«

»Und wie wunderschön sie aussieht in dem langen weißen Seidenkleid«, rief Teri. »Wie ein junger Schwan.«

Aliz wandte ihr verächtlich die vorstehenden Augen zu. »Ich würde das anders spielen.«

»Sie?«

Wieder wurde es still im Zimmer.

»Aber Tante, Sie sind doch zweimal so alt wie die Tolnay!« kreischte die kleine Sári. »Und Sie haben sogar ein Gebiß, das Sie nach dem Lichtausmachen ins Glas legen.«

»Ich glaube auch, Gnädigste, daß Sie fürs Theater schon zu alt sind«, sagte Tante Gazsi, mit ausgestrecktem Finger auf den fettig glänzenden Wattebausch unter dem Bett deutend. »Denn sonst hätten Sie das längst aufgehoben.«

Das Gelächter, das wie auf einen Schlag in den Reihen des Publikums ausbrach, fegte die Gestalten der Tragödie von der Bühne. Die dicke Sári schrie außer sich, Ilus lachte selbstvergessen, und selbst Frau Galambos, die sich tagsüber zwischen zwei Nickerchen höchstens zu einem abwesenden Lächeln aufraffen konnte, gluckste gutgelaunt vor sich hin. Das Lachen der sechs Betten im Dunkeln war ihr so unerträglich, daß Aliz aufstand, am Stock zum Lichtschalter neben der Tür hinkte und das Licht anschaltete. Doch den Anblick der lachenden Gesichter vermochte sie noch weniger auszuhalten. Sie löschte das Licht, legte sich wieder ins Bett und zog die Decke über ihr Gesicht. Das Gelächter drang durch die Decke. Es schlug da zu, wo sie ungeschützt war.

Damit war die Theatervorstellung nun zu Ende. Die süße Liebesszene hatte den Frauen so viel Zuversicht eingeflößt, daß sie nach der traurigen Fortsetzung nicht mehr verlangten. Sie verspürten keinerlei Lust, sich jetzt mit dem Tode zu beschäftigen, würde doch der nächste Tag mit einem so erfreulichen Ereignis wie Ilus' Operation aufwarten, die sichere Genesung verhieß. Sie waren schläfrig, gutgelaunt, müde. Dennoch beschlossen sie, daß sie vor dem Schlafen noch tanzen gehen würden, ins Café Emke, das jeden Tag bis fünf Uhr morgens geöffnet ist. Aliz nahmen sie natürlich nicht mit.

»So gut ist das Stück aber doch nicht«, sagte die kleine dicke Sári. »Warum müssen sie so jung sterben? Nur weil Romeo versehentlich nicht diesen Brief bekommen hat?«

»Welchen Brief gleich?« fragte Teri.

»In dem ihm geschrieben wird, daß Julchen nur scheintot ist und daß er nachts in die Familiengruft kommen soll, wo sie aufgebahrt ist, damit er sie mit ins Ausland nehmen kann. Hätte er den Brief bekommen, dann hätte er kein Gift geschluckt, und Julchen hätte sich nicht erdolcht.«

»Aber das ist doch gerade schön«, sagte Teri verträumt. »Daß sie füreinander sterben.«

Sie hielten sich nicht lange auf im Emke, wo die vielen tanzenden verkrüppelten Frauen natürlich kein Aufsehen erregten. Als sie nach Hause kamen, lag Aliz bewegungslos im Bett. Sie dachten, sie schliefe, dabei weinte sie still unter der Decke. Das Gesicht hatte sie sich an diesem Tag nicht mehr für die Nacht eingekremt, sie stellte sich auf das Altern ein.

1953

Ein fröhliches Begräbnis

Wenn Frau V. aufgeregt war, verhaspelte sie sich sogleich. In besonders gereiztem Gemütszustand stotterte sie. Seit es kritisch um ihren Mann stand, konnte sie die mit Konsonanten beginnenden Wörter oft nur unter großer Mühe und nach mehrmaligem Anlauf aussprechen, und dann stieß sie den, mit dem sie gerade sprach, in ihrer Nervosität vor die Brust. Wenn sie auf der Straße ging, schob sie die Passanten vor sich beiseite, oder bei Tisch sitzend fegte sie mit dem Arm die Kaffeetasse, den Aschenbecher oder die Blumenvase hinunter. Den nahen Tod ihres Mannes betrachtete sie als ein außerordentliches Ereignis, in dessen zurück- und vorausgeworfenem Schatten sie kühn gegen den gesellschaftlichen Anstand verstoßen durfte; die Umwelt schuldete ihr Rücksicht auf ihr aufgewühltes Gemüt.

Den aus dem Krankenzimmer tretenden Arzt hieß sie, obgleich er offensichtlich in Eile war, neben ihr auf dem Sofa Platz nehmen.

»Eine Tasse Kaffee?«

»Nein, danke«, sagte der Arzt. »Ich hab's eilig.«

Sie wandte ihm ihr verweintes Gesicht zu. »Er kocht schon. In einer Minute ist er fertig.«

»Bitte«, sagte der Arzt.

»Was gibt es Neues?«

Der Arzt zuckte die Schultern.

»Keine Besserung?«

»Besserung?«

Aus ihren samtenen, schönen braunen Augen quollen wieder

die Tränen und tropften zu beiden Seiten der liebenswürdig stumpfen, ein wenig geschwollenen Nase auf ihren Rock. »Lieber Herr Doktor«, sagte sie, »lieber Herr Doktor! Ich entsage der Hoffnung nicht. Sprechen Sie ein tröstendes Wort!«

Langsam entzog der alte, kahl werdende Arzt seine Hand der weichen Umklammerung. »Vielleicht eine Woche noch.«

»Eine Woche? Lächerlich!« sagte sie. »Ein Jahr, meinen Sie?«

Nachdem der Arzt gegangen war, rief sie ihre Schneiderin an, bestellte ein schwarzes Kostüm und beschwor sie, spätestens bis zum übernächsten Tag damit fertig zu werden. Sie war laut, sie war aufgeregt. »Ich kann nicht länger wa . . .wa . . .warten«, stotterte sie. »Die Ka . . . Ka . . . Katastrophe kann schon morgen eintreten, begreifen Sie nicht? Schneidern Sie irgendwas, mir ist's egal, aber ich muß es haben, sonst kriegen Sie mich nicht mehr zu sehen!« Sie schrie so aufgeregt, daß die im Zimmer sitzenden drei schwarzgekleideten alten Frauen, allesamt entfernte Verwandte, die während des Arztbesuches wie vorausgeeilte Schatten der künftigen Klageweiber regungslos und mit angehaltenem Atem stumm am Tisch gehockt hatten, nahezu gleichzeitig den Kopf aufwarfen, die Augenbrauen in die Höhe zogen und die Arme hoben. »Leiser!« wisperten sie. »Er hört's gar noch!«

Bözsi, die fünfzigjährige Hausangestellte, brachte die Kleider, die sofort zu einer Expreßfärbung in die Reinigungsanstalt geschafft werden sollten. Ein ziegelfarbiger Wollstoffmantel mit emailblauem Futter. Das Futter herausnehmen, denn das ist ein wertvoller Stoff. Eine rosa und eine weiße Seidenbluse, ein Burberrykostüm. Ein italienisches Kleid aus rosa Schantungseide.

»Sieh nach, Matild, ob er nach der Spritze schon eingeschlafen ist«, sagte die angehende Witwe zu einer der alten Frauen. »Er schläft gern hinterher. Denn ich will nicht, daß er mein verheultes Gesicht sieht.«

Als Matild aus dem Zimmer des Kranken zurückkam, hängte sie gerade mit zitternder Hand das rosa Schantungkleid in den Schrank zurück.

»Aber Sie können es doch sowieso nicht mehr tragen«, sagte die Hausangestellte.

Sie wandte ihr den Rücken zu. »Weißt du, Matild, wieviel das gekostet hat?«

»Wieviel?«

»Ich weiß es nicht mehr«, sagte sie. »Ein Vermögen. Faß an, was für eine Seide! Und wenn er doch noch weiterlebt?«

Matild betrachtete die Seide, nahm sie zwischen zwei Finger, rieb sie. Es war ein dicker, weicher Stoff, wie elektrischer Strom, er sprühte geradezu zwischen den Fingern, man hätte ihn stundenlang betasten mögen. Die durch das Fenster fallenden Sonnenstrahlen entzündeten darauf rosa Morgenlichter, die über die Gesichter der drei darübergebeugten alten Frauen zuckten.

»Eine wundervolle Seide«, sagte Tante Róza, die zweite Alte. »Laß es zum Färben bringen, mein Kind, du kannst es sowieso nicht mehr tragen.«

Sie hängte das Kleid in den Schrank zurück. »Ich bin zuversichtlich«, rief sie mit starker, angenehmer Stimme. »Ich bin zuversichtlich, Tante Róza.«

Anderthalb Jahre lang kränkelte V. schon. Vor zwei Monaten, als er endgültig bettlägerig wurde, hatte Professor X., erste Autorität im Land und Krebsspezialist mit europäischem Ruf, ihr gesagt, ihr Mann sei nicht zu retten. Sein Organismus sei so geschwächt, daß er es nur noch ein paar Wochen lang machen werde, aber der Exitus könne tagtäglich, in jedem Augenblick eintreten. Sie hatte ihm mit ungläubigem Gesicht und tränenlosen Augen zugehört, in ihrem Innern hatte sie ihm, stumm den Kopf schüttelnd, widersprochen. Inzwischen waren zwei Monate vergangen, und V. war, was medizinisch unmöglich geschienen hatte, immer noch am Leben.

»Du hast recht, mein Herz«, sagte Tante Berta, die dritte Alte, eine dicke Witwe mit zittrigem Kopf, deren weinerliche, dünne Stimme, wenn sie den Mund aufmachte, wie Spinngeweb an Gesicht und Haar des Angesprochenen festklebte und sich um seinen Hals wand, »du hast recht. Gib nur nichts auf die Ärzte! Hättest du auf sie gehört, läge Ödönchen längst im Grabe.«

Tante Berta lebte seit zehn Jahren davon, daß sie Frau V. recht gab. Die beiden anderen alten Frauen hatten, da es ihnen an einem durchdachten strategischen Plan mangelte und sie beide auf gleiche Weise Tante Berta verabscheuten, ein stilles Oppositionsbänklein belegt, und wenn es unmißverständlich und sonnenklar war, daß die Zitterköpfige Frau V. zu etwas bewogen hatte, was diese später bedauerte, dann fielen beide über sie her. »Hab ich's nicht gesagt!« rief Tante Matild, die gar nichts gesagt hatte. »Hab ich's denn nicht gesagt?« murmelte Tante Róza, die gleichfalls kein Wort gesagt hatte und jetzt einen so verächtlichen und siegreichen Blick auf Tante Berta richtete, daß deren schneeweißer Kopf sogleich zu zittern begann und sie sich nach einer Weile in das Krankenzimmer zurückzog, um dort an ihrem Kummer zu knabbern. Im übrigen kamen alle drei in ihrem demütigen Haß gegen Frau V. gut miteinander aus.

Frau V. ließ ein Taxi kommen und fuhr, den Sterbenden der Obhut der drei alten Frauen überlassend — später würden sich noch mehr Besucher hinzugesellen — in die Stadt zu ihrer Hutmacherin, um einen Trauerhut mit schwarzem Schleier zu bestellen. Sie wollte gerade losgehen, als das Telefon läutete.

Tante Matild, die den Telefondienst übernommen hatte, hob den Hörer ab. Meldete sich eine Person geringeren Ranges, gab sie selbst Auskunft über das Befinden des Kranken, wendete — wenn es sich so ergab — den Besuch unbedeutender Bekannter und bescheidener Freunde ab und entschuldigte mit irgendeiner Ausrede Frau V., wenn diese zufällig noch mittags in der Badewanne saß oder gerade ihren Mittagsschlaf hielt. Das Gespräch mit wichtigeren Personen war ihr jedoch verboten.

»Danke, es geht ihm gut«, sagte, von der Tür zurückgekehrt, Frau V. in die Telefonmuschel. Ihre Stimme klang dumpf, von Schmerz durchwoben. »Es wu...wu...wundert mich, liebste Gyöngyi, daß ihr uns keine Karten für die morgige Vo...Vo...Vorstellung geschickt habt. Wenn Ödön es erführe, wäre er sehr gekränkt, ich hab's ihm gar nicht erst gesagt... Wieso würden wir nicht gehen? Ödön hätte vielleicht keine Lust oder Zeit, er arbeitet jetzt viel an seinen Memoiren, aber ihr hättet wenigstens an mich denken können. Ja, an mich. Sein Zustand sei bedenklich, habt ihr gedacht...!« Auf einmal wurde ihre

Stimme tiefer und begann tragisch zu vibrieren. »Ja, wenn ich einmal allein bleibe, ich weiß, dann wird dies mein Schicksal sein ... Ist gut, schon gut! Grüß mir János.«

Bei der Hutmacherin probierte sie mehrere Modelle mit Trauerschleier auf, entschied sich für eines, rief dann zu Hause an und fragte, ob der Kranke ruhig schlafe. Mehr Mühe bereitete die Beschaffung schwarzer Nylonstrümpfe. Bei S., der in seiner Wohnung in der Szemerestraße echte englische Stoffe, französische Parfüme und amerikanische Nylonsachen verkaufte, fand sie keine schwarzen Strümpfe. Erfolglos blieb auch eine telefonische Anfrage bei allen bekannteren Schmugglerniederlassungen der Stadt. Mit bleierner Müdigkeit im Herzen, die durch den ihre Kraft und Einsicht übersteigenden Kampf mit dem Tode tagtäglich noch durch zehn weitere Sorgen vergrößert wurde, ließ Frau V. ein Taxi kommen und fuhr nach Hause. Für drei Uhr hatte sie die Maschineschreiberin bestellt, genau um halb drei mußte sie also den Kranken wecken, um ihn mit einer Koffeinspritze, die sie ihm eigenhändig verpassen würde, in einen arbeitsfähigen Zustand zu versetzen.

Vier oder fünf Besucher saßen im Wohnzimmer. Ein rascher Blick: allesamt bedeutungslos.

»Schläft er?«

»Ja.«

»Anrufe?«

»Sind aufgeschrieben«, sagte Tante Matild. »Nichts Wichtiges, mein Kind.«

»Ist die Nadel ausgekocht?«

Schon wurde sie von der Hausangestellten auf einem schwarzen Ebonittablett gebracht, in einer Nickelschale, neben der ein Injektionsfläschchen, ein Fläschchen Alkohol und ein Glasgefäß mit Watte standen. Eilig, im Mantel und mit dem Hut auf dem Kopf, trat Frau V. in das Krankenzimmer; in zwanzig Minuten ist die Maschineschreiberin hier, und bis dahin muß der Kranke mit Arbeitslust und Kraft vollgepumpt werden.

»Ist das Mittagessen fertig?« fragte sie, als sie aus dem Zimmer kam.

Im Wohnzimmer hatten sich weitere Besucher eingefunden. Außer den drei früher gekommenen wisperten noch drei oder vier andere in der Nähe des für eine Person gedeckten Tisches, mit ihren beiseite gezogenen Stühlen anzeigend, daß sie an der Verköstigung nicht teilzunehmen wünschten. Neben der Eckvitrine saß in einem abgenutzten Seidenatlassessel ein älterer, grauhaariger Mann und las, das Buch dicht vor seinen Augen. Zwei Besucher saßen auf dem roten Sofa, eine ehemalige Gräfin und ein Mann in verschlissenem, an den Ellbogen gestopftem Anzug, mager wie ein Windhund, mit gebeugtem Rücken, einstiger Chefredakteur einer liquidierten neokatholischen Zeitschrift.

Alle Anwesenden, unter ihnen die Tochter eines in die Provinz deportierten berühmten Kriminalisten und die Gattin eines bekannten Frauenarztes, der gerade eine Gefängnisstrafe abbüßte, bekamen Geld von Frau V.

Frau V. war gutherzig. Ihre Güte galt hauptsächlich in Not geratenen früheren Notabeln, Namen, die in der alten Gesellschaft mehr oder weniger bekannt gewesen waren, sie schreckte aber zuweilen auch vor bescheidenerem Unglück nicht zurück. Junge Künstlertalente konnten sich immer auf ihre weiche Geberhand verlassen. Im Grunde genommen gab sie nur ungern etwas umsonst, und deshalb verlangte sie in der Regel eine Gegenleistung, die sie allerdings stets mehrfach überbezahlte. Sie sammelte kleine Kunstgegenstände, Antiquitäten – das Eßzimmer und das Gästezimmer waren hoch bis zur Decke ausstaffiert mit Terrakottastatuen, Plaketten und Kristallpokalen, an der Wand hing da ein altes Meßgewand, dort ein krummes Türkenschwert –, und immer ließ sich ihre Freigebigkeit anzapfen mit einem bescheiden zum Kauf angebotenen Knopf von einem alten Husarenpelz, den man zu einem Ring umarbeiten könnte, oder einer Bibel aus dem Familiennachlaß des Grafen Andrássy. Allgemein bekannt war der Fall eines jungen Malers, der ihr für tausend Forint eine kleine Steinfigur verkaufte, die Petőfi nachweislich mit eigenen Augen gesehen hatte. Die Figur stammte aus dem Torgesims des Hauses gegenüber dem Kaffeehaus Pilvax.

»Warum kochen Sie Tomatensuppe?« fragte sie die Hausangestellte. »Sie wissen, die ist mir zuwider.«

»Aber Sie haben sie heute früh selbst bestellt, gnädige Frau!«

»Was fragen Sie mich auch!« sagte sie aufgebracht. »Sie wissen doch, ich bin derzeit nicht zurechnungsfähig. Fragen Sie mich nichts, ich habe jetzt andere Sorgen. Matild, wo ist die Telefonliste?«

Tante Matild strich den zerknitterten Zettel auf der Tischdecke glatt, Frau V. studierte ihn aufmerksam, während sie löffelte. Es befand sich kein einziger Name darunter, den zurückzurufen sich gelohnt hätte. Während des Lesens hatte sie noch einen zweiten Teller Suppe weggelöffelt, bis Böske das Fleischgericht hereinbrachte, einen Zwiebelrostbraten mit Kartoffelpüree und Essiggurken.

Während die Hausherrin speiste, unterhielten sich die Gäste ungestört weiter, einer ging, für ihn kamen andere. Es war ein ständiges Kommen und Gehen. Die Witwe eines Obergespans, die von den V.s monatlich hundert Forint Beihilfe bekam, war in der Sofaecke eingeschlafen, ab und zu stöhnte sie im Traum laut auf. Der grauhaarige Mann erhob sich aus dem Sessel, stellte das Buch, in dem er gelesen hatte, in den Bücherschrank zurück, wählte ein anderes, nahm erneut im Sessel Platz und las weiter. Einige blieben nur kurze Zeit, einer traf beim zweiten Teller Tomatensuppe ein und verabschiedete sich schon beim Kaiserschmarren; um sich in die fiktive Anwesenheitsliste einzutragen, hatten ihn die lange Fahrt und die Autobuskosten bis zur Pasarét nicht gedauert. Man wußte, daß Frau V. jeden Besuch – und jedes Fernbleiben – genau registrierte.

»Wo begraben wir Ödönchen?« fragte eine während des Essens eingetroffene, für ihre derbe Freimütigkeit bekannte, dicke Frau, die Witwe des Präsidenten der einstigen Englisch-Ungarischen Bank, die vor einigen Wochen aus der Deportation heimgekehrt war. Sie trug Stiefel, eine Hemdbluse mit hohem Kragen und kurzgeschnittenes, glattgekämmtes Haar; jedermann wußte, daß sie der sapphischen Liebe huldigte. Sie erhielt monatlich hundert bis hundertfünfzig Forint Unterstützung von den V.s.

»Wo schon?« sagte Frau V., den Kopf zurückwerfend. »Natürlich auf dem Kerepeser Friedhof.«

»Sssss ... zu früh, darüber zu sprechen, gnädige Frau«, meinte Tante Berta, ihren zitternden Kopf plötzlich wie ein Pendel hin und her schaukelnd. »Was denken Sie! Wer redet hier von Begräbnis!«

Die Witwe würdigte sie keiner Antwort.

»Auf dem Kerepeser? Das wird schwierig werden!«

»Schwierig? ... Warum?«

»Dort werden nur noch die Staatstoten beerdigt, old girl«, sagte die Witwe. »Wie geht's, Tante Matild? Ich hörte, Sie haben fünftausend Forint bei der Ziehung in der Friedensanleihe gewonnen.«

»Ich?« rief Tante Matild erbleichend. »Ich? Wer hat Ihnen das vorgelogen?«

»Stimmt es nicht? I'm sorry. Ich wollte Sie schon um einen Hunderter angehen. Wenn die Amerikaner einrücken, geb ich's Ihnen in Dollar zurück. Na?«

Inzwischen war die Maschineschreiberin eingetroffen, ein blasses Mädchen mit einer Brille. Frau V. blickte auf die Wanduhr: zwanzig Minuten Verspätung. »Ihretwegen werde ich gezwungen sein, ihm noch mal Koffein zu spritzen. Sie wissen genau, daß es nur zwei Stunden wirkt. Und wie lange könnten Sie jetzt mit ihm arbeiten? Kaum fünf Viertelstunden.«

»Ihm wird das langen, fünf Minuten vor dem Begräbnis«, sagte die dicke Witwe.

Bei dem Wort Begräbnis schreckte in der Sofaecke urplötzlich, wie beim Klingeln eines Weckers, die Obergespanswitwe aus ihrem angenehmen Schlummer und blickte, herzhaft gähnend, mit lächelndem Gesicht in die Runde. Von allen Anwesenden war sie materiell am besten gestellt; ihre Tochter hatte einen amerikanischen Fliegeroffizier geheiratet und schickte ihr aus New York regelmäßig Pakete mit Kaffee, Kakao, Rum, Rasierklingen und Nylonstrümpfen und auch Pakete mit »getragenen« Kleidern, die sie über einen Bekannten, der vermittelte, an eine Ministersgattin verkaufte. Kaffee, Kakao und Rum nahm ihr Frau V. ab, ihr Preis lag etwas über dem des Marktes, und zuweilen blieb sie ihn sogar schuldig; so war sie außer der Hausangestellten, der Frau V. mitunter monatelang den Lohn schuldig blieb, der einzige »Gläubiger« in der Invasionsarmee, die das Haus V. ständig belagerte.

»Apropos«, sagte Frau V., auf einmal aus ihrer wortlosen nachmittäglichen Verdauungsruhe erwachend, »hast du nicht ein Paar schwarze Nylonstrümpfe zu verkaufen? In ganz Budapest sind keine zu bekommen! Was für Zustände! Hast du auch nicht?«

»Leider ...«

Frau V. blickte auf die Beine der Witwe. »Ist das kein Nylon?«

»Was meinst du?«

»Die du trägst?«

»Ich hab nur dieses eine Paar, meine Liebe.«

»Ich gebe dir zweihundert Forint dafür«, sagte sie. »Überlege nicht lange! Ich kann nicht in rauchfarbenen Strümpfen zum Begräbnis gehen. Zieh sie doch gleich aus, du bekommst noch ein anderes Paar als Zugabe.«

Während sich die Witwe, den anderen schamvoll den Rücken zugewandt, die Strümpfe von den dicken, krampfadrigen Beinen streifte und das Tauschobjekt anzog, räumte die Hausangestellte den Tisch ab. »Wünschen Sie Kaffee?« fragte sie leise. Frau V. blickte sich um: Niemand war hier, der die Ehre verdient hätte.

»Nur für mich! ... Und der gnädigen Frau geben Sie zweihundert Forint ... Wieso haben Sie kein Geld mehr? Ich habe Ihnen doch erst gestern ...«

Die Tochter des Kriminalisten verabschiedete sich, ein neuer Gast trat ein. »Noch eine Tasse Kaffee, Bözsi«, rief Frau V. der Hausangestellten nach. Der neue Gast, ein tabeskranker junger Mann mit dünnem Hals und großem Schädel, ein bekannter Maler in Budapest, gehörte zu den selteneren Besuchern; meistens kam er, um zu kontrollieren, ob seine Bilder noch an dem von ihm selbst bestimmten Platz hingen und ob nicht an der Wand eine Stelle frei geworden wäre, die noch ein Bild oder wenigstens eine Zeichnung von ihm aufnehmen könnte. Ihm stand Kaffee zu.

»Habt ihr gehört, was Freies Europa gestern gesagt hat?«

fragte er mit spöttelnder, dünner Stimme, seine zappeligen Beine unter den Tisch steckend.

Alle hörten sie den Sender. Dennoch wandten sich ihm die von mannigfachen Sorgen gezeichneten Gesichter mit einem Ruck zu.

»Was Freies Europa gesagt hat?« Der Maler lachte. »Einzigartig, wie viele dumme oder, sagen wir, naive Menschen es noch auf der Welt gibt, hauptsächlich«, er blickte ringsum, »in unseren Kreisen. Mein Hausmeister ließe sich nicht die Hälfte von dem weismachen, was wir täglich schlucken. In Csepel hätten sich die Arbeiter erhoben! In Szolnok werde gestreikt! ... Ja, küßdiehand, noch eine Tasse. Ein Glück nur, daß der Pariser Hausmeister nicht die Hälfte von dem glaubt, was wir ihm einreden möchten. Was für ein prächtiges Gleichgewicht!«

»Prächtig?« fragte eine Stimme.

»Die Welt wird von der Ungläubigkeit ausgehalten, nicht wahr, mein frommer Freund?« sagte der Maler, dem neokatholischen Redakteur zugewandt. »Die wirklich konstruktive Kraft ... Wie geht es Ödön?«

»Danke, schon viel besser«, sagte Frau V.

»Auch er glaubt nicht an den Tod.« Der Maler nickte und blickte sich zufrieden im Kreise um.

Die Hausangestellte trug auf einem silbernen Tablett ein Gläschen süßen Rahm, ein Tellerchen mit Kaviar, ein Glas Sekt und in einem dritten Glas ein wenig zerkleinertes Eis in das Zimmer des Kranken. Das Klappern der Schreibmaschine, das noch durch die gepolsterte Tür drang, brach ab. Aber eine Minute später hörte man hinter ihr leises Röcheln, unterdrückte Stimmen, das Rülpsen und Gurgeln eines zusammengedrückten Kehlkopfes: der Kranke übergab sich. Die Tür ging auf, mit gerötetem Gesicht und tränenfeuchten Augen lief die Hausangestellte durch das Eßzimmer und kehrte sogleich mit einer Waschschüssel und einem Handtuch zurück. Frau V. sprang auf und verschwand hinter der gepolsterten Tür.

»Er bekommt keinen Schluck mehr hinunter, der Ärmste, er speit es sofort wieder aus«, sagte Tante Róza.

»Seit drei Tagen hat er nichts zu sich genommen«, sagte Tante Matild.

»Das stimmt nicht«, sagte Tante Berta. »Vorgestern abend hat er ein halbes Glas Limonade getrunken.«

Böske, die Hausangestellte, trat wieder aus dem Krankenzimmer. Mit der Waschschüssel und dem Handtuch in den Händen blieb sie für eine Sekunde an der Tür stehen und ließ den Blick erschrocken über die Besucherschar schweifen, als wollte sie etwas sagen, ihr Gesicht war rot vor Aufregung. Aber offenbar überlegte sie es sich anders, sie drehte sich wortlos um und ging hinaus.

Etliche Gäste nutzten die Gelegenheit und verabschiedeten sich. Das Telefon läutete. »Leider«, sagte die Gattin des Dramatikers am anderen Ende der Leitung, »leider hat das Theater schon alle Karten verschickt. Eine konnte ich mit Mühe noch auftreiben. Willst du sie? Du sagtest ja, daß Ödön arbeiten möchte.«

»Natürlich«, sagte Frau V.

»Soll ich sie also schicken lassen?«

»Danke«, sagte Frau V. »Wer wird neben mir sitzen?«

»Das weiß ich nicht, meine Liebe«, erklang es schon ein wenig ungeduldig aus dem Hörer. »Woher sollte ich das wissen!«

Frau V. wischte sich mit dem Handrücken über die tränenfeuchten Augen. »Entschuldige, liebste Gyöngyi«, sagte sie, »ich bin in letzter Zeit so empfindlich, ich kann einfach nicht neben irgend jemandem sitzen. Vielleicht könntest du im Theater herausbekommen, wer die Plätze neben mir hat. Wenn du es weißt, laß mir Bescheid geben. Ihr könntet wirklich mal wieder herkommen. Ödön spricht oft von euch.«

Nur wenige Besucher hielten noch die Stellung, die Stammgäste des Hauses; neue würden nach dem Abendessen kommen. Frau V. zog sich die Schuhe aus und legte sich auf das Sofa, über die Beine deckte sie ein gelb und rot kariertes leichtes Plaid. Bei dem Geplauder, das leis neben ihr summte, hielt sie gern ihren Mittagsschlaf; aber an diesem Tag schien sie aus irgendeinem Grund aufgeregt, sie konnte nicht einschlafen. Nach einer Weile stützte sie sich auf den Ellbogen und winkte die Gattin des zu vier Jahren Gefängnis verurteilten Frauenarztes zu sich, eine hochgewachsene, hagere, hakennäsige Frau. »Ist dir das auch bekannt?« fragte sie leise.

»Was?«

»Wieso was?« entgegnete sie gereizt. »Daß man uns nicht mehr auf den Ke ... Ke ... Kerepeser Friedhof läßt!«

»Ich hab davon gehört.«

»Dummheit!« sagte Frau V. »Freilich, Krethi und Plethi kann sich dort nicht beerdigen lassen. Ilona!«

Ilona, emeritierte Tragödin des Nationaltheaters, erhob sich aus ihrem Sessel und näherte sich dröhnenden Schrittes dem Sofa. »Was wünschst du, meine Liebe?«

»Weißt du davon, daß der Kerepeser voll belegt ist?«

»Ja, meine Liebe«, sagte die Schauspielerin. »Als letzter ist Somlay dort beigesetzt worden. Jetzt läßt man nur noch Kommunisten rauf, meine Liebe. Die Toten der Nation. Andor Gábor ... Lajos Nagy ... Tibor Déry ...«

»Tibor Déry! ... Aber der lebt noch!« rief Frau V.

»Aber nein!« donnerte die Schauspielerin, ihre Stimme nach den schönsten tragischen Traditionen verbiegend. »Ich war selbst bei seiner Beerdigung. Was für ein Rummel, Révai hat auch geredet.«

»Ma ... Ma ... Matild!« rief Frau V.

Die drei alten Frauen saßen sprungbereit, mit samtweichen Sohlen und eingezogenen Krallen, um den Tisch. Tante Matild stand im nächsten Augenblick am Kopfende des Sofas.

»Weißt du davon, daß der Kerepeser belegt ist?«

»Was sagst du, mein Kind?« fragte die Alte über das Sofa gebeugt.

»Weißt du davon, daß der Kerepeser belegt ist?«

»Natürlich«, sagte Tante Matild, »ich weiß. Aber Ödön hat doch schon vor langem gesagt, daß er auf dem Farkasréter ruhen möchte.«

Frau V. setzte sich auf. »Dummheit«, sagte sie. »Ödön muß den Platz bekommen, der ihm gebührt, dafür werde ich sorgen. Róza! Weißt du auch davon, daß der Kerepeser ...«

»Reg dich nicht auf, mein Schatz«, sagte Tante Róza am anderen Ende des Sofas. »Wozu sich darüber aufregen, daß ein Friedhof den Politikern vorbehalten bleibt. Und der Farkasréter ist für uns auch näher, vom Moskauplatz mit Umsteiger . . .«

Frau V. zog ihre Schuhe an, stand auf und ging zum Telefon. Tante Berta, die dritte Alte, die, zu Tode beleidigt, ungefragt am Tisch geblieben war, sprang, einem plötzlichen Entschluß folgend, auf und lief ihr entgegen.

»Soll ich anrufen, mein Herzchen?«

Frau V. sah sie an. »Weißt du auch davon, daß . . .«

»Voll belegt, voll belegt!« murmelte Tante Berta. »Nehmen wir an, er ist voll belegt. Es gibt kein volles Glas Wasser, in das nicht noch ein Tröpfchen hineinpaßte. Und ich frage dich, kann man nicht irgendwen exhumieren lassen, falls er, da sei Gott vor, tatsächlich voll belegt ist?«

»Gnädige Frau«, sagte die Hausangestellte, die inzwischen eingetreten war, »könnten Sie für einen Augenblick kommen?«

»Warum?«

»Die alte Exzellenz möchte mit Ihnen sprechen.«

In der Glasveranda, an die sich der hintere Teil des Gartens anschloß, saß eine dicke, ergraute Frau mit einer kirschroten Strickmütze auf dem kurzgeschnittenen, gelblichweißen Haar. Sie war die Witwe eines Staatssekretärs für Inneres in der einstigen Regierung Bethlen; seit einigen Monaten — seit sich V.s Zustand verschlechtert und die Arbeit im Haus zugenommen hatte — ging sie Böske, der Hausangestellten, beim morgendlichen Saubermachen und beim Geschirrspülen zur Hand. Sie bekam Frühstück und Mittagbrot sowie fünf Forint Stundenlohn. Leider könne sie die Arbeit nicht länger verrichten, teilte sie Frau V. mit, man solle sich eine andere Aufwartung suchen.

»Aber wa . . .wa . . .warum?« fragte Frau V., wie zu Stein erstarrt.

»Es ist mir nicht möglich, meine Teure«, sagte die alte Exzellenz, das Kinn auf ihren Stock mit dem Silbergriff zwischen den dicken, gespreizten Beinen stützend.

Unter den vom Weinen geröteten und geschwollenen Augenlidern hervor warf ihr Frau V. einen verzweifelten Blick zu. Auch das noch inmitten all der Sorgen! Gott straft nicht mit Prügel, dachte sie. »Aber warum? Warum, Exzellenz?« fragte sie mit zitternder Stimme. »Haben wir Sie irgendwie verärgert?«

»Ich bin Ihnen keine Rechenschaft schuldig, meine Teure«, sagte die alte Exzellenz würdevoll, streckte ihre dicken Beine aus und klopfte mit dem Stock gegen die Schuhspitze.

»Bitte!« sagte Frau V. gekränkt.

In Zimmer läutete das Telefon. Frau V. wandte sich unwillkürlich um und machte eine halbe Bewegung zur Tür hin. Die alte Exzellenz stieß mit dem Stock auf den Fußboden. »Wenn es Ihnen recht ist, können wir abrechnen«, sagte sie.

Frau V. wandte sich zurück. »Wie?«

»Ich möchte mein Gehalt«, sagte die Exzellenz. »Ich denke doch, über meine Arbeit gibt es nichts zu klagen.«

»Kommen Sie denn schon morgen nicht mehr?« rief Frau V. »Sie lassen mich von einem Tag auf den andren im Stich, Exzellenz? Wo mein Mann nebenan im Sterben liegt?«

Die alte Exzellenz klopfte weiter auf die Schuhspitze.

»Jetzt soll ich nach einer anderen, äh ... anderen Arbeitskraft Ausschau halten?« fuhr Frau V. verzweifelt fort. »Von einem Tag auf den andren? Wo Sie genau wissen, Exzellenz, daß die heutigen, äh ... heutigen Arbeitskräfte klauen wie die Raben?«

»Schreien Sie nicht, meine Teure«, sagte die alte Exzellenz. »Ich mag es nicht, wenn eine Dame sich vergißt. Meines Wissens gibt es, wenn man im Stundenlohn arbeitet, keine Kündigung, also habe ich das Recht, mich jederzeit von Ihnen zu trennen.«

»Das ist sicher«, sagte Frau V., an ihren Lippen nagend. »Sie kündigen also, Exzellenz?«

Die Witwe lächelte spöttisch. »Ich kündige, ja.«

»Und verlassen uns noch heute?«

»Ja, so ist es«, sagte die Witwe. »Wenn Sie nichts einzuwenden haben!«

Erneut war das Läuten des Telefons zu hören.

»Übrigens möchte ich noch einmal festhalten«, sagte die Witwe, »daß es über meine Arbeit nichts zu klagen gibt.«

Frau V. wandte sich ihr ganz zu und verzog die Lippen. »Im wesentlichen nicht«, erwiderte sie wie beiläufig mit ruhiger Stimme. »Das Geschirr war immer ein bißchen schmutzig.«

»Wie bitte?« knurrte die alte Exzellenz und stand, sich auf den Stock stützend, langsam und schwerfällig auf. »Wie bitte?«

Frau V. legte die Hand auf die Klinke der Küchentür. »Macht nichts. Es war immer ein bißchen schmutzig«, wiederholte sie. »Und das Geld holen Sie sich am Sonnabend. Bei mir wird, wie Sie wissen, sonnabends gezahlt. Guten Tag.«

»Wissen Sie, Bözsi, was mit der los ist?« fragte sie die Hausangestellte, als sie die Witwe bei ihrem Abgang erbost die Wohnungstür zuwerfen hörte. »Wissen Sie es nicht?«

Die Hausangestellte errötete und senkte den Blick.

»Heraus mit der Sprache! Was fürchten Sie?«

»Wozu müssen Sie das wissen, gnädige Frau!« sagte Bözsi und errötete noch stärker. »Sie haben doch genug um den Kopf.«

Frau V. schlug mit der flachen Hand auf den Tisch. »Zieren Sie sich nicht so!«

»Weil hier so viele Juden ein und aus gehen«, sagte Bözsi sehr leise, den Blick auf ihre Schuhspitzen gerichtet. »Weil sie sich nicht an diese Gesellschaft gewöhnen kann. Sie wollte schon letzte Woche aufhören, aber da hab ich sie überredet, wenigstens zu bleiben, bis der gnädige Herr stirbt. Ich weiß nicht, was heute in sie gefahren ist.«

Wieder läutete im Zimmer das Telefon.

»Wa . . . wa . . . was ist mit diesem Telefon los?« schrie Frau V. außer sich und riß die Tür auf. »Wie spät ist es? Wi . . . wi . . . wissen die Leute nicht, daß ich um diese Zeit schlafe?«

Tante Matild hielt ihr den Hörer hin. »Der Notar. Er sagt, du hättest ihn angerufen.«

»Ja, ich bin's, guten Tag«, sagte Frau V. in die Muschel. »Ich habe angerufen, Genosse, weil es sich leider nicht weiter aufschieben läßt. Ihnen kann ich es sagen, sein Zustand ist so, daß von einer Stunde auf die andere die Katastrophe eintreten kann. Ja, das Testament muß noch heute gemacht werden. Ich gebe ihm eine Koffeinspritze und Vitamine, und wenn Sie in einer halben oder einer Stunde kommen, wird er verhandlungsfähig sein.«

Während sie telefonierte, spürte sie den verwunderten Blick der drei alten Frauen im Rücken.

»Aber das Testament liegt doch schon beim Rechtsanwalt«, riefen sie fast gleichzeitig, als sie sich umdrehte. Matild streckte die Arme zum Himmel, Róza faltete ihre Hände wie zum Gebet, und Berta zitterte der Kopf heftiger als gewöhnlich.

Frau V. seufzte laut und sank, als wollten ihr die Füße wegrutschen vor lauter Aufregung, in den nächsten Sessel. »Liebe Tante Matild, Tante Róza, Tante Berta«, sagte sie leise, »es muß sein. Ich weiß nicht, was in seinem Testament steht. Auch nicht, ob er noch ein anderes geschrieben hat. Aber wenn er jetzt ein neues aufsetzt, werden damit alle früheren ungültig.«

Der Notar traf wenige Minuten vor sechs ein, zufällig zur selben Zeit wie die junge Malerin Flóra Jendrassik, eine entfernte Verwandte des Nervenarztes Ernő Jendrassik. Der Notar ging sofort in das Zimmer. Flóra setzte sich in die Küche, da sie die verweinten Augen der Hausangestellten bemerkt hatte. »Was ist los, Böske?« fragte sie.

Wortlos und mit herabhängenden Armen stand Bözsi vor ihr.

»Warum reden Sie nicht?« sagte Flóra. »Was ist? Hat Sie wieder jemand geärgert?«

Die Hausangestellte zuckte kaum merklich mit der Schulter. Ihr ältliches, faltiges Gesicht war geschwollen vom Weinen, mit der gestärkten weißen Schürze vor dem von vielen Geburten schlaffen Bauch und dem weißen Häubchen im Haar sah sie aus, als hätte sich ihr alter, arbeitsamer Körper aus Spaß verkleidet.

»Setzen Sie sich, liebe Böske!« sagte Flóra.

Bözsi blieb stehen.

»Ich flehe Sie an, setzen Sie sich«, wiederholte die junge Malerin und lachte nervös. »Mich trifft gleich der Schlag vor Ärger, wenn Sie sich nicht setzen. Soll ich Sie auf den Knien bitten?«

Sie zündete sich eine Zigarette an, blies eine große Rauchwolke vor sich hin und wartete. Einmal würde sie schon den Mund aufmachen. Von Bözsis Nasenflügeln tropften immer neue glänzende Tränen auf die weiße Schürze, die schon voller kleiner, runder feuchter Flecke war. An ihren herabhängenden Händen standen blau die Adern hervor.

»Nun?«

»Ich halt es nicht mehr aus, Kindchen«, sagte Bözsi.

Die junge Malerin lachte. »Der Mensch hält alles aus. Was halten Sie nicht aus?«

»Sie läßt ihn nicht sterben«, sagte Bözsi dumpf.

»Was heißt das, sie läßt ihn nicht sterben?«

»Sie läßt ihn nicht.«

»Recht hat sie«, sagte die Malerin und schluckte heftig. »Recht hat sie.«

Die Hausangestellte hatte sich abgewandt. Flóra sah auf ihre zuckenden Schultern. Sie mußte sich in acht nehmen, daß nicht auch ihr die Tränen kamen. »Natürlich unternimmt sie alles, ihn am Leben zu halten«, sagte sie. »Würden Sie das nicht tun? Na, antworten Sie! Wenn er Ihr Mann wäre, würden Sie es nicht tun? Um des Himmels willen, machen Sie endlich Ihren zugefrorenen Mund auf, sonst verzieh ich mich aus dieser Welt. Nur Ihr Rükken zittert, nur Ihr Rücken zittert, soll das die Antwort sein? Warum sprechen Sie nicht? Hätten Sie das nicht getan, wenn Ihr Mann krank gewesen wäre?«

»Nein«, sagte Bözsi still, die Schulter gegen den Küchenschrank lehnend.

Das Mädchen warf die Zigarette auf den Fußboden und trat sie aus. »Mörderin«, sagte sie. »Scheusal. Ruchloses Weib. Verdammte Giftmischerin. Das hätten Sie genauso getan.«

»Nein«, sagte Bözsi.

»Warum nicht?«

Bözsi antwortete nicht. Nur ihr breiter Rücken war zu sehen, das Gesicht zeigte sie nicht.

»Sie sagt nichts, sie sagt nichts!« rief die junge Malerin verzweifelt und beförderte den ausgetretenen Zigarettenstummel mit einem wütenden Stoß unter den Küchenschrank. »Ich habe gefragt, warum nicht?«

»Weil ich meinen Mann geliebt habe«, sagte Bözsi.

Das Mädchen antwortete nicht gleich. Auch ihr war die Kehle wie zugeschnürt. »Hören Sie mal, altes Mädchen«, sagte sie. »Hören Sie mal, Sie könnten mich kämmen, gottverdammt. Es war so windig, daß mein Dutt gleich auseinanderfällt, ich wage gar nicht ins Zimmer zu gehen. Kämmen Sie mich, ja, meine Gute? Niemand kann so einen Dutt aufstecken wie Sie.«

Sie schüttelte den Kopf. Mit hellem Ton fielen die Haarnadeln auf den Steinfußboden, das kohlschwarze, schimmernde Haar löste sich und fiel bis zu den Hüften herab. Die Hausangestellte drehte sich um, wischte sich mit der Schürze die Augen und warf einen raschen Blick auf das mit einem weißen Pikeekleid bekleidete, schmale Mädchen. Durch das Küchenfenster schien die Sonne auf sie und sog alles Licht aus dem weißen Kleid, nur die runden kleinen Brüste des Mädchens blieben im Schatten und unter dem Rock die schlanken, dunkel sich abhebenden, einander berührenden Schenkel. Als sie den runden, weißen Arm hob und sich ins Haar griff, zeigten sich kleine dunkle Schweißflecken in der Achselhöhle. »Kommen Sie schon!« sagte sie ungeduldig und verzog auf rührend-komische Weise das Gesicht, auf das die Sonne fiel. »Worauf warten wir? Ich bin ja alt, bis Sie mit Ihren Watschelbeinen hier sind.«

Sie lief in die enge Dienstbotenkammer und setzte sich auf das Bett.

»Ich komm ja, Kindchen«, sagte Bözsi.

»Sie läßt ihn also nicht sterben?«

Der Kamm knisterte und funkelte in dem dichten schwarzen Haar. Am Fuß des Bettes war in einem viereckigen, halb blinden Spiegel Böskes Gesicht zu sehen. Flóra wußte, daß Böske auf die Art alternder Frauen verliebt in sie war und daß sie sich beruhigen würde, wenn sie ihr erlaubte, mit ihrem Haar zu spielen. Sie langte nach hinten und strich ihr über den Arm. »Nun, was ist eigentlich los?«

»Sie spritzt ihm Koffein und Vitamine«, sagte Bözsi, »statt Morphium.«

Aus der Küche war zu hören, daß die kleine Espressomaschine zu zischen begann.

»Ich weiß es«, fuhr Bözsi fort, »weil sie mich immerzu nach Rezepten zum Arzt schickt. Der gnädige Herr brüllt vor Schmerzen, aber sie haben kein Erbarmen.«

Die Malerin schloß für einige Sekunden die Augen. »Aber wenn der Arzt selbst das Rezept gibt?«

»Der Arzt sagt, daß er nur noch Morphium bekommen dürfte«, antwortete Bözsi leise. »Gestern wollte er das Koffein gar nicht mehr aufschreiben, aber die gnädige Frau hat ihn angerufen und mich noch mal hingeschickt.«

»Also hat er es doch gegeben?«

»Ja«, sagte die Hausangestellte, und im Spiegel war zu sehen, daß ihre Augen erneut in Tränen schwammen. »Täte er es nicht, würde sie verbreiten, er hätte ihn umgebracht.«

»Und seit wann geht das so?« fragte das junge Mädchen.

»Seit zwei Wochen.«

»Seit zwei Wochen schon?«

Die Frau nickte im Spiegel. »Da sagte der Arzt zum erstenmal, nun sollte man ihm sterben helfen. Nur Morphin, nur Morphin, hat er gesagt, Morphin, Morphin, Morphin.«

»Was heulen Sie schon wieder?« sagte die Malerin.

»Sie weinen auch, Kindchen.«

Das junge Mädchen sprang auf. »Weil Sie mir das Haar ausreißen mit diesem blöden Kamm«, schrie sie außer sich, mit tränennassen Augen. »Sie können lange warten, alte Hexe, bis ich noch mal unter Ihren Kamm komme! Die Hälfte meiner Haare haben Sie mir schon ausgerissen, weil Ihre Gedanken immer woanders sind, nur nicht bei der Arbeit.«

Die Frau sah sie einen Augenblick lang nachdenklich an, dann umarmte sie die schlanke Mädchengestalt und drückte sie an sich. »Sprechen Sie mit ihr, Kindchen«, flehte sie. »Sie sind die einzige, auf die sie vielleicht hört. Daß sie ihn sterben lassen soll! Daß er nicht mehr baden muß! Daß er nicht in einer Woche Geburtstag feiern muß! Daß er nicht länger in die Maschine diktieren muß! Sein Körper besteht nur noch aus Schmerzen.«

»Er hat bald Geburtstag?« fragte das Mädchen.

»Die gnädige Frau hat schon vierzig Leute eingeladen«, sagte die Hausangestellte. »Aber als ich ihm heute mittag das Essen brachte und er es gleich wieder von sich gab, da hat er meine Hand ergriffen und gesagt, so leise, daß nur ich es hören konnte: Böske, laßt mich endlich sterben. Ich hinterlasse Ihnen tausend Forint, wenn man mich sterben läßt.«

Die junge Malerin setzte sich wieder auf das schmale Dienstmädchenbett.

»Der Ärmste ist schon ganz schwach, und er macht ins Bett wie ein Kind«, sagte Bözsi. »Da nützt es nichts, wenn ich zu ihm sage, daß es unsere Schuld ist, weil wir faul sind und nicht rechtzeitig kommen, er schämt sich trotzdem. Gestern abend ist er heimlich aufgestanden und aus dem Zimmer gegangen, aber er kam nur bis zur Wohnungstür, dort ist er zusammengebrochen. Ich habe ihn auf den Armen zurückgetragen, denn er ist schon so leicht wie ein Vierjähriger. Und jetzt quält sie ihn mit dem Testament.«

»War das der Anwalt, der mit mir ankam?« fragte das Mädchen, die Hände vor das Gesicht geschlagen.

»Ein Notar.«

In der Küche schrillte die Klingel. Die Hausangestellte wartete, bis sie verstummte, dann legte sie die weiße Schürze ab und warf das Häubchen auf den Boden. Ihr dunkelgraues Kleid war schäbig, unten am Rock war eine Handbreit Stoff angestückelt. »Ich geh nicht«, sagte sie. »Kindchen, sagen Sie ihr, daß ich nicht komme, sie kann noch so lange klingeln. Zum gnädigen Herrn gehe ich, wenn er mich braucht. Solange er lebt, der Ärmste, bleibe ich, aber die gnädige Frau soll nicht mehr nach mir klingeln, ich komme nicht.«

Als Flóra ins Eßzimmer trat, war der Notar bereits gegangen. Frau V. saß am Telefon. »Hallo, Sekretariat der Akademie? Genossen Moldován bitte ... Hallo, Fe ... Fe ... Feri, das werdet ihr mir do ... do ... doch nicht antun, daß ihr Ödön in Rákoskeresztúr beerdigt? Ich bestehe auf den Kerepeser ... Nein, er ist noch nicht gestorben, keineswegs, Gott sei Dank, aber falls es doch einmal zur Katastrophe kommen sollte! Ihr tut mir doch nicht die Schande an, daß ihr ihn wie einen Hund in Rákoskeresztúr beerdigt? Mit wem soll ich reden? Mit dem Frauenbund? Oder besser mit der Gesellschaft zur Verbreitung wissenschaftlicher Kenntnisse? Wie, mit der Partei? In der Agitprop kenne ich niemand. Mit wem soll ich noch reden? Alle verlassen mich, alle lassen mich allein, alles muß ich selbst erledigen, dazu habe ich die Kraft nicht mehr, nein, ich ertrag's nicht mehr ...

Flóra, warte eine Minute!« sagte sie, die Telefonmuschel abdeckend, zu dem das Zimmer durchquerenden Mädchen. »Ich will mit dir sprechen.«

Das Mädchen ging, ohne zu antworten, weiter. Frau V. warf den Hörer auf den Tisch, sprang auf und lief ihr hinterher. »Frag ihn, was im Testament steht!« wisperte sie aufgeregt. »Vor allem, wieviel Geld noch auf der Bank ist und ob er nicht noch anderswo ein Konto hat. Ich laß dich allein mit ihm, dir sagt er es vielleicht.«

V., den Rücken gegen den Kissenberg gelehnt, blickte zur Tür. Einen Augenblick verharrte das Mädchen auf der Schwelle. Sie hatte V. fünf oder sechs Tage lang nicht gesehen. Im Bett lag ein Fremder.

Die Jalousien waren locker heruntergelassen, die Konturen traten nur durch das zwischen den Stäben eindringende Abendlicht aus dem Dämmer hervor. Auf dem Tischchen neben dem Bett brannte eine kleine blaue Nachtlampe. Auf dem Bett und ringsumher auf dem Fußboden lagen Bücher, auch auf dem kleinen Tisch türmten sie sich. Ein unbestimmter, süßlicher, ein wenig widerlicher Krankheitsgeruch lag in der Luft. Unter dem Bett lugte der Hals einer Glasente hervor.

V. war bis zum Kinn zugedeckt, seine Arme steckten unter der leichten Bettdecke. Auf der Decke, dort etwa, wo in der eingefallenen Lendengegend der Bauch zu ahnen war, saß eine große graue Katze, die gelben Augenkugeln der sich schließenden Tür zugewandt. Da die leichte, aber dicke Decke die Gestalt des Kranken verbarg, zeigten nur zwei kleine Hügel über den Füßen die Anwesenheit eines Körpers an; der Kopf auf den dicken weißen Kissen schien unabhängig von ihm zu leben.

Der Tod, der schon bis zu Stirn und Schläfen vorgedrungen war, schien ihm diese ungewöhnliche Bedeutsamkeit zu verleihen, obgleich der Kopf vermutlich auch zu Lebzeiten die Blicke auf sich gezogen hatte. Jetzt war nur noch sein Gerüst erhalten, Fleisch und Fett waren weggeschmolzen, die Haut haftete an den Knochen. Da die untere Gesichtspartie hierdurch sehr schmal wirkte, sah es aus, als hätte sich die ohnehin hohe, gewölbte Stirn auf das zweifache Volumen vergrößert, und die grauen Augen, unter denen die Fettpölsterchen dahingeschwunden waren, blickten auf befremdliche Weise starr und gewichtig. Die Lippen waren rissig, die Ohrmuscheln gelb, die Gesichtshaut fahlgrau. Das große Knochengesicht sah teilnahmslos auf die gegenüberliegende weiße Wand.

»Wer ist da?« fragte er und drehte die Pupillen zur Tür.

Flóra antwortete nicht gleich. Die grauen Augen waren auf sie gerichtet, ohne sie zu sehen. Das einst breite Kinn war spitz geworden, die Nase dünn wie eine Klinge.

»Niemand soll kommen, ich will allein bleiben«, sagte der Kranke.

»Ich bin es, Onkel Ödön«, flüsterte das Mädchen.

Die leicht hervorquellenden grauen Augen sahen weiter auf sie, aber die junge Malerin spürte, daß ihr Blick sie noch nicht eingefangen hatte. Ihre Stimme aber war bis zur Hirnrinde vorgedrungen. »Sind Sie es, Flóra?« fragte er.

Zwei Schritte konnte sie tun, weiter trugen die Beine sie nicht. Sie blieb stehen. »Ja, ich, Onkel Ödön«, flüsterte sie.

Jetzt hatten die Augen sie erblickt. In V.s Gesicht kam Leben, und als wollten die Schädelknochen die weichen Regungen des einstigen Gesichtes nachspielen, öffnete er ein wenig die Lippen und lächelte langsam. »Treten Sie näher!« sagte er. »Setzen Sie sich zu mir, wenn Sie Zeit haben. Opfern Sie mir ein paar Minuten von Ihrer Zeit! Heute geht es mir viel besser.«

Zwischen dem Kopf und den unter der Decke sich abhebenden Füßen schien der Abstand viel kürzer zu sein, als ihn sich der hochgewachsene Manneskörper dereinst zugemessen hatte. Dem jungen Mädchen pochte das Herz. Im Tode wird man kleiner! »Ich komme, Onkel Ödön«, sagte sie. »Es ist ein wenig dunkel hier, ich kann nicht recht sehen.«

Der Kranke nickte. »Ja, es ist ein wenig dunkel. Bitte, setzen Sie sich, machen Sie es sich bequem. Darf ich Sie bitten, den Sessel etwas abzurücken, damit ich Sie von vorn sehen kann? So, danke. Bei den meisten Besuchern gebe ich mich mit dem Profil zufrieden. Ich würde gern ein Plaid über Ihre Knie legen.«

»Aber es ist doch warm, Onkel Ödön.«

V. antwortete nicht gleich. »Ich dachte, es sei kalt«, sagte er nach einer Weile. »Ist es draußen auch warm?«

Die junge Malerin setzte sich in den Sessel. »Ja. Ein warmer Sommerabend.«

»Es ist schon Abend?«

»Noch nicht«, sagte Flóra. »Es dämmert erst.«

Wieder nickte V. »Später werde ich Sie bitten, die Jalousien hochzuziehen. Jetzt ruhen Sie sich erst einmal aus. Sind Sie nicht müde?«

»Warum sollte ich müde sein, Onkel Ödön?«

»Ja, gewiß«, sagte der Kranke. »Warum sollten Sie müde sein? Mir geht es heute auch viel besser. Sind Sie bestimmt nicht müde?«

»Bestimmt nicht.«

»Warum lachen Sie dann nicht?«

Das Mädchen wußte keine Antwort.

»Ich bin daran gewöhnt«, sagte der Kranke, »daß Ihr Lachen Ihnen vorauseilt. Ich sehe Sie noch nicht, aber ich höre Sie nebenan schon lachen. Leicht und lieblich lachen. Das bewahren Sie sich bitte, solange Sie nur können. Solange Sie lachen, können Sie den Boden nicht unter den Füßen verlieren.«

»Ja, gewiß«, sagte das Mädchen.

»Wundern Sie sich, daß ich heute so gesprächig bin?« fragte der Kranke und lächelte erneut. »Heute fühle ich mich viel besser. Ich möchte Sie nicht erschrecken, aber Sie wissen vielleicht auch, daß es einige Tage vor dem Tode gewöhnlich so ist.«

Er verstummte und betrachtete wortlos Flóra, die schmal und regungslos in ihrem weißen Kleid dasaß.

»Ich danke Ihnen«, fuhr er nach einer Weile fort, »daß Sie mich nicht mit Ihrem Protest plagen. Jetzt bin ich vollkommen glücklich und zufrieden. Es ist dies das Glück der Vollkommenheit, meine Liebe, und ich möchte nicht, daß mich jemand darin stört. Sie sind der einzige Mensch, den ich jetzt neben mir ertragen kann. Woher wußten Sie, daß Sie jetzt kommen mußten?«

Das Mädchen hob den Kopf und sah ihm in die Augen. »Ich wußte es nicht«, sagte sie. »Aber eines weiß ich. Ich werde Sie nicht mehr verlassen, solange ...«

Der Kranke lächelte; er wartete.

»... solange Sie mich brauchen könnten«, sagte das Mädchen mutig mit lauter Stimme.

»Gut.« Der Kranke nickte. »Gut. Aber Sie müssen aus dem Zimmer gehen, mein Kind, Sie müssen aus der Wohnung gehen in dem Augenblick, wenn sich mein euphorischer Zustand verflüchtigt und die Schmerzen zurückkehren, was in zwei oder drei Stunden unbedingt der Fall sein wird. Das wünsche ich.«

Er sah sie an mit seinen leicht vorquellenden Augen und lächelte wiederum.

»Es ist mein letzter Wunsch«, setzte er leiser hinzu. »Bitte, zünden Sie sich eine Zigarette an.«

»Ist Ihnen der Rauch nicht lästig?« fragte das Mädchen.

»Setzen Sie sich näher zu mir!« sagte der Kranke. »Bitte, blasen Sie mir den Rauch ins Gesicht! Der Rauch aus Ihrem Mund ... das ist fast soviel, als ergriffen Sie meine Hand.«

Das Mädchen streckte sogleich beide Hände nach ihm aus.

»Nein«, sagte V. langsam und müde. »Lassen Sie. Ich kann die Hand nicht unter der Bettdecke hervorziehen, und ich will es auch nicht. Alles soll bleiben, wie es war. Ich will die Ewigkeit nicht bestehlen.«

Die junge Malerin wandte den Kopf ein wenig ab. Die alten grauen Augen vor ihr betrachteten sie so gierig und unverhüllt, wie hungriges Vieh auf das Futter schaut, offen, ohne Umschweife, unter voller Anspannung der Lebenskraft. Sie merkte, wie sie errötete, aber sie hoffte, er würde es im Zwielicht nicht sehen. Trotzig schüttelte sie den Kopf und wandte sich wieder dem Kranken zu.

»Ich hätte noch eine Bitte«, sagte dieser still. »Geben Sie mir einen Spiegel. Selbst einen winzig kleinen. Hier versteckt man alle Spiegel vor mir.«

Mit zitternden Händen öffnete Flóra ihre Handtasche.

»Es macht nichts, wenn ein wenig Puder darauf ist«, sagte der Kranke. »Im Gegenteil. Um so besser. Bitte, drehen Sie sich um!«

Eine Weile betrachtete er sich, indem er den kleinen viereckigen Spiegel über sein Gesicht hob und dann rechts und links am Kopf entlang führte, dann schob er die Hand wieder unter die Bettdecke, den Spiegel krampfhaft mit den Fingern umklammernd. Beiderseits am Hals war das erregte Pulsieren der Adern zu sehen. »Das also ist aus mir geworden«, sagte er nur.

Die Malerin wandte sich rasch wieder ihm zu. »Liebster!« sagte sie. »Liebster! Sie sind jetzt ungeheuer schön. Ich habe nie etwas Erschütternderes, etwas Schöneres gesehen.«

»Schweigen Sie!«

Über dem Bett hing an einem in die Wand geschlagenen Nagel eine kleine silberne Armbanduhr, sie zeigte Viertel sieben. Mit dünnem, metallischem Ticken schluckte sie die Zeit, die mal zusammenschrumpfte und sich dann wieder meilenweit über die Zimmerwände hinaus ausdehnte. Dem Mädchen schwindelte. »Entschuldigen Sie«, sagte der Kranke, »mir scheint, ich habe meine Lage mißbraucht. Dabei fühle ich mich jetzt so vollkommen wohl, daß ich keinerlei Recht zu Disziplinlosigkeiten habe. Nicht einmal mit Rücksicht auf meine lächerliche Zukunft. Aber der Spiegel hat mich ein wenig erschreckt.«

»Liebster«, sagte das Mädchen.

V. richtete neuerlich seinen offenen, begehrenden Blick auf sie. »Ich weiß, daß Sie mir verzeihen«, sagte er. »Gerade deshalb dürfte ich nicht ... Aber nun bitte ich Sie, öffnen Sie alle Fenster! Ziehen Sie die Jalousien hoch! Ich will mich auch vom Garten verabschieden.«

Das Rot der sinkenden Sonne strömte durch das Fenster und

die angelweit geöffnete Terrassentür herein. Langsam und neugierig wandte der Kranke das Gesicht dem Garten zu. Aus dem Bett konnte er zwischen zwei Fichten hindurch auf den sonnenbeschienenen Hang des Guggerberges und daneben auf den niedrigeren Grat des dicht bebauten Rosenhügels schauen. Durch das Eckfenster, das Flóra — denn Zugluft war nicht zu befürchten — gleichfalls geöffnet hatte, sah er den langgezogenen Freiheitsberg und den Jánosberg, darunter einen kleinen Ausläufer der Bergkette, die Hunyadspitze.

»Was für ein Riese ist der Mensch, daß er all das jederzeit mit einer Wand und einer Jalousie aussperren kann«, sagte der Kranke nach einer Weile. »Und wie dumm ist der Mensch, er bemerkt nicht, daß er eigentlich sich selbst aussperrt. Ist es nicht so?«

Das junge Mädchen wagte nicht zu antworten. V., den Kopf leicht vom Kissen gehoben, war so in den Anblick des Gartens vertieft, als hätte er die Anwesenheit der Besucherin vergessen. Es war der gleiche gierige, offene, geradlinige Blick, mit dem er sich zuvor in ihre Augen gegraben hatte. Sein Hals, jetzt in vollem Umfang zu sehen, wirkte unverhältnismäßig dünn unter dem großen Schädel, wie bei aus Brotkrumen gekneteten Puppen, denen man den Kopf mit einem Zahnstocher auf den Rumpf steckt. Die Nickmuskeln hoben sich beiderseits unter der Haut ab.

»Dreißig Jahre meines Lebens habe ich hier verbracht«, sagte er.

Das Mädchen stand am Fenster und sah auf den Guggerberg hinüber.

»Dreißig Jahre«, wiederholte der Kranke.

Sie war zweiundzwanzig. Er hatte schon acht Jahre hier gelebt, zwischen diesen Bäumen, als sie geboren wurde.

»Warum antworten Sie nicht?« fragte der Kranke.

»Doch, ich antworte«, sagte das Mädchen.

»Ist das nicht viel?«

»Was?«

»Dreißig Jahre.«

»Dreißig Jahre«, wiederholte das Mädchen sinnend und wischte sich mit der Spitze des Zeigefingers verstohlen die Tränen aus den Augen, »sind nicht viel.«

»O doch«, sagte V. »Und in den dreißig Jahren ist mir nicht ein Kind geboren worden.«

Die junge Malerin nahm sich zusammen, sie wandte sich vom Fenster ab und setzte sich wieder ans Bett. »Sie hinterlassen der Nachzeit anderes«, sagte sie.

Regungslos, mit angespanntem Hals, blickte der Kranke aus dem Fenster. »Ich beklage mich nicht.«

»Es würde gar nicht zu Ihnen passen«, sagte das Mädchen.

»Ich beklage mich nicht«, wiederholte V., den sonnenbeschienenen Guggerberg und den Rosenhügel in den vorquellenden Augen. »Ich ziehe Bilanz, mit der am Rande des Grabes verbindlichen Objektivität.«

»Legen Sie sich wieder auf das Kissen, Liebster!« sagte das Mädchen.

V. hörte sie nicht. »Sehen Sie das hellgrüne, zweigeschossige Haus dort oben am Hang? Links daneben steht ein gelbes Haus mit hohem rotem Dach und einem Mansardenfenster. Vom Waldrand abwärts gerechnet das dritte Haus. Davor liegt ein kleiner Obstgarten, von einer hohen Natursteinmauer umfriedet, aber er gehört nicht mehr dazu. Es wurde in dem Jahr gebaut, als ich mein Staatsexamen machte und mit meinen Eltern hierher zog. Sehen Sie es?«

»Ja«, sagte das Mädchen.

V. hielt den Blick starr auf den Berghang gerichtet. »Seit dreißig Jahren ärgert mich dieses Ockergelb neben dem Hellgrün. Kann man mit einem so kleinlichen Naturell glücklich werden? Soll ich hingehen und es überstreichen? Manchmal träumte ich, daß ich hingegangen bin, geklingelt habe und äußerst höflich ... Sie verstehen ...«

»Ich verstehe.«

»Von hier haben wir meine Mutter zu Grabe getragen«, sagte der Kranke nach einer Weile. »Im Juli, der Garten war voller Amseln. Wie auch jetzt. Eine war unter ihnen, die hatten wir Maria getauft, und sie hörte auf ihren Namen. Im Winter vierunddreißig verschwand sie spurlos. Vielleicht ist sie erfroren.«

»Ich wurde in diesem Jahr geboren«, sagte das Mädchen.

»Ist Ihnen nicht aufgefallen«, sagte V., mit gerecktem Hals in den Garten starrend, »wie wenig Vogelkadaver man zu sehen bekommt? Sie verschwinden spurlos. Sie sind so leicht, so leicht. Vielleicht müßte der Mensch auch so . . . Meine Mutter ist in diesem Zimmer gestorben.«

»War sie eine schöne Frau?« fragte das Mädchen.

»Ein halbes Jahr später habe ich meinen Vater beerdigt«, sagte der Kranke. »Ja, sie war eine schöne Frau. Mein Vater verwachsen. Seine Freunde nannten ihn spottend einen Gartenzwerg. Meine Mutter betete ihn an, ich habe ihn verachtet und mich vor ihm geekelt. Erst als er starb, begriff ich, daß er mein Vater war.«

»Legen Sie sich wieder auf das Kissen!« sagte das Mädchen. »Den Garten können Sie auch so sehen.«

Der Kranke nickte. »Gleich. Das ist die obligatorische Ehrenbezeugung für meine Toten. Ich bin auch schon fertig. Kontakte zu Verwandten pflegte ich nicht, Freunde hatte ich nicht. Ich bin sparsam mit meinen Gefühlen umgegangen, wie es sich für einen Menschen gehört, der einer ernsthaften Arbeit nachgeht. Denn gearbeitet habe ich mein ganzes Leben lang!«

Das Mädchen stand auf und beugte sich über ihn. »Ich flehe Sie an, legen Sie sich wieder hin.«

»Gleich«, sagte der Kranke. »Ich habe mein Leben lang gearbeitet. Bitte, setzen Sie sich wieder. Sorgen Sie sich nicht um mich, meine Beste, mir geht es durchaus gut, und ich bin unglaublich stark. Solange die Katze mit ihrem samtwarmen Körper auf meinem Leib sitzt, weiß ich, daß alles in Ordnung ist. Wenn sie die Gefahr spürt, wird sie im selben Augenblick vom Bett springen und mich verlassen. Das wünsche ich mir auch von Ihnen, Kleines.«

»Ja«, sagte die Malerin.

Langsam ließ V. den Kopf auf das Kissen sinken. Er starrte wieder auf die weiße Wand gegenüber. Diese Wand war leer, sie duldete kein Bild. »Es ist viel«, sagte der Kranke wie zu sich selbst, die Wand anblickend. »Wieviel unnötiger Kraftaufwand!« Die Katze, die gelben Augen der jungen Malerin zugewandt, begann zu schnurren. »Warum antworten Sie nicht?« fragte er nach einer Weile.

»Worauf, Liebster?«

»Es ist viel!«

»Es ist nicht viel«, sagte das Mädchen.

»Zu viel. Sie wissen, was ich meine.«

»Die dreißig Jahre.«

»Ja«, sagte der Kranke. »Dreißig Jahre sind zu viel.«

Das Mädchen schüttelte heftig den Kopf. »Es ist nicht viel. Heute weiß ich, ich würde die Hälfte meines Lebens hergeben, wenn Sie noch dreißig Jahre ...«

»Vorsicht, meine Beste, schütteln Sie nicht den Kopf, sonst geht Ihr Haar auf«, sagte der Kranke. »Es ist viel. Soll ich noch dreißig Jahre unter dem Nußbaum sitzen und mir den Berg ansehen ... Wie heißt er gleich?«

Das Mädchen folgte seinem Blick. »Freiheitsberg.«

»Sehen Sie!« sagte der Kranke zufrieden, sah das Mädchen an und lächelte listig. »Ich nenne ihn noch Schwabenberg. Was hat auf der Erde eine Generation zu suchen, die den Freiheitsberg noch Schwabenberg nennt? Soll ich meine Worte, mein Zeichensystem, mich selbst überleben? Und was hätte ich gar bei Ihnen zu suchen, die Sie den Schwabenberg Freiheitsberg nennen? Ja, bei Ihnen, in erster Linie bei Ihnen. Nein, nein, es ist viel, zu viel. Dreißig Jahre. Genug. Ich will nicht mehr unter dem Nußbaum herumsitzen.«

Erschrocken beobachtete das junge Mädchen, wie sich plötzlich sein Gesicht verzerrte. Der kahle, große Schädel war trocken, aber auf der Stirn und an den Schläfen perlte Schweiß. Sie warf sich vor dem Bett auf die Knie und bohrte den Kopf in die Decke.

»Setzen Sie sich wieder hin«, sagte der Kranke. »Mit mir ist alles in Ordnung, ich fühle mich vollkommen wohl. Entschuldigen Sie meine unangebrachte Heftigkeit. Verzeihen Sie mir?«

Die junge Malerin stand auf und setzte sich wieder.

»Richten Sie Ihr Haar!« sagte der Kranke. »Ich möchte Ihnen dieses Plaid über die Knie decken. Frieren Sie wirklich nicht?«

Sie schüttelte den Kopf.

»Na gut«, sagte der Kranke. »Ach ja, es ist ein warmer Sommerabend. Geben Sie mir bitte einen Schluck Champagner, ich bin durstig. Drehen Sie sich um, besser noch, gehen Sie für eine Minute zum Fenster! Ich will nicht, daß Sie meine Hände sehen. Hier auf dem Tisch steht ein Glas, nehmen Sie dieses.«

Vorsichtig hob er das Glas, nahm einen halben Schluck in den Mund, spülte Gaumen und Zunge mit der Flüssigkeit und ließ sie in den weißen Porzellanspucknapf rinnen, den er im Bett hatte. Er spürte, daß er müde wurde. »Kommen Sie wieder her, mein Kleines!« sagte er leise. »Sie können ruhig noch bleiben, wenn es Ihre Zeit erlaubt. Ich sage schon etwas, sobald ... Der Körper ist leider unbescheiden.«

Die junge Malerin setzte sich wieder in den Sessel.

»Er tritt aus sich selbst heraus, möchte sich in der Zeit ausdehnen, in einer ihm fremden Dimension. Bleib, wo du bist, möchte ich ihm sagen, nachdem ich letzte Bilanz gezogen und alle meine Angelegenheiten geordnet habe — aber nein, er stampft und zuckt weiter, und es drängt ihn, in wortwörtlichem Sinn, ins Unendliche. Eine lächerliche Unbescheidenheit!«

»Sie haben letzte Bilanz gezogen?« fragte das Mädchen.

»Eine lächerliche Unbescheidenheit«, wiederholte der Kranke, »als höbe er die Hand, als wollte er bis zu den Sternen hinauflangen. Bis zu den Sternen. Was sagen Sie dazu? Statt sich zu dukken, sich zu beschränken auf das Maß, das ihm in Raum und Zeit vorbestimmt ist, und wenn die Zeit des Schrumpfens gekommen ist, ohne Widerspruch, ja einverständlich in aller Gemach zum Staub zurückzukehren. Aber nein! ... Bis zu den Sternen!«

Die junge Malerin senkte den Blick.

»Ja, ich habe letzte Bilanz gezogen«, sagte der Kranke. »Und jetzt geziemte es sich für diesen Körper, daß er wie ein Greis, dem alle Zähne ausgefallen sind und der einmal am Tage ein Stückchen in Kaffee getunktes Brot mümmelt und auf den Tod wartet ...«

»Aber wenn er noch Zähne hat!« flüsterte das Mädchen mit gesenktem Blick.

»Er hat keine«, sagte der Kranke.

Im Garten flötete eine Amsel. Durch die weit geöffnete, große Glastür, die sich dem Bett des Kranken gegenüber befand und den Blick auf eine mit Blumenrabatten gesäumte, große, dunkelgrüne Rasenfläche freigab, strich ein sanfter, lauer Wind in das Zimmer und lüpfte den beiseite gezogenen Spitzenvorhang. »Er hat keine«, sagte der Kranke gereizt. »Blendwerk, Selbsttäuschung, die alten durchtriebenen Tricks des Körpers. Als Sie vorhin ins Zimmer kamen und ich Ihre Stimme hörte, Sie aber noch nicht sah . . .«

»Haben Sie mich tatsächlich nicht gesehen?«

Der Kranke zögerte mit der Antwort. »Ach, lassen wir's!« sagte er nach einigen Minuten Überlegens und lächelte müde. »Soll ich jetzt auch noch Ihnen was vormachen? Nicht nur mir selbst? . . . Auf einmal standen Sie vor mir, einige Schritte entfernt, weiß und schmal, denke ich, mit nachtschwarzem Haar, beide Hände nach mir ausstreckend, wie eine Vision, und Sie zogen alles Licht auf sich, das im Zimmer war. Diese Verschwörung von Schönheit und Lust bezweckte offenbar, daß ich weiterleben soll. Bis zu den Sternen! Bis zu den Sternen! . . . Nein. Wie gesagt, ich habe letzte Bilanz gezogen.«

»Wirklich?« fragte das Mädchen leise, mit gesenktem Blick. »Warum haben Sie mich dann die Jalousien hochziehen lassen?«

Der Kranke sah sie an. »Du bist grausam«, sagte er.

Er wandte den Kopf ab und sah hinaus in den Garten. Das Sonnenlicht hatte sich inzwischen vom Rasen zurückgezogen und strömte, sich an die Äste der beiden Fichten am Zaun klammernd und langsam höher steigend, hinweg vom Erdboden. Amselgesang, Amselgesang. Rundum die Blumenrabatten, die, fast schon im Schatten versunken, kräftiger zu duften begannen. Über der untergehenden Sonne streuten längliche Wolkenstreifen ihr rotglühendes Samtlicht aus. »Der Pomp des Abends«, sagte der Kranke. »Ich kenne ihn, allzu gut kenne ich ihn. Ein jegliches hat seine Zeit, geboren werden und sterben, pflanzen und ausrotten, was gepflanzt ist... Mich kann er nicht mehr täuschen. Wissen Sie über meinen Zustand Bescheid?«

»Ja«, sagte das Mädchen.

V. lächelte, und ihr schien es, als blitzten die müden, alten Augen grimmig auf. »Sie wissen nicht Bescheid. Wenn Ihnen nicht davor schaudert, werde ich Sie mit einigen Worten informieren. In jungen und sorglosen Jahren habe ich auch mein Arztdiplom gemacht, ich verstehe also ein wenig vom Fach. Daß ich ein Karzinom habe, wissen Sie?«

»Wir wollen nicht darüber sprechen!« sagte das Mädchen, plötzlich erbleichend.

»Wenn Sie meinen, ich sei es, der geschont werden müßte«, fuhr der Kranke fort, »dann erlauben Sie, daß ich weiterspreche. Sie gehen kein Risiko ein, denn ich habe, wie erwähnt, längst letzte Bilanz gezogen. Vorhin habe ich einen Novokainstoß bekommen, und ich fühle mich vollkommen wohl, meine Beste. Übrigens können wir uns kurz fassen. Wissen Sie auch, daß ich nicht mehr operiert werden kann? Die Chirurgen haben mich aufgeschnitten und wieder zugenäht.«

»Ich flehe Sie an, hören Sie auf!« sagte das Mädchen. »Hören Sie auf!«

Der Kranke sah sie mit seinen leicht vorquellenden Augen an. »Haben Sie Angst? Wovor?«

»Ich habe keine Angst.«

»Mehr Mut, Kleines!« sagte der Kranke. »Als Sie hier eintraten, wußten Sie doch wohl, daß dies unser letztes Gespräch sein würde. Sie wußten es nicht? Lügen Sie nicht!«

Das Mädchen schüttelte den Kopf. »Ich lüge nicht.«

»Das Morphium, das mir über meine letzten Stunden hinweghelfen wird«, fuhr der Kranke fort, »schränkt die Tätigkeit des zentralen Nervensystems ein, dem gegenüber wirkt das Novokain örtlich, ich bleibe also bei klarem Bewußtsein. Gegen meine Rükkenschmerzen, die vermutlich von Metastasen an den Wirbeln herrühren, habe ich vor kurzem am Rückgrat entlang den erwähnten Novokainstoß gespritzt bekommen, der die Schmerzen völlig beseitigt, zugleich aber nicht die Tätigkeit der Gehirnrinde beeinträchtigt. Ich sehe ganz klar, meine Beste. Eine Voraussetzung für das Glück oder das, was wir so nennen, ist es, daß wir uns verstehen.«

»Ich verstehe«, sagte das Mädchen.

Der Kranke nickte. »Gut«, sagte er. Seine Stimme klang schon matter, doch er bemerkte es offenbar nicht. »Gut. Durch den Blut- beziehungsweise Lymphkreislauf haben sich die Krebszellen im Organismus verbreitet. Außer dem Rückgrat haben sie vermutlich auch bereits das Bauchfell und die Leber befallen, aller Wahrscheinlichkeit nach obendrein die Lunge, denn seit gestern huste ich. Am Bauchfell ist ein faustgroßer, bretthartег Geschwulstbeutel entstanden, der sich in vollem Umfang abtasten läßt.«

»Hören Sie auf!« rief das Mädchen außer sich. »Wie lange wollen Sie mich noch quälen?«

»Eine Minute noch«, sagte der Kranke schwer atmend. »Ihr kleiner bepuderter Spiegel, den ich noch in der Hand unter der Decke halte, hat mir vorhin auf beruhigende Weise alles bestätigt, was ich über die rapide Ausbreitung der Metastasen sagte. Trokkene, faltige Haut, in Grau übergehende fahlgelbe Farbe. Spitzes Kinn, spitze Nase. Hervorstehende, geweitete Augäpfel. Wachsgelbe Ohrmuscheln, die Halsmuskeln heben sich ab. Altes, apathisches Gesicht. Nehme ich noch die heraustretenden Rippen, die sichtbar gewordenen Hüftbeine und die abgemagerten Unterschenkel hinzu, ist das Krankheitsbild der Kachexie komplett. Nun also auf, bis zu den Sternen!«

Die junge Malerin starrte ihn so verzweifelt an, daß sie ihn dauerte. »Beruhigen Sie sich, Flóra«, sagte er. »Ich wollte nichts weiter als anschaulich beweisen, was ich von der Unbescheidenheit des Körpers sagte. Oder von der der Seele, wie Sie wollen. Ich habe in mir vollbracht, was zu vollbringen war, und die unvernünftige Materie arbeitet und kämpft weiter. So ging das mein Leben lang. Ich war immer großzügig und unbescheiden.«

»Ich möchte Sie um etwas bitten«, sagte das Mädchen energisch und blickte mit kaum verhülltem Zorn auf das in den Kissen ruhende Knochengesicht. »Nörgeln Sie jetzt nicht an Ihrem

Leben, dazu haben Sie kein Recht! Es hat nicht Ihnen allein gehört, so können Sie nicht allein darüber richten.«

»Glauben Sie?« fragte der Kranke, und wie geblendet von dem roten Abendlicht, das auf sein Bett fiel, schloß er für einen Augenblick die Augen. »Glauben Sie?«

»Ich weiß es«, sagte das Mädchen, und ihre kleinen Hände ballten sich unwillkürlich zu Fäusten. Neben dem Bett des Sterbenden wirkte ihr schmaler, jugendlicher Körper mit seinem grenzenlosen Selbstvertrauen geradezu wie Hohn.

»Sieh an«, sagte der Kranke. »Sie verteidigen mein Leben auch mir gegenüber. In wessen Namen? Offenbar im Namen der Menschheit?«

»Ja«, sagte das Mädchen.

Er schwieg und musterte das junge, bleiche Gesicht. »Sie kennen nur das Äußerliche, mein Kind. Das aber ist anscheinend mehr als das Ganze, wenn Sie einen solchen Enthusiasmus entwickeln können. Wollen Sie nicht tiefer blicken?«

»Die Ergebnisse versperren mir den Blick«, sagte das Mädchen.

Wieder wurde es still im Zimmer. »Es scheint, gegen den Glauben gibt es keine Medizin«, sagte aufgeregt der Kranke, heftiger atmend. »Es kommt der Glaube und hinter ihm sein Schatten, der Selbstbetrug. Hat meine Arbeit mich das gelehrt? Meine Erfolge stehen in keinem Verhältnis zu dem Leid, das ich mir und der Gesellschaft verursacht habe. Schauen Sie sich um in meiner Umgebung: Wen habe ich glücklich gemacht? Finden Sie auch nur einen einzigen Menschen? Eine einzige Frau? Kennzeichen maßlosen Ehrgeizes: Ich habe die Gegenwart verachtet. Mir eingeredet, ich lebte für die Zukunft. Für die Zukunft! Für die Sterne! Was haben sie mir eingebracht? Zweifelhafte Erfolge, die nicht einmal ein durchschnittliches Alter erreichen werden.«

»Woher wissen Sie, daß Ihre Nachkommen ein höheres Alter erreicht hätten?« fragte das Mädchen, vor Erregung mit beiden Händen die Armlehnen des Sessels umklammernd.

Aber der Kranke beachtete die Frage nicht. »Mein ganzes Leben ist eine krebsartige Überwucherung der Zukunft«, sagte er.

»Ich dachte nie an mich, nur an meine Erfolge. Mir war nicht wichtig, ob ich mich wohl fühlte, nur, wie meine Arbeit vorankam. Ich tauschte jede gegenwärtige Minute gegen ein Versprechen ein. Glauben Sie, ich hätte die Amsel singen gehört, als ich dort unter dem Nußbaum saß? Binnen einer halben Stunde vergaß ich, was ich zu Mittag gegessen hatte. Ich wußte nie, wann ich die Wäsche zu wechseln hatte. Ich log, daß ich Wichtigeres zu tun hätte. Mein Leben lang habe ich mich pausenlos belogen.«

»Das ist nicht wahr«, sagte das Mädchen kreidebleich.

Der Kranke achtete nicht auf sie. Er blickte auf die weiße Wand gegenüber dem Bett, die ihn mit ihren endlichen Maßen anscheinend ein wenig beruhigte. »Bei Leuten meines Schlages«, sagte er still, »ist ein solches krankhaftes, übertriebenes Aufbauschen der Zukunft oft zu beobachten. Wir begnügen uns nicht mit der bescheidenen Zukunft, die in unserem augenblicklichen Tun verborgen ist und unser Leben auf natürliche Weise in Harmonie entwickeln würde. Nein, wir brauchen mehr, viel mehr, wenigstens hundert Jahre, die Ewigkeit. Wir hören nicht auf unsere natürlichen Neigungen, die uns rechtzeitig warnen möchten, noch bevor wir zu Morphinisten der Zukunft werden. Wir fressen, wir schlingen unsere Gegenwart, die einzige Realität. Wir lügen uns vor, der Menschheit zu dienen. Allmählich werden uns jede Minute und jede Geste zur Lüge. Und wenn wir uns selbst belügen, dann auch andere, nichts wäre natürlicher. Wir lügen und lügen, ohne Ende.«

Laut, um die Aufmerksamkeit auf sich zu ziehen, fragte das Mädchen: »Sind Sie nicht durstig geworden? Soll ich Ihnen ein wenig Champagner einschenken?«

»Ich bitte Sie«, sagte der Kranke, »machen Sie sich niemals mit Menschen gemein, denen der Sinn für das Gleichmaß fehlt. Binden Sie Ihr Schicksal nicht an solche, gehen Sie ihnen in großem Bogen aus dem Weg! Sie werden zu Wölfen für ihre Umgebung. Zu Wölfen für die Menschheit.«

Das Mädchen senkte den Blick und schwieg.

»Hören Sie mich nicht?« fragte der Kranke. »Spreche ich zu leise?«

»Ich höre Sie«, sagte das Mädchen.

»Warum antworten Sie dann nicht?«

»Ich fürchte, ich ermüde Sie«, sagte das Mädchen.

»Ich bin nicht müde.«

Sie rückte den Sessel näher. »Das ist gut«, sagte sie. »Dann wollen wir jetzt ein Weilchen schweigen.«

»Ich bin nicht müde«, wiederholte der Kranke. »Warum antworten Sie nicht?«

»Liebster«, sagte sie. »Ein Weilchen wollen wir jetzt schweigen!«

Der Kranke schüttelte kaum merklich den Kopf. »Und wenn ich müde wäre!« sagte er. »Das ist unser letztes Gespräch.«

»Ich schließe das Fenster«, sagte sie, »die Sonne ist untergegangen. Jetzt kühlt es sich rasch ab.«

Der Kranke folgte ihren leichten Schritten zum Fenster mit dem Blick, sah, wie sie die Arme zum Fensterriegel hob und zögernd und verschreckt zum Bett zurückkam. »Ermüde ich Sie sehr, Flóra?« fragte er.

Das Mädchen lächelte ihn wortlos an.

»Habe ich Ihnen Angst eingejagt?«

»Nur erschreckt«, sagte sie. »Und ich fühle mich so ohnmächtig.«

»Möchten Sie nicht nach Hause gehen?«

»Niemals«, rief das Mädchen. »Niemals.«

Der Kranke sah sie an, ausdruckslos haftete sein müder, stumpfer Blick auf ihrem Gesicht. »Warum fühlen Sie sich ohnmächtig?«

»Weil ich unfähig bin, Sie . . .«

». . . zu trösten?« fragte der Kranke, nachdem er eine Weile vergebens gewartet hatte. Seine Stimme klang bereits so heiser, daß sich das Mädchen unwillkürlich vorbeugte.

»Nein«, sagte sie sogleich, den Kopf aufgebracht schüttelnd, mit entschiedener Stimme, »nicht trösten, darauf sind Sie wohl nicht angewiesen. Sondern Sie zu überzeugen.«

»Daß ich unrecht habe?«

»Ja«, sagte das Mädchen. »Daß Sie unrecht haben.«

Der Kranke seufzte, zum erstenmal während ihres Gesprächs. »Ich weiß«, sagte er heiser. »Gegen den Glauben gibt es keine Medizin, nur deshalb kommen Menschen meines Schlages zurecht. Und unsere Lügen überleben uns.«

»Nicht Ihre Lügen«, sagte das Mädchen. »Eure Wahrheiten.«

Wieder seufzte der Kranke. Er wandte den Kopf ab und blickte auf die Sektflasche, die auf dem Tischchen stand.

»Viel ist nicht mehr darin«, sagte das Mädchen.

»Macht nichts.«

»Wird ein halbes Glas genügen?«

»Ja. Sie brauchen sich nicht umzudrehen.«

Sie blieb am Bett stehen. Der Kranke spülte sich den Mund aus und ließ die Flüssigkeit in den Spucknapf rinnen. Er mußte husten, vermochte sie nicht zurückzubehalten. Er nahm noch einen Schluck. Als er sich wieder auf das Kissen legte, merkte er, daß ihm das Blut in den Kopf stieg.

»Würden Sie meine Hand nehmen?« fragte er nach einer Weile.

Dem Mädchen kamen die Tränen.

»Wärmen Sie sie ein wenig!« sagte der Kranke. »Anscheinend wird der Abend doch kühl.«

»Ja, es wird kühl. Ich habe das Fenster zu spät geschlossen.«

Versonnen sah der Kranke auf die beiden schmalen, weißen Mädchenhände, die sich weich und glatt um seine Knochen schmiegten. »In dieser Gegend sind die Abende immer kühl.«

»Ja, das sind sie«, sagte das Mädchen.

»Noch im heißesten Sommer.«

»Noch dann«, sagte das Mädchen. »Manchmal friert man noch im August.«

»Ich bemerkte zu spät, daß ich ein Fremder unter den Menschen geworden war«, sagte der Kranke. Immer wieder stockte er, holte tief Luft zwischen zwei Wörtern. Das Mädchen mußte sich noch weiter vorbeugen, um ihn zu verstehen. »Einmal im Winter, vor ein paar Jahren, beim Spazierengehen, haben Kinder nach mir geworfen.«

»Mit Schneebällen?«

»Ja.«

»Warum?« fragte sie.

»Weil ich ein Fremder war unter den Menschen.«

Sie drückte fest seine kalte Hand. »Unbekannte Kinder?«

»Ja«, sagte der Kranke. »Sie spielten im Schnee, schrien und kreischten. Hier oben, auf dem Berg. Ich ging die Straße entlang, allein, im schwarzen Wintermantel, mit einer Pelzmütze auf dem Kopf und mit schwarzer Sonnenbrille, erfüllt vom Wissen um meine Größe, mit langsamen, würdevollen Schritten. Eine Zeitlang guckten sie mich an, dann begannen sie nach mir zu werfen. Zehn bis fünfzehn Kinder. Sie sprangen um mich herum und bewarfen mich, Augen und Mund waren voller Schnee. Als ob ich ein fremdartiges Tier wäre. Sie hatten nichts verabredet, aber sie fingen gleichzeitig an, mich zu bombardieren. Wie ein Tier. Dabei hatte ich ihnen nichts getan.«

»Und das können Sie nicht vergessen?« fragte das Mädchen; ihr Herz schnürte sich zusammen vor Mitgefühl.

»Nein«, sagte der Kranke.

Sie drückte wieder seine Hand. »Liebster. Ärmster.«

»Sie haben lange nach mir geworfen. Was sollte ich tun? Hätte ich sie angebrüllt, wäre ich ausgelacht worden, denn sie wußten, wenn sie wegliefen, könnte ich sie nicht einholen. Und wenn ich wegliefe, würden sie mir hinterherjagen. Ich stand reglos da, und sie, mit zusammengepreßten Lippen, bewarfen mich stumm. Warfen und warfen.«

»Und Sie sagten kein Wort?« fragte das Mädchen.

»Nein«, sagte der Kranke. »Ich wußte nicht, was ich sagen sollte.«

Die junge Malerin kämpfte tapfer gegen ihre Tränen an. Sie senkte den Kopf, streichelte die Hand des Kranken.

»Sie müssen jetzt gehen, mein Kind«, sagte der Kranke plötzlich.

»Schon?«

»Lassen Sie meine Hand los!«

»Bitte, ich möchte noch bleiben«, sagte das Mädchen.

Der Kranke hustete. »Sie müssen gehen.«

»Das kann nicht sein«, flüsterte das Mädchen mit tränenfeuchten Augen. »Schonen Sie mich nicht!«

»Sie stören«, sagte der Kranke. Seine Stimme klang heiser, sein Atem ging pfeifend. »Sie wissen, daß Sie's versprochen haben?«

»Ja.«

»Sie müssen jetzt gehen. Sie stören. Hören Sie mich?«

»Ja.«

»Hören Sie, was ich sage?«

»Ich höre es, Liebster.«

»Gut«, sagte der Kranke. »Eine Bitte habe ich noch.«

»Ja.«

»Hören Sie?«

Das Mädchen nickte. »Ja.«

»Man soll meine Frau in Frieden lassen!« sagte der Kranke. »Egal, was sie macht, die Ärmste.«

»Ja«, sagte das Mädchen.

»Danke. Lassen Sie jetzt die Jalousien herab und gehen Sie!«

»Ja.«

»Sinn für das Gleichmaß« stammelte der Kranke. »Sinn für das Gleichmaß. Sie vergessen es nicht?«

Das Mädchen schüttelte den Kopf. »Nein.«

»Wenn Sie es nicht vergessen, werde ich ruhig sterben.«

»Ich vergesse es nicht«, sagte sie.

Der Kranke schloß die Augen. »Lassen Sie die Jalousien herab und gehen Sie!« sagte er.

Das Mädchen kniete sich vor das Bett und küßte die Hand des Kranken. Sie küßte sie lange, drückte ihr weiches Gesicht hinein, aus ihren Augen strömten Tränen.

»Leb wohl, meine Geliebte«, flüsterte der Kranke.

Das Mädchen stand auf und ließ die Jalousien herunter, so daß es dunkel wurde im Zimmer. Dann ging sie hinaus.

»Schreiben Sie auf einen Zettel, welche Kosenamen er mir gegeben hat!« wies Frau V. die Hausangestellte an, das geschwollene, rotgeweinte Gesicht mit einem in Kölnischwasser getunkten Wattebausch betupfend. »Schreiben Sie alles auf, was Ihnen einfällt! Besser ins Haushaltsbuch, den Zettel würden Sie bloß verbummeln. Woran erinnert ihr euch?«

Die drei alten Frauen saßen schniefend um den Tisch und trockneten ihre Tränen. Außer ihnen saß auf seinem gewohnten Platz, in dem abgenutzten Seidenatlassessel neben der Eckvitrine, der ältere, grauhaarige Mann und las, das Buch dicht vor seinen Augen; sonst war niemand im Zimmer. »An welche Kosenamen erinnert ihr euch?« fragte Frau V.

»Stupsnase«, sagte Tante Matild. »Stupsnase hat er dich immer gerufen.«

Frau V. besichtigte im Spiegel aufmerksam ihre kleine aufgestülpte Nase, die vom vielen Weinen geschwollen war. »Und weiter?«

»Stupsnäschen«, sagte Tante Róza. »Stupsnäschen hat er dich auch gerufen.«

»Könnt ihr euch an nichts weiter erinnern?« fragte Frau V. nach einer Weile.

»Mein Herz hat er dich genannt«, sagte Tante Matild.

Tante Róza wischte sich über die Augen. »Mein Herzchen.«

»Herzi«, sagte Tante Berta.

»Das ist alles?« rief Frau V. aufgebracht. »Aber er hat mich doch mit Kosenamen regelrecht überhäuft. Bei meinem Nervenzustand ist es freilich nicht verwunderlich, wenn ich alles vergesse, aber ihr müßtet es wissen ...«

Der lesende grauhaarige Mann stand auf, stellte das Buch in den Bücherschrank, wählte ein anderes und setzte sich wieder.

»An etwas anderes erinnere ich mich nicht«, sagte Tante Matild.

Tante Róza wischte sich über die Augen. »Stupsnase... Stupsnäschen.«

Frau V. stieß in ihrer Fahrigkeit die Flasche mit dem Kölnischwasser um. »Das ist alles?« wisperte sie vor sich hin. »Nimmt man mir denn alles, sogar seine Liebe! Und die sogenannten Freundinnen verlassen mich als erste ...«

»Komm zu dir, Schätzchen«, sagte Tante Matild, »auf die Wörter kommt es nicht an.«

»Niemand sonst hat dich so sehr geliebt, ich weiß das«, sagte Tante Róza.

Frau V. blickte erwartungsvoll die dritte Alte an, Tante Berta mit dem zittrigen Kopf. Deren Kopf vibrierte noch stärker als sonst, ihre Stirn unter dem weißen Haar war noch faltiger von der angestrengten Denkarbeit. »Ich hab's!« rief sie triumphierend mit ihrer dünnen Spinngewebstimme. »Natürlich, ihr erinnert euch an gar nichts. Dickerchen hat er sie genannt.«

»Vor zwanzig Jahren«, brummte Tante Matild leise, damit die Frau sie nicht hörte, und bedachte die Zitterköpfige mit einem verächtlichen Blick. Tante Róza nickte zustimmend. »Was soll jetzt aus mir werden!« murmelte die Witwe, ihre Augen wischend.

Die Tür zum Sterbezimmer wurde geöffnet, und der Bildhauer, der einen Gipsabdruck von V.s Händen genommen hatte, trat an den Tisch. »Ich hab's dort drin nicht ausgehalten«, sagte Frau V. zu ihm, wie um sich zu rechtfertigen, und sandte ihm aus ihren schönen, samtbraunen Augen einen gebrochenen Blick zu. »Als Sie sein Gelenk umfaßten und diese Hand anhoben, die einst . . .«

Die Kondolenzbesucher saßen auf Wunsch der Witwe in der Glasveranda und im Garten, damit sie »den Toten nicht in seinem letzten Schlaf störten«. Die Wohnungsklingel kündigte ohne Unterlaß neue Besucher an, denen die Hausangestellte Plätze in der Veranda zuwies, bevor sie sie der Hausherrin meldete; diese begab sich von Zeit zu Zeit zu ihnen, um, Hand oder Gesicht zum Kuß darbietend, in stummer Würde, ihr Leid heldenhaft zu verhüllen oder aber mit einem heftigen, nicht unterdrückbaren Schluchzen die Beileidsbezeugungen entgegenzunehmen. Stündlich brachte der Briefträger Telegramme, die Tante Matild ihr laut vorlas und dann in eine große Silberschüssel mitten auf dem Tisch legte, wie eine Sammlung von Visitenkarten im Salon der Hölle oder des Himmels. »Das wievielte?« fragte die Witwe.

»Das einunddreißigste.«

»Unmöglich«, sagte die Witwe. »Wir waren doch vorhin schon bei zweiunddreißig, zähle noch mal!«

Aber die Sache mit den Kosenamen hatte Tante Matild so mitgenommen, daß sie die Silberschüssel stumm und mit tränenfeuchten Augen Tante Róza hinschob. Diese schüttelte nur den Kopf, rührte sie nicht an und seufzte tief. Sie verstanden sich. Tante Berta mit dem zitternden Kopf musterte die Schüssel begierig. »Sechsunddreißig«, sagte sie. »Ich erinnere mich an sechsunddreißig.«

»Übernimm du die Telegramme!« sagte Frau V. »Stell eine Liste auf, damit wir wissen, wem wir die Traueranzeige zu schicken haben.«

»Ja, Berta, mach du die Liste!« sagte Tante Matild überlegen, Tante Róza einen verstohlenen Blick zuwerfend. Die sah unschuldig vor sich hin und seufzte. »So ist es, sie soll es machen«, sagte sie zufrieden.

Da der Bildhauer fertig war, konnte nun der in der Diele wartende Fotograf, der gleichfalls auf Wunsch der Witwe eine letzte Erinnerung an V. anfertigen sollte, endlich an die Arbeit gehen. Aber kaum hatte sich die erste Magnesiumwolke verzogen, wurde Frau V. aus dem Sterbezimmer gerufen. Ein Beamter des Präsidialbüros der Patriotischen Volksfront, ein gebeugter, müde dreinblickender älterer Mann, wünschte die Witwe betreffs der Beisetzung persönlich zu sprechen.

»Guten Tag, Genosse«, sagte sie. »Vielen Dank, daß Sie sich selbst herbemüht haben, wir haben ja so viel zu besprechen. Nehmen Sie Platz! Klappt es?«

»Was, Genossin?« fragte der Beamte.

»Mit dem Kerepeser.«

»Ich möchte die Genossin überreden«, antwortete der Beamte nach kurzem Zögern, offensichtlich befangen, »ich möchte Sie überreden . . .«

Die Witwe stand auf. »Wozu?«

». . . auf den Kerepeser zu verzichten . . .«

Frau V. verfärbte sich. Ihre Augen weiteten sich, so daß das

Weiße sichtbar wurde, die Nasenflügel färbten sich grün. Wie ein Pfahl, der beim Ausgraben das Gleichgewicht verliert, wankte sie auf einmal und schlug starr der Länge nach hin. Zu ihrem Glück stand hinter ihr das rote Sofa bereit. Die drei schwarzgekleideten Frauen brachten sie binnen weniger Minuten zur Besinnung, halfen ihr hoch, wollten sie beschwichtigen, als sie wie verrückt zu schreien begann, so daß es bis zur Glasveranda zu hören war, und holten den verlegen und unruhig gewordenen Beamten, der sich in seiner Vergangenheit als Möbeltischler in Újpest wenig Übung in der Besänftigung bekümmerter Witwen angeeignet hatte, zum Sofa zurück.

»Verstehen Sie doch bitte, es liegt nicht an uns!« sagte er mit unterdrücktem Ärger. »Meinetwegen kann er am Millenniumsdenkmal beerdigt werden, ich habe nichts dagegen. Und schreien Sie bitte nicht mit mir herum, ich bin nicht taub.«

Inzwischen war aus der Veranda die von Tante Matild schleunigst zu Hilfe gerufene Ungarisch-Sowjetische Freundschaftsabgesandte herbeigetreten, eine bebrillte, blasse, hagere Frau, die mit den V.s bekannt war. »Beruhige dich, meine Teure, das erledigen wir«, sagte sie. »Ich fahre gleich mit dem Genossen in die Parteizentrale und berede die Angelegenheit dort mit der Genossin Lukács persönlich. Ich bin überzeugt, die Genossen werden die Situation verstehen . . .«

»Das Hauptstädtische Bestattungsunternehmen ist bereits dahingehend informiert, daß er nach Farkasrét kommt«, sagte der Beamte der Patriotischen Volksfront.

Die Bebrillte stieß ihn mit dem Ellbogen an. »Wir erledigen das, Genosse.«

»Ich habe meine Anweisung vom Genossen Bogáti, dem stellvertretenden Vorsitzenden des Exekutivkomitees . . .«

»Schon gut, wir erledigen das, Genosse«, sagte die Frau.

Der Beamte wischte sich den Schweiß von der Stirn. »Zu spät. In einer Stunde wird der Tote schon abgeholt.«

Die Witwe warf den Kopf in den Nacken. »Ich gebe ihn nicht her«, rief sie leidenschaftlich, »ich gebe ihn nicht her. Vor neunzehn Uhr darf er nicht weggebracht werden. Seine Freunde wollen sich hier von ihm verabschieden, sie kommen alle am Nachmittag ...«

»Schon gut, wir erledigen das, meine Teure.«

»Wer in Buda wohnhaft ist, darf aber nicht in Pest beerdigt werden«, sagte der Beamte in halsstarriger Unschuld, »dafür gibt es Bestimmungen.«

»Ich lasse ihn nicht wegbringen«, rief die Witwe. »In diese Wohnung tritt mir nur, wen ich hereinlasse. Übrigens, wen haben Sie für die Rede vorgesehen?«

Der Beamte zuckte schweigend die Schulter.

»Sie wissen es nicht?« Sie wandte sich der Bebrillten zu. »Wer spricht von euch? Weißt du es auch nicht?«

»Das ist noch nicht festgelegt, meine Teure.«

Das Kinn an die Brust gepreßt, sah die Witwe eine ganze Weile vor sich hin. »Ich lasse keinen x-beliebigen ans Grab, laßt euch das schon jetzt gesagt sein. Gewissen Kreisen käme es gerade zupaß, wenn irgendein Hergelaufener die Trauerrede hielte, möglichst einer, der Ödön sein Lebtag verabscheut hat. Aber daraus wird nichts! Ich will wissen, wer alles reden wird. Wen hat die Partei als Redner vorgesehen?«

»Wir erledigen das, meine Teure«, sagte die Frau mit der Brille.

»Daß mir nicht irgendein Drittklassiger hingeschickt wird, dann soll er lieber gar nicht begraben werden«, rief die Witwe, die nun ihre Kräfte schwinden fühlte. »Wann ist die Beerdigung?«

»Am Freitag.«

»Wann?«

»Übermorgen, am Freitag.«

Lange schwieg die Witwe, sie sammelte ihre Kraftreserven. Zutiefst im Herzen war sie jetzt sicher, daß sie ihren Mann nicht lange überleben würde, sie wollte es auch nicht recht. Sie war todmüde, wünschte Ruhe, nichts als Ruhe. Sie ließ den Kopf auf das Sofakissen sinken. »Das kommt nicht in Frage«, rief sie mit bebender Stimme. »Wir werden ihn am Sonntag begraben.«

»Warum, meine Teure?« fragte die Ungarisch-Sowjetische

Freundschaftsabgesandte verwundert. »Warum geht es nicht am Freitag?«

»Weil die Leute werktags nicht die Zeit haben, zum Begräbnis zu gehen«, sagte die Witwe unter Aufbietung ihrer letzten Kräfte. »Am Freitag kämen wenigstens zwei- oder dreihundert weniger. Sieht so die Demokratie aus, daß man die Werktätigen der Möglichkeit zum letzten Abschied beraubt?«

»Aber, meine Teure, sonntags wird nicht beerdigt«, sagte die Frau mit der Brille.

Die Witwe schloß die Augen. »Somlay ist auch sonntags beerdigt worden.«

»Sonntags?«

»Sonntags geht es nicht«, sagte der Beamte der Patriotischen Volksfront. »Die Beerdigung würde mindestens fünftausend Forint mehr kosten.«

»Ich halte es nicht aus«, seufzte die Witwe, »ich halte es nicht aus! Ödön V. ist Ihnen keine fünftausend Forint wert?«

Eilig trat die Hausangestellte ein und meldete, die Männer vom Bestattungsunternehmen seien da, um die Leiche abzuholen.

Am Freitag um ein Uhr versammelten sich auf dem Kerepeser Friedhof um V.s Bahre hundert bis hundertfünfzig Menschen. Es war ein wolkenloser Sommertag, und obwohl der kasernenähnliche Friedhof allen Ehrgeiz dareinlegte, auch im Nichtsein die symmetrische Ordnung der menschlichen Denkweise beizubehalten, so als wollte er die Infiltration der Toten in den leichten, raschen Kreislauf der Materie verhindern, wischte ihm die Natur in ihrer gemeinverständlichen, pfiffigen Würde eins aus; in unbewachten Augenblicken verquickten der Efeu, der die schweren Grabdenkmäler umwucherte, oder die Rosen, Geranien und Nelken, die auf den Grabhügeln blühten, auf naive Weise die Vorstellungen von Tod und Geburt. Immer wieder ging im heißen Sonnenschein ein fröhliches Lüftchen daran, den Staub des Vergehens von der Seele zu pusten. Die hohe Pappelallee, durch die die Menge zur Bahre strömte, verband die Erde mit dem Himmel. Auf manchen marmornen Grabplatten zogen die frischen Goldbuchstaben die Feenbeine der tanzenden Sonnenstrahlen an sich und küßten sie ab. Vom Gleisnetz, das an den Friedhof grenzte, tönten die kurzen Pfiffe einer Lokomotive über die Mauer.

Die Nachricht von der Beerdigung des hochgestellten Toten hatte auch das Stammpublikum des Kerepeser Friedhofs, die Altweibervegetation der Gräber, zur Leichenhalle gelockt, und im Gebet für das Seelenheil des unbekannten Toten wurde die große Menge der eintreffenden reichen Kränze mit anerkennendem Kopfnicken registriert. Lange Reihen von Privatwagen und Taxis rollten im Schrittempo zwischen den eiligen Fußgängern den breiten, frisch gesprengten Fahrweg entlang. Angesichts des prunkvollen Aufzugs machte der eine oder andere Friedhofsbesucher, schon auf dem Heimweg begriffen, kehrt und schloß sich den unbekannten Trauernden an.

Vor der Leichenhalle standen in langen, dichten Reihen diejenigen, die im Innern, am Sarg, keinen Platz mehr gefunden hatten. Wegen des blendendhellen Sonnenlichts war von draußen kaum zu sehen, was in dem schwarzdrapierten, dunklen Raum geschah, in dem nur das matte Licht der Kerzen leuchtete, da und dort einen flammendgelben Fleck auf die reglosen Gesichter der schwarzgekleideten Trauergäste werfend. Immer noch kamen neue Kränze, die Trauerzeremonie hatte noch nicht begonnen. Die Witwe stand am oberen Sargende, dem Eingang gegenüber; der Schein der Kerzen fiel auf ihr Gesicht, von dem sie eben den Trauerschleier hob und nach hinten über den Hut legte. Selbst draußen war zu sehen, wie sie mit der Hand auf den Deckel des geschlossenen Sarges schlug. »Ich verlange, daß er sofort geöffnet wird!« rief sie so laut, daß es auch die in der Nähe des Eingangs Stehenden hören konnten. »Ich will sehen, was Sie mit ihm gemacht haben!«

Sein rotgeschwitztes Gesicht abwischend, flüsterte ihr der Angestellte des Bestattungsunternehmens etwas ins Ohr. »Das interessiert mich nicht!« schrie die Witwe. »Warum haben Sie ihn nicht auf Eis gelegt? Spart man sogar daran? Bei den Beerdigungen, auf denen ich bisher war, war der Sarg immer offen. Ich verlange, daß er sofort aufgemacht wird!«

Der Angestellte hatte einen zweifachen Verdacht zu zerstreuen: zum einen, daß der Sarg leer sei, zum anderen, daß man dem Toten die Kleidung gestohlen habe. Er schickte diejenigen, die in der Nähe des Sarges standen, ein Stückchen weg und forderte die Witwe auf, zu ihm auf das Podest zu treten. Während sie sich vorbeugte, um besser unter den angehobenen Sargdeckel blicken zu können, stieß sie nacheinander zwei Kerzen um, die zum Glück beide ausgingen und keine Feuergefahr heraufbeschworen. Als sie sich wieder aufrichtete und vom Podest stieg, kippte sie eine dritte Kerze um; diesmal löste sie einigen Schrekken aus, da die Kerze in die schwarze Stoffdraperie fiel und dann unter das Podest rollte. Größeres Unheil geschah wiederum nicht, das Feuer konnte rechtzeitig ausgetreten werden.

»Er verwest noch nicht«, sagte die Witwe zu ihrer Schwester, auf deren Arm sie sich stützte, »er hat nur Schaum vor dem Mund.«

Der Vertreter der Partei begann seine Rede. Da er eine leise Stimme hatte, drangen seine Worte kaum hinaus zum Trauervolk, das sich vor der Leichenhalle aufgestellt hatte, eine Weile mit gespitzten Ohren zu lauschen versuchte, des vergeblichen Bemühens bald müde wurde und zu seinen niederen Alltagssorgen zurückkehrte. Ganz hinten, einen Schritt hinter den dichten Reihen, stand ein älterer, grauhaariger Mann und las, ein Buch dicht vor die Augen haltend.

»Mich hat sie morgens um sieben angerufen«, berichtete der Redakteur der liquidierten neokatholischen Zeitschrift, der von dem Verstorbenen eine monatliche Beihilfe von achtzig oder hundert Forint erhalten hatte, seiner Nachbarin. »In diesem Augenblick hat Ödön in meinen Armen ausgelitten«, sagte sie, »und ich solle sofort kommen. Die Nachricht hat mich leider so ermattet, daß ich wieder einschlief, und es wurde Mittag, bis ich dort war. Den vorwurfsvollen Blick können Sie sich vorstellen . . .«

»In ihren Armen? Nicht die Spur!« flüsterte die Tochter des deportierten Kriminalisten, die als regelmäßige Zuwendung monatlich fünfzig Forint und sonntags ein Mittagessen von der Familie erhalten hatte. »Von Tante Matild, die dort geschlafen hat, weiß ich, daß sie sich gar nicht in sein Zimmer getraut hat ...«

»Sondern?«

»Um sechs Uhr haben sie nach dem Dienstmädchen geläutet ...«

In der Reihe gegenüber stand die ehemalige Gräfin, die aus der Privatkasse der Witwe monatlich hundertzwanzig Forint Unterstützung erhalten hatte, und beobachtete, die Augen nach rechts und links drehend, ihre Nachbarinnen. »Weißt du denn«, fragte sie die neben ihr stehende Gattin des inhaftierten Frauenarztes, die von den V.s zweihundert Forint monatlich als Beihilfe bekommen hatte, »weißt du denn, daß sie einen Tag vor seinem Tode alle Anwälte, die sie kennt, angerufen und gefragt hat, ob bei ihnen etwa ein neues Testament liege ...«

»Die Banken hat sie auch abgeklappert«, sagte die Gattin des Frauenarztes.

»Was für Banken?«

»Alle Filialen der Landessparkasse, mit einem Taxi. Sie hatte ein Foto von Ödön bei sich und erkundigte sich überall, ob man ihn kenne ...«

»Sie haben nach dem Dienstmädchen geläutet und sie in das Zimmer geschickt, damit sie nachsieht, was dort vor sich geht. Die anderen haben sich nicht hineingetraut.«

»Aber warum haben sie nach dem Mädchen geläutet?«

»Tante Matild war davon wach geworden, daß in seinem Zimmer die Katze laut mauzte und mit den Krallen an der Tür kratzte. Sie wartete eine Weile, dann weckte sie ...«

»Der Sterbende hat kein Geräusch gemacht, nicht geröchelt?«

»Sie haben nichts gehört, nicht mal seinen Atem. Daraufhin haben sie nach dem Dienstmädchen geläutet, weil sie sich nicht hineintrauten ...«

Jetzt erst trat die Witwe des einstigen Präsidenten der Englisch-Ungarischen Bank ein, die von V.s monatlich mit hundert bis hundertfünfzig Forint unterstützt worden war, aber schon im nächsten Augenblick stand sie in der vordersten Reihe und wischte sich den Schweiß von dem riesigen roten Gesicht. »Ich habe gerade gehört«, sagte sie keuchend, »daß diese damned fool, diese Kuh auf zwei Beinen, die vom Kontinent gejagt werden müßte, damit England uns nicht den Krieg erklärt . . .«

»Aber warum sollte England, gnädige Frau?« fragte der tabeskranke Maler. »Im Namen der beleidigten menschlichen Vernunft? Oder zum Schutz der Menschenrechte? Meines Wissens bestreitet diese überaus sympathische Nation nicht das Recht des Menschen auf Dummheit.«

Mit den Ellbogen schob die dicke Witwe den mageren kleinen Maler beiseite. »I'm glad to see you. Warum sind Sie übrigens hergekommen mit Ihren kaputten Beinen? Noch mehr Bilder werden Sie ihr sowieso nicht verkaufen, my boy.«

»Ich möchte ein Porträt von Ihnen malen«, sagte der Maler.

»Sie sind auch ein damned fool. Glauben Sie, ich werde jemals wieder einen dreckigen Groschen besitzen? Ich habe also gehört . . .«

»In allen Bankfilialen hat sie das Foto vorgezeigt und gefragt, ob der Betreffende dort ein Konto hat.«

»Und haben sie es ihr gesagt?«

»Aber nein! Die Konten sind geheim, sie dürfen es gar nicht sagen. Das wurde ihr gleich in der ersten Filiale erklärt, aber sie ging trotzdem zurück ins Taxi und weiter.«

»Wie ich hörte, sucht sie nach irgendwelchen Schweizer Wertpapieren, die sie mit in die Ehe gebracht hat . . .«

Aus der Leichenhalle ertönte in feierlichem Tonfall eine kräftige, angenehme Männerstimme, aber der Redner wandte dem Eingang offenbar den Rücken zu, denn was er sagte, war nicht zu verstehen. Das Blitzlicht eines Fotoreporters zuckte auf, noch eins, dann ein drittes.

»Aber als die Hausangestellte eintrat, war er schon tot.«

»Schrecklich! Er war allein, als er starb?«

»Ja.«

»Seine Frau war nicht bei ihm?«

»Darüber wird er wohl nur froh gewesen sein, lieber Herr Redakteur.«

»Wie boshaft Sie sind, Gräfin! Gott ist mein Zeuge, sie übertrifft mich noch.«

Die Gräfin lächelte fein. »Es scheint ohnedies, daß er im letzten Augenblick allein sein wollte. Als das Dienstmädchen eintrat...«

»Das letzte Paar Seidenstrümpfe hat sie mir abgenommen, die Ärmste«, berichtete die Witwe des Obergespans den Umstehenden. »Ich wollte gar nicht zum Begräbnis kommen. Natürlich sehe ich ein, sie braucht sie nötiger.«

»... kurz und gut, da höre ich doch, daß diese Kuh auf zwei Beinen von dem Sterbenden verlangt hat, bevor er abkratzt, soll er was in ihr Erinnerungsbuch schreiben. Die bloody fool! Ihr Glück, daß sie mir seitdem nicht über den Weg gelaufen ist, sonst...«

»Zwei Tage vor seinem Tode wollte sie noch ins Theater gehen...«

»Sie hat mich um eine Karte für die Vorstellung gebeten...«

»Und da war sie noch beleidigt, weil...«

»Was meinst du, hat sie noch so viel Geld, um...«

»... um weiter die hundertzwanzig im Monat zu zahlen?«

»... hat sie ihm einen Band Dante in die Hand geben wollen, zum Fotografieren.«

»Auf dem Sterbebett?«

»Ja. Aber seine Finger ließen sich nicht mehr öffnen.«

»... die bekommt nur fünfzig pro Monat!«

»Nicht mehr lange!«

»... ein rosa Kleid aus Schantungseide, das hat sie nicht einfärben lassen...«

Jedesmal, wenn die Fotoreporter die Bahre und die am Sarg einander abwechselnden Redner anvisierten, lüftete die Witwe den Schleier und richtete ihre verweinten Augen auf die Linse. In der Leichenhalle war es drückend heiß, einem jungen Mädchen wurde schlecht, man mußte sie ins Freie führen. Draußen wirbelte der frische Wind hin und wieder eine kleine Staubwolke auf und vermengte sie mit dem Blumenduft von den Gräbern.

»Werden Sie nachher am Grab sprechen, Herr Professor?«

»Ja«, sagte der ältere, grauhaarige Mann, das Buch, das er in der Hand hielt, rasch in die Jackentasche versenkend, »ja, am Grab. Wenn meine Freunde beerdigt werden, muß ich leider stets die Trauerrede halten. Ich kann nie ein Begräbnis genießen.«

»Alle Filialen der Sparkasse hat sie mit dem Taxi abgeklappert, bis hinaus nach Pesterzsébet, . .«

»Und die Schweizer Wertpapiere?«

»Die konnten dort nicht sein. Als sie einsah, daß sie so nichts ausrichten würde, log sie Ödön vor, nächste Woche solle das Geld abgewertet werden, deshalb müsse man alles abheben . . .«

»Wieso schwärmen Sie für die Natur, gnädige Frau?« fragte der Maler. »Auch der Krebserreger ist Natur, schwärmen Sie für ihn ebenso?«

»Frau R. hat eine regelmäßige monatliche Subvention erhalten?«

»Er wollte also allein sein, als er starb.«

»Ja. Das Dienstmädchen machte die Tür auf, und im Zimmer war es so dunkel, daß sie sich anfangs nicht hineintraute. Anscheinend hatte er die Nachtlampe ausgeschaltet.«

»Dazu besaß er noch die Kraft?«

»Er besaß unheimlich viel Kraft. Das Federbett hatte er sich über den Kopf gezogen, damit man nichts von seinem Todesröcheln hörte. Er wollte allein sterben. Mit den Knochenhänden hat er sich beiderseits das Federbett auf das Gesicht gedrückt und sich so darin festgekrallt, daß an einer Stelle der Bezug durchlöchert ist.«

Als sich der Trauerzug zum Grab bewegte, unternahm der Maler auf seinen ein wenig schlingernden Beinen unbemerkt einen Spaziergang über den großen Friedhof. Je weiter er sich von den eleganten Krypten und Grabmälern entfernte und sich dem ärmlichen, vernachlässigten Außenring näherte, um so mehr schmolz das spöttische Lächeln, das ihm beim Lesen der Grabinschriften die Mundwinkel hochgezogen hatte, von seinem Gesicht, und das äußere Bild vereinte sich mit dem inneren; sein hartes, knochiges Gesicht wurde traumverloren weich, seine Augen begannen zu glänzen, die Tränen kamen ihm. Er setzte sich auf den Erdboden,

den Rücken an ein verwitterndes Grabkreuz lehnend, über dem eine riesige Trauerweide das Sonnenlicht filterte. Einst – bevor sie beide verknöcherten – war er V.s bester Freund gewesen, nun stürmten unversehens die Erinnerungen auf ihn ein, und ihm wurde schwer ums Herz. Ringsumher war es sehr still, nur das ohne Unterlaß herabstürzende Sonnenlicht knisterte am Stamm des uralten Baumes, und ab und zu drang schläfriges Vogelgezwitscher aus der Laubkrone zu ihm hinunter. Auf dem benachbarten sonnenbeschienenen Grabstein wärmte eine glasgrüne Echse ihren feingliedrigen, knorpeligen Körper; den dreieckigen Reptilienkopf starr vorgestreckt, haftete sie mit den vier winzigen Beinen an dem heißen Stein und saugte bewegungslos die Glückseligkeit des Seins in sich auf. Die Luft war so rein, daß man an ihrem Hals durch die dünne Haut eine Ader pulsen sah. Ein leichter Wind strich über die Grabkreuze, zerstäubte Rosenduft in der heiß vibrierenden Luft, ließ eine herabhängende Efeuranke erbeben und verschwand dann, als hätte er nun sein Werk getan, spurlos im Schatten des nächsten Kreuzes.

Hinter einem Grabhügel hervor trat eine alte Frau in den Sonnenschein. Als sie den schluchzend auf dem Boden liegenden Mann erblickte, blieb sie stehen und sah ihn aus ihren alten, ein wenig entzündeten Augen mitleidsvoll an. In ihrem Leben hatte sie schon viele Menschen weinen sehen, aber auch an diesem konnte sie jetzt nicht wortlos vorübergehen.

»Sie sollten's sich nicht so zu Herzen nehmen!« sagte sie. »Ich, wissen Sie, komme jetzt leider schon vierzig Jahre hierher, um am Grab meines einzigen Sohnes zu beten, trotzdem finde ich mich allein im Leben zurecht. Obzwar ich auch eine Tochter habe und ein hübsches Enkelkind.«

Der Maler wandte sich ab und wischte sich mit dem Taschentuch die Tränen aus den Augen. Die alte Frau beugte sich neugierig vor, um sein Gesicht besser betrachten zu können. »Ruht Ihre liebe Frau hier?« fragte sie.

Der Maler antwortete nicht.

»Bestimmt hatten Sie eine schöne, rechtschaffene Frau«, sagte die Alte. »Der Herr hat sie früh abberufen.«

Der Maler schüttelte den Kopf.

»Nicht Ihre Frau?« fragte die Alte. »Etwa Ihre Mama?«

»Nein«, sagte der Maler. »Nicht die Mama. Die ist längst tot.«

»Der Papa?«

»Der auch nicht«, sagte der Maler.

Ratlos musterte die Alte den verwitterten Grabstein, von dessen Buchstaben der Regen schon lange die Goldfarbe abgewaschen hatte. »Meine Augen sind schlecht«, sagte sie, »und die Brille habe ich zu Hause gelassen, Sie müssen entschuldigen.«

»Was gibt es da zu entschuldigen«, sagte der Maler. »Wozu braucht man auf dem Friedhof eine Brille?«

Die Alte kam herangeschlurft und studierte mit gerunzelter Stirn weiter die Grabinschrift. »Für alte Weiber wie ich wäre es am besten, der Herrgott riefe sie zu sich, das glauben Sie mir bitte! Aber Sie sind noch jung, Sie können noch Kinder haben.«

Der Maler schwieg.

»Wenn Gott einen nimmt, gibt er einen anderen dafür«, sagte die Alte und prüfte mit vorgerecktem Kopf und tränenden roten Augen weiter die unleserliche Grabinschrift. »Ich hab auch noch eine Tochter bekommen, zehn Jahre nach meinem Jóska.«

»Ja«, sagte der Maler.

»Haben Sie auch Ihren lieben Sohn hier begraben?«

»Nein«, sagte der Maler.

»Dann bestimmt . . .«

»Ich habe niemanden hier begraben«, sagte der Maler. »Ich betrauere die Menschheit, über einem fremden Grab. Ich bin ein närrischer Künstler, wissen Sie.«

Die Alte schwieg eine Weile, unwillkürlich das Lüstertuch über ihrer Brust enger raffend. »Die braucht man nicht zu betrauern«, sagte sie, »die kommt schon zurecht. Nun, leben Sie wohl, ich geh nach Hause.«

1955

Liebe

Die Zellentür ging auf, und der Gefängniswärter warf etwas hinein. »Fangen Sie!« sagte er.

Es war ein Sack, darauf eine Zahl. Er fiel auf den Boden, dem Häftling genau vor die Füße. B. stand auf, holte tief Luft und sah den Wärter an. »Ihre Zivilkleidung! Ziehen Sie sich um, Sie werden gleich rasiert.«

Der Sack enthielt seinen vor sieben Jahren abgelegten Anzug und seine Schuhe. Der Anzug war völlig zerknittert, keine Handbreit Stoff war glatt geblieben, die Schuhe waren schimmlig. Er faltete das Hemd auseinander, es war ebenfalls schimmlig. Als er sich angekleidet hatte, kam der Barbier, auch ein Häftling, und rasierte ihn.

Eine Stunde später wurde er zum kleinen Gefängnisbüro gebracht. Auf dem Gang warteten schon acht oder zehn andere Häftlinge, gleichfalls in Zivilkleidung, trotzdem rief man ihn als ersten auf, kaum daß er vor der Bürotür stand. Am Schreibtisch saß ein Wachtmeister, neben ihm stand noch einer, vor ihnen spazierte mit langen Schritten ein Hauptmann in dem engen Raum auf und ab.

»Kommen Sie her!« sagte der Wachtmeister am Schreibtisch. »Name? ... Name der Mutter? ... Abgang wohin? ...

»Ich weiß nicht«, sagte B.

»Wieso?« fragte der Wachtmeister. »Sie wissen nicht, wohin Sie gehen werden?«

»Nein«, sagte B. »Ich weiß nicht, wohin man mich bringen wird.«

Der Wachtmeister blickte ihn mißlaunig an. »Man bringt Sie nirgendhin«, sagte er mürrisch. »Sie können heimgehen und mit Ihrer Frau Mittag essen. Und heute nacht können Sie Ihre Gerätschaft wieder benutzen. Haben Sie verstanden?«

Der Häftling antwortete nicht.

»Wohin also?« fragte der Wachtmeister.

»Ulmenstraße siebzehn.«

»Budapest, wievielter Bezirk?«

»Zweiter«, sagte B. »Warum werde ich rausgelassen?«

»Was fragen Sie so viel?« murrte der Wachtmeister. »Sie werden rausgelassen, und fertig. Seien Sie froh, daß Sie uns los sind.«

Aus dem Nachbarzimmer wurden seine Wertsachen gebracht, eine vernickelte Armbanduhr, ein Füllfederhalter und eine abgegriffene, grünlichschwarze Geldbörse, ein Erbstück von seinem Vater. Sie war leer.

»Unterschreiben Sie das!« sagte der Wachtmeister.

Es war eine Quittung über die Armbanduhr, den Füllfederhalter und die Börse.

»Das auch!«

Auch das war eine Quittung, über einhundertsechsundvierzig Forint Arbeitslohn. Das Geld wurde ihm auf den Tisch gezählt. »Stecken Sie's ein!« sagte der Wachtmeister. B. nahm die Geldbörse wieder aus der Tasche und steckte die Scheine zusammen mit dem Kleingeld in das eine Fach. Auch die Börse roch schimmlig. Zuletzt bekam er den Entlassungsschein. Die punktierte Zeile, die mit *Grund der Verhaftung* begann, war leer.

Er mußte noch ungefähr eine Stunde auf dem Gang warten, bis man ihn mit drei anderen zum Haupttor des Gefängnisses brachte. Aber bevor sie das Tor erreichten, kam ihnen ein Wachtmeister nachgelaufen und hielt sie an. Er griff sich einen Mann aus der Vierergruppe und ließ ihn von zwei Wächtern mit Maschinenpistolen in das Gefängnisgebäude zurückführen. Das frischrasierte Gesicht des Mannes erblaßte so jäh, als hätte er einen Gallenanfall bekommen, seine Augen wurden schwammig.

Zu dritt gingen sie weiter bis zum Tor.

»Dort ist die Straßenbahn, steigen Sie ein!« sagte der Wärter zu B., nachdem er den Entlassungsschein geprüft und zurückgereicht hatte.

B. stand nur da und starrte auf die Erde.

»Worauf warten Sie?« fragte der Wachtmeister.

B. stand noch immer und sah nach unten.

»Haun Sie schon ab!« sagte der Wärter. »Worauf warten Sie?«

»Ich geh schon«, sagte B. »Ich kann also gehen?«

Der Wärter antwortete nicht. B. steckte den Entlassungsschein ein und trat aus dem Tor. Nach einigen Schritten hätte er gern zurückgeblickt, aber er nahm sich zusammen und ging weiter. Er horchte. Hinter ihm waren keine Schritte zu hören. Er meinte, wenn er die Straßenbahn erreichte, ohne daß sich von hinten eine schwere Hand auf seine Schulter legte oder daß jemand hinter ihm seinen Namen rief, dann wäre er vermutlich endgültig entlassen. Endgültig?

Als er an der Haltestelle anlangte, drehte er sich jäh um: Niemand kam ihm nach. Er griff in die Hosentasche, aber er hatte kein Taschentuch, mit dem er sich hätte den Schweiß von der Stirn wischen können. Er stieg in die Straßenbahn, die gerade quietschend vor ihm hielt. Gleichzeitig stieg aus dem Beiwagen ein Gefängniswärter, und als er am ersten Wagen entlangging, musterte er mit seinem ganzen schorfigen Gesicht und seinen kleinen Augen B. lange und herausfordernd. B. grüßte ihn nicht. Die Bahn fuhr an.

In dieser Minute — von dem Bruchteil des Augenblicks an, als er den Gefängniswärter nicht grüßte und die Straßenbahn anfuhr —, in dieser Minute begann er die Welt ringsherum zu hören. Es war ein Gefühl wie im Kino, wenn der Film wegen eines Maschinenfehlers eine Zeitlang ohne Ton gelaufen ist und der Ton mitten in einem Satz, mitten in einem Wort in den leer aufgesperrten Mund des Schauspielers zurückkehrt und wenn sich dann der taubstumme Saal, in dem auch das Publikum seine dritte Dimension verloren zu haben schien, unvermittelt bis zur Decke hoch mit lauter Musik, mit Gesang und Dialogen füllt. Auf einmal explodierten all die Farben rundum. Die entgegenkommende Straßenbahn war von einem Gelb, wie er es sein Lebtag nicht gesehen hatte, und sie brauste so schnell an einem schreiend grauen zweigeschossigen Haus vorbei, daß B. fürchtete, sie würde nie mehr zum Stehen kommen. Auf der anderen Straßenseite galoppierten zwei mohnrote Pferde vor einem leeren Fuhrwerk, dessen betörendes Geratter die zauberhaften Schäfchenwolken am Himmel durcheinanderrüttelte. Ein flaschengrünes Gärtchen wogte vorüber, darin zwei flammende Glaskugeln und hinter ihnen ein geöffnetes Küchenfenster. Auf den Gehwegen spazierten Millionen Menschen, alle in Zivil, einer schöner als der andere, und alle unterschieden sich voneinander. Viele von ihnen waren von überraschend kleinem Wuchs, manche reichten den Passanten nur bis zum Knie, andere mußte man auf dem Arm tragen. Und die Frauen!

Da B. spürte, wie ihm Tränen in die Augen stiegen, ging er in das Innere der Bahn. Die Schaffnerin hatte eine weiche und angenehm klingende Stimme, die ans Herz rührte. B. löste einen Fahrschein und setzte sich hinten im Wagen auf einen Ecksitz. Er verschloß sich. Wenn er offen bliebe, so fürchtete er, würde er die Selbstbeherrschung verlieren. Als er einmal aus dem Fenster blickte, sah er auf dem Gehweg gegenüber, vor dem Tor der Brauerei, einen Mann, der einer jungen Frau das Gesicht streichelte. Er langte wieder in die Hosentasche, aber er fand wieder kein Taschentuch, mit dem er sich den frischen Schweiß von der Stirn hätte wischen können. Ein Arbeiter belegte den leeren Platz ihm gegenüber, in der offenen Aktentasche hatte er zehn Flaschen Bier.

Die Schaffnerin lachte. »Ist das nicht ein bißchen viel?«

»Ich hab Familie, Kollegin«, sagte der Arbeiter. »Meine Frau guckt gern zu, wenn ihr Mann trinkt.«

Die Schaffnerin lachte. »Guckt zu?«

»Na klar!«

»Ist das dunkles Bier?«

»Ja.«

»Helles ist besser.«

»Meine Frau guckt gern bei dunklem zu«, sagte der Arbeiter.

Die Schaffnerin lachte. »Sie könnten mir eine Flasche abtreten.«

»Dunkles?«

»Na klar, dunkles!«

»Wozu?«

Die Schaffnerin lachte. »Ich würde es meinem Mann mitnehmen.«

»Was braucht der dunkles, wenn er lieber helles mag«, sagte der Arbeiter.

Die Schaffnerin lachte. Sie erreichten eine Haltestelle, B. stieg aus und nahm ein Taxi. Der Fahrer klappte die Fahne herunter. »Wohin möchten Sie?« fragte er nach einer Weile, als sein Fahrgast noch immer nichts gesagt hatte.

»Nach Buda«, sagte B.

Der Fahrer drehte sich nach hinten um und musterte den Fahrgast. »Über welche Brücke?«

B. sah vor sich hin. »Über welche Brücke?«

»Kennen Sie sich in Budapest nicht aus?« fragte der Fahrer.

»Über die Margaretenbrücke«, sagte B.

Der Wagen fuhr los. B. saß stockgerade, er lehnte sich nicht zurück. Durch das offene Wagenfenster schlug von der sonnenbeschienenen Straße der Geruch nach Benzin und Staub und das Klingeln der Straßenbahnen herein. Auf die beiden Gehwege rechts und links fiel Sonnenlicht, auf dem Asphalt eilten einander kreuzend soviel Schatten unter den Schuhen der Passanten dahin, daß sie den Straßenverkehr geradezu verdoppelten. Unter der orange gestreiften Plane einer Konditorei saß in rötlichem Licht eine junge Frau, die eine Zigarette rauchte. Ein Stückchen weiter, an der Ecke des Gehwegs, hatte sich ein kleiner, junger Kastanienbaum schon belaubt, unter sich hatte er einen handtellergroßen, hin und her schwingenden, lockeren, leuchtenden Sonnenfleck.

»Wenn Sie einen Tabakladen sehen ...«, sagte B. zum Fahrer.

Drei Häuser weiter hielten sie. B. sah aus dem Fenster: sie standen vor einer geöffneten Ladentür, vor einem Berg roter Radieschen, einem Berg grünem Salat, einem Berg roter Jonathanäpfel. Daneben die schmale Tür eines Tabakladens.

»Bleiben Sie nur sitzen«, sagte der Fahrer, sich nach hinten wendend, »ich hol es Ihnen. Welche Sorte?«

B. sah die Radieschen an. Seine Hände zitterten.

»Kossuth?«

»Ja«, sagte B. »Und eine Schachtel Streichhölzer.«

Der Fahrer stieg aus. »Lassen Sie nur, wir schlagen's zum Fahrpreis dazu. Ein Päckchen?«

»Seien Sie so gut«, sagte B.

»Zünden Sie sich gleich eine an?« fragte der Fahrer, als er zurückkam. »Mein Schwager hat auch zwei Jahre gesessen, sein erster Weg war auch der Tabakladen. Er hat zwei Kossuth geraucht, eine nach der anderen, und ist dann erst nach Hause gegangen.«

»Sieht man es mir an?« fragte B. nach einer Weile.

»Ein bißchen sieht man's Ihnen vielleicht an«, sagte der Fahrer. »Mein Schwager hatte auch so eine kränkliche Farbe. Sie könnten natürlich auch aus dem Krankenhaus kommen, aber dort sind hinterher die Kleider nicht so zerknittert. Wie lange waren Sie drin?«

»Sieben Jahre«, sagte B.

Der Fahrer pfiff. »Politisch?«

»Ja«, sagte B. »Anderthalb Jahre in der Todeszelle.«

»Und jetzt hat man Sie rausgelassen?«

»Es sieht so aus«, sagte B. »Sieht man es mir sehr an?«

Der Fahrer hob beide Schultern und ließ sie fallen. »Sieben Jahre!« wiederholte er. »Kein Wunder.«

B. stieg an der Zahnradbahn aus und legte den restlichen Weg zu Fuß zurück; er wollte sich an das freie Bewegen gewöhnen, bevor er seiner Frau begegnete. Der Fahrer nahm kein Trinkgeld an. »Das Geld werden Sie noch brauchen«, sagte er. »Geben Sie es für nichts anderes aus als für Ihre Gesundheit! Jeden Tag Fleisch, einen halben Liter guten Wein, dann kommen Sie in Null Komma nichts auf die Beine.«

»Auf Wiedersehn«, sagte B.

Schräg gegenüber, hinten im Schaufenster eines Modegeschäftes, erblickte er einen schmalen Spiegel. Dort blieb er eine Weile stehen, dann ging er weiter. Da auf der Pasaréter Straße viele Leute unterwegs waren, nahm er einen Fußpfad, der an einem Tennisplatz vorbei den Hang hinaufführte, zur Ottó-Herman-Straße. Hier wieder war viel freier Raum, unbebaute Grundstücke, die sich bis zu den Bergen hinzogen. Ihn schwindelte, er setzte sich ins Gras. Seine Frau erwartet ihn sowieso nicht, also hat er Zeit, eine halbe Stunde hier herumzusitzen, dachte er. Gegenüber, hinter einem Zaun, stand ein blühender Apfelbaum. B. betrachtete ihn eine Weile, dann stand er auf und trat an den Zaun. Die wachsfarbenen, großen weißen Blüten saßen so dicht an den Zweigen, daß man, wenn man von unten in die schneeweiße Krone blickte, kaum das dunkelblau vibrierende Rund des Himmels sah. Schaute man sich die Blüten einzeln an, saß in jedem Kelch am Ansatz der oben runden und unten schmaleren Blütenkronblätter ein rosiger Hauch, der dem bräutlichen Licht der Blüten eine zarte Färbung gab. In den Blüten summten so viele Bienen, jede ein kleiner schwingender Goldfaden im weißen Gewebe, daß der ganze Baum zu wogen schien wie ein in den Wind geworfener Schleier. B. stand und lauschte dem plappernden Baum. Er fand zwei Äste, zwischen denen er den Himmel und noch weiter hinten eine reglos dastehende flaumige Wolke sehen konnte, die aussah wie ein zweiter, in unerreichbarer Ferne blühender Apfelbaum. Er betrachtete sie, den erreichbaren und durch ihn hindurch den unerreichbaren, bis ihn schwindelte.

Da er vergessen hatte, seine Armbanduhr aufzuziehen, und nicht wußte, wieviel Zeit vergangen war, seit er aus dem Taxi gestiegen war, machte er kehrt und trat den Heimweg an. Nach einigen Schritten ging er hinter einen Busch und übergab sich; das erleichterte ihn. Nach einem halbstündigen Fußmarsch durch schmale, sonnige Nebenstraßen, die den Berghang mit blühenden Obstbäumen übersäten, stand er vor dem Haus. Sie wohnten im oberen Stockwerk. Im Garten standen rechts und links vom Tor je ein weißer Fliederbusch. Er stieg die Treppe hinauf.

Auf das Klingeln öffnete niemand. An der Tür war kein Namensschild. Er ging ins Souterrain, zum Hausmeister, und klopfte.

»Guten Tag«, sagte er zu der Frau, die die Tür öffnete. Auch sie war mager und alt geworden.

»Wen suchen Sie?«

»Ich bin B.«, sagte B. »Wohnt meine Frau noch hier?«

»Großer Gott«, sagte die Frau.

B. sah nach unten. »Wohnt meine Frau noch hier?«

»Großer Gott«, sagte sie noch einmal. »Sie sind heimgekommen?«

»Ja«, sagte B. »Wohnt meine Frau noch hier?«

Die Hausmeistersfrau ließ die Klinke los und lehnte sich an den Türpfosten. »Sie sind heimgekommen?« wiederholte sie. »Großer Gott! Natürlich wohnt sie noch hier. Hat sie auch nicht gewußt, daß Sie heimkommen? Gütiger Gott! Natürlich wohnt sie noch hier.«

»Mein Sohn auch?« fragte B.

Sie verstand. »Er ist gesund«, sagte sie. »Gesund und munter, ein braver, hübscher großer Junge ist er geworden. Großer Gott!«

B. schwieg.

»Kommen Sie doch zu uns herein!« sagte sie mit bebender Stimme. »Kommen Sie rein! Ich wußte, Sie sind unschuldig. Ich wußte, einmal kommen Sie wieder heim.«

»Es hat niemand aufgemacht«, sagte B., »dabei habe ich dreimal geklingelt.«

»Kommen Sie doch zu uns rein!« wiederholte die Hausmeistersfrau. »Es ist niemand zu Hause. Die Mitmieter sind auch weggegangen.«

B. schwieg, er sah nach unten.

»Ihre Frau geht arbeiten, und Gyurika ist in der Schule«, sagte sie. »Möchten Sie nicht reinkommen? Am Nachmittag kommen sie nach Hause.«

»In der Wohnung wohnen noch andere?« fragte B.

»Sehr ordentliche Leute«, sagte die Hausmeistersfrau. »Ihre Frau kommt gut mit ihnen aus. Großer Gott, Sie sind also heimgekommen?«

B. schwieg.

»Ich habe den Wohnungsschlüssel hier«, sagte sie nach einer Weile, »gehen Sie ruhig hinauf, ruhen Sie sich aus, bis Ihre Frau nach Hause kommt.«

An der Wand hingen an einem Nagel zwei Schlüssel, sie nahm den einen ab und zog die Tür hinter sich zu. »Gehen Sie ruhig hinauf, ruhen Sie sich aus!« sagte sie.

B. sah nach unten. »Kommen Sie mit?« fragte er.

»Natürlich«, sagte sie. »Ich zeige Ihnen, in welchem Zimmer Ihre Frau wohnt.«

»In welchem Zimmer sie wohnt?« fragte B.

»Die Mitmieter sind zu viert, wissen Sie«, sagte die Hausmeistersfrau, »denen hat man die zwei Zimmer zugewiesen. Ihre Frau ist mit Gyurika in die Mädchenkammer gezogen. Aber Küche und Badezimmer sind gemeinsam.«

B. antwortete nicht.

»Gehen wir hinauf«, fragte sie, »oder wollen Sie lieber bei uns warten, bis sie nach Hause kommen? Legen Sie sich doch bei uns aufs Sofa und ruhen Sie sich dort ein bißchen aus, bis sie nach Hause kommen.«

»Küche und Badezimmer sind gemeinsam?« fragte B.

»Gewiß doch«, sagte die Hausmeistersfrau.

B. hob den Kopf und sah ihr ins Gesicht. »Dann habe ich das Recht zu baden?«

»Natürlich«, sagte sie lächelnd und legte die Hand sanft um B.s Ellbogen, als wollte sie ihn stützen, »natürlich haben Sie das Recht zu baden, wieso auch nicht. Das ist auch Ihre Wohnung, und wie gesagt, Küche und Badezimmer sind gemeinsam. Ich würde ja gern für Sie heizen, vom Winter hab ich noch ein bißchen Holz im Keller, aber soviel ich weiß, schließen die Mitmieter tagsüber das Bad ab.«

B. schwieg, er sah wieder nach unten.

»Gehen wir hinauf«, fragte die Hausmeistersfrau, »oder kommen Sie zu uns rein? Kommen Sie ruhig! Ich bin in der Küche, ich störe Sie nicht, Sie legen sich aufs Sofa, vielleicht können Sie sogar ein bißchen schlafen.«

»Danke«, sagte B. »Ich möchte lieber hinaufgehen.«

Das Fenster der kleinen Mädchenkammer ging, wie allgemein bei Dienstbotenzimmern, nach Norden; vor dem Fenster stand eine Zieresche, links war, schwarz von Fichten, die Spitze des Guggerbergs zu sehen. Vom Laub der Esche war das Zimmer grünlichdunkel. Sobald er allein war und sein Atem ruhiger ging, erkannte er den Geruch seiner Frau. Er setzte sich ans Fenster und atmete. Dabei betrachtete er das Laub der Esche. Mit dem ganzen Körper saß er im Geruch seiner Frau und atmete. In dem engen kleinen Zimmer standen nicht mehr als ein schäbiger weißer Schrank, ein eisernes Bett, ein Tisch und ein Stuhl; um zum Bett zu gelangen, mußte man den Stuhl wegschieben. Er legte sich nicht auf das Bett, er saß da und atmete. Der Tisch war bepackt mit allerlei Sachen, mit Büchern, Kleidungsstücken, Spielzeug; da war auch ein kleiner Handspiegel; er besah sich darin: er zeigte dasselbe wie der Schaufensterspiegel an der Zahnradbahn. Mit der Spiegelfläche nach unten legte er ihn auf den Tisch zurück. Er kramte nicht in den Sachen seiner Frau auf dem Tisch. Im Aschenbecher lag ein rotgepunkteter Ball. Auch über dem Tisch war der Geruch seiner Frau zu spüren.

Kaum hatte er sich ans Fenster gesetzt, da brachte die Hausmeistersfrau eine große Tasse Milchkaffee und zwei dicke Scheiben Kuchenbrot. Er aß es, als er wieder allein war. Wenig später klingelte die Frau des Mieters aus dem Parterre, sie ebenfalls mit einer Tasse Kaffee, einem Butterbrot, Wurst und einem ebensolchen Jonathanapfel, wie er sie auf der Straße gesehen hatte, in der Auslage des Gemüseladens. Sie stellte das Tablett auf den Tisch, ihre Augen waren feucht, nach einigen Minuten ging sie wieder. Als B. allein war, aß er auch das auf. Noch immer hatte er seine Armbanduhr nicht aufgezogen, so wußte er nicht, wie lange er schon am Fenster saß. Das Fenster ging auf den Garten hinter dem Haus, dort hielt sich niemand auf. Ab und zu fuhr ein leichter Wind in die hellgrünen, weißgeränderten Blätter der Esche, und dann vibrierte das Nachmittagslicht an den weißgestrichenen Wänden der Mädchenkammer.

Als er sich mit dem Geruch seiner Frau vollgesogen hatte und ihn nicht mehr wahrnahm, ging er hinunter vor das Gartentor.

Nach einer Weile kam seine Frau um die Ecke, um sie herum vier oder fünf Kinder. Als sie sich dem Tor näherte, wurden ihre Schritte plötzlich langsamer, für einen Augenblick blieb sie stehen, dann kam sie auf ihn zugelaufen. Auch B. begann zu laufen, ohne es zu bemerken. Auf einmal stutzte die Frau, als wäre sie sich ihrer Sache nicht sicher; dann lief sie weiter. B. erkannte den grauen, schwarzgestreiften, langärmligen Wollsweater, den er ihr unmittelbar vor seiner Verhaftung in der Innenstadt gekauft hatte. Seine Frau war eine eigentümliche, nie gesehene Verbindung aus Luft und Fleisch, einzig in ihrer Art. Sie übertraf alles, was er im Gefängnis sieben Jahre lang über sie zusammengetragen hatte.

Als sie sich voneinander lösten, lehnte sich B. an den Zaun. Etliche Schritte hinter seiner Frau standen vier oder fünf Jungen mit neugierigen, aber ein wenig betroffenen Gesichtern. Sie mochten sieben Jahre alt sein, acht, neun. Sie waren nicht zu fünft, sondern zu viert. B., an den Zaun gelehnt, musterte sie prüfend, jeden einzeln.

»Welcher ist meiner?« fragte er.

Da begann seine Frau zu weinen. »Gehen wir hinein!« sagte sie weinend.

B. legte den Arm um ihre Schulter. »Weine nicht!«

»Gehen wir hinein!« sagte seine Frau laut weinend.

»Weine nicht!« sagte B. »Welcher ist meiner?«

Seine Frau stieß die Gartentür auf und lief auf das Haus zu, verschwand zwischen den beiden weißen Fliederbüschen im Hausflur. Sie war noch ebenso schlank wie vor sieben Jahren, und sie lief mit den gleichen langen, federnden Schritten wie in ihrer Mädchenzeit, als sie einmal vor einer Kuh ausriß, den unbeherrschten, wilden Rhythmus der Furcht in den Beinen. Aber bis B. sie im Obergeschoß vor der Wohnungstür einholte, hatte sie sich wieder gefaßt; nur ihre mädchenhaften Brüste wogten unter dem schwarzgestreiften Sweater. Sie weinte nicht mehr, aber die Haut unter ihren Augen war noch feucht von Tränen.

»Mein Einziger«, flüsterte sie, »mein Einziger!«

Wenn sie flüsterte, hätte er am liebsten ihre Worte in den Mund genommen, jedes für sich.

»Gehen wir hinein!« sagte B.

»Wir wohnen nicht mehr allein in der Wohnung.«

»Ich weiß«, sagte B. »Gehen wir hinein.«

»Warst du schon drinnen?«

»Ja«, sagte B. »Welcher ist mein Sohn?«

In der Kammer kniete sie sich vor ihn und legte ihren Kopf auf seinen Schoß, sie weinte. Mit fremdartigem Licht leuchteten graue Fäden in ihrem dunkelblonden Haar. »Mein Einziger«, sagte sie. »Ich habe auf dich gewartet. Mein Einziger.«

B. streichelte ihren Kopf. »War es schwer?«

»Mein Einziger«, flüsterte sie.

B. streichelte weiter ihr Haar. »Bin ich sehr gealtert?«

Sie umklammerte seine Knie und preßte sich an ihn. »Für mich bist du wie damals, als du weggingst.«

»Bin ich sehr gealtert?« fragte B.

»Solange ich lebe, werde ich dich lieben«, flüsterte seine Frau.

»Du liebst mich?« fragte B.

Ihr Rücken bebte, sie weinte laut. B. nahm die Hand von ihrem Kopf. »Kannst du dich an mich gewöhnen?« fragte er. »Wirst du dich wieder an mich gewöhnen können?«

»Ich habe nie einen anderen geliebt«, sagte sie. »Ich liebe dich.«

»Du hast auf mich gewartet?« fragte B.

»Ich habe mit dir gelebt«, sagte sie. »Es war kein Tag, daß ich nicht an dich gedacht hätte. Ich wußte, du wirst zurückkommen. Aber wenn du nicht gekommen wärst, wäre ich allein gestorben. Dein Sohn, das warst auch du.«

»Du liebst mich?« fragte B.

»Ich habe nie einen anderen geliebt«, sagte sie. »Du hättest dich nicht so verändern können, daß ich dich nicht liebe.«

»Ich habe mich verändert«, sagte B. »Ich bin alt geworden.«

Sie weinte, sie drückte die Beine ihres Mannes an sich. B. streichelte wieder ihren Kopf.

»Können wir noch ein Kind haben?« fragte sie.

»Vielleicht«, sagte er. »Wenn du mich liebst. Steh auf!«

Sie stand auf. »Soll ich ihn heraufrufen?«

»Noch nicht«, sagte B., »ich möchte noch mit dir allein sein. Er ist mir noch fremd. Ist er im Garten geblieben?«

»Ich laufe hinunter«, sagte sie, »und sage ihm, er soll noch warten.«

Als sie zurückkam, stand B. am Fenster, mit dem Rücken zum Zimmer. Sein Rücken schien schmaler und krumm geworden zu sein. Er drehte sich nicht um. Seine Frau blieb einen Augenblick in der Tür stehen. »Ich habe ihm gesagt, er soll Blumen für seinen Vater pflücken«, sagte sie, ein wenig heiser vor Aufregung. »Auf dem leeren Nachbargrundstück blüht gerade der Flieder auf, er soll seinem Vater einen großen Strauß pflücken.«

»Liebst du mich?« fragte B.

Sie lief zu ihm, legte die Arme um seine Schultern, schmiegte sich mit dem ganzen Körper an ihn. »Mein Einziger«, flüsterte sie.

»Wirst du dich an mich gewöhnen können?« fragte B.

»Ich habe nie einen anderen geliebt«, sagte sie. »Ich war Tag und Nacht bei dir. Ich habe deinem Sohn jeden Tag von dir erzählt.«

B. drehte sich um und umarmte sie, aufmerksam musterte er ihr Gesicht. In dem Abendlicht, das durch das Fenster fiel, sah er erleichtert, daß auch sie gealtert war, dennoch war sie schöner, als er sie sich sieben Jahre lang Tag für Tag vorgestellt hatte. Ihre Augen waren geschlossen, ihr Mund halb geöffnet, ihr heißer Atem zwischen den leuchtenden Zähnen hervor traf auf B.s Mund. Unter den dichten Wimpern auf der blassen Haut glänzten dunkel und feucht ihre Augen. Sie war die Hingabe selbst. B. küßte ihre Augen, dann schob er sie sanft von sich.

»Hab auch unseren Sohn lieb!« flüsterte sie mit geschlossenen Augen.

»Ja«, sagte B. »Ich werde mich an ihn gewöhnen. Ich werde ihn liebhaben.«

»Er ist dein Sohn!«

»Und deiner«, sagte B.

Sie legte die Arme um seinen Nacken. »Jetzt wasche ich dich«, sagte sie.

»Das wird gut sein.«

Er zog sich aus. Sie machte das Bett zurecht und legte den nackten Körper ihres Mannes auf das Laken. In einer Blechschüssel brachte sie warmes Wasser, Seife, zwei Handtücher. Das eine tauchte sie zusammengefaltet in das Wasser und seifte es ein. Sie wusch den ganzen Körper, vom Kopf bis zur Sohle. Zweimal wechselte sie das Wasser. Ab und an zuckten noch B.s Hände, aber sein Gesicht hatte sich schon beruhigt.

»Wirst du dich wieder an mich gewöhnen können?« fragte er.

»Mein Einziger«, sagte sie.

»Schläfst du heute nacht mit mir?«

»Ja«, sagte sie.

»Wo schläft das Kind?«

»Ich mache ihm was auf dem Fußboden zurecht«, sagte sie. »Er hat einen sehr tiefen Schlaf.«

»Bleibst du die ganze Nacht bei mir?«

»Ja«, sagte die Frau. »Jede Nacht, solange wir leben.«

1956

Zwei Frauen

1. Allegro

Bevor sie an der Tür klingelte, blieb Luca vor dem kleinen Haus ihrer Schwiegermutter – mit dem Garten ringsum – stehen, nahm den winzigen runden Spiegel aus der Handtasche und sah nach, ob ihre Tränen nicht die schwarze Wimperntusche verwischt hatten. Der Spiegel blitzte auf in der Sonne und schoß einen blendenden Lichtstrahl auf ihr rötlich schimmerndes Haar. Sie kniff die Augen zusammen und prüfte ihr Gesicht mit der unbarmherzigen Sachlichkeit eines Spürhundes; sicherheitshalber puderte sie es noch ein wenig und zeichnete mit zwei leichten, flinken Handbewegungen den Mund nach: Selbst vor Irén, der alten Haushälterin, hätte sie sich geniert, mit verweintem Gesicht zu erscheinen. Vom offenen Küchenfenster her roch es nach frischem Röstbrot, und ihr wurde ein wenig leichter ums Herz. Vor der Tür stehend, »konzentrierte« sie sich noch ein paar Augenblicke lang, dann zog sie mit einer zur Gewohnheit gewordenen Gebärde trotzig die Schultern hoch. Bisher hatte sie – seit fast einem Jahr – noch alle Vormittage glücklich überstanden.

Links, neben den drei steinernen Stufen zur Haustür, blühte bereits der große Spierstrauch; wie ein Wasserfall schickte er seine leuchtenden weißen Wogen zum kleinen Rasensaum hinab. Hinter dem Zaun, auf der Landstraße, unterhielten sich vier Frauen, hundert Schritte weiter standen regungslos vier Gänse im Staub.

»Heute ist die alte Dame mit dem linken Bein zuerst aufgestanden«, sagte Irén.

Luca gab der alten Haushälterin einen Kuß in das rote, runde

Gesicht. »Sie ist aufgestanden?« rief sie lachend. »Ist Christus herabgestiegen und hat ein Wunder getan?« Die rotgesichtige Haushälterin lachte gleichfalls. Eine Nervenentzündung hatte die alte Dame, Lucas sechsundneunzigjährige Schwiegermutter, vor sieben Jahren aufs Krankenlager geworfen, seitdem verließ sie das Bett immer seltener, aber niemals vor sechs Uhr abends, sie schritt dann – im arithmetischen Verhältnis zur Abnahme ihrer Kräfte – anfangs fünfzigmal und nach allmählicher Reduzierung der Tagesdosis zehn- bis fünfzehnmal der Länge nach das Zimmer ab. Im Vorjahr war sie bei zehn angelangt, aber darunter war sie noch nicht gegangen. Seit gestern abend murrt sie, daß sie immer noch keine neue Decke hat, um sie über die Bettpfanne zu legen.

»Haben Sie Salzgebäck mitgebracht?«

»Zwei Zentner«, sagte die junge Frau. »Und Ihnen Geld für den Haushalt, Irén.«

»Auch zwei Zentner?«

Luca lachte auf; ihr Lachen war unwiderstehlich, da mußte man mitlachen. »Witzbold«, sagte sie. »Fünfhundert vorläufig, wird das reichen?«

»Soviel brauche ich diesen Monat gar nicht mehr«, sagte die Haushälterin.

Die junge Frau öffnete ihre weiße, sackförmige Handtasche und fuhr suchend mit der Hand hinein. Sie hielt keine Ordnung darin; die paar zusammengefalteten Banknoten, die sie am Vormittag im Kommissionswarenhaus für ihre alte Blaufuchsstola bekommen hatte, befanden sich zuunterst, unter dem Teegebäck, dem in Seidenpapier gewickelten Deckchen, Puderdose, Lippenstift, Geldbörse und Spiegel, zusammen mit einigen Pfandscheinen und einem Bescheid des Gerichtsvollziehers, der ihr am Morgen in ihrer Wohnung zugestellt worden war. »Eins, zwei, drei, vier, fünf«, zählte sie, und ihr zartes, lebhaftes Gesicht, dessen harmonische Züge nie zur Ruhe kamen, wurde während des Geldzählens für Augenblicke überaus ernst. »Macht nichts, was übrigbleibt, verrechnen wir. Sie brauchen nicht zu sparen, Irén«, sagte sie und lachte erneut. »Sonst ist alles in Ordnung?«

»Ja. Haben Sie noch Geld für sich?«

»Mehr als genug«, sagte die junge Frau.

In die saubere, kleine weiße Küche, die die hereinscheinende Sonne und die weißlackierten Küchenmöbel zwiefach zum Strahlen brachten, schickte die vor dem Fenster stehende Akazie einen Stoß erdrückend süßen Duft, der für einen Augenblick den knusprigen Duft des gerösteten Brotes unterdrückte.

»War der Briefträger schon hier?« fragte die junge Frau.

»Noch nicht.«

»Sehen Sie ab und zu nach dem Briefkasten, Irén, denn heute kommt ein Brief aus Amerika«, sagte die junge Frau. »Ich möchte, daß sie ihn liest, solange ich hier bin.«

»Da klingelt sie doch schon wieder!« sagte die Haushälterin. Drei- oder viermal war ein kurzes, ungeduldiges Schnarren zu hören. »Mindestens zum zehntenmal seit dem Frühstück. Es zuckt ihr in der Hand, als ob sie einen Juckreiz hätte.«

»Bleiben Sie nur, ich gehe zu ihr«, sagte die junge Frau.

In der Tür stehend, deren Geräusch die im Bett liegende, ein wenig schwerhörige alte Frau nicht gehört hatte, betrachtete sie eine Weile das in den großen weißen Kissen versunkene längliche, blasse Gesicht, das eine unter dem Kinn mit einem Band zusammengebundene schwarze Samthaube einrahmte, die große, gerade gelbliche Nase, die unter den geschlossenen Augen aus dem knochigen Gesicht ragte, schien die künftige Totenmaske vorwegzunehmen. Der Körper unter der leichten gelben Daunendecke war völlig bewegungslos; man sah auch nicht, wie sich der Brustkorb hob und senkte. Wieder mußte sich die junge Frau »konzentrieren«; Tränen wollten ihr in die Augen steigen. Zerbrechlich und kraftvoll zugleich stand sie auf der Schwelle, den Kopf auf dem schönen, langen Hals nach hinten geworfen, als würde er von dem gewaltigen kupferroten Haarknoten herabgezogen, ihre Nasenflügel bebten, ihr rundlicher kleiner Bauch spannte sich vor Erregung. »Blöde Gans!« sagte sie ärgerlich zu sich selbst, um neue Kraft zu gewinnen. Die Sonne schien von hinten auf das riesige Bett und das zwischen den geblähten Kissen geradezu verschwindende magere, weiße Gesicht, das nur noch die schwarze Samthaube vor dem Sterben bewahrte. Die junge Frau verzog das Gesicht und stampfte gereizt auf.

Die im Bett Liegende öffnete die Augen und sah zur Tür.

»Küß die Hand, Muttchen«, rief Luca mit reiner und fröhlich klingender Stimme.

»Wie oft habe ich schon geläutet, Irén«, klagte die alte Frau ein wenig heiser und sah mit gerunzelter Stirn erneut zur Tür. »Ist der Buttertoast immer noch nicht fertig?«

»Ich bin es, Muttchen«, rief Luca. »In einer Minute ist er fertig.«

Argwöhnisch blickte die alte Frau in die Richtung der Tür. »Wer ist da?« fragte sie.

Obgleich sie schon seit mehr als siebzig Jahren in Ungarn lebte, haftete noch der deutsche Akzent ihrer Heimatstadt Wien an ihren Stimmbändern. Sie sprach das Ungarische fließend, aber oft schlichen sich Wendungen der deutschen Sprache oder zu Beginn ihres Aufenthalts in Ungarn falsch verstandene, entstellte ungarische Wörter, die ihr störrisches Gedächtnis nicht mehr aus dem Griff ließ, in ihre Rede, was ihre Schwiegertochter immer wieder zu einem unzähmbaren, nicht enden wollenden Gelächter reizte. Sie las auch lieber noch deutsch als ungarisch, und zwar in diesen letzten, bettlägerig verbrachten Jahren fast ausschließlich die angebeteten Größen ihrer Jungmädchenzeit, Goethe und Schiller, zuweilen — ein wenig gelangweilt — einen Band Thomas Mann und aus Höflichkeit gegenüber dem Gastgeberland deutsche Aufsätze des Ungarn Georg Lukács über Goethe, die sie in ihrer männlichen, großen gotischen Handschrift mit unzähligen Randbemerkungen und Ausrufungszeichen versah; ihre Notizen — überwiegend Zitate aus den gelesenen Büchern, mitunter mehrere Seiten — schrieb sie, ebenfalls in ihrer Muttersprache, mit den charakteristisch verbogenen und schon ein wenig zitterigen Buchstaben der Bettlägerigen im Wechsel mit den Haushaltsverrechnungen auf das karierte Papier eines Schulheftes mit festem Pappeinband. Die Bücher, acht oder zehn Bände, verwahrte sie zusammen mit den Heften, einem Päckchen süßer Kekse und einer Tüte Schokoladenbonbons — von denen sie täglich eines aß

— auf dem Rand des breiten Bettes an der Wand, in genau festgelegter Reihenfolge, so daß ihr das Benötigte stets zur Hand war und sie nicht deswegen nach Irén läuten mußte. Zu Füßen des Bettes stand das Radio, eingestellt auf den Kossuthsender; mittels eines Schalters, der sich an einer langen elektrischen Schnur befand — und den noch ihr Sohn installiert hatte —, konnte sie es jederzeit einschalten, und die Haushälterin brauchte sie nur herbeizurufen, wenn nach dem mit Tinte markierten Programm das ausgewählte Werk über den Petőfisender kam und dieser eingestellt werden mußte. Doch das war in den vergangenen Monaten immer seltener der Fall gewesen; die alte Frau lag den größten Teil des Tages über reglos und mit geschlossenen Augen im Bett, niemand wußte, ob sie schlummerte oder in ihrem noch immer lebhaften Hirn alte Erinnerungen malte oder aber von ihrer kurzen Zukunft träumte; Leben kam nur in sie, wenn Irén ihr von dem eigenen Mittagessen ein paar Löffel — verbotene — Paprikakartoffeln oder Krautwürfel abtrat oder am Vormittag ihre Schwiegertochter kam. »Du bist es?« sagte sie mißgestimmt, den Kopf leicht vom obersten, mit blaßlila Seide bezogenen kleinen Kissen hebend. »Hast du mir das Salzgebäck mitgebracht?«

»Natürlich habe ich das«, rief die junge Frau, die Öffnung ihrer sackähnlichen Tasche auseinanderziehend und behutsam das Seidenpapierpäckchen herausnehmend. »Und was habe ich dem Muttchen noch mitgebracht?«

»Bestimmt Blumen«, sagte die alte Frau, doch ihr unzufriedenes Gesicht glättete sich sogleich, und ihre Augen, ihre immer noch schönen schwarzen Augen leuchteten gierig auf, als sie den kleinen gelben Stiefmütterchenstrauß erblickte. »Lernst du niemals sparen?«

Luca trat dicht an das Bett, verdrehte die Augen, so daß fast nur noch das Weiße zu sehen war, und drohte ihr mit dem erhobenen Zeigefinger. So lange, bis die alte Frau zu lachen begann und sagte: »Gut, gut, ich sage immer dasselbe jeden Tag, weil du immer dasselbe machst jeden Tag. Du sollst mir nicht immer jeden Tag Blumen bringen. Morgen kaufe mir bitte Kölnischwasser!«

»Und was habe ich dem Muttchen noch mitgebracht?« rief Luca, in die Handtasche fassend. Sie kramte lange darin, absichtlich die Zeit dehnend, während sie neugierig das Altfrauengesicht beobachtete, auf dem sich jetzt unvermittelt ein Zug des Greisenalters ausbreitete, die selbstvergessene, offenmundige, einfältige Widerspiegelung infantiler Neugier. In der dunklen Mundhöhle zeigte sich ihr einziger verbliebener Zahn. »Na, gib schon her!« sagte die alte Frau, nach einer Weile die Geduld verlierend. »Oder hast du es verloren?«

Als sie die ebenfalls in Seidenpapier eingeschlagene kleine, gestickte weiße Decke sah, errötete sie vor Freude. Sie war von forderndem Wesen, aber auch kindlich dankbar für die geringste Zuwendung. »Gut«, sagte sie. »Bück dich und gib mir einen Kuß!« Sie hob den Kopf ein wenig, spitzte die blutlosen Lippen, legte die knochige Hand um den vollen weißen Nacken der jungen Frau, zog sie zu sich herab und küßte sie schmatzend auf die Stirn. »Wunderschön!« sagte sie. »Aber woher nimmst du das viele Geld?«

»Ich verdiene es, Muttchen«, sagte die junge Frau. »Ich bin eine großartige Hure, das weißt du doch.«

Die alte Frau sah sie eine Weile aus weitgeöffneten Augen verständnislos an, dann begann sie plötzlich zu kichern und drohte ihr mit dem Finger. »Hure?« sagte sie. »Ach geh! Ich werde es János petzen, wenn er nach Hause kommt, und dann gibt er dir zwei gewaltige Ohrfeigen!« Sie drehte den schwarzbehaubten Kopf zum Nachttisch und nahm die Bettpfanne in Augenschein, die im unteren Fach stand. »Lege sie bitte darüber!« sagte sie. »Wunderschön! Es war höchste Zeit, heute nachmittag kommt Herr Professor Hetényi, und Irén wird aufgeregt sein, und sie wird sie vielleicht aus Vergeßlichkeit wieder nicht wegräumen, wie letztens, und da hätten wir die Bescherung!«

»Der Herr Professor hat schon ganz andere Sachen gesehen«, sagte Irén, die plötzlich in der Tür erschienen war. »Übrigens, wer sagt denn, daß er heute nachmittag kommt?«

Die alte Frau sah mit gerunzelter Stirn zur Tür. »Immer lauscht sie«, flüsterte sie ihrer Schwiegertochter vorwurfsvoll zu, aber da ihr schwerhöriges Ohr die Lautstärke nicht mehr abzuwägen vermochte, dröhnte ihr gedämpftes Wispern, als hätte sie die Haushälterin, die am entgegengesetzten Ende des Zimmers stand, angeherrscht. »Sie lauscht doch nicht!« rief die junge Frau rasch. »Sie bringt dir den Buttertoast, Muttchen.«

»Ich und lauschen ...«

Luca zwinkerte der alten Haushälterin verschmitzt zu.

»Ich und lauschen ...

Durch das offene Fenster war von der Straße her lautes Gänsegeschnatter zu hören.

»Ich und lauschen ...«

Luca lachte laut auf. »Daß Sie bloß nicht der Schlag trifft, Irén«, rief sie vergnügt. »Wenn Sie sich so aufregen, muß das ja zum Schlaganfall führen. Und nun her mit dem Toast!«

»Der Herr Professor kommt deshalb heute nachmittag«, sagte die alte Frau im Bett zürnend zur Tür hin, »weil er schon sehr lange nicht mehr hier war, mindestens einen Monat nicht, und er hat mir versprochen, daß er jeden Monat einmal ...«

»Er kommt deshalb heute nachmittag«, sagte Luca spöttelnd, »weil das Muttchen in ihn verliebt ist und tagtäglich darauf wartet, daß er kommt, damit sie mit ihm über Goethe plaudern kann, aber sie will nicht, daß er dabei ihr Pipi sieht, das kann man doch verstehen, nicht wahr, Irén?«

»Was sagst du da?« fragte die alte Frau errötend. »Was sagst du da?« Wenn sie wollte, wurde sie binnen Sekunden taub. »Warum müßt ihr immer so tuscheln, daß man sein eigenes Wort nicht hört?« Luca lachte laut auf, draußen vor dem Haus schnatterten die Gänse wieder los. »Was hast du gesagt?«

Professor Hetényi kam deshalb schon lange nicht mehr in das kleine Haus, weil er vor vier Monaten gestorben war, doch das wurde der alten Frau, die dem Verstreichen der irdischen Zeit nicht mehr recht zu folgen vermochte, sorgsam verheimlicht. »Streite nur nicht ab, Muttchen, daß du in den Herrn Professor verliebt bist«, sagte Luca, »denn für wen sonst würdest du all die Goethe-Zitate auswendig lernen!«

Gemächlich zermahlte die alte Frau mittels der inzwischen in den Mund genommenen Prothese das Röstbrot. »Dumme Gans«, sagte sie auf deutsch. »Für wen, für wen!? ... Für mich. Den Toast esse ich auch für mich.«

Die Junge setzte sich in den kleinen gelbseidenen Sessel, der neben dem Bett stand, und schlug die Beine übereinander. »Sag, Muttchen, ist der Herr Professor tatsächlich so geistreich, wenn er deutsch spricht?«

Die alte Frau antwortete nicht, mit verachtungsvoller Miene knabberte sie weiter an ihrem Toast.

»Schon möglich, daß er geistreich ist, wenn er deutsch spricht«, meinte Luca. »Übrigens ist er auch nett, wenn er ungarisch plaudert. Er dürfte bloß nicht so häßlich sein!«

Die alte Frau bemerkte noch nicht, daß sie gefoppt werden sollte. »Alle können nicht so schön sein wie du«, sagte sie, und ihre Stirn rötete sich leicht.

»Ich bin schön, Muttchen?« fragte Luca.

Die alte Frau hielt im Kauen inne und richtete ihre alten, allwissenden, an den Erfahrungen von neun Jahrzehnten gestählten Augen prüfend auf das Gesicht der Schwiegertochter, das jetzt genüßlich mit allen Poren in dem durch das Fenster hereinfallenden Sonnenlicht und dem Akazienduft badete. »Wenn du nur auch so klug wärst«, sagte sie nach einer Weile unzufrieden.

»So klug wie wer?«

Die alte Frau setzte wieder ihre Prothese in Bewegung und antwortete nicht.

»So klug wie der Herr Professor?«

»Dumme Gans«, wiederholte die alte Frau.

Luca lachte fröhlich auf. »Ehe ich's vergesse, der Herr Professor hat gestern angerufen«, sagte sie. »Er ist nur für einen Tag aus Szeged hergekommen, dich konnte er nicht besuchen, aber er läßt grüßen. Er sagt, du wirst hundert Jahre leben, deshalb sollst du nicht Trübsal blasen, ihr werdet euch noch oft genug sehen.«

Die alte Frau aß weiter, aber aus den Augenwinkeln warf sie der Schwiegertochter einen argwöhnischen Blick zu. »Mir hat er auch gesagt, daß ich hundert Jahre leben werde«, brummte sie nach einer Weile. »Und dir hat er jetzt am Telefon dasselbe gesagt?«

Luca schloß die Augen und schmiegte den Kopf an die von der Sonne beschienene Lehne des Sessels.

»Hältst du mich etwa zum Narren?« fragte die alte Frau.

Luca lächelte mit geschlossenen Augen vor sich hin und nickte.

»Was denn, machst du mir jetzt was vor?« fragte die alte Frau ungläubig.

»Natürlich«, sagte Luca.

Die alte Frau blickte sie überaus naiv an; jetzt wußte sie wirklich nicht mehr, was sie von der ärztlichen Prophezeiung halten sollte. Aber wenn ihre Schwiegertochter lachte, dann lachte sie — so gekränkt sie auch sein mochte — schließlich mit, anfangs still und verständnislos — wobei ihr knochiges, strenges Gesicht vor lauter Ahnungslosigkeit geradezu einfältig wirkte —, dann immer gelöster und ehrlicher, gutmütig hinnehmend, daß sie über sich selbst lachte; des zurückbleibenden winzigen Stachels wurde sie sich manchmal erst Stunden später oder am Tag darauf bewußt. »Du führst mich hinters Licht, tatsächlich?« wiederholte sie fröhlich.

Luca sprang auf, beugte sich über das Bett und küßte mit ihrem frischen Mund die harte, bebende Hand zwischen den Kissen ab. »Wie sollte ich dich hinters Licht führen, Muttchen!« rief sie. »Wir haben doch erst neulich ausgerechnet, wer an deinem hundertsten Geburtstag noch am Leben sein wird, den man einladen kann, und was du anziehen wirst. Wir haben uns auf das ausgeschnittene rote Seidenkleid geeinigt, erinnerst du dich nicht?«

»Nå gut«, sagte die alte Frau beschwichtigt. »Haben wir uns nicht für das ausgeschnittene weiße Seidenkleid entschieden?«

»Das ist lange her!« sagte die Junge wie zu sich selbst.

»Was hast du gesagt?«

»Nichts, Muttchen.«

»Na gut«, sagte die alte Frau, »dann gib mir jetzt das Sodawasser! Hat dir der Herr Professor am Telefon wirklich gesagt, daß ich hundert Jahre alt werde?«

Während Luca die verschobenen Kissen zurechtrückte und die Erinnerung an eine sieben Jahre zurückliegende Nervenentzündung die alte Frau einige Male vorsichtig aufstöhnen ließ, kam Irén abermals ins Zimmer und trug nach einem eifersüchtigen Blick auf Lucas flinke und geschickte Hände das Holztablett mit dem leeren Teller und dem Glas hinaus. »Sind dir die vielen Bücher hier nicht im Wege, Muttchen?« fragte Luca, die Bettdecke glattstreichend. »Du kannst doch immer nur eins lesen!«

»Über die anderen denke ich nach«, sagte die alte Frau streng. »Rühre sie nicht an! Hast du deine Deutschlektion gelernt?« Nachdem sie eine Weile vergebens auf die Antwort gewartet hatte, wandte sie der Jungen mit einem mißbilligenden Blick ihren schmalen Kopf zu. Der Blick ruhte so lange auf ihr, und er war so verloren und selbstvergessen, daß man hätte meinen können, er habe Grund und Zweck eingebüßt und leuchte so sinnlos wie die Gestirne im All. Dann, auf einmal, schaltete er sich wieder in das Diesseits ein. »Was wird János sagen«, meinte sie vorwurfsvoll, »wenn er zurückkommt und du immer noch nicht Deutsch kannst?«

»János ... János«, brummte Luca. »Er soll froh sein, wenn ich inzwischen nicht auch das Ungarische vergessen habe.«

Erneut blickte die alte Frau sie an. »Was sagst du?«

»Ich habe genug von János«, murmelte Luca, aber die alte Frau hörte es natürlich. »Ich habe genug von ihm«, wiederholte Luca lauter, damit sie es bestimmt hörte. »Wie kommt es, Muttchen, daß du immer dann hörst, wenn von János die Rede ist, und wenn man noch so leise spricht? Ich habe genug von deinem Sohn, Muttchen.«

»Willst du mich jetzt wieder hinters Licht führen?« fragte die alte Frau mit vom Lachen ein wenig schiefem Mund.

»Natürlich«, sagte Luca.

Die alte Frau wußte nicht zu antworten. Aber ihr Blick, der auf dem Gesicht der Schwiegertochter ruhte, war so schwer und arglos, daß Luca ihm nicht lange standhielt; sie warf den Kopf zurück und lächelte der alten Frau zu. Diese erwiderte das Lächeln sogleich.

»Erzähl doch mal, Muttchen«, rief Luca, »wie war das damals in Savanyúkút?«

Die alte Frau überlegte. »In Savanyúkút?«

»Ja«, sagte Luca. »Als die ganze Familie eine Nacht lang in einem Zimmer schlief.«

»Und?«

»Du weißt schon«, sagte Luca, »als ihr alle in einem Zimmer übernachten mußtet und dein anderer Sohn geguckt hat.«

»Der arme Gyuri? Den hast du nicht mehr gekannt.«

»Ja«, sagte Luca, »der Gyuri. Als du dich am Abend ausgezogen und den Jungen gesagt hast, sie sollen sich zur Wand drehen.«

»Ach«, sagte die alte Frau, »das habe ich dir doch schon erzählt.«

Luca lächelte sie an. »Aber ich erinnere mich nicht mehr recht. Wann war es gleich?«

»Ach, vor langer Zeit«, sagte die alte Frau. »Vielleicht vor fünfzig Jahren.«

»Es ist länger her«, sagte Luca. »Wie alt bist du jetzt, Muttchen?«

»Sechsundneunzig«, antwortete die alte Frau stolz.

»Siehst du!« rief Luca. »Als ihr in Savanyúkút wart und für die Nacht nur ein Zimmer bekamt, warst du noch eine ganz junge Ehefrau. Das ist wenigstens schon sechzig Jahre her.«

»Sechzig?« wiederholte die alte Frau versonnen. »Da bin ich sechsunddreißig gewesen?«

»So ungefähr«, sagte Luca. »Und nun erzähl mir, wie war das mit dem Gucken?«

»Das war so . . .«, begann die alte Frau, verstummte aber plötzlich und bedachte die Schwiegertochter mit einem unsicheren Blick. »Aber ich habe es dir doch erzählt.«

»Wenn ich mich aber nicht recht erinnere«, beharrte Luca. »Ich erinnere mich, daß Abend war, die Jungen lagen schon im Bett, und du wolltest dich ausziehen. In deiner Jugend warst du sicherlich eine schöne Frau.«

»Ja«, sagte die alte Frau schlicht. »Ich war sehr schön. Weißt du, damals kamen die großen Hüte in Mode, man mußte sie mit einem breiten schwarzen Seiden- oder Samtband festbinden unter ... wie sagt man nur ... unter dem Kinn, und mein Mann hatte mir ein ganz breites schwarzes Moiréband geschenkt, und wenn ich mir damit den Hut festband unter dem Kinn, drehten sich auf der Straße alle jungen Männer nach mir um.«

»Das will ich glauben«, sagte Luca. »Nicht nur die jungen, auch die älteren. Auch Herr Professor Hetényi hätte sich nach dir umgedreht, wenn er dich damals schon gekannt hätte.«

Die alte Frau lächelte verschämt. »Das nicht«, sagte sie, und ihr Gesicht wurde plötzlich streng, »der Herr Professor hat damals vielleicht noch gar nicht gelebt.«

»Natürlich«, sagte Luca. »Und wie war es weiter?«

»Womit?«

»Mit dem Gucken.«

Die alte Frau nestelte mit ihren mageren Fingern an ihrer schwarzen Haube. »Weißt du auch«, sagte sie nachdenklich, »daß dieses Häubchen aus dem breiten schwarzen Band ist, das mir seinerzeit mein Mann gegeben hat?«

»Aber das ist doch Samt, Muttchen«, rief Luca lachend, »und er hat dir ein Band aus Moiréseide geschenkt.«

»Einerlei«, sagte die alte Frau errötend. »Kann sein, daß es Samt war. Nun, was möchtest du wissen?«

»Wie du dich damals in Savanyúkút ausgezogen hast, Muttchen«, sagte Luca.

»Alle mußten in einem Zimmer schlafen«, sagte die alte Frau, und ihre Stimme wurde ein wenig heiser, wie von den unsäglichen Mühen einer sechzig Jahre währenden Reise, auch ihr Blick war auf einmal müde, »das war so, daß alle in einem Zimmer schlafen mußten, die Jungen lagen schon im Bett, und ich wollte mich ausziehen. Du weißt, damals trugen die Frauen noch ein Mieder, ein großes, langes Korsett, von hierher bis dahin, und das mußte mein Mann aufschnüren, aber ich wollte nicht, daß die Jungen zusahen. Ach was«, sagte sie plötzlich ungeduldig, »ich habe dir das doch schon erzählt.«

»Wenn ich mich aber nicht erinnere, Muttchen«, sagte Luca.

»Ich weiß nur, da hast du zu den Jungen gesagt, sie sollen sich zur Wand drehen.«

Die alte Frau nickte. »Das habe ich gesagt.«

»Und beim Ausziehen hast du sicherheitshalber nachgeschaut, ob sie sich wirklich weggedreht hatten.«

»Ja«, sagte die alte Frau. »Ich stand im Unterrock da ...«

»Irrtum, nicht im Unterrock«, rief Luca, und ihre Mundwinkel zuckten vor unterdrücktem Lachen, »sondern in der Unterhose, knöchellang und mit Spitzensaum ...«

Auch die alte Frau mußte lachen. »Ja, in der Unterhose.«

»Du schaust also nach und siehst, daß János sich brav zur Wand gedreht hat, aber dein kleinerer Sohn ...«

Die alte Frau mußte wieder lachen. »Der Gyuri hat geguckt ...«

»Ja, geguckt«, sagte Luca. »Er lag auf dem Bauch und schielte mit einem Auge nach dir.«

»Er hatte langes goldblondes Haar«, sagte die alte Frau mit Rührung in der Stimme, »sehr schöne goldene Locken, und zwischen denen hervor guckte er zu mir hin.«

»Und dann?«

»Was dann?«

»Was war weiter?«

Die alte Frau antwortete nicht.

»Laß hören«, sagte Luca, »denn ich erinnere mich nicht mehr recht. Du hast ein großes Handtuch vor die Gitterstäbe des Bettes gehängt ...«

»Gewiß, das habe ich«, sagte die alte Frau verträumt.

Luca lachte laut. »Und da siehst du im Spiegel, daß Gyuri hinter dir so lange am Handtuch zupft, bis er herausgucken kann.«

»Ja, herausgeguckt hat er«, sagte die alte Frau, und um besser lachen zu können, nahm sie die Prothese aus dem Mund und ließ sie in das Wasserglas sinken, das auf dem Nachttisch stand. »Herausgeguckt und gelacht.«

»Und János ...«

Plötzlich glühte die Erinnerung in der alten Frau. »Und János«, sagte sie still, »lag nur da, zur Wand gedreht, und bewegte sich nicht.«

»Er war schon als Kind so brav und redlich, nicht wahr, Muttchen?« sagte Luca, die alte Frau neugierig ansehend.

»Ja«, sagte diese langsam und entschieden, »ein sehr braver und redlicher Mensch.«

Sie schloß die Augen, es wurde still im Zimmer. Autohupen drang von der Straße in das von der Sonne durchstrahlte Zimmer. Die alte Frau öffnete die Augen und sah ihre Schwiegertochter an. »Dumme Gans«, sagte sie laut und mit Nachdruck, »denkst du, ich sehe nicht, daß du dich besser erinnerst als ich? Ja, er war schon damals so brav und redlich, das wolltest du doch hören?«

»Unsinn«, sagte Luca leise, und die alte Frau hörte es nicht. Sie beobachtete eine Wespe, die über dem Stiefmütterchenstrauß auf dem Nachttisch kreiste, reckte den Hals, verdrehte den Kopf, stützte sich gar — ihre Nervenschmerzen vergessend — auf den Ellbogen und setzte die Brille auf, ihr Mund öffnete sich leicht vor Aufregung.

»Liebst du János?« fragte sie nach einem Weilchen heiser. Sie war müde geworden, sank in die Kissen zurück und nahm die Brille ab.

»Unsinn«, sagte Luca.

Entrüstet runzelte die alte Frau die Stirn. »Gut jetzt, mach keine Späße«, sagte sie heiser, »ich meine es ernst. Wenn du János liebst, dann sag ihm, wenn er aus Amerika heimkommt, er soll nicht gar so dickköpfig sein.«

»Warum, Muttchen?« fragte Luca neugierig.

Die alte Frau schwieg. Sie sah vor sich hin, vor innerer Erregung öffnete sich ihr Mund von neuem ein wenig. »Unwichtig«, sagte sie dann. »Richte es ihm nur aus!«

»Aber warum denn, Muttchen?« fragte Luca.

Wieder antwortete die alte Frau nicht. Sie hob den Kopf leicht an und versuchte durch Drehen der Augäpfel mit dem Blick die große Wespe über den Stiefmütterchen einzufangen, eine Weile beobachtete sie sie, dann ließ sie den Kopf wieder auf das blaßlila

Kissen sinken. »Einmal habe ich so eine Wespe beobachtet«, sagte sie heiser, »das ist sehr, sehr lange her. Sie brummte auch über solch gelben Stiefmütterchen umher, und weil sie so schwer war, drehte ein Stiefmütterchen rasch den Kopf herum und beugte sich tief hinab. Weißt du, wenn es sich nicht gebückt hätte, wäre ihm vielleicht der ... wie sagt man gleich ... der Stiel gebrochen.«

»Das soll ich János sagen?« fragte Luca.

»Ja«, sagte die alte Frau.

»Das wäre früher nötig gewesen«, sagte Luca.

»Was meinst du?«

»Gar nichts, Muttchen«, sagte Luca.

»Ist auch nicht wichtig«, sagte die alte Frau. »Sag es ihm nur.«

»Warum sagst du es ihm nicht, Muttchen?«

Die alte Frau blickte ihre Schwiegertochter an und winkte müde ab. »Es wird noch sehr lange dauern, bis er heimkommt«, sagte sie, starr vor sich hin blickend. Glücklicherweise trat Irén ein; ihr freundlich-rundes, glattes rotes Gesicht strahlte in Festtagsstimmung, auch ihr graues Haar glänzte im Sonnenlicht. Die alte Frau erblickte sofort den Brief in ihrer Hand. Sie setzte sich auf, ihr Mund öffnete sich, aber sie brachte kein Wort hervor.

»Sie haben Post bekommen«, sagte Irén und zwinkerte Luca zu.

Die alte Frau holte tief Luft. »Von János?«

»Wie soll ich das wissen!« sagte Irén, an das Bett tretend. »Ich habe den Brief nicht gelesen.«

Doch diesmal ließ sich die alte Frau durch das Spiel mit der gleichmütigen Stimme nicht täuschen: Als hätte ein Erdbeben sie erschüttert und binnen Augenblicken umgeformt, weiteten sich ihre Augen, die hohlen Wangen ihres langen, knochigen Gesichtes füllten sich mit Blut und wurden voller, ihre Brust hob und senkte sich keuchend unter der leichten, hellgelben Bettjacke. Der unsägliche Druck der Erregung preßte ihre Seele an die Oberfläche, auf die Regenbogenhaut der Augen, selbst auf die farblosen Fingernägel und in das spärliche, elektrisch geladene, graue Haar. Sie streckte ihre beiden zittrigen Hände aus, nahm mit der einen den Brief an sich, umfaßte mit der anderen den Hals der Haushälterin, zog ihren Kopf herab und küßte sie. Sie war so erschöpft, daß Minuten vergingen, bis sie sich entschloß, den Umschlag aufzureißen und den maschinegeschriebenen Brief herauszuziehen und auseinanderzufalten. »Geben Sie mir die Lupe, Irén«, sagte sie, nach Atem ringend. Sie setzte ihre Brille auf und las, den Stiel der Lupe in der zitternden Hand, zuweilen legte sie eine Pause ein, als ginge ihr der Atem aus, dann vertiefte sie sich mit einem Seufzer erneut in den vier Seiten langen Brief, den sie sich nun eine Woche lang mehrmals am Tage vornehmen würde, um ihn vom ersten Buchstaben bis zum letzten in ihr unersättliches Gedächtnis zu sieben.

»... möchte ich Dich heute für meinen kurzen Brief von neulich entschädigen, obzwar ich jetzt vielleicht noch weniger Zeit habe ... und jetzt kommt die große Neuigkeit! ..., da ich letzte Glättungen an meinem Film vornehme, in einem Monat werde ich fertig sein und nach Hause kommen. Dies zuallererst wollte ich Dir mitteilen, die gute Nachricht sei Dir Ersatz für das lange Warten. Heute in einem Monat soll die Uraufführung des Filmes stattfinden in New Yorks größtem Lichtspieltheater, das dreißigtausend Menschen aufnehmen kann, es wird derzeit auf einem zweitausend Meter hohen Berg in der Nähe der Stadt erbaut und soll bis zur Premiere fertig werden, da man es mit meinem Film eröffnen möchte, von seinem Dach ist halb Amerika zu übersehen bis hin zu den Kordilleren und den Anden, ganz zu schweigen vom Atlantischen Ozean, der hier so blau ist wie die Adria bei Abbazia, wo ich mit Dir einmal in den Ferien war. Das Lichtspieltheater hat natürlich einen eigenen Flugplatz, denn aus ganz Amerika werden die reichen Leute mit Privatflugzeugen anreisen, und aus New York zu Füßen des Berges wird ein Hubschrauberdienst die Zuschauer herbefördern, für einen Dollar pro Person. Für die Uraufführung ist ein großes Fest geplant, aber darauf komme ich noch zu sprechen, erst einmal möchte ich zu Deiner Beruhigung sagen, daß ich trotz der vielen Arbeit kerngesund bin und bei bester Laune, weil ich ja bald nach Hause reisen kann, und obgleich ich zehn bis zwölf Stunden arbeite, treibe ich jeden Tag eine Stunde Sport, um kein Fett anzusetzen, ich boxe, fliege ein Flugzeug, mache Spaziergänge und schwimme. Jetzt möchtest du sicherlich wissen, wo ich schwimme. In meinem privaten Schwimmbecken, im Park. Das hat seine eigene Geschichte.

Du weißt, daß ich bisher im Waldorf-Astoria, New Yorks größtem Hotel, gewohnt habe, in einem Zwanzig-Zimmer-Appartement im hundertsten Stockwerk, von wo man einen Ausblick auf halb Amerika hat. Ich bin aber auf ein so umfangreiches Personal angewiesen – ich benötige allein sechs Sekretäre und ein Dutzend Stenotypistinnen –, daß es uns an Platz mangelte, dabei waren auch in meinen Salons schon überall Betten aufgestellt, in dem einen sogar Doppelstockbetten wie in den schweizerischen Berghütten, die Du auf Deiner Hochzeitsreise gesehen hast. Zum anderen haben uns die aus allen Gegenden der Welt herbeigeströmten Reporter so belästigt, daß wir uns entschlossen, auszuziehen und unseren Aufenthaltsort geheimzuhalten. Tausend Kilometer von New York entfernt haben wir ein Schloß aus dem 16. Jahrhundert gemietet, das Stein für Stein aus Frankreich hergebracht und hier wieder aufgebaut wurde, natürlich mit dem größten Komfort, einem etliche Hektar großen Park, mehreren Schwimmbecken, Golf- und Flugplatz und einer Klimaanlage im Haus. Hier haben wir jetzt reichlich Platz, denn das Schloß hat so viele Zimmer, daß sogar mein schwarzer Diener und mein Friseur über eigene Appartements verfügen und mein Stallknecht über ein eigenes kleines Cottage bei den Ställen; ich vergaß Dir zu schreiben, daß ich täglich vor dem Frühstück eine Stunde reite; mein Lieblingspferd ist die Schimmelstute Darling, auf ihr pflege ich auszureiten, und manchmal lasse ich sogar meine Sekretäre zu Hause, und nur die sechs Geheimpolizisten, die die Filmgesellschaft zu meiner Sicherheit engagiert hat, folgen mir zu Pferde in hundert Schritt Entfernung. Wenn wir in New York zu tun haben, sind wir mit unserem rot-weiß-grün gespritzten Düsenflugzeug in einer Stunde dort und noch vor dem Mittagessen wieder zu Hause, denn Du weißt ja, ich halte nachmittags Siesta, um frisch zu sein für die Abendarbeit. *Meine Adresse ist geheim, ich schreibe sie Dir nicht, gib nur Luca die Briefe, sie soll sie wie bisher ins Waldorf-Astoria weiterleiten.*

All die ungewöhnliche Aufmerksamkeit, die meiner Person zuteil wird, ist mir, ehrlich gesagt, peinlich, und ich schreibe Dir nur darüber, weil ich weiß, daß ich Dir eine Freude mache und den Kummer über meine Abwesenheit ein wenig lindern kann. Aber das ist freilich bald vorüber, und ich werde wieder zu Hause sein. Leider kann ich Dir vorläufig kein wirklich schönes Geschenk schicken, weil ich das Honorar erst nach der Fertigstellung des Filmes erhalte, und ohnedies müßtest Du daheim zuviel Zoll zahlen, so mußt Du Dich also mit den wenigen Kleinigkeiten begnügen, die ich Dir über Luca zukommen lasse. Aber ich habe für Dich schon einen großen, hellgrauen Ford Luxus ausgesucht, den ich selbst mitbringen werde, einen Plattenspieler mit tausend Platten und ein großes Rundfunkgerät, mit dem man sogar den Nordpol empfängt (Beethoven allerdings wird dort nicht gespielt). Irén und den Ihren werde ich ein kleines Einfamilienhaus mit fünf, sechs Zimmern in Deiner Nähe kaufen, und was ich Luca mitbringe, das verrate ich noch nicht. Wir haben hier im Park einen zahmen Braunbären, zweimal größer als Irén, mit ihm habe ich mich angefreundet, vielleicht verkauft man ihn mir, ich weiß nur noch nicht, wo wir ihn zu Hause unterbringen werden. Er ähnelt dem Bären, den wir beide zusammen in Wien gesehen haben, als Du mich als Zehnjährigen einmal in den Schönbrunner Tiergarten führtest, erinnerst Du Dich? Am Abend desselben Tages haben wir uns Offenbachs *Schöne Helena* angeschaut, und Du erzählst noch heute, wie ich während der Vorstellung vor Glückseligkeit laut geschrien und so gelacht habe, daß das ganze Publikum mich ansah.

Ich bin Dir aber noch die Beschreibung des für die Uraufführung vorgesehenen Festes schuldig. Sprich freundlicherweise vorerst noch nicht hierüber, denn teilweise handelt es sich um ein diplomatisches Geheimnis. Unnötig wohl, zu erwähnen, daß alle Rundfunkgesellschaften Amerikas original berichten werden, natürlich auch das Fernsehen, so daß wenigstens fünfzig Millionen Menschen den Film sehen werden. Man erwartet hundert oder zweihundert Journalisten, die Radiosender schicken ihre berühmtesten Reporter, darunter den weltbekannten Mr. Smith, und natürlich werden auch die großen Zeitungen und Rundfunkgesellschaften Europas vertreten sein. Bis Budapest freilich reichen die Sender nicht.

Zu meinen Ehren hat man sehr feine Leute zur Premiere eingeladen. Du weißt, ich schreibe das nicht aus Angeberei, sondern damit Du Dich darüber freust. Frau Roosevelt, die Witwe des früheren Präsidenten, hat das Patronat über das Fest übernommen und eigenhändig ihre beste Freundin eingeladen, Königin Wilma von Holland, die die Einladung auch schon angenommen hat. Mit seiner gesamten Familie kommt der Präsident der Französischen Republik und in Vertretung der englischen Königin ihr Sohn, der Prinz von Wales, an den Du Dich sicherlich erinnerst, einmal war er auch in Budapest, wo ihm der Aprikosenschnaps sehr zusagte. Es kommen zudem der sowjetische Außenminister, in Vertretung Ungarns der Kultusminister, der König von Griechenland, und jetzt überlegt man nur noch — dies ist Gegenstand diplomatischen Abwägens —, ob auch Franco eingeladen werden soll, der spanische Diktator. Auch kommt der Maharadscha von Dschapurta mit seinem gesamten Hofstaat und seinem weißen Lieblingselefanten, der natürlich nicht per Flugzeug gebracht werden kann, deshalb hat man ihm zu Füßen des Berges, in der Ebene, aus weißen Marmorblöcken einen Stall gebaut, gleichfalls mit einer Klimaanlage, und ein besonderes Cottage für das Personal, das ihn betreut. Sein Sattel ist aus purem Gold, reich besetzt mit weißen Perlen und Edelsteinen . . .«

Als die alte Frau den Brief gelesen hatte, schlief sie vor Erschöpfung sofort ein. Nun konnte man sich in Ruhe unterhalten, denn wenn sie nicht sah, wie sich die Münder bewegten, signalisierte das Ohr ihr keinerlei Geräusch oder Gespräch, selbst wenn es in ihrer unmittelbaren Nähe stattfand. Sie schlief ganz ruhig, ihr Atem war nicht zu hören, auf ihrem knochigen Gesicht lag der Zauber erfüllten Glücks. Obgleich ihre geistigen Kräfte im großen ganzen noch unversehrt waren und hin und wieder durchaus auch Argwohn in ihr erwachte, soweit sie hierzu bei ihrer naiven Natur überhaupt imstande war, glaubte sie über ihren Sohn, seinen Verstand, sein Talent, seine Kraft und seinen Mut jedes Wort: Sie hielt ihn für ein Genie und vertraute dem, was er sagte, blindlings.

»Sie hat wieder nicht bemerkt, daß der Brief in Pest aufgegeben worden ist«, sagte Irén kichernd.

Luca sprang auf, lief zum Fenster und streckte hinter dem Bett – damit die alte Frau es selbst im Traum nicht sähe – die Zunge heraus.

»Und was haben Sie ihr geschrieben?«

»Viel, und dick aufgetragen«, sagte Luca.

»Heute wird sie noch nicht darüber sprechen«, sagte die Haushälterin, »aber morgen wird sie schon früh um sechs nach mir läuten.«

»Damit Sie auch eine kleine Freude haben«, sagte Luca.

Die beiden Frauen schwiegen. Die höher steigende Sonne zog sich allmählich aus dem Zimmer zurück, das weiße Gesicht der alten Frau lag schon völlig im Schatten, nur die lange Spiegelplatte des dreiteiligen Schrankes im anderen Teil des Zimmers warf das hereinströmende Licht zurück, das von den Rändern des geschliffenen Glases in die sieben Farben des Regenbogens geschnitten wurde, ein farbiges, vibrierendes Lichtnetz auf die weiße Wand werfend. Über dem kleinen Strauß gelber Stiefmütterchen summten einschläfernd die Wespen.

»Lange werden Sie das nicht mehr aushalten«, sagte die Haushälterin, der jungen Frau einen mitleidigen Blick zuwerfend.

»Ist doch sch. . .egal«, sagte Luca.

»Zehn Jahre bestimmt nicht!«

»Eins hat er schon abgesessen«, sagte Luca. »Er hat nur noch neun vor sich.«

Die Haushälterin nickte. »Die wird die alte Dame nicht überleben.«

»Nein«, sagte Luca. »Aber solange sie lebt, soll sie alles haben.«

»Professor Hetényi hat ihr versprochen, daß sie hundert Jahre alt wird«, sagte die Haushälterin. »Das sind noch vier Jahre.«

»Mag sein«, sagte Luca. »Kommen Sie doch mal her, Irén, und sehen Sie sich an, wie gut von hier aus ihr Gesicht aussieht!«

Die alte Frau schlief so ausdauernd und glücklich, daß Luca beschloß, nicht zu warten, bis sie aufwachen würde. Als sie sich aber der Tür nähern wollte, öffnete die hinter ihr im Bett Liegende die Augen und fragte: »Wohin gehst du?«

Luca drehte sich um und lachte. »Ich wollte mich verdrücken, Muttchen.«

Die alte Frau sagte nichts. Lange ließ sie den Blick auf der sehnigen und doch zerbrechlichen, schlanken Gestalt der Schwiegertochter ruhen. Sie hob den Kopf ein wenig und lächelte sanft. »Wie schön rot dein Haar in der Sonne ist!« sagte sie. »Wie bei einer englischen Prinzessin.«

Luca errötete. »Na bitte!« sagte sie. »Wirklich schön, Muttchen?«

»Wirklich«, sagte die alte Frau. Ein Weilchen nickte sie noch, dann winkte sie Luca mit dem gekrümmten Zeigefinger zu sich. »Gib mir bitte einen Kuß!« sagte sie. »Nicht hier auf die Stirn! Ich will dir auch einen geben. Du bist so gut und schön.«

»Na bitte!« sagte Luca.

»Ich will dich etwas fragen«, sagte die alte Frau. »Warum muß mein Sohn János in Amerika Geheimpolizisten um sich haben?«

Luca schluckte, ihre Augenwimpern begannen zu flattern. »In Amerika werden alle berühmten Leute von Geheimpolizisten bewacht, Muttchen.«

»Dann ist es gut«, sagte die alte Frau beruhigt. Unvermittelt begann sie dünn und greisenhaft zu lachen. »Könntest du einen Bären gebrauchen?« fragte sie, die Hand vor den zahnlosen Mund haltend. »Einen großen Bären, so groß wie zweimal Irén? Mein Gott, was für ein Gedanke! Auf so eine Idee kann nur er kommen.« Sie lachte so amüsiert, daß ihr fast die Tränen kamen. »Und nun geh nur!« sagte sie plötzlich ungeduldig. »Den Brief erzähle ich dir morgen!«

Aber kaum daß Luca an der Tür war, wurde sie zurückgerufen.

»Nun denk nur«, sagte die alte Frau nervös, »da habe ich doch vergessen, mir den Bart auszuzupfen, dabei kommt heute nachmittag Herr Professor Hetényi. Gib mir doch die Pinzette aus dem Schubfach! Und den neuen Schlafrock, Irén würde ihn mir wohl nicht geben wollen. Zieh ihn mir gleich an. Siehst du«, sagte sie, während sie stolz ihre nackten Arme betrachtete, »siehst du, wie schön glatt sie noch sind, keine einzige Falte, nur wenn ich sie beuge, hier am Ellbogen.«

»Da haben auch die Jüngeren Falten, Muttchen«, sagte Luca.

Die alte Frau sah sie an.

2. Maestoso

Später als sonst kam Luca diesmal zu dem kleinen Haus, in dem ihre Schwiegermutter wohnte. Gegenüber der Gartentür schnatterten vier Gänse im sonnenbeschienenen Staub, die vier Frauen waren inzwischen nach Hause gegangen, Mittagessen kochen.

Die grauhaarige, stämmige Haushälterin öffnete. Sie ließ sie aber nicht gleich ein, sondern baute sich auf der Schwelle vor ihr auf und blickte ihr mit den winzigen Augen in dem roten Apfelgesicht — wie bei einer Zeitlupenaufnahme — lange und forschend ins Gesicht.

»Wie denn, lassen Sie mich nicht hinein?« fragte Luca lachend.

»Ist was passiert?« fragte die Haushälterin, in der geöffneten Tür stehend.

»Quatsch«, sagte Luca. »Was soll passiert sein? Warum lassen Sie mich nicht rein?«

Die alte Haushälterin rührte sich nicht von der Stelle.

»Was soll passiert sein?« sagte Luca. »Nichts ist passiert.«

»Warum bringen Sie dann keine Blumen mit?«

Luca lachte. »Haben Sie gute Augen! Ich hatte keine Zeit. Na, lassen Sie mich schon rein! Sehen Sie nicht, daß ich sowieso spät dran bin?«

»Sie hatten keine Zeit?« fragte die Haushälterin.

In die kleine weiße Küche, die die hereinscheinende Sonne und die weißlackierten Küchenmöbel zwiefach zum Strahlen brachten, schickten die den Rasen säumenden Jasminbüsche einen Stoß erdrückend süßen Duft. Luca schnupperte, die kleine gerade Nase kraus ziehend. »Ich rieche kein Röstbrot«, sagte sie. »Hat sie's schon gegessen?«

»Schon lange.«

»So spät ist es?«

»Es geht auf Mittag zu«, sagte die Haushälterin.

»Irén, mopsen Sie mir die Blumen von gestern aus der Vase«, sagte die junge Frau, »und bringen Sie sie her! Heute hatte ich keine Zeit, welche zu kaufen.«

»Haben Sie kein Geld?« fragte die Haushälterin.

Luca antwortete nicht. »Mopsen Sie mir die Blumen von gestern aus der Vase«, sagte sie, »und wickeln Sie ein Stück Seidenpapier darum! Was für Blumen habe ich gestern gleich mitgebracht?«

Die Haushälterin schüttelte den Kopf. »Man kann sie nicht mopsen, denn wenn sie sonst nichts bemerkt, das sieht sie sofort. Gestern haben Sie weiße Nelken gebracht.«

»Holen Sie sie nur«, sagte Luca, »ich färbe sie mit dem Lippenstift ein.«

Die Haushälterin mußte lachen. »Möchten Sie ein Glas Schnaps?«

»Ja!«

Irén trat zum Küchenschrank und öffnete ihn. Im unteren Fach des Aufsatzes, das mit schneeweißem, spitzegesäumtem Papier ausgelegt war, reihten sich Stoß um Stoß die Suppenteller, die großen flachen Teller, in einem niedrigeren Stoß die Dessertteller, dann, aufeinandergestapelt, die verschieden großen Bratenplatten, Salatschüsseln, Gemüse- und Kuchenplatten und ganz in der Ecke eine große, urnenförmige Suppenterrine, alles mit einem schmalen Goldrand, so daß es nur so funkelte in der Sonne. »Von den Desserttellern hat sie gestern wieder einen zerschlagen«, sagte die Haushälterin, während sie aus dem oberen Fach mit den Gläsern, Tassen und Untertassen ein geschliffenes

Likörglas nahm und es aus der träge gluckernden Schnapsflasche füllte. »Jetzt fehlen schon vier von dem Service.«

Sie wandte sich um, das volle Glas in der Hand. »Was ist denn?« fragte sie, als sie gewahrte, daß Luca, über den Küchentisch gebeugt, lautlos weinte. »Ich wußte ja ...«

Die junge Frau hob gereizt das tränennasse Gesicht. »Was wußten Sie? ... Sagen Sie, was haben Sie gewußt?«

Die alte Haushälterin sah sie stumm an.

»Ist es denn ein Wunder, daß ich heule«, sagte Luca schniefend, »wenn ihr meine Erbschaft kaputtschlagt? Jetzt fehlen schon vier Dessertteller! Oder will sie das Service Ihnen vermachen?«

»Ja«, sagte die Haushälterin schnell und resolut. »Mit dem Silber. Was ist los mit Ihnen?«

»Nichts.«

»Haben Sie kein Geld?«

»Letzte Woche erst habe ich mir vierundsiebzig Forint mit Nylonfärben verdient«, sagte Luca. Sie kramte Taschentuch, Puderdose, Lippenstift und Spiegel aus ihrer sackförmigen weißen Handtasche und warf alles vor sich auf den Tisch. Der Spiegel war ein wenig puderig, sie wischte ihn mit dem Taschentuch ab und hob ihn vor das Gesicht, dann befragte sie mit der besorgten Ernsthaftigkeit, die der Kampf ums Dasein mit sich bringt, jeden Zug und jede Linie; den Spiegel hin und her bewegend, glättete sie mit der Spitze des Zeigefingers die eingekremten Augenlider, dann zog sie die Lippen ein und rieb mit den Mundbewegungen einer wiederkäuenden Kuh die obere einigemal an der unteren. Sie benetzte ihren Finger und strich sich die Augenbrauen glatt. Die Schöpfung der Welt – während welcher weder Tod noch Verwesung existieren – war beendet. Noch einmal hielt sie den Spiegel schräg hoch, um aus den Augenwinkeln einen raschen Blick auf den schweren kupferroten Haarknoten zu werfen: das war der Sonntag. »Ich brauchte nicht länger dazu als zwei Tage und zwei Nächte«, sagte sie mit einem letzten Nachschwingen aller Mühsale der Weltschöpfung in der Stimme.

Die Haushälterin zog den Hocker, unter dessen abgeschabtem

Anstrich sich schon das rohe Holz zeigte, neben sie und setzte sich darauf. »Ich kann Ihnen was borgen«, sagte sie, »mein Mann hat gestern seinen Lohn gebracht.«

»Rutschen Sie mir doch ...«, sagte Luca. »Der Friseur hat mir neulich achthundert Forint für mein Haar geboten, das wäre schon die Miete für zwei Monate.«

»Keinerlei Nachricht?« fragte die Haushälterin dann.

»Nein. Und Schwiegermutter?«

»Sie schlief, als ich vorhin an der Tür war.«

Der jungen Frau kamen wieder die Tränen. Jetzt vermochte sie nicht einmal mehr gegen sich selbst aufzubegehren, so verschmiert war ihr Gesicht.

»Was ist los?« fragte die Haushälterin.

»Nichts«, sagte Luca. »Ich bin nervös. Hören Sie doch auf zu fragen!«

»Haben Sie Ihre Tage bekommen?«

Die junge Frau lachte auf, eine Träne im Augenwinkel löste sich und rollte abwärts. »Mit der Zeit gewöhne ich mir auch die ab.«

»Was dann?«

»Der Gerichtsvollzieher war wieder da«, sagte Luca. »Er kam um neun und piesackte mich bis um elf.«

»Aber er hat doch schon alles gepfändet«, sagte die Haushälterin.

»Noch nicht.«

»Wieso?«

»Alles hat er eben noch nicht gepfändet«, sagte Luca.

Die alte Haushälterin faltete die Hände über dem Bauch und sah vor sich hin. Auf der Straße vor dem Haus schnatterten erschrocken die Gänse.

»Kaum war er aus der Wohnung«, sagte Luca, »kam die Hausmeistersfamilie herauf, alle drei, der Mann, die Frau und die Kleine, stellten sich um mich und sangen Verdis Requiem, um mich zu beruhigen.«

»Was?«

»Nichts«, sagte Luca. »Ich rede Blödsinn.«

Die Hausangestellte stand auf, dann setzte sie sich mit einem Ruck wieder hin.

»Als kleines Mädchen, in Majsa, im Kloster, bei den Englischen Fräulein, hatte ich einmal Läuse«, sagte Luca und runzelte die Stirn, »und da wurde mir auf Befehl der Oberin der Kopf kahlgeschoren, es dauerte ein Jahr, bis das Haar einigermaßen nachgewachsen war. Das ganze Jahr über habe ich mich ungefähr so gefühlt wie jetzt.«

Die Haushälterin schwieg.

»Sieh an«, sagte Luca, »da fällt mir ein, daß die Oberin auch aus Wien war. Mich ärgerte, daß sie mit der Lilla Bulyovszki immer deutsch sprach und ich nichts verstand.«

»Sie hat Ihnen das schöne rote Haar abgeschnitten?« fragte die Haushälterin.

»Ja, weil es rot war«, sagte Luca. »Am Tag darauf kam meine Mutter mit einer Peitsche in der Hand ins Kloster, und sie war kaum davon abzuhalten, die Oberin zu verprügeln.«

»Ich dachte, der Gerichtsvollzieher hat schon alles gepfändet«, sagte die Haushälterin nach einer Weile.

»Alles hat er nicht gepfändet.«

»Was hat er Ihnen denn gelassen?«

Luca machte eine ungeduldige Handbewegung und schlug sich den Ellbogen am Tisch. »Bloß keinen unerwarteten Besuch! ... Bloß keinen unerwarteten Besuch!« rief sie verstört, griff sich an den Ellbogen, zog den unerwarteten Besuch hervor und streute ihn in die Luft. »Davon habe ich für heute genug. Meine Möbel hat er bisher noch nicht gepfändet.«

»Die natürlich nicht«, sagte Irén.

Luca schüttelte nervös den Kopf. »Warum natürlich? Darum natürlich, weil ich alle alten Rechnungen und Lieferscheine aufgehoben habe und damit glaubwürdig nachweisen kann, daß die Möbel mir gehören und nicht János. János hatte kaum die Möbel für ein Zimmer, nicht einmal ein ordentliches Bett hatte er, als er mich heiratete.«

Die Haushälterin nickte. »Ich weiß.«

»Und jetzt hat das Ministerium wieder Herrn Kulinka geschickt«, sagte Luca mit Tränen in den Augen, »er soll alles pfänden, und ich soll einklagen, was mir gehört. Er schmiß nur so um sich mit den Nullen, zehntausend, fünftausend, achttausend und noch mal zehntausend und noch viertausend ... Da konnte ich noch so barmen, daß es mir sowieso wieder zugesprochen wird, und er soll es niedriger veranschlagen, die Gebührenmarken werden mir zu teuer, er sah mich nur traurig an, schüttelte den Kopf und flennte fast vor Mitleid, dann brüllte er: ein Schrank, Neobarock, zwanzigtausend.«

»Zwanzigtausend«, wiederholte die Haushälterin kopfschüttelnd.

»Warum sind Sie verdattert?« sagte Luca. »Er ist zwanzig wert, soviel bekomme ich, wenn ich ihn verkaufe. Aber ich verkaufe ihn nicht, lieber gehe ich vor die Hunde. János soll alles so vorfinden, wie er es verlassen hat.«

Die Haushälterin starrte mit gesenktem Blick vor sich hin.

»Was heulen Sie!« sagte Luca gereizt. »Was heulen Sie jetzt! Wie Herr Kulinka. Eine Leibesvisitation machen wir nicht, hat er unter Tränen gesagt, aber wir fassen in alle Schränke ... Irén, geben Sie mir das leere französische Seifendöschen von neulich, das wir aufheben wollten.«

»Haben Sie ihr Seife mitgebracht?« fragte die Haushälterin, zum Küchenschrank gehend.

»Und die ... die leere Bonbonschachtel aus der Tschechoslowakei, die hübsche rote«, sagte Luca, während sie ein Stück Seife Blau-Rot und eine Tüte Schokoladenbonbons aus ihrer Handtasche fischte.

»Die von neulich ist noch unberührt.«

»Vorrat wird ihr nicht schaden«, sagte Luca. Sie schnitt eine Grimasse und fletschte die Zähne. »Die schickt ihr der liebe Sohn János aus Amerika«, sagte sie höhnisch, während sie die Bonbons auf den Tisch schüttete und sie Stück für Stück mit den Fingerspitzen in die hübsche rote Schachtel aus der Tschechoslowakei legte, es reichte gerade für die zwei Reihen. Wieder lachte sie auf.

»Was ist?« fragte Irén.

»Nichts«, sagte Luca. »Ich lache über mich selbst.«

In rascher Folge war drei- oder viermal das kurze Schnarren der Klingel zu hören. Die Haushälterin wandte Luca den Kopf zu. »Gehen Sie zu ihr?« fragte sie.

»Ich verschnaufe mich noch einen Moment«, sagte Luca.

»Möchten Sie sich nicht erst eine Viertelstunde in meinem Zimmer hinlegen?«

»Wozu?« sagte Luca. »Nach dem Mittagessen lege ich mich sowieso hin und stehe bis zum Morgen nicht mehr auf. Ich habe jetzt wieder keine Arbeit.«

»Warum gehen Sie nicht mal ins Kino?« fragte die Haushälterin nach einer Weile.

»Wozu?« sagte Luca. »Ich habe genug über mich selbst zu lachen.«

Wieder schnarrte die Klingel. Seit die alte Frau ungefähr vor einem Monat bei einem Nachmittagsspaziergang gefallen war, weil ihr schwindlig wurde, und sich den linken Knöchel gebrochen hatte, war sie noch gereizter und launischer als zuvor; manchmal läutete sie zwei-, dreimal hintereinander nach Irén, aber dann wieder griff sie tagelang nicht nach der Klingel, sondern lag mit eingegipstem Bein und geschlossenen Augen reglos im Bett, las nicht und schaltete auch das Radio nicht ein, und daß sie wach war, bemerkte man nur daran, daß sie sogleich die Augen öffnete, wenn sie jemanden im Zimmer hörte. Der Spiegel ihrer Augen war dann nicht vom besinnungslosen Schlaf getrübt, sondern von der Pein einer noch längeren Abwesenheit, die auch ihrer gelblichen Haut den lebendigen Glanz entzog und den Saft der undisziplinierten, der Kontrolle entzogenen Speicheldrüsen aus den Mundwinkeln rinnen ließ. Eine Zeitlang schwieg sie noch, wie es dösende alte Leute tun, wenn sie wie hilflose Tiere aus Selbstschutz leugnen geschlafen zu haben und sogleich mit einem heiseren Laut ihre Abwehrbereitschaft signalisieren; sie warf einen langen, spähenden Blick in das Gesicht, das sie vor sich sah, und überlegte, aus welcher fremden, nichtseienden Welt es hervorgetaucht sein mochte. Manchmal winkte sie auch nur kurz ab, als machte sie sich nichts aus dem ungelegenen Besuch.

Seit dem Knöchelbruch konnte sie nicht mehr zu ihrem gewohnten Nachmittagsspaziergang aufstehen, und obwohl sie keine Schmerzen hatte und nicht ahnte, daß es sich um einen Bruch handelte — sie wußte nur von einer Verrenkung —, stieß die Viertelstunde Betätigung, die in ihrer Zeiteinteilung nun fehlte, ihren ganzen Tagesplan um und brachte ihr zusammengeschrumpftes, doch unwandelbares Weltbild ins Schwanken. Auch mußte statt des verstorbenen Professors Hetényi — der sich, wie es hieß, auf einer Studienreise in der Sowjetunion befand — ein neuer Arzt ins Spiel gebracht werden, was ihrem labil gewordenen Lebensgefühl ebenfalls einen Stoß versetzte, und obwohl sie Doktor Illés, den neuen Arzt, sofort ins Herz schloß, weil er sie über irgendeine unerfindliche Nervenleitung, wer weiß, wieso, an ihren Sohn János erinnerte, störte diese fremde Person, die in ihren Lebensraum eindrang, doch ihre seit vielen Jahren gefestigte Lebensordnung. Natürlich konnte Doktor Illés ebenfalls Deutsch, und auch die deutschen Klassiker waren ihm vertraut — einen anderen Arzt hätten sie der alten Frau gar nicht vor das Angesicht zu führen gewagt —, aber außerdem hatte er noch eine schöne Tenorstimme und trat zuweilen sogar in Konzerten auf, und singen hatte nicht einmal Hetényi gekonnt. Nichts war selbstverständlicher, als daß Doktor Illés, dem Beispiel des Herrn Professors folgend, vorbehaltlos die Bewunderung der alten Frau für ihren Sohn teilte.

»Sind Sie es, Irén?«

Luca sprang auf und lief auf Zehenspitzen zur Tür, um zu lauschen. Auch wenn sie allein war, bewegte sie sich so graziös wie in Gesellschaft anderer, und sei es die ihrer Schwiegermutter, um deren Sehkraft es doch schon schlecht stand. Im Einklang mit ihrem Körper schnitt sie Gesichter, sie zog die beweglichen Augenbrauen hoch, runzelte die Stirn, lachte, lächelte sich zu wie einer zweiten Person, von der sie beobachtet wurde, die ihr zuhörte und sich an ihr freute. Ihr Ohr war übrigens so scharf, daß sie genausogut in der Küche hätte bleiben können, auch so hätte sie jedes Wort gehört.

»Sind Sie es, Irén?«

»Wer sonst?« sagte die Haushälterin. »Sie haben geklingelt.«

»Kommen Sie doch näher, Irén, ich kann Ihr Gesicht nicht sehen«, sagte die alte Frau argwöhnisch. »Ich habe geklingelt?«

»Ja, zweimal.«

»Ich erinnere mich nicht«, sagte die alte Frau. »Wissen Sie denn nicht, was ich wollte?«

»Auch das soll ich noch wissen«, grollte die Haushälterin. »Sie wollten fragen, wie spät es ist.«

»Gut«, sagte die alte Frau. »Sagen Sie, wie spät ist es?«

»Gleich Mittag.«

»Gleich Mittag?« fragte die alte Frau nachdenklich. »Sonst wollte ich nichts?«

»Sie wollten noch fragen, was ich zu Mittag esse.«

»Was essen Sie?«

»Den Rest Rindfleisch von gestern, mit Kartoffeln und Tomatensoße.«

»Pfui«, sagte die alte Frau, »das mag ich nicht. Gibt es keine Krautwürfel?«

Irén schüttelte den Kopf.

»Schade«, sagte die alte Frau enttäuscht. »Herr Professor Hetényi hat sie mir streng verboten, aber einen Löffel esse ich immer davon. Ich weiß schon, was ich wollte. Sagen Sie, wie spät ist es?«

»Ich sagte doch, es ist gleich Mittag«, wiederholte die Haushälterin geduldig.

»Ich weiß ... gleich Mittag, ich weiß«, sagte die alte Frau. »Aber warum war dann Luca noch nicht hier?«

Das hatte Luca hören wollen, zufrieden verzog sie das Gesicht. Also fehlte sie der alten Frau, und sei es nur, damit sie mit ihr über ihren Sohn plaudern konnte. Sie lief in die Küche zurück, nahm ihre Tasche, warf schnell noch einen prüfenden Blick in den kleinen Küchenspiegel und eilte wieder zurück zum Zimmer. »Küß die Hand, Muttchen«, rief sie laut.

»Du bist es?« sagte die alte Frau mißgestimmt. »Warum kommst du so spät? Irén sagt, es ist gleich Mittag.«

»Ich habe einen langen Brief an János geschrieben, Muttchen«, sagte Luca, »und ihn auf den Flugplatz gebracht, damit er noch heute weggeht.«

»Ach so«, sagte die alte Frau.

»Was habe ich dem Muttchen mitgebracht?« sang Luca.

»Bestimmt Blumen«, sagte die alte Frau. »Lernst du niemals sparen? Was für Blumen?«

»Weiße Nelken.«

Die alte Frau drehte den Kopf zum Nachttisch, aber dort sah sie die Nelken vom Vortag nicht. Sie drehte den Kopf zurück und betrachtete unsicher die Vase in Lucas Hand.

»Ich habe sie schnell zu den anderen gesteckt«, sagte Luca, »sie waren schon ein bißchen welk von der langen Fahrt. Und was habe ich dem Muttchen noch mitgebracht?« setzte sie in einem Ablenkungsmanöver eilig hinzu. Aber die alte Frau sah nicht auf die Tasche, sie bestaunte immer noch die weißen Nelken. »Was habe ich dem Muttchen noch mitgebracht?« wiederholte Luca noch lauter.

Gleichgültig betrachtete die alte Frau die Geschenke. »Gut«, sagte sie müde. »Französische Seife? Von János? Sie riecht sehr gut. Gib sie Irén, sie wird sie wegräumen. Auch das Konfekt. Schreib János, er soll nichts mehr schicken, es ist jetzt genug.«

»Soll er nur ruhig schicken«, sagte Luca. »Davon hat man nie genug. Warum sollte er nicht?«

»Weil er sparen soll«, sagte die alte Frau müde. »Er kann auch nicht sparen. Was wird aus euch, Kindchen, wenn ihr nicht sparen lernt, du nicht und er nicht? Du wirst auch einmal alt.«

»Niemals, Muttchen«, sagte Luca lachend. »Solange es Rouge und Schminke gibt auf der Welt.«

Die alte Frau schloß die Augen. »Ich dachte schon, es ist Nachmittag«, sagte sie klagend, »und du bist schon nach Hause gegangen. Dabei ist erst Mittag, und jetzt muß ich auch noch dieses miserable Essen löffeln.« Unvermittelt stützte sie sich auf den Ellbogen, beugte sich, ihren Nervenschmerz vergessend, aus dem Bett und funkelte die Schwiegertochter mit ihren trübschwarzen Augen streng an. »Komm näher, Kindchen!« sagte sie.

»Bitte, Muttchen.«

»Noch näher!« sagte die alte Frau. »Noch näher! Kindchen, sag mir die Wahrheit: Wann kommt er heim?«

»Wer?« fragte Luca erschrocken. Zum erstenmal seit einem Jahr geschah es, daß die alte Frau ihre düsteren Zweifel an die Oberfläche steigen ließ und sie so offen darlegte. Es war schon vorgekommen, daß sie die Geduld verlor und ihren Sohn beschimpfte, weil er sie so lange allein lasse, aber daran, daß er die Wahrheit sagte – und in einem oder in drei Monaten nach Hause kommen würde –, hatte sie noch nie gezweifelt, und war die Frist von einem oder von drei Monaten verstrichen (was sie mit ihrem arhythmischen Zeitgefühl ohnedies nicht zu registrieren vermochte) und der Sohn doch nicht gekommen, dann nahm sie mit dem festen Vertrauen, mit der feuer- und wasserfesten Gutgläubigkeit einer Mutter zur Kenntnis, daß ihr Sohn zu tun hatte, und fand sich auf der Stelle mit der neuen Frist ab. »Sag mir bitte die Wahrheit!« wiederholte sie still, aber hartnäckig. Sie setzte sich die Brille auf, brachte ihren Kopf dem der Schwiegertochter noch näher und sah ihr mit ihren dunklen Augen beharrlich ins Gesicht. »Wann kommt er heim?«

»Im letzten Brief jedenfalls hat er geschrieben, daß er in drei Monaten mit seiner Arbeit endgültig fertig sein wird«, sagte Luca, »und ein Monat ist schon um.«

Die alte Frau sank in ihre Kissen zurück und begann dünn und greisenhaft zu weinen. Im Gleichmaß rannen ihr die Tränen aus den weitgeöffneten Augen und dann über das schmale, knochige Gesicht hinab, rollten am Kinn entlang und weiter unter das Band der schwarzen Samthaube. Luca kannte die alte Frau schon seit einigen Jahren, aber sie hatte sie noch nie weinen sehen, nicht einmal sechsundfünfzig, als ihnen die Kanonenkugeln beinahe das Dach über dem Kopf weggerissen und die beiden Frauen sich tagelang allein in dem immer wieder erbebenden Zimmer befunden hatten, weil Irén bei ihrem Mann war, am anderen Ende der Stadt, in Angyalföld, im Betrieb, und sich nicht nach Hause getraute, und János seit einer Woche nicht mehr von sich hatte hören lassen. Die alte Frau hatte damals schon ziemlich hilflos im Bett gelegen, aber in ihrem harten Gesicht zuckte es nicht, wenn ein Geschoß einschlug – allerdings hörte sie damals schon schwer –, und den ganzen Tag erzählte sie der Schwiegertochter Geschichten über ihre Mädchenzeit und vor allem über János und ließ ihrerseits Luca über deren Mädchenzeit auf dem Dorf und die Geschichte ihrer Familie erzählen.

»Du darfst nicht weinen, Muttchen!« sagte die junge Frau, der für einen Augenblick vor Schreck der Atem stillstand. »Zwei Monate, das ist keine lange Zeit.«

»Bis dahin lebe ich nicht mehr«, sagte die alte Frau unter Tränen, die ihr in zwei Reihen aus den Augen rannen. »Bis dahin lebe ich nicht mehr«, wiederholte sie blicklos.

»Aber nicht doch, Muttchen!« rief Luca. »Herr Professor Hetényi hat gesagt, du wirst hundert Jahre alt.«

»Was sagst du?« fragte die alte Frau.

»Herr Professor Hetényi hat gesagt . . .«

Die alte Frau wandte ihr das verweinte Gesicht zu. Ohne ein Wort zu sagen, ließ sie ihren unschuldig-allwissenden, schweren Blick eine Weile auf ihr ruhen, dann hob sie die Hand und winkte ab.

»Das sind mindestens noch vier Jahre!« rief Luca.

Die alte Frau drehte das Gesicht weg und sah zur Decke. »Ach, geh!« sagte sie. »Vielleicht ist auch Herr Professor Hetényi schon tot.«

Für einen Augenblick wurde es still im Zimmer, nur ein leises Schniefen und Schluchzen zwischen den Kissen war zu hören.

»Na gut, Muttchen«, sagte Luca entschlossen. »Ich schreibe ihm, er soll nach Hause kommen.«

»Was sagst du?« fragte die alte Frau einige Sekunden später.

»Ich schreibe János, er soll nach Hause kommen.«

»Wann?«

»Noch heute.«

Die alte Frau wandte den Kopf wieder der Schwiegertochter zu. »Das meine ich nicht«, sagte sie. »Sondern wann er nach Hause kommen soll.«

»Sofort«, rief Luca. »Muttchen, du hast recht, er hat sich genug in Amerika herumgetrieben, ich habe es auch satt.«

Die Tränen der alten Frau versiegten, sie seufzte tief auf. »Sofort nach Hause kommen?« wiederholte sie zweifelnd, als hätte sie ihren Ohren nicht getraut.

»Ich schreibe ihm«, schrie Luca, sich über das Bett beugend, »wenn er den verdammten Film bisher nicht hat fertigmachen können, soll er drauf pfeifen und nach Hause kommen. Du hast ganz recht, Muttchen. Ich habe auch keine Lust mehr, noch länger zu warten.«

»Er soll aufhören mit dem Film?« fragte die alte Frau.

»Sei beruhigt, Muttchen«, rief Luca, »wenn ich ihm schreibe, er soll nach Hause kommen, weil ich mich sonst scheiden lasse, dann läßt er alles stehen und liegen und kommt.«

Die alte Frau sah sie verständnislos an. »Du läßt dich von ihm scheiden?«

»Na, und ob!« sagte Luca. »Sag doch, Muttchen, darf man seine Frau so lange sich selbst überlassen? Jede andere hätte ihn längst betrogen, nur ich ... Für wen hält mich denn dieser Trottel?«

»Er soll aufhören mit dem Film?« wiederholte die alte Frau mit bebendem Mund. »Vor der Premiere?«

»Ich sch... auf die Premiere!« sagte Luca. »Soll er seine Premiere in Öl braten! Ich verzichte auf seine Dollar! Er soll nach Hause kommen, bevor ich ihm durchbrenne.«

Die alte Frau hob den Kopf. »Was sagst du? Du würdest ihm durchbrennen?«

»Seine Dollar kann er sich sonstwohin stecken!« sagte Luca. »Ich weiß, er kriegt keinen Groschen, wenn er den Film nicht fertigmacht, und dann hat er umsonst gearbeitet, wer weiß wie lange, mir ist es egal, ich will hier nicht allein versauern.«

Nun setzte die alte Frau sich auf. »Wenn János jetzt heimkommt, dann kriegt er keinen Dollar?« fragte sie.

»Nicht einen!« rief Luca wütend, aus den Augenwinkeln die alte Frau aufmerksam beobachtend. »Na und, ich brauche sein Geld nicht. Muttchen, du hast ganz recht, ich schicke ihm noch heute ein Telegramm, daß er sofort nach Hause kommen soll.«

Die alte Frau schwieg. Plötzlich sagte sie: »Dumme Gans!«

Ihre Stirn wurde zornrot. »Und dann hat er die ganze Arbeit umsonst gemacht?«

»Umsonst!« sagte Luca. »Denke nicht nur an seine Arbeit! Er hat auch eine Frau und eine Mutter, die er vergöttert.«

»Dumme Gans«, wiederholte die alte Frau, immer stärker errötend. »Für einen Mann geht die Arbeit vor. Lade du dir nicht aufs Gewissen, daß er den Film nicht fertigmacht! Weißt du nicht, daß ihn sogar die holländische Königin sehen will?«

Luca schüttelte den Kopf. »Das ist mir egal, ich schicke ihm noch heute ein Telegramm. Muttchen, du hast ganz recht.«

»Du hast nicht recht!« keifte die alte Frau. »Du bist sehr dumm. Bloß weil ich ein bißchen heule, mußt du dir nicht gleich die Haare raufen. Du schreibst ihm gar nichts.«

»Ich schreibe ihm nicht, ich telegrafiere«, sagte Luca. »Wer ist denn nun wichtiger, du, Muttchen, oder die Königin von Holland?«

»Ich verbiete dir zu telegrafieren«, sagte die alte Frau. Ihr aufgewühltes Gesicht, das von der ungewohnten Erregung noch länger und magerer wirkte, so daß die große, gerade Nase noch mehr aus dem Knochenwerk des Schädels hervorzuspringen schien, war drohend der Schwiegertochter zugewandt. Doch schon im nächsten Augenblick ging eine nahezu unwahrscheinliche Verwandlung darin vor: Es wurde weich und sanft, und mit der bestechenden Anmut ihrer in neun Jahrzehnten angesammelten Weisheit lächelte die alte Frau der jungen zu. »Hör mal, Kindchen«, sagte sie. »Ich weiß, was dich bedrückt, ich weiß, daß du eifersüchtig auf János bist. Aber ich kenne meinen Sohn, sei ganz beruhigt. Mag sein, daß er dich ein paarmal betrügt in Amerika und auch in Europa, denn ich habe meinen Mann auch einmal betrogen, aber am Ende wird mein Sohn zu jeder Frau sagen: Hau ab! Du brauchst ihm nicht zu telegrafieren. Du wirst mit ihm leben und sterben.«

Zum Glück klingelte es, Doktor Illés, der neue Arzt, kam auf eine Viertelstunde zu einem heilpädagogischen Gespräch mit der alten Frau. Da sie infolge rätselhafter Assoziationen den Arzt zuweilen für Augenblicke in die Haut ihres Sohnes schlüpfen ließ, zankte sie auch des öfteren mit ihm, und je ärger sie keifen durfte, desto lieber gewann sie Doktor Illés. Auch jetzt erstrahlte ihr tränenfeuchtes, mitgenommenes Gesicht, als sie ihn am Bett erblickte. Er war Arzt, und das war Grund genug zur Hochachtung — mit ihrem Rationalismus des neunzehnten Jahrhunderts huldigte die alte Frau abergläubisch der Wissenschaft —, aber darüber hinaus rührte der sechs Fuß große, breitschultrige, intelligent lächelnde junge Arzt auch mit seinem Manneszauber ihr immer noch empfindsames Frauenherz, seine Glatzköpfigkeit erinnerte sie an die von János, seine klassische Belesenheit — wenn sie sich auch nicht mit der Herrn Professor Hetényis messen konnte — an ihre Mädchenzeit und ihre Verehrer. Wie übermütige Kinder beim Baden im Fluß einander Wasser ins Gesicht spritzen, so warfen sie sich gegenseitig die Zitate zu.

Nur mit einem vermochte sich die alte Frau nicht auszusöhnen: daß Doktor Illés manchmal auch in Kirchen sang, sonntags bei der Musikmesse in der Innerstädtischen Kirche oder zu Fronleichnam oder Auferstehung in der am Christinenplatz. »Na, hat der Herr Oberarzt wieder in der Kirche gesungen?« fragte sie spöttisch, den müden Blick auf das über sie gebeugte liebenswürdige Gesicht des Doktors heftend. »Wissen Sie, daß ich neunzig Jahre nicht in der Kirche war?«

»Was, kein einziges Mal?« sagte der Arzt. »Auch nicht, als Sie heirateten?«

»Auch da nicht«, sagte die alte Frau. »Nur Bilder angucken, als mein Mann mit mir auf der Hochzeitsreise in Frankreich war. Aber von Bildern verstehe ich nicht viel, da bin ich lieber in der Kirche herumgegangen und habe mir die Leute angeschaut, die im Dunklen beteten, und ich habe gedacht: oh, les pauvres!«

Die Haushälterin, die in der Tür stand, schlug hinter dem Rükken des Arztes heimlich ein Kreuz.

»Ich war zehn oder zwölf Jahre alt«, sagte die alte Frau, »da bekam ich von meiner Mutter ein neues Kleid geschenkt, weil wir am nächsten Tag einen Ausflug in den Wienerwald machen wollten. Ich habe lange zu Gott gebetet, daß gutes Wetter ist, damit wir den Ausflug machen können und ich das neue Kleid anziehen kann. Aber am nächsten Tag hat es geregnet. Da war ich sehr böse auf Gott.«

»Und du bist immer noch böse auf ihn, Muttchen?« fragte Luca.

Zwischen ihren Kissen wandte die alte Frau die Augen langsam ihrer Schwiegertochter zu. »Ich habe gesagt, Kindchen, daß ich damals sehr böse auf ihn war. Als meine Mutter mich dann am Vormittag in die Kirche mitnehmen wollte, habe ich gesagt: nein.«

»Und bist nicht gegangen?«

»Meine Mutter war eine kluge Frau. Sie wartete den nächsten Sonntag ab, da war gutes Wetter, und wir konnten den Ausflug machen, ich in meinem neuen Kleid war sehr glücklich. Da hat sie gefragt: Stina, kommst du nun wieder mit in die Kirche?«

Der Arzt lachte leise und tätschelte der alten Frau die knochige Hand, die er die ganze Zeit über in der seinen gehalten hatte. »Aber Stina war auch klug, stimmt's?«

Die alte Frau lächelte. »Meine Mutter hat gefragt: Stina, kommst du jetzt mit in die Kirche? Und ich habe wieder gesagt: nein.«

Für einige Augenblicke trat Stille ein. Mittlerweile schien die Sonne durch das offene Fenster von hinten auf das Bett der alten Frau, glühte auf ihrem schwarzen Samthäubchen und beleuchtete weiß ihr trotziges Gesicht aus Knochen und Haut. »Ich habe zu meiner Mutter gesagt«, fuhr sie ein wenig keuchend fort, »ich habe gesagt: nein. Ich habe gesagt, ich will von niemandem auf der Welt Hilfe, dem ich nicht vertrauen kann. Ich will auf meinen eigenen Füßen stehen.«

»Das hat ja geklappt«, sagte Luca leise.

»Was sagst du?« fragte die alte Frau.

»Ich sage, Muttchen«, rief Luca, »das hast du geschafft.«

Die alte Frau schüttelte den Kopf. »Ich weiß nicht«, sagte sie heiser, »ich weiß nicht, ob ich es geschafft habe. Seit ich so alt geworden bin, bin ich einsam und unbeholfen. Aber wenn ich sterbe, da soll nur mein Sohn meine Hand halten.« Sie sah wieder ihre Schwiegertochter an. »Dann brauche ich auch dich nicht«, sagte sie langsam mit einem langen, prüfenden Blick auf das Gesicht Lucas. »Das Tier will auch allein sein, wenn es stirbt. Wenn mein Sohn nicht bei mir sein kann, um meine Hand zu halten, dann will ich allein sterben.«

Erschöpft schloß sie die Augen. Die vielerlei Aufregungen des Tages hatten sie unverkennbar mitgenommen, sie entzog dem Arzt ihre Hand und steckte sie unter die Bettdecke, in die vorerst noch zuverlässige Wärme des eigenen Körpers, und obwohl sie sich aus Rücksicht auf ihre Besucher nicht zur Wand drehte, stellte sie sich doch vorübergehend taub, oder wurde es aus eigenem Entschluß vielleicht tatsächlich, und beantwortete keine einzige Frage mehr. Doch als Luca mit dem Arzt auf Zehenspitzen aus dem Zimmer schleichen wollte, hob sie den Kopf von dem kleinen lila Kissen und rief sie zurück. »Luca«, sagte sie laut und vernehmlich, »du bleibe bitte noch bei mir.«

Die junge Frau zuckte zusammen; selten rief ihre Schwiegermutter sie beim Vornamen. »Natürlich, Muttchen«, sagte sie, »ich wollte nur den Herrn Oberarzt hinausbegleiten.«

»Danke«, sagte die alte Frau. »Aber dann kommst du wieder?«

»Natürlich, Muttchen«, sagte die junge. »Heute haben wir ja noch kaum Zeit füreinander gehabt.«

Trotz ihrer Müdigkeit ließ sie die Schwiegertochter lange nicht gehen. Sie behielt sie bei sich und teilte mit ihr das Mittagessen, von dem sie selbst nur ein paar Häppchen verzehrte, auch Irén gab ein wenig von ihrem Rindfleisch und der Tomatensoße ab. Während der Mahlzeit ließ die alte Frau ihre Schwiegertochter nicht aus den Augen; diese aß mit solchem Behagen, solcher Lust und Hingabe und wandelte die Speisen so schnell in etwas Schwebendes, Fröhliches, Spaßiges um, daß bei ihrem Anblick auch bei den beiden anderen Frauen die Magensäfte zu fließen begannen und sie von dem zehrten, was Luca sich einverleibte. »Schmeckt es?« fragte die alte Frau, mit dem Blick den Kaubewegungen des roten Mundes der Schwiegertochter folgend.

»Prima«, sagte Luca.

»Auch die Tomatensoße?«

»Und wie«, sagte Luca. »Wenn ich sie gar erst mögen würde!«

»Du magst sie nicht?«

»Ich hasse sie wie die Pest«, sagte Luca.

Nach dem Kaffee, der extra für den Gast gekocht wurde, mußte Luca auf Wunsch ihrer Schwiegermutter ihr hüftlanges Haar lösen und vor dem großen silbergerahmten Spiegel auf dem Toilettentisch gegenüber dem Bett kämmen. Inzwischen schien die volle Sonne ins Zimmer, auf den Spiegel und den sich hebenden und senkenden nackten Arm, der große weiße Elfenbeinkamm ließ das über den Rücken herabfallende, schöne bronzerote Haar aufglänzen, das unterhalb der Hand, die es umfaßte, unsichtbare elektrische Funken sprühte und Wellen gesunden Duftes in der Luft versprengte. Dürstend beobachtete die im Bett liegende alte Frau den schlanken, biegsamen Hals und die im Sonnenlicht bebenden weißen Schultern, für einen Augenblick schien es, als gewönnen ihre alten Augen die Frische zurück, aber dann war sie auf einmal gesättigt, erschöpft, und sie schickte die Schwiegertochter nach Hause. »Danke, geh jetzt heim!« sagte sie, kaum daß Luca die letzte Haarnadel in den schweren Dutt über ihrem vibrierenden Nacken gesteckt hatte.

Am Morgen darauf stellte sich die junge Frau eine Stunde früher als üblich bei ihrer Schwiegermutter ein. Sie klingelte und hämmerte gleich darauf mit den Fäusten an die Tür. »Irén«, rief sie noch vor der Tür, »Irén! Ich habe einen Brief bekommen, einen Brief, einen Brief, einen Brief ...« Sie fiel der Haushälterin, als sie die Tür öffnete, um den Hals, wirbelte laut und glücklich lachend mit ihr im Kreis und tanzte mit ihr durch die schmale kleine Diele. Sie war von einer solchen Erregung ergriffen, daß ihr während des kleinen Tanzes hörbar die Zähne klapperten.

»Von Ihrem Mann?« fragte Irén.

»Er lebt«, keuchte Luca, »jetzt ist sicher, daß er lebt. Sonntag in einer Woche darf ich ihn besuchen. Es ist kein Brief, sondern ein Vordruck, daß ich ihn Sonntag in einer Woche besuchen darf. Wenn er Besuch bekommen kann, ist er gesund.«

Die Haushälterin schwieg, aber Luca war so von Glück erfüllt, daß sie es nicht bemerkte. »Oder wenn er nicht gesund ist«, sagte sie, »dann ist immerhin sicher, daß er lebt.«

»Der alten Dame geht es sehr schlecht«, sagte die Haushälterin nach einer Weile.

Die junge Frau setzte sich auf den Küchenhocker. Erst jetzt sah sie in dem runden Apfelgesicht der alten Haushälterin die bleichen Spuren der durchwachten Nacht, die von den Krallen des Morgens zerkratzten Augenlider. »Was ist passiert?«

Die Haushälterin sagte: »Heute nacht wurde ich davon wach — Sie wissen, was für einen leichten Schlaf ich habe —, daß in ihrem Zimmer gesprochen wurde. Ich ging zu ihr und sah, daß sie mit sich selbst sprach, aber viel lauter als sonst immer, sie schrie sogar, stritt sich mit ihrem Sohn. Gleich am Morgen hat mein Mann den Herrn Oberarzt angerufen, denn da hatte sie schon ein feuerrotes Gesicht.«

»Lungenentzündung?«

Noch drei Tage lag die alte Frau, ohne das Bewußtsein zu verlieren, aber wie ein lyrischer Dichter nahm sie in dieser Zeit nur noch von sich selbst Notiz. Aus Höflichkeit und Selbstgefühl versuchte sie zwar zu verbergen, daß sie sich für nichts auf der Welt mehr interessierte — dies war die letzte Ehrenbezeigung ihres disziplinierten Stolzes vor den Lebenden —, aber ihr Versuch war wenig erfolgreich: Sie konnte ihre Gleichgültigkeit nur schlecht verheimlichen, ihre Umgebung wurde der letzten List ihres Lebens bald gewahr. Die Entzündung erfaßte zuerst den rechten Lungenflügel und, als sie hier unterdrückt war, den linken, schließlich breitete sie sich doch auf die ganze Lunge aus. Solange sie bei Bewußtsein war, führte sie zuweilen — wenn sie allein zu sein glaubte — lange Selbstgespräche, die hauptsächlich die kleinen Peinlichkeiten ihres hinfälligen Zustandes zum Gegenstand hatten; am meisten schämte sie sich, daß zweimal täglich eine Pflegerin zu ihr kommen mußte, um sie zu kathetern, weil zu Beginn der Lungenentzündung die Blase ihre Tätigkeit eingestellt hatte, später, in bewußtlosem Zustand, sprach sie kein Wort mehr. Luca wollte ihr ganztägig eine Pflegerin zur Seite geben, aber das ließ die alte Haushälterin nicht zu. »Freilich, damit ich die auch noch bediene«, sagte sie. »Und wer weiß, was sie aus den Schränken stiehlt, wenn sie allein im Zimmer ist.« Gegen die dauernde Anwesenheit einer fremden Person protestierte übrigens auch die alte Frau selbst, solange sie sprechen konnte oder es für lohnend hielt zu sprechen. Zum letztenmal sprach sie am Nachmittag des dritten Tages, während des Besuches des Arztes.

Sie empfing die Eintretenden, den Arzt und die ihn begleitende Schwiegertochter, mit offenen Augen, erwiderte ihren Gruß aber nicht, und als sie sich ans Bett setzten, sah sie weiter zur Tür, als erwartete sie noch jemanden, der unbedingt kommen mußte. Diese Kopfhaltung behielt sie auch später bei, als sie schon bewußtlos war; zog man die Kissen unter ihr zurecht und bettete den schwarzbehaubten schmalen Kopf auf das kleine Kissen, dauerte es nicht lange, bis sie ihn wieder nach rechts wandte, dabei auch den Hals leicht verdrehend, und ob ihre Augen offen waren oder geschlossen, sie sah mit dem gesamten blinden Körper zur Tür. In den letzten Tagen brachte sie auch ihre rechte Hand, die sie sonst stets unter der warmen Bettdecke gehalten hatte, ohne ersichtlichen Grund ans Licht und legte sie in Schulterhöhe, im Gelenk sonderbar verdreht, als ob sie verkrüppelt wäre, unter das Kinn, und wenn Luca sie mitunter behutsam gerade bog, um sie aus der verqueren Haltung zu befreien, und unter die Bettdecke schob, zog die noch in ihrer Bewußtlosigkeit halsstarrige alte Frau sie im nächsten Augenblick wieder heraus, um sie – genauso verkrümmt – erneut unter das Kinn zu legen. Ansonsten lag sie so still und bewegungslos da wie ein trockenes Blatt in einem sonnenbeschienenen Graben; weder sah noch hörte man ihren Atem, ihre Beine lagen ausgestreckt nebeneinander, der eingegipste Fuß schmiegte sich an den anderen, der nackt und gelblich war. Auch während der Zeit ihrer Stummheit klagte sie nicht und jammerte sie nicht, und wenn sie doch hin und wieder aufwimmerte, dann ganz leise und mit einem ihres ernsthaften Lebens unwürdigen Quäken: wenn sie auf die Seite gedreht wurde, damit der Arzt, der jetzt zweimal am Tag zu ihr kam, ihre Lunge untersuchen konnte oder damit die unzähligen kleinen Spuren des Wundliegens auf ihrem Rücken mit Reispuder bestäubt oder die Windeln auf der Gummiunterlage unter ihrem schweren Unterkörper gewechselt werden konnten. Wortlos nahm sie auch die Injektionen hin, die Nadel der Spritze drang nur noch in die verfallene Oberschicht ihrer irdischen Überreste ein.

Doch auch an diesem letzten Nachmittag bei klarem Bewußtsein antwortete sie nicht mehr auf die an sie gerichteten Fragen des Arztes und nicht auf Lucas Schmeicheleien, vielmehr schwieg sie störrisch, die noch sehenden Augen regungslos auf die Tür gerichtet. »Zwei oder drei Tage kann ich sie vielleicht noch am Leben halten«, sagte der Arzt nach der Untersuchung zu der jungen Frau. »Es besteht Hoffnung, daß ...«

»Nein«, sagte Luca.

»Was wäre Ihr Wunsch?« fragte der Arzt, durch das Fenster auf den sonnenbeschienenen Gartenrand und weiter auf die staubige Straße schauend.

»Wie es für sie besser ist.«

»Ihr ist es egal.«

»Wie es für sie besser ist«, sagte Luca.

»Fühlen tut sie gar nichts mehr«, sagte der Arzt. »In einigen Stunden wird sie voraussichtlich das Bewußtsein verlieren. Mit Koffein und Strophantin kann ich voraussichtlich noch ein paar Tage lang ihr Herz erhalten. Es besteht keine Hoffnung, daß ...«

»Nein«, sagte Luca.

»Was wäre Ihr Wunsch?«

»Wie es für sie besser ist«, sagte Luca.

Nach der Injektion begleitete sie den Arzt in die Diele. Kaum hatten sie das Zimmer verlassen, schnarrte die Klingel. Die alte Frau benutzte sie zum erstenmal wieder seit ihrer Lungenentzündung.

»Liebes, liebes Muttchen!« flüsterte Luca, sich über das Bett beugend. Der Arzt wartete in der Diele. Die alte Frau sah weiter zur Tür, aber mit der Hand klammerte sie sich am Arm der Schwiegertochter fest.

»Kindchen, ich habe dir noch nicht erzählt«, sagte sie mit seltsam breiiger Stimme, »was er in seinem letzten Brief schreibt. Weißt du denn, daß er den Kossuthpreis bekommen wird?«

»Mir hat er es noch nicht geschrieben, Muttchen«, sagte Luca.

Ohne die Tür aus den Augen zu lassen, nickte die alte Frau. »Den wird er bekommen«, sagte sie. »Geh jetzt und schicke mir den Herrn Oberarzt herein!«

Der Arzt kam und beugte sich über das Bett. »Wissen Sie denn, Herr Sänger«, sagte die alte Frau, die Tür fest im Auge behaltend, aber mit spöttisch verzogenem Mund, »wissen Sie denn, Herr Sänger, daß mein Sohn den Kossuthpreis bekommen wird?«

»Enorm«, sagte der Arzt, »enorm!«

Wieder nickte die alte Frau. »Den wird er bekommen«, sagte sie. »Jetzt ist es noch ein Geheimnis. Sagen Sie Luca, meiner Schwiegertochter, daß sie stolz sein soll auf meinen Sohn.«

»Enorm!« sagte der Arzt.

»Gehen Sie jetzt singen!« sagte die alte Frau.

Luca setzte sich, nachdem der Arzt gegangen war, zu Irén in die Küche. Ihr Mund zitterte so stark, daß sie eine Weile kein Wort herausbrachte. Die alte Haushälterin goß ihr ein Glas Schnaps ein, stellte es vor sie auf den Tisch und die Flasche daneben. Luca legte den zitternden Zeigefinger an den Sockel des Glases. »Was werde ich ihm nächsten Sonntag sagen, wenn ich ihn besuche?« sagte sie.

1962

Capriccios

Der Herausgeber dieses Bandes hat auf mein Zureden freundlicherweise auch drei zusammenhängende groteske Erzählungen oder Skizzen aufgenommen, die ich in dieser rauhen Winterzeit zur Zerstreuung meiner selbst und anderer geschrieben habe. Die eine handelt von der Unentschlossenheit, die andere von der Entschlossenheit und die dritte von der Furcht vor diesen beiden. So wenigstens würde ich sie mir (ungefähr) erklären, wenn ich nicht verstünde, was ich geschrieben habe. Dem Leser droht diese Gefahr nicht. Und da ich bei meinem schwerfälligen Naturell ohnehin weder klarer noch unklarer ausdrücken könnte, was ich sagen will, und von vornherein die Gefahr irgendwelcher Mißverständnisse kühn ausschließen kann, schicke ich meinen Versuch mit ruhigem Gewissen, ja frohgemut auf den Weg.

1 Der Mehlwurm

Er träumte jede Nacht, aber was, das hätte nur sein Schweiß erzählen können, wenn er morgens zwischen feuchtem Laken und verrutschter Bettdecke erwachte. Er erinnerte sich an gar nichts, auch nicht an die Art des Traumes. Hatte er gehurt? Hatten sich seine schamvollen, zivilisierten Tage nachts in ihr Gegenteil verkehrt? Einmal war ihm die Spur der Sohle einer geräuschlos laufenden, knochenlosen, in der Hand nachgiebig weichen weißen Katze im morgendlichen Gedächtnis geblieben, aber auch nur, weil sie ihm im Traum mit den Krallen das Gesicht verletzt hatte, sie zog ihm einen fingerbreiten blutigen Streifen vom Jochbein bis zum Mund, davon erwachte er. Auch seine Fingernägel waren blutig. Vom Blut der Katze?

Waschen, Mundspülen, Rasieren. Nun ist er wieder gesund und bei Verstand. Er geht in Alltagskleidung, verrichtet seine alltäglichen Obliegenheiten. Ich vermute, ein Beamter, mit kleinem Gehalt, von dem er gerade leben kann, vielleicht wohnt er zur Untermiete oder in Gemeinschaftsmiete. Wo ist er geboren? Womöglich in Amerika, in Newport (Massachusetts). Ich hoffe, seine Mutter ist griechischer Abkunft, sein Vater Slowake, oder umgekehrt. Aber wie ist er nach Budapest gekommen? Im Traum?

Morgens, wenn er sich angezogen hat, kocht er Tee in der Küche, deren Fenster natürlich auf eine Brandmauer geht, zum Tee ißt er ein Butterbrot, eine vom Abend übriggebliebene Scheibe und Butter. Eigenes Besteck. Ein Messer mit schartiger Schneide, mit der sich die Butter nach dem Bild des wogenden Meeres kräuseln läßt. Ist das zu begreifen? Aber soviel Spaß ihm täglich das durch seine Nerven wogende Meer bereitet mit seinen zornigen, wenngleich geordneten Wellen, die er vernichtet, zusammendrückt, zerkrümelt, verschluckt, verdaut, assimiliert und durch den After ausstößt, so viel Ärger hat er gleichfalls morgens mit dem Kühlschrank. Nicht doch mit dem Kühlschrank, mit der eigenen Vergeßlichkeit. Wenn er vergißt, vor dem Waschen, Rasieren und Anziehen die Butter aus dem fremden Kühlschrank zu nehmen, dessen Gastfreundlichkeit er dank des Wohlwollens des Hauptmieters oder Mitmieters an sich gerissen, jawohl, an sich gerissen hat, dann zerbröckelt die hartgefrorene Butter auf dem Brot, läßt sie sich nur in winzigen, rechteckigen Scheibchen auftragen, ohne innere und äußere Kontinuität, mit häßlichen Zwischenräumen, ungleichmäßig dick und ohne die Wellen des Meeres. Sogar das Brot selbst, auch wenn es vom Vortag ist, verformt sich unter dem Druck des starrsinnigen Messers, bricht und wird löchrig, obgleich dies das geringere Übel ist. Denn wo bleibt die schöpferische Arbeit, die Schaffensfreude, mit welcher unsere zauberhaften Tage zu beginnen haben?

Vermutlich weil er ein Waisenkind ist, speist er an arbeitsfreien Tagen in einer Gaststätte zu Mittag, sommers wie winters in demselben billigen kleinen Pester Lokal, auch an drückend heißen Sommertagen. Das Gaststättenessen gilt ihm als feiertägliches Vergnügen, aber er bemerkt erst, daß er gegessen hat, wenn er zahlt. Eigentlich hat er keinen Appetit, obgleich das Mittagessen davon nicht billiger wird. Fiele er mit Wolfshunger darüber her, brächten ihm vielleicht auch die Kellner mehr Anteilnahme entgegen, aber welchen Nutzen hätte er davon? Schnellere Bedienung? Er hat Zeit. Gekühltes Sodawasser? Lau schmeckt es auch. Er scheint unverwundbar, sogar ins Kino geht er und schläft nicht immer ein während der Vorstellung.

Um auf seine Abstammung zurückzukommen: Er spricht ungarisch, als wäre er in Ungarn geboren. Zufälligerweise ist er hier geboren. In der Großen Ungarischen Tiefebene, im Meere wogender goldener Ähren, auf der Bahnstation eines Dorfes, dessen Namen er sich natürlich nicht gemerkt hat. Seine Mutter vermutlich griechischer Abkunft brachte ihn in einem Eisenbahnwagen zur Welt, aus der sie sogleich schied, sein Vater hoffentlich slowakischer Abkunft verschwand spurlos im Goldstaub des Sonnenuntergangs. Oh, das Trauma der Geburt, das im Bewußtsein keine lesbare Spur hinterläßt! Sind die erworbenen Eigenschaften erblich, zum Beispiel englische Sprachkenntnisse? Im Schlaf kann er, wenn er will, fließend englisch sprechen, in der Mundart von Massachusetts, die sich kaum von der von New Hampshire unterscheidet. Dem stiefmütterlichen Schicksal ist es zuzuschreiben, daß er aus seinen englischen Sprachkenntnissen in Tiszacsege (Kreis Nyíregyháza) keinen Nutzen ziehen konnte. Natürlich auch später in Budapest nicht, weil er in seiner Bescheidenheit alle pränatalen Erinnerungen unterdrückte. Er entsann sich auch der Gesichtszüge seiner Mutter und seines Vaters nicht, bestimmt, weil er nicht wollte. Alles in allem war er nackter als alle anderen gewöhnlichen Neugeborenen zur Welt gekommen, die er nach menschlichem Ermessen spurlos hätte verlassen müssen, wenn das Schicksal nicht mahnend den Zeigefinger gehoben hätte. Ein riesenhafter, grobgliedriger Finger, der mit seinem verkümmerten Nagel und seiner vom vielen Mahnen rissigen Haut hoch über uns gelangweilt im All schaukelt. Amen.

Leider ist dem Menschen der Instinkt der Geburtenbeschränkung abhanden gekommen; unser Held verdankt seine Existenz sicherlich diesem Mangel. Nicht so im Tierreich. Bei übermäßiger Vermehrung verliert das Männchen allmählich seine Zeugungsfähigkeit und -lust, vergebens lungern die Weibchen wartend und in beflissener Haltung in seiner Nähe herum. V. C. Wynne-Edvards, Professor an der Universität des schottischen Aberdeen, stellte bei seinen wissenschaftlichen Untersuchungen fest, daß die Tiere im allgemeinen nicht warten, bis ihre Nahrung erschöpft ist und sie Hungers sterben, sondern sie beugen der voraussichtlichen Hungersnot vor, indem sie rechtzeitig die Vermehrungsquote verringern. Tiere hungern, anders als der Mensch, niemals, sofern keine Naturkatastrophe über sie hereinbricht.

Empfängnisverhütungsmittel? Beispiel: der Mehlwurm. Wenn seine Bevölkerungsdichte im Mehl über zwei je Gramm liegt, scheiden die Weibchen mit dem Kot einen chemischen Stoff aus, durch den das Männchen die Lust verliert, sein Geschlechtstrieb ermattet, die Larvenbildung sich verzögert und zuletzt die Weibchen ihre Eier auffressen. Und das alles auf Befehl der Seele!

Oder die Mäuse. Gibt es zuviel Weibchen, erzeugt ihr Organismus ebenfalls auf chemischem Weg ein Odeur, unter dessen Wirkung ihre Keimzellen verkümmern, und die Tierchen werden unfruchtbar. Das geschieht um so häufiger, je mehr Weibchen es gibt. Allein die bloße Anwesenheit und der Geruch eines Männchens kann schon die Entwicklung der Frucht im Mutterleib hemmen, und in diesem Fall wird die Mutter sie tot zur Welt bringen.

Diese geburtenreglerische Weisheit des Mehlwurmes fehlte den Eltern unseres Helden. Leider auch vielen anderen Eltern. So füllen sich unsere engen Gassen mit einsamen Spaziergängern, die trotz ihrer Vielzahl jeder für sich zwischen den schräg sich vorneigenden, bröckelnden Putz abwerfenden fünfziggeschossigen Häusern dahineilen, über ihnen zum Trocknen herausgehängtes rotkariertes Bettzeug, das melodiös im Wind knattert, in ihnen die Erinnerungen an durchschwitzte Nächte. Auch die nagelneuen Laken müssen sie wöchentlich flicken, damit die Blutspuren verschwinden. In der Gosse staut sich der Schmutz, aber das wollen wir ihnen nicht ankreiden! Die Gullys sind zumeist verstopft, denn der Mensch ist unvollkommen. So auch seine Arbeit. Sie gehen mit gesenktem Kopf oder mit erhobenem Kopf, mit vollen oder entleerten Hoden, mit schwellendem oder vertrocknetem Eierstock, einerlei. Abends gewinnen sie zuweilen Schönheit in der neonlichterfüllten Nacht, die ihr Schattennetz unter die einherhuschenden Sternbilder wirft. Es scheint, als drängten und schubsten sie einander vorwärts, als träten sie einander auf die Hacken, dabei, ich sagte es, sind sie allein.

Zumeist verbrachte er seine Abende zu Hause, natürlich allein, insofern war er umsichtiger oder träger als seine Mitmenschen. Das Heiraten hat noch Zeit, falls überhaupt! Die Mehrkosten des Ehelebens zahlen sich zwar möglicherweise darin aus, daß ein warmes Abendessen preiswerter und ergiebiger ist als ein kaltes, aber mit was für welchen und wie vielfältigen Risiken geht das einher; ihn grauste, wenn er abends nur daran dachte. Oho, er kannte das Leben! Statt sich eine Frau zu nehmen, hatte er vorerst eine Kreuzworträtselzeitung abonniert, die steckt mehr weg, obzwar auch sie manchmal widerredet und ihn ärgert. Ich will nicht behaupten, daß er sich Pantoffeln anzog, bevor er sich abends, nach dem Verzehr des kalten Abendessens, in den Lehnstuhl setzte und sich über das Kreuzworträtsel hermachte, das will ich nicht behaupten, aber es ist möglich. Obzwar nicht sicher ist, daß er Pantoffeln hatte oder das Bedürfnis verspürte, Pantoffeln zu haben. Im Grunde genommen lebte er nicht in solchem Elend, daß er sich nicht alle fünf Jahre ein hübsches Paar Pantoffeln hätte leisten können, sogar mit Ledersohlen, aber es reicht, wenn man sich beim Schlafengehen — schon auf dem Bett sitzend — die Schuhe von den Füßen streift und morgens wieder hineinschlüpft, selbstverständlich vor dem Waschen und Rasieren. Nichtsdestoweniger wäre es denkbar, daß er Pantoffeln hatte.

Vielleicht auch eine Frau. Sie hieß Jutka, und in Alter und Wesen paßte sie natürlich zu ihm. Ich überlege, ob sie ins Büro ging ... Was sonst hätte die Frau unseres Helden tun sollen? Sie hätte auch Verkäuferin in einem Kaufhaus oder Konsumladen sein können. Ich überlege, ob sie blond war oder braun ... Eher braun, denn Blondinen sind hierzulande seltener. Humor hatte sie auch. Sie grämte sich nicht, daß ihre Schwiegereltern abgestürzt beziehungsweise im Goldstaub eines Sommersonnenuntergangs aufgestiegen waren. Manchmal, wenn sie nicht zu müde war, brachte sie aus dem Laden einen neckischen Witz mit, den ihr ein Kunde — ein Elektriker oder ein Autobusschaffner — über den Ladentisch zugeflüstert hatte, über den mußten sie stundenlang lachen, die Frau lächelte mitunter noch im Traum. Leider mußte er, dank des Konsums und der loblichen Faulheit des Frauchens, zu Abend immer noch Kaltes essen, nunmehr allerdings Besseres und billiger, dank des Konsums.

Manchmal träumt er — doch davon weiß er beim morgendlichen Erwachen nichts —, die im Bett neben ihm liegende Frau sei schön. Beziehungsweise eine Frau liege neben ihm im Bett, und sie sei schön. Sie atmet, das Gesicht gerötet, ihr langes, glänzendes braunes — nicht doch, blondes! — Haar bedeckt die eine Wange, zuweilen bewegt der warme Zauberhauch ihres Mundes ein goldenes Härchen. Die eine weiße Brust ist unbedeckt, einer brennenden Fackel gleich ragt in der Mitte die Brustwarze auf. Die Schenkel sind unter der verrutschten leichten Decke natürlich gespreizt, als atme sie auch dort. Es ist kein Widerstand in ihr, als hätte sie gar keine Knochen, sie ist nachgiebig weich, läßt sich zusammendrücken, zerkrümeln, verschlucken — ein bezaubernder Anblick und Happen.

»Warum heiraten Sie nicht endlich?« fragt ihn der Hauptmieter oder Mitmieter oder eher noch die Frau des einen oder anderen.

»Wie meinen Sie das?«

»Wenn Sie heiraten, mein Guter, verdienen beide, aber ihr verbraucht nicht das Doppelte!«

»Glauben Sie?«

»Klar! Ihr könnt noch was auf die hohe Kante legen.«

»Wofür?«

»Für das Alter.«

»Stimmt.«

»Wenn Sie mal nicht mehr arbeiten können, mein Guter. Denn die Rente allein wird nicht reichen.«

»Stimmt, stimmt . . .«

»Jetzt sind Sie einsam und verlassen, kein Vater, keine Mutter, keine Verwandten. Wer wird Sie finden, wenn Sie tot sind?«

»Wer?«

»Der Gerichtsvollzieher, wenn er vorbeischaut. Aber mehr als Sie wird er bei Ihnen nicht finden.«

»Hahaha!«

»Jetzt lachen Sie, weil Sie noch jung sind. Aber ich beneide Sie auch jetzt nicht.«

»Stimmt . . . stimmt . . .«

»Ist denn das ein Leben, jeden Abend allein im Zimmer zu hocken und Kreuzworträtsel zu lösen?«

»Wissen Sie . . . schlecht ist es nicht. Und sagen Sie nichts gegen Kreuzworträtsellösen, das bildet.«

»Das kann man auch zu zweit.«

»Stimmt.«

»Für mich ist es zwar bequemer, wenn hier nur eine Person wohnt, aber ich würde Ihnen eine nette kleine Frau gönnen.«

»Für wieviel?«

»Sie müßten hundert Forint mehr Miete zahlen, ja, und Ihr Frauchen müßte das Zimmer saubermachen. Ein billigeres bekommt ihr sowieso nicht, mein Guter.«

»Hm.«

»Die Bettwäsche müßte natürlich Ihre Frau beisteuern.«

»Hundert Forint mehr?«

»Wäre denn das zuviel?«

»Und sie würde saubermachen, meinen Sie?«

»Was ist das schon für eine Frau! Sie steht eine Viertelstunde früher auf.«

»Hundert Forint mehr?«

»Aber ihr verdient beide, ihr könnt noch was auf die hohe Kante legen, für das Alter.«

»Stimmt . . . stimmt . . .«

»Und ihr würdet zu zweit Kreuzworträtsel lösen, falls ihr nichts Besseres zu tun habt, mein Guter.«

»Wie recht Sie haben!«

»Kommen Sie bloß nicht auf die Idee zu heiraten. Etwas Verrückteres könnten Sie nicht tun, mein Guter.«

»Wie kommen Sie darauf?«

»Ich habe längst gemerkt, daß Sie so etwas im Sinn haben. Dann ist es aber aus mit der Ruhe, ein für allemal.«

»Glauben Sie?«

»Für zwei Personen sorgen? Denn was die Frau verdient, falls sie überhaupt arbeitet, das gibt sie für sich selbst aus. Dann dürfen Sie Überstunden machen und nach Extraarbeit herumlaufen, bis Sie zusammenbrechen.«

»Stimmt.«

»Ganz zu schweigen von dem drohenden Kindersegen. Drei Leute, mein Guter, wollen Sie von dem erbärmlichen schmalen Gehalt durchbringen?«

»Stimmt.«

»Jetzt kommen Sie am Abend nach Hause, essen in aller Ruhe was, ziehen sich Ihre Pantoffeln an . . .«

»Pantoffeln?«

»Und setzen sich in die Ecke, um Kreuzworträtsel zu lösen und sich zu bilden.«

»Bilden?«

»Und diese gesegnete Ruhe! Sie gehen schlafen, wann Sie wollen. Und schlafen dann eben.«

»Stimmt.«

»Und ein bißchen von dem Gehalt können Sie sogar auf die hohe Kante legen.«

»Wofür?«

»Für das Alter.«

»Stimmt.«

»Wenn Sie mal nicht mehr arbeiten können, mein Guter. Denn die Rente allein wird nicht reichen.«

»Stimmt . . . stimmt . . .«

»Was für ein Glück auch, wenn man allein ist. Wenn einem die lieben Eltern gestorben sind! Und Verwandte haben Sie doch glücklicherweise nicht?«

»Nein.«

»Wo liegt dieses Tiszacsege?«

»Komitat Szabolcs.«

»Ihre arme Mama war griechischer Abkunft? Und der Papa Slowake?«

»Hm.«

»Geheiratet haben sie in Newport?«

»Massachusetts.«

»Ich weiß. Aber wie kamen sie nach Tiszacsege?«

»Im Traum.«

»Nicht mal im Traum sollten Sie heiraten, mein Guter!«

»Wie recht Sie haben!«

Liegt es an der ungewöhnlichen Blutmischung, daß er so schutzlos ist? Auch andere sind in Eisenbahnwagen geboren, dennoch haben sie Zähne und Nägel. Warum schuf er sich keine Heimstatt auf der Bahnstation und in deren Umgebung? Aus Bescheidenheit? Seine Arm-, Bein- und Zungenmuskeln sind nicht schwächer als die seiner Mitmenschen. Aber warum sollte er sie strapazieren, wenn er auch Kreuzworträtsel lösen kann, die kaum einmal widerreden? Dennoch wäre es übertrieben, zu behaupten, er tauge weniger als seine Mitmenschen, unter denen es so mancher bis zum Stationsarzt bringt. Denn wer taugt mehr: wer den Menschen mehr nützt oder wer ihnen weniger schadet? Amen.

Am Tage nach dem Gespräch mit der Frau des Hauptmieters oder Mitmieters, nachmittags, auf dem Heimweg aus dem Büro, verschlug es ihn in eine Tabakwarenhandlung, obwohl er nicht rauchte und auch Briefpapier oder Briefmarken nicht benötigte. Er hatte niemanden auf der Welt, dem er hätte schreiben können, nicht einmal aus einem seelischen Bedürfnis heraus, deshalb am allerwenigsten. Was also hatte er in der Tabakwarenhandlung zu suchen? Sie war neu eingerichtet, mehrere Etagen hoch, Gummifußböden, Korkdecken, automatische Klimaanlage und deckenhohe, blankgescheuerte Glaswände, durch die sich die Käufer taktvoll beim Bezahlen beobachten konnten. Die Briefmarkenabteilung, wo ausschließlich Briefmarken und sonstige postalische Wertartikel verkauft wurden, befand sich in der obersten Etage.

»Sie wünschen, mein Herr?«

Und selbstverständlich wurden die halbblind umherstolpernden Verkäuferinnen mit Radar zu den neueintretenden glücklichen Kunden gelenkt, damit sie in der Masse nicht abdrifteten. Unser Held, der Herr Kunde, kaufte, um die ihm entgegentaumelnde Verkäuferin nicht zu beschämen, da er nicht rauchte und auch nicht gewußt hätte, wem er einen Brief schreiben sollte, für drei Forint dreißig einen Lottoschein. Draußen fiel ein lauer Frühlingsregen. Das immerjunge Herz bedauerte geradezu, daß das Glasdach über den Hauptstraßenzügen den Gottessegen nicht hindurchließ. Rechts und links neigten sich die fünfziggeschossigen Häuser mit ihren bröckelnden Putz abwerfenden Wänden schräg vor und ließen da und dort, als Antwort auf die Drohung der nahenden Abenddämmerung, ihre Fenster gelb aufleuchten. Zur Rechten staute sich der Schmutz in der Gosse, weil die Gullys wieder verstopft waren. Nun ja, es war Frühling! Viele Menschen gingen auf den Straßen, auf den Laufbändern der Gehwege, vereinzelt auch Neger unter ihnen, wenngleich sie immer noch eher in den äußeren Stadtteilen, in Kispest und Erzsébet, wohnten, in selbstgebauten, winters schlecht beheizbaren Blechhütten. Aber der Frühling! Die listigste Falle der Natur! Der Regen trommelte stärker auf die Glasdächer über den Straßen, sein lieblich-einlullender Klang erreichte leider nicht die Passanten, die sich dem Anschein nach vorwärts drängten und schubsten, einander auf die Hacken traten, dabei ... Auf der Fahrbahn, besser gesagt über der Fahrbahn, hoch über dem lautlosen Strom der Automobile, über den schutzlosen Köpfen und dem Stoffwechsel der Passanten huschten die, die es besonders eilig hatten, ein Stammeshäuptling, der Manager eines Großunternehmens, ein Minister, auf fliegenden Teppichen ihren Träumen hinterher, im Knopfloch eine Blume, in der Hand einen auserwählten Rosenstrauß, wie eine Erscheinung aus tausendundeiner Nacht ... hach, war das schön!

Er träumte, ausnahmsweise. Am Tag nach dem Gespräch mit der Frau des Hauptmieters oder Mitmieters kam er fast eine halbe Stunde später als gewöhnlich nach Hause, aber das fiel natürlich niemandem auf, ebensowenig, daß er einen Tag später im Lotto mit einem Fünfer – vier, zweiundzwanzig, neunundvierzig, dreiundsechzig, achtundsiebzig – eine Million und vierhundertsechzigtausend Forint gewann. Darüber schwieg er zu Hause, auch seiner Frau sagte er nichts, da er fürchtete, sie könnte sich verplappern und dann würde sich der Hauptmieter oder dessen Frau rächen. Gewinne werden innerhalb einer bestimmten Frist in der Lottodirektion ausgezahlt, aber er vergaß, das Geld abzuholen. Vielleicht fürchtete er auch, Aufsehen zu erregen. Nehmen wir zudem an, daß er gerade viel Arbeit und Ärger im Büro hatte, was ihn geistig beanspruchte. Einmal, nach der Arbeitszeit, dachte er zwar daran, aber ausgerechnet an diesem Tag kochte seine Frau warmes Abendessen, und er wollte sie nicht warten lassen. Nun ja, arme Leute kochen dünne Suppen.

Demnach hatte er eine Frau? Vermutlich ja, denn sie erwartete ihn ja mit einem warmen Essen. Das Essen kocht sich nicht von allein. Oder hatte er sich verrechnet und mußte auch an diesem Tag Kaltes essen? Er entsann sich nicht, daß er in den Laden gegangen wäre, um Kaltes zum Abendbrot zu kaufen. Andererseits war er gesättigt zu Bett gegangen, vielleicht aber auch nur appetitlos. Er achtete stets darauf, ob er nun verheiratet war oder nicht, daß er sich abends nicht den Magen überlud. Nach dem Abendbrot setzte er sich in den Lehnstuhl, zog Pantoffeln an und löste beim gedachten Licht der Sterne von Tiszacsege Kreuzworträtsel.

Was nützen dem Menschen seine Erinnerungen, selbst die angenehmen? Sie machen nur älter. In wem sie spurlos versickern, der ist unsterblich. Ebensowenig zog er Nutzen aus seinen pränatalen englischen Sprachkenntnissen – obwohl sie mit dreihundert Forint Sprachenzuschlag honoriert worden wären –, dank seiner Vergeßlichkeit entging er auch dem Fluch des Reichwerdens. Seine Seele ist ohne Schutz und doch unverletzlich wie der Spiegel des Wassers. Die Erinnerung an den Fünfer schlägt zwar noch eine Zeitlang Wellen in ihm, aber er verschiebt die Schande von einem Tag auf den anderen. Er erinnert sich nur noch an die lästige Pflicht des Hinauszögerns, den Gegenstand hat er vergessen. Ein einziges Mal, an einem Vormittag seines zweiwöchigen Sommerurlaubs, spülte ihn eine Welle seiner unerträglichen Langeweile vor das Gebäude der Lottodirektion, deren zentrale Kassen drei Stockwerke unter der Erde von der Halle einer Metrostation zugänglich waren, vermutlich zur größeren Bequemlichkeit der Fahrgäste. Diese Metrostation war zugig wie jede andere, einmal fegte ein stickig warmer, muffiger Luftstrom durch die Halle, dann wieder schlug einem eiskalte Luft entgegen. Der Fußboden war natürlich dick mit Unrat bedeckt, mit weggeworfenen Fahrscheinen, Zeitungspapier, Bananen- und Apfelsinenschalen, leeren Plastetüten und Pappbechern, zwischen denen die Menschen knöchelhoch einherwateten, bis der Luftzug den gesamten Abfallteppich erfaßte, hochwirbelte, den wartenden Fahrgästen ins Gesicht und den herandonnernden Zügen entgegenwarf. Wenn sich die Luftwirbel gelegt hatten, schwebten noch lange die Zeitungsblätter in der Luft, manche blieben an der Decke hängen, bis ein neuer Luftstrom sie wieder auf die Schienen schleuderte.

»Verzeihung, mir scheint, Sie schließen gerade?«

»Erraten, Kollege.«

»Bitte . . . dann ein andermal.«

»Schießen Sie schon los, Kollege! Um was geht's?«

»Ich störe nicht, da Sie doch schließen?«

»Raus mit der Sprache, nur Mut!«

»Danke . . . Beim nächsten Mal.«

»Wie Sie wünschen. Ich erlaube mir, Sie darauf hinzuweisen, daß wir die Scheine nur innerhalb von sechs Monaten nach dem Ziehungstag einlösen.«

»Dann komme ich vielleicht schon zu spät . . .«

»???«

»Guten Tag.«

»Sagen Sie mal, aus welchem Reservat sind Sie ausgerissen?«

Er lächelte ein wenig schmerzlich: ihm fehlte diese Direktheit – ein unmißverständliches Zeichen der Menschenliebe und der

Warmherzigkeit. Er nahm die nächste Bahn, stieg auf jedem Umsteigebahnhof um und bereiste mit einem einzigen Fahrschein die ganze Stadt. Wenn es ihm später hin und wieder passierte, daß er zur Direktion zurückkehrte und eine Weile vor den unterirdischen Kassen herumlungerte, dann huldigte er nur den rituellen Handlungen einer uralten Zeremonie, deren Ursprung im Dunkel liegt. Er wußte nicht mehr, was er dort suchte.

Fällt uns nicht auf, daß er mit keinem seiner Bürokollegen befreundet war? Es fällt uns nicht auf.

Wie wir erwähnten, träumte er nie, beziehungsweise, wenn er morgens erwachte, erinnerte er sich nicht an seine Träume. Eines Tages jedoch war ihm, wie wir erwähnten, als er morgens hochschreckte, die Sohle einer geräuschlos laufenden, knochenlosen, in der Hand nachgiebig weichen weißen Katze im Gedächtnis geblieben. Der fingerbreite blutige Streifen in seinem Gesicht, vom Jochbein bis zum Mund, schmerzte, stach und brannte. Er stand auf, die Verletzung zu besichtigen, glücklicherweise war das gemeinsame Badezimmer noch leer. In seinem Zimmer hatte er natürlich keinen Spiegel. Im Spiegel des gemeinsamen Badezimmers betrachtete er die Verletzung, die sich vom Jochbein bis zum Mund zog, hiernach drehte er in dem Glauben, ohnehin nicht mehr schlafen zu können, das Warmwasser auf. Bezeichnend für seine geistige Haltung war, daß er sich nicht elektrisch, sondern mit dem Messer rasierte. Entschwundenes Tiszacsege! Wie er auch von seinem Schlafanzug zur Nacht nur die Jacke anzog, ohne Hose, wie ein kurzes Nachthemd. Er ließ das Warmwasser in das rissige Waschbecken des gemeinsamen Badezimmers laufen. Der Spiegel war leider in der Mitte grünlich blind, so daß man sich nur vor der oberen oder vor der unteren Hälfte rasieren konnte. Da er klein von Wuchs war, mußte er sich auf die Zehenspitzen stellen, um sein Gesicht vor die unbeschädigte untere oder gar obere Hälfte des Spiegels zu bringen. Glücklicherweise hatte er keine Schlafanzughose an, so daß sie ihm nicht herunterrutschen konnte, während er sich reckte. Er ließ das Warmwasser laufen und stellte sich auf die Zehenspitzen. Das gesprungene Fenster des Badezimmers ging auf den engen Lichthof, er mußte zum Rasieren also die Lampe einschalten. Vor dem rissigen Waschbecken des gemeinsamen Badezimmers, auf Zehenspitzen, gereckt, seifte er sich überaus umsichtig das Gesicht ein. Sorgfältig mied er mit dem Pinsel die Verletzung, die sich vom Jochbein bis zum Mund zog, damit der beißende Seifenschaum nicht in die Wunde sickerte. Dann schärfte er das Messer. Erst beim Schärfen gewahrte er, daß auch seine Fingernägel blutig waren. Vom Blut der Katze?

Da rief die im angrenzenden Zimmer schlafende Hauptmieterin oder Mitmieterin, die das in das rissige Waschbecken laufende Wasser und das rhythmische Klatschen des Messers an den Lederriemen vor der Zeit aus süßem Schlummer gerissen hatten. Sie bekam keine Antwort.

»Was ist in Sie gefahren, Herr Ciriakosz?« rief sie zum zweitenmal, das Gesicht zur Tür des gemeinsamen Badezimmers gedreht. »Sind Sie übergeschnappt? Müssen Sie einem um vier Uhr morgens den Schlaf rauben?«

Entgegen seiner Gewohnheit antwortete unser Held wiederum nicht. Vier Uhr? Vier Uhr war es längst nicht mehr, sondern zehn nach vier. Auf der Glaskonsole über dem Waschbecken lag seine Armbanduhr.

»Sind Sie taub? Müssen Sie einem um vier Uhr morgens den Schlaf rauben?«

Da auch beim drittenmal keine Antwort kam, sprang die Frau des Hauptmieters aus dem Bett und riß die Tür zum gemeinsamen Badezimmer auf. Anders als sonst war die Tür unverschlossen, an den Schlüssel hatte unser Held in der Aufregung der Diagnosestellung und des Rasierens nicht gedacht. Hätte er ihn mit blutigen Fingern anfassen sollen? Bezeichnend für sein geistiges Gefüge, daß er sich vor Blut ekelte. Die Hauptmieterin riß die Tür zum gemeinsamen Badezimmer auf, stand einen Augenblick auf der Schwelle und machte sie wieder zu. Wir erwähnten, daß er sich vor dem Spiegel in der Schlafanzugjacke, doch ohne Hose rasierte.

»Sie sollten wenigstens zuschließen!« rief die Hauptmieterin hinter der zuklappenden Tür.

Ohne zu reagieren, seifte unser Held noch eine Weile sein Gesicht ein, mit dem Pinsel sorgfältig der streifenförmigen, blutigen, fleischfarbenen Wunde ausweichend. Plötzlich, wie zu Tode beleidigt, erbleichte er, ließ den Arm sinken und eilte zur Tür des gemeinsamen Badezimmers. »Schweigen Sie!« rief er mit vor Erregung bebender Stimme in das angrenzende Zimmer.

»Was? Ich soll schweigen? Schämen Sie sich!«

»Sie sollten sich schämen!«

»Ich bin hier in meiner Wohnung!«

»Ich auch!«

»Wieso denn das?«

»Das Badezimmer ist gemeinsam, Sie altes ... Tantchen!«

Eigentlich bedürfte es einer Erklärung, was ihn so auf die Palme brachte, denn in den sieben oder neun Jahren, die er hier wohnte, hatte noch niemand ein böses Wort von ihm gehört, ganz zu schweigen von einem Disput mit dem Hauptmieter oder dem Mitmieter, dabei war im Badezimmer der Spiegel blind, und zum Rasieren mußte er das Licht einschalten. Die Verletzung zog sich vom Jochbein bis zum Mund. Seine nackten Ober- und Unterschenkel und seine Flanken waren so mager und haarig, daß er sie nicht einmal dem Versicherungsarzt gern zeigte. Wenn er morgens das gemeinsame Badezimmer betrat, schloß er fürsorglich beide Türen ab, heute hatte er es versäumt. Ungeachtet seiner Scham riß er in einer unerklärlichen Regung urplötzlich diejenige auf, hinter der sich die Hauptmieterin in langem Nachthemd auf die Fortsetzung des Disputs vorbereitete. Stumm standen sie sich gegenüber. Nach einer Weile lachte die Hauptmieterin laut auf. Warum lachte sie? Aus purem Übermut oder aus Todesangst?

»Kommen Sie her, ich rasiere Sie auch gleich«, rief unser Held, streckte jäh den Arm vor und tupfte der Hauptmieterin mit dem seifenschaumbedeckten Pinsel an die Nase. Die Hauptmieterin wich zurück, lachte aber weiter. Wo hatte sie ihre Augen? Starr auf unseren Helden gerichtet. Dieser trat über die Schwelle des gemeinsamen Badezimmers und war mit einem Satz vor der Hauptmieterin, die kreischend die Flucht ergriff. Unser Held, den seifenschaumbedeckten Pinsel in der Hand, kreidebleich hinterher. »Schämen Sie sich, Herr Ciriakosz!« rief die Hauptmieterin, während sie um das Bett herumlief und den Weg zu der Sitzgarnitur aus rotem Samt einschlug. Sie kreischte und lachte ohne Unterlaß, unser Held folgte ihr, gleichfalls lachend, aber kreidebleich. Viertel fünf war schon vorbei, aber da Winter war und trübes Wetter herrschte, dämmerte es noch immer nicht. Das gedämpfte Licht der Lampe auf dem Nachttisch beleuchtete nur undeutlich die Sitzgarnitur aus rotem Samt, die vor dem Fenster stand und der Hauptmieterin nur kurzfristig als Zuflucht diente, da unser Held mit einem gewaltigen Satz zwischen die ausladenden Sessel sprang. Die Hauptmieterin umrundete im Schneckengang erst den einen, dann den anderen, unser Held hinterher, die Hauptmieterin lachte laut, unser Held ebenfalls, mit dem seifenschaumbedeckten Pinsel drohend und kreidebleich. Die absonderliche Hetzjagd zwischen den Sesseln, dem Tisch und dem Sofa erschöpfte beide so sehr, daß sie mit Seitenstechen wieder voreinander stehenblieben. Glücklicherweise hatte unser Held keine Hose an, sie wäre ihm sicherlich heruntergerutscht.

»Nicht so mutwillig, Herr Ciriakosz!«

»Hol Sie der Satan, Tantchen! Sehen Sie nicht, daß ich Sie bloß einseifen will?«

»Das verbitte ich mir. Seifen Sie Ihre Frau ein!«

»Wieso meine Frau? Was heißt hier meine Frau? Ich habe doch keine Frau!«

»Warum haben Sie nicht geheiratet, ich habe Ihnen oft genug zugeraten!«

»Im Gegenteil, abgeraten.«

»Ich hätte nur hundert Forint mehr Miete genommen.«

»Und wie soll ich dann Kreuzworträtsel lösen, Sie dreckige alte Vettel, von Gott verstoßene Hexe von Salem? Wollen Sie mich auch noch meiner Bildung berauben?«

Die Todesangst verlieh der Hauptmieterin solche Kraft, daß sie hinter der Sitzgarnitur aus rotem Samt hervorschnellte und in das gemeinsame Badezimmer floh, wo immer noch das Licht brannte. Unser Held mit gebeugten Knien, mit geneigtem Kopf, lautlos wie eine blutende Katze und samtglatt hinterher! Den seifenschaumbedeckten Pinsel hielt er immer noch zwischen den blutigen Fingern. Die Verfolgte stieg auf den Rand der Badewanne und kletterte von dort weiter auf das Fensterbrett.

»Hopp!«

»Was heißt hier hopp! Was wollen Sie von mir?«

»Jetzt hab ich dich!«

»Gnade, Herr Ciriakosz«, rief die Hauptmieterin, das Gesicht blau vom Lachen. »Ich halt's nicht mehr aus!«

»Ich auch nicht!«

»Dann wollen wir aufhören.«

»Geht nicht, gnädige Frau.«

»Wenn Sie nicht aufhören, fauche ich!«

»Wie eine Katze, wenn der Kater sie besteigt?«

»Schämen Sie sich!«

»Sie sollten sich schämen! Bloß weil ich ein Waisenkind bin, werden Sie mich nicht verspotten!«

Heutzutage gibt es viele unaufgeklärte Todesfälle. Und jede Menge Morde, deren Täter die Polizei nicht zu ermitteln vermag, oder wenn sie ihn ermittelt, vermag sie ihn nicht zu fangen, weil er spurlos im Weltall verpufft ist. Dabei wendet man sich gelegentlich auch an die Polizei in Newport (Massachusetts), zumeist ergebnislos. Der Mensch ist ja so gleichgültig und ohne Liebe, er sieht nur sich selbst, und um seine Neugier steht es auch nicht gut. Zugegeben, wir sind so viele, ob einer mehr oder weniger, zählt gar nicht. Eine Leiche in der Badewanne stößt noch vorübergehend auf Interesse, aber dem im Weltraum verschwundenen Mörder jagt die pragmatische Pietät nicht nach. Aus Tiszacsege ist inzwischen eine Metropole geworden, mit einer Startbasis für Weltraumschiffe, die natürlich einwandfrei funktioniert, obzwar der Schmutz beträchtlich zugenommen hat, auf den Straßen reicht der Staub bis zu den Knöcheln, und die Fliegen konnten auch noch nicht ausgerottet werden.

2 Der entschlossene Löwe

Kaum war er geboren, kaum hatte der Arzt die Nabelschnur abgebunden und ihm zwei-, dreimal kräftig auf den Rücken geklopft, da brüllte er gewaltig los und schlug mit seinem gelbbüscheligen kleinen Schwanz energisch hin und her. Und sogleich begann er sich zu entwickeln, besser gesagt, er ging daran, seinen Leib und seine Seele zielstrebig zu entfalten.

Schon am ersten Tag – gewissermaßen als seines Lebens ... gewissermaßen als überhaupt des Lebens anmutiges Symbol – erschlug er mit einer träumerischen Bewegung seiner kleinen, behaarten Tatze ein Etwas. Eine Fliege. Mit einer träumerischen Bewegung, sagte ich? Der äußeren Form nach ja. Seine kleine, behaarte Tatze hob sich wie in der Zeitlupenaufnahme eines großen Entschlusses schwankend in die Höhe und blieb mit der Grazie einer gelben Tulpe, die sich soeben geöffnet hat, in der Luft stehen; sein Blick zielte indessen mit kindlicher Verwunderung auf ... Worauf zielte er? Auf eine hin und her zuckende kleine schwarze Bewegung, die mit den ungewissen Konturen unter Wasser befindlicher Gegenstände vor seinen einfältigen Augen und seiner breiten Nase umherschwamm und seinen Ordnungssinn störte. Er legte die Stirn in dicke, kindliche Falten und beschloß ... Was beschloß er? Einerlei, wichtig ist, daß er einen Beschluß faßte. So tötete er die Fliege, mit einer blitzschnellen, katzenhaften Bewegung, ohne Fliegenfänger, das heißt ohne technische Hilfsmittel. Solcher wird er sich, als wünschenswerte Ergänzung seines Körpers und Geistes, erst im späteren Leben bedienen. Rotes Blut jedoch vergoß er an diesem ersten Tag seines Lebens nicht.

Natürlich wurde er Leo getauft. Ein guter, alter, christlicher Name, auch mehrere Päpste finden sich unter diesem Stichwort. Seine Mutter stillte ihn bis zum Alter von anderthalb Jahren, und obwohl das Kind zwischendurch ansehnliche Portionen zerkleinerter Mohrrüben, Kartoffeln oder in Wasser gekochten Spinats verzehrte, richtete sich seine Phantasie auf die Mangelwaren, auf rohes oder gebratenes oder schlimmstenfalls gekochtes Rindfleisch. Sie wurde von dem angeregt, was ihm fehlte. Diese passive, doch konstruktive Arbeit seines Geistes erinnerte an die unbefleckte Empfängnis, auch seine späteren Erfolge verdankte er zum großen Teil dieser schöpferischen Gier, die aus dem Spiegel das Spiegelbild herausholte, aus dem Schatten die Materie, aus der Materie die Zwischenräume, sie schön ordentlich untereinander und übereinander packte und so zu eignem Nutz und Frommen verwandte, was nicht da war. Er war erst wenig älter als zwanzig Jahre, da wurde er schon zum Administrator im Landwirtschaftsministerium ernannt. Aber wir wollen den Ereignissen nicht vorauseilen!

Vorerst lebt er noch hinter Schloß und Riegel im Tierpark, inmitten künstlicher Betonfelsen, die durch einen tiefen Graben von seiner Betonhöhle getrennt sind. Eine Zeitlang konnte ihn das staunende Publikum aus der Nähe betrachten; als Jungtier durfte er in einer Einhegung mit anderen Jungtieren tollen, mit kleinen Hunden und Bären und sogar mit einem Zicklein; aber wegen seines durchdringenden, bestialischen Gestanks brachte man ihn bald wieder in seine Höhle zurück. Er gehört zur Familie der Senegallöwen, die in ausgewachsenem Zustand eine Risthöhe von nahezu einem Meter erreichen, ihr Schwanz ist fast neunzig Zentimeter lang, die Mähne der männlichen Tiere ist bräunlichschwarz. Ihre Stimme: als ob die Erde zu beben begänne. Ertönt sie, dann verstummt die kreischende Hyäne, ergreifen die Antilopen wie besessen die Flucht; die blökende Herde erstarrt, das beladene Kamel wirft die Last ab, kehrt dem Treiber den Rücken und sucht sein Heil in verzweifeltem Lauf; das Pferd geht durch, es schnaubt mit schäumenden Nüstern und weicht zurück, der Hund drückt sich winselnd an seinen Herrn. Das wär's.

Leo jedoch scheint, obwohl er schon im Alter von zwei Monaten laufen lernte, vorläufig noch völlig hilflos. Aber wir wissen, daß er in seinen Genen bereits die Planzeichnung seines Lebens mit sich trägt, die er mit schonungsloser Entschlossenheit realisieren wird. Jetzt sind die Details des Plans natürlich noch verschwommen, nahe Verwandte der rosafarbenen Wolkenspiele am abendlichen Himmel. Wenn Leo sich auf den Rücken legt, um auf entzückende Weise mit den Beinen zu strampeln, dem bloßen Bäuchlein zu wackeln und dem Zeugungsgliedchen zu zucken, ergreifen am Himmel die Antilopen wie besessen die Flucht; doch vergebens, denn mit einem Sprung sitzt Leo dem Leitbock im Luftnacken, sitzt Leo der Reihe nach allen Luftantilopen im Luftnacken und reißt ihnen mit seinen Fangzähnchen die Luftschlagader auf, reißt allen die Luftschlagader auf. Der Abendhimmel rötet sich von dem aus ihren Luftschlagadern strömenden Blut. Hoch oben der Abendstern, das Hecklicht eines Raumschiffs. Was flieht in ihm, zitternd und bebend? Leo jedoch hat dreißig Zähne, die Zahnformel lautet $\frac{3\;1\;3\;1}{3\;1\;2\;1}$. Sein Fuß ist verhältnismäßig kurz, da die letzte Phalanx nach oben steht, die Sohle bedeckt ein weiches, haariges Polster.

Schon in der Grundschule, schon in der ersten Klasse zeichnete er sich durch einen regen Geist aus – kein Wunder inmitten der vielen trägen Dorfkinder, deren Interesse eher den handgreiflichen, den erforschbaren Dingen galt, den vergnüglichen Spielen der Kosmologie, dem physikalischen Idealismus und der Molekularbiologie; währenddessen richtete der kleine Leo, sich selbst überlassen auf dem Dachboden liegend, den verträumten, doch entschlossenen Blick auf das Stück Rauchfleisch, das am Balken hing, oder er jagte Nachbars Hühner, natürlich noch ohne Erfolg, oder er knabberte wilden Sauerampfer am Mühlbach. An diesen Abstraktionen hatte er seine Freude. Soll ich's erklären? Am Unerreichbaren! Daran, vom Unerreichbaren zu kosten. Zu jener Zeit trainierte er bereits für seinen späteren Lebensweg, wie überhaupt schon vom Augenblick seiner Geburt an: Er trainierte das zielstrebige Vorwärtskommen und das entschlossene, schnelle Handeln, dessen erste vorbereitende Phase bekanntlich das Wünschen ist. Und die zweite ist das Träumen, das mit zarten Ranken, die jenem entspringen, das Ziel umspinnt. Oder vorerst nur den Weg. Es läuft auf das gleiche hinaus, Ziel und Weg sind miteinander identisch. Je abstrakter dieser oder jenes oder, nehmen wir an, beide gleichzeitig vorbereitet werden, um so sicherer und entschlossener wird er sie erreichen.

Seine Starter, Vater und Mutter, brachten ihn voller Sorgfalt auf seine ruhmreiche Bahn. Nach der Art bodenverbundener armer Leute verwöhnten sie ihn selten und verprügelten ihn oft, wogegen Leos Löwenherz häufig rebellierte, sich dann aber wieder damit aussöhnte. Wenn er auch kein Freund körperlicher Züchtigung war – auch im späteren Leben wurde er es nicht –, nahm er die Ohrfeigen von elterlicher Hand letztlich doch hin, wie die Sohlen des Schnellaufmeisters beim Trainieren den Widerstand des Untergrunds, also der Muttererde, hinnehmen. Er brüllte auf ... am Himmel die fliehenden Antilopen! ... wurde nach einer Weile still und zog von der Erfahrung das Leiden ab: Noch immer blieb ein wenig Profit übrig. Nein, nein, gewinnsüchtig war er nicht, und er wurde es auch später nicht, während seiner steil ansteigenden Laufbahn, aber die Abstraktionsleidenschaft seines großen Herzens setzte keinen Augenblick aus. Wenn die Sonne am Rand der Wüste versinkt, versammelt sich das nächtliche Wild an den Tränken: So liegt es auf der Hand, daß Dunkelheit und Durst identisch sind. Wenn der Stammeshäuptling oder der Minister nach seiner Ansprache mit freudigem Rundtanz, wildem Gebrüll oder stürmischem Applaus gefeiert wird, liegt es auf der Hand, daß Minister und Wahrheit identisch sind. Wenn ... Belassen wir es bei diesen Beispielen, jeder weiß, was Abstraktion ist.

Leider verwaiste er frühzeitig. Sein Vater wurde im besten Mannesalter von einer vorwiegend aus Belgiern und Niederländern bestehenden Jagdgesellschaft erlegt. Das geschah während einer gelungenen Safari, die, in Mombasa im afrikanischen Kenia an der ugandischen Eisenbahnstrecke beginnend, bis zu den kahlen Gipfeln des Atlasgebirges führte. Dortselbst konnten die jugendfrischen Touristen für 1900 Dollar pro Kopf den auf der höchsten Erhebung des Gebirges stehenden, ebenfalls Atlas geheißenen mythologischen Riesen betrachten, der, vor Langeweile fast schon lethargisch geworden, auf seinem gebeugten, bärtigen Kopf und seinem schwitzenden Nacken auf Befehl des Zeus das jede Minute einzustürzen drohende Himmelsgewölbe trägt, Gott weiß, seit wann; sein seelischer Zustand mag dem Nervenzustand der Arbeiter in Automobilfabriken ähnlich sein, die an den Fließbändern arbeiten, ebenfalls auf Befehl des Zeus. Könnte er sich wenigstens ab und an mit dem Bart den Schweiß von der Stirn wischen: Aber nein, die belgischen und die niederländischen Touristen ließen ihn Tag und Nacht nicht aus den Augen, und Leo machten sie gewissermaßen ganz nebenbei, mit der linken Hand, zum Waisenkind, mittels eines gut gezielten Schusses, der den im klassischen Schatten verschnaufenden Vater gerade da ins Herz traf, als er, von seinem beschwerlichen Tagwerk heimgekehrt, sich in die Betrachtung der herzerwärmenden, geliebten heimischen Landschaft vertiefte. Dabei hatte er sein Lebtag keiner Fliege etwas zuleide getan.

Ebensowenig die Mutter. Und doch ist sie nun genötigt, ihr halbverwaistes Kind allein großzuziehen. Im Sommer arbeitet sie im Tagelohn auf dem benachbarten Staatsgut, im Winter zwei Bahnstationen entfernt in der Ziegelei, wo man im letzten Jahr des Krieges die Juden und Zigeuner des Komitats zusammentrieb, bevor sie nach Österreich abtransportiert wurden. Aber so pflichtbewußt die arme Frau auch ist, sie verdient mit Müh und Not nur das karge tägliche Brot; sie ist vorzeitig gealtert, erschöpft und ergraut; wie der Pelikan zu Hungerszeiten, könnte man sagen, nährt sie ihr Junges mit dem Blut aus ihrer Brust. Auf ihrem Hof scharren ein paar Hühner, das ist ihr ganzer Besitz, eine Kuh zu halten, hat sie weder Kraft noch Muße. Und dennoch oder vielleicht gerade deshalb verhilft die abstrahierte Nahrung Leo zu einer erstaunlichen körperlichen und seelischen Entwicklung. Nun ja, die Erziehung! Die vom guten Elternhaus auf der Lebensbahn vorgegebene Anfangsgeschwindigkeit! Wir brauchen es wohl kaum zu erwähnen: Dank seiner schulischen Leistungen und des anspornenden Beispiels seines Vaters, an den er sich als Waise stets voller Liebe erinnerte, gelangte er auf die Universität, und natürlich bestand er auch dort.

Während seiner Studentenjahre lernte er die Liebe kennen. Schon früher war es ihm aufgefallen: Wenn sich zwei Fliegen, auf dem Küchentisch oder der Fensterscheibe herumkrabbelnd, begegneten, begannen sie lebhaft zu summen, sprangen aufeinander, als wollten sie sich gegenseitig umbringen, trennten sich einen Augenblick später mit klagendem Gebrumm und flogen auseinander. Wieder die Fliegen! Eine Fliege hatte ihm bereits am ersten Tag seines Lebens eine Lektion erteilt, und er hatte sie gelernt. Was mochten sie noch für ihn bereithalten?

»Klárika!«

»???«

»Oder Piroska? Oder Márika? Oder Julika? Oder Erzsike? Herrgott noch mal, errate ich denn Ihren Namen nicht?«

»Mit wem verwechseln Sie mich?«

»Mit Ihnen selbst.«

»Und was wollen Sie von mir?«

»???«

»Na was denn, Sie reden mich einfach an, Sie wissen nicht, wie ich heiße, stellen sich nicht mal vor ... Was wollen Sie?«

»Raten Sie! Was könnte ich wohl wollen?«

»Sagen Sie, sind Sie immer so unverschämt zu Mädchen? Oder nur sonnabends, nach Sonnenuntergang?«

»Nach Sonnenuntergang, wenn in Afrika die Wüste bebt von der Donnerstimme ihres Herrn ... Wollen wir nicht in dieses Espresso gehen?«

»Wofür halten Sie mich?«

»Für eine kleine Fliege. Eine ganz süße, kleine Fliege. Ich möchte auch eine kleine Fliege sein und Ihnen ins Öhrchen summen ...«

»Hier wird nicht gesummt! Hände weg!«

»Setzen wir uns hier in die Ecke!«

»Noch was, ins Dunkle! Sagen Sie, sind Sie immer so unverschämt zu den Mädchen? Ich möchte gern am Fenster sitzen.«

»Und über die Scheibe krabbeln?«

»Ich verstehe nicht.«

»Ach, mir fiel nur ein Spruch aus meinem Dorf ein ... Zwei Mokka, bitte ... Klárika, ich möchte Ihnen mein Herz ausschütten.«

»Aber ohne zu summen! Die, die Hände ...«

»Ich bin ein Waisenkind, deshalb brauche ich eine zärtliche

Frauenhand. Meinen Vater verlor ich, als ich noch ein Kind war ...«

»???«

»Er ist gefallen. Und schon bald folgte ihm meine gute, arme Mutter. Seither bin ich einsam und allein. Ich kann mich nur auf meine eigene Kraft stützen.«

»Das ist auch ratsamer als auf meine Knie!«

»Klárika!«

»Nun?«

»Haben Sie Geld?«

»???«

»Was ist denn?«

»Ob ich Geld habe? Wofür?«

»Um die beiden Mokka zu bezahlen. Denn ich habe keinen roten Heller. Warum lachen Sie?«

»Sie werden es weit bringen, Leo.«

»Was ... äh, Kollegin ... wünschen Sie?«

»Was denn, erkennen Sie mich nicht?«

»Aber ja doch! Klári, nicht wahr? Oder Piros? Oder Mária? Oder Erzsi? Daß ich Ihren Namen nicht errate, Herrgott noch mal!«

»Dabei haben Sie ihn eine Zeitlang fleißig benutzt.«

»Lang, lang ist's her.«

»Sagen Sie, junger Mann, sind Sie immer so unverschämt zu Frauen?«

»Mutig. Das Löwenherz, wissen Sie? Ich fürchte niemanden auf der Welt!«

»Haben Sie nicht vielleicht einen Minderwertigkeitskomplex, den Sie vertuschen wollen?«

»Ich vertusche nichts. Ich trage das Herz auf der Zunge. Entschuldigung, ich hab's eilig. Was wünschen Sie, Klári?«

»Früher hatten Sie es nicht so eilig.«

»Früher nicht.«

»Sie laden mich nicht ins Espresso ein?«

»Sie würden gern bezahlen, nicht?«

»Aber natürlich. Einem Waisenkind!«

»Hm!«

»Das eine zärtliche Frauenhand braucht!«

»Der Spott trifft mich nicht, äh . . . Klári.«

»Weil Sie sich nur auf Ihre eigne Kraft stützen, nicht wahr?«

»Sticheln Sie nicht! Habe ich was versprochen?«

»Wenn ich mich recht erinnere . . .«

»Sie erinnern sich falsch. Ich habe genommen, was Sie mir gaben. Oder, wenn Ihnen das mehr zusagt, was die weise Natur für mich bestimmt hatte.«

»???«

»Und was zu nehmen ich nicht nur das Recht, sondern auch die Pflicht habe. Ich bin ein Mann. Die weite Welt . . .«

»Warum brüllen Sie? Früher haben Sie gesummt.«

»Ich hätte gesummt? Na, alles Gute . . . äh . . . Erzsi!«

Nachdem er die beiden derben Ohrfeigen, die die Dame ihm verpaßte, gleichmütig abgewischt und mit zwei noch wesentlich saftigeren erwidert hatte, eilte er, selbstbewußt die Schultern wiegend, zur Universität, wo er mit seinem bescheidenen, doch sicheren Auftreten längst das Wohlwollen der Professoren gewonnen hatte. Unterwegs, an dem breiten Boulevard, neigten sich die fünfziggeschossigen, bröckelnden Putz abwerfenden Häuser schräg vor, so daß auch aus der obersten Etage gut zu beobachten war, wie unten vor den Häusern der vom Luftzug aufgewirbelte Unrat sich sammelte und ablagerte. Hoch über der Fahrbahn, über dem lautlosen Strom der Automobile spien auch die dröhnenden Züge der Hochbahn mit ihren Vorstadtfahrgästen unablässig Unrat aus den offenen Fenstern, ungültige Fahrscheine, Zeitungen, Bananen- und Apfelsinenschalen, leere Plastetüten und Pappbecher, das alles kreiste im Strom der Luftwirbel eine Weile in der Höhe, um dann plötzlich auf die Passanten niederzufallen. Auf den Gummibändern der Gehwege glitten lautlos die Neger nach Kispest und Erzsébet. In den Tag-und-Nacht-Lebensmittelläden drängten sich die Käufer. Es regnete, aber wegen des Glasdaches über den Straßen erreichte sein lieblich-einlullender Klang leider nicht die Passanten. Es war Frühling. Ach, der Frühling, der bei Knaben und Mädchen das Zeugungspotential verdoppelt! Auch bei Leo. Doch keine Bange, er wird den in seine Gene eingefügten Lebensplan nicht vernachlässigen, der ein zielstrebiges Vorwärtskommen und ein mit Todesmut sprungartig realisiertes, rasches Handeln vorschreibt. Könnte er es sich nur abgewöhnen, im Sprung seine dröhnende Stimme vernehmen zu lassen!

Kaum war er zum Administrator im Landwirtschaftsministerium ernannt, begann er sich auch schon im Praktischen unbeirrbar vorzuarbeiten ... Vor in welche Richtung? Wie wir schon an anderer Stelle erwähnten, in Richtung auf das Unerreichbare. Soll ich's erklären? Wonach jagte er zu Hause in seinem Dorf, als er auf wackligen Beinchen und immer wieder auf die Nase fallend Nachbars Hühner jagte? Wonach streckte er die Pfötchen aus, als er zu Hause, auf dem Dachboden sitzend, den verträumten Blick auf das Stück Rauchfleisch richtete, das am Balken hing? Nach Symbolen, nicht wahr? Wie kann man die Welt erobern? Indem man sie abstrahiert. Sobald er sich an seinem ersten Schreibtisch niederließ, der das Symbol des nächstfolgenden, zweiten, etwas höheren war, sobald er sich hinübersetzte an den zweiten, der das Symbol des nächstfolgenden, etwas höheren, dritten war, sobald er ... Sollte er so weitermachen? Hatte er, als Löwe, das nötig?

Nachts ging er, die gewaltige, bräunlichschwarze Mähne schüttelnd und mit den kolossalen, konischen Fangzähnen knirschend, auf breiten, geräuschlosen Sohlenpolstern unruhig in seiner Wohnung auf und ab, wobei er nervös mit dem gelbquastigen, neunzig Zentimeter langen Schwanz schlug und etliche Ziervasen und Rosenthaler Porzellanfiguren von der Anrichte fegte. Manchmal knurrte er bis in den Morgen hinein vor sich hin, mitunter hätte er fast losgebrüllt, aber die Nachbarn ...! Doch die Nachbarn beschwerten sich trotzdem bei der Wohnungsverwaltung, denn Leo strömte in seiner Nervosität einen bestialischen Seelengestank aus, der durch die Türritzen noch in die sorgsamst behüteten Heimstätten drang.

Zwar verstand er es meisterhaft, mit seinen riesenhaften Pranken das Spiegelbild aus dem Spiegel, die Materie aus dem Schatten und die Zwischenräume aus der Materie zu holen und sie mit elegant angewinkeltem Ellbogen ad acta zu legen, doch hatte er es im dritten Jahr seiner Ministeriallaufbahn noch immer nicht weiter als bis zum dritten Schreibtisch gebracht. Der vierte leistete hartnäckig Widerstand. Doch eines Nachts träumte er von Kenia, seiner Heimat. Und sein Geist ward erleuchtet wie nach einer Gehirnwäsche.

Die abstrakte Antilopenherde, die über den Himmel zieht, taucht hin und wieder zwischen den rosafarbenen Wolken hervor, und die Tiere blicken aus großen, samtigen Augen sehnsüchtig auf die Erde hinab, wo der kleine Leo auf dem Rücken liegt und mit den Beinchen strampelt. Hinter dem dichten Gestrüpp noch hört man das ferne Schnaufen der ugandischen Schmalspurbahn, doch das stört niemanden. In riesigen Herden ziehen droben die Symbole dahin, die Elenantilopen, die Säbelantilopen, die Nilgaus, die Buntböcke, die nubischen Mendesantilopen und die Spießböcke, sogar ein kleiner Trupp weidender Hirschkuhantilopen (Bubalis caama) ist zu sehen, die für ihre neurotisch mißtrauische Natur bekannt sind und auch jetzt Posten auf den umliegenden Termitenhügeln aufgestellt haben. Die Sonne über der Wüste ist bereits im Untergehen begriffen, ihr blutrotes Auge blinzelt ein letztes Mal, bevor es zufällt. Aber schon nahen zwischen den Wolken die Zebrahengste, diese besonders schnellen, wendigen und scheuen Tiere; an den Vorderbeinen erkennt man die charakteristischen Hornkastanien, vermutlich Rudimente von Krallen. Auch einige Exemplare der bereits vom Aussterben bedrohten Unterart Quagga zeigen sich, von den flinken Burchellzebras gar nicht zu reden. Leo zog dem Zebrafleisch das der Antilope vor, doch er kannte seine Pflicht.

Tags darauf verschwand im Ministerium das am vierten Schreibtisch sitzende Symbol, ein vierzigjähriger, glatzköpfiger, bebrillter Herr mit einem kleinen Bärtchen unter der Nase. Er verschwand spurlos, als wäre er in einen seiner schönsten Tagträume getaucht. Obwohl die Akten, die sich auf seinem Schreibtisch häuften, schon nach wenigen Monaten auf seine Abwesenheit hinwiesen, dauerte es noch ein gutes Jahr, bis Leo – sich den blutigen Mund leckend — den neuen Platz einnehmen konnte. Zu seiner Ehre sei gesagt: ohne Schadenfreude und sorgsam darauf bedacht, daß man ihm am Blitzen der Augen und der makellosen Zahnreihen nicht seine Sattheit anmerkte. Sattheit, sage ich?

Allmählich leerten sich die Diensträume des Landwirtschaftsministeriums. Manchmal konnte man schon ohne anzuklopfen in Doppelzimmer eintreten; die Korridore und die Imbißräume verödeten. Kopfschütteln, hochgezogene Augenbrauen ... Unvorstellbar fast, wie wenig Bewerber sich fanden für die zwar sehr bequemen, aber gefährlichen Schreibtische, die ohne die Unterstützung des produktiven menschlichen Geistes die Arbeit allein nicht mehr schafften. Das gesamte Landwirtschaftsministerium glich einer tauben Nuß, anders kann man es nicht ausdrücken. In manchen Zimmern wurden die Rollos schon am Tage herabgelassen. In der Stadt munkelte man ... Aber weiter nach draußen, zum Beispiel nach Sopron und Umgebung, nach Drávaszabolcs, Csap, Biharkeresztes und zu anderen Grenzstationen, war die Nachricht noch nicht durchgedrungen.

Und wie verbrachte Leo seine Nächte? Auf den Luftkissen eines guten Gewissens. Wie jene, die im vollsten Einverständnis mit sich selbst leben, da alle ihre privaten und patriotischen Pflichten erfüllt sind, wachte er des Morgens frisch und ausgeruht auf, rekelte sich wohlig, gähnte und ging daran, vor dem Spiegel im Badezimmer sehr aufmerksam seine kolossalen, konischen Fangzähne zu säubern. Auch die Beschwerden seiner Nachbarn über die durch die Türritzen sickernden westafrikanischen Laute hatten nachgelassen. Nur selten passierte es ihm, daß er im Traum ein Zwiegespräch mit seinem seligen Herrn Vater oder seiner seligen Frau Mutter führte.

»Krrr.«

»Krrr, krrr.«

»Wie geht es dir, mein Sohn?«

»Es geht, es geht.«

»Bedauerst du nicht, in die Fremde gezogen zu sein?«

»Es sind kaum zehn Flugstunden, Vater.«

»Soviel bist du auch zu Hause herumgetrabt am Tag. Aber die Freiheit!«

»Ist vollkommen, Vater. Krrr.«

»Zu fressen und zu saufen findest du?«

»Ich leide keinen Mangel.«

(Die Mutter: »Mein lieber Sohn, frierst du denn nicht dort oben im Norden?«)

»Hm.«

»Und die Seele?«

»Die ist nicht zu sättigen, Vater. Du weißt, schon als Kind haben mich nur die Wolken ... nur die Wolken ... Was von dem Erreichten bleibt einem zwischen den Klauen?«

»Abstrahieren, mein Sohn, abstrahieren!«

»Das tue ich. Krrr.«

»Gott befohlen, mein Sohn.«

»Gott schütze euch.«

»Krrr.«

»Krrr, krrr.«

Als eines Tages der Minister vor dem Zimmer eines Staatssekretärs vorbeikam, ließen ihn sonderbare Geräusche aufhorchen. Sie drangen nicht von der Straße herein. Die gut isolierten Mauern ließen weder das Rattern der Hochbahn noch das Brummen der erst kürzlich in Dienst genommenen Unratabsaugflugzeuge hindurch, die, über den Zügen kreisend, die aus den Fenstern geworfenen Abfälle ansaugten, noch in der Luft, damit sie nicht etwa den Passanten auf den Straßen ins Gesicht wirbelten. Der Minister trat ans Korridorfenster, unten bot sich der übliche Anblick: nichts. Er trat vom Fenster weg, auch aus fünfzig Stockwerken Höhe sagte ihm der übliche Anblick, das Nichts, nicht zu. Doch was sollte er machen? Längst nicht mehr gab es das Spiel rosafarbener Abendwolken, das einst dem Menschen den Schlaf versüßte. Er beobachtete die neuen Unratabsaugflugzeuge ... Nun ja, der Fortschritt! Wenn der Schmutz überhand nimmt, beseitigen wir ihn. Oder wird der Unrat benötigt? Wovon gibt es mehr, vom Unrat oder von den Menschen? Ist der Unrat ein Nebenprodukt des Menschen oder der Mensch ein Nebenprodukt des Unrats? Der Minister trat wieder zur Tür des Staatssekretärs; zweifellos drangen die interessanten Geräusche, von einem kräftigen westafrikanischen Gestank begleitet, hier heraus.

Entgegen seiner Gewohnheit bückte sich der Minister zum Schlüsselloch, richtete sich nach einigen Minuten ruhiger Beschaulichkeit wieder auf und riß mit Todesmut die Tür auf. Der übliche Anblick: nichts? Im Gegenteil. Ein überaus unüblicher Anblick hatte die müde Neugier des Ministers geweckt. Im Lehnstuhl hinter dem Schreibtisch saß nicht der Staatssekretär. Im Lehnstuhl saß auch nicht Leo, denn Leo saß auf dem Schreibtisch und betätigte energisch seine kolossalen, konischen Fangzähne, während er mit seinem gelbquastigen, kräftigen Schwanz wild hin und her schlug. Das Krachen von Knochen war zu hören und ein bedrohliches Knurren. Zwischen Leos blutigen Kiefern hing von dem Staatssekretär nur noch der Kopf heraus, vermutlich sein saft- und kraftlosester Teil; seine übrigen, gutgenährten Glieder hatten bereits ihren langsamen Stoffwechsel in Leos Organismus begonnen. Blut- und Papiergeruch zog in dichten Schwaden durch die ansonsten staubige Luft, und unter dem Schreibtisch stand ein unversehrtes Paar Halbschuhe; anscheinend hatte der Staatssekretär beim Arbeiten Pantoffeln getragen.

»Was haben Sie hier zu suchen?« fragte der Minister. »Meines Wissens befindet sich Ihr Arbeitsplatz im einundvierzigsten Stockwerk.«

Leo leckte sich über die blutigen Lefzen und wandte seinen gewaltigen Mähnenkopf dem Minister zu. »Bitte?« fragte er.

Da der Minister in seiner Zerstreutheit die Tür zu schließen vergessen hatte, erfaßte der Luftzug die überall im Zimmer herumliegenden verstaubten Akten und wirbelte sie in die Höhe; neurasthenisch raschelnd schwebten sie noch lange in der ohnehin staubigen Luft umher. Fiel ein Aktenbündel von der Decke zurück auf den Fußboden, zog der Minister unwillkürlich den Kopf ein.

»Warum knurren Sie?« sagte er nervös zu Leo. »Knurren Sie bitte nicht. Wie erwähnt, befindet sich Ihr Arbeitsplatz meines

Wissens im einundvierzigsten Stockwerk. Was suchen Sie hier in der Ministeretage?«

»Verzeihung«, sagte Leo.

»Was denn, die Akten fressen Sie auch auf?« fragte er entrüstet.

»Nur aus Unachtsamkeit«, knurrte Leo. »Ich bitte um Entschuldigung.«

»Passen Sie besser auf!« sagte der Minister. »Wissen Sie nicht, daß Akten unersetzlich sind? Und unverdaulich außerdem.«

»Das weiß ich natürlich«, sagte Leo.

Mahnend hob der Minister den Zeigefinger. »Sie knurren schon wieder?« sagte er. »Und lecken Sie sich nicht das Maul, wenn Sie mit mir reden. Sie müßten schließlich wissen, wie man sich gegenüber einem erheblich älteren Menschen zu benehmen hat.«

»Müßten wissen, müßten wissen!« sagte Leo ärgerlich. »Im Leben gibt es Situationen ... Das wiederum müßten Sie wissen!«

»Das wird von uns berücksichtigt.«

»Ich hoffe es«, sagte Leo. »Was das Taktgefühl betrifft, kann sich wohl niemand über mich beklagen.«

»Das stimmt«, sagte der Minister. »Aber Ihre Ambitionen sind überzogen. Meines Wissens sind Sie erst zwei Jahre hier angestellt.«

»Drei bereits.«

»Trotzdem«, sagte der Minister. »Ich bitte um mehr Sinn für die Proportionen. Und verachten Sie gutgemeinte Ratschläge nicht.«

»Nämlich?«

»Was denn, was denn?« sagte der Minister verwundert. »Sie korrigieren einen Minister? Daß Sie nicht zwei, sondern drei Jahre hier angestellt sind? Ich muß doch bitten!«

Leo schluckte, und der plattgedrückte, blutige Kopf des Staatssekretärs verschwand endgültig in seinem Schlund.

»Passen Sie auf!« sagte der Minister. »Mir scheint, Sie haben auch noch eine Fliege verschluckt!«

»Was habe ich?«

»Mir scheint, sagte ich, Sie haben auch noch eine Fliege verschluckt«, wiederholte der Minister.

Leo schlug mit seinem breiten Sohlenpolster so kräftig auf den Tisch, daß auch die letzten, schon ein wenig blutbesudelten Akten durch das Zimmer flogen.

»Verzeihung«, sagte er, »Verzeihung! Ich habe mich manchmal nicht in der Gewalt. Die Fliegen, die Fliegen! In den kritischen Augenblicken meines Lebens tauchen sie auf und summen herum. Was soll man davon halten? Ich bin nicht abergläubisch, aber soweit ich mich erinnere, hat auch der erste Abschnitt meiner Entwicklung damit begonnen, daß ich eine Fliege ... Was meinen Sie dazu?«

Vor Aufregung leicht hinkend, kehrte der Minister in sein Arbeitszimmer zurück.

3 Mr. Joe Smith flieht

Vom ersten Tag seines Lebens an floh er. Vor wem? Beziehungsweise wovor? Schwer zu sagen, obgleich es sich zum Ende unserer pragmatischen Skizze vermutlich herausstellen wird. Floh er vor dem Zwang, sich offenbaren zu müssen, der wie ein geisteskrankes altes Weib im menschlichen Hirn herumgeistert und die Menschheit auf den Holzweg führt? Schon sein erster, in der Wiege ausgestoßener, ziemlich eindeutig anmutender Schrei — e-e-e-ehe-ehe-ehe — wurde von den Philologen unterschiedlich interpretiert, zu Recht. O Akribie! Oder riß er vor der Glückseligkeit aus? Kaum anzunehmen. Vor der Rechtsprechung der Menschen, also dem Zuchthaus? Aber nicht doch! Vor der Liebe, dieser großen und edlen Leidenschaft? Vor dem Leiden allgemein? Vor seinem Einsatz in Vietnam? Ach wo! Halten wir an dieser Stelle fest, daß er nicht feige war. Vor seinen Irrtümern? Unsinn! Vor dem Tod? Flucht nach vorn? So verrückt war er nicht.

Bekanntlich werden selbst die winzig kleinen, mit bloßem Auge nicht auszumachenden Kokken, wenn sie einem stetigen Angriff ausgesetzt sind, resistent, sobald sie sich von ihrer ersten

Überraschung erholt haben, und pfeifen auf das Antibiotikum. Und gerade Mr. Joe Smith, der an Leib und Seele soviel größer ist als diese Bazillchen, gerade er sollte den Angriffen des Lebens nicht widerstehen? Ist das denn ein so hoffnungsloses Unterfangen, daß er es gar nicht erst versuchte? Tatsache ist, daß er schon als Schoßkind durch ständiges Strampeln seine Beine für den späteren Langlauf trainierte, und als er zum erstenmal auf den Boden gesetzt wurde, krabbelte er so blitzschnell unter das Bett, daß seine brave Mutter vor Überraschung erschrocken die Hände vor das Gesicht schlug. Später sah man ihn auf der Straße nur im Laufschritt sich fortbewegen, und diese Frische bewahrte er sich bis ins hohe und schmucke Alter. Unter dem schwankenden Kopf, dem dürren Hals und dem verkrampft steifen Rücken nahm er so geschwind die alten Beine unter die Arme, daß er nach der Manier der frühen Filme im Nu ins Bild hinein- und auch schon wieder aus ihm hinaustrat. Dabei benutzte er nicht einmal Krücken. Wir fragen neuerlich, wovor floh er?

Schon im Säuglingsalter verbarg er erfolgreich den langen, allwissenden Bart seines Gehirns, dessen Flattern ihn ohnedies beim Laufen behindert hätte. Aber was taugen heute, im Zeitalter der Molekulargenetik, so durchsichtige Tricks wie das Verschwinden eines Bartes oder aber das Ankleben eines künstlichen Bartes, wie sie uns als klassische, aber überholte Traditionen der Meisterdetektive des beginnenden Jahrhunderts überliefert sind? Mr. Joe Smith tat, kaum daß er der Mutterbrust entwöhnt war, sehr vernünftig noch ein paar Schritte weiter in die Zeit zurück, nämlich in die noch klassischere altgriechische Sagenwelt, deren technischer Ausrüstungsstand um etliche Grad höher als der unsrige war; um nur ein Beispiel zu erwähnen: Zeus verwandelte sich auch ohne die schwerfällige Hilfe der Molekulargenetik aus eigenem Entschluß binnen Augenblicken in einen Stier, um die schöne Europa rauben zu können, ganz zu schweigen davon, daß er bei anderer Gelegenheit die Gestalt eines Schwanes annahm, ebenfalls auf Drängen seiner Libido.

Unseres Helden Ansprüche waren geringer. Er begnügte sich damit, auf der Flucht zuweilen die Gestalt zu wechseln, so daß er von seinen Verfolgern nicht wiedererkannt wurde. Aber wer verfolgte ihn? Beziehungsweise warum?

Betrachten wir das klassische Vorbild! Siehe: heiß scheint die Sonne auf den gelben Sand. In den Mittagsstunden, wie jetzt, legt sich der Wind, die kahlen Felsspitzen ziehen ihre Schatten ein, das ewig rauschende veilchenfarbene Meer zu ihren Füßen beruhigt sich, nur die sanften Wellen am Ufer murmeln friedfertig unter ihrem weißen Bart. Die gesamte altgriechische Inselwelt stellt sich auf die Mittagsruhe ein. Und als die Sonne, also Phoebus »der Ferntreffer«, den Zenit erreicht, erhebt sich aus der Gischt der Meergreis Proteus und watet, seine Robbenherde vor sich her treibend, zum heißen Ufersand. Zufrieden hält er Umschau, und während er sich das Wasser aus dem langen grauen Bart schüttelt, umschreitet er die Herde und zählt, immer fünf Mastrobben auf einmal, aus deren Nasenlöchern der bittere Geruch des Meeres hoch aufsteigt. Vorerst fehlt noch keine einzige! Der unvergängliche Proteus ahnt noch nicht, welche Gefahr seiner lauert.

Einwärts am Inselufer grünt ein Hain, Ölbäume, Erlen und duftende Zypern, dorthin lenkt er seine großsohligen Schritte. Auf den Ästen nisten breitschwingige Vögel, Schleiereule, Falke und Seekrähe, und inmitten des Hains sprudelt mit kühlem Wasser eine Quelle, an ihrem Ufer blühen Veilchen und Sellerie. Das Gehölz ist von solcher Schönheit, daß selbst die Götter ins Staunen kommen.

Und der blondhaarige Menelaos! Acht Jahre schon irrt er in Gesellschaft seiner Frau, der schönen Helena, auf dem Meer umher, und es will ihm nicht gelingen, die lieblichen heimatlichen Gestade zu erreichen. Und er ist doch so müde schon, so müde! Im dichten Gestrüpp verborgen, beobachtet er den arglos nahenden Meergreis, der, mit seinem Hirtenstab das lange, seidige Gras teilend, zu seinem Ruheort strebt, sich, sobald er diesen erreicht, hinstreckt, seine prachtvollen Sandalen löst und sich, die glänzenden Sohlen steil stellend, zu schlafen anschickt. Die klugen Robben, seine Herde, umringen ihn im Halbkreis, die glatten Bäuche am Gras wetzend, und blinzeln schläfrig. Das Meer murmelt immer leiser.

Gescheit ist der alte Proteus! Wie ihn zwingen, daß er sich offenbart? Der edle Menelaos, Schwiegersohn des Zeus, wischt sich, mit drei anderen im dichten Gestrüpp verborgen, den Schweiß von Stirn und Nacken. Um nicht vorzeitig entdeckt zu werden, haben sie sich jeder eine Robbenhaut übergeworfen, und um den entsetzlichen Gestank der Felle der Ungeheuer zu ertragen, haben sie sich ein wenig von der Götterspeise Ambrosia unter die Nase gerieben. Von wem aber haben sie die Ambrosia? Natürlich von Eidothea, der Tochter des unvergänglichen Proteus, denn von wem schon wird man verraten, wenn nicht vom eigenen Kind? Und die Ratschläge, wie sie umgehen sollen mit dem braven Greise, von wem haben sie die? Von ebender. Und wie sie ihn mit List fangen und überwältigen können, den ewig Fliehenden, die *apparition fuyante*, wie der Franzose sagen würde, wer hat ihnen das erklärt? Ebendiese. Denn zuweilen erbarmen die Himmlischen sich des irdischen Sterblichen und schnappen selbst über wie die irdischen Sterblichen.

Gut und schön, aber warum will der blondhaarige Menelaos als Sterblicher mit List den Gott, den allwissenden und prophetischen Robbenhirten, fangen und überwältigen? ·Um ihn zum Wahrsagen zu zwingen, damit er sein elendes Schicksal erfahre?

Er liegt im Gestrüpp unter der übelriechenden Robbenhaut, deren Gestank die engherzig bemessene Ambrosia kaum zu lindern vermag. Vom Ufer her hört er das honigsüße Murmeln des Meeres. Unbestritten, dies ist ein schönes Stückchen Land, hier könnte man in Frieden leben, würde man nicht von Neugier und hektischer Angst gepeinigt. »Was machen wir, wenn sich der wahrsagende Greis des Meeres in Feuer verwandelt, um unserer Gefangenschaft zu entkommen?« fragt der eine Gefährte.

»Wir verbrennen uns die Hände«, antwortet der blondhaarige Menelaos. »Aber wir lassen ihn nicht los, um nichts in der Welt.«

»Und was machen wir, wenn er sich in eine Schlange verwandelt, um deinen Fragen auszuweichen?«

»Einer hält ihn am Schwanz, ein anderer am Kopf, und zwei knien sich auf seinen glitschigen Schlangenrücken, bis er seine menschliche Gestalt zurückgewinnt.«

»Seine göttliche Gestalt, meinst du?«

»Ich meine es, wie ich will. Mir hängt die Emigration zum Hals heraus.«

»Und wenn er sich in einen Adler verwandelt, edler Menelaos?«

»Wir halten ihm seine Adleraugen zu.«

»Und wenn er zu Wasser wird?«

»Das ist sein gefährlichster Trick. Wir trinken ihn.«

In diesem Augenblick ist aus der Robbenherde – klar vernehmlich – ein dudelsackartiges, glückliches Geschnarch zu hören. Der Held Menelaos, Sohn des Atreus, gibt ein Zeichen, und zu viert dringen sie behutsam, auf Händen und Füßen kriechend, in den Halbkreis der gemästeten Robben, die Robbenhäute über sich ziehend, um die klugen Tiere nicht zu erschrecken. Und bevor der greise Hirt sich von seiner Überraschung erholen kann, werfen sie sich auf ihn und drücken ihn, ihn an Füßen, Händen und Nase festhaltend, zu Boden.

»Wir wissen, o Proteus«, sagt der blondhaarige Held Menelaos, auf dem Bauch des Greises kniend, »daß du der Neugier der Sterblichen entfliehst, indem du sie, ständig deine Gestalt wechselnd, in die Irre führst und so ihrem Zugriff entweichst. Ich zweifle nicht daran, daß du dich auch jetzt in einen Löwen oder Panther verwandeln wirst, zu unserer größten Überraschung. Aber sprich, was veranlaßt dich, uns deine weise Prophezeiung zu verweigern?«

»Dazu veranlaßt mich«, antwortet der Meergreis, »eure Dummheit.«

Bevor sie ihm aber antworten können, verwandelt er sich, aus Verschlagenheit jedoch nicht in einen Löwen oder Panther, wie zu erwarten gewesen war, sondern in eine gelbe, am Erdboden entlangkriechende Feuerzunge, die sich, den schönen Rasen verbrennend, hin und her wendet wie eine Schlange, zischelt und faucht und seinen Häschern ätzenden Rauch in Nase und Augen bläst.

»Uns führst du nicht irre, listenreicher Alter«, sagt Menelaos hustend und unter Tränen. »Und wie du uns auch die Hände ätzt und brennst, wir lassen dich nicht los, solange du unsere Fragen nicht beantwortest. Zwar wissen wir, daß du dich im nächsten Augenblick zu unserer aufrichtigen Verwunderung in ein ausgewachsenes Wildschwein verwandeln wirst, doch glaube uns, wir werden dich nicht aus dem Griff lassen. Antworte also, was sollen wir tun, damit wir in unsere liebliche Heimat zurückfinden. Warum solltest du es uns nicht sagen?«

»Weil es euch in den Sinn kommen könnte, zu glauben, was ich sage«, entgegnet der weise Proteus.

Und diesmal verwandelt er sich aus List und fröhlicher Tücke tatsächlich in das, worum man ihn gebeten: in einen schwarzen Wildeber mit borstigem Fell und großen Hauern, der mit allen vier Beinen auf einmal in die Luft springt und um ein Haar die vier Helden, die sich an seinem Rücken festklammern, abwirft. Einer hält sich am Schwanz, zwei halten sich an den Ohren fest, und der gewitzte Menelaos steht auf dem Hinterteil und balanciert mit den Händen.

»Es ist der Lauf der Dinge«, wendet letzterer ein, das blonde Haar schüttelnd, »daß das Opfer seinem Betrüger vertraut. Was sollte ich mit meiner Gutgläubigkeit anfangen, würde sie vom Henker nicht gerechtfertigt? Und auch jetzt hast du uns erbost, indem du unsere Erwartungen erfülltest und dich in ein Wildschwein verwandeltest statt in einen kriechenden Wurm. Sprich also, wahrsagender Alter, was müssen wir machen, wann und wo, um welchen Gott zu versöhnen für welches Vergehen unter den unzählbar vielen, die wir vermutlich zu jeder Stunde des Tages und der Nacht begehen. Wir wollen endlich nach Hause, auf des Argus grüne Pferdeweiden.«

Noch immer hört man das anmutige Murmeln des Meeres, weiß gischtend rinnt es auch in die Pausen zwischen den Wörtern. Dies ist die Stunde der Gespenster. Doch unversehens horchen die gemästeten Robben auf, drehen, mit breiten Nasen unruhig schnuppernd, die Köpfe hin und her, und auf ein Zeichen der ältesten mit dem Schwanz beginnen sie auf einmal wie Hunde zu bellen und zu kläffen. Es ist ein solcher Lärm, und die treuen Tiere verströmen in ihrer Erregung einen solch herben

Gestank, daß das Meer mit all seiner Stille und all seinem Duft dahinter versinkt.

»He, klettert ihr?« ruft Menelaos. »Kletterst du, Demokos?«

»Ja, ich klettere.«

»Auch du, Alkinoos?«

»Ich auch. Bin schon ganz oben.«

»Und du, Elatreus?«

»Gewiß klettere ich! Ich bin schon beim vierzehnten Ast, von unten gerechnet.«

Sie umklammern wie Affen mit Armen und Beinen eine himmelhohe Eiche, zuoberst der blondhaarige edle Menelaos, der eilends dem Wipfel entgegenstrebt, um dem Baum in seinem unaufhörlichen Wachsen Einhalt zu gebieten. »Vergebens hast du dich in eine himmelhohe Eiche verwandelt, lieber Vater Proteus«, ruft er, nach Atem ringend, »wir halten dich fest und lassen nicht nach, bis du uns den Willen der Götter offenbarst.«

»Da wäre ich ja verrückt«, ruft die Eiche mit all ihren hunderttausend Blättern zurück.

»Warum zögerst du nur, ewiger Flüchtling?« fragt der blonde Menelaos. »Über kurz oder lang werden dich die Sterblichen mit ihrem zähen Gewicht und ihren hartnäckigen Irrtümern doch besiegen. Auf denn, enthülle uns den Plan der Götter!«

Der Baum antwortet nicht mehr. Hungernd und dürstend hängen die vier Helden noch mehrere Tage lang zwischen den belaubten Ästen, bis es der Meergreis überdrüssig ist, auf einem Bein zu stehen und dem etliche Zentner schweren Wissensdurst, der sich an seinen Leib klammert, Widerstand zu leisten, und auf seiner nahezu schon verzweifelten Flucht nimmt er wieder eine neue Gestalt an. Menelaos und seine drei neugierigen Gefährten liegen bäuchlings an einem Teich, mit den Köpfen zum Wasser hin, und trinken langsam schlürfend von den Wellen, die ihnen an die Lippen plätschern. Der sanfte Zephyr treibt ihnen hin und wieder Blätter von den hohen Erlen, die sich über sie beugen, auf die Schultern. Ein Glück, daß sie im Schatten liegen.

»Das Wasser kann man leider nur mit dem Mund berühren

und festhalten«, sagt der Held Menelaos. »Schaffst du es noch, Demodokos?«

»Noch geht es«, antwortet der Brave. »Obzwar ich den Wanst schon voll habe. Aber wir können das Wasser nur in unserem Körper einsperren, mangels eines anderen Schöpfgefäßes. Kannst du noch, Alkinoos?«

»Ja«, sagte dieser. »Leider kann man das Wasser weder mit der Hand ergreifen noch es niederdrücken oder es umfassen und sich mit ihm prügeln. Mein Bauch ist schon prall wie ein Dudelsack.«

»Und meiner erst«, ruft Elatreus. »O edler Menelaos, wird es uns gelingen, den großen Teich leerzuschlürfen, ohne daß wir elendiglich platzen und das Wasser unsere Gedärme auf die hohen Äste der Bäume katapultiert? Ein schlimmes Ende findet, wer sich mit den erhabenen Göttern anlegt.«

Menelaos, bereits auf das Doppelte angeschwollen, wendet ihm verächtlich den Kopf zu. »Du Hirnloser«, sagt er. »Weißt du denn nicht, daß auch die Götter immer in zwei oder mehr Parteien zerfallen? Wenn du den Zorn der einen auf dich ziehst, gewinnst du sogleich die Unterstützung der anderen. Schlucke also mutig weiter die flüssigen Glieder des greisen Proteus, denn er wird unseres verschlagenen Jammerns schneller überdrüssig werden als wir seines Schweigens.« Damit nimmt er einen langen Schluck aus dem Teich, als wäre der ein Weinschlauch, und ruft laut: »Erbarme dich unser, wahrsagender großer Alter des Meeres!«

Keine Antwort.

»Du kennst die Zukunft, unvergänglicher Proteus«, führt Menelaos fort, seiner Stimme einen noch lauteren Klang verleihend, »wie du auch die Vergangenheit kennst. Du weißt, daß wir uns auf dieser Insel schon seit drei Wochen von miserablen, stinkenden Fischspeisen ernähren und, vor Ekel bis auf die Knochen abgemagert, die Augen auf den Horizont richten, hinter dem unsere noch namenlosen Tage lauern. Acht Jahre sind vergangen, seit wir die Heimat verließen. Warum würdigst du uns, die wir den Göttern vertrauen, keiner Prophezeiung? Wir wollen doch nur die Wahrheit erfahren.«

»Nur?« entgegnet der Meergreis grenzenlos verwundert.

Wieder in menschlicher, das heißt göttlicher Gestalt liegt er im sonnenbeschienenen Sand, seinen Peinigern ausgeliefert, und weint in seiner unendlichen Erschöpfung. »Oh, wenn das Kind den eigenen Vater verrät! Habe ich das verdient, Eidothea? Sie läuft mit schaumweißen Füßen über das ewige Meer, und dennoch hat sie Erbarmen mit dem nichtigen Schicksal der Sterblichen! Gar nicht mit ihrem Schicksal, nur mit ihrem bitteren Mienenspiel, ihren Gesten und den ergreifenden Wehklagen, mit welchen sie letztere begleiten und ausdeuten. O törichtes Kind, warum hast du mich ihrer lächerlichen Neugier ausgeliefert?«

»Wozu brauchst du die Wahrheit, dummer Sohn des Atreus?« fragt schluchzend der alte Hirt.

»Wozu?« fragt mit schallender Stimme Menelaos zurück, und nun ist es an ihm, grenzenlos verwundert zu sein.

»Ja, wozu?« entgegnet Proteus, einen verzweifelten Blick auf seine gemästeten Robben werfend, die unruhig mit den Schwänzen den Sand peitschen. »Die Wahrheit ist nicht dazu da, daß sie verkündet werde. Laßt mich los, wenn ihr Gutes tun wollt.« Und damit beginnt er erneut bitterlich zu weinen. Die Tränen sickern ihm in den ringellockigen grauen Bart, der zwar an das Salz des Meerwassers gewöhnt ist, doch unter dem Kitzeln der ähnlich salzigen Tränen sich zu sträuben beginnt. Sein Körper zuckt, sein Bauch wogt wie im Krampf, an seinen muskulösen Beinen erstarren die winzigen grauen Haare. Er schnieft, und es würgt ihn so, daß man das honigsüße Murmeln des Meeres nicht mehr hört.

Mr. Joe Smith hat die Lektion gelernt: Nie hielt er nach dem Mittagbrot Siesta am sandigen Strand griechischer Inseln noch anderswo. Nein, er wollte nicht des Proteus Schicksal erleiden! Nun könnte man fragen: Wer hat ihn gebeten, die Wahrheit zu sagen und zu prophezeien? Oder gar, der Menschheit die Zukunft vorauszusagen? Wer hat ihn gefragt? Welcher Art von Verkümmerung seines Organismus sollen wir es zuschreiben, daß er es schon als Belästigung empfand, wenn ihm auf der Straße sein Nachbar Mr. Anatole Shonfield, ein Agent in Papierwaren, entgegenkam und ihn fragte: Wie geht's, wie geht's? Weder die Frage zu übergehen noch sie zu beantworten, war er schamlos genug. Er fühlte einen Kloß im Hals, so groß, daß er fast an ihm erstickte. Ebenso erging es ihm, wenn ihn ein anderer Nachbar beiläufig fragte, wann die Vereinigten Staaten Spanien die Philippinen abgekauft hätten oder ob Ron Clarke bei den Olympischen Spielen in Mexiko den Fünftausendmeterlauf gewinnen werde. Obgleich sich Vergangenheit und Zukunft in seinem Bewußtsein vermengten – nur die Gegenwart konnte er eben nicht konjugieren – und er von der einen so wenig wußte wie von der anderen, stieg ihm schon beim Hören der Fragen Schamröte ins Gesicht, denn wie er auch antworten würde, jedes Wort wäre eine Offenbarung. Vor nahenden Bekannten versteckte er sich in Hauseingängen, überquerte er eilig die Straße, bog er um die nächste Ecke oder verbarg er das Gesicht in den Händen, vermeinend, man werde ihn nicht an den Gummiabsätzen seiner Schuhe erkennen, kurz und gut, die Franzosen würden von einer *apparition fuyante* sprechen. Aber wer betrachtete die Gummiabsätze seiner Schuhe? Wer trat vor ihn hin, um ihn mit List oder Gewalt, um nicht zu sagen bittend und bettelnd über seine prophetischen Visionen von der Zukunft der Menschheit auszuhorchen? Kaum jemand. Wir könnten sagen, niemand. Sofern ...

Denn jeder Mensch ist eine Bombe, die vor hunderttausend Fragen birst, so meint Mr. Joe Smith. Schon von der leichtesten Berührung ... Nicht doch! Wenn du nur in seine Nähe kommst, macht jeder Mensch peng, und hunderttausend Splitter dringen in dich. Mit seinem ganzen Ich wartet er unablässig auf Antworten. Auch wenn er kein Wort spricht, ist er ein einziges Fragezeichen. Die gesamte Menschheit steht als ein riesiges Fragezeichen auf der Erde, auf einem Storchenbein, den gewaltigen Kopf nach hinten gedreht. Als hätte Gott den Menschen am sechsten Tag erschaffen, um ihn befragen zu können, was an den ersten fünf Tagen geschehen ist. Betrachten wir die Menschen von oben, nehmen wir an, aus einem hoch fliegenden Bombenflugzeug: Wie Ameisen wimmelnd, wie Milliarden Insekten rennen sie scheinbar sinnlos hin und her, aber jeder weiß genau, was er sucht: Antwort. Worauf? Auf alles. Jeder ein Tropfen in einem richtungslosen, homogenen dunklen Strom, ein Tropfen, der ... Ihr summiertes Gesumm ist schon auf den Nachbarplaneten zu hören, denn ... Schon wagen sie sich in das Weltall hinaus, um ...

Denen soll ich antworten, fragt unser Held. Er fühlt sich wie ein in einen Strudel gefallenes Blatt. Das einzige Mittel gegen das Schwindelgefühl ist, sagt er, wenn der Mensch sich in den Strudel versetzt; unser Held wußte manchmal nicht mehr, ob er strudelte oder gestrudelt wurde. Beim Laufen überlegte er schon manchmal, ob er zum Laufen gebracht wurde oder zum Laufen brachte. Auf der Flucht lief er so flink, daß er seine Verfolger unaufhörlich überrundete. So passierte es ihm einmal ...

Und ein andermal ...

Er reagierte bereits so allergisch auf jeden fragenden Tonfall, daß er, als ihm Edith eines Abends einen schmachtenden Blick zuwarf, der, je nach Wahl, auf die eine oder auf die andere Art deutbar war, unbekümmert um die Möglichkeit der Wahl, das schon gehobene Glas Whisky mit Soda zurückstellte und aus der Tür stürzte, zurückgelaufen kam und seinen auf dem Tisch vergessenen Hut ergriff, wieder hinausjagte und — ohne seine Adresse zu hinterlassen — in eine andere Stadt verzog. Edith zog hiernach das ihrer Obhut anvertraute kleine Fragezeichen allein auf, das mit einem leichten Osteoporoseschmerz in der Halsbeuge des öfteren nach hinten blickte, beziehungsweise noch weiter nach hinten, wo sich sein unbekannter Urheber befinden mußte.

Doch unser Held wechselte vergebens die Stadt. Wie schnell er auch lief, schon am ersten Tag wurde er auf der Straße angehalten, zufällig in dem erleuchteten Augenblick, da er erwog, ob ... Sagen wir es rundheraus: als er erwog, ob er noch weiter weg ziehen solle, z.B. in irgendeine Wüste. Nehmen wir an, in eine verfügbare Salzwüste der Kordilleren, in der ihn — obgleich sie inzwischen schon mit dem Privatflugzeug erreichbar ist — niemand oder fast niemand mit geistesverwirrenden Fragen behelligen würde. Doch er wurde auf der Straße angehalten. Von einem Herrn in den besten Jahren, einem sympathischen Mann mit lächelndem Gesicht, obzwar auch kräftigem Körperbau. »Please«, sagte er freundlich, »könnten Sie mir den Weg zeigen, mein Herr? Wo ist die Main Street?«

Unser Held zuckte zurück, als wäre er in eine Falle getreten. »Niemals!« rief er verzweifelt. »Auch hier schon? Niemals!«

Der Fremde beugte sich vor und nahm ihn neugierig in Augenschein. »Ich verstehe nicht«, sagte er. »Warum sind Sie so aufgeregt, mein Herr? Ich habe lediglich gefragt, ob Sie mir den Weg zeigen können ...«

»Niemals!« rief unser Held. »Nehmen Sie zur Kenntnis, mein Herr, die Wahrheit ist nicht dazu da, daß man sie offenbart.«

»Ich stimme Ihnen zu«, sagte der Fremde. »Aber wo die Main Street ist ...«

»Auch das ist ein Teil der Wahrheit«, meinte Mr. Joe Smith, offenen Mundes keuchend. »Wenngleich natürlich zu unterscheiden ist zwischen irdischer und göttlicher Wahrheit, denn sie sind auf keinen Fall identisch, zuweilen sogar stehen sie im Gegensatz zueinander. Nichtsdestoweniger ergänzen sie sich und bilden nur gemeinsam ein rundes, gültiges Ganzes. Sie können nicht von mir verlangen, daß ich gegen die eine oder die andere verstoße! Nein, das können Sie nicht verlangen!«

»Mein Herr«, sagte der Fremde, bereits ein wenig ungeduldig, »ich verstehe Ihre Bedenken. Aber ob die Main Street rechterhand oder linkerhand ...«

»Niemals!« rief unser Held. »Wenn ich Ihnen sagte, rechterhand, während sie nach der Wahrheit der Götter linkerhand ... Oder wenn ich Ihnen sagte, linkerhand, während ... Niemals, mein Herr, nie werden Sie mich dazu zwingen, Ihnen ...«

Der Fremde trat näher und hob mahnend den Zeigefinger. »Mein Herr«, sagte er, »ich glaube, Sie sind meine Tante.«

»Weder mit List noch mit Gewalt werden Sie mich zwingen«, rief unser Held, »Sie in die Irre zu führen. Die beiden Wahrheiten aufeinander abzustimmen führt nur zu Blut und Tränen.«

»Ich wiederhole, Sie sind meine Tante«, sagte der Fremde.

»Mag sein«, meinte unser Held nachdenklich. »Mag sein. Mag sein, selbst wenn Sie diese scheinbare Tatsachenbestimmung als List gebrauchen.«

»Mein Herr, Sie sind meine Tante«, sagte der Fremde bereits

zum drittenmal, »und Sie sind aus der Unterwelt emporgestiegen, mich in Versuchung zu führen.«

»Wann ist Ihre liebe Tante verstorben?« fragte Mr. Joe mit Anteilnahme im Herzen.

»Wie können Sie es wagen, mir Fragen zu stellen?« rief der Fremde drohend. »Wissen Sie nicht, daß die Wahrheit dazu da ist, daß ... Was sind das für Manieren? Sie fallen auf der Straße über mich her, ohne mich zu kennen, und trampeln auf meinen heiligsten Familienerinnerungen herum!«

Der Fremde schrie in seiner vermeintlichen Erregung so laut, daß mehrere Passanten neben ihnen stehenblieben und sie mißtrauisch beobachteten. Da der Fremde eine Erscheinung von kräftiger Statur, guter Kleidung und gewinnendem Gesicht war, unser Held hingegen seinen schwächlichen Körper in abgetragener Kleidung und sein Gesicht in Unsicherheit umhertrug, so daß er — wie wir bereits erwähnten — eher Flugsand ähnelte als einem bewährten Gedankensystem, ergriff das stetig anwachsende Straßenauditorium instinktiv Partei für seinen schreienden Widersacher. Schon hatte sich ein dichter Ring um die beiden Streithähne gebildet. Sie standen vor einem Drugstore, dessen wenige Kunden sich an turmartig aufragenden, vielfarbigen Eiskremtorten labten und, bevor sie sich in der offenen Tür des Ladens, den Teller in der Hand, in Beobachtungsstellung begaben, flink die auf die Tortenspitze gesetzte kandierte Kirsche beziehungsweise Kastanie in den Mund steckten, damit der die Straße entlangfegende Wind sie nicht in den Schmutz pustete. Ein scharfer Wind wehte, der viel Staub aufwirbelte. Gegenüber war durch das Fenster einer Filiale des Bankers Trust zu sehen, wie der Kassierer in seinem Glaskäfig mit unwahrscheinlicher Schnelligkeit grüne Dollarscheine zählte. Natürlich in Hemdsärmeln. Wie auch die anderen Angestellten natürlich. Die Autos wichen der Ansammlung, die vom Gehweg bereits auf die Fahrbahn hinüberwuchs, in großem Bogen aus. Es war eine trostlose Vorstadtstraße mit dahinfegenden Staubwolken und da und dort einem echten Sheriff mitten in einer Wolke.

Mr. Joe Smith sah sich um. Offenkundig würde er nur fliehen

können, wenn er seinen gewohnten Lebensrhythmus beschleunigte. Aber kaum war er losgelaufen, setzte die Masse ihm nach, das ist doch klar. Wer wegrennt, ist schuldig, wovor er auch weglaufen mag. Und da unser Held vor Schreck vergessen hatte, sich in Feuer oder Wasser, in eine Schlange oder eine Eiche zu verwandeln — wie er es an dem klassischen Beispiel gelernt hatte, obzwar das, wie wir wissen, letztendlich auch nichts nützt —, wurde er von den Verfolgern bald eingeholt und erkannt.

»Wer sonst sollte das sein als der Mörder unseres geliebten Präsidenten Abraham Lincoln!« rief eine flinke alte Frau, die ganz vorn lief. Die Masse war hiermit im großen und ganzen einverstanden, obgleich einige der Meinung waren, der Missetäter hätte im selben Ritt auch gleich die gegenüberliegende Filiale des Bankers Trust ausgeraubt. Die Vermutungen gingen also auseinander, stimmten in den Schlußfolgerungen jedoch überein: Straftaten sind zu verfolgen ...

Bald wurde er eingeholt, sagten wir. Dieses »bald« ist natürlich ein relativer Begriff. Etliche Verfolger vertraten den Standpunkt, sie hätten den Mörder und Attentäter binnen Augenblicken eingeholt, andere schätzten die Dauer der wilden Jagd auf zehn bis fünfzehn Minuten, und dem Fliehenden schien es, er sei ein Leben lang durch die trostlosen Vorortstraßen gerannt, durch die immer wieder emporwirbelnden Staubwolken, das Gekeuch der Verfolger im Ohr. Er bog um jede Ecke, die er sah, und überall kamen ihm Menschen entgegen. Denn ungeheuer ist der unbefriedigte Wahrheitsdurst, der nur mit Blut zu lindern ist. Die Läden leerten sich, da die Kaufleute sich anschlossen, allesamt, ebenso leerten sich die Werkstätten, die Selbstbedienungsgeschäfte, von den Kirchen und Bethäusern gar nicht zu reden ... Aus den Schulen strömte die Jugend ... Aus den Tagesstätten ... Aus den atomphysikalischen Laboratorien ... Aus den Kinos sogar schlüpften einige verbitterte Zuschauer, denen die Wirklichkeit lieber war als der Traum. Und alle brüllten sie weit geöffneten Mundes.

Natürlich holten sie unseren Helden ein und ergriffen ihn, einige zerrten und stießen ihn so, daß er rücklings hinfiel. Zufällig geschah auch das vor einem Drugstore, und auch aus diesem kamen die Kunden auf die Straße gelaufen. Der gutgekleidete Fremde beugte sich über den um sich tretenden, im Staub liegenden Joe und verdrehte ihm nach bewährter Methode die Nase.

»In wieviel Ordnungen sind die Engel eingeteilt, mein Herr?« fragte er mit kühler Höflichkeit. Mr. Smith antwortete natürlich nicht. »Die heiligen Väter zählen im allgemeinen sieben Ordnungen«, sagte der Fremde, »obschon Ambrosius und Cyrillus Hieros neun erwähnen und Gregor der Große sich dieser Lehre anschließt. Was ist Ihre Meinung hierüber, mein Herr? Und was halten Sie davon, daß die sieben oder neun Ordnungen in drei Hierarchien gegliedert sind, wie auch der heilige Paul vermerkt?«

Joe antwortete natürlich auch hierauf nicht, obwohl er am erregten Mienenspiel der Umstehenden sah, daß sie ihre Neugier kaum zu zügeln vermochten.

»Wie!« rief der Fremde verwundert. »Sie verweigern die Antwort? Aber auch Sie wissen doch, daß nach dem Buche Hiob die Zahl der Engel das menschliche Vorstellungsvermögen übersteigt und ihrer zehntausendmal hunderttausend zu Diensten stehen, minimo kalkulo! Wie fände sich der menschliche Geist unter ihnen zurecht, wenn er sie nicht aufteilte in die Ordnungen der Engel, Erzengel, Gewalten, Herrschaften, Hoheiten, Mächte, Thronen, Cherubim und Seraphim? Und wieviel Fehlerquellen sind auch so noch möglich! Haben Engel Ihrer Ansicht nach einen Körper?«

Da unser Held wiederum stumm blieb und die Umstehenden vor Erregung bereits zu röcheln begannen, verdrehte ihm der Fremde noch einmal die Nase.

»Wie, er verweigert wieder die Antwort!« rief er entrüstet. »Was soll ich davon halten? Vermutlich wissen Sie, daß dem Dogma nach die Engel reine Geister, also nicht an einen körperlichen Organismus gebunden sind. Wenn sie also körperlich erscheinen, ist dieser ihr Körper nur ein scheinbarer, wie ja Raphael zu Tobias spricht: Ihr meintet, mich essen zu sehen, aber ihr schautet nur eine Erscheinung. Stimmen Sie dieser Auffassung zu, mein Herr?«

»So ist es«, riefen die Staatsbürger, sich um den im Staub liegenden Körper drängend, wobei ihm in dem großen Gewimmel der eine oder andere auf die Hände oder die Füße trat, »so ist es, wir wollen wissen, ob er dieser Auffassung zustimmt!«

»Denn manche heilige Väter«, fuhr der kräftig gebaute Fremde fort, »so zum Beispiel Ambrosius, Gennadius und Fulgentius, unter den mittelalterlichen Theologen zudem Bonaventura und Caietanus sowie selbst Bannez lehrten, daß auch die Engel einen Körper haben, nur einen viel feineren und vollkommeneren als der Mensch. Und worauf berufen sie sich?«

»Worauf?« brüllte die Menge.

»Auf die Genesis natürlich«, antwortete der Fremde zuvorkommend, »die berichtet, wie die Söhne Gottes gewahrten, daß die Töchter der Menschen schön waren, und sich zur Frau nahmen, die sie wollten. Das machte sogar den heiligen Augustinus stutzig, denn wie können die Engel mit Menschen die Ehe eingehen, wenn sie keinen Körper haben?«

Die Erregung der Menge erreichte ihren Höhepunkt. »Gelyncht soll er werden, wenn er nicht antwortet«, sagte jemand leise hinter vorgehaltener Hand, aber so, daß sein Nachbar ihn trotzdem hörte. »Unerträglich! Er weiß es, und er offenbart es nicht!«

»Unter Berufung auf das zuvor Gesagte frage ich also«, fuhr der gutgekleidete Fremde unermüdlich fort, »ob die Engel Platz im Raum einnehmen oder aber mehrere gleichzeitig an einem Ort sein können, wie auch mehrere Gedanken gleichzeitig im Kopf vorhanden sein können, ohne sich beengt zu fühlen und sich gegenseitig zu verdrängen. Wie lautet Ihre Antwort, mein Herr?«

Wir brauchen kaum zu sagen, daß unser Held schwieg wie . . .

»Sie verweigern erneut die Antwort?« rief der vornehme Fremde, der Verzweiflung nahe. »Oder sind Sie der Meinung, die Engel könnten jegliche Materie, also auch die Luft, zu einem Körper formen und mit dem so geformten Körper entsprechende Lebensfunktionen ausüben, wie es der heilige Thomas lehrt? Nach Aristoteles haben die Engel auch dauerhafte kosmische Aufgaben, sie rollen, so meint er, die Himmelskörper. Diese Annahme lassen aber weder die Naturwissenschaft noch die philosophischen und religiösen Überlegungen plausibel erscheinen.«

»Nicht einmal darauf antwortet er?« schrie die Menge. »Mr. Joe Smith, erbarmen Sie sich unser!«

»Sie kennen die Vergangenheit und die Zukunft«, fuhr der gutaussehende Fremde mit sanfter, zuredender Stimme fort, den Fuß auf den Hals des am Boden liegenden Mr. Joe Smith setzend, während einige aus der Menge Seile, Pech, Hühnerfedern und Fackeln für die bevorstehende Prozedur vorbereiteten. »Sie kennen die Vergangenheit und die Zukunft, werter Herr, und Sie haben Kenntnis davon, daß im Leben der Engel drei Stufen zu unterscheiden sind: erstens die Schöpfung und die Belehrung über die Natur, zweitens die Probe und drittens das Erreichen des endgültigen Zustands. Ich bitte Sie inständig, mein Herr, teilen Sie uns mit, ob diese drei Zustände zeitlich aufeinanderfolgen oder ob die Lehre des heiligen Thomas — die theoretisch gleichfalls nicht widerlegbar ist — akzeptiert werden kann, daß die drei Stufen zeitlich zusammenfielen und sich bei jedem Engel binnen eines einzigen Augenblicks vollzogen!«

Aber Mr. Joe Smith litt lieber aus, als daß er ...

Nachbemerkung der Redaktion.

Der Autor hat auf Ersuchen der Redaktion noch eine vierte, abschließende Miszelle geschrieben, die dieses oder jenes Detail des hier vorgestellten Textes auf das Verständlichste erklärt, alle Gleichnisse deutet, alle offen gelassenen Fragen beantwortet und somit endgültig den leider immer möglichen Mißverständnissen vorbeugt; auf die denkbar einfachste Weise und mit nahezu mathematischer Exaktheit wird erläutert, was der Autor eigentlich mitteilen will. In dem Augenblick, als er dieses neue Manuskript unserem erfreuten Lektor übergeben wollte, riß es ihm bedauerlicherweise ein Luftzug aus der Hand und blies es aus dem Fenster. Obgleich mehrere Mitarbeiter unserer Redaktion hinterherstürzten und die Verfolgung des blitzschnell die Straße entlangflatternden Manuskriptes aufnahmen, konnte es bisher nicht eingeholt werden.

1965/66

Der Einohrige

Eine Schaudergeschichte

Blaß spannte sich der Morgenhimmel über Rom, die Sterne hatte er schon aufgesogen. Die verschlafene Stadt unten begann hier und da zu erwachen.

George Hamilton jun. trat aus dem Forum-Club an der Via Pergolese. Vermutlich elastischen Schrittes. Schlanker Wuchs, 1,78 m groß, glattes, dunkelblondes, langes Haar, dicker, durchtrainierter Hals, breites Kinn, graue Augen. Der junge Mann war ein Enkel des in Philadelphia ansässigen George Hamilton sen., der bekanntlich der reichste Mann der Vereinigten Staaten ist; sein Vermögen wird auf anderthalb Milliarden Dollar geschätzt. Obwohl er ihn erst sieben- oder achtmal gesehen hatte, mochte der Senior seinen Enkel.

In diesem Bewußtsein hatte Hamilton jun. die Nacht im römischen Forum-Club, dem Treffpunkt des Jet-set, also der internationalen goldenen Jugend, verbracht. Hier gingen auch Sofia Loren, Catherine Hepburn, Elizabeth Taylor, Richard Burton und die Lollobrigida ein und aus, in jüngeren Jahren waren Greta Garbo und der Earl of Winchester ein paarmal hiergewesen, ebenso Marlene Dietrich usw., usw. Im Klub kostet unseres Wissens ein Gläschen Martini umgerechnet fünfundzwanzig Dollar, eine Flasche Pipers' Whisky hundertzwanzig Dollar.

Nach der durchwachten Nacht trat Hamilton jun. auf die Straße und machte sich auf den Heimweg. Zu Fuß, um seinen Kopf auszulüften. Wie erwähnt, spannte sich ein sternenloser Morgenhimmel über Rom. Der Brodem des Mülls aus den Hausfluren begleitete Hamilton jun. glücklicherweise nur in Kniehöhe, so konnten sich seine Nase, sein Gaumen und seine Lunge uneingeschränkt des Glücks des Tagesanbruchs erfreuen. Vom Bewußtsein seiner Harmlosigkeit erfüllt, trabte er gemächlich seiner Achtzimmerwohnung in der Via Avelino entgegen.

Bekanntlich sind in Großstädten die frühen Morgenstunden für die Ausführung von Gewalttaten am geeignetsten. Der Weg des jungen Hamilton führte durch eine enge Gasse. Doch der junge Mann war nur mit seinen selbsterzeugten, sanften Gedanken beschäftigt, er hörte nicht das Heulen der fernen und nahen Wolfsrudel dieser Erde. Er war, so könnte man sagen, in diesem Augenblick kampfunfähig, er befand sich im seligen Zustand säuglingshafter Hilflosigkeit.

»Ich habe die Schritte hinter mir nicht gehört«, sagte er später. »Dabei war ich nicht einmal betrunken.«

Dies wurde von mehreren Personen bezeugt, die die Nacht mit ihm im Klub verbracht hatten, obzwar ihre Zeugenaussage von zweifelhaftem Wirklichkeitsgehalt war, da sie selbst völlig betrunken waren. Im übrigen wußte jeder, daß Hamilton jun. maßvoll trank, und wenn er wirklich einmal über die Stränge schlug, sah er nicht mehr Sterne am Himmel, als der presbyterianische Herrgott darangesteckt hatte. Seine puritanischen Prinzipien rieben sich selten mit der Praxis; wenn doch, könnte ich mich auf die Fehlbarkeit des Menschen berufen. Das am Horizont wartende großväterliche Vermögen, das er zu einem großen Teil mutmaßlich erben würde, hatte ihn bisher nicht aus dem seelischen Gleichgewicht gebracht.

Nehmen wir an, er war nicht betrunken. Aber hört man es in nüchternem Zustand unbedingt, wenn einem lautlos Schritte auf Gummisohlen hinterherschleichen? Wenn man mit seinen eigenen eindringlichen Gedanken beschäftigt ist, die eine Parallele zwischen dem engen individuellen Sein und den Rülpsern des Universums ziehen?

Hamilton jun. war nicht dumm, obgleich er auch diese Nacht an Mario, den Oberkellner des Forum-Clubs, zur Begleichung seiner Tagesrechnung — selbstverständlich per Scheck — achthundert Dollar entrichtet hatte; welche Summe natürlich das beinhaltete, was einige langbeinige Damen und ihre männlichen Bekannten verzehrt hatten. Wenn wir richtig informiert sind, legte im Laufe der Nacht Palma Lamour dem hoffnungsvollen jungen Mann den Kopf auf die Schulter, um dann mit zuckenden Lippen seinen Mund zu suchen, der ihnen jedoch mit einer Bewegung, die als unhöflich bezeichnet werden könnte, auswich. Hier ist — um Mißverständnissen vorzubeugen — anzumerken, daß unser Held gesunde Instinkte hatte und sich sehr zum schönen Geschlecht hingezogen fühlte; der Mode trotzend, ging er nur selten krumme Wege, aber er vermochte zu unterscheiden zwischen den Liebesschwingungen eines jungen Körpers und den Erderschütterungen, die bei manchen durchgedrehten Weibspersonen der Geruch des Geldes auslöst. Da er jung war, ahnte er noch nicht, daß das Vermögen, also die Macht, das bekannte Symbol und Werkzeug der Manneskraft in der weiblichen Phantasie länger, größer und praller werden läßt, daß sie noch das erbärmlichste mit einer unwiderstehlichen Anziehungskraft ausstattet — und nicht nur in den entwickelten Industrieländern. Daß die Damen wie Falter in des jungen Hamilton Lichtkreis fielen, ist als eine natürliche Erscheinung zu bewerten, wenn der junge Mann das auch nicht erkannte.

Zu welchem Zweck bin ich geboren, dachte er so manches Mal während der im Klub verbrachten Nächte.

Am Ende der schlecht beleuchteten Gasse angelangt, horchte der junge Mann auf. Auf ihrer vorgeschriebenen Bahn voranschreitend, stauten sich die Ereignisse und steuerten der Entscheidung entgegen. Soviel wir wissen — und darin bekräftigt uns der spätere Bericht des Hamilton jun. —, führten die Banditen, auch Gangster genannt, den Menschenraub im üblichen, regulären Bewegungssystem durch, ganz nach dem von den Traditionen sanktionierten klassischen Modell. Beim plötzlichen Aufstampfen der Gummisohlen konnte sich der junge Mann nicht einmal mehr umdrehen: ein Schlag ins Genick usw., usw. Er fiel um usw. Er wurde hochgehoben. Als er aus der Ohnmacht erwachte, fand er sich auf dem Rücksitz eines Autos mit verhängten Fenstern wieder, rechts und links umklammerte eine Hand seinen Arm. Kein Wunder, daß er gern sein schmerzendes Genick betastet hätte, aber das war nicht möglich. Im Mund ein nasses Taschentuch als Knebel, die Augen mit einem schwarzen Tuch verbunden. Noch vor der Mißhandlung seines Genicks hatte er bemerkt, daß am Ende der schlecht beleuchteten, menschenleeren Gasse ein großer weißer Ford stand, doch sich hierüber zu wundern hatte er keine Muße mehr gehabt.

Der Wagen hatte die Innenstadt von Rom bald hinter sich und fuhr über die Via Appia, aber davon konnte Hamilton jun. mit seinem versperrten Blick natürlich nichts wissen. Er konnte auch die Schäfchenwolken nicht sehen, die über die Felder des Morgenrots in südsüdwestlicher Richtung zum Meere strebten, ihre Wasserspiegelbilder zu suchen. Ein stiller Wind eilte ihnen zu Hilfe, unterwegs den Atemhauch der Oleanderbäume über den Katakomben kräuselnd. Was können sie von mir wollen, fragte sich der gefangengenommene junge Mann zwischen den Blechplatten des Ford, stumm und blind, im vollen Bewußtsein seiner Unschuld. Meines Wissens habe ich ihnen nichts ..., ihnen? Wem? ... Niemandem, höchstens insofern, als ich geboren wurde. Zu welchem Zweck? Um mir eins über den Schädel ziehen zu lassen, früh am Morgen, auf dem Heimweg vom Forum-Club? Ich protestiere. Oder ist das unser aller Los?

Diese keineswegs dumme Frage, deren allgemeine Gültigkeit er verstandesmäßig natürlich noch nicht erfassen konnte, begleitete ihn die gesamte Zeit seiner fünfmonatigen Gefangenschaft, abgerechnet vielleicht die letzten Wochen, als er in seiner irdischen Unwissenheit nur noch an den Nägeln knabberte, das Abgeknabberte täglich sammelte und pfiffig in einer Felsenritze seines Höhlengefängnisses versteckte.

»Mein Vater und meine Mutter«, sagte er später, »kannten sich schon seit ihrem sechsten Lebensjahr. Ungefähr vier Jahre nach meiner Geburt siedelte unsere Familie nach Italien über, nach Venedig, nach Mailand und schließlich nach Rom. An meine Kindheit habe ich alles in allem wenig gute Erinnerungen. Ich mauste Bücher, die ich nachts unter der Bettdecke beim Licht einer vor die Stirn gebundenen kleinen Lampe durchbuchstabierte. Am liebsten las ich über Flugzeuge, aber auch über das Meer, die Memoiren eines berühmten Ozeanographen mochte ich besonders, bis mir zur Kenntnis kam, daß er trotz seiner Schwärmerei für das Meer Hauptaktionär einer Harpunenfabrik war, die ihre zwanzigprozentige Dividende aus dem Fett und den Knochen der getöteten Fische preßte. Das erwähne ich nur nebenbei.

Um auf meine familiären Verhältnisse zurückzukommen«, sagte Hamilton jun. später, »über meinen Vater kann ich nicht viel Gutes berichten. Er war ein Sonderling, der den lieben langen Tag maulte und nörgelte, quengelte und räsonierte, die Luft um ihn stank schwefelig. Er liebte die Musik und ging gern in die Oper, seine Bücher band er selbst, er war schweigsam und verschlossen, er rasierte sich selten und geriet in Wut, wenn die Blicke mißbilligend auf seinem rotstoppeligen Gesicht verweilten. Meine Eltern ließen sich dann scheiden, mein Vater heiratete 1966 eine wenig vermögende Niederländerin, meine Mutter im selben Jahr einen mittelmäßigen amerikanischen Filmschauspieler, der schon in vierzig oder fünfzig Filmen in unbedeutenden Wachtmeister-, Feuerwehrmann- oder Polizistenrollen aufgetreten war. Das erwähne ich nur am Rande. Vater schickt mir gelegentlich Ansichtskarten und Telegramme mit seltsamem Inhalt. Wir haben das beste Verhältnis zueinander, denn wir sehen uns kaum. Zuletzt bin ich ihm 1970 begegnet.

Ich bin nicht froh darüber, als Amerikaner geboren zu sein«, sagte Hamilton jun. später. »Ich muß in einem fort lachen, wenn ich drüben bin. Leuchtreklamen, Plakate, Inserate, aus mehr besteht das Land nicht. Häuser und Banken nach schlechtem Geschmack, Hamburgers und Bier. Amerikanische Lebensliebe: von manchen amerikanische Todesfurcht genannt. Sie schmeicheln einem wie die Katzen, aber hinter dem Rücken wünschen sie einen zum Teufel. Wenn der Italiener jemanden nicht leiden kann, sagt er es ihm ins Gesicht.

Nach einjähriger Ehe ließ sich meine Mutter«, sagte Hamilton jun. später, »auch von ihrem zweiten Mann scheiden, und so brauchte ich ihn zu meiner Erleichterung nicht mehr in seinen beschissenen Rollen als Wachtmeister und Feuerwehrmann zu bewundern. Nun zog sie mit mir und meinen Geschwistern nach Rom, und ich kam in die Schule. Die Schulen wechselte ich wie andere Leute das Hemd, über kurz oder lang flog ich überall raus.«

»Fehlt es Ihnen an Respekt vor der Autorität?«

»So könnte man es sagen. Mit welchem Recht darf jemand bestimmen, daß ich aufzustehen oder mich in die Bank zu setzen habe, ich pfeife drauf. Wenn ich einem Lehrer etwas verübelte, kotzte ich die Schulbank voll, da kannte ich nichts.«

»Womit erklären Sie sich ...«

»Was? Ich weiß es nicht. Wenn mich jemand mit irgendwelchem Mumpitz beehrte, steckte ich mir den Finger in den Hals und reiherte ihm vor die Füße.«

Da dem jungen Hamilton, als er in dem hurtigen Ford saß, die Arme von Händen umklammert und ein Tuch vor den Augen, der Mund mit einem nassen Taschentuch verstopft war, konnte er seine jugendliche Übelnahme den Entführern gegenüber nicht nach dem in der Kindheit geübten und offenbar aus urzeitlichen Tiefen hervorgebrochenen Rituell ausdrücken. Er konnte nicht einmal aufstehen, um sich wieder hinzusetzen. Er war genötigt, sich auf seine Phantasie zu verlassen. Nachdem er – ein gutmütiger junger Mann – wieder und wieder festgestellt hatte, daß er selbst weit und breit auf der Welt niemanden haßte, also auch keine Feinde haben konnte und der gegen seinen Kopf geführte Schlag beziehungsweise die Entführung also in den Bereich des Wunderbegriffs nach dem heiligen Augustin gehörte, demzufolge das Wunder nicht der Natur, sondern nur unseren Kenntnissen von der Natur widerspricht – nachdem er dies festgestellt und auf das Leben der komplizierten menschlichen Gesellschaft ausgeweitet hatte, stellte er die vergeblichen Grübeleien ein und begann aus voller Lunge die durch ein geöffnetes Wagenfenster hereinströmenden süßen sommerlichen Pflanzendüfte zu atmen. Durch die Nase, wegen des Knebels im Mund. Bei dieser Gelegenheit mochte Hamilton jun. die Natur. Aus dem Pulsschlag des Motors und der Reibung der Räder sowie der spärlichen Zahl der mit Gebrumm entgegenkommenden Wagen vermeinte er feststellen zu können, daß sie die Autobahn verlassen hatten und über irgendeine Regionalstraße fuhren, etwa mit 150 oder 160 Stundenkilometern. Er stellte sich den Sonnenwagen des Helios in der Höhe vor, wie er seine brennenden Tagesfackeln auf die sanfte Campagna fallen läßt. Das Rauschen des Meeres war noch nicht wahrzunehmen, nur der aufkommende Wind.

»Demnach waren Sie schon als Kind undiszipliniert und ...«

»Ich schmuggelte Stinkbomben, Fotoapparate und Blitzlichter in die Schule. Bei meinen Klassenkameraden war ich beliebt, weil ich immer vergnügt war und sie zum Lachen brachte. Im Geschichtsunterricht war ich still und paßte auf, aber mit den anderen Fächern hatte ich nichts im Sinn. Das war alles trauriger Schweinedreck, mochten sie ihn alleine fressen. Riß ein Lehrer den Mund zu weit auf, sagte ich ihm, ich bezahle, damit Sie mich unterrichten, nicht, damit Sie mich anbrüllen.«

»Das ist seit tausend Jahren ...«

»Ich pfeife drauf, mit Verlaub. Manchmal nahm der Lehrer ein Lineal und verdrosch mich. Da nahm ich auch eins und drosch zurück. Als er mich wieder einmal vorgenommen hatte, wartete ich, bis er beim Essen saß, setzte mich zu ihm, zog das Lineal und schlug ihm so auf die Hand, daß ich ihm fast das Gelenk brach.«

»Glauben Sie an Gott?«

»Ein Jahr lang vergeudete ich beziehungsweise vergeudeten sie meine Zeit in einem englischen Internat in Rom. Einmal zündete ich die schwarze Mitteilungstafel an, die im Korridor an der Wand hing; es heißt, damals sei ich ein Pyromane gewesen. Die ganze Schule qualmte. Ich lief zu meinem Lehrer und fragte, ob er den Rauch nicht rieche. Irgendwo brennt etwas, sagte ich. O mein Gott, etwas brennt irgendwo, sagte er. Wir wollen sehen, wo, sagte ich. Und blöd, wie ich war, führte ich ihn zu der brennenden Mitteilungstafel, woraufhin er mir den Marsch blies, ich stritt es vergebens ab, sie nahmen mich so in die Mangel, daß ich zuletzt alles ausbrach und auch von dieser Schule gefeuert wurde.

Ich wußte, wo der Unterschied ist«, sagte er später, »wenn

man als Hamilton geboren wird oder als Hänschen Schmidt. Meine Mutter kaufte in Rom einen Rolls Royce, aber ich drückte mich tief in das Polster, um nicht gesehen zu werden, denn die Leute waren neidisch, man spürte es an ihren Blicken. Ich saß nicht gern in dem Auto. Mein Großvater hat vierzehn Enkel, mich kann er, heißt es, von allen am besten leiden, ich weiß nicht, warum. Angeblich sind wir uns im Charakter ähnlich, aber was soll ich darunter verstehen? Er hat mich nur sieben- oder achtmal gesehen, denn man kommt nur mit einer Sondergenehmigung zu ihm in sein Schloß in England.«

Nach sechsstündiger Fahrt mußte Hamilton jun. aussteigen und wurde von den Händen, die seine Arme rechts und links umklammerten, auf einen schmalen, ansteigenden, steinigen Pfad gestellt. Daß er nach einigen hundert Stolperschritten ein Dach über den Kopf bekam, bemerkte er wegen seiner verbundenen Augen erst durch das Knarren einer aufgehenden Tür und an dem wohltuenden Gefühl, daß sich sein schmerzender Hinterkopf nicht mehr in der stechenden Sonne, sondern in kühlem Schatten befand. Man setzte ihn auf einen Stuhl, löste die um seine Fußgelenke gelegten Schellen und nahm ihm den Knebel aus dem Mund; doch wegen des zwar sehr weichen, aber straffen Tuches, das ihm um die Augen gebunden war, konnte er nicht sehen, mit wem er sprach. Vermutlich hielten sich mehrere Leute in dem muffig riechenden Raum auf, er hörte das Schlurfen von Stiefeln, leises Rascheln, ein Räuspern.

»Wie heißen Sie?« fragte eine sanfte Männerstimme.

»Ich ahnte, daß Sie irgendwie auf dem Holzweg sind«, sagte Hamilton jun. erleichtert. »Meines Wissens habe ich niemandem Schaden zugefügt, wer hätte mich also aus welchem Grund niederschlagen sollen? Ein bedauerlicher Irrtum, nicht wahr?«

»Nicht soviel reden, Signore. Wie heißen Sie?«

»Wissen Sie es wirklich nicht? Dann ist alles in Ordnung. Da ich keine Feinde habe, soweit ich weiß, traf Ihr Schlag offenkundig nicht dort, wo er treffen sollte. Gut.«

»Ihren Namen, Signore, ich wiederhole.«

»Sie werden sich wundern: George Hamilton jun., Rom, Via

Avelino acht. Und jetzt nehmen Sie mir freundlicherweise diese stinkende Windel von den Augen!«

»Die Windel bleibt«, sagte die Stimme. »Demnach geben Sie zu, daß Sie der Enkel des Herrn George Hamilton sen. sind, Vereinigte Staaten, Philadelphia.«

»Woher wissen Sie?« fragte der junge Mann erstaunt. »Woher zum Henker wissen Sie das?«

»Halten Sie den Mund«, sagte eine andere Stimme. »Immer langsam, kleiner Läusejäger! Wir bitten um anständige Manieren. Oder bist du immer noch nicht nüchtern?«

Einer der Banditen war so gerührt von der Arglosigkeit des jungen Mannes, daß er ihm unvermittelt den Lauf seiner Pistole zwischen die Rippen drückte. »Versoffenes Schwein«, sagte die letzte Stimme. »Du warst so blau, daß du mich fast vollgekotzt hättest.«

»Ich hätte Sie nicht vollkotzen können«, sagte der junge Mann, »da ich ja von hinten niedergeschlagen wurde.«

»Wie hoch schätzen Sie das Vermögen Ihres werten Großvaters, Signore?« fragte höflich die sanfte Männerstimme, die ihn zuerst angesprochen hatte.

Der junge Mann wandte ihr sein blindes Gesicht zu. »War ich wirklich betrunken?« fragte er. »Ich habe die Nacht mit Andy Warhol und einigen seiner Freunde im Forum-Club verbracht. Feine Kerle. Kennen Sie Andy Warhol? Ich glaube, ich blieb bis drei im Klub, es dämmerte schon, als ich auf die Straße trat. Trotz meiner Jugend, so sagt man, führe ich ein nüchternes Leben, jedenfalls was das Trinken betrifft, es passiert selten, daß ich mich vollaufen lasse. Das sollten Sie wissen, wenn Sie mich kennen.«

»Setz dich wieder hin!«

»Warum soll ich nicht stehen?«

»Mag er stehen, wenn es ihm gefällt«, sagte eine dritte Stimme. »Nehmen wir an, er steht lieber auf dem Boden, als daß er in der Luft hängt. Er soll nicht sagen können, wir hätten ihm seinen letzten Wunsch nicht erfüllt.«

»Am liebsten trinke ich Bacardi mit Cola«, sagte George Hamilton jun. »Mag sein, daß ich heut nacht ein paar getrunken habe, aber ich glaube nicht, daß ich mich habe vollaufen lassen. Ich weiß es nicht. War ich Ihrer Erinnerung nach betrunken?«

»Wieviel Taschengeld bekommen Sie monatlich von Ihrer Mutter, Signore?«

»Aha!« rief der junge Mann erfreut. »Als ich an der Via Mascherone stehenblieb, am Zeitungsstand, der auch nachts offen hat, klimperte nur noch so viel Kleingeld in meiner Tasche, daß ich ein paar Zeitungen und ein Micky-Mouse-Magazin kaufen konnte. Wo ist mein übriges Geld geblieben?«

In dem muffigen, dämmerigen Raum, dessen angelehnte Fensterläden die hitzestrahlende italienische Sonne aussperrten, lachte jemand laut auf.

»Wo dein Geld geblieben ist? Wieviel war es? Daß ich nicht losschluchze!«

»War ich wirklich betrunken?« fragte der junge Mann.

»Armer Junge«, sagte eine Stimme. »Wie alt bist du?«

Hamilton jun. setzte sich wieder auf den Stuhl. »Mit dem Geld gibt es die meisten Scherereien«, sagte er. »Wäre es bloß nicht erfunden worden! Aber es ist das Wichtigste auf der Welt, alles dreht sich darum. Wie leicht wäre das Leben, wenn man einfach ins Geschäft gehen und sagen könnte, ich möchte von den Eiern hier und dem Brot dort, und nicht fragen müßte, was es kostet und wie hoch die Mehrwertsteuer ist.«

»Wir haben gefragt, wie alt du bist.«

»Nie weiß ich mein Alter«, sagte der junge Mann. »Ich glaube, über sechzehn.«

»Armer Junge«, sagte die Stimme. »Daß er so jung sterben muß!«

»Ich weiß immer noch nicht, warum Sie mich niedergeschlagen haben«, sagte Hamilton jun.

»Und warum wir dich auspusten werden, armer Junge«, fuhr die gleiche Stimme fort, »das weißt du auch nicht? Du ahnst es nicht?«

»Wegen des bißchen Taschengeldes, das ich von meiner Mutter bekomme«, sagte der junge Mann, »lohnt es nicht, einen Menschen fertigzumachen. Nebenbei gesagt, ich glaube, ich blute am Kopf, mein Jackenkragen ist schon ganz beschmiert. Womit haben Sie mich eigentlich niedergeschlagen ... mit dem Griff eines Revolvers? Ich erinnere mich an zwei Schläge, ist das richtig? Sie haben blitzschnell gearbeitet. Als ich Ihren Wagen an der Ecke erblickte, waren Sie auch schon bei mir, ich wußte nicht gleich, wofür ich Sie halten sollte, für Ordnungshüter oder im Gegenteil — Entschuldigung! — für Ordnungsstörer oder für jemanden, der sich rächen will, weil ich ihm seine Mieze ausgespannt habe. So hurtig, wie Sie arbeiteten, hatte ich gerade nur Zeit zu fragen: Was wollen Sie, ich habe Ihnen doch nichts getan? — und schon lag ich am Boden. Ich weiß nicht, ob ich von den Schlägen das Bewußtsein verlor oder davon, daß Sie mir eine chloroformgetränkte Kapuze über den Kopf zogen. Als ich zu mir kam, saß ich im Wagen und Sie hatten sie mir wieder abgenommen, Gott sei Dank.«

»Ja«, sagte die eine Stimme, »weil du so gewürgt hast, du Schwein, daß wir fürchteten, gleich übergibst du dich.«

»Das passiert mir öfter«, sagte George Hamilton jun.

Nachdem die Banditen des jungen Mannes Taschen durchforscht, aber keinerlei Personalausweis noch sonstige Dokumente bei ihm gefunden hatten, machte einer von ihnen in der Küche Feuer — der bitterliche Rauch des Reisigs drang auch in das Zimmer — und kochte einen großen Topf Makkaroni, die er mit Butter verrührte, mit geriebenem Parmesankäse bestreute und mit Tomatensoße begoß; auch für den jungen Hamilton fiel ein Teller ab. Nach der Mahlzeit legten sich alle lang, der eine aufs Bett, der andere auf den Fußboden, wie es sich ergab. Die mit der Bewachung des jungen Mannes betraute Person hatte ihr Handgelenk mittels einer Handschelle an dessen Handgelenk befestigt und schnarchte und schnaufte im Takt. Es waren Gangster, die leicht ermüdeten und viel Zeit hatten, wie wir annehmen können; offenkundig hatten sie nichts Dringendes zu tun. Hamilton jun. jedoch konnte trotz seiner Müdigkeit und seines Blutverlustes nicht einschlafen, er lauschte dem fernen Gebell eines Hundes. Er mochte Hunde. Auch die Menschheit mochte er, mit Ausnahme derer, die einem unnötigerweise eins überbrieten.

Als es dunkelte, rappelten sich die Gangster auf.

»Wie kann man nur so gräßlich schnarchen!« sagte der für die Person des jungen Hamilton zuständige Wächter vorwurfsvoll zu diesem. »Wenn ich nicht wüßte, was sich gehört, hätte ich dir mit meinem Taschenmesser deine verdammte Nase abgeschnippelt. Den ganzen Nachmittag habe ich kein Auge zugetan.«

Nun standen schon zwei Wagen vor dem Haus, der andere hatte sich wohl unterwegs dem großen weißen Ford angeschlossen. Die Banditen legten erneut Handschellen um die blutig gescheuerten Gelenke des jungen Mannes, auch seine Füße blieben gefesselt, aber den Mund verstopften sie ihm diesmal nicht. Augenscheinlich verließen sie sich auf seine Ritterlichkeit. Das schwarze Tuch vor seinen Augen jedoch klebten sie mit Heftpflaster an den Backenknochen und am Schädelknochen unter dem Kleinhirn fest; so konnte sich Hamilton jun. nur in die Betrachtung seiner eigenen, bekümmert treibenden Gedanken vertiefen, von innen her.

Die Sterne standen schon am blauen italienischen Himmel, als sie losfuhren. Zuweilen fiel ein ungestümer, kalter Luftstoß die Wagen an, unter dem Fahrgestell knirschten kleine Steine, eine Weile war durch ein offenes Fenster das gleichmäßige Plätschern eines Wasserfalls zu hören, die menschliche Besinnung an die Abenteuer der Materie erinnernd. Vermutlich fuhren sie zwischen hohen Bergen, darauf deutete auch das kräftige grüne Aroma von Nadelbäumen hin. Bei der Abfahrt — bevor er in den Wagen geschoben wurde — hatte man dem jungen Mann eine höfliche Belehrung zuteil werden lassen.

»Im Vertrauen auf Ihre Großmut«, hatte die Stimme gesagt, »werden wir Ihnen nicht den Mund verbinden, Signore. Wenn Sie reden wollen — nach Belieben! Falls Sie einen Wunsch oder eine Bitte haben, sagen Sie's! Im Fall einer bejahenden Antwort werden Sie ein einfaches Händeklatschen hören, wenn wir ablehnen müssen, ein zweifaches. Prägen Sie sich das gut ein, Signore, denn von nun an wird keiner von uns mehr mit Ihnen reden.«

Sie waren schon gut eine Stunde unterwegs, und die Stille im Wagen hatte höchstens hin und wieder ein geflüstertes Wort der Banditen gekräuselt, als der junge Mann plötzlich durch einen scharfen, schußartigen Knall aus seinem einsamen Dösen gerissen wurde.

»Vorsicht!« rief er unwillkürlich. »Vorsicht!«

Doch niemand antwortete ihm.

»Vorsicht!« rief er abermals. »Anhalten! Haben Sie nicht gehört, daß uns ein Reifen geplatzt ist?«

»Dein Kopf!« sagte eine Stimme.

Der Ford blieb nicht etwa stehen, er beschleunigte. Auch der Motor des Wagens hinter ihnen heulte auf.

»Antworten Sie mir freundlicherweise!« rief Hamilton jun. »Voriges Jahr wäre ich mit einem geplatzten Reifen auf meiner Harley-Davidson beinahe in den Tiber gesaust, fast hätte ich meine Zähne dabei verloren. Die Maschine im Eimer. Glücklicherweise war ich versichert, und ich kam mit einer leichten Gehirnerschütterung davon. Antworten Sie mir freundlicherweise!«

Zweifaches Händeklatschen.

»Sie antworten also nicht?« fragte der junge Mann sanft. »Demnach habe ich einen Pistolenschuß gehört? Wer hat geschossen? Und auf wen?«

Wieder Schüsse, in dichter Folge, wie das Rattern einer Schreibmaschine, wenn ein eiliger Herrgott diktiert. Hamilton jun. gewahrte zu seiner Überraschung, daß ihn sorgen- und liebevolle Hände vom Sitz auf den Fußboden zerrten und auch seinen Kopf herabdrückten, damit ihn keine Kugel traf. Wie eine große Familie, die ein plötzlich verwaistes Kind in ihren Schoß zieht, klopften ihm die Banditen noch gutmütig auf den Rücken, obwohl sie doch wirklich zu tun hatten.

»Was ist das?« fragte Hamilton jun., einem Embryo gleich auf dem Wagenboden liegend. »Was geht vor sich?«

Zweifaches Händeklatschen.

Schon wieder würdigen sie mich keiner Antwort, dachte er. Oder waren das zwei Gewehrschüsse? Ob die Fenster aus kugelfestem Glas waren?

Die Schießerei hörte nicht etwa auf, sie nahm noch zu. Der Wagen legte merklich zu. Für den durchschnittlichen Verstand kamen zwei Möglichkeiten in Betracht: Die Banditen wurden entweder von der Polizei verfolgt oder von einer Gegenmaffia, die sie aus einem rätselhaften Grund um ihre Beute beneidete. Ob aber nun diese oder jene, den Verfolgern war daran gelegen, mit ihren Schüssen nicht die Reifen des gejagten Wagens zu durchlöchern, denn in diesem Fall wäre er unweigerlich in den Abgrund gestürzt. Wie wir erwähnten, bewegte man sich in der Nähe der hohen Himmelskörper, auf schmalen Bergstraßen. Hamilton jun. glaubte nicht daran, daß die Polizei schon von der Entführung erfahren hatte, noch weniger, daß sie ihn so schnell aufgespürt hatte. Selbst wenn anzunehmen ist, daß meine Mutter besorgten Herzens meine nächtlichen Irrfahrten beobachten läßt, dachte der verzogene junge Mann, soviel Bacardi mit Cola ich auch getrunken haben mag, ich erinnere mich eindeutig, daß die Gasse, an deren Ende ich die Schläge ins Genick bekam, hinter mir so leer war wie meine Taschen, und eine widerwärtigere Leere als ihre kann man sich gar nicht vorstellen. Ich entscheide mich also für die andere Annahme: Eine Gegenmaffia versucht mich zu schnappen. Aber warum? Was können die einen oder die anderen von mir wollen?

Wäre Hamilton jun. gottgläubig gewesen, hätte er gewußt, daß die Wege des Herrn unerforschlich sind, anders als zum Beispiel das Roulett genannte Glücksspiel, bei dem die kleine weiße Elfenbeinkugel unbedingt den Weg in eines der Zahlenlöcher mit den Nummern 36 + 1 findet. Denn hätte auch der Herr nur 36 + 1 Absichten, wäre das Leben leicht. Aber der einem Embryo gleich daliegende Mann mit der schwitzenden Hand eines der wohlwollenden Banditen auf seinem Schädel und dem blutverkrusteten Jackenkragen rang jetzt unverkennbar mit irdischeren Sorgen: Was wollten sie von ihm, wohin brachten sie ihn? Ihn töten? ... Die Jugend glaubt nicht an den Tod. Und überhaupt, wenn sie ihn erledigen wollten, hätten sie ihn längst mit den mit Hornknäufen versehenen Jagdmessern, die an ihren Gürteln baumelten, vierteilen können. Oder ihn in eine Schlucht stoßen.

Zum Husten reizender Schießpulverrauch war zu spüren. Vermutlich hatten sie einen Berggipfel hinter sich gelassen und fuhren nun abwärts, der Motor des Wagens atmete regelmäßiger. Der junge Mann spürte den Druck in seinen Ohren. Die Schüsse wurden spärlicher. Ein scharfes Kreischen war zu hören, denkbar, daß ein Adler über den Wagen flog.

Der hinter ihnen fahrende andere Wagen war schon lange zurückgeblieben; nehmen wir an, er ließ sich auf einen Nahkampf mit den Angreifern ein. Nur noch selten schlug eine Kugel gegen die Fensterscheibe. Der Bandit, der den Wagen steuerte, nahm die Kurven so scharf, daß dem jungen Hamilton allmählich übel wurde; die als Abendbrot verzehrten Makkaroni, mit Parmesan und Tomatensoße begossen, wuselten wie ein Schlangennest in seinem Magen.

Da ein markerschütternder Schrei!

Dann schweres Geröchel.

Im Schutz einer Felswand hielt der Wagen an, eine Tür wurde geöffnet, schneidend kalte Luft voller Tannenduft drängte sich in den Schießpulverqualm, das Fallen eines schweren Körpers war zu hören, der Wagen fuhr wieder an.

»Was ist?« rief der junge Mann. »Was geht hier vor sich?«

Zweifaches Händeklatschen.

»Ich mag meinen Großvater«, sagte George Hamilton jun. später, »obwohl ich ihn auch in meiner Kindheit selten sah und erst ein- oder zweimal, seit wir aus Philadelphia weggezogen sind. Er hat in England ein Schloß mit dreißig oder vierzig Zimmern, voller Bilder, aber so ungemütlich wie ein Lagerraum voll Mäusedreck, dort möchte ich nicht mal im Traum wohnen. Ohne vorherige Genehmigung kann man ihn nicht besuchen. Bluthunde wachen im Park, seine Leibwächter beobachten das Schloß und die Umgebung Tag und Nacht. Mit ihm wohnen einige zuverlässige Sekretäre und Bürokräfte im Haus. Der Stacheldrahtzaun um den Park steht unter Hochspannung. Als Schoßhündchen pflegt er eine gezähmte Löwin in dem einen Salon zu necken, soviel ich weiß, hat die Bestie schon zwei Menschen totgebissen, aber darüber durften die Zeitungen nicht schreiben, das ist klar. Wozu auch? Mein Großvater ist ein merkwürdiger Mensch, wenn ich es mir recht überlege.

Mein Großvater ist ein merkwürdiger Mensch«, sagte Hamilton jun. später, »ich bin stolz auf ihn. Sein Schädel ist vielleicht anderthalbmal größer als meiner und mit erstklassiger Pfiffigkeit ausgefüttert. Er hat nicht als Straßenfeger angefangen wie Rokkefeller und die anderen, er wurde zu einer günstigen Zeit geboren, und das Glück stand ihm bei. Er ließ nicht den Besen arbeiten, sondern sein mütterliches Erbe, so begründete er sein Reich. Er ist unermeßlich reich. Er trägt dick gefütterte Hemden und hochschließende Westen. In seine Bibliothek ließ er hundert Meter lang Bücherregale setzen, aber seine Kunstbücher trug er im Arbeitszimmer zusammen; er hat selbst etliche beschissene Bücher und Aufsätze geschrieben, ich weiß nicht, worüber. Er raucht nicht, sonntags trinkt er ein Glas Bacardi mit Soda, das ist sein ganzes Vergnügen, auch daß er täglich zwölf Stunden arbeitet. Er war bekannt mit Greta Garbo, Menjou, Rita Hayworth und den übrigen großen Stars, die in New York allesamt in seinem Hotel wohnten, im ›Pierre‹, und er schnappt über vor Freude, wenn ein alter Film mit ihnen wieder im Fernsehen auftaucht.

Für berühmte Leute hat er heut noch viel übrig«, sagte George Hamilton jun. später, »für Richard Burton zum Beispiel. Den einen oder die andere lädt er manchmal nach England in sein Schloß ein. Er hat dort einen Salon, das Rote Schlafzimmer, in dem einmal Anna Boleyn, das Kätzchen Heinrichs VIII., eine Nacht verbracht hat. Sie spukt dort, heißt es. Nachts stellen sich die Möbel um. Ein zwei Meter hoher und einen Meter zwanzig breiter Schrank, den drei Männer kaum anheben können, stand abends noch in der einen Ecke, morgens dann in einer anderen. Mein Großvater ist zwar stolz auf das berühmte antike Gespenst, aber selbst ist er ihm natürlich noch nicht begegnet. Da wäre er ja verrückt. Er fürchtet sich sogar vor dem Fliegen, um nichts in der Welt würde er in ein Flugzeug steigen. Manchmal ist ihm auch das Telefonieren nicht ganz geheuer. In solchen Augenblicken würde er nicht für tausend Dollar nach dem Hörer greifen.

Er leidet an der Parkinsonschen Krankheit«, sagte Hamilton jun. später, »aber er streitet es ab. Er wollte, daß ich studierte, wozu? ... Um alten arabischen Scheichen Ölraffinerien zu bauen? Sooft ich ihn besuche, kommt er auf mein langes Haar zu sprechen. Als ich letztens bei ihm war, fiel ihm das Sternenmuster meiner Hose ins Auge, ebenso der auf mein Hemd genähte Union Jack. Verkleidest du dich, fragte er verstimmt. In unserer Familie kleidet man sich nicht als Clown. Warum denn nicht, entgegnete ich ihm.

In Rom fühlte ich mich wohl«, sagte Hamilton jun. später, »weil ich nicht in Museen gehen und nicht diese altertümlichen Kirchen und Brunnen begaffen mußte, wo die Amerikaner herumwuseln wie die Läuse im Schwalbennest. Ein Hobby hatte ich: Motorräder, von fünfzig bis fünfhundert Kubikzentimeter. Man sagt, meine Fahrweise sei gemeingefährlich gewesen. Ich hatte ja auch zwanzig oder dreißig Unfälle, haarsträubende Geschichten, aber kaum einer setzte mich länger als acht Tage außer Gefecht. Einmal mußte ich mit einer Gehirnerschütterung für eine längere Zeit ins Krankenhaus, als ich irgendwo meinen Sturzhelm verbummelt hatte und gegen eine Steinmauer gefahren war. Überall ist man von Mauern umgeben.

Meine Autounfälle«, sagte Hamilton jun. später, »mögen meine Mutter ein wenig beunruhigt haben, aber man merkte es ihr nicht an. Wenn ich einen neuen Wagen kaufen mußte, weil ich den alten in Klump gefahren hatte, ließ sie sich deswegen keine grauen Haare wachsen und gab mir ohne ein Wort das Geld. Alles was recht ist, sie war ihr Leben lang eine Frau von Haltung, jedenfalls seit ich sie kannte.«

Nur einmal wurde sie widerborstig, als er ankündigte, er werde ausziehen und sich eine eigene Wohnung nehmen.

»Du hast doch noch Zeit, George.«

»Wieso noch Zeit? Ich bin schon fünfzehn Jahre.«

Die Mutter lachte. »Schon!«

Auch George Hamilton jun. lachte. »Ich werde nämlich jung sterben, Mama, also muß ich rechtzeitig ...«

»Wie groß ist die Wohnung?«

»Acht Zimmer.«

»Gut«, sagte die Mutter. »Die Miete soll natürlich ich zahlen. Wieviel?«

»Ich weiß es nicht, Mama«, sagte Hamilton jun. »Das erfährst du, wenn sie den Mietvertrag schicken, den du unterschreiben mußt, weil ich noch minderjährig bin.«

»Du solltest noch warten, George.«

»Wie lange, Mama?«

»Sagen wir, ein halbes Jahr. Bis meine Scheidung ausgesprochen ist.«

Hamilton jun. klatschte vor Freude in die Hände. »Du läßt dich scheiden von diesem dämlichen Feuerwehrmann? Dann brauche ich mir seine Filme nicht mehr anzusehen?«

»Nein«, sagte die Mutter. »Ja, ich lasse mich scheiden. Aber du solltest dich nicht beklagen, denn nach jedem seiner Filme, die du angesehen hast, habe ich dir hundert Dollar als Trostpflaster gegeben.«

»Jetzt wirst du dir auch nicht mehr das Haar färben lassen?«

»Anders, George.«

»Grau?«

Der junge Mann bekam von ihr eine solche Ohrfeige, daß sie einer Männerhand zur Ehre gereicht hätte. So schmal und zerbrechlich die Mutter gebaut war, in ihr wirkte die Leidenschaft eines 80-PS-Motors, auf handgreifliche Weise.

George Hamilton jun. begann vor Überraschung zu weinen. »Du weißt, Mama, daß ich mich nicht gern keile«, sagte er vorwurfsvoll, mit Tränen in den Augen. »Was soll ich jetzt machen?«

»Geh ins Badezimmer, George«, sagte die Mutter, »und zieh dir eine saubere Unterhose an. Im übrigen hätte ich noch eine Bitte. Treib dich nachts nicht soviel in den Vorstädten Roms herum!«

»Warum nicht, Mama?«

»Es könnte noch jemandem in den Sinn kommen, dich zu kidnappen, mein Sohn. Und ich kann dann das Lösegeld zahlen, damit du zurück darfst in deine Achtzimmerwohnung zu deinen kleinen italienischen Nutten. Wozu habe ich dich auf die Welt gebracht, was meinst du?«

»Damit ich mich wohl fühle. Ist das nicht die Aufgabe des Menschen?«

George Hamilton jun. hörte auch diesmal nicht das Heulen der fernen und nahen Wolfsrudel dieser Erde, da er sich in säuglingshafter Unschuld in einen Rosenhain versetzte, die Stirn mit roten Rosen bekränzt. Um sein von der mütterlichen Ohrfeige angeknackstes Allgemeinbefinden aufzubessern, schenkte er sich ein Glas Bacardi mit Cola ein. Über dem Forum Romanum zuckten, wie durch das Fenster zu sehen war, Blitze, die unentzifferbaren Schriftzeichen von Botschaften der Materie, aber der vom Unterwind aufgewirbelte tausendjährige Staub hielt ihnen stand.

»Trink nicht soviel, George!«

»Warum sollte ich nicht trinken?« fragte der junge Mann. »Ich werde sowieso nicht alt werden.«

Die Mutter winkte verächtlich ab. »Ich teile deinen Glauben nicht, George«, sagte sie. »Du stammst aus einer Familie von gutem Geblüt, dein Urgroßvater starb auch nur schon mit neunzig Jahren, weil ihn ein Auto überfahren hatte und der Ambulanzwagen im Straßengraben landete, als dein Urgroßvater mit einem Schenkelhalsbruch ins Krankenhaus gebracht werden sollte.«

»Bist du der Heilsarmee beigetreten?« fragte der junge Mann. »Früher habe ich weniger moralische Belehrung und mehr Geld von dir bekommen. Nochmals: Läßt du dich tatsächlich scheiden? Dann komm heut abend mit mir in den Forum-Club, ich stelle dich meinen Freunden vor.«

»Mich interessieren deine Freunde nicht«, sagte die Mutter.

Hamilton jun. wunderte sich. »Warum nicht?«

»Weil sie dir vermutlich ähnlich sind, mein Sohn«, sagte die Mutter.

Nachdem die Banditen – wohl aus Platzmangel – unter heftigem Seufzen den blutigen Leichnam ihres Gefährten aus dem Wagen geworfen hatten, ihn den Vögeln und Käfern des Herrn empfehlend, fuhr der große weiße Ford wieder über eine steil ansteigende Serpentinenstraße. Die in den hohen Bergen Kalabriens heimischen Geier sind der Menschheit in ihrem Kampf gegen die Verschmutzung der Luft behilflich; so wird in einigen Tagen vermutlich nur noch das schädelweiß gepickte Skelett des verstorbenen Gangsters die Vergänglichkeit schmähen, natürlich nicht lauten Wortes – ist er doch seiner Zunge, also seiner Seele beraubt –, sondern nur mit dem abstoßenden Anblick seiner Metamorphose. Aber was konnte der arme Teufel von der Zukunft schon erwarten, dachte Hamilton jun., immer noch auf dem Wagenboden hockend. Ein glückliches Familienleben, dazu etliche Zentner Makkaroni mit Tomatensoße und geriebenem Parmesan darüber? Mag sein! Aber was kann ich schon erwarten?

Da er in seiner bedrängten Lage auf die Schnelle keine befriedigende Antwort fand, befreite der junge Mann, sich auf seine altkluge Erfahrung verlassend, wenn das Schlechte von etwas weniger Schlechtem abgelöst werde, könne man dies als Gutes bezeichnen, den Kopf mit einer jähen Bewegung vom Druck der auf ihm lastenden schwitzigen Hand.

»Könnte ich mich nicht wieder auf meinen Platz setzen, Signore?« fragte er. »Da ja nicht mehr geschossen wird.«

Einfaches Händeklatschen.

»Danke«, sagte der junge Hamilton. »Ich werde mich erkenntlich zeigen, falls Sie mir die Gelegenheit dazu geben und mich nicht mit Ihren Fahrtenmessern vierteilen. Was im übrigen wenig Sinn und Nutzen hätte.

Ich höre Adlergekreisch«, fuhr der junge Mann nach einer Weile fort, nunmehr wieder sitzend. »Wo zum Teufel befinden wir uns?«

Zweifaches Händeklatschen.

»Gut«, sagte Hamilton jun. »Verständlich, daß Sie mich darüber nicht aufzuklären wünschen. Ich an Ihrer Stelle täte es sicherlich auch nicht. Aber was zum Teufel wollen Sie von mir, möchten Sie sich auch darüber nicht äußern?«

Wieder zweifaches Händeklatschen. Der Wagen hatte inzwischen beschleunigt, anscheinend ging es talwärts. »Wenn mich meine Mutter gestern abend zufällig in den Forum-Club begleitet hätte«, sagte der junge Mann, »dann hätten Sie sie entführen können und wir wären dabei alle gut gefahren. Meine Mutter ist noch immer eine schmucke Person, Sie hätten Ihr Vergnügen an ihr gehabt. Wenn ich es mir überlege, hatte sie recht, als sie mir riet, mich nachts nicht soviel in den Vorstädten Roms herumzutreiben.«

»Halt das Maul!« sagte eine Stimme.

Nach weiterer drei- oder vierstündiger Fahrt, während der dem jungen Mann die Gliedmaßen bis zur Taubheit erstarrten, hielt der Wagen vor einem niedrigen, aus Steinen errichteten Bauernhaus an. Der Morgen dämmerte. Wären dem jungen Hamilton nicht die Augen mittels eines schwarzen Tuches und Heftpflasters entwaffnet worden, hätte er vielleicht Freude gefunden an der erstklassigen Aussicht, die sich vom Gipfel des Berges bot: Im sanften Licht des Morgenrots wirkten ringsherum die zum Morgenstern emporklimmenden Felsspitzen mit ihrem rosafarbenen Decrescendo ebenso weich und hinfällig wie die über ihnen sich auffächernden Schäfchenwolken, und ferner, in der Tiefe unten, das salzige Tosen des Meeres. Auf einer Berghöhe spaltete der schwarze Stamm einer einsamen Zypresse die aufsteigende Sonnenscheibe. Ein kalter Wind blies. Beglückt sogen die Lungen die reine, würzige Luft.

Nachdem die Banditen den an Händen und Füßen gefesselten jungen Mann wie einen Mehlsack aus dem Wagen gezogen, in die Unterkunft getragen, dort auf den Fußboden aus roten Ziegelsteinen gelegt und mit zwei Ziegenfellen zugedeckt hatten, verzogen sie sich für eine Weile aus des jungen Hamilton Hörbereich. Diesmal rief er ihnen nicht hinterher; ihm schien es, er hätte sie mit seinem weltmännischen Geplauder verärgert. Mit »Halt das Maul!« hatten sie ihn vorher zur Ordnung gerufen, also würde er besser schweigen. Sie betrachteten ihn als ihr Privateigentum, wollte ihm scheinen, deshalb hatten sie ihn so sorgsam gegen die Kälte zugedeckt, aber aus demselben Grund würden sie ihn auch in den Hintern treten oder in einen Abgrund stoßen können, wenn sie ihm aus irgendeinem Anlaß zürnten. Wenn ich bloß wüßte, was sie von mir wollen, fragte er sich im Bewußtsein seiner völligen Harmlosigkeit.

Ungefähr eine Stunde später kehrten die Banditen zurück und

nahmen ihm die Fesseln von Händen und Füßen, vergaßen aber das Tuch vor seinen Augen.

»Sind Sie Mitglied der Kommunistischen Partei Italiens, Signore?« fragte die sanfte Männerstimme, die er schon kannte.

»Meinen Sie mich?« rief der junge Mann verblüfft. »Ob ich Mitglied ... Was denken Sie sich denn?«

»Was wir uns denken, ist unsere Sache«, sagte die Stimme. »Sie wurden voriges Jahr, genauer im Januar 1973 von der Polizei in Gewahrsam genommen und erst vier oder fünf Tage später auf Intervention Ihrer Mutter freigelassen.«

»Unsinn!« rief Hamilton jun. »Unsinn.«

»Setz dich!« sagte eine andere Stimme. »Setz dich wieder auf deinen Platz!«

»Geben Sie zu, Signore, daß Sie eingesperrt waren?«

George Hamilton jun. setzte sich wieder auf den Stuhl. »Auch davon wissen Sie?«

»Wir wissen auch, was man Ihnen auf der Polizei vorwarf. Ich frage noch einmal, Signore, sind Sie Mitglied der Kommunistischen Partei?«

Da der junge Mann – vermutlich aus Langeweile – wiederum nicht antwortete, stellte die sanfte Männerstimme eine nächste Frage.

»Aus den heftigen, abwehrenden Bewegungen Ihrer Hände leite ich die Schlußfolgerung ab, Signore, daß Sie Ihre Mitgliedschaft in der Kommunistischen Partei bestreiten. Sie sympathisieren also nur mit ihr?«

»Unsinn!« rief der junge Mann.

»Hinsetzen, du Scheißer«, sagte eine andere Stimme. »Wie oft soll ich dir das noch sagen?«

»Im Januar 1973 erschossen in Mailand Polizisten im Straßenkampf einen Kommunisten. An der anschließenden Massendemonstration haben Sie teilgenommen, Signore, und einen Molotowcocktail unter die Ordnungskräfte geworfen.«

»Haben Sie den Verstand verloren?« fragte Hamilton jun.

»Halt den Mund!« sagte eine dritte Stimme. »Beantworte die Frage!«

Der junge Mann setzte sich wieder. »Unsinn!« sagte er, diesmal aber gedämpfter, während er sich die in den Abgrund gekippte Leiche ins Gedächtnis rief. »Die Polizei, meine Herren, beschuldigte mich in der Tat, ich hätte an der Demonstration teilgenommen, aber wie auch Sie wissen, ließ man die Anklage nach vier oder fünf Tagen fallen und ließ mich frei. Man entschuldigte sich eindringlich. Der Polizeichef des Distrikts begleitete mich persönlich zu meinem Wagen.«

»Warum mußte man sich entschuldigen, Signore, was meinen Sie?«

»Wie können Sie von der Familie beziehungsweise einem Erben des Millionärs George Hamilton sen. annehmen«, entgegnete der junge Mann, »daß sie mit den Kommunisten unter einer Decke stecken? Eine solche Hypothese widerspräche dem nüchternen Verstand.«

»Nicht der nüchterne Verstand wiegelt die Menschen auf, Signore«, mußte sich der junge George Hamilton sagen lassen. »Bekanntlich stellen sich die Sprößlinge zahlreicher wohlhabender Familien gegen ihre Eltern und verbünden sich zum Sturz der kapitalistischen Gesellschaft.«

»Weil sie den Verstand verloren haben«, sagte der junge Mann. »Welchen Sinn und Nutzen hätte es, frage ich Sie, wenn sich der Mensch selbst in den Arsch bisse?«

»Nun, nun«, sagte eine andere Stimme, »wir bitten uns einen respektvolleren Ton aus, du Scheißer.«

»Oder ich binde dich so zusammen«, sagte eine dritte, »daß dir aller Rotz und Schleim rausläuft.«

»Ich gebe mich nicht mit Politik ab«, sagte Hamilton jun. »So habe ich beispielsweise auch nicht gegen den Vietnamkrieg demonstriert, das ist nicht mein Bier. Ohnehin werden auf der Welt so viele Menschen getötet, daß man sich langsam daran gewöhnt. Was die Lage der Armen betrifft, da fühle ich mich sehr wohl schuldig, aber ich kann nichts daran ändern. Es gibt Arme und Reiche, so war es immer, und so wird es auch in der Zukunft sein.«

»Und an diesem Zustand wünschen Sie nichts zu ändern, Signore?«

»Mit Verlaub, ich glaube, man kann nicht«, sagte der junge Mann. »Wenn ich Bettlern begegne, lasse ich ein wenig Kleingeld fallen, sonst begleiten sie einen ja straßenweit.«

»So? ... Lassen ein wenig Kleingeld fallen?« wurde wiederholt. »Demnach, Signore, betrachten Sie Lage und Zukunft der Menschheit als hoffnungslos?«

»Wenn ich von mir ausgehe, ja«, sagte der junge Mann heiter. »Aber darüber habe ich noch nicht genügend nachgedacht, immerhin bin ich noch minderjährig.«

»Nehmen wir an, Sie könnten mit Ihrem Vermögen Menschen vor dem Hungertod bewahren!«.

»Wieviel?«

»Egal. Hundert oder tausend.«

»Interessant«, sagte Hamilton jun. »Und dann würden mich die anderen hundert oder tausend abmurksen, weil ich nicht sie davor bewahrt habe.«

»Setz dich, du Koprophiler«, sagte eine andere Stimme, »oder ich murkse dich ab, bevor du noch volljährig wirst.«

Unmittelbar vor dem Fenster der Hütte knallten in rascher Folge drei oder vier Schüsse, eine passende Tonkulisse hinter die tiefere Bedeutung unter der Oberfläche des Gesprächs legend.

»Was ist?« fragte der junge Mann. »Warum schießen wir? Werden wir schon wieder angegriffen?«

»Aber nein doch«, sagte die sanfte Männerstimme. »Die Jungs spielen.«

»Oder will uns wer erschrecken? Überflüssig«, sagte Hamilton jun. »Ich habe sowieso die Hosen voll.«

»Kennen Sie das Marktgesetz von Angebot und Nachfrage, Signore?«

»Ich weiß zwar nicht, warum Sie mich gekidnappt haben«, sagte der junge Mann, »aber ich glaube nicht, daß es ein gutes Geschäft ist. Ich bin keinen schäbigen Cent mehr wert als sonst irgendwer. Ich habe das Schießpulver nicht erfunden, Sie können's mir glauben, meine Herren.«

»Ich glaub's, Signore.«

»Erwähnten Sie den Weltmarkt?« fragte Hamilton jun. besorgt. »Ich glaube nicht, daß dort hinreichend Nachfrage nach meiner nichtigen Person besteht.«

Erneut Schüsse hinter dem Fenster.

»Wir werden sehen, Signore.«

Hamilton jun. überlegte. »Und wenn keine Nachfrage besteht?«

»Dann mustern wir Sie aus, mein Herr«, sagte die sanfte Männerstimme.

Nach Abschluß dieses scheinbar ergebnislosen Verhörs wurde Hamilton jun. von den Banditen erneut gefesselt und wieder in den Wagen gesetzt. Wie es schien, schreckte sie die enthüllende Helligkeit des Tages nicht mehr, unermüdlich gaben sie Gas, bergauf, bergab, vier-, fünfmal im Laufe des Tages in gut gesicherten Schlupfwinkeln anhaltend, wo sie das Begleitpersonal wechselten, tankten, wo sie sich und ihren Gefangenen mit einem Teller heißer Suppe und einem Glas Kognak versorgten. Wo immer sie anhielten, umfing Hamilton jun. ein aus hundert Fäden gewebter greller Geräuschteppich, aus dem er nur mit Mühe die schon vertrauten Stimmen herausfand; es war ein Kommen und Gehen, Autos näherten und entfernten sich mit brummendem Motor, Bremsen quietschten: als befände er sich auf einem Wochenmarkt. Bei jedem Halt mußte der junge Mann aussteigen, einige hundert Schritte gehen und sich dann wieder in den Wagen setzen.

»Ich mußte ihnen sogar ankündigen«, sagte Hamilton jun. später, »wenn ich mein Wasser abschlagen wollte. Sie hoben mich dann unter den Achseln an und entblößten mich. Nicht einmal die Hose durfte ich selbst herablassen. Aber am Zittern ihrer Hände bemerkte ich, daß sie Angst hatten. Wenn einem seit Tagen die Augen verbunden sind, verfeinern sich die anderen Sinnesorgane und gewahren winzige Unterschiede, die einem sonst entgangen wären. In den ersten Monaten meiner Gefangenschaft, ehe ich vor Hoffnungslosigkeit endgültig abstumpfte, fiel mir auf, daß mein Hirn schneller als gewöhnlich arbeitete, schneller als irgendwann in meinem bisherigen Leben, auf mein Wort, es rotierte wie ein Schleifstein. Seither bin ich leider, glaube ich, wieder verblödet. Kann es sein, daß die Lebensgefahr den Menschen belebt?

Am dritten Tag«, sagte der junge Mann später, »brachten sie mir irgendwoher Kaffee und Kognak. Sie gaben mir so viel, wie ich schlucken konnte, ich besoff mich so, daß ich alles, also nichts, doppelt sah. Der Kaffee war schön heiß, auch der Teller Makkaroni, mit geriebenem Parmesan bestreut und mit Tomatensoße begossen; daraus schloß ich, daß wir uns in kultivierter Umgebung aufhielten. Hier blieben wir vier oder fünf Tage, in dieser Zeit trank ich an die drei Liter Kognak, ich war pausenlos sternhagelvoll.

Am vierten oder fünften Tag führte man mich spazieren«, sagte George Hamilton jun. später. »Eine Stunde später setzten sie mich wieder in den Wagen, gondelten mit mir ein paar Kilometer herum und ließen mich wieder aussteigen, wir gingen ungefähr fünfzig Schritte auf einem schlechten, steinigen Pfad, dann mußte ich stehenbleiben und mich vorbeugen, mein Mund berührte die steinerne Einfassung einer sprudelnden Bergquelle, ich trank. Und da riß mir plötzlich jemand das mit Heftpflaster befestigte Tuch von den Augen, es tat weh, ich glaube, ich schrie. Vorsicht, nimm es langsam ab, sagte eine Stimme, aber zu spät.

Ich sah mich um. Es war Nacht. Ich erblickte etwas wie eine große Scheune mit einem Blechdach und je einem kleinen Fenster beiderseits des Eingangs sowie vor mir fünf Männer von niedrigem Wuchs mit Kapuzen vor den Gesichtern. Die Kapuzen waren aus Wolle gewebt, wie sie die Hirten auf Sizilien tragen. Wir hatten Vollmond. Wir standen auf einer Hochebene, die am Horizont von ziemlich hohen Bergen umgeben war, der höchste leuchtete schneeig im Mondlicht. Alles was recht ist, wäre ich aus eigenem Entschluß dort gewesen, hätte ich mich eine Weile an dem Anblick gütlich getan, hauptsächlich der kräftigen Luft wegen, die man schlürfte wie ein Glas eisgekühlten Rum mit Maraschino . . . aber ich war ja nicht freiwillig dort. Übrigens sagt man, ich mache mir nichts aus der Natur; stimmt schon, sie ist unbequem.

Die fünf Männer sprachen italienisch«, sagte Hamilton jun.

später. ›Hör zu, figlio mio‹, ermahnte mich der eine hinter seiner Kapuze, ›du bleibst jetzt eine ganze Weile bei uns, führ dich ordentlich auf! Daß mir keine Klagen über dich kommen, Jüngelchen. Wenn du was brauchst, sag es uns; wenn irgendwie möglich, beschaffen wir es. Und sei nicht blasiert, wir arbeiten für Geld.‹

Ich bedauerte schon, daß sie mir das Tuch von den Augen genommen hatten«, sagte der junge Mann später. »Ich ahnte, einer von ihnen würde einmal vergessen, sich die Kapuze über den Kopf zu ziehen, oder sie würde ihm vom Gesicht rutschen, und dann würden sie mich töten. Mir schien es sicherer, sie sähen mich und nicht ich sie. Im übrigen waren sie launisch wie Brigitte Bardot in ihrer Glanzzeit, mal nahmen sie mir das Tuch ab, mal banden sie es mir um, undurchschaubar, wann und warum! Wenn sie es mir abnahmen, bedankte ich mich natürlich immer, denn das erwarteten sie wohl. Könnte man mir jetzt nicht das Tuch abnehmen, fragte ich. Sie nahmen es mir ab. Danke, meine Herren. Gott vergelt's.

Die Nacht brachte ich in jener Scheune zu, tuchlos. Der eine Kerl saß mir gegenüber, die Kapuze vorm Gesicht, aber der Mond schien ohnehin nicht mehr, es goß in Strömen, und es war so dunkel, daß ich von meinem Bewacher nur die Umrisse wahrnahm. Am Morgen brachte man mich in ein anderes Quartier, wieder verbanden sie mir die Augen. Am Abend des dritten Tages in das nächste. Da es kalt war und sie vermutlich auch froren, machten sie Feuer und kochten Abendbrot, wir aßen zusammen. Beim Licht des Feuers sah ich sie mir an. Sie waren ärmlich gekleidet, die Klamotten schlecht geschnitten, pastellfarbene Hosen und dazu Jacken in grellen Farben, die unförmigen Schuhe ausgetreten, die Socken zu kurz. Alle rauchten sie Marlborough.«

»Armer Junge«, sagte die Mutter des jungen Mannes, »in so schlecht gekleideter Gesellschaft hast du deine Zeit verbracht!«

»Es wurde festgestellt«, sagte der Polizeioberst, der das Verhör führte, »daß die ruchlosen Banditen ihr Opfer in den südlichsten Zipfel des Landes verschleppten, zum ›Hühnerauge‹ des italienischen Stiefels, nach Kalabrien, zweihundert Kilometer südlich von Neapel und vierhundert von Rom.«

»Dort war ich noch nie«, sagte die Mutter, »wohl wegen des mutmaßlichen Fehlens von englischem Frühstückstee und gebuttertem Toast.«

»Wir wären beide besser gefahren, wenn sie dich an meiner Stelle entführt hätten, Mama«, sagte Hamilton jun. »Es ist sogar denkbar, daß sie dich vergewaltigt hätten.«

»Wäre das so ein großes Unglück gewesen?« fragte die Mutter. »Was hält das Leben sonst noch an Neuem für mich bereit?«

»Ein öder, finsterer Landstrich«, sagte der Polizeioberst, der das Verhör führte, »der sich zwischen den Ausläufern des zerklüfteten, kahlen Silamassivs erstreckt. Der ärmste Teil des Landes, unentwickelte Landwirtschaft, keine Industrie. Berichten Sie, mein Herr, über die weiteren Ereignisse, verschweigen Sie nichts, weder aus Diskretion noch aus Furcht.«

»Steht nicht zu fürchten, daß sie sich an ihm rächen werden, Herr Oberst, wenn er sie verrät?« fragte die Mutter.

»Wir sind alle in Gottes Hand«, sagte der Polizeioberst.

»Auch die Gangster?« fragte Hamilton jun. »Denn ich würde dann lieber übersiedeln in des Teufels ungewaschene, stinkende Hand.«

»Mein Sohn ist von rastloser Natur«, sagte die Mutter.

»Sie führten mir ihre Waffen vor, vielleicht, um mir einen Schreck einzujagen. Sie hatten Revolver und Gewehre, auch ein amerikanisches Infanteriegewehr mit abgesägtem Lauf, und eine Maschinenpistole. Um anzuzeigen, daß sie geladen waren, gaben sie ein paar Schüsse ab.«

»Ich kann mir denken, du hattest die Hosen voll«, sagte die Mutter. »Und nicht mal eine Garnitur Wäsche zum Wechseln dabei, mein Junge!«

»Scusi, Signora«, sagte der Polizeioberst, »aber Ihre privaten Bemerkungen lenken meine Aufmerksamkeit vom Gegenstand ab. Können Sie mir sagen, Herr Hamilton, welchen Dialekt die Räuber sprachen?«

»Diesen und jenen, je nachdem.«

»Sprachen sie auch sizilianischen Dialekt?«

»Warum hätten sie das nicht sollen?«

»Waren Ausländer darunter? Engländer etwa?«

»Denkbar«, sagte Hamilton jun.

»Sprach jemand amerikanischen Dialekt?«

»Denkbar«, sagte der junge Mann. »Denkbar, daß jemand amerikanischen Dialekt sprach.«

»Sprachen mehrere amerikanischen Dialekt?«

»Woher soll ich das wissen, Herr Oberst? Ich erwähnte vielleicht, daß mir die Augen verbunden waren.«

»Aber die Ohren waren Ihnen nicht verbunden, junger Mann.«

»Ich protestiere dagegen, Herr Oberst«, sagte die Mutter, »daß Sie meinen Sohn mit Ihren anzüglichen Fragen gegen mein Vaterland aufhetzen und es niederträchtig verleumden. Als Vertreter eines Landes, in dem man – wie ich hörte – den Männern das halbe Zeugungsglied abschneidet, wenn sie mit einer verheirateten Frau schlafen. Ihre amerikafeindlichen Gefühle sind ein Skandal, Herr Oberst, ich werde mich bei der Botschaft der Vereinigten Staaten beschweren.«

Nachdem die Mutter auf Weisung des Polizeiobersten von einem Unterleutnant und einem Wachtmeister, die sich rechts und links bei ihr einhakten, aus dem Büro geführt worden war, vertiefte sich George Hamilton jun. eine Weile in die Betrachtung der Gesichtszüge des ihm gegenübersitzenden Obersten. Draußen kühlte ein rascher Sommerschauer die südländischen römischen Gemüter ab, die an der Scheibe abwärts rollenden Regenfäden glichen, bildlich gesprochen, lautem Vogelgezwitscher. Der junge Mann zog eine flache Whiskyflasche aus der Gesäßtasche seiner Hose und nahm – »Wenn Sie gestatten!« – einen kräftigen Schluck. »Wenn ich es mir recht überlege«, sagte er, »hat meine Mutter mir zweimal zum Leben verholfen. Ich weiß nicht, ob es sich lohnte. Nebenbei, sie ist dabei, sich von ihrem zweiten Mann scheiden zu lassen, so daß sie ohne das erwähnte Risiko zu erobern wäre.«

»Sie vermeinten also unter den ruchlosen Banditen einen oder mehrere Ausländer zu entdecken, die in amerikanischem Dialekt quasselten?«

»Mag sein«, sagte Hamilton jun. »Obzwar sie nicht quasselten, sondern sprachen.«

»Wir hier in Italien leben in einer Demokratie, junger Mann«, sagte der Polizeioberst, »jeder kann nach Belieben frei aus seinem Wortschatz schöpfen. Sagen Sie mir bitte, warum haben Sie vorhin dieses goldene Zigarettenetui auf meinen Tisch gelegt?«

»Es war in den ersten Wochen meiner Gefangenschaft die einzige Freude für mich«, sagte der junge Mann. »Ich konnte stundenlang mit ihm spielen, ich betrachtete mich darin, drehte es, ließ es im Sonnenlicht funkeln. Auch nachts ließ ich es erstrahlen, im Mondlicht. Wenn ich verzweifelte, flößte es mir neue Kraft ein. Nie mehr im Leben will ich mich von ihm trennen.«

»Wieviel Mitglieder hatte die ruchlose Bande annähernd?«

»Ich spielte auch mit meinen Fingern in diesen ersten Wochen«, sagte Hamilton jun., »ich ließ sie tanzen, bildete verschiedene geometrische Gebilde und formte lebende Statuen mit ihnen. Am liebsten war ich allein in der Scheune, dann konnte ich am ruhigsten spielen. Wieviel Mitglieder die ruchlose Bande hatte, weiß ich nicht.«

»Über wieviel Wagen verfügte die ruchlose Bande annähernd?«

»Sie kannten die Adresse meiner Mutter, auch die meines Großvaters«, sagte der junge Mann. »Auf ihr Verlangen schrieb ich beiden Briefe. Darin teilte ich mit, ich sei am Leben, es gehe mir gut, mehr nicht; kann sein, daß dies sie beruhigte, sofern sie überhaupt unruhig waren.«

»Ist Ihnen bekannt, daß die Briefe am anderen Ende Italiens, in Turin, aufgegeben wurden?«

»Man brachte mir einen Pappkarton«, sagte Hamilton jun., »darin ein Kugelschreiber, Briefpapier und passende Briefumschläge. Als ich die Briefe geschrieben und adressiert hatte, mußte ich alles wieder in den Karton packen, den man sofort wegbrachte. Wo die Briefe aufgegeben wurden, wußte ich nicht.«

»Ahnten Sie da immer noch nicht, Herr Hamilton, weshalb Sie entführt worden waren?«

»Mir schwante etwas«, sagte der junge Mann.

»Sprach der Bandenchef italienisch oder englisch mit Ihnen?«

»Beim Briefschreiben erwog ich«, sagte der jüngere Hamilton, »den Adressaten mit einem Trick meine mißliche Lage mitzuteilen, zum Beispiel bei dem einen oder anderen sich wiederholenden Wort stärker aufzudrücken oder absichtlich orthographische Fehler einzufügen. Aber ich getraute mich nicht, auch beim Schreiben wurde ich gnadenlos beobachtet.«

»Sprach der Bandenchef italienisch oder englisch mit Ihnen?«

»Ich weiß nicht, wer der Bandenchef war«, sagte der junge Mann. »Woher hätte ich das wissen sollen?«

»Einer war doch wohl unter ihnen, der Befehle erteilte, und die anderen gehorchten?«

»Soviel ich weiß, Herr Oberst, leben wir hier in Italien in einer Demokratie«, sagte Hamilton jun.

»Einer war doch wohl unter ihnen, der in gewählterem Stil mit Ihnen sprach und intelligenter als die anderen wirkte?«

»Der in gewählterem Stil mit mir sprach«, sagte der junge Mann, »wirkte weniger intelligent als die anderen. Er fragte mich, warum ich mich ihnen nicht anschlösse.«

»Aha«, so der Polizeioberst. »Das hat er gefragt?«

»Durch die Blume. Er mißbilligte es, daß ich mein Vermögen nicht an die Bedürftigen verteile. Haben Sie den Verstand verloren, fragte ich ihn. Wieviel Leute kämen dadurch zu zwei weichen Eiern mit gebuttertem Toast?«

»Haben Sie ein Vermögen, Herr Hamilton?«

»Ich habe keinen roten Heller«, sagte der junge Mann. »Aber angeblich werde ich erben. Gegenwärtig bringe ich das Taschengeld meiner Mutter durch.«

»Wieviel ist das?«

»Ich weiß es nicht«, sagte Hamilton jun. »Ich glaube, soviel ich verlange. Als mich die Banditen den Brief an meinen Großvater schreiben ließen, ahnte ich, worauf sie hinauswollten. In völliger Verkennung der Lage, dachte ich. Als wenn jemand, beide Arme schwenkend, zum Mond fliegen wollte. Ich hätte mir nicht vorstellen können, daß der alte Herr seine in sechzigjähriger harter Arbeit erworbenen Kröten blanko an die Banditen überwies, damit sie sie an die Bedürftigen verteilten — an die, die sie für bedürftig hielten. Ich an seiner Stelle hätte das nicht getan. Und da heißt es noch, meine Generation sei aus der Art geschlagen!«

»Ihr Name?«

»Emilio Galeotti. Siebenundvierzig Jahre, Landwirt.«

»Sie stehen unter Eid. Ihre Zeugenaussage wird protokolliert. Berichten Sie mir bitte eingehend, was Sie am 10. Mai 1973 gegen vier Uhr nachmittags sahen, als Sie vor Ihrem Haus in Sta. Maddalena in der Nachmittagssonne saßen.«

»Ich bezeuge unter Eid, Herr Oberst, daß ich beobachtet habe, wie der dreiundzwanzigjährige Bengel unseres Bürgermeisters Alfredo Bianchi im hinteren Garten, den nur ein Lattenzaun von der sich anschließenden Ölbaumplantage trennt, die Gartentür öffnete und zur Frau des Bahnwächters Riccardo Altofini schlich, aber was er dort machte, weiß ich nicht, weil sie die Jalousien herunterließen.«

»Himmeldonnerwetter«, sagte der Oberst, »was interessiert mich des Ricardo Altofini verfluchtes dreckbeiniges läufiges Weib. Daß der Satan sie strafe!«

»Amen«, sagte Emilio Galeotti. »Aber was interessiert Sie, Herr Oberst? Nicht die ungeordneten Moralverhältnisse unserer Gemeinde?«

»Erzählen Sie, was Sie in den Bergen gesehen haben!«

»Unser Dorf«, sagte Emilio Galeotti, »liegt bekanntlich in einem Tal am Fuß des Monte Sila. Die Landstraße, die auch von den motorisierten Herren Touristen benutzt wird, führt durch unser Dorf, was dem Geflügel der Gemeinde sehr zum Nachteil gereicht. Vorvoriges Jahr hat ein Herr aus Amerika sogar den Wasseresel der Gemeinde überfahren.«

»So, ein Amerikaner?«

»Aber er hat den Schaden ersetzt«, sagte der Landwirt, »man kann ihm nichts Übles nachsagen. Der neue Esel ist jünger und kräftiger, als es der alte war.«

»Erzählen Sie, was Sie in den Bergen gesehen haben!«

»Das kommt noch«, sagte der Landwirt. »Da die motorisierten Herren Touristen im allgemeinen die durch das Dorf führende Landstraße benutzen, fiel mir, als ich vor meinem Haus saß, auf, daß auf der schlechten Bergstraße des zweitausend Meter hohen Monte Sila mehrere Wagen auf dem Abschnitt der Straße auftauchten, der, aus dem Wald herauskommend, zur anderen Seite des Berges führt. Auch das Brummen ihrer Motoren hörte ich, wie man ja in unserer guten, klaren Luft auch hört, wenn ein verdammter Dieb aus dem Nachbardorf oben im Wald Bäume fällt.«

»Wie viele Wagen sahen Sie, Galeotti?«

»Fünf oder sechs, Herr Oberst, hintereinander, denn nebeneinander hätten sie nicht Platz gehabt. Es heißt so schon Gott versuchen, wenn man mit dem Auto diese Straße hinauffährt, die ein anständiger Mensch, wenn er etwas auf sich gibt, nur auf dem Rücken des Maultiers benutzt.«

»Worüber denken Sie nach, Galeotti?«

»Ob ich«, sagte der Landwirt, »erst die Wagen sah und dann die Schüsse hörte, Herr Oberst, oder umgekehrt, ob mich die Schießerei aufschreckte, als ich so vor meinem Haus saß, und ich deshalb zum Berg hinaufblickte.«

»Das läuft auf eins hinaus, Galeotti«, sagte der Oberst und zündete sich, um seine Nerven zu beruhigen, eine Zigarre an, eine echte holländische Ritmeester Livarde. »Das läuft auf eins hinaus.«

»Nicht ganz«, sagte der Landwirt. »Ich sage unter Eid aus.«

»Die reine Wahrheit, nicht daß Sie in die Hölle kommen!«

»An die Hölle glaube ich nicht, Herr Oberst«, sagte der Landwirt. »Eine so geräumige Hölle gibt es nicht, daß die halbe Welt hineinpaßt, oder noch mehr, wenn wir die Pfaffen hinzurechnen.«

»Nehmen wir an, daß Sie erst die Schüsse hörten«, sagte der Oberst.

»Zuerst hörte ich einen einzelnen Schuß und sein Echo. Die Wagen krochen langsam den Hang hinauf, eine lange Reihe Käfer. Im Sonnenlicht blitzten ihre Fenster auf. Dann waren mehrere Schüsse zu hören, wie eine Salve, ein Maschinengewehr war auch dabei, schien mir. Die hinteren Wagen verfolgten die vorderen. Zuletzt sind deutsche Wagen über diese Straße gerollt und haben geschossen, im Krieg, 1944, als sie den Monte Sila den Amerikanern wieder abjagen wollten.«

»Hach«, sagte der Polizeioberst, »schon wieder die Amerikaner!«

»Der vorderste Wagen war schneller als die anderen, aber auch aus ihm wurde geschossen«, sagte der Landwirt. »Wenn ein Reifen getroffen wird, dachte ich bei mir, essen die Herren, die in dem Wagen sitzen, keine Polenta mit Sauerrahm mehr. Aber schon schloß ich die Augen: Gleich zwei Wagen auf einmal kippten von der Straße und in die Schlucht hinab, der zweite und der dritte von vorn gerechnet, kreiselnd hüpften sie die Felswand hinunter, natürlich explodierte der Benzintank, bei allen beiden, zum Glück erst unten im Gesenk, der Wald konnte wenigstens nicht Feuer fangen.«

»Galeotti, wie sind Sie zu dem Kofferradio amerikanischer Herkunft gekommen, das wir in Ihrem Haus gefunden haben?« fragte der Oberst.

»Ich fand es am Berghang, Herr Oberst, als ich mich zwischen den Felsen in die Schlucht hinabließ, zwecks Hilfeleistung . . .«

»Für die verbrannten und verkohlten Leichen?« fragte der Oberst.

»Sicherlich ist es aus dem offenen Fenster eines der Wagen geflogen«, sagte der Landwirt.

»Sonst haben Sie nichts entwendet, Galeotti?«

»Bis zu den Wagen bin ich nicht gelangt«, sagte der Landwirt, »denn die parken dort, wo die Schlucht am tiefsten ist und wohin man sich nur am Seil herablassen könnte.«

»Und aus dem Dorf haben Sie wohl nicht Hilfe geholt«, fragte der Oberst, »weil Sie sich allein bereichern wollten?«

»Wer hätte da Lust gehabt, sich zu bereichern«, sagte der Landwirt, »nicht einmal Sie mit Ihren guten Nerven, Herr Oberst. Rundherum lagen blutige Fetzen, daß sich einem schon der Magen umdrehte, wenn man das von weitem sah. Hier ein abgerissenes Bein ...«

»Keine Einzelheiten, Galeotti«, rief der Oberst, »das macht mein Magen nicht mit. Sie sollten wissen, daß ich kein Blut sehen kann.«

»... dort ein ausgerissener Arm«, sagte der Landwirt, »daneben ein Kopf, dem die Augen ausgeflossen und das Haar vom Schädel gesengt war. Ein widerwärtiger Anblick. Über mir kreischten Geier, sie konnten es kaum erwarten, daß ich ging.«

»Ja«, sagte der Oberst, »mir ist schlecht!«

»Täglich ließ man mich für eine Stunde aus der Scheune ins Freie«, sagte George Hamilton jun. später, »hier gab man mir Kognak zu trinken, und ich durfte eine Zigarette rauchen. Menschliche Wohnstätten gewahrte ich nicht in der Nähe, aber ich wollte auch niemanden sehen; wenn ich Schritte hinter mir hörte, schloß ich die Augen. Ich wollte nicht in die Situation kommen, jemandem ins Gesicht sehen zu müssen, lieber wandte ich mich ab und schloß die Augen.

Nach einiger Zeit wurde ich aus meinem Quartier weg und erst bergauf, dann bergab gebracht. Wir gelangten in ein anderes schattiges Tal, wo man für mich eine Hütte baute, vier Pfähle und darüber ein Bretterdach. Alle anderen außer dem jeweiligen Bewacher schliefen in Zelten. Mich banden sie mit einer kaum vier Meter langen Kette an den einen Pfahl, so verbrachte ich rund vierzig Tage.

Ich fürchtete durchzudrehen«, sagte Hamilton jun. später. »Die ganze Zeit zerbrach ich mir den Kopf, wie ich mich beschäftigen könnte, um nicht verrückt zu werden. Es gab Tage, da lehnte ich mich mit dem Rücken an den Pfahl und heulte laut. Ich gab mir Mühe, mich an angenehme Dinge zu erinnern, bei ihnen zu verweilen, aber meine Vergangenheit war zu kurz, sie füllte nicht einmal einen Tag aus. Ich dachte mir, ich ließe vor der Hütte auf dem kleinen steinigen Fleck all die Frauen antreten, mit denen ich einmal zu tun hatte, aber alle versagten sie. Sie waren mir zuwider. Hätte sich Marilyn Monroe persönlich zu mir bemüht – Gott sei ihr gnädig –, ich hätte auch ihr ins Gesicht gekotzt. Es gab nur eins, womit ich mir die Zeit vertrieb: Jeden Morgen ritzte ich mit einem Stein einen Strich in die graue Felswand, die hinter der Hütte emporragte, jeden Tag einen, vier senkrecht und einen quer. Das war mein Kalender, das einzige Zeichen, daß ein Mensch namens George Hamilton jun. noch am Leben war, wenngleich angekettet wie das Vieh.«

»Konnten Sie schlafen?«

»Ja.«

»Träumten Sie?«

»Nein.«

»Wie erklären Sie sich das?«

»Ich glaube, auch das Vieh träumt nicht.«

»Wer weiß das schon.«

»Bestimmt träumt es nicht, denn es weiß nichts vom Schlachthof«, sagte Hamilton jun. »Jung, wie ich war, wußte ich nicht, daß er letztlich auch auf jeden Menschen wartet.«

»Hatten Sie tagsüber keine bösen Ahnungen?«

»Bis zum Abend war ich ausgelaugt von ihnen.

Eines Morgens«, sagte der junge Mann später, »es wurde gerade erst hell, kam einer der Kapuzenmänner zu mir, löste die Kette und teilte mir mit, jetzt werde man mich hinrichten. Der Mann war neu, und er schien so aus dem Häuschen, als hätte er den Verstand verloren. Seine Kapuze war ein wenig verrutscht, vielleicht dachte er, ich hätte sein Gesicht gesehen. Das traf zwar nicht zu, aber es war genau das, was ich immer befürchtet hatte: daß ich ihre unbedeckten Gesichter sah und sie mich in ihrem Schreck niederschossen.

Der Mann führte mich auf den kleinen steinigen Fleck vor der Hütte und sagte: ›Jetzt schieße ich dich tot. Lauf!‹

›Ich laufe nicht‹, sagte ich.

›Los, renn weg!‹ sagte er.

›Ich renne nicht‹, sagte ich.

›Also was wird? Avanti!‹

›Geben Sie mir eine Zigarette‹, sagte ich.

Er tat es. Ich verlor nicht den Kopf, rauchte gemächlich und dachte kräftig nach, etwa so wie Einstein. Ich bemerkte, daß auch dem Kapuzenmann die Hände zitterten, ihm war also angst vor dem, was er vorhatte. Und was er vermutlich nicht tun durfte, denn er war ja nicht der Boß. Wir sahen uns an, inzwischen brannte die Zigarette herunter, und über den Bergen ging die Sonne auf. Ich erinnere mich, um die höchste Erhebung schlang sich eine sorgenvolle, bläuliche kleine Wolke, wie eine Kompresse, als täte dem Berg ebenso wie mir der Kopf weh. Ich warf die Zigarette weg, trat sie aus und starrte auf den Kapuzenmann.

›In Ordnung, du kannst zurückgehen‹, sagte er. Vermutlich war er zu Verstand gekommen, während ich die Zigarette rauchte, und ihm war eingefallen, wenn er mich niederschoß, dann schoß er einen Bock. Er brachte mich in meine Unterkunft zurück und kettete mich wieder an. ›Sind Sie nicht bei Troste, mein Herr‹, fragte ich ihn, ›daß Sie mich ohne Befehl abknallen wollten?‹

›Schon gut‹, sagte er, ›schon gut, vergessen wir's! Es war nur ein Scherz von mir, haben Sie das nicht bemerkt?‹

›Ich habe es nicht bemerkt‹, sagte ich.

So wacker ich mich in Anwesenheit des Kapuzenmannes gehalten hatte«, sagte Hamilton jun. später, »so plötzlich klappte ich zusammen, als er mir den Rücken kehrte und in sein Zelt kroch. Erst jetzt wurde mir bewußt, daß ich ihnen mit Haut und Haaren ausgeliefert war. Mir wurde übel. Mein Magen vibrierte, Arme und Beine begannen mir zu zittern, die Ketten rasselten mit. Ich weinte laut, heulte Rotz und Wasser. Und ich hatte nicht einmal ein Taschentuch, mir das Gesicht abzuwischen. Zum erstenmal in meinem Leben ahnte ich jetzt, obzwar ich es immer noch nicht glaubte, daß ich einmal sterben würde. In dieser Nacht hatte ich keine Erektion. Den ganzen Tag rührte ich kein Essen an, obwohl ich von der mageren Kost schon ziemlich runter war« usw., usw.

Auch die Erinnerung an die letzte Nacht im Forum-Club wurde wach in ihm, obgleich an diesem Tag weder die Lollobrigida noch Richard Burton usw., usw. dort gezecht hatten. Zu welchem Zweck bin ich geboren, fragte sich George Hamilton jun. mehrmals, als er an die durchfeierte Nacht im Forum dachte. Um

Banditen in die Hände zu fallen, damit ihm der eine oder andere an Ideenmangel leidende, oberflächliche Gangster das Blut abzapfte? Die Antwort schien ihm unbefriedigend. Der junge Mann blickte, mit den Ketten rasselnd, zum Himmel empor, dort eine Lösung suchend. Aber die Natur antwortete nicht, da die Menschheit als gewebsfremder Körper aus ihr ausgeschieden war.

Die Aussicht auf die umliegenden Berge war eine Augenweide usw. usw. Die schneebedeckte Spitze des Monte Sila usw. usw. Wie ein Kettenglied an das nächste, so klammerten sich Berg und Tal aneinander, nichts wissend über ihren tektonischen Ursprung und ebenso unbekümmert um ihren eventuellen humanitären Nutzen. Das Plätschern eines nahen Gebirgsbaches ging auf das Konto der feenhaften Geräusche, ebenso das Summen einer kleinen Biene, die um die Nase des jüngeren George Hamilton kreiste, ohne jede Profitgier. Winzigkeit und Größe wußten nichts von den Maßen des anderen. Der kalte Wind, der sich aus dem Gebirge herabsenkte, gab ein Beispiel für die friedliche Koexistenz, wenngleich ohne belehrende Absicht. Die Natur wahrte fehlerlos ihr glückliches Gleichgewicht.

Wozu George Hamilton jun. geboren wurde, ist trotz aller Kundigkeit des menschlichen Verstandes und trotz der Unterstützung seitens der göttlichen Vorsehung freilich ebensowenig durchschaubar, wie nicht erklärbar ist, warum die erste bis zu den Zähnen bewaffnete Amöbe einen Angriff auf das ihren Weg kreuzende Virus unternahm, das kleiner als sie, aber ebenso unschuldig war. Kein Wunder, daß sich der junge Mann, im roten Ledersessel des Forum-Clubs sitzend — während er mit dem Scheck seine Achthundert-Dollar-Rechnung beglich —, die Frage vergebens stellte und sie unter freiem Himmel, wennzwar an einen Pfahl gekettet, vergebens wiederholte. Ohne Antwort begab er sich auch am Abend dieses Tages zur Ruhe, während er über die schroffen Varianten des menschlichen Schicksals nachsann, gleichfalls mit wenig persönlichem Nutzen. Im Tal wurde es abends schon um neun Uhr dunkel.

»Ich verlor während dieser fünfzig Tage jedes Zeitmaß«, sagte

Hamilton jun. später. »Auf meinem Strohsack liegend, wußte ich kaum noch, ob der Abend dämmerte oder der Morgen, ob der jeweilige Bewacher mir das Frühstück brachte oder das Abendbrot. Halb zum Tier abgestumpft, schnappte ich fast über vor Freude, wenn ich in der Konservenbüchse dann und wann drei toskanische Würstchen vorfand statt der üblichen zwei. Allerdings war ich damals schon sehr heruntergekommen, das Haar begann mir auszufallen, sogar die Augenwimpern.

Das Ufer des Gebirgsbaches, der in der Nähe floß, war sandig«, sagte der junge Mann später, »manchmal lösten mich meine Bewacher von der Kette und spazierten mit mir zum Wasser. Sie genehmigten mir auch einen dünnen Zweig, damit ich allerlei in den Sand malte. Ich entwarf für sie die närrischsten Menschen- und Tiergestalten, mit solchem Erfolg, daß die ruchlosen Banditen mir schließlich einen großen Karton mit Wasserfarben schenkten. Mit denen malte ich eine ganze Galerie an die Felsen, Porträts vor allem, auch das meine, damit ich inmitten der vielen schwarzen Kapuzen nicht den Bau der menschlichen Visage vergaß. Deshalb auch verschlang ich regelrecht die italienischen Illustrierten, mit denen meine Bewacher mich stetig versorgten; angesichts der lächelnden Fotos geriet ich fast in Ekstase und stellte mir beinahe schon vor, ich befände mich in der Gesellschaft lebendiger Menschen. Ich war nicht bei Sinnen. Stundenlang betrachtete ich in meinem goldenen Zigarettenetui das Spiegelbild meines Gesichtes. Sosehr die gewölbte Fläche des Etuis auch verzerrte, ich konnte beobachten, daß mein Gesicht eingefallen war, die Backenknochen standen hervor, die Tränensäcke waren geschwollen. Dauernd blutete mir das Zahnfleisch. Ich bot einen abstoßenden Anblick. Mein Bauch war aufgebläht, Arme und Beine abgemagert, ich spürte, daß auch meine Muskeln vor die Hunde gingen.

Die Banditen redeten mir zu, im Bach zu baden«, sagte Hamilton jun. später. »Aber das Wasser war kalt, ich spülte mir nur die Hände, die Füße und das Gesicht damit ab. Brachte man mich aus irgendwelchen Gründen einen Tag nicht zum Bach, leckte ich mir mit der Zunge den Schmutz von den Händen. Auch das bot für eine Weile Beschäftigung. Und es beruhigte mich, daß ich mich mit dem eigenen Speichel wusch.

Wuchsen meine Nägel nach, nagte ich sie ab. Die Schnipsel steckte ich in eine Zündholzschachtel und diese in einen Felsspalt, warum, weiß ich nicht. Es war mein ureigenstes Privateigentum, nicht wahr? Ich prüfte täglich, ob sich meine Nägel in abnagefähigem Zustand befanden. Wenn der eine oder andere auch nur ein bißchen nachgewachsen war, knabberte ich ihn ab, tat das Spänchen zu den anderen Schnipseln und zählte nach, wieviel ich produziert hatte. Die Bewacher wußten von meiner Sammlung, denn ihnen entging nichts, aber sie lachten und ließen mich gewähren. Vermutlich bemerkten sie auch, daß ich mir die Hände beleckte, aber auch das nahmen sie wortlos hin. All meine verbliebene Kraft verwandte ich dazu, die Nächte glatt durchzuschlafen, natürlich in der Hoffnung, ich würde träumen. Gerade das gelang mir nicht. Ich wechselte vom Abend nahtlos in den Morgen über, ohne Zwischenspiel. Mir wären auch Angstträume recht gewesen: daß ich mich mit meinem Großvater verkrachte und er mich enterbte; doch auch das schaffte ich nicht. Selbst auf das Traumbild einer verspäteten väterlichen Ohrfeige hoffte ich vergebens, auch darauf, daß man mich wegen irgendeines Skandals aus dem Forum-Club ausschloß. Ein paar Tage lang amüsierte ich mich damit, mir auszumalen, was Greta Garbo sagen würde, wenn ich mich den Banditen anschlösse und vielleicht nach Uruguay ginge, Bomben werfen; aber auch das erheiterte mich nicht maßlos.«

Eines Morgens wurde George Hamilton jun. von starkem Motorbrummen und Bremsenkreischen geweckt: Drei Wagen rollten vor seine Unterkunft, zuvorderst der große weiße Ford, mit dem er – wann war das gewesen? – gekidnappt worden war. Im Nu füllte sich die Hütte mit bewaffneten Kapuzenmännern.

»Was ist los, meine Herren?« fragte er den, der als erster an seine Liegestatt trat. »Werde ich hingerichtet?«

Der Kapuzenmann, wesentlich größer und korpulenter als die anderen, beugte sich über den Liegenden und tastete seine Decke ab. Hamilton jun. staunte nicht wenig, als er ihn sprechen hörte.

»Die ist wirklich zu dünn!« sagte eine angenehme Frauenstimme. »Frierst du nicht, figlio mio?«

»Ich glaube, ich bin nicht hier, damit ich es gemütlich habe«, antwortete der junge Mann, nachdem er sich von seiner Verblüffung erholt hatte. »Was wünschen Sie von mir, meine Dame?«

»Wir werden sie gegen eine wärmere austauschen«, sagte die Banditin. »Du schläfst auf der nackten Erde? Warum hast du nicht ein Bett verlangt?«

Die Signora gehörte augenscheinlich zur Führungsgarnitur der Gangster; die anderen Vermummten umstanden sie respektvoll im Kreis, schußbereite Revolver in den Händen. Die Signora ihrerseits war unbewaffnet, von der Gefechtsbereitschaft ihrer weiblichen Reize abgesehen. Zur Disziplinierung ihrer ausladenden Formen trug sie eine Hose und einen abgetragenen roten Lumberjack. »Ich werde dir ein Bett und eine Matratze schikken«, sagte sie mit angenehmer Stimme.

»Was denn«, fragte Hamilton jun., »wollen Sie mich noch länger hier festhalten?«

»Leg dich wieder hin, mein Sohn!« sagte die Banditin. »Du siehst mitgenommen aus. Wie bist du mit deiner Verpflegung zufrieden?«

»Danke.«

»Also?«

»Manchmal werde ich satt«, sagte der junge Mann.

Die Banditin schüttelte den Kopf. »Für mich ist es Prinzip, daß wir mit unseren Gefangenen, solange es lohnend erscheint, anständig verfahren«, sagte sie. »Man soll dem Ochsen, der drischt, das Maul nicht verbinden. Was gab es gestern zum Frühstück, zu Mittag, zum Abendbrot, mein Sohn?«

Den jungen Hamilton rührte zwar die eingehende weibliche Obsorge, doch wollte er andererseits in Kenntnis seines Ausgeliefertseins die Bewacher nicht womöglich zu blutiger Rache herausfordern. »Zum Frühstück vorzüglichen Kaffee und Margarinebrote, zu Mittag Makkaroni . . .«

»Mit geriebenem Parmesan?« fragte die Banditin.

»Dick mit geriebenem Parmesan bestreut«, fuhr der junge

Mann fort, »und zum Abendbrot – wenn ich mich recht erinnere – drei Paar toskanische Würstchen.«

»Gekocht oder gebraten?«

»Gekocht.«

»Um auf das Frühstück zurückzukommen: warum Margarinebrote? Warum nicht Butterbrote?«

»Ich habe dieses prächtige Einsiedlerleben in den Bergen satt«, sagte der junge Mann. »Wie lange wollen Sie mich hier noch festhalten, Signora?«

»Mit deiner Verpflegung bist du also zufrieden? Dann weiß ich nicht, wie es kommt, daß du so schlecht aussiehst«, sagte die Banditin sorgenvoll. »Macht dir vielleicht die kräftige Gebirgsluft zu schaffen? Wünschst du dir weibliche Gesellschaft?«

»Ich werde nicht antworten«, sagte George Hamilton jun. »Haben Sie die Güte, mich hinzurichten oder freizulassen, Signora!«

»Weder für das eine noch für das andere ist die Zeit reif«, sagte die Banditin.

Auf ihren Wink stellte ein bis an die Zähne bewaffneter Bandit einen kleinen Feldstuhl neben die Liegestatt des jungen Mannes, und die Banditin nahm darauf Platz. »Ich habe Krampfadern, mein Sohn, ich stehe nicht gern«, sagte sie entschuldigend. »Im Stehen ... Wenn ich sie über längere Zeit belaste, treten sie häßlich hervor. Gummistrümpfe helfen nicht.«

»Gehen Sie in Zivil einer stehenden Beschäftigung nach, Signora?« fragte Hamilton jun.

Einer der Banditen – offenbar der eine seiner Bewacher – trat zu seiner Chefin und flüsterte ihr etwas ins Ohr. »Bring sie her!« sagte diese. Der Gangster entfernte sich, kehrte aber rasch zurück, eine Zündholzschachtel in der Hand. Die Signora öffnete sie, schüttete sich den Inhalt in die Hand und prüfte ihn aufmerksam.

»Wozu ist das gut?« fragte sie.

»Ich bekenne mich zum Privateigentum«, sagte Hamilton jun. »Wenn überhaupt etwas, dann sind es die Fingernägel des Menschen, die den Begriff des Privateigentums ausschöpfen. Meine beiden Hände haben sie produziert, meine Arbeitskraft hat sie geerntet. Ich protestiere.«

»Wogegen, mein Sohn?« fragte die Banditin. »Ich werde dir auch ein Dutzend Taschentücher schicken, denn mir scheint, du wischst dir die Tränen mit den Händen ab. Und was machst du, wenn du den Schnupfen bekommst?«

»Wollen Sie mich auch noch im Winter hier festhalten, Signora?«

»Hast du nichts, womit du dich beschäftigen kannst?« fragte die Chefin. »Warum liest du nicht?«

»Wie lange wollen Sie mich hier noch festhalten, Signora?« schrie der junge Mann, vermutlich der fixen Idee huldigend, er sei als freier Mensch geboren. »Wie lange noch, frage ich.«

»O heißblütige Jugend!« sagte die Banditin. »Wenn du, mein Sohn, Dante Alighieris Dichtung über die Hölle kenntest, dann könntest du die unermeßlichen Vorteile deiner jetzigen Lage würdigen. Ich werde sie dir schicken.«

»In Dantes Hölle toben sich eingefleischte Unholde aus«, entgegnete der gebildete junge Mann. »Nebenbei bemerkt, darunter auch eine ganze Menge verschiedener Damen. Aber womit habe ich mir die Hölle verdient?«

»Einer für alle, alle für einen«, sagte die Chefin. »Die hinterlistige Schlange des Paradieses, als sie Adam und Eva verführte, impfte deren Apfel mit dem süßen Gift der kollektiven Verantwortung. Mein lieber Sohn, wäschst du dich ordentlich? Ich gewahre einen leichten Fußgeruch.«

»Meine Zehen erreiche ich mit der Zunge leider nicht«, sagte Hamilton jun. »Im übrigen meine ich, Signora, daß ich nur für mich selbst verantwortlich bin. Auch für die Menschheit? In diesem Fall also auch für Sie, Signora, und Ihre werten Mitarbeiter, die mich entführt haben und gefangenhalten?«

»Mittelbar, mein Sohn«, sagte die Banditin. »Übrigens, möchtest du ein System, das deine Entführung wünschenswert, ja notwendig machte, nicht ändern? Leg dich wieder hin, mein Sohn!«

Der junge Mann legte sich wieder hin. »Nein«, sagte er.

»Betrachte dich in diesem Fall als Opfer auf dem Altar der Menschheit«, sagte die Chefin.

Hamilton jun. knurrte: »Ich will kein Opfer sein.«

»Denke an Abraham«, sagte die Banditin. »Er war ohne ein Klagewort bereit, das Teuerste zu opfern, was er hatte, seinen Sohn.«

»Ha«, sagte der junge Mann. »Seinen Sohn, aber nicht sich selbst! Nebenbei, wie hoch wurde mein Wert geschätzt?«

»Wenn du mich fragst, mein Sohn«, sagte die Banditin, »dann bleibst du meiner persönlichen Meinung nach ein wenig unter dem menschlichen Durchschnittswert, da du außer Fingernagelschnipseln bisher nichts produziert hast. Ich muß jedoch gestehen, daß es bezüglich der Preisgestaltung bei uns heftige Meinungsverschiedenheiten gab. Letztlich entschied unser Handelsdirektor.«

»Worüber, ich bitte Sie!«

»Wieviel als Lösegeld gefordert werden kann.«

Hamilton jun. lachte amüsiert auf. »Lösegeld? Von meinem Großvater?«

»Vorausgesetzt, wir liefern dich im Ganzen zurück.«

»Keinen Groschen«, sagte der junge Mann. »Nicht einmal die Differenz, um die Sie meinen ökonomischen Nutzen über – beziehungsweise unterschätzen. Er wird nicht so verrückt sein, sein schwer erworbenes Geld für unproduktive Nachkommen zu verplempern.«

»Du bist ein Einzelstück, mein Engel«, sagte die Chefin. »Sagen wir, wie der Diamant Kohinoor.«

»Im Ganzen zurückliefern«, fragte George Hamilton jun., »was verstehen Sie denn darunter, Signora?«

»Was wohl! Im Ganzen, nicht in Teilen.«

»Denken Sie an meine Körperteile?« fragte der junge Mann. »Ausverkauf von Einzelposten?«

»Naturalistische Beschreibungen mag ich auch in der Literatur nicht«, sagte die Chefin.

Hamilton jun. überlegte. »Was für ein Preisangebot«, fragte er, »hat Ihr Handelsdirektor meinem Großvater schließlich unterbreitet?«

Die Banditin machte eine abwehrende Handbewegung. »Das zu sagen ist mir peinlich.«

»Nur Mut!« ermunterte sie der junge Mann.

Aber sie wandte verschämt den Kopf ab.

»Raus mit der Sprache!« sagte Hamilton jun.

»Ich verstehe nichts vom Kaufmännischen, mein Sohn, und ich habe auch keinen angemessenen Überblick über den Weltmarkt«, sagte die Banditin. »Neun Millionen.«

»Lire?«

»Nicht Lire.«

»Sondern?«

»Es handelte sich um amerikanische Devisen«, sagte die Signora, »soweit ich mich erinnere.«

»Dollar?«

»Sind Dollar mehr wert als Lire?«

»Auf meiner Bank bekam ich für einen Dollar letztens sechshundertdreißig Lire in Travellerschecks«, sagte Hamilton jun. »Allerdings mußte ich im Forum-Club achthundert Dollar für das nächtliche Remmidemmi hinblättern. Also neun Millionen Dollar? Ob das nicht zuviel ist, Signora?«

»Wenn wir dich im Ganzen zurückliefern«, sagte die Chefin. »Leg dich wieder hin, mein Sohn!«

Der junge Mann legte sich wieder hin. »Keinen roten Heller werden Sie kriegen.«

»Für dich gilt der Liebhaberwert, mein Sohn«, sagte die Signora, »wenigstens nach der Schätzung unseres Handelsdirektors. Du bist nicht soviel wert wie, sagen wir, jenes Vermeer-Gemälde, das neulich für neun Millionen Dollar wegging; ich würde dich eher mit einer Schnupftabakdose vergleichen, die keinerlei Nutzen hat, die man aber liebt, weil man sie von seinem Urgroßvater geerbt hat. Aber vergiß auch nicht, mein Sohn, daß wir mit hohen Betriebskosten arbeiten. Unsere Leute sind größtenteils arm dran und hilfsbedürftig, und sie arbeiten für Geld, wer könnte uns Vorwürfe machen?«

»Eine Schnupftabakdose!« rief Hamilton jun. »Verflucht sei das Schicksal, daß ich nicht arm und hilfsbedürftig zur Welt kam.«

Es war still geworden im Tal. Das Zickzack eines Blitzes zeigte sich über den fernen Bergen, aber sein Donner hatte sich müde gelaufen, bis er ins Tal kam, nur die kodierte Botschaft der Drohung gelangte in die Nervenbahnen von Mensch und Tier.

»Und dennoch ist es hoffnungslos, Signora«, sagte der junge Mann, »keinen roten Heller werden Sie kriegen. Sie könnten mich ruhig jetzt gleich freilassen.«

»Ich werde dir ein Bett schicken«, sagte die Chefin, »eventuell mit Matratze und Federbett.«

»Aus meiner Hütte bot sich, wie ich schon erwähnte, ein schöner Blick auf die umliegenden Berge«, sagte George Hamilton jun. später. »Doch er entschädigte mich nicht für den seelischen Schaden, den ich nahm. Die Banditin hielt zwar Wort, schickte mir Dantes Buch und ließ ein eisernes Bettgestell mit Matratzen und eine dicke Kamelhaardecke bringen, aber diese Vergünstigung verärgerte unübersehbar meine Bewacher, schadenfroh beobachteten sie meinen weiteren Verfall. Ich notierte nicht einmal mehr das Verstreichen der Tage in meinem Felsenkalender. Zudem wurde meine Gefangenschaft verschärft, vielleicht auf Anweisung der Signora. Auch am Bett hatte ich nicht viel Freude, da ich es mit meinem nächtlichen Bewacher teilen mußte, der sich so eng neben mich legte, daß ich jede kleine Bewegung wahrnahm, selbst seinen nach Knoblauch stinkenden Atem. Dantes Hölle schickte ich zur Hölle, ist das verständlich? Anderer Not mildert nicht den eigenen Kummer, wie ich bemerkte. Aus Bambusrohr schnitzte ich Zigarettenspitzen für die Banditen, aber die Frau Chefin hätte auch solche gesellschaftliche Arbeit nicht zufriedengestellt.

Meine Bewacher schliefen auch tagsüber viel«, sagte George Hamilton jun. später. »Und in der tiefen Stille begann ich mich zu ängstigen. Immer wieder ging mir die Drohung der Chefin durch den Kopf, man werde mir einen meiner Körperteile abschneiden. Welchen wohl? Besser gesagt, mit welchem werden sie anfangen? Und von welchem würde ich mich am ehesten trennen wollen? Ich ging alle durch, indem ich sie aufmerksam abtastete und bewertete. Wenn sie mit den Zehen beginnen, sieht man in Schuhen nicht, daß der Fuß verstümmelt ist. Weiter oben? Daran wagte ich gar nicht zu denken. Von geringstem Nutzen sind einem die kleinen Finger, auf sie hätte ich vielleicht am ehesten verzichtet. Aber würde man auf meinen Rat hören? Sie werden absäbeln, was ihnen die Chefs befehlen.

Wenn sie sich langweilten«, sagte Hamilton jun. später, »kamen sie und setzten sich um mich, ich sollte ihnen von meinen Abenteuern mit Frauen erzählen. Sie waren ausgehungert. Ich hatte den Eindruck, sobald sie mit mir fertig wären, würden sie ihren Lohn auf kürzestem Weg ins Bordell tragen. Aber bis sie ihren Appetit stillen könnten, sollte wenigstens ihre Phantasie ein bißchen Spaß haben. Um ihr Wohlwollen zu gewinnen, hielt ich ihnen regelrechte Pornovorträge, denn dazu hatte ich noch genug Verstand, daß ich versuchte, ihnen gefällig zu sein. Sie schluckten, was ich ihnen servierte. Absurde Schwindeleien, wann, mit wem und wie ich ... Denn vermutlich waren sie auch neugierig, ob es einen Unterschied zwischen dem Sex des Reichen und dem des Armen gäbe. Ich trug ihnen also in Wort und, wenn erforderlich, Bild die diesbezüglichen Fingerzeige des Kamasutra vor, wobei ich die Dinge bei ihrem populären Namen nannte, damit sie verstanden und nicht die Lust verloren. Mein Erfolg war groß. Besonders interessierte sie die sachgemäße Behandlung der primären und sekundären erogenen Zonen der Frau, worüber sie anscheinend noch wenig wußten. ›Meine Herren‹, sprach ich zu ihnen, ›im Verlauf der Kopulation kann das Zusammenwirken der Damen mit ihrem Partner beträchtlich auch die Lust des Mannes erhöhen, da hierbei die weiblichen Geschlechtsorgane zu einem solchen Übermut stimuliert werden, wie er ohne vorherige Ermunterung nicht zustande käme. Frigide Frauen gibt es nicht, nur unsachgemäß behandelte. Besondere Aufmerksamkeit widme man also den Vorspielen der Liebe, wie dem Kitzeln, dem Knutschen sowie der gebührlichen Betätigung von Zunge und Lippen nicht nur in Gesellschaft ihrer Gegenstücke, sondern auch an solchen unverhofften Stellen des Körpers – vorn wie hinten –, die sonst anderen Zwecken dienen. Bauersfrauen niederer Herkunft sind für solcherlei Unterhaltung ebenso dankbar wie die vornehmsten Damen.‹

Ob ich es schon einmal mit einer Baronin zu tun gehabt hätte, wollten sie wissen.

›Sogar mit einer Gräfin‹, sagte ich.

›Einer alten?‹

›Einer jungen.‹

›Einer verheirateten? Mit einem alten Mann?‹

›Alt war ihr Mann noch nicht.‹

›Und die machen's ebenso?‹

›Ebenso.‹

›Aber wenn der Graf doch noch jung war?‹

›Die Liebe ist eine große Wissenschaft‹, sagte ich, ›ihre Schule besteht nicht jeder. Sie ist ein Gewerbe wie, sagen wir, die Autoreparatur, man muß wissen, wohin welches Teil gehört und was es bewirkt. Der Mensch ist zwar zur Liebe geschaffen, aber in der Vollziehung sind nicht alle gleich. Zum natürlichen Talent bedarf es auch eines gewissen theoretischen Wissens.‹

›Und woher hast du es?‹

›Aus Büchern.‹

›Was, solche Bücher gibt es auch?‹

›In Massen.‹

Darüber staunten sie. In der Überzeugung, die meisten von ihnen seien Analphabeten, bemühte ich mich, den Banditen die Regeln der menschlichen Koexistenz oder ... wie zum Henker sagt man? ... der Kultur beizubringen. Wozu bin ich geboren? Soll meine grundlose Opferung, dachte ich, wenigstens soviel Nutzen haben.

›Lernen die Frauen auch aus Büchern, wie man ...?‹ fragten sie.

›Manche‹, sagte ich. ›Aber im allgemeinen haben sie mehr naturgegebenen Verstand.‹

›Auch die Gräfinnen?‹

›Manche‹, sagte ich.

›Und du, so jung?‹

›Nachdem ich mir die erforderlichen theoretischen Kenntnisse erworben hatte‹, sagte ich, ›war ich bestrebt, ihre Fingerzeige in die Praxis umzusetzen. Da ich nicht arbeitete, also nicht an dem der Förderung der Nation dienenden Produktionsprozeß teilnahm, hatte ich Zeit dazu. Und Lust natürlich. Und Geld.‹

›Ja, das ist es!‹ sagten mehrere gleichzeitig.

›Es hängt nicht allein vom Geld ab‹, sagte ich. ›Auch vom Talent. Das muß groß sein, und es muß geschickt sein. In dieser Hinsicht bin ich von der Natur begnadet.‹

›Und wer es nicht ist?‹

›Meine Herren, jeder Topf findet seinen Deckel‹, sagte ich. ›Nur nicht verzweifeln! Wem das Schwert zu kurz ist, der trete einen Schritt näher, sagten unsere glorreichen Ahnen; das gilt auch heute. Jeder Mann, der einigermaßen beisammen ist, kommt in dieser Welt zurecht, vorausgesetzt natürlich, man schnippelt ihm nicht mit bestialischer Grausamkeit seine Körperteile ab.‹

Ich solle ihnen mein Talent zeigen, wünschten sie.

Inzwischen genoß ich schon ein solches Ansehen«, sagte Hamilton jun. später, »daß ich es ihnen ruhig zeigen konnte. Ernsthaft und sachlich nahmen sie es in Augenschein. War es anfangs, zu Beginn meiner Vorträge, noch vorgekommen, daß die Banditen dazwischenschrien, laut lachten und nicht nur meine Person, sondern auch meine Familie mit unschönen Ausdrücken belegten, so wurden sie mit der Zeit so zahm, daß einige – vermutlich die Dümmeren – von einem Tag auf den anderen aufhörten, mich zu duzen und mich zu siezen begannen.«

Eines Tages wurde es unruhig im Lager, die Banditen packten Hals über Kopf ihre Zelte, ihre Schlafsäcke und die Sachen des jungen Mannes zusammen, verbanden ihm wieder die Augen und setzten ihn in ein Auto. Auch untereinander sprachen sie gedämpft, vermutlich in Kenntnis irgendeiner Gefahr; vielleicht hatten ihre Kundschafter das Nahen einer Patrouille der Carabinieri gemeldet. Auf die Fragen des jungen Hamilton antworteten sie nicht. Nach einstündiger Fahrt mußte er aussteigen, und man nahm ihm die Augenbinde ab. Sie standen am Fuß eines hohen Berges.

Seine Besteigung nahm acht Stunden in Anspruch. Der Weg, schattenlos in der stechenden Sonne, führte über Geröllhalden, durch Schluchten, steile Pfade empor. Hamilton jun. war von vier Männern mit schußbereiten Waffen umringt. Seinen Durst löschten sie mit Kognak statt mit Wasser, einen großen Teil des Weges legte er betrunken taumelnd und rülpsend zurück. Alle halben Stunden hieß man ihn, sich niederzusetzen und auszuruhen.

Unmittelbar unter der Bergspitze wateten sie durch ein morastiges Rinnsal und stiegen dann in einen anderen Wagen. Diesmal dauerte die Fahrt nur eine Viertelstunde. Erneut wurden dem jungen Mann die Augen verbunden. Man führte ihn eine steile Steintreppe hinab in einen unterirdischen, in den Fels gesprengten Bunker, der vermutlich als vom Weltkrieg hinterlassenes Memento mori gilt; er hatte eine Grundfläche von ungefähr vier mal vier Metern, war aber so niedrig, daß sich der hochgewachsene Gefangene an der Felsdecke unablässig den Kopf schlug. Weit entfernt muhten Kühe. Nach einer weiteren Stunde traf der zweite Wagen der Gangster ein. George Hamilton jun. mußte aufstehen und sich mit dem Gesicht zur Felswand stellen.

»Ich erschrak so«, sagte der junge Mann später bei seiner zweiten Vernehmung, bereits in einem Sanatoriumsbett liegend, »daß ich – Entschuldigung! – einpinkelte, meine Hose war ganz naß.«

»Wovor erschraken Sie?« fragte der Oberst.

»Man stellte mich so dicht an die Wand, daß mein Gesicht den kalten Fels berührte«, sagte Hamilton jun. »Ich verstehe die Frage nicht, Herr Oberst. Hätten Sie sich in ähnlicher Lage nicht eingemacht?«

»O doch«, sagte der Polizeibeamte. »Aber woran dachten Sie in Ihrem Innersten? Daß man Sie erschießen würde?«

»Woran kann er wohl gedacht haben, Herr Oberst?« sagte die Mutter. »Ich bin außerstande, es zu erraten. Daß er ein Ölklistier bekommen würde?«

»Befürchteten Sie, Herr Hamilton, von Ihrer Familie im Stich gelassen zu werden?«

»Das brauchte er nicht zu befürchten«, sagte die Mutter.

»Sie habe ich nicht gefragt, Signora. Herr Hamilton, mißtrauten Sie der verwandtschaftlichen Zuneigung Ihres Großvaters?«

»Ich traute seinem gesunden Menschenverstand«, sagte der junge Mann. »Seiner Fähigkeit, zwischen einem Vermeer und dem gesellschaftlichen Nutzen eines mittelmäßigen, unproduktiven Jünglings unterscheiden zu können, also sein Geld nicht aus dem Fenster zu werfen.«

»Ich verstehe nicht«, sagte der Oberst. »Wer ist dieser Vermeer? Gleichfalls Amerikaner? Und was für einen gesellschaftlichen Nutzen meinen Sie?«

»Aber sie haben mich nicht erschossen, Herr Oberst, wie Sie sehen«, sagte Hamilton jun., »nicht einmal verprügelt. Der eine Bandit trat hinter mich, faßte mich an den Ohren ...«

»Aha!« sagte der Oberst.

»Mitnichten«, sagte Hamilton jun. »Sie stopften mir lediglich Wachskugeln und Watte in die Ohren, um mich vorübergehend taub zu machen. Anscheinend hatten sie mitbekommen, daß ich das Muhen der Kühe und das Türschlagen des zweiten Wagens gehört hatte.«

»Sie kamen also mit zwei Wagen zu dem Bunker?«

»Sie wünschten nicht von mir beobachtet zu werden«, sagte Hamilton jun. »Dabei blieb ich nur drei oder vier Tage lang im Bunker, und in dieser Zeit versorgten sie mich mit Illustrierten, sie brachten mir sogar ein kleines Transistorradio. Den ganzen Tag konnte ich die Nachrichten über mich verfolgen, aus denen hervorging, daß sich sogar die ausländische Presse mit mir beschäftigte.«

»Wie stolz warst du da wohl, mein Sohn«, sagte die Mutter, »daß du zur Hebung der Reputation unserer netten kleinen Familie beitragen konntest. Und wenn sie dich tatsächlich erschossen hätten! Vielleicht hätte das sogar den Polizeidirektor getroffen.«

»Signora, die Polizei hat alles getan, was in ihrer Macht stand.«

»Mag sein«, sagte die Mutter. »Sie hat siebzehn Unschuldige festgenommen, aber meinen Sohn nicht gefunden. Wann beabsichtigen Sie, sich pensionieren zu lassen, Herr Oberst?«

Da das Sanatorium als Privatterrain galt, konnte der Polizeioberst die am Krankenbett ihres Sohnes sitzende Mutter diesmal nicht aus dem Zimmer führen lassen. »Dachten Sie nicht an Flucht, Herr Hamilton?« fragte er.

»Auch die Banditen hörten die Rundfunkmeldungen über mich«, sagte der im Bett liegende junge Mann. »Als die Polizei die erste amtliche Mitteilung über die Festnahmen herausgab, schlugen sie sich auf die Schenkel und lachten schallend.«

»Zu Recht«, sagte die Mutter. »In Kenntnis des polizeilichen Diensteifers hätte ich an ihrer Stelle auch schallend gelacht.«

»Dachten Sie also nicht an Flucht, Herr Hamilton?«

»Die Banditen waren sich ihrer Sache sicher«, sagte der junge Mann. »Mit Feldstechern sahen sie auf dem Bunker den durch das Tal tapernden Carabinieri zu und priesen deren Sachkenntnis mit unziemlichen Worten. Herr Oberst, wenn ich, um meine Flucht zu fördern, einen der Banditen niedergestochen hätte, gälte das dann als Mord?«

»Ich mag kein Blut«, sagte der Oberst.

»Ich auch nicht«, sagte Hamilton jun.

»Hatten Sie ein Messer?«

»Nach einer Mahlzeit vergaß man ein Messer bei mir, ich steckte es weg«, sagte der junge Mann. »Sie suchten es, ich leugnete. Aber es beunruhigte sie nicht sonderlich, eine Weile belauerten sie mich noch, dann lachten sie und ließen es sein. Wenn ich tagsüber allein war — zu dieser Zeit hielten sie mich in irgendeinem Verschlag fest —, wetzte ich das Messer an einem Eichenbalken. Ich hätte es nachts dem neben mir schlafenden Bewacher ins Herz jagen und dann mit Leichtigkeit verduften können, aber davor schreckte ich zurück. Solange ich nicht zu befürchten hatte, daß sie mich töteten, wollte ich kein größeres Risiko eingehen. In meinen Adern fließt Hamilton-Blut, und wir Hamiltons leben berechnend.«

»Auf die Rechnung anderer«, sagte die Mutter. »Du bist hinreißend, Söhnchen.«

»Gewiß dachte ich an Flucht«, sagte der junge Mann. »Mit dem Messer bohrte ich ein Loch in die Rückwand des Verschlags, als ich eines Nachmittags allein war, weil die Banditen

Forellen brieten, die sie im nahen Bergbach gefangen hatten. Durch das Loch konnte ich erkennen ...«

»Hast du etwas abbekommen?« fragte die Mutter.

»Wie meinen Sie das?« fragte der Oberst.

»Von den gebratenen Forellen«, sagte die Mutter.

»Durch das Loch konnte ich erkennen«, sagte Hamilton jun., »daß sich hinter dem Verschlag eine große Wiese erstreckte und dahinter eine Fichtenschonung, aber von einer menschlichen Ansiedlung keine Spur. Indem ich die herausgefallenen Späne mit ein wenig Spucke und Erde zusammenpappte, stopfte ich das Loch nach der Besichtigung wieder zu.«

»Unternahmen Sie also doch keinen Fluchtversuch?« fragte der Oberst.

»Es waren schlampige, oberflächliche Banditen«, sagte der junge Mann, »Gelegenheit zur Flucht hätte ich wiederholt gehabt. Aber stets nur mit fünfundachtzigprozentiger Sicherheit. Und den Versuch zu fliehen wollte ich nur unternehmen, wenn ich hundertprozentig den Erfolg hätte garantieren oder mit fünfundneunzigprozentiger Wahrscheinlichkeit feststellen können, daß sie mich töten wollten.«

»Und dann hätten Sie das lange, spitze Messer dem Bewacher ins Herz gejagt?« fragte der Oberst. »Hach!«

»Das Messer habe ich schließlich weggeworfen«, sagte Hamilton jun.

»Warum?«

»Sie hätten es bei mir finden und mich bestrafen können.«

»Das Blut unserer heldenhaften Väter, der Pioniere des Wilden Westens, rinnt durch deine Adern, mein Sohn«, sagte die Mutter. »Dachtest du nicht daran, wieviel Geld du deinem Großvater erspartest, wenn du das lange, spitze Messer dem Bewacher ins Herz jagtest?«

»Und wenn ich auf der Flucht erschossen worden wäre, Mütterchen?« fragte der im Bett liegende junge Mann interessiert.

»Genausoviel«, sagte die Mutter. »Genausoviel erspartest du ihm.«

»Der Polizei hingegen gar nichts«, sagte der Oberst. »Im Gegenteil!«

Wozu bin ich wohl geboren usw., usw., dachte der jüngere Hamilton. Um einen weichherzigen Oberst der Polizei ins Schwitzen zu bringen usw., usw.? . . . Die Antwort schien unbefriedigend. Unseres Wissens vernahm der junge Mann derzeit schon mit nur einem Ohr das Heulen der fernen und nahen Wolfsrudel dieser Erde usw., usw., seine Unschuld war von ihm geglitten wie die Fruchthülle von einem zur Welt strebenden Embryo. Wozu strebt es zur Welt usw., usw., fragte sich der junge Mann, aber unseres Wissens kam auch auf diese Frage keine überzeugende Antwort.

»Einer der verruchten Banditen«, sagte Hamilton jun. später, »hatte Zuneigung zu mir gefaßt, ich weiß nicht, warum. Vielleicht bedauerte er mich, oder seine Nerven waren nicht intakt, oder er war ohnehin ungeeignet für die freudlose Laufbahn eines Gangsters. Wir waren aus dem Bunker in unser früheres Quartier zurückgekehrt, als er sich eines Tages zu mir setzte und ein Gespräch mit mir anknüpfte; er wiederholte das mehrmals. Er sprach von seiner Frau, seinen Kindern, seiner Schwiegermutter, auch von anderen Dingen. Dabei packte er mehr aus, als sich gehört hätte, doch dessen wurde er immer zu spät gewahr, nachträglich, späte Reue. Tags darauf begann er trotzdem von neuem, seine Zunge war flinker als sein Verstand.

Ich gab mir Mühe, mir die wichtigeren Details seines Vortrags einzuprägen«, sagte Hamilton jun. später, »hoffend, ich könnte mein geheimes Wissen später einmal gegen anderweitige Vorteile austauschen, gegen die Äußerung dieses oder jenes Wunsches und seine Erfüllung. Ich führte einen regelrechten psychologischen Feldzug gegen ihn. Das Verhältnis zwischen uns begann dem zwischen arm und reich zu gleichen. Immer kann der Reiche mit dem Armen seine Spielchen treiben, denn er besitzt das Geld, also die Macht. Ich war der Reiche, mein Vermögen waren die kleinen Geheimnisse, die der ruchlose Bandit ungewollt preisgab.

›Sagen Sie bitte‹, fragte ich, ›wer hat damals im Gebirge auf uns geschossen?‹

›Am Monte Sila?‹

›Ja‹, sagte ich.

›Darüber kann ich mit Ihnen nicht sprechen.‹

Nachdem ich solcherart erfahren hatte, daß wir auf einem Berg namens Monte Sila gewesen waren, und später, daß dieser Berg zum kalabrischen Gebirgsmassiv gehört, erhielt ich bei anderer Gelegenheit für mich überraschende Auskünfte über die Person der Banditin, die englisch mit mir gesprochen hatte. ›Die Stimme der Person kam mir bekannt vor‹, sagte ich aufs Geratewohl.

›Nichts verraten, Signore!‹ rief der Kapuzenmann entsetzt. ›Wenn die betreffende Person erfährt, daß du sie erkannt hast, könnte sie dich vor Schreck umbringen.‹

Wenn ich sie hätte erkennen können, muß ich sie wohl gekannt haben, dachte ich. Mein Gehirn rotierte wie ein Mähdrescher, ordnete und sortierte und warf die Schlußfolgerungen aus. ›Ich dürfte dieser Person zu Hause begegnet sein‹, sagte ich, ›in Philadelphia, sie hat eine schöne, sanfte Männerstimme, daran habe ich sie wiedererkannt. Das Englische spricht sie mit typisch amerikanischem Akzent, leider.‹

›Ich kann nicht Englisch‹, sagte mein Freund. ›Dio mio, verrate dich nur nicht, Signore!‹

›Gottbewahre‹, sagte ich. ›Bestimmt war dieser Mann es, der euch die geheime Privatadresse meines Großvaters gab, an die ihr meinen Brief schicktet. Vermutlich bin ich ihm dort auch, im Schloß meines Großvaters, begegnet.‹

›Ich weiß nichts‹, sagte der Kapuzenmann. ›Ich weiß gar nichts. Die Signora gibt uns die Befehle, und wir führen sie aus.‹

›So, die Signora?‹

›Das konntest du doch sehen, Signore, als sie bei dir war. Von mir weißt du es nicht.‹

›Ich konnte es sehen‹, sagte ich, ›ich weiß es nicht von Ihnen. Sagen Sie bitte, ist sie ein guter Chef?‹

›Ja.‹

›Streng?‹

›Sie stammt aus meinem Dorf‹, sagte der Kapuzenmann. ›Ich kannte sie schon als kleines Mädchen. Ihr Vater wanderte nach

Amerika aus, und später ließ er die Familie nachkommen. Sie waren sehr arme Leute, aber drüben haben sie sich anscheinend gemausert.‹

›Verständlich‹, sagte ich. ›War sie ein hübsches Mädchen?‹

›Stattlich und kräftig‹, sagte der Kapuzenmann.

›Verständlich‹, sagte ich. ›Sie hat den Amerikaner geheiratet, dem ich im Haus meines Großvaters begegnet bin. Vermutlich in den Büros des Firmenvorstands. Er hat sich in sie verliebt und hat sie geheiratet.‹

›Ich weiß nichts‹, sagte der Kapuzenmann.

›Obzwar es sein könnte‹, sagte ich, ›daß das Mädchen ebenfalls im Büro meines Großvaters arbeitete und die beiden sich dort fanden. Wenn wir freilich klären könnten, wer auf uns geschossen hat am Monte Silva . . .‹

›Sila‹, korrigierte mich der Kapuzenmann. ›Monte Sila, nicht Silva. Ich weiß auch nicht, wer auf uns geschossen hat, Signore.‹

›Vielleicht die Maffia?‹

›Vielleicht, Signore. Wer weiß. Das wird ein *poveretto* wie ich nie erfahren.‹

Ich hingegen hatte erfahren, was ich wollte: daß die Banditen nicht einem Betriebsteil der alteingesessenen sizilianischen Maffia angehörten, sondern Lohnarbeiter irgendeines Konkurrenzunternehmens waren, unter amerikanischer Führung. Ich hatte damals so manchen Zeitungsartikel über das Vordringen amerikanischen Kapitals nach Europa gelesen. Woher auch hätte ein armer, unbedarfter sizilianischer Maffiaboß wissen können, dachte ich schnell wie ein Mähdrescher, daß jenseits des Märchenmeeres, im fernen Philadelphia, ein Milliardär namens George Hamilton lebt, der einen Lieblingsenkel in Rom hat, und daß jener erpreßt werden kann, wenn man sich dessen bemächtigt?

›Sagen Sie bitte‹, fragte ich bei einer anderen Gelegenheit den gutmütigen Banditen, ›was meinen Sie, wieviel mag ein schönes italienisches oder niederländisches Bild aus den Gemäldegalerien der Uffizien in Florenz wert sein?‹

›Viel.‹

›Wieviel? Ungefähr.‹

›Ein Stilleben des niederländischen Malers Vermeer‹, sagte der Bandit, ›das voriges Jahr aus einer italienischen Galerie entwendet wurde, aus welcher nur gleich, fand in Amerika für neun Millionen Dollar einen neuen Besitzer. Aber es wurde nicht von uns entfernt.‹

›Sondern?‹

›Ich weiß nichts, Signore‹, sagte der Bandit. ›Auf der Welt gibt es viele Bösewichte.‹

›Die sich nicht scheuen, Italiens nationales Vermögen zu plündern‹, sagte ich.

›Aber wer plündert, Signore?‹ sagte der Bandit. ›Wer das Bild stiehlt oder wer es stehlen läßt? Und es sich in die Wohnung hängt, wo niemand außer ihm es sehen kann?‹

›Bin ich soviel wert wie dieses Bild?‹ fragte ich.

›Ihnen selbst noch mehr‹, sagte der Bandit, ›mir so viel, wie ich pro Tag bekomme, fünf Dollar, wenn ich richtig rechne. Und Ihrem Großvater . . .‹

›Wie ich hörte‹, sagte ich, ›soll ich stückweise verkauft werden.‹

Der Gangster drehte verschämt den Kopf weg. ›Darüber wollen wir nicht reden, Signore!‹

›Doch, reden wir darüber!‹ sagte ich. ›Ich muß wissen, was ich wert bin. Welcher Körperteil soll mir als erster abgeschnitten werden?‹

›Das kann ich Ihnen nicht sagen, Signore.‹

›Sie wissen es also?‹

›Aber ich kann es Ihnen nicht sagen, Signore. Außerdem können sich die Anordnungen jederzeit ändern.‹

›Der kleine Zeh?‹

›Gott sei uns gnädig, Signore.‹

›Für mich wäre das am vorteilhaftesten, *amico*‹, sagte ich, ›denn wenn er fehlt, sieht man es in Schuhen nicht. Auch die Entfernung eines Fingers wäre noch erträglich.‹

›Oje‹, sagte der Bandit.

›Ist Ihnen übel?‹ fragte ich.

›Oje‹, sagte der Bandit nochmals, ›für mich wäre das am schlimmsten. Worin sich – Madonna, steh mir bei! – der Unterschied zwischen mir und Ihnen, Signore, zeigt.‹

Eines Tages«, sagte George Hamilton jun. später, »hörte ich in dem von den Banditen als Geschenk bekommenen Radio eine so schreckliche Nachricht, daß mir sogar die Fingernägel erbleichten. Meine Leiche sei gefunden worden, verbrannt und verkohlt. Das Gesicht der Leiche sei jedoch einigermaßen unversehrt, sagte der Rundfunksprecher, und die Bullen und die Reporter hätten mich anhand meines Fotos identifiziert. Ich gestehe, ich begann laut zu weinen. Schon schreibt man Nachrufe über mich, schon soll ich tot sein! Aber vorläufig sind doch alle Teile an mir noch in Ordnung, und sie hängen noch miteinander zusammen, dachte ich mit aufkeimender Verbitterung. Wenn sie mich für tot erklären, werden sie nicht mehr nach mir suchen, und ich kann in den Klauen der ruchlosen Kapuzenmänner hier verfaulen.

Auch diese schienen nicht sonderlich beglückt zu sein. Mutmaßlich hatten sie bisher kein Geld erhalten, vielleicht wollte nicht einmal jemand mit ihnen feilschen, und nach ihrem Geschmack war auch nicht die Annahme, sie hätten leichtfertig und ohne Nutzen ihr Grundkapital vergeudet, also mich, unter unvernünftiger Umgehung der ordentlichen kaufmännischen Verfahren.

Da hielten sie mich schon rund fünfzig Tage lang an der Kette«, sagte der junge Mann später. »Sie wirkten unsicher, auch langweilten sie sich. Eines Tages kam mein vermummter Freund auf Zehenspitzen herbeigeschlichen, um sich zu verabschieden. Sie würden abgelöst, eine neue Mannschaft trete an ihre Stelle. ›Kein Wort über das, Signore‹, sagte er, ›was Sie von mir womöglich erfahren haben, es kann mich den Kopf kosten, und Sie spielen auch mit Ihrem Leben.‹ Natürlich bedauerte ich, daß er wegging, sie alle, die mir ans Herz gewachsen waren; die neue Crew, die sie ersetzte, schien barscher. Schon am nächsten Tag ging es weiter, diesmal zu Fuß. Möglich, daß in der Nähe weitere Carabinieri aufgetaucht waren, vor denen ich in Sicherheit gebracht werden sollte. Wieder führte der Weg bergan, unter dem Gipfel angelangt, verband man mir erneut die Augen. Das Bergsteigen fiel mir schwerer als beim erstenmal, während der langen Gefangenschaft war meine Beinmuskulatur verkümmert, auch meine Lunge funktionierte miserabel, ich keuchte und hustete, spuckte Blut. Meine Bewacher waren rücksichtsloser als die bisherige Mannschaft, sie trieben mich wie Vieh. Es dauerte sechs Stunden, bis ich mein neues Quartier erreichte, eine nasse, enge Felshöhle, von deren Decke mir das Wasser auf den Kopf tropfte.

Aber schon nach der ersten Nacht führte man mich weiter. Eine Woche lang wechselten wir täglich unseren Standort, ein- oder zweimal verbrachten wir die Nacht im Freien, bis wir schließlich zu einer weiteren, ungefähr drei Quadratmeter großen, trockenen Höhle gelangten, die jedoch so dunkel war, daß man mir beim Essen mit der Taschenlampe leuchtete, damit ich nicht den Mund verfehlte. Tagsüber ließ man mich zuweilen vor die Höhle, man brachte mir auch ein Buch über frühere Verließe in der österreichisch-ungarischen Monarchie, es trug den Titel ›Meine Gefängnisse‹. ›Damit du siehst, wie gut es dir bei uns geht, du Scheißkerl‹, sagte der, der es mir gab. Alles was recht ist, meine Banditen waren milder gesonnen und höflicher als die österreichischen Profose in jener alten Zeit. Als ich das Buch las, dachte ich, daß die Menschheit sich eben doch entwickelt. Seither hat sich meine Meinung irgendwie geändert. Aber die Frage zu entscheiden ist nicht meine Sache, dazu bin ich zu blöd.

Dies war der übelste Teil meiner Gefangenschaft«, sagte Hamilton jun. später, »ich weiß gar nicht, ob es Wochen waren oder Monate. Ich hatte nicht mehr die Charakterkraft, die Tage zu zählen, ich schlief, soviel ich nur konnte. Ob Morgen war oder Abend, bemerkte ich daran, ob man mir meinen Milchkaffee in die Höhle brachte oder meine Makkaroni mit geriebenem Parmesan und Tomatensoße. ›Steh auf, du Wanze‹, schrie der Bewacher, wenn er das eine brachte oder das andere, ›wie lange willst du noch herumfaulenzen?‹ Aber er schlug mich nicht, bestenfalls trat er mich, nicht allzu kräftig, nur zur Demonstration. Ich nahm es ihm nicht übel. An die österreichisch-ungarischen Gefängnisse denkend, schien mir doch eine Milderung der Moral eingetreten.

Dennoch begann hier die zweite Periode meines Irreseins«, sagte Hamilton jun. später. »Mein Gemütszustand verdüsterte sich so, daß ich zuweilen dachte, ich schnappe über. Ich arbeitete mir zur Beruhigung meiner Seele seltsame, abergläubische Gepflogenheiten aus. Wenn ich morgens aufstand, war es das erste, mit dem Zeigefinger der rechten Hand einen bestimmten Punkt der Felswand zu berühren und dabei zotige Worte vor mich hin zu murmeln, überzeugt, diese kleine Zeremonie werde mich vierundzwanzig Stunden lang vor allem Übel bewahren. Tasse, Schüssel, Teller, was immer man mir reichte, ergriff ich mit der linken Hand: Auch das bringt Glück. Wenn ich einen meiner vielen Aberglauben zu praktizieren vergessen hatte, traf mich fast der Schlag, so erschrak ich, an solchen Tagen konnte ich kaum schlafen. Beruhigungsmittel hatten die Banditen in ihrer Apotheke nicht auf Lager.

Und auch sie wurden unverkennbar immer ungeduldiger und unhöflicher. Ich war für sie nur noch: ›Du räudiger kleiner Hund.‹

›Na, du kleiner Räudiger‹, sagten sie, ›wie lange sollen wir noch warten? Kann dein Opa etwa nicht lesen? Oder hat er seinen räudigen kleinen Enkel vergessen? Wir werden ihm einen Denkzettel verpassen, daß ihm Hören und Sehen vergeht, aber dir auch.‹

›Wie meinen Sie das?‹ fragte ich, Naivität vortäuschend.

›Wir schicken ihm eine Probe von dir‹, sagte der unhöflichste unter den Gangstern, ›damit der Opa glaubt, daß wir das Original in den Händen haben.‹

›Was für eine Probe?‹

›Zum Beispiel den großen Zeh.‹

›Sagen Sie bitte, mein Herr, wie könnte mein Großvater mich an dem erkennen?‹

›Der kleine Räudige hat recht‹, sagte ein anderer, ›so sehr der Opa seinen Enkel auch geliebt haben mag, an seinen großen Zeh wird er sich nicht entsinnen.‹

›Dann schreibst du den Begleitbrief dazu, Scheißer‹, sagte der erste. ›Deine Schrift wird er wohl erkennen.‹

Sie drohten mir«, sagte Hamilton jun. später, »sie würden jeden Monat ein Stück von mir abschneiden und das so lange fortsetzen, bis sie entweder das Geld von mir bekämen oder von mir nichts Brauchbares mehr übrigbliebe. Sie wurden immer unhöflicher. Wenn der eine oder andere mit dem linken Bein zuerst aufgestanden war, starrte er mich schon früh am Morgen – wenn er mir meinen Milchkaffee in die Höhle brachte – zähnefletschend an und drohte mir mit scherenartigen Schnittbewegungen des Zeige- und des Mittelfingers. Später mußte ich sogar um Erlaubnis bitten, wenn ich mich in ihrer Gegenwart setzen wollte: sonst werde man mir dieses und jenes abschneiden. Sie quälten mich und lachten. Einer kam und zeigte mir, was mich erwartete, indem er mit dem Arm Sägebewegungen ausführte, ein anderer imitierte augenrollend das Wetzen eines Messers.

Da ahnte ich, der Tag des Urteils nahte. Und ich verfluchte, auf meiner Schaumgummimatratze liegend, meinen Großvater, der tatenlos mein Leiden duldete; ich wußte allerdings, daß ich an seiner Stelle auch nicht anders gehandelt hätte. Man rechne nicht mit der Hilfe anderer. Lunge, Magen und dergleichen arbeiten selbständig, also soll auch das Ganze aus eigener Kraft leben. Verstandesmäßig grollte ich meinem Großvater nicht, nur mit meinen mitgenommenen Nerven. In meinem sehr schlechten Zustand wünschte ich mir fast schon, ich wäre nicht geboren worden, obgleich das die schlimmste Sünde ist, die man gegen sich selbst begehen kann. Aufgeputscht, wie ich war, hätte ich vielleicht sogar die Kraft gefunden, mich umzubringen; glücklicherweise war dazu keine Gelegenheit. Glücklicherweise, das sage ich natürlich nachträglich.«

Eines Tages wurde George Hamilton jun. davon wach, daß es vor seiner Höhle ungewöhnlich hoch herging: Das unverkennbare Stinken und Dröhnen von Motorrädern, Kommen und Gehen, Kurzstreckenwettläufe menschlicher Stimmen, Gelächter, Geschäftigkeit, Fluchen. Aus der Stimmendichte schloß der junge Mann auf eine Verdoppelung, wenn nicht gar Verdreifachung des Wachpersonals. Die einen Stimmbänder schienen weiblicher Qualität zu sein, aber in die Höhle traten nur zwei gedrungene, vermummte Männer, offenkundig gutgelaunt und freundlich gesinnt. Sie hießen Hamilton jun., sich aufzusetzen, und sagten höflich, sie würden ihm jetzt das Haar schneiden. Nachdem sie ihm die Augen verbunden hatten, führten sie ihn ins Freie, wo sich bei seinem Erscheinen der Geräuschpegel um einige Dezibel verringerte. Er mußte sich auf einen Baumstumpf setzen, und sein langes Haar wurde rundherum sachkundig gestutzt. Man wusch ihm Nacken und Hals gründlich mit Alkohol ab und geleitete ihn dann unter lauten Beifallsbekundungen in die Höhle und zu seiner Liegestatt zurück. Unseres Wissens ahnte Hamilton jun. nun bereits, welchen Teil seines Körpers man ihm abschneiden würde; besorgt tastete er den Hals und die Ohren ab. Er wußte wohl auch, daß die Operation in Bälde stattfinden würde, damit die desinfizierten Körperpartien nicht schmutzig würden. Vermutlich erfaßte ihn das kalte Grausen.

Eine Stunde verging in stiller Erwartung. In seinem Erregungszustand erinnerte der junge Mann an jene manisch-depressiven Geisteskranken, bei denen die Bewegungsaktivität einmal verzögert, dann wieder beschleunigt ist; optimistische, zuversichtliche Stimmungen wechseln grundlos mit jähen Wutanfällen, mit der Bereitschaft, jetzt zu morden, dann wieder sich selbst zu töten. Unter solchen Umständen kann es nicht verwundern, daß er wenig Vergnügen fand an der goldenen Strahlengarbe des Sonnenaufgangs, die funkelnd über den Felsboden seiner Höhle kroch, doch erfrischte ihn auch nicht der kühle Morgenwind, des Eos liebenswerte Botschaft an die Adresse des Pflanzen- und Tierreiches der Erde, ja selbst des Menschen. Wie von einer fixen Idee besessen, sah er ein unnatürlich großes Fleischerbeil über seinem Kopf schweben, in der Luft, dann ein riesiges Rasiermesser in einer behaarten Hand. Er wußte nicht, welches von beiden er wählen sollte. Von der nassen Decke der Höhle fiel ihm ab und an ein Wassertropfen ins Gesicht.

Eine angenehme Frauenstimme riß ihn aus seinem Dösen.

»Leg dich wieder hin, mein Sohn«, sagte die Stimme.

Hamilton jun. legte sich wieder hin.

Die hochgewachsene, korpulente Banditin beugte sich über

ihn. »Du hast eine ordentliche Liegestatt, wie ich sehe, deine Decke ist auch warm genug. Leider ist deine Unterkunft ein wenig feucht und niemandem zu empfehlen, der zu Rheuma neigt. Du bist allerdings noch jung. Bist du mit deiner Verpflegung zufrieden?«

»Welcher Körperteil soll mir abgeschnitten werden, Signora?« fragte der junge Mann.

»Sorge dich nicht, mein Sohn! Wir haben sämtliche Vorsichtsmaßnahmen ergriffen«, sagte die Chefin, »daß die Operation unter klinischen Bedingungen und strenger Einhaltung der Hygienevorschriften durchgeführt werden kann.«

»Welchen?« fragte der junge Mann.

»Du kannst wählen, mein Sohn. Zwischen deinem rechten und deinem linken Ohr.«

»Demnach nur das eine?« fragte Hamilton jun. erleichtert.

»Das andere kann auch noch an die Reihe kommen, mein Sohn«, tröstete ihn die Banditin, das Gleichgewicht der doppelten menschlichen Körperteile in Schutz nehmend.

»Wie setze ich mir dann die Sonnenbrille auf?« fragte der junge Mann. »Wo ich so gern Sonnenbrillen trage.«

»Ich erwarte, mein lieber Sohn«, sagte die Signora, »daß du die erste Prüfung, der unter Umständen weitere folgen werden, mannhaft erträgst. Wie ein Mann, treu den Traditionen der Familie Hamilton. In deinem Interesse wünschte ich mir, dein Großvater legte diesmal ausnahmsweise seine Charakterfestigkeit ab.«

»Das linke bitte«, sagte Hamilton jun.

»Denke an Gaius Mucius Scaevola«, sagte die Banditin, »der aus freiem Willen seinen Arm ins Feuer hielt.«

»Vielleicht doch lieber das rechte«, sagte der junge Mann.

»Wenn du uns lebendig verläßt, was ich von Herzen wünsche«, sagte die Chefin, »wirst du gestählt besser deinen Mann im Leben stehen. Reicher an Erfahrungen, vervielfältigt sich auch dein Besitz an Gefühlen.«

»Doch lieber das linke«, sagte Hamilton jun.

»Leg dich wieder hin, mein Sohn!«

Hamilton jun. legte sich wieder hin. »Anmerken möchte ich«,

sagte er, »daß Mucius Scaevola den Arm aus freiem Willen ins Feuer hielt, nicht unter Zwang wie ich im jetzigen Fall mein Ohr unter das Messer. Ferner lebte die erwähnte Person im antiken Rom, mit dem entsprechenden klassischen Charakter ausgestattet, ich hingegen wurde im amerikanischen Philadelphia geboren.«

»Macht nichts«, sagte die Chefin.

»Noch eine letzte Frage!« Der junge Mann zögerte. »Verzeihung, Signora, sind Terror und Erpressung nichts Verwerfliches?«

»Wir sind dazu gezwungen«, sagte die Banditin. »Die Welt ist so beschaffen.«

Hiernach brachte man dem jüngeren Hamilton vier Beefsteaks in die Höhle, mit einer großen Schüssel Kartoffelsalat. Da er hungrig nicht war, aß er langsam, um die Stunde der Exekution hinauszuzögern, darauf hoffend, in letzter Minute werde Großvaters Geld oder irgendeine überirdische, himmlische Hilfe eintreffen, wie sie zum Tode Verurteilte in der Minute ihrer Hinrichtung erhoffen, die über dem Galgen kreisenden Raben beobachtend. Weder das eine noch die andere! Nach Verzehr des dritten Steaks legte der junge Mann bar jeder Hoffnung Messer und Gabel beiseite. Nun verband man ihm die Augen, führte ihn ins Freie und setzte ihn auf einen vor die Höhle gestellten Holzklotz. Mit der Weisung, er solle zubeißen, stopfte man ihm ein Taschentuch in den Mund und hielt ihn an Händen und Beinen fest.

»Sie waren schnell fertig«, sagte Hamilton jun. später. »Ich hörte etwas wie ein Zischen, schnipp, schnapp, und im selben Augenblick stach ein so heftiger Schmerz in mein Hirn, daß ich fast das Bewußtsein verlor. Aber ich wurde nicht ohnmächtig und schrie auch nicht. Ich biß auf den Taschentuchpfropfen, so kräftig ich konnte, ich weinte auch, aber ich schrie nicht. Ich durchbiß das Taschentuch. Der Schmerz war höllisch, aber ich tröstete mich damit, wenn er so stark sei, verginge er auch bald.«

»Wurde Ihr Ohr vor der Operation nicht örtlich betäubt, Herr Hamilton?« fragte der Polizeioberst den im Sanatoriumsbett liegenden jungen Mann.

»Sicherlich wollten sie ihn nicht verwöhnen«, sagte die Mutter. »Oder unterzieht man auf der Polizeiwache die Verhafteten einer örtlichen Betäubung, bevor sie geschlagen werden?«

»Die Banditin«, sagte der Oberst, »hatte Ihnen eine klinische Behandlung versprochen, Herr Hamilton. Also eine Schmerzausschaltung vor der Operation. Warum fand sie nicht statt?«

»Weil sie meinen Sohn auf das Leben vorbereiten wollten, Herr Oberst«, sagte die Mutter.

»Ich habe«, sagte der junge Mann, »noch nicht berichtet, daß vor der Entfernung meines Ohrs in dem Geplauder vor der Höhle auch englische Sätze fielen, leider mit amerikanischem Akzent...«

»Hach, mit amerikanischem?«

»... und daß ich die unverkennbare sanfte Männerstimme des Banditen zu erkennen vermeinte, der mich im ersten Quartier nach meiner Entführung interviewt und mit der Frage geärgert hatte, ob ich Mitglied der Kommunistischen Partei Italiens sei. Ich lag auf dem Backsteinfußboden eines niedrigen, aus Steinen errichteten Gebäudes, mit Ziegenfellen zugedeckt, erinnern Sie sich?«

»Als wäre ich selbst dort gewesen«, sagte die Mutter.

»Herr Hamilton«, fragte der Oberst, »kam Ihnen die unverkennbare sanfte Männerstimme des ruchlosen amerikanischen Banditen nicht bekannt vor?«

»Du mußt nicht alle Fragen beantworten, mein Sohn«, sagte die Mutter.

»Sie kam mir nicht bekannt vor«, bemerkte der junge Mann, inzwischen reich an Erfahrungen und vorsichtig. »Warum sollte ich nicht antworten, Mama?«

»Sind Sie ihm vielleicht in der Umgebung Ihres Großvaters begegnet, Herr Hamilton?«

»Ich bin ihm nicht begegnet«, sagte der junge Mann.

»Es ist zum Verzweifeln!« rief der Oberst.

»In Amerika«, sagte die Mutter, »haben die meisten Männer eine sanfte Stimme.«

»Nach der Operation verbanden sie die Wunde und führten

mich in die Höhle zurück«, sagte Hamilton jun. später. »Mir kam der verrückte Gedanke, daß meine Schmerzen, gerade weil sie so heftig waren, über Nacht vergehen könnten. Sie vergingen nicht. Das Ohr blutete, und es hörte drei Tage lang nicht auf zu bluten. Einer der Kapuzenmänner — immer derselbe — kam täglich zu mir und beglückte mich mit zehn bis fünfzehn Injektionen, Penizillin, Vitamine, was weiß ich. Was ich aß, erbrach ich; diesmal nicht absichtlich, nebenbei bemerkt. Zehn geschlagene Tage lang lag ich, ich konnte aus eigener Kraft nicht aufstehen, um meine Notdurft zu verrichten.

Eines Tages kamen mehrere Kapuzenmänner zu mir und halfen mir aufzustehen. ›Hör zu, Wanzenkönig‹, sagten sie, ›wir ziehen ein Haus weiter. Kann sein, daß bald alles zu Ende ist. Daß dir die letzten Zuckungen kommen und deine Seele aus dieser dreckigen Schattenwelt entschwindet.‹

Sie faßten mich unter die Schultern und führten mich hinaus. Wir gingen Schritt für Schritt, denn mein Herz hämmerte, daß ich meinte, es schlüge mir bis in den Hals hinauf und erstickte mich. Draußen hoben sie mich in einen großen Fiat und legten mich auf den Rücksitz. Aber noch in diesem benommenen Zustand konnte ich beobachten, daß sie behutsamer als sonst waren. Als wollten sie jede Spur aus meinem Gedächtnis streichen, änderten sie sogar die Sprechweise, sie ließen ihren sizilianischen Dialekt fallen und unterhielten sich in meiner Anwesenheit, auch untereinander, in der Mailänder Mundart.

Sie brachten mich in die größere Scheune zurück«, sagte Hamilton jun. später, »in der ich schon fünfzig Tage Sommerfrische hinter mir hatte, angekettet zwar, aber noch im Besitz beider Ohren. Sie beschenkten mich mit zwei Flaschen billigem Whisky; diesmal war es Whisky, nicht Kognak. Wir waren kaum angekommen, da traten drei städtisch gekleidete Kerle zu mir in die Scheune, schwarze Seidenmasken vor dem Gesicht, beladen mit einer Polaroidkamera, Stativen und sonstigem Fotozubehör. Man nahm mir den Verband ab, der vom angetrockneten Blut hart war wie ein Brett, und die drei machten sich an die Arbeit. Es mag ein interessanter Anblick gewesen sein: Drei Typen mit schwarzer Maske machen im kalabrischen Bergland Blitzlichtaufnahmen von einem fehlenden Ohr. Fürs Kino eine brillante Szene, aber mich ekelte es an, ist das verständlich? Und überdies, kann man einen Schaubefund aufnehmen von etwas, was nicht vorhanden ist? Sagen wir, von der Nächstenliebe? Solche und ähnliche Gedanken beschäftigten mich in den folgenden Tagen, aber auch ein noch größeres Problem: Kann ein immer noch zuversichtlicher, lebenskräftiger, hoffnungsvoller junger Mann hiernach noch eine Sonnenbrille tragen? Ich erwähnte, wie gerne ich Sonnenbrillen aufsetze.

Das rechte Ohr habe ich also schon verjuxt, sagte ich mir, daran ist nichts mehr zu ändern, pfeif drauf. Was folgt nun? Vermutlich das linke Ohr. Obzwar die menschliche Natur unberechenbar ist und die Pläne zwischenzeitlich geändert werden können. Und wenn die Nase? Oder eine Hand? Oder ein Bein? So kitzlige Fragen beschäftigten mich ununterbrochen und rissen mich noch nachts aus dem Schlaf, dabei wollte mich mein Pfleger und Bewacher neuerdings allabendlich mit einer Schlaftablette einlullen. Oft überlegte ich auch, was geschähe, wenn die Armen allen Reichen die Ohren abschnitten. Auf tausend Arme käme ein Ohr, ist das eine Lösung?«

»Am 10. November 1973«, sagte später ein Redakteur der römischen Tageszeitung *Il Messagero*, »fanden wir unter unserer Post ein sorgfältig eingepacktes Kunststoffkästchen mit einem blutigen menschlichen Ohr und einigen blonden Haaren darin. Nach dem beigelegten maschinegeschriebenen Zettel war der Besitzer des Ohres und der Haare George Hamilton jun., wohnhaft in Rom, Via Avelino 8, der bekanntlich drei Monate vorher aus seiner Wohnung verschwunden war. Die Sendung war per Einschreiben am 21. Oktober auf einem Postamt in Neapel aufgegeben worden.«

»Was denn«, rief Giovanni Longo, der Rechtsanwalt der Familie Hamilton, durch das Telefon, »das Päckchen wurde am 21. Oktober aufgegeben, und Sie informieren uns darüber erst heute, am 10. November, also mit dreiwöchiger Verspätung?«

»Wir haben es heute erhalten«, sagte der Redakteur. »Haben

Sie vergessen, Herr Rechtsanwalt, daß die Post zwei Wochen streikte?«

»So ist es, das hatte ich vergessen«, rief der *avvocato*, also Anwalt. »Entschuldigen Sie meine Aufgeregtheit! Was war gleich in dem Päckchen?«

»Ein Ohr, Haare und ein Zettel.«

»Eine Ohrmuschel, wollen Sie sagen?«

»Eine Ohrmuschel, die bereits stinkt«, sagte der Redakteur. »Nach dem maschinegeschriebenen Zettel handelt es sich um die Ohrmuschel und einige ausgerissene Haare des jungen George Hamilton. Ordnungshalber haben wir sie in den Kühlschrank gelegt. Es stellt sich die Frage: Wußten die Gangster von dem zweiwöchigen Streik bei der Post?«

»Denn wenn nicht«, rief der Anwalt, »wäre denkbar, daß die ruchlosen Banditen die Geduld verlieren ...«

»... und dem jungen Mann auch noch das andere Ohr abschneiden«, sagte der Redakteur. »So daß Eile geboten ist.«

»Und große Besonnenheit«, sagte der *avvocato*. »Es wäre festzustellen, ob es sich tatsächlich um die Ohrmuschel meines Klienten handelt.«

»Ist George Hamilton sen. nicht gewillt, das Lösegeld zu zahlen?« fragte der Redakteur.

»Dazu kann ich mich nicht äußern«, rief der Anwalt durch das Telefon.

Keine Stunde verging, und der *avvocato*, Herr Giovanni Longo, auf deutsch Johannes Lang oder Lange, erschien mit der Mutter des jüngeren Hamilton in der Redaktion des *Messagero*, wo sie mit der dem Rang und den Ansprüchen der Millionärsfamilie entsprechenden Aufmerksamkeit empfangen wurden. Man führte die Gäste in den respektablen Konferenzsaal der Redaktion. Getrieben von peitschenknallender Neugier, drängten sich auch zahlreiche Mitarbeiter der Zeitung, darunter mehrere Reporter und Stenotypistinnen, in den Raum.

»Wir möchten unter vier Augen beziehungsweise unter sechs Augen mit Ihnen sprechen, Herr Redakteur«, sagte die Mutter.

»Signora«, sagte der Redakteur, »Ihre Angelegenheit gehört

vor die Öffentlichkeit, geht also auch meine Kollegen an. Ertragen Sie ihre Anwesenheit mit Großmut!«

»Die Ohrmuschel meines Sohnes ist sein Privateigentum«, sagte die Mutter. »So ehrenwert das Prinzip der Demokratie ist, die Heiligkeit des Privatbesitzes gebietet ihr Halt. Drücke ich mich richtig aus, *avvocato?«*

»Ja«, sagte der Anwalt.

»Im übrigen nehme ich einen so starken Schweißgeruch wahr«, sagte die Mutter, »daß ich gleich ohnmächtig werde.«

»Fraglich ist natürlich auch«, sagte der Redakteur, »ob das Prinzip der Demokratie in die Praxis umsetzbar ist. Und welche Demokratie: die der Kommunistischen Partei oder die der Democrazia Cristiana? Schweißgeruch freilich, das ist was anderes.«

Nach der Räumung des Saals nahm der Redakteur das Kunststoffkästchen aus seiner Aktentasche und überreichte es der Mutter. »Es gibt Leute, die kommen vor Aufregung stark ins Schwitzen«, sagte er.

»Naturalia non sunt turpia«, sagte der Anwalt.

Nachdem die Mutter das Kästchen geöffnet und das blutige Ohr aus dem Zellophanpapier gepellt hatte, hielt sie den Körperteil eine Weile gegen das Licht, betastete ihn, drehte ihn hin und her und verlangte dann mit energischer Stimme nach einem Vergrößerungsglas. Gründlich veranlagt, untersuchte sie nochmals eingehend den Bestandteil ihres Sohnes. »Identisch«, sagte sie.

»Das Mutterherz!« seufzte der Redakteur.

»Wir wollen nicht dramatisieren«, sagte die Mutter. »Mein Sohn ist sommersprossig, dieses Ohr ebenfalls. Wenn Sie sich bitte davon überzeugen wollen!«

»Und das, Signora, bewerten Sie als hinreichenden Beweis?« fragte der Redakteur, nachdem auch er angewidert das blutige Ohr des George Hamilton jun. hin und her gedreht hatte.

»Wenn auch der Herr Anwalt der Meinung ist«, sagte die Mutter.

»Unbedingt«, sagte der Anwalt.

»Und was ist weiter zu tun?«

»Dumme Frage«, sagte die Mutter. »Ich beschaffe das Geld von meinem Schwiegervater.«

»Neun Millionen Dollar?« rief der Redakteur staunend.

»Soviel nötig ist«, sagte die Mutter.

»Wir werden mit den ruchlosen Banditen handeln«, sagte der Anwalt. »Die Suppe wird nicht so heiß gegessen ...«

»Lieber Freund«, sagte die Mutter, »das Handeln überlassen Sie mir! Kümmern Sie sich nur um den entsprechenden juristischen Rahmen!«

Am Nachmittag bestieg die Mutter ein Flugzeug, am Abend war sie in London, am Morgen darauf fuhr sie in einem gemieteten Rolls Royce, den sie selbst lenkte, zum Schloß ihres Schwiegervaters, des älteren George Hamilton. Unseres Wissens wollte die an der Parkeinfahrt stationierte Torwache sie unter Berufung auf das Prinzip des Privateigentums nicht einlassen, und nur die allbekannte Geduld und Beharrlichkeit des Mutterherzens usw., usw. Zwei bis an die Zähne bewaffnete Leibwächter nahmen in ihrem Wagen Platz usw., usw. Mit geladenem Revolver in der Hand usw. Der eine am Lenkrad usw. Auf dem schattigen Weg zum Portal des Schlosses patrouillierten in Gesellschaft ihrer Bluthunde weitere Leibwächter usw., usw. Ein kühler Wind wehte zwischen den uralten Eichen und Buchen des Parks und zupfte an ihren wilden grünen Blättern, die wie lauter winkende Hände das ausgedörrte menschliche Herz der Gnade der Natur versicherten. Nach der brütenden Hitze in Rom wischte sich die Mutter erleichtert mit ihrem Spitzentaschentuch über das bleiche Gesicht.

An der breiten Freitreppe vor dem Schloß begrüßte sie ein Sekretär des George Hamilton sen. Sein Herr könne sie zu seinem größten Bedauern vorläufig nicht empfangen, berichtete er. Macht nichts, sagte die Mutter, vorerst wolle sie ohnehin ein Bad nehmen und sich umziehen, was, knapp berechnet, mindestens zwei Stunden dauern werde. Dann werde ihr Schwiegervater sie wohl sicher empfangen? Er glaube nicht, sagte der Sekretär, daß es noch in diesem Jahr dazu kommen werde, daß George Hamilton sen. die Lady empfange, die dringende Geschäfte sicherlich baldigst nach Rom zurückriefen. Nichts riefe sie nach Rom zurück, sagte die Mutter mit dem geduldigen Herzen einer Mutter. Der Herr Sekretär solle seinen Chef wissen lassen, daß sie nach dem hitzestrahlenden italienischen Sommer gern ein paar Tage in Schottlands kühlen Bergen verbringe und daß sie sich außerstande sehe wegzugehen, selbst wenn ein Traktor sie wegschleppen sollte, bevor sie mit dem Herrn des Hauses gesprochen habe. Im Notfall werde sie unter freiem Himmel im Park nächtigen. Es sei seine Pflicht, sie zu informieren, sagte der Sekretär, daß die Leibwächter und Bluthunde sie daran hindern könnten. Doch mit Rücksicht auf die verwandtschaftlichen Bindungen werde er sich nochmals bei seinem Chef erkundigen.

Herr George Hamilton sen. werde die gnädige Frau in absehbarer Zeit nicht empfangen können, berichtete der bald zurückkehrende Sekretär, der diesmal von noch einem Sekretär und Leibwächter begleitet wurde, aber wenn die Lady sich von den Strapazen der Reise auszuruhen wünsche, stelle Herr George Hamilton sen. ihr gern ein Appartement seines Schlosses zur Verfügung. Sie sei zwar nicht müde, erwiderte die Mutter, wolle aber in dem ihr zur Verfügung gestellten Appartement bereitwillig warten, solange ihr Schwiegervater sie nicht empfangen könne. Sie hoffe, das werde in Bälde der Fall sein, falls nicht, sagte sie, werde sie das Schloß anzünden. Die beiden Sekretäre lächelten gequält. Wie belieben, gnädige Frau? fragte der eine. Er habe richtig gehört, sagte die Mutter, sie werde das Schloß anzünden. Und sie fürchte, fuhr sie fort, bei dem herrschenden West-Nordwest-Wind könne das Gebäude innerhalb weniger Stunden in Asche sinken. Gehen wir, meine Herren! Bringen Sie mein Gepäck mit! Zu durchsuchen brauchen Sie es nicht, die Zündbombe steckt in meiner Handtasche.

Selbstverständlich wurde die Mutter im Roten Schlafzimmer untergebracht, einem 20 × 15 Quadratmeter großen Raum, in dem einmal Anna Boleyn, die Geliebte Heinrichs VIII., eine Nacht geschlafen hatte. Bekanntlich werden die dort übernachtenden Logiergäste häufig nächtens vom Gespenst der königlichen Liebhaberin heimgesucht: Den abgehauenen, blutigen Kopf unterm Arm, tritt sie aus dem großen Eichenschrank und verlangt mit dünner, weinerlicher Stimme nach Gerechtigkeit. Soviel wir wissen, stellen sich dann aufgeregt die Möbel um. Auch diesmal öffnete sich pünktlich um Mitternacht knarrend die Tür des Eichenschrankes. Die Mutter erwachte aus ihrem leichten Schlaf und setzte sich auf.

»Geh zum Teufel!« sagte sie laut und deutlich zum Schrank. »Wenn du noch mal knarrst, schieße ich.«

Als der Schrank erneut aufächzte, zog die Mutter ihren Trommelrevolver unter dem Kopfkissen hervor. »Die letzte Warnung!« sagte sie. »Ich zähle bis fünf.«

Nach Ablauf der Toleranzzeit zerschoß die Mutter als erstes den in der Mitte der Decke hängenden großen Meißener Porzellankronleuchter und dann eine mannshohe Vase aus Sèvres; auch die Rembrandts und Tizians durchlöcherte sie. Während sie den Revolver nachlud, schloß sich die Schranktür unter erschrokkenem Geknarr. Am nächsten Tag ließ George Hamilton sen. sie durch einen seiner Sekretäre zu sich bitten.

»Sie wünschen?«

»Wie geht's, lieber Vater? Kommen Sie gesundheitlich gut zu Rande?«

»Sie wünschen?«

»Schicken Sie«, sagte die Mutter, »diese Bestie aus dem Zimmer, lieber Vater! Sie stinkt, daß es mir den Atem verschlägt.«

George Hamilton sen. liebkoste mit seinen langen Fingern die spärliche schwarze Mähne des alten Löwen, der zu seinen Füßen lag. »Hähä, stinkt?« sagte er. »Ich rieche nichts. Lassen Sie sich bloß nicht einfallen, liebe Schwiegertochter, ihn abzuknallen.«

»Noch beherrsche ich mich«, sagte die Mutter. »Falls ich von dem Gestank in Ohnmacht falle, lassen Sie mich bloß nicht Essig riechen! Davor ekelt mich!«

»Chächä!« sagte George Hamilton sen. »Was wünschen Sie sonst noch?«

»Gesundheitlich?«

»Geht es.«

»Tragen Sie immer noch gefütterte Hemden, lieber Vater?«

»Kommen wir zur Sache!« sagte der alte Mann. »In zwanzig Minuten empfange ich den Vizepräsidenten der Vereinigten Staaten.«

»Das interessiert mich nicht«, sagte die Mutter. »Also gefütterte Hemden. Übrigens, was ich wünsche: eine Vollmacht, daß ich in Ihrem Namen mit den Entführern meines Sohnes einen Vertrag über die Zahlung eines Lösegelds in Höhe von maximal neun Millionen Dollar schließen darf.«

»Bist du verrückt, Tochter?« fragte George Hamilton sen., der es gewohnt war, bei Geschäftsverhandlungen seine Partner zu duzen.

Es ist anzunehmen, daß dieser raffinierte diplomatische Trick seine wohlinformierte Schwiegertochter nicht kränkte. »Ich habe nicht die Absicht, bis zur äußersten Grenze zu gehen«, sagte sie. »Ich denke, vier oder fünf Millionen Dollar werden auch genügen.«

»Mir scheint, du hast den Verstand verloren«, sagte der alte Mann.

»Ich glaube nicht«, sagte die Mutter. »Verhandeln werde ich in Gesellschaft unseres Familienanwalts, Herrn Giovanni Longo, der sich um den entsprechenden juristischen Rahmen kümmern wird.«

»Chächä, du wirst nicht verhandeln«, sagte George Hamilton sen. »Nicht in meinem Namen.«

»Ich bitte darum, lieber Vater«, sagte die Mutter, »daß Sie bis zum Mittagessen, das ich noch mit Ihnen hoffe einnehmen zu können, von einem Ihrer zuvorkommenden Sekretäre die erwähnte Vollmacht anfertigen lassen. Ich fliege mit der Abendmaschine von London nach Rom zurück.«

»Wie stellst du dir das vor!« rief der alte Mann. »Daß ich vier, eventuell fünf Millionen Dollar für ein untaugliches, außer Betrieb gesetztes Ohr herausrücke?«

»Das Ohr ist nur ein Musterstück«, sagte die Mutter. »Das Lösegeld zahlen wir für die komplette Kollektion.«

»Nicht ich«, sagte der alte Mann.

Die Mutter stand auf. »Morgen werden die Zeitungen also mitteilen, daß George Hamilton sen., auf der Höhe seines Milliardenvermögens sitzend, sich weigert, das Leben seines Enkels zu retten.«

»Setz dich, Tochter!« sagte der alte Mann. »Woher weißt du, ob das zugesandte Musterstück tatsächlich aus der Originalkollektion stammt?«

»Es ist sommersprossig«, sagte die Mutter.

»Andere Leute haben auch sommersprossige Ohren.«

»Vorläufig setze ich mich nicht wieder«, sagte die Mutter. »Ich werde für weitere Beweise sorgen.«

»Die warten wir ab, chächä.«

»Wir warten sie nicht ab«, sagte die Mutter. »Nach dem Mittagessen fliege ich nach Rom zurück.«

Der schwarzmähnige alte Löwe gähnte gewaltig, offensichtlich langweilte er sich. Im Vorgefühl der nahen Niederlage seines Herrn stand er träge auf, trottete zur Tür, drückte mit der einen vorderen Tatze auf die Klinke und stahl sich geräuschlos in die bunte Glaskugel der Abwesenheit. Erleichtert seufzte die Mutter auf.

»Was stellst du dir vor, Tochter!« rief George Hamilton sen. »Daß ich den Raubfeldzug eines womöglich kommunistisch oder gar faschistisch gesinnten Terrorkommandos finanzieren will? Um den Tupamaros in Uruguay einen schönen Sonntag zu bereiten? Die Bürgerrechtsbewegung kostet mich sowieso schon genug Geld.«

»Schau an«, sagte die Mutter, »wofür der liebe Vater das Erbe seines Enkels vergeudet!«

»Soviel Geld kann ich nicht aus der Geschäftszirkulation abziehen«, sagte der alte Mann.

»Nehmen Sie eine Bankanleihe auf! Oder verkaufen Sie eine Ihrer Fabriken«, sagte die Mutter.

»Ich denke nicht daran«, sagte George Hamilton sen. »Lieber lasse ich mir den rechten Arm abhacken. Oder besser den linken.«

Nach dem opulenten Mittagsmahl, das sie in Gesellschaft des amerikanischen Vizepräsidenten einnahmen, fuhr die Mutter —

mit der Vollmacht des älteren George Hamilton in der Handtasche – in dem gemieteten Rolls Royce nach London zurück und flog mit der Abendmaschine nach Rom. Wir müssen annehmen, daß die lange Reise sie mehr oder weniger mitgenommen hatte und es sie, als sie das Schlafzimmer betrat, nach all den Strapazen nach dem Bett verlangte. Da glücklicherweise das zuvorkommende römische Klima die Stadt gerade an diesem Abend mit einem ergiebigen und erfrischenden Regen beschenkte, zog sich die Mutter nackt aus, setzte sich auf den Balkon ihrer Wohnung und verschaffte sich, ihren hinfälligen Körper mit den Perlenfäden des Regens schmückend, mit geschlossenen Augen, als stände die letzte Abrechnung bevor, einen raschen Überblick über ihr bisheriges Leben. Sie war nicht unzufrieden, aber auch nicht zufrieden. Wie man weiß, stimmen die Wonnen der Natur den Menschen nachsichtig sich selbst gegenüber; so war auch die Mutter jetzt über die Maßen gerührt, als sie die wechselvollen Windungen ihres Lebensweges überblickte – doch nur, soweit ihr Selbstgefühl es zuließ. Der Regen rauschte. Sie hörte ihm zu und schwieg, antwortete ihm mit ihrem ganzen Körper. Wie lauter Tränen rannen ihr die Regentropfen auf die Brust, rannen zu den Spitzen und umschlossen sie, flossen weiter hinab und sammelten sich im Wald der Lenden. Vielfältig ist der Klang des Regens: Auch darauf horchte die Mutter. Die steinerne Brüstung des Balkons war mit Blech belegt: Der Regen entlockte ihm den Trommelwirbel einer Kompanie, die zur Parade marschiert. Oder das Salvenfeuer einer Hinrichtung? Die Tropfen, die auf den Steinboden stürzten, klangen weicher, nach dem Aufprall sprangen sie wieder hoch, fielen wieder herab und verloren lautlos das Bewußtsein. Die Regentropfen, denen die Bastmatten unter den Korbstühlen zuteil wurden, signalisierten Ankunft und Vergehen nur mit einem weichen Platzen, die kleinen Pfützen, die sich hier und da bildeten, empfingen die winzigen stofflichen Grüße des Himmels mit einem Schmatzen, während die Allee der großen sanften Kastanienbäume unter dem Balkon wispernd mit so fröhlichem Rauschen feierte, als hätte der Regen sie endgültig aus der Gefangenschaft der Asphaltwildnis erlöst. Nach einer Weile wuchsen dem nackten Herzen der Mutter Flügel, und es flog empor.

Am Morgen darauf setzte sie sich ins Auto und fuhr nach Neapel. Auf ihre in den Lokalblättern veröffentlichten Annoncen hin usw., usw. Ein Sprecher der ruchlosen Banditen rief sie schon drei – vielleicht aber auch erst vier – Tage später in ihrem Hotel an usw., usw. Man einigte sich auf einen Montag, an dem der Verkehr auf den Autobahnen relativ gering ist usw. Am Treffpunkt der schon bekannte große weiße Ford usw. Nachmittags rollten sie bereits durch das kühle Bergland von Kalabrien, wo in einem engen Tal vor einem aus Steinen errichteten, scheunenartigen Gebäude zuerst der große weiße Ford und dahinter der zweisitzige Porsche Sport der Mutter bremste und anhielt. Die Geschäftspartner stiegen aus. Aus dem Ford sprangen, lange Kapuzen über den Kopf gezogen, vier Männer. Beziehungsweise drei. Die vierte Person eilte auf die Mutter zu und sprach sie – zu deren Überraschung – mit einer angenehmen Frauenstimme an.

»Signora«, sagte sie, »ich hoffe, Sie haben sich an unsere Vereinbarung gehalten und in keiner Form die Polizei und nicht einmal Ihren Anwalt über diesen unseren Treff und unsere vorangegangenen Telefongespräche unterrichtet?«

»Signora«, sagte die Mutter, »ich hoffe, Sie halten sich an unsere Vereinbarung und haben nicht die Absicht, auch mich zu entführen und mich als Geisel hierzubehalten, mir womöglich ebenfalls ein Ohr abzuschneiden?«

»Es würde unsere Chancen beeinträchtigen«, sagte die Banditin.

»Selbst wenn ich«, sagte die Mutter, »meinen Schwiegervater überreden könnte, das eine Ohr seines Enkels freizukaufen, würde er meine beiden Ohren doch frohgemut fahrenlassen.«

»Das meine ich auch«, sagte die Banditin. »Wir wissen von Ihrem ein wenig gespannten Verhältnis zu Ihrem Schwiegervater. Nehmen Sie Platz, Signora!«

Nachdem sie Platz genommen, fragte die ruchlose Gangsterin, nachdem sie das leichte, aus Crêpe Georgette genähte Kleid ihrer

Besucherin gründlich in Augenschein genommen hatte, mit angenehmer Stimme, wo sie arbeiten lasse.

»In Budapest«, sagte die Mutter. »Budapest ist die Hauptstadt Ungarns. Ich lasse im Modesalon einer gewissen Klára Rotschild arbeiten. Wenn Sie wünschen, gebe ich Ihnen gern die Adresse.«

»Ich bitte darum«, sagte die Chefin. »Eine Firma in der Innenstadt? Und vermutlich teuer?«

»In Dollar umgerechnet«, sagte die Mutter, »kostet es immer noch um die Hälfte weniger als eine Kreation von Chanel oder Dior. Sie müssen bedenken, daß der ungarische Forint nicht an den westlichen Börsen notiert wird und daß man ihn sich in kleinen und großen Posten billig bei Wiener und Züricher Banken beschaffen kann.«

»Übernimmt man Aufträge auch mit gebrachtem Stoff?«

»Gewiß«, sagte die Mutter. »Auch ich schicke ihr die Stoffe aus Rom oder Paris. Gestatten Sie eine Frage, Signora? Haben Sie ein Kind?«

»Zwei.«

»Gott sei Dank«, sagte die Mutter. »Dann werden wir uns leichter einigen. Zwei Mütter verständigen sich schnell. Ich habe lediglich dieses eine ohrlose Kind.«

»Nur einohrig, Signora«, sagte die Banditin, »nicht ohrlos.«

»Wie wir's nehmen. Ich bitte Sie, Signora, seien Sie mir behilflich«, sagte die Mutter.

»Ich stehe zu Ihren Diensten«, sagte die Banditin.

»Ich frage nicht, wozu Sie und die Ihren das Geld benötigen«, sagte die Mutter, »ob zu privaten oder gemeinnützigen Zwecken, ich will also nicht ergründen, ob Sie ruchlose Banditen sind oder als Terrorkommando irgendeines Wohltätigkeitsgremiums eine ehrenwerte Tätigkeit verrichten. Ob nun dies oder jenes, ich bitte um Ihre Hilfe, Signora.«

Mit einer Handbewegung gebot die Banditin den drei MP-bewaffneten Leibwächtern, die in engem Ring den vor dem Gebäude im Freien aufgestellten Verhandlungstisch umstanden, zurückzutreten. »Und zwar?« fragte sie leise, sich der Mutter zuneigend.

»Ermäßigen Sie den Kaufpreis!« sagte diese.

»Das kommt nicht in Frage«, sagte, nun wieder laut, die Banditin.

»Mein Schwiegervater, obwohl ein alter Mann, arbeitet zwölf Stunden am Tag«, sagte die Mutter. »Einmal wöchentlich, am Sonntag, trinkt er ein Glas Bacardi mit Rum, mehr gönnt er sich nicht. Wie könnte man ihm begreiflich machen, daß er mehrere Millionen Dollar für ein unbrauchbares Ohr ausgeben soll?«

»Er gäbe sie nicht für ein unbrauchbares Ohr aus«, sagte die Chefin, »sondern für den verbleibenden Teil beziehungsweise für den größeren Teil.«

»Ihm muß also bewiesen werden«, sagte die Mutter, »daß der verbliebene Teil noch da ist.«

»Nichts leichter als das«, sagte die Banditin. »So mißtrauisch ist Ihr Schwiegervater?«

»Zu beweisen wäre ferner«, sagte die Mutter, »daß der verbliebene größere Teil zu einem erschwinglichen Preis erhältlich ist.«

»Gefeilscht wird nicht«, sagte die Banditin.

»Meine liebe Dame, das Feilschen hält die Welt im Gleichgewicht«, sagte die Mutter. »Das Feilschen der Gestirnsysteme hält unsere jammervolle Erde in der Bahn. Unser ganzes Leben ist Feilschen mit dem Tode. Überlegen Sie es sich bitte!«

»Ich habe es mir überlegt«, sagte die Chefin.

»Wenn Sie einen erschwinglichen Preis für den verbliebenen größeren Teil festlegen«, sagte die Mutter, »erleichtern Sie meine Lage erheblich. Und Ihre eigene auch. Mein Schwiegervater will vorläufig nichts hören von der ganzen Angelegenheit.«

»Dabei hat er noch beide Ohren«, sagte die Banditin. »Oder ist er etwa schwerhörig?«

»Einen kleineren Betrag würde er vielleicht bezahlen«, sagte die Mutter, »wenn ich ihm den lieben langen Tag in den zuvor erwähnten Ohren läge. Stets reizt ihn meine Anwesenheit über alle Maßen, er trachtet, mich loszuwerden. Allerdings steht zu befürchten, daß er mich gar nicht mehr vorläßt.«

»Und der Druck der Öffentlichkeit?« fragte die Chefin. »Die Zeitungen schreiben täglich über die Angelegenheit.«

»Das ist es ja«, rief die Mutter, »das ist es ja! Signora, betrachten Sie mich als Ihre Verbündete! Und seien Sie mir behilflich!«

»Zu welchem Betrag als Lösegeld könnten Sie Ihren Schwiegervater überreden?« fragte die Banditin.

Die Mutter überlegte scheinbar. »Hunderttausend Dollar.«

»Wie sagen Sie?« fragte die Banditin, als traute sie ihren Ohren nicht, obwohl diese doch beide vorhanden waren. »Hunderttausend Dollar?«

»Gegebenenfalls hundertzwanzig.«

»Ich fürchte, jetzt stimmt mit meinen Ohren etwas nicht«, sagte die Chefin. »Hundertzwanzigtausend Dollar statt neun Millionen?«

»Das ist eine Menge Geld«, sagte die Mutter. »Und als Zugabe bekommen Sie von mir Klára Rotschilds Budapester Adresse.«

»Signora«, sagte die Banditin, »ich gebe offen zu, daß ich von den Finessen des Handels nicht viel verstehe. Aber mir scheint, unsere Wege müssen sich trennen, weiteres Verhandeln hat keinen Sinn. Steigen Sie bitte in Ihr Auto, wir lotsen Sie zur nächsten Autobahn.«

»Nur keine Hast!« sagte die Mutter. »Wieviel würden Sie, Signora, vom Preis nachlassen?«

Die Chefin überlegte. »Hunderttausend Dollar.«

»Ich verstehe nicht«, sagte die Mutter mit unbeweglichem Gesicht, als wäre sie plötzlich auf beiden Ohren taub. »Hunderttausend Dollar?«

»Gegebenenfalls hundertzwanzig.«

»Ich fürchte«, sagte die Mutter, »ich muß mir ein Hörrohr anschaffen. Von neun Millionen würden Sie nicht mehr als hundertzwanzigtausend nachlassen, also 1,33 Prozent? Meinen Wagen bitte!«

Mit Anbruch des Morgens, als die letzten Sterne vom winddurchwehten Himmel gefault waren und die fernen Bergspitzen, von der aufgehenden Sonne ermuntert, sich röteten, besiegelten die beiden Signoras mit einem Händedruck die getroffene Übereinkunft, stiegen in ihre Wagen und traten die Rückfahrt nach Neapel an. Auf halbem Wege nahm der voranfahrende große weiße Ford mit wiederholtem Blinken seiner Rücklichter Abschied von dem Porsche, verließ die Autobahn und entfernte sich in unbekannter Richtung. Gegen zwölf Uhr mittags langte die Mutter in Rom an, wo sie ein Bad nahm, in ein leichtes weißes Spitzenneglige schlüpfte und sich bis zur Ankunft ihres Anwalts, den sie telefonisch zu sich bat, im Schlafzimmer auf die Chaiselongue legte, um zu ruhen. Unseres Wissens war sie müde.

Usw., usw. Zehn Tage angespanntes Warten usw. Am elften Tag läutete in der Redaktion des *Messagero* das Telefon, und eine einschmeichelnd sanfte Männerstimme empfahl dem Reporter, der sich meldete, mit dem Wagen auf der Straße Rom–Ostia bis zum Kilometerstein 47 zu fahren und dort rechts abzubiegen, in zweihundert Meter Entfernung werde er unter einer weithin sichtbaren Pinie, einige Spatenstiche tief in die Erde eingegraben, einen interessanten Fund machen. Der vertrauensselige Journalist nahm seinen Wagen und fuhr zu der angegebenen Adresse, der Fund wurde gefunden. In einem versiegelten Umschlag waren mehrere Polaroidaufnahmen von George Hamilton jun. enthalten, *en profil*, aber auch *en face*, deutlich zu erkennen war die Abwesenheit eines Ohres. Drei Fotos veröffentlichte die Zeitung am darauffolgenden Tag auf der ersten Seite.

Darf ich meinen Augen trauen, fragte sich George Hamilton sen., als ihm am Morgen einer seiner Sekretäre und am Abend die inzwischen im Schloß eingetroffene Mutter die betreffende Nummer des *Messagero* vorlegten. Kann ich meinen Augen trauen? Ist das von mir betastete und hier veröffentlichte Ohr mit dem fehlenden Ohr meines Lieblingsenkels identisch? Wollen die mich nicht übers Ohr hauen? Irgendwie? Originalaufnahmen? Retuschiert? Man muß mit allen Eventualitäten rechnen! Ist mein Lieblingsenkel nicht vielleicht der Hehler seines eigenen Ohres? Wo er doch an ständiger Geldknappheit leidet. Und meine Schwiegertochter? Alle sind verdächtig, die leben! Und sind wohl 2,9 Millionen Dollar ein angemessener Preis für ein fehlendes Ohr? Wieviel davon bekommen die ruchlosen Banditen, wieviel die Mittelspersonen? Und was würden sie für das nächste beziehungsweise zweite Ohr verlangen? Mehr? Weniger? Etwa weniger, weil das Ganze beziehungsweise dessen verbliebener Teil nun weniger wert ist? Und sollte ich mir nicht anraten, neue Verhandlungen in die Wege zu leiten, um den Preis eventuell herunterzudrücken? 2,9 Millionen Dollar!

Aber die Öffentlichkeit, sagte sich George Hamilton sen. Der psychologische Aspekt darf nicht außer acht gelassen werden, Öffentlichkeit, Politik und Handel. Der riskiert das Leben seines Enkels, seines Lieblingsenkels, würde es heißen. Und folglich wieviel anderer Mitmenschen noch, würde es heißen. Faulender Kapitalist, würde es in der kommunistischen Presse heißen. Bösartiger Greis, würde es in der liberalen heißen. Und wenn ich mir alles recht überlege, würde es mich wesentlich mehr Geld als zwo Komma neun kosten, die Presse zum Schweigen zu bringen, also zu kaufen. So fahre ich letztlich besser, wenn ich zahle. Selbst wenn sie mich übers Ohr hauen, was denkbar ist.

Giovanni Longo, Anwalt der Familie und Generalsekretär des älteren George Hamilton, fuhr, nachdem er die zwo Komma neun, in Lire nahezu drei Milliarden, in kleinen Scheinen in Säcke gepackt hatte, am 12. Dezember in seinem Wagen nach Kalabrien und lud sie am verabredeten Ort in der Nähe der Autobahn aus. Die Ladung wog fast eine Tonne.

»Natürlich erfuhr ich aus dem Rundfunk«, sagte George Hamilton jun. später, »daß mein Foto in den Zeitungen erschienen war, mein Großvater also spätestens zu diesem Zeitpunkt unbedingt von meiner Entführung erfahren haben mußte. Freilich ist anzunehmen, daß meine Mutter, obzwar phlegmatisch veranlagt, die Sache ihm schon vorher erzählt hatte. Da, dem Rundfunk zufolge, die Nachricht durch die gesamte Weltpresse gegeistert war und selbst in mehreren süd- und nordafrikanischen, ja sogar in Zeitungen der österreichisch-ungarischen Monarchie Erwähnung fand, glaube ich, daß der Name Hamilton ziemlich bekannt war. Mich freute das nicht, ich mag kein Aufsehen. Auch die Banditen waren unwillig über die nicht erbetene Reklame, obgleich sie doch umsonst war, sie arbeiteten lieber im stillen. Ich rechnete immer noch nicht damit, daß mein Großvater die Unmenge Zaster hinblättern würde; ich an seiner Stelle hätte es nicht getan, wie ich schon erwähnte. Obzwar ich einige Hoffnung hatte, wenn ich daran dachte, daß der alte Herr sich vielleicht vor der Öffentlichkeit genieren und es zudem seiner Publicity schaden würde, wenn er seinen liebsten Enkel elendiglich zugrunde gehen ließe.

Noch an dem Tag, als die Fotos in den Zeitungen erschienen«, sagte Hamilton jun. später, »packten die Banditen zusammen, setzten mich in ein Auto und fuhren mich wieder in ein neues Versteck, ich weiß nicht, das wievielte. Auch das war eine Art Scheune mit einem hohen Heuschober darin. Indem sie diesen auseinanderrissen, öffneten sie mir den Weg zur hinteren Wand der Scheune, danach stopften sie das Heu wieder zusammen. Mich befiel eine solche Klaustrophobie, daß ich ununterbrochen kotzte, ich weiß nicht, wie lange. Noch schlimmer war, daß ich nicht rauchen konnte, denn ein einziges Zündholz hätte genügt, und das Heu wäre in Flammen aufgegangen und das gesamte Kapital der Banditen, also ich, verbrannt.

Eines Tages«, sagte George Hamilton jun. später, »hörte ich im Radio, mein Großvater hätte doch angebissen und zahle das Lösegeld. Wie hoch es sein würde, berichtete der Rundfunk nicht. Mehr als ein Groschen, das konnte ich mir ausrechnen, denn einerseits arbeiteten die Banditen mit enormen Regiekosten, die sich für sie auszahlen mußten, und andererseits kannte ich meinen Großvater und wußte, daß er ihnen das Geld nicht ungezählt in den Schlund werfen würde. Offenbar hatten sie erbarmungslos gefeilscht; in Abwägung der Kräfteverhältnisse kam ich zu dem Schluß, daß sie sich letztlich wohl auf ein Viertel oder ein Drittel der Forderung der Vermummten geeinigt hatten. Auch das ist ein schönes Geld, zwei oder drei Millionen Dollar. Zugegeben, einen Vermeer kann man sich dafür nicht kaufen, höchstens vielleicht einen kleineren Rembrandt oder Tizian für die Wand dieses alten Schlosses.

Als die Nachricht im Radio kam«, sagte Hamilton jun. später, »fragte ich mich auch, warum mein Großvater, wenn er sich schon entschlossen hatte zu zahlen, den Zunder nicht einen oder zwei Monate früher rübergereicht hatte, als ich noch beide Ohren besaß. Hieraus ist ersichtlich, daß die Kunktatorschaft nicht immer eine geeignete Kampfmethode ist, und Bedächtigkeit kann gegebenenfalls genauso gefährlich sein wie Überstürztheit. Diese bereut man erst hinterher, jene ist mit ach wieviel Kopfzerbrechen, Mühsal und Elend verbunden.

Auch meine Bewacher«, sagte der jüngere Hamilton später, »lebten sichtlich auf, als sie die Nachricht hörten. Auf einmal waren sie so zuckersüß zu mir, daß ich mir die Finger nach ihnen leckte. Sie benahmen sich, als wäre meine Anwesenheit eine hohe Auszeichnung für sie. ›Na, du kleiner Scheißer‹, sagte der eine, ›anscheinend hast du deine räudige Haut gerettet. Ich hätte nicht mehr viel für dich gegeben. Vielleicht kommst du bald frei, vorausgesetzt natürlich, der Großpapa hält sein Versprechen und blecht. Aber wehe dir, er leimt uns.‹ — ›Was durchaus denkbar wäre‹, entgegnete ich, ›werden Sie bloß nicht übermütig! Wenn wir es mit Geschäftsleuten zu tun haben, ist größte Vorsicht angezeigt.‹ Aber ich verdarb ihnen nicht die Laune, sie blieben freundlich zu mir und wußten gar nicht, wie sie mir noch zu Gefallen sein konnten. Sie ließen mich aus der Scheune, wo ich schon am Ersticken war, machten lange Spaziergänge mit mir, servierten mir Unmassen Makkaroni, reichlich mit geriebenem Parmesankäse bestreut und mit Tomatensoße begossen, morgens ließen sie mich zwecks Instandhaltung beziehungsweise Aufbesserung meiner Muskeln Liegestütze machen. Für mein Radio brachten sie mir neue Batterien, sie versorgten mich mit allem, was mir nur einfiel.

Eines Tages kamen sie mit der Neuigkeit zu mir, die Moneten seien ordnungsgemäß eingegangen, man lasse mich frei. Heute leider noch nicht, sagten sie, denn wegen der Benzinkontingentierung ruhe sonntags in Italien der Autoverkehr, deshalb müsse meine Entlassung auf den nächsten Tag verschoben werden. Am nächsten Nachmittag gegen fünf Uhr brachten sie mir einen Pullover, dann verbanden sie mir die Augen und führten mich einen steinigen Pfad hinab zu einem wartenden Wagen. Es regnete, und es war kalt. Nach etlichen Kilometern bemerkte ich, daß wir von der Autobahn auf einen unbefestigten Weg abbogen und daß sich uns fünf oder sechs weitere Wagen anschlossen. Ich mußte mich auf den Boden legen. Nach kurzer Zeit gelangten wir wieder auf eine Autobahn, auf der wir fünf oder sechs Stunden fuhren. Inzwischen hörte es zu regnen auf, ich spürte an meiner Haut, daß die Sonne schien. Ich mußte aussteigen, wurde mit immer noch verbundenen Augen auf eine Wiese geführt, mußte über einen Zaun klettern und mich auf eine Pferdedecke setzen, die auf den Boden gebreitet war. ›Beweg dich nicht von der Stelle‹, sagten sie, ›einer von uns bleibt in der Nähe, mit geladener Pistole. Wir werden jetzt deine Mutter anrufen‹. – ›Okay‹, sagte ich. ›Ciao‹, sagten sie. ›Good-bye‹, sagte ich.

Ich wartete«, sagte Hamilton jun. später, bis hinter mir die Motoren aufheulten, und als sie weit genug weg waren, nahm ich die Binde von den Augen. Ich sah mich um, vergewisserte mich, daß mich niemand beobachtete, und ging an der Autobahn entlang einfach drauflos.«

»Wie lange gingen Sie auf der Autobahn?« fragte der Reporter des *Messagero*, den man ausnahmsweise zu Hamilton jun. an das Krankenbett im Sanatorium gelassen hatte, sicherlich aus Dankbarkeit für die Vermittlerdienste der Zeitung.

»Ich weiß es nicht.«

»Aproximativ?«

»Bitte?«

»Ungefähr?«

»Ich hatte anderes zu tun«, sagte Hamilton jun., »als die Zeit zu messen in meinem auseinandergenommenen Zustand, mit einem blutverkrusteten Ohr, dem aufgedunsenen Gesicht und den vom vielen Weinen geschwollenen Tränensäcken. Abgesehen davon, daß mir die ruchlosen Banditen als Andenken meine goldene IWC-Uhr weggenommen, mein Zigarettenetui allerdings vergessen hatten. Die Beine trugen mich kaum, so aufgeregt war ich.«

»Wovon?«

»Wovon wohl?« sagte die am Krankenbett ihres Sohnes sitzende Mutter. »Überlegen Sie, Herr Redakteur, vielleicht erraten Sie's!«

»Ich verstehe«, sagte der Reporter, »vermutlich davon, daß Sie die Freiheit wiedergewonnen hatten. Und nicht aus Furcht davor, die Gangster könnten Sie wieder schnappen. Möglicherweise die einleitend erwähnte Konkurrenzmaffia?«

»Davor fürchtete ich mich nicht«, sagte der junge Mann.

»Dabei wäre es interessant gewesen«, sagte der Reporter, »aus der Sicht unserer Zeitung. Persönlich hätte ich es Ihnen natürlich um nichts in der Welt gewünscht. Aber der Reihe nach! Woran dachten Sie, als Sie den Weg an der Autobahn entlang antraten?«

»Woran wohl?« sagte die Mutter. »Wenn ich es mir recht überlege, dann sicherlich an das voraussichtliche Ergebnis der Volksabstimmung, die in Italien über das Scheidungsrecht durchgeführt werden soll.«

»Haha, sehr gut«, sagte der Reporter.

»Mein Sohn ist ein Schöngeist. Vielleicht grübelte er über die Frage des Dualismus von Körper und Seele nach«, sagte die Mutter.

»Ich habe die feine Anspielung schon verstanden, Signora«, sagte der Reporter. »Sein Körper fühlte sich in der Hölle, seine Seele im Himmelreich. Ich wäre aber darauf neugierig, welcher Person oder welchen Personen seine Gedanken galten, als er die ersten Schritte der Freiheit entgegen tat. Wen hätten Sie nach Ihrer langen Abwesenheit gern als ersten wiedergesehen?«

»Wollen Sie einen psychologischen Roman über mich schreiben, Herr Redakteur?« fragte der junge Mann.

»Zuallererst hat er an sein Mütterchen gedacht, natürlich«, sagte die Mutter.

»Natürlich«, sagte der Reporter. »Und vermutlich an seine Braut?«

»Von wem reden Sie?« fragte der junge Mann.

»Ich bin informiert, Herr Hamilton, daß Sie mit Fräulein Monika Müller verlobt sind, der schönen Filmschauspielerin«, sagte der Reporter. »Bin ich falsch informiert?«

»Als ich die Autobahn erreichte«, sagte der junge Mann, »war es bereits völlig dunkel . . .«

»Entschuldigung«, sagte der Reporter, »sind Sie mit Fräulein Monika Müller verlobt, Herr Hamilton, oder mit deren jüngerer

Schwester, Fräulein Elfried? Da Sie sich immer zu dritt zeigen . . .«

»Da war es bereits völlig dunkel«, sagte der junge Mann, »auch die Quecksilberdampfleuchten über der Fahrbahn brannten schon . . .«

»Dazu nur noch eine Frage!« sagte der Reporter. »Fräulein Müllers nächste Filmrolle?«

»In der weißen Flanellhose, die mir die Banditen geschenkt hatten, muß ich einen sensationellen Anblick geboten haben«, sagte der junge Mann, »in dem löchrigen Pullover, den sie mir angezogen hatten, mit den abgetretenen Sandalen, die mir zwei Nummern zu groß waren, und dem Verband um den . . .«

»Entschuldigen Sie, wenn ich ein kitzliges Thema berührt habe«, sagte der Reporter. »Nebenbei, wie hoch schätzen Sie das Vermögen Ihres Großvaters, Herr Hamilton?«

»Ich winkte den Wagen«, sagte der junge Mann, »ich wollte mitgenommen werden. Aber keiner hielt an.«

»Man redet von anderthalb Milliarden . . .«

»Nicht nur, daß sie nicht anhielten, sie beschleunigten noch, als sie mich sahen. Verstehen Sie?«

»Was?« fragte der Reporter.

»Daß sie Gas gaben, als sie mich sahen«, sagte der junge Mann.

»Verständlich«, sagte der Reporter. »Womöglich hielten sie Sie für einen Wegelagerer. Beim Anhalterfahren sollte man sich genau ansehen, wen man mitnimmt. Zurück zum Thema: Mit einer wie hohen Erbschaft rechnen Sie, Herr Hamilton?«

»Fragen Sie meinen Großvater, Herr Redakteur!« sagte der junge Mann. »Als ich sah, daß niemand anhielt, legte ich mich an den Rand der Fahrbahn, als wäre ich verunglückt und schwer verletzt. Da fuhren sie noch schneller vorbei. Verstehen Sie?«

»Was?« fragte der Reporter.

»Verstehen Sie nicht?«

Ratlos starrte der Reporter den jungen Mann im Bett an. »Gewiß, ich verstehe«, sagte er. »In Ihrer natürlichen Ungeduld, so schnell wie möglich Fräulein Müller wiederzusehen . . .«

»Sie können mich mal«, sagte der junge Mann.

»Mein Sohn mit seinem schlichten, unverdorbenen Herzen meint«, sagte die Mutter, »wir sollten den Bedürftigen helfen. Würden Sie, Herr Redakteur, nicht anhalten, wenn Sie am Straßenrand einen blutenden Menschen erblickten?«

»O doch«, sagte der Reporter. »Gewiß würde ich anhalten. Vorausgesetzt, ich wäre nicht wegen einer dringenden Reportage unterwegs. Man hat ja heutzutage so wenig Zeit.«

»Sch. . . auf Ihre Zeit!« sagte George Hamilton jun. »Zum Töten ist Zeit, nur nicht zum Leben!«

»Ich verstehe«, sagte der Reporter.

»Als ich sah«, sagte George Hamilton jun., »daß niemand anhielt, stand ich auf und schleppte mich weiter. Noch winkte ich den Wagen, natürlich vergebens, lediglich ein Lastwagen hielt an. Ich stellte mich dem Fahrer vor. ›Ich bin George Hamilton jun.‹, sagte ich. ›Was ist los? . . . Wer bist du? . . . Was willst du? . . .‹ – ›Bringen Sie mich zur nächsten Polizeistation!‹ Er musterte mich nochmals, dann gab er wortlos Gas, und weg. Später erreichte ich eine Tankstelle, und ich bat, die Polizei anzurufen, aber sie hatten dort kein Telefon, scher dich zum Teufel, sagten sie.«

»Interessant«, sagte der Reporter. »Haben Sie eigenes Vermögen, Herr Hamilton?«

»Mein anderes Ohr«, sagte der junge Mann.

»Oder Einkünfte?«

»Hast du dem Herrn Redakteur noch etwas zu sagen?« fragte die Mutter. »Mir scheint, du hast ihn schon sehr zermürbt.«

»Nicht doch, nicht doch!« rief der Reporter erschrocken. »Ich weiß ja noch gar nicht, wie hoch Herrn Hamiltons Einkünfte sind. Und ich habe noch nicht gefragt, wer ihn am Krankenbett besucht. War Richard Burton schon hier?«

»Jeden Tag«, sagte der junge Mann.

»Mari Jászai?«

»Mit ihr habe ich die Nächte verbracht.«

»Juvenile Großsprecherei, Herr Redakteur«, sagte die Mutter. »Mari Jászai hat bisher nur drei Nächte lang bei meinem Sohn gewacht.«

»Gewacht! ... Ich verstehe«, sagte der Reporter. »Ich werde es mit dem notwendigen Feingefühl schreiben.«

»Dem Fahrer des Lastwagens, den ich vergebens gebeten hatte, mich mitzunehmen«, sagte der junge Mann, »fiel später offenbar ein, daß er in der Zeitung oder im Radio von der Entführung des Enkels eines amerikanischen Milliardärs gehört hatte. Auf der nächsten Polizeistation, in Lagonegro, meldete er, unterwegs sei er einem jungen Mann mit verbundenem Kopf begegnet, der sich ihm als George Hamilton vorgestellt habe.«

»Der Nutzen der Kommunikationsmittel ist unschätzbar«, sagte der Reporter. »Ohne uns Journalisten ...«

»Ich konnte mich kaum noch schleppen«, sagte der junge Mann, »andauernd mußte ich stehenbleiben, mein Auswurf war blutig. Ich vermöchte nicht zu sagen, wieviel Zeit verging, bis mich die Polizeiwagen aus Lagonegro einholten. Der erste stoppte genau neben mir, die Tür schlug auf, der Polizeichef von Lagonegro sprang heraus und hielt mir die Hand hin. ›Hallo‹, sagte er. ›Hallo‹, sagte ich. Er drückte mir die Hand. Man kann sich denken, wie verblüfft ich war, als ich bemerkte, daß ihm an der rechten Hand ein Finger fehlte. Dem ersten Menschen, dem ich nach meiner Freilassung begegnete, war ein Finger abhanden gekommen, mir ein Ohr. Sind denn alle Leute Krüppel, dachte ich.«

»Mir fehlt am kleinen Zeh des linken Fußes der Nagel«, sagte der Reporter.

»Sonst nichts?« fragte die Mutter.

Kaum war George Hamilton jun. – wie er berichtete – im Wagen des Polizeichefs in der Polizeistation des nahen Lagonegro eingetroffen, begann man schon, ohne ihm auch nur eine Pause zum Verschnaufen zu gewähren, mit seiner eingehenden Vernehmung. Annähernd ein Dutzend Polizisten umringten ihn und fingen an, ihn auszufragen. Keine Stunde verging und Carabinieri der Landesgendarmerie trafen ein, die sich in die peinliche Befragung einschalteten, wie der junge Mann später sagte. »In dem engen, nach Urin stinkenden Raum drängten sich zwanzig oder dreißig Männer um mich, schrien und stellten mir Fragen, zwei oder drei auf einmal, alle schwitzten, ich wußte gar nicht«, sagte George Hamilton jun., »wem ich antworten sollte. Sie behandelten mich, als wollten sie mich dafür verantwortlich machen, daß mir die Banditen das Ohr abgeschnitten hatten. Mit der Schreibtischlampe leuchteten sie mir genau in die Augen. Hätte ich ein Gewehr zur Hand gehabt, ich hätte mir eine Kugel in den Kopf gejagt, so herunter war ich mit den Nerven. Hatte ich fünf Monate lang in der Gefangenschaft der Banditen Scheiße geschluckt, um sie jetzt auch noch dem Staat aus der Hand zu schlecken?

Es ging auf den Morgen zu«, sagte Hamilton jun. später, »als in Begleitung des Polizeichefs von Rom meine Mutter eintrudelte; mit ihnen kam auch ein Sekretär meines Großvaters. Die römischen Polizisten und die Carabinieri gerieten sich in die Haare, weil diese die Vernehmung fortsetzen wollten und jene sie für sich verlangten. Sie fluchten und brüllten und beschuldigten sich gegenseitig der unbefugten Kompetenzeinmischung, ich lag halb ohnmächtig auf dem Schreibtisch. Die aufgehende Sonne schien schon durch das Fenster, als schließlich der Sekretär meines Großvaters den Anführer der Carabinieri zu sich winkte und ihm drohte, wenn er mich nicht aus den Klauen lasse, werde er einen solchen Skandal vom Zaune brechen, daß man auf den ausländischen Devisenmärkten die Notierung der Lira einstellen werde.

Hiernach borgte er mir seinen Trenchcoat«, sagte Hamilton jun. später, »komplimentierte mich und meine Mutter in seinen Wagen und fuhr mit uns nach Rom zurück. Hinter uns rollten an die hundert Wagen her, zumeist Fotoreporter, aber auch eine Menge Zivilisten, die auf mein fehlendes Ohr neugierig waren. Gern hätte ich dem einen oder anderen das seine abschneiden lassen, als Muster. Die Mißhandlung eines Menschen ist kein gesellschaftliches Ereignis, dachte ich, und ich wünschte ihnen die Pest an den Hals. Mit meiner Mutter wechselte ich die ganze Fahrt lang kaum ein Wort. Ich hätte sie fragen können, warum mein Großvater so lange gezögert hatte, das Geld zu schicken; ich fragte nicht, ich wußte es ohnehin, und Einzelheiten des Feilschens interessierten mich nicht. Ich war nur gespannt, ob ich noch eine Sonnenbrille würde tragen können, aber kaputt, wie ich war, beschäftigte mich auch das nicht lange.«

»Wohin brachte man Sie, als Sie in Rom ankamen?«

»Ins Polizeipräsidium.«

»Wurden Sie dort wieder vernommen?«

»Ich sagte ihnen, sie sollten sich beeilen, sonst würde ich sie vollkotzen.«

»Und von dort?«

»In ein Privatsanatorium.«

»Fürchteten Sie nicht, unterwegs erneut entführt zu werden? Ein Ohr hatten Sie ja noch.«

»Das hatte keinen Marktpreis mehr.«

»Wie ist Ihr Gesamteindruck von den Banditen?«

»Nicht übel.«

»Also?«

»Sie sind wie andere Menschen.«

»Haargenau so, nicht wahr?«

»Im großen ganzen. Aber ich bin menschenfreundlich.«

»Aber sie haben Ihnen ein Ohr abgeschnitten!«

»Sie hätten mir auch den ...«

»Gottbehüte! Aber sie haben Sie geschlagen und getreten!«

»Keine Kinderstube.«

»Ausführlichere Erinnerungen? Die sanfte Männerstimme?«

»Sanfte Männerstimme? An so eine erinnere ich mich nicht.«

»Die Banditin?«

»Auch an eine Banditin erinnere ich mich nicht.«

»Waren es Räuber oder Guerillas?«

»Wie Gott sie geschaffen hat.«

»Glauben Sie an Gott?«

»Meinem Ohr ist es egal, ob es Räuber waren oder Guerillas.«

»Aber die Menschheit! Das Ohr der Menschheit!«

»Ein Eidechsenschwanz. Er wächst nach, wenn man ihn abschneidet.«

Nachdem George Hamilton jun. nach einiger Zeit geheilt aus dem Sanatorium entlassen worden war, dauerte es noch zwei weitere Monate, bis sein Haar wieder so lang war, daß es die Wunde völlig verdeckte. Er mietete eine andere Achtzimmerwohnung in einem anderen Viertel Roms, da die bisherige Wohnung in der Via Avelino, in deren Nähe er niedergeschlagen und entführt worden war, unangenehme Erinnerungen in ihm weckte. Im Herbst lud ihn der Besitzer eines Lichtspieltheaters in Rom zu einer Sondervorstellung ein, in der für ihn ein alter Porträtfilm über seinen Großvater, George Hamilton sen., aufgeführt wurde. Hamilton jun. wohnte der Vorstellung in Gesellschaft von Fräulein Monika Müller und ihrer Schwester Elfried bei. Als auf der Leinwand George Hamilton sen. mit knarrender Stimme zu sprechen begann, lachte der junge Mann laut auf.

»Ich habe mein Leben lang hart gearbeitet, stop«, sagte sein Großvater auf der Leinwand. »Ich konnte nie ohne Arbeit leben, stop. Der Arbeit verdanke ich es, daß ich noch auf meine alten Tage fit bin, im Bett liege ich nur, wenn ich schlafe, stop. Ich stehe um fünf Uhr morgens auf, arbeite bis nachmittags um fünf und gehe um sieben ins Bett. Das Heiligtum der Arbeit stop, stop.

Ich bekenne mich zur kapitalistischen Gesellschaftsordnung usw., usw.«, sagte der Großvater auf der Leinwand. »Der freie Wettbewerb zwingt zur Arbeit, gibt dem Leben also Sinn usw., usw. Amerika ist durch Arbeit groß geworden usw., usw. Ohne Arbeitsmoral geht es bergab mit den Völkern und Nationen, sie gehen zugrunde, der Sturmwind der Geschichte fegt sie hinweg usw., usw. Vergleiche das alte Rom usw. Gott hat Adam und Eva nicht zur Strafe aus dem Paradies vertrieben, sondern weil er sie das höchste Gut lehren wollte, die Arbeit usw.

In meiner Freizeit«, sagte der Großvater auf der Leinwand, »reite ich manchmal aus, spiele Tennis oder Golf, stop. In Maßen, stop. Ich habe auch eine kleine Hausbibliothek, zwanzigtausend Bände, aber lesen tue ich nur am Heiligen Abend und am *Independence Day*, zweimal im Jahr, stop. Ich lerne vom Leben, am Quell allen menschlichen Wissens, stop. Washingtons Biographie habe ich fast schon ausgelesen, stop, stop.

Ich bin ein guter Menschenkenner«, sagte Großvater auf der Leinwand, »darauf sind zum Teil meine geschäftlichen Erfolge ... usw., usw. Ich brauche nur einen Menschen anzusehen, und ich weiß, der will mich übers ... usw., usw. Wie, wann, womit usw. Der Mensch ist dazu geboren, ... usw. Ich habe noch vierundzwanzig Zähne usw. Wenn mir einmal der letzte Zahn ausfällt, können sie mich begraben usw. Im Sarg werde ich nicht mehr beißen usw.«

Aus dem Lichtspieltheater tretend, fiel dem vom vielen Lachen geschwächten jungen Mann ein, daß er seinem Großvater noch nicht gedankt hatte für ... usw. Er rief im englischen Schloß an. Einer der Sekretäre meldete sich.

Er wolle seinem Großvater danken für ... usw. Er werde es ihm übermitteln, sagte der Sekretär. Nach einer Weile kehrte er zurück, Herr George Hamilton habe zur Kenntnis genommen ... usw. Er danke nochmals ... usw. Er beglückwünsche ihn ... usw. George Hamilton jun. legte auf.

Usw., usw.

1975

INHALT